A PONTE INVISÍVEL

JULIE ORRINGER

A ponte invisível

Tradução
Rubens Figueiredo

COMPANHIA DAS LETRAS

A tradução do poema "Todo o caso", de Wisława Szymborska, foi feita por Júlio Sousa Gomes a partir do original em polonês e publicada em *Paisagem com grão de areia*, pela Relógio D'Água Editores, em 1998.

Grafia atualizada segundo o Acordo Ortográfico da Língua Portuguesa de 1990, que entrou em vigor no Brasil em 2009.

Título original
The invisible bridge

Capa
Mariana Newlands

Foto de capa
© Massimo Listri/ CORBIS/ Corbis (DC)/ Latinstock
© Paul Photography/ Getty Images

Preparação
Lígia Azevedo

Revisão
Adriana Cristina Bairrada
Huendel Viana

Dados Internacionais de Catalogação na Publicação (CIP)
(Câmara Brasileira do Livro, SP, Brasil)

Orringer, Julie
A ponte invisível / Julie Orringer ; tradução Rubens Figueiredo. — 1ª ed. — São Paulo : Companhia das Letras, 2012.

Título original: The invisible bridge.
ISBN 978-85-359-2012-3

1. Ficção - Literatura norte-americana I. Título.

11-12760 CDD-813

Índice para catálogo sistemático:
1. Ficção : Literatura norte-americana 813

Todos os direitos desta edição reservados à
EDITORA SCHWARCZ S.A.
Rua Bandeira Paulista, 702, cj. 32
04532-002 — São Paulo — SP
Telefone: (11) 3707-3500
www.companhiadasletras.com.br
www.blogdacompanhia.com.br
facebook.com/companhiadasletras
instagram.com/companhiadasletras
twitter.com/cialetras

Para os irmãos Zahav

O tempora! O mores! O mekkora nagy córesz.
Oh, tempo! Oh, costumes! Oh, que tremendos apuros.

Marsh Marigold, jornal do serviço civil húngaro,
campo de trabalho de Bánhida, 1939

Das colunas pujantes dos inóspitos e intricados desfiladeiros da Bulgária,
Alcança a crista da montanha, depois hesita e cai.
Uma alta barragem de pensamentos, animais, cartões e homens;
Relinchando, a estrada empina; o céu corre com sua crina.
Nesse caos de movimento, você está em mim, permanente,
No fundo de minha consciência, você brilha, o impulso para sempre consumido
E emudecido, como um anjo perplexo ante o grande carnaval da morte,
Ou um inseto no cerne podre de uma árvore, encenando o próprio funeral.

Miklós Radnóti, "Razglednicák", escrito para sua esposa durante
a marcha de morte do poeta a partir de Heidenau, 1944

É como se
Eu estivesse deitado
Embaixo de um céu
Baixo e respirasse
Através do buraco de uma agulha.

W. G. Sebald, *Não narrado*

Sumário

PARTE I
A rua das escolas

1. Uma carta

Mais tarde, ele contaria a ela que a história dos dois começou na Ópera Real da Hungria, na noite anterior à sua partida para Paris no Expresso da Europa Oriental. O ano era 1937; o mês era setembro, a noite estava mais fria que o normal para a estação do ano. Seu irmão tinha feito questão de levá-lo à ópera como um presente de despedida. O espetáculo era *Tosca* e seus assentos ficavam na parte mais alta do teatro. Não eram para eles os três pórticos de mármore em arcos, a fachada com suas colunas coríntias e as bases das colunas cobertas de relevos heroicos. Para eles havia uma modesta entrada lateral com um bilheteiro de cara vermelha, um piso de madeira gasto, paredes cobertas por cartazes de ópera descascando. Garotas com vestidos que batiam nos joelhos subiam a escada de braços dados com jovens de terno puído; aposentados discutiam com suas esposas de cabelo branco enquanto arrastavam os pés pelos cinco andares de escada estreita. No alto, um rumor alegre: um salão refrigerado revestido de espelhos e bancos de madeira, o ar enevoado por fumaça de cigarro. Na ponta, uma porta dava para a sala de concerto propriamente dita, a vasta sala em forma de caverna, com um afresco no teto que representava gregos imortais, com frisos dourados e redondos. Andras nunca achou que fosse ver uma ópera ali, e não teria mesmo visto, caso Tibor não tivesse comprado os ingressos. Mas na opinião de Tibor a residência em Budapeste devia incluir pelo menos uma noite de Puccini na Operaház. Agora Tibor se debruçava no parapeito a fim de apontar o camarote do almirante Horthy, vazio naquela noite, a não ser por um velho general em paletó de hussardo. Mais abaixo, recepcionistas de smoking guiavam homens e mulheres até seus assentos; os homens em traje de gala, os penteados das mulheres cintilantes por causa das joias.

"Quem dera Mátyás pudesse ver isto", disse Andras.

"Ele vai ver, Andráska. Virá a Budapeste quando tiver feito o exame para entrar na faculdade e depois de um ano estará enjoado deste lugar."

Andras teve de sorrir. Ele e Tibor tinham se mudado para Budapeste assim que terminaram o ginásio em Debrecen. Todos eles tinham sido criados em Konyár, um povoado nas planícies orientais, e para eles também um dia a capital pareceu ser o centro do mundo. Agora Tibor tinha planos de ir para a Itália estudar medicina e Andras, que morava ali fazia só um ano, estava de partida para estudar em Paris. Até chegar a notícia da École Spéciale d'Architecture, eles achavam que Tibor seria o primeiro a partir. Fazia três anos que trabalhava como vendedor numa sapataria na Váci Utca, enquanto economizava dinheiro para sua educação e queimava as pestanas com livros de medicina à noite, de modo tão desesperado como se estivesse tentando salvar a própria vida. Quando Andras foi morar com ele um ano antes, a partida de Tibor parecia iminente. Já havia passado nas provas da faculdade de medicina em Modena e feito a inscrição. Ele achava que levaria seis meses para ser admitido como aluno e obter seu visto de estudante. Em vez disso, a faculdade deixou-o numa lista de espera para estrangeiros e Tibor foi avisado de que poderia demorar mais um ou dois anos para ser matriculado.

Tibor não disse nenhuma palavra a respeito da própria situação desde o momento em que Andras recebeu a notícia de sua bolsa de estudos, nem demonstrou o menor sinal de inveja. Em vez disso, comprou os ingressos para a ópera e ajudou Andras a fazer seus planos. Então, enquanto as luzes iam diminuindo e a orquestra começava a afinar os instrumentos, Andras foi visitado por uma vergonha secreta: embora soubesse que ficaria feliz por Tibor caso estivessem em situação inversa, desconfiava que teria dificuldade para esconder seu ciúme.

Em uma porta lateral no fosso da orquestra, um homem alto e esguio, com uma cabeleira que lembrava labaredas, apareceu e subiu uma escada até o foco de luz. A plateia aplaudiu e gritou em saudação enquanto o homem caminhava rumo ao pódio do maestro. Curvou-se três vezes em agradecimento e ergueu as mãos para a plateia para que as pessoas se aquietassem; em seguida voltou-se para os músicos e levantou sua batuta. Após um momento de palpitante imobilidade, uma torrente de música saiu dos metais e das cordas e penetrou no peito de Andras, enchendo sua caixa torácica a ponto de ele quase não conseguir respirar. A cortina de veludo ergueu-se para revelar o interior de uma catedral italiana, com detalhes requintados reproduzidos em esmerada minúcia. Janelas de vitral irradiavam luz âmbar e azul-celeste e um afresco incompleto de Maria Madalena se exibia com ar espectral contra uma parede de gesso. Um homem em uniforme listrado de presidiário esgueirou-se na igreja para esconder-se numa das capelas escuras. Um pintor veio trabalhar no afresco, seguido por um sacristão empenhado em ajudá-lo a limpar seus pincéis e panos antes de começar o próximo trabalho. Em seguida entrou a diva da ópera, Tosca, o modelo para Maria Madalena, sua saia carmim rodando em volta das canelas. A canção voou alto e pairou no ar da abóbada pintada da Operaház: o tenor com timbre de clarinete que representava o pintor Cavaradossi, o rotundo baixo que representava o fugitivo Angelotti, a calorosa soprano adamascada que era a ficcional diva Tosca, representada pela autêntica diva húngara Zsuzsa Toronyi. O som era tão encorpado, tão tangível, que Andras teve a impressão de que poderia debruçar-se no parapeito e agarrar punhados dele com a mão. O próprio prédio tinha se transformado num instrumento, e Andras pensou: a arquitetura expandia, completava, amplificava e continha o som.

"Nunca vou me esquecer disso", sussurrou para o irmão.

"É melhor não esquecer mesmo", sussurrou Tibor em resposta. "Espero que me leve à Ópera de Paris quando eu for visitá-lo."

No intervalo, tomaram café na sala de repouso e conversaram a respeito do que tinham acabado de ver. A recusa do pintor em trair seu amigo teria sido um ato de lealdade abnegada ou uma bravata para se autoglorificar? O fato de ter resistido à tortura que se seguiu deveria ser interpretado como uma sublimação de seu amor sexual por Tosca? Será que a própria Tosca teria apunhalado Scarpia se sua profissão não a tivesse ensinado tão bem os recursos do melodrama? Havia um prazer doce e amargo na conversa; quando menino, Andras passava horas ouvindo Tibor debater questões de filosofia, esporte e literatura com os amigos e ansiava pelo dia em que ele mesmo fosse capaz de dizer algo que Tibor achasse sagaz ou incisivo. Agora os dois tinham se tornado iguais, ou algo próximo disso, Andras estava de partida, ia embarcar num trem que o levaria a centenas de quilômetros dali.

"O que foi?", perguntou Tibor, com a mão na manga de Andras.

"Fumaça demais", ele respondeu e tossiu, desviando os olhos dos do irmão. Ficou aliviado quando as luzes piscaram para assinalar o fim do intervalo.

Após o terceiro ato, quando os inúmeros sobe e desce da cortina terminaram — os mortos Tosca e Cavaradossi milagrosamente ressuscitaram e o malvado Scarpia sorriu docemente na hora em que recebeu uma braçada de rosas vermelhas —, Andras e Tibor avançaram aos empurrões rumo à saída e desceram pela escada abarrotada de gente. Do lado de fora, uma tênue dispersão de estrelas se avistava no alto, por cima da camada de luz que a cidade emitia. Tibor pegou o braço do irmão e conduziu-o para o lado do prédio em Andrássy, onde os espectadores do balcão nobre e da plateia saíam em torrentes pelos três pórticos de mármore em arco, na entrada principal.

"Quero que você dê uma olhada no foyer principal", disse Tibor. "Vamos dizer ao porteiro que deixamos algo lá dentro."

Andras seguiu-o através do portão principal e entraram no salão iluminado por candelabros, onde uma escada de mármore conduzia à galeria. Homens e mulheres em trajes de gala desciam, mas Andras só via a arquitetura: moldes decorativos de formato oval ao longo da escada, a abóbada no alto, as colunas coríntias que sustentavam a galeria. Miklós Ybl, um húngaro de Székesfehérvár, tinha vencido um concurso internacional para o projeto da ópera; o pai de Andras tinha lhe dado de presente um livro de desenhos arquitetônicos em seu oitavo aniversário e ele havia passado muitas tardes compridas estudando aquele local. Enquanto o público de saída passava por ele, Andras erguia os olhos e fitava a abóbada do teto, tão concentrado em reconciliar aquela versão tridimensional com os desenhos planos gravados em sua memória que mal se deu conta quando alguém parou na sua frente e falou. Teve de piscar e forçar-se a focalizar uma pessoa, uma mulher grande que lembrava um pombo, num casaco de pele de zibelina, e que parecia estar pedindo licença. Andras se curvou e deu um passo para o lado a fim de permitir que passasse.

"Não, não", ela disse. "Você está exatamente no lugar onde quero que fique. Mas que sorte a minha encontrar você aqui! Nunca descobriria como encontrar você."

Andras lutou para lembrar quando e onde podia ter encontrado aquela mulher. Um colar de diamantes cintilava em seu pescoço e a saia do vestido de seda cor-de-rosa se derramava por baixo de sua peliça; o cabelo castanho da mulher estava arrumado numa touca de cachos muito compactos. Ela tomou o braço de Andras e levou-o para a escada na frente da ópera.

"Não era você que estava no banco no outro dia?", ela perguntou. "Era você que estava com o envelope cheio de francos, não era?"

Então ele a reconheceu: Era Elza Hász, mulher do diretor do banco. Andras tinha visto a mulher algumas vezes na grande sinagoga na Dohány Utca, onde ele e Tibor às vezes assistiam à cerimônia religiosa da sexta-feira à noite. Dias antes, no banco, Andras havia esbarrado com a mulher na hora em que ela atravessava a sala de espera; Elza Hász deixou cair a caixa de chapéu listrada que estava levando e Andras por sua vez soltara o envelope de francos. O envelope abriu, as notas verdes e cor-de-rosa caíram e o dinheiro esvoaçou em volta dos pés dos dois como se fosse confete. Andras tirou a poeira da caixa de chapéu e devolveu-a à mulher, depois a viu desaparecer por uma porta com a placa SALA PRIVATIVA.

"Você parece ter a idade do meu filho", ela disse. "E a julgar pelo seu dinheiro, deve estar de partida para estudar em Paris."

"Amanhã de tarde", ele disse.

"Você pode me fazer um grande favor. Meu filho está estudando na Beaux-Arts e quero que você leve uma encomenda para ele. Seria um inconveniente terrível demais para você?"

Passou um momento antes que Andras pudesse responder. Aceitar levar uma encomenda para alguém em Paris significava que ele estava de fato indo embora, que tinha a intenção de partir e deixar seus irmãos, seus pais e seu país para trás e adentrar na vasta e desconhecida Europa Ocidental.

"Onde mora o seu filho?", perguntou.

"No Quartier Latin, é claro", ela respondeu, e riu. "No sótão de um pintor, e não numa casa de campo charmosa como o nosso Cavaradossi. Embora ele me diga que tem água quente e uma vista para o Panthéon. Ah, lá está o carro!" Um sedã cinzento estacionou junto ao meio-fio e a sra. Hász ergueu o braço e fez sinal para o motorista. "Venha amanhã antes do meio-dia. Benczúr Utca, número 26. Vou estar com tudo pronto." Puxou a gola do casaco mais perto do rosto e desceu correndo para o carro, sem parar para olhar Andras.

"Puxa!", disse Tibor, indo juntar-se a ele na escada da porta. "Pode me contar que história é essa?"

"Vou virar um mensageiro internacional. Madame Hász quer que eu leve uma caixa para seu filho em Paris. Nós nos conhecemos no banco outro dia, quando fui trocar *pengő* por francos."

"E você aceitou?"

"Aceitei."

Tibor deu um suspiro, olhando para os bondes que passavam pelo bulevar. "Vai ser muito maçante ficar aqui sem você, Andráska."

"Bobagem. Daqui a uma semana você vai estar com uma namorada."

"Ah, sim. O que não falta são garotas loucas para conhecer um vendedor de sapatos sem um tostão no bolso."

Andras sorriu. "Finalmente, um pouco de autopiedade! Eu estava começando a me aborrecer com você por ser tão generoso e cabeça fria."

"Nem um pouco. Eu seria capaz de matar você por ir embora. Mas de que adiantaria? Assim nenhum de nós iria para o exterior." Ele sorriu de leve, mas seus olhos estavam sérios por trás dos óculos de aros prateados. Tomou o braço de Andras e o puxou pela escada, para baixo, cantarolando alguns compassos da abertura da ópera. O prédio onde moravam, na Hársfa Utca, ficava a apenas três quarteirões; quando chegaram à porta, pararam para respirar pela última vez o ar da noite, antes de subir para o apartamento. O céu acima da Operaház tinha um tom laranja claro, com o reflexo das luzes, e as sinetas dos bondes no bulevar ecoavam. Na penumbra, Tibor parecia a Andras tão belo quanto uma lenda do cinema, seu chapéu meio tombado num ângulo atrevido, sua echarpe de noite, de seda branca, jogada por cima do ombro. Naquele momento Tibor parecia um homem pronto a enveredar por uma vida emocionante e livre de convenções, um homem muito mais capacitado do que Andras a embarcar num vagão de trem rumo a um país estrangeiro e conquistar lá seu lugar no mundo. Em seguida ele piscou e puxou a chave do bolso, e um momento depois os dois subiram a escada apostando corrida, como meninos do ginásio.

A sra. Hász morava perto do Városliget, o parque da cidade, com seu castelo de conto de fadas e suas casas de banho públicas em estilo rococó. A casa na Benczúr Utca era uma *villa* ao estilo italiano, de estuque amarelo e creme, cercada de três lados por jardins ocultos; o topo de um renque de árvores se erguia por trás de um muro branco de pedra. Andras conseguia distinguir o débil rumor da água de um chafariz e o roçar na terra do ancinho de um jardineiro. Ocorreu-lhe que aquele era um local implausível para uma família judia morar, mas na entrada havia uma *mezuzah* pregada ao portal — um cilindro prateado envolto em hera dourada. Quando apertou o botão da porta, uma campainha de cinco notas ressoou lá dentro. Em seguida veio o som da batida de saltos no mármore e a abertura de ferrolhos pesados. Uma criada de cabelo grisalho abriu a porta e conduziu-o para dentro. Andras entrou num saguão abobadado com o piso de mármore cor-de-rosa, uma mesa marchetada, um feixe de copos-de-leite num vaso chinês.

"Madame Hász está na sala de estar", disse a criada.

Andras seguiu-a através da saleta de entrada e cruzou um corredor com o teto em arco; pararam diante de uma porta através da qual ele pôde ouvir o crescendo e o decrescendo de vozes de mulheres. Não conseguia distinguir as palavras, mas estava claro que havia uma discussão em andamento: uma voz elevou-se, chegou ao clímax e declinou; a outra, mais calma que a primeira, ergueu-se, insistiu e ficou em silêncio.

"Espere aqui um momento", disse a criada, e entrou para anunciar a chegada de Andras. Ao anúncio, as vozes trocaram outra breve saraivada de palavras, como se a discussão tivesse algo a ver com o próprio Andras. Em seguida a criada reapareceu e conduziu o rapaz para o interior de uma sala ampla e iluminada que cheirava a torradas com manteiga e flores. No chão, havia tapetes persas cor-de-rosa e dourados; poltronas brancas forradas em pano adamascado estavam dispostas num arranjo próprio para conversar, junto com dois sofás de cor salmão e uma mesinha de centro com um vaso de rosas amarelas. A sra. Hász tinha se erguido de sua poltrona no canto. A uma escrivaninha perto da janela, estava sentada uma mulher mais velha, em traje de luto de viúva, o cabelo coberto por um xale de rendas. Tinha na mão uma carta com lacre de cera, que colocou em cima de uma pilha de livros e prendeu embaixo de um peso de papel feito de vidro. A sra. Hász cruzou a sala a fim de receber Andras e apertou a mão do jovem com sua mão fria e grande.

"Obrigada por ter vindo", ela disse. "Esta é minha sogra, a primeira senhora Hász." Ela acenou com a cabeça na direção da mulher de preto, que tinha um físico delicado e um rosto de rugas profundas, que Andras achou adorável, apesar de sua aura de sofrimento; seus olhos cinzentos e grandes irradiavam uma dor serena. Ele fez uma reverência com a cabeça e pronunciou a saudação formal: *Kezét czókolom*, eu beijo sua mão.

A sra. Hász mais velha fez um cumprimento com a cabeça, em resposta. "Pois então o senhor aceitou levar uma encomenda para József", ela disse. "É muita gentileza de sua parte. Tenho certeza de que já tem muita coisa com que se preocupar sem isso."

"Não há nenhum problema."

"Não vamos tomar muito o seu tempo", disse a sra. Hász mais jovem. "Simon está embrulhando os últimos objetos agora. Vou tocar a campainha para pedir algo para comer enquanto isso. Você parece faminto."

"Ah, não, por favor, não se incomode", disse Andras. De fato, o cheiro de torrada fez Andras lembrar que não tinha comido nada o dia inteiro; mas tinha receio de que mesmo a mais leve refeição naquela casa demandasse uma cerimônia demorada, cujas regras eram estranhas a ele. E Andras estava com pressa: seu trem partia dali a três horas.

"Jovens sempre podem esperar", disse a sra. Hász mais jovem, e chamou a criada para ficar a seu lado. Deu algumas instruções e mandou a mulher agir.

A sra. Hász mais velha saiu da cadeira junto à escrivaninha e convidou Andras a sentar-se a seu lado num dos sofás de cor salmão. Ele sentou-se com receio de que suas calças deixassem uma mancha na seda; precisaria de um guarda-roupa de outro nível para passar uma hora naquela casa, assim parecia-lhe. A sra. Hász mais velha cruzou as mãos finas sobre as pernas e perguntou a Andras o que estudaria em Paris.

"Arquitetura", respondeu.

"Muito bem. Então vai ser colega de turma de József na Beaux-Arts?"

"Vou estudar na École Spéciale", disse Andras. "Não na Beaux-Arts."

A sra. Hász mais jovem instalou-se no sofá em frente. "Na École Spéciale? Não ouvi József falar a respeito dela."

"É um curso mais profissionalizante do que a Beaux-Arts", explicou Andras. "Pelo menos, é o que entendi. Tenho uma bolsa de estudos da Izraelita Hitközség. Na verdade, foi um feliz acaso."

"Um acaso?"

E Andras explicou: o editor de *Passado e Futuro*, a revista onde ele trabalhava, havia apresentado alguns desenhos de capa de Andras para uma exposição em Paris — uma exposição reservada a jovens artistas da Europa Central. Suas capas tinham sido escolhidas e expostas; um professor da École Spéciale viu a exposição e procurou saber a respeito dele. O editor contou que Andras desejava ser arquiteto, mas que era difícil para estudantes judeus ingressar no curso de arquitetura na Hungria: uma extinta restrição de contingente estudantil, que na década de 1920 havia limitado o número de estudantes judeus a seis por cento, ainda criava obstáculos na burocracia da matrícula nas universidades húngaras. O professor da École Spéciale escreveu cartas, solicitou à comissão de admissão que aceitasse Andras e lhe desse uma vaga no próximo ano letivo. A associação comunitária de judeus em Budapeste, a Israelita Hitközség, ofereceu a verba para pagar as aulas, o alojamento e a comida. Isso aconteceu em questão de semanas e a todo momento dava a impressão de que tudo podia fracassar. Mas não fracassou; ele estava para partir. Suas aulas começariam dali a seis dias.

"Ah", disse a sra. Hász mais jovem. "Que sorte! E uma bolsa de estudos também!" Porém, ao dizer aquelas palavras, baixou os olhos e Andras experimentou a volta de um sentimento de seus tempos de escola em Debrecen: uma vergonha repentina, como se tivesse sido despido até ficar apenas com as roupas de baixo. Algumas vezes tinha passado tardes de fins de semana em casas de meninos que moravam no centro da cidade, cujos pais eram banqueiros ou advogados, e que não precisavam andar com famílias pobres — meninos que dormiam sozinhos em suas camas de noite, vestiam camisas passadas a ferro para ir à escola e almoçavam em casa todo dia. Algumas das mães daqueles meninos tratavam Andras com uma piedade solícita, outras com um polido desprazer. Na presença delas, Andras sentira-se nu daquela mesma forma. Mas ele se obrigou a encarar a mãe de József e dizer: "Sim, é mesmo muita sorte".

"E onde você vai morar em Paris?"

Andras esfregou as palmas molhadas das mãos nos joelhos. "No Quartier Latin, suponho."

"Mas para onde vai quando chegar lá?"

"Imagino que vá perguntar a alguém onde estudantes conseguem quartos para morar."

"Mas que absurdo", disse a sra. Hász mais velha, cobrindo a mão dele com a própria mão. "Você vai para a casa de József, é isso o que vai fazer."

A sra. Hász mais jovem tossiu e alisou o cabelo. "Não devíamos firmar compromissos para József", ela disse. "Talvez ele não tenha um quarto de hóspedes."

"Ah, Elza, você é uma esnobe terrível", disse a sra. Hász mais velha. "O senhor Lévi está ajudando József. É claro que o rapaz pode dispor de um sofá para ele, pelo menos por alguns dias. Vamos passar um telegrama esta tarde."

"Aqui estão os sanduíches", disse a mais jovem, visivelmente aliviada com aquela oportunidade de desviar-se do assunto.

A criada empurrou um carrinho de chá para dentro da sala. Além do serviço de chá, havia uma bandeja de vidro com uma pilha de sanduíches tão brancos que pareciam feitos de neve. Um par de pinças prateadas semelhantes a tesouras jazia ao lado do pedestal, como que para sugerir que sanduíches como aqueles não deveriam ser tocados por mãos humanas. A sra. Hász mais velha pegou as pinças e empilhou sanduíches no prato de Andras, mais do que ele teria ousado pegar para si. Quando a própria sra. Hász mais jovem pegou um sanduíche sem a ajuda das pinças ou dos talheres, Andras tomou coragem para comer um. Consistia de requeijão temperado dentro de um pão branco e macio, cujas cascas tinham sido retiradas. Fatias de pimentão amarelo da finura de folhas de papel forneciam a única indicação de que o sanduíche tinha origem nas fronteiras da Hungria.

Enquanto a sra. Hász mais jovem servia uma xícara de chá para Andras, a mais velha foi até a escrivaninha e pegou um cartão branco sobre o qual pediu que o rapaz escrevesse seu nome e dados de sua viagem. Ela telegrafaria para József, que o esperaria na estação em Paris. Ofereceu a Andras uma caneta de vidro com uma ponta de ouro tão fina que ele ficou com medo de usá-la. O rapaz curvou-se sobre a mesa baixa e escreveu as informações em letra de forma, morto de medo de quebrar a ponta da caneta ou derramar tinta no tapete persa. Em vez disso, manchou os dedos de tinta, fato de que só se deu conta quando olhou para baixo, para seu último sanduíche, e viu que o pão estava manchado de roxo. Andras perguntou-se quanto tempo faltaria para que Simon, quem quer que ele fosse, aparecesse com a caixa que devia levar para József. Um barulho de marteladas vinha de um ponto distante, no fim do corredor; ele torcia para que fosse a caixa sendo fechada.

Pareceu agradar à sra. Hász mais velha ver que Andras havia terminado de comer os sanduíches. Ela ofereceu ao rapaz seu sorriso marcado por sofrimento. "Esta é a primeira vez que vai a Paris, não?"

"Sim", respondeu Andras. "A primeira vez que saio do país."

"Não se sinta ofendido pelo meu neto", ela disse. "É um amor de pessoa, depois que o conhecemos melhor."

"József é um perfeito cavalheiro", disse a sra. Hász mais jovem, ruborizando até a raiz de seus cachinhos compactos.

"É gentileza sua telegrafar para ele", disse Andras.

"Não é nada", disse a sra. Hász mais velha. Ela escreveu o endereço de József num outro cartão e deu para Andras. Um instante depois, um homem de libré de mordomo entrou na sala de estar com um enorme caixote de madeira nos braços.

"Obrigado, Simon", disse a sra. Hász mais jovem. "Pode deixá-lo ali."

O homem colocou o caixote no chão, sobre o tapete, e retirou-se. Andras lançou um olhar para o relógio dourado no consolo da lareira. "Obrigado pelos sanduíches", ele disse. "Agora é melhor eu ir embora."

"Fique só mais um pouquinho, se não se importa", disse a sra. Hász mais velha. "Gostaria de pedir a você que levasse mais uma coisinha." Foi até a escrivaninha e puxou a carta lacrada que estava debaixo do peso de papel.

"Desculpe-me, senhor Lévi", disse a mais jovem. Ergueu-se, atravessou a sala na direção da sogra e pôs a mão no braço dela. "Já conversamos sobre isso."

"Então não vou repetir tudo", disse a sra. Hász mais velha, baixando a voz. "Tenha a gentileza de tirar sua mão do meu braço, Elza."

A sra. Hász mais jovem balançou a cabeça. "György teria concordado comigo. Não é sensato."

"Meu filho é um bom homem, mas nem sempre sabe o que é sensato e o que não é", disse a mais velha. Desvencilhou o braço com delicadeza da mão da nora, voltou para o sofá de cor salmão e entregou o envelope para Andras. Na frente do envelope estava escrito o nome C. MORGENSTERN e um endereço em Paris.

"É uma mensagem para um amigo da família", disse a sra. Hász mais velha, com os olhos fixos nos de Andras. "Talvez me julgue excessivamente cautelosa, mas para certos assuntos não confio no correio húngaro. As coisas podem extraviar-se, entende, ou cair em mãos erradas." Ela manteve o olhar fixo em Andras enquanto falava, parecia pedir-lhe que não fizesse nenhuma pergunta sobre o significado daquilo ou de que assuntos poderiam ser tão delicados a ponto de exigir tamanho grau de cautela. "Se não se importa, prefiro que não mencione isso a ninguém. Sobretudo a meu neto. Apenas compre um selo e ponha o envelope numa caixa de correio assim que tiver chegado a Paris. Estará fazendo um imenso favor para mim."

Andras pôs a carta no bolso de dentro do paletó. "Não há nenhum problema", ele disse.

A sra. Hász mais jovem ficou imóvel e tensa junto à escrivaninha, sua face reluzente por baixo da pátina de pó de arroz. A mão continuava pousada sobre a pilha de livros, como se ela pudesse chamar a carta de volta do outro lado do quarto e colocá-la ali outra vez. Mas não havia nada a fazer, Andras percebeu; a sra. Hász mais velha tinha vencido e a mais jovem agora tinha de agir como se não tivesse ocorrido nada fora do comum. Ela recompôs a expressão do rosto e alisou a saia cinzenta, enquanto voltava para o sofá onde estava Andras.

"Bem", ela disse, e cruzou as mãos. "Parece que concluímos nossos negócios. Espero que meu filho seja útil a você em Paris."

"Tenho certeza de que será", respondeu Andras. "Essa é a caixa que a senhora quer que eu leve?"

"É sim", respondeu a sra. Hász mais jovem, e acenou com a mão para que ele se aproximasse da caixa.

O caixote de madeira era grande o bastante para conter alguns cestos de piquenique. Quando Andras o levantou, sentiu uma pontada no intestino. Deu alguns passos rumo à porta, coxeando.

"Meu Deus", disse a sra. Hász mais jovem. "Será que você aguenta?"

Andras arriscou fazer que sim com a cabeça, sem falar nada.

"Ah, não. Você não deve cometer excessos." Apertou um botão na parede e Simon reapareceu um instante depois. Tomou a caixa de Andras e caminhou a passos largos rumo à porta da frente da casa. Andras foi atrás e a sra. Hász mais velha acompanhou-o até a saída para a rua, onde o carro cinzento e comprido o aguardava. Pelo visto tinham a intenção de transportá-lo até sua casa. Era um carro de fabricação inglesa, um Bentley. Ele gostaria que Tibor estivesse ali para ver.

A sra. Hász mais velha pôs a mão na manga de Andras. "Obrigada por tudo", ela disse.

"Foi um prazer", respondeu Andras, e curvou-se em despedida.

Ela apertou o braço do rapaz e entrou na casa; a porta fechou às suas costas sem fazer barulho. Quando o carro andou, Andras viu-se virando a cabeça para trás a fim de olhar para a casa de novo. Procurou as janelas, inseguro do que esperava ver. Não havia nenhum movimento, nenhuma ondulação da cortina, nem o relance de um rosto. Ele imaginou a sra. Hász mais jovem voltando para a sala de estar numa frustração muda, a mais velha recolhendo-se a uma parte mais recuada da casa por trás daquela fachada cor de manteiga e entrando num quarto cuja mobília estofada parecia sufocá-la, um quarto cujas janelas ofereciam uma vista sem consolo. Andras virou-se para a frente, repousou o braço sobre a caixa destinada a József e deu ao motorista seu endereço na Hársfa Utca, pela última vez.

2. O expresso da Europa Ocidental

Ele contou a Tibor sobre a carta, é claro; não poderia ter escondido de seu irmão um segredo como aquele. Em seu quarto compartilhado, Tibor pegou o envelope e segurou-o sob a luz. Estava lacrado com cera vermelha, na qual a sra. Hász mais velha havia impresso seu monograma.

"O que você acha que é?", perguntou Andras.

"Intrigas de ópera", disse Tibor, e sorriu. "Uma antiga fantasia de senhora idosa, associada à paranoia acerca da falta de confiabilidade do correio. Um ex-amante, esse tal de Morgenstern da Rue de Sévigné. Aposto que é isso." E devolveu a carta para Andras. "Agora você está envolvido no romance deles."

Andras enfiou a carta num bolso de sua mala e disse a si mesmo para não se esquecer dela. Em seguida conferiu a lista pela décima quinta vez e viu que não restava mais nada a fazer, a não ser partir para Paris. A fim de economizar o dinheiro do táxi, ele e Tibor pegaram um carrinho de mão emprestado com o dono da mercearia ao lado de sua casa e levaram nele a mala de Andras e o enorme caixote de József até a estação Nyugati. No guichê da bilheteria houve um desentendimento a respeito do passaporte de Andras, que pelo visto parecia novo demais para ser autêntico; um funcionário do serviço de emigração teve de ser consultado, depois um funcionário de nível mais elevado e por fim um superintendente num paletó salpicado de botões dourados, que fez uma pequenina marca no canto do passaporte e repreendeu os demais funcionários por ter sido desviado de suas obrigações. Minutos depois de resolvida a questão, Andras, atrapalhando-se com sua maleta de couro, deixou o passaporte cair no estreito vão entre a plataforma e o trem. Um cavalheiro solidário ofereceu seu guarda-chuva; Tibor introduziu-o entre a plataforma e o trem e empurrou o passaporte para um local onde era possível resgatá-lo.

"Acho que agora deve estar parecendo um passaporte autêntico", disse, ao entregá-lo. O passaporte estava sujo de poeira e rasgado num canto onde o espetara com o guarda-chuva. Andras pôs o passaporte de novo no bolso e os dois seguiram pela plataforma rumo à porta de seu vagão de terceira classe, onde um cobrador de passagens de chapéu vermelho e dourado ajudava os passageiros a embarcar.

"Bem", disse Tibor. "Creio que é melhor você achar seu assento." Seus olhos estavam molhados por trás dos óculos e ele pôs a mão no braço de Andras. "Trate de segurar bem firme esse passaporte daqui para a frente."

"Pode deixar", respondeu Andras, sem fazer nenhum movimento para embarcar. A grande cidade de Paris aguardava por ele; de repente sentiu-se aturdido de pavor.

"Todos a bordo", disse o condutor, e lançou para Andras um olhar expressivo.

Tibor beijou Andras nos dois lados do rosto e o abraçou por um longo momento. Quando eram meninos e saíam para a escola, o pai deles sempre colocava as mãos na cabeça de ambos e dizia a prece para a viagem antes de deixá-los no trem; naquele momento, era Tibor quem sussurrava as palavras. *Que Deus guie seus passos rumo à tranquilidade e proteja você das mãos de todos os inimigos. Que fique a salvo de todo infortúnio neste mundo. Que Deus conceda-lhe a misericórdia em seus olhos e nos olhos de todos os que o veem.* Tibor beijou Andras de novo. "Você vai voltar de lá um homem do mundo", ele disse. "Um arquiteto. Vai projetar uma casa para mim. Estou contando com você, ouviu bem?"

Andras não conseguia falar. Exalou um longo suspiro e olhou para baixo, para o concreto liso da plataforma, onde etiquetas de viagem haviam colado numa profusão multinacional. Alemanha, Itália, França. O vínculo com o irmão parecia visceral, vascular, como se fossem unidos pelo peito; a ideia de embarcar num trem para ser transportado para longe dele parecia tão injusta quanto parar de respirar. O apito do trem soou.

Tibor tirou os óculos e esfregou os cantos dos olhos. "Chega", ele disse. "Verei você em breve. Agora, vá."

Um pouco depois de escurecer, Andras viu-se olhando pela janela para uma cidadezinha onde as placas das ruas e os letreiros das lojas eram todos em alemão. O trem devia ter cruzado a fronteira sem que ele se desse conta disso; enquanto dormia com um livro de poemas de Petőfi no colo, o trem deixara a minúscula Hungria e adentrara um mundo mais vasto. Andras colocou as mãos em concha sobre o vidro e procurou austríacos nas travessas estreitas, mas não conseguiu ver nenhum; aos poucos as casas ficaram menores e mais afastadas umas das outras e a cidade se diluiu na zona rural. Celeiros austríacos, sombrios à luz do luar. Vacas austríacas. Uma carroça austríaca, atulhada de feno prateado. Na distância, contra o céu azul-escuro da noite, o azul mais profundo das montanhas. Ele abriu a janela alguns centímetros; o ar do lado de fora era fresco e cheirava a lenha queimada.

Andras tinha a estranha sensação de não saber quem ele era, de ter viajado para fora do mapa de sua própria existência. Era o contrário da sensação que tinha toda vez que viajava para o oriente, entre Budapeste e Konyár, para visitar seus pais; naquelas viagens para o local onde nascera, havia a sensação de ir mais fundo dentro de si mesmo, rumo a algum cerne essencial, rumo à miniatura do tamanho de um grão de arroz dentro da bonequinha russa *matrioska* que sua mãe tinha no parapeito da janela da cozinha. Mas quem ele poderia imaginar que era aquele Andras Lévi num trem que viajava rumo a oeste através da Áustria? Antes de partir de Budapeste, mal havia parado para pensar até que ponto estava mal preparado para uma aventura como aquela, uma viagem para estudar durante cinco anos numa faculdade de arquitetura em Paris. Viena ou Praga, isso ele poderia imaginar: sempre tivera notas boas em alemão, que estudava desde os doze anos de idade. Mas agora era Paris e a École Spéciale que o aguardavam e ele teria de virar-se com seus dois anos de francês, já meio esquecidos. Sabia pouco mais do que rudimentos de nomes de comida, partes do corpo e adjetivos laudatórios. Assim como os outros rapazes em sua escola de Debrecen, tinha memorizado as palavras do francês para as posições sexuais que apareciam numa série de velhas fotografias que eram transmitidas de geração para geração de alunos: *croupade, le ciseaux, à la grecque*. Os cartões eram tão velhos e tinham sido manuseados de forma tão exaustiva que as imagens dos casais entrelaçados só eram visíveis como fantasmas prateados, e mesmo assim apenas quando se segurava os cartões num ângulo específico sob a luz. Além disso, o que mais ele sabia de francês — ou, aliás, o que sabia sobre a França? Sabia que o país chegava até a costa do Mediterrâneo, de um lado, e do Atlântico, do outro. Sabia um pouco sobre o movimento das tropas e das batalhas da Grande Guerra. Sabia, é claro, das grandes catedrais de Reims e de Chartres; sabia da Notre-Dame, da Sacré-Coeur, do Louvre. E aquilo era tudo, além de um ou outro dado isolado. Durante as poucas semanas que tivera para se preparar para a viagem, torturara as páginas de seu antiquado livro de expressões, que comprara barato num sebo em Szent István Körút. O livro devia ser de antes da Grande Guerra; apresentava traduções de expressões como *Onde posso alugar uma parelha de cavalos?* e *Sou húngaro, mas meu amigo é prussiano*.

No último fim de semana, quando fora para sua Konyár natal a fim de se despedir de seus pais, Andras viu-se confessando ao pai seus receios, enquanto os dois caminhavam pelo bosque após o jantar. O rapaz não havia planejado dizer nada; entre os filhos e o pai havia o entendimento tácito de que, como homens húngaros, não deviam demonstrar nenhum sinal de fraqueza, mesmo em ocasiões de crise. Porém, quando passavam entre as filas de macieiras, chutando o capim silvestre que batia nos joelhos, Andras sentiu-se compelido a falar. Por que, perguntou-se em voz alta, teria sido selecionado entre todos os artistas da exposição apresentada em Paris? Como a comissão de seleção da École Spéciale havia determinado que *ele*, em especial, merecia tal favor? Ainda que seus desenhos tivessem dado mostras de algum mérito especial, quem poderia dizer que era capaz de produzir outras obras como aquelas ou, mais especificamente, que teria sucesso nos estudos de arquitetura, uma disciplina incomparavelmente distinta de tudo o que havia encarado até então? Na melhor das hipóteses, disse ao pai, ele era o beneficiário de uma fé mal direcionada; na pior das hipóteses, uma simples fraude.

Seu pai inclinou a cabeça para trás e riu. "Uma fraude?", ele disse. "Você, que lia Miklós Ybl em voz alta para mim quando tinha oito anos de idade?"

"Uma coisa é amar uma arte e outra coisa é ser competente na prática."

"Houve um tempo em que os homens estudavam arquitetura simplesmente porque era uma ocupação nobre", disse o pai.

"Existem outras ocupações mais nobres. As artes médicas, por exemplo."

"Esse é o talento do seu irmão. Você tem seu próprio dom. E agora dispõe de tempo e dinheiro para nutri-lo."

"E se eu fracassar?"

"Ah! Aí você vai ter uma história para contar."

Andras pegou um ramo caído no chão e bateu com ele no capim alto. "Parece egoísta", disse. "Viajar para estudar em Paris e à custa de outras pessoas."

"Você iria à minha custa se eu pudesse pagar, acredite. E eu não ia querer que você encarasse como egoísmo."

"E se você pegar pneumonia de novo este ano? O depósito de madeira não anda sozinho."

"Por que não? Tenho o capataz e cinco bons serradores. E Mátyás não está longe, se eu precisar de mais ajuda."

"Mátyás, aquele corvo?" Andras balançou a cabeça. "Mesmo que você consiga apanhá-lo, vai ter sorte se conseguir que trabalhe."

"Ah, eu sei como conseguir que ele trabalhe", disse o pai. "Se bem que espero não ter que fazer isso. Aquele vigarista já vai ter muita dificuldade para se formar, com todas as bobagens que aprontou no ano passado. Soube que se juntou a uma espécie de trupe de dançarinos? Está se apresentando à noite num clube e por isso perde as aulas da manhã."

"Ouvi dizer. Uma razão a mais para eu não ir a uma escola tão longe de casa. Quando ele se mudar para Budapeste, alguém vai precisar tomar conta dele."

"Não é culpa sua não poder estudar em Budapeste", disse o pai. "Você está à mercê das circunstâncias. Sei muito bem como é isso. Mas faça o que puder com aquilo que tiver."

Andras entendeu o que ele queria dizer. Seu pai tinha estudado no seminário teológico judaico em Praga e poderia ter se tornado rabino, não fosse a morte prematura do pai dele; uma série de tragédias o acometeu durante a década de 1920, o bastante para que um homem mais fraco fosse levado à derrota e ao desespero. Desde então, havia provado uma inversão do destino tão profunda que todo mundo na aldeia acreditava que ele tinha sido especialmente favorecido pela misericórdia do Todo-Poderoso. Mas Andras sabia que tudo de bom que havia ocorrido a seu pai era fruto de sua própria tenacidade e de seu trabalho árduo.

"É uma bênção você estar indo para Paris", disse o pai. "É melhor sair deste país onde os judeus têm de se sentir pessoas de segunda categoria. Posso garantir a você que a situação não vai melhorar enquanto você estiver fora, mas vamos torcer também para que não piore."

Enquanto Andras viajava rumo ao ocidente no escuro vagão de trem, ouviu de novo aquelas palavras em sua mente; entendeu que havia um outro medo sob os que havia pronunciado em voz alta. Viu-se pensando numa reportagem de jornal que tinha lido pouco tempo antes sobre uma coisa horrível ocorrida havia algumas semanas na cidade polonesa de Sandomierz: no meio da noite, as vitrines das lojas do bairro judeu tinham sido partidas e pequenos projéteis envoltos em papel foram lançados no interior delas. Quando os donos das lojas abriram os projéteis, viram que continham cascos de bode serrados. *Pés de judeu*, diziam os pedaços de papel.

Nada semelhante àquilo ocorrera em Konyár; judeus e não judeus moravam na cidade em relativa paz havia séculos. Mas as sementes estavam lá, Andras sabia disso. Em sua escola primária em Konyár, era chamado pelos colegas de Zsidócska, judeuzinho; quando todos iam nadar, sua circuncisão era uma marca de vergonha. Certa vez eles o seguraram na água e tentaram enfiar um pedaço de linguiça de carne de porco entre seus dentes cerrados. Antes, os meninos mais velhos haviam atormentado Tibor e um grupo mais jovem estava à espera de Mátyás quando ele chegou à escola. De que modo aqueles meninos de Konyár, agora já adultos, estariam recebendo as notícias que chegavam da Polônia? O que parecia uma atrocidade podia parecer a eles um simples ato de justiça, ou uma liberdade. Andras encostou a cabeça no vidro frio da janela e mirou a paisagem desconhecida, surpreso apenas por ver como era semelhante às terras planas onde fora criado.

O trem parou em Viena numa estação muito mais suntuosa do que qualquer outra que Andras já tivesse visto. A fachada, com dez andares de altura, era feita de vidraças suportadas por uma grade de ferro dourada; as escoras tinham arabescos, motivos florais e querubins em desenhos que pareciam mais adequados a um quarto de mulher do que a uma estação de trem. Andras desceu do vagão e seguiu o aroma de pão até um carrinho onde uma mulher de chapéu branco vendia pretzels salpicados de sal. Mas a mulher não quis aceitar seus *pengő* nem seus francos. Em seu alemão insistente, ela tentou explicar a Andras o que ele tinha de fazer, apontando para o guichê de câmbio. A fila no guichê fazia a volta pelo canto da parede. Andras olhou para o relógio da estação e depois para a pilha de pretzels. Fazia oito horas desde a última vez que comera, quando lhe serviram os finos sanduíches na casa na Benczúr Utca.

Alguém deu uma palmadinha em seu ombro e Andras virou-se para topar com o cavalheiro da estação Keleti, aquele mesmo que emprestara seu guarda-chuva para Tibor resgatar o passaporte que havia caído junto ao trilho. O homem vestia um terno de viagem cinza e um sobretudo leve; o pálido brilho dourado da corrente do relógio reluzia sobre o colete. Era alto e tinha o peito amplo, o cabelo castanho escovado para trás em ondas, a partir de uma testa alta e arqueada. Levava uma pasta reluzente e um exemplar de *La Revue du Cinema*.

"Permita que eu lhe pague um pretzel", ele disse. "Tenho alguns xelins comigo."

"Você já foi muito gentil antes", disse Andras.

Mas o homem deu um passo à frente e comprou dois pretzels e eles foram até um banco ali perto para comer. O cavalheiro puxou do bolso um lenço estampado com um monograma e abriu-o sobre as pernas.

"Gosto de pretzel fresquinho, mais do que qualquer outra coisa que sirvam no vagão-restaurante", disse. "Além do mais, os passageiros da primeira classe costumam ser uns chatos de primeira classe."

Andras fez que sim com a cabeça, enquanto comia em silêncio. O pretzel ainda estava quente, o sal parecia eletricidade na sua língua.

"Suponho que você não desça em Viena", disse o homem.

"Vou para Paris", atreveu-se a dizer Andras. "Vou estudar lá."

O homem voltou para Andras os olhos de rugas profundas e examinou-o durante um intervalo demorado. "Um futuro cientista? Um advogado?"

"Arquiteto", disse Andras.

"Muito bem. Uma arte prática."

"E você?", perguntou Andras. "Qual é o seu destino?"

"O mesmo que o seu", respondeu o homem. "Sou gerente de um teatro em Paris, o Sarah-Bernhardt. Embora seja mais correto dizer que o teatro é que é o meu gerente. Como uma amante cheia de caprichos, receio. Teatro... aí está uma arte nada prática."

"E a arte deve ser prática?"

O homem riu. "Não, na verdade." E depois perguntou: "Você vai ao teatro?".

"Menos do que gostaria."

"Então deve ir ao Sarah-Bernhardt. Mostre meu cartão na bilheteria e diga que fui eu que mandei você ir lá. Diga que é meu *compatriote*." Tirou um cartão de uma caixinha dourada e entregou para Andras. *NOVAK Zoltán, metteur en scène, Théâtre Sarah-Bernhardt.*

Andras tinha ouvido falar de Sarah Bernhardt, mas sabia muito pouco sobre ela. "A senhora Bernhardt apresenta-se lá?", perguntou. "Aliás", perguntou hesitante, "ela ainda se apresenta?"

O homem dobrou o papel do invólucro de seu pretzel. "Ela se apresentou", ele disse. "Por muitos anos. Na época era chamado Théâtre de la Ville. Mas isso foi antes do meu tempo. Madame Bernhardt morreu há muitos anos, receio."

"Sou um ignorante", disse Andras.

"Nada disso. Você me faz lembrar de mim mesmo quando era jovem e vim a Paris pela primeira vez. Vai se sentir bem. Vem de uma boa família. Vi a maneira como seu irmão protegia você. Guarde meu cartão, em todo caso. Zoltán Novak."

"Andras Lévi." Apertaram as mãos, em seguida voltaram para seus vagões — Novak para o vagão bem iluminado da primeira classe e Andras para as acomodações mais modestas da terceira.

Andras levou mais dois dias para chegar a Paris, durante os quais teve de viajar através da Alemanha, rumo à fonte do terror crescente que se irradiava por toda a Europa. Em Stuttgart, houve um atraso, um problema mecânico que teve de ser reparado antes de o trem poder seguir viagem. Estava tonto de fome. Não teve escolha a não ser trocar alguns francos por reichsmarks para conseguir algo para comer. No guichê de câmbio, uma matrona com falha nos dentes, num agasalho cinza, fez com que ele assinasse um documento que afirmava que ele gastaria o dinheiro trocado dentro das fronteiras da Alemanha. Andras tentou entrar num café perto da estação para comprar um sanduíche, mas na porta havia uma placa escrita à mão em caracteres góticos que diziam: *Não atendemos judeus*. Ele olhou através da porta de vidro para uma jovem que lia uma revista de história em quadrinhos atrás do balcão de doces. Devia ter quinze ou dezesseis anos, um lenço branco sobre a cabeça, correntinha dourada no pescoço. Ela ergueu os olhos e sorriu para Andras. Ele deu um passo para trás e olhou para baixo, na direção das moedas de reichsmark em sua mão — num lado, uma águia com uma suástica engrinaldada em suas garras; no outro, o perfil de Paul von Hinderburg, de bigode —, depois olhou de novo por cima do ombro para a garota dentro da loja. Os reichsmarks não eram nada mais do que umas poucas gotas de sangue no vasto sistema circulatório da economia do país, mas de repente ele se sentiu ansioso para se desfazer das moedas; não queria comer a comida que eles pudessem comprar, mesmo que encontrasse uma loja em que *Juden* não fossem *unerwünscht*. Rapidamente, certificando-se de que ninguém estava vendo o que fazia, agachou-se e jogou as moedas na boca de um bueiro. Em seguida voltou para o trem sem ter comido nada e seguiu faminto pelos últimos cem quilômetros da Alemanha. Na plataforma de todas as estações de cidadezinhas alemãs, bandeiras nazistas ondulavam no ar deslocado pela passagem do trem em velocidade. A bandeira vermelha despontava dos prédios mais altos, decorava os toldos das casas e surgiu em miniaturas nas mãos de um grupo de crianças que marchavam no pátio de uma escola perto dos trilhos da ferrovia. Na hora em que atravessaram a fronteira e entraram na França, Andras teve a sensação de que fazia horas que estava prendendo a respiração.

Atravessaram a zona rural, os pequenos povoados feitos de madeira e os intermináveis subúrbios planos, até chegarem aos bairros dos arredores de Paris propriamente dita. Passava de onze horas da noite quando o trem chegou à estação. Atrapalhando-se com sua mala de couro, seu sobretudo, sua pasta, Andras abriu caminho no corredor do vagão e desceu na plataforma. Na parede do outro lado, um mural de quinze metros de altura mostrava soldados jovens e sérios, os olhos toldados pela determinação, partindo para combater na Grande Guerra. Noutra parede, pendia uma série de estandartes coloridos que retratavam uma batalha mais recente — uma batalha espanhola, Andras supôs, a julgar pelos uniformes dos soldados. Os alto-falantes acima estalavam com uma voz que falava em francês; entre os viajantes na plataforma, o zumbido baixo da língua francesa e o cantarolar do italiano se cruzavam com as cadências mais ásperas do alemão, do polonês e do tcheco. Andras examinou a multidão em busca de um jovem com um sobretudo caro que parecesse estar à procura de alguém. Ele não havia pedido uma descrição ou foto de József. Não lhe ocorreu que os dois fossem ter dificuldade para se identificar. Porém um número cada vez maior de passageiros enchia a plataforma e parisienses acudiam correndo para saudá-los, e József não aparecia. No meio da multidão, Andras captou um olhar de relance de Zoltán Novak; uma mulher de chapéu chique e casaco de gola de pelo lançou os braços em volta de Zoltán Novak. Ele beijou a mulher e conduziu-a para longe do trem, enquanto carregadores seguiam os dois com sua bagagem.

Andras pegou a própria mala e a enorme caixa para József. Ficou parado e esperou enquanto a multidão se tornava cada vez mais densa e depois começou a dispersar. Nenhum jovem de aspecto animado adiantou-se para apresentá-lo à vida de Paris. Ele se sentou no caixote de madeira, de repente tranquilo. Precisava de um lugar para dormir. Precisava comer. Dali a poucos dias, tinha de se apresentar na École Spéciale, pronto para começar seus estudos. Olhou na direção da fila de portas com a inscrição SORTIE, para os faróis dos carros que passavam na rua, lá fora. Passaram quinze minutos, depois mais quinze, e nenhum sinal de József Hász.

Enfiou a mão no bolso do peito do paletó e puxou o pesado cartão em que a sra. Hász mais velha tinha anotado o endereço do neto. Aquela era a única referência que tinha. Por seis francos, Andras conseguiu um carregador com cara de morsa para ajudá-lo a carregar sua bagagem e a enorme caixa de József até um táxi. Disse para o motorista o endereço de József e partiram rápido na direção do Quartier Latin. Enquanto faziam o percurso em velocidade, o motorista falou sem parar, num francês jocoso, do qual Andras não entendeu nenhuma palavra.

Mal se deu conta dos locais por onde estavam passando a caminho da casa de József Hász. A névoa rolava em ondas através da luz dos postes e folhas molhadas bafejavam contra as janelas do táxi. Os prédios sob a luz dourada rodopiavam ao passar por ele em velocidade; as ruas estavam repletas de gente que gozava o lazer da noite de sábado, homens e mulheres de braços dados e languidamente juntos. O táxi atravessou um rio em velocidade, na certa o Sena, e por um instante Andras permitiu-se imaginar que estavam cruzando o Danúbio, que estava de volta a Budapeste e que, dali a pouco tempo, estaria em casa, no apartamento na Hársfa Utca, onde poderia subir a escada e se enfiar na cama, com Tibor. Mas então o táxi parou na frente de um prédio de pedra cinza e o motorista desembarcou para descarregar a bagagem de Andras. O rapaz remexeu nos bolsos para pegar mais dinheiro. O motorista deu um toque no chapéu com a ponta do dedo, recebeu os francos que Andras ofereceu e disse algo que parecia a palavra húngara *bocsánat*, desculpe, mas que depois Andras entendeu que era *boa sorte*. O táxi foi embora, deixando Andras sozinho numa calçada do Quartier Latin.

3. O Quartier Latin

O prédio de József Hász era anguloso e de arenito, seis andares com janelas de caixilhos altos e sacadas com ornamentos de ferro fundido. Do último andar, vinha o som forte de jazz agitado; trompete, piano e saxofone duelavam bem perto das janelas reluzentes. Andras chegou junto à porta a fim de tocar a campainha, mas ela se abriu com um empurrão; no vestíbulo, um bando de garotas em vestidos justos de seda bebiam champanhe e fumavam cigarros com aroma de violeta. Mal olharam para Andras quando passou arrastando sua bagagem para dentro do prédio e a empurrou para junto da parede. Com o coração na boca, ele se adiantou a fim de tocar na manga de uma das garotas, que voltou um olhar maroto para ele e ergueu uma sobrancelha pintada.

"József Hász?", perguntou Andras.

A garota levantou um dedo e apontou na direção do alto da escadaria oval. "*Là-bas*", ela disse. "*En haut.*"

Ele arrastou sua bagagem e o imenso caixote para dentro do elevador que o levou para o andar mais alto. Lá em cima, saiu no meio de uma multidão de homens e mulheres, de fumaça e de jazz; pelo visto o Quartier Latin inteiro tinha se reunido na casa de József Hász. Deixando a bagagem no corredor, entrou pela porta aberta do apartamento e repetiu a pergunta com o nome de József Hász para uma série de farristas embriagados. Após uma jornada labiríntica por cômodos de teto alto, Andras se viu parado numa sacada com József Hász em pessoa, um jovem alto, descontraído, de paletó esporte de veludo. Os olhos grandes e cinzentos de Hász demoraram-se em Andras com uma expressão de surpresa matizada de champanhe. Ele fez uma pergunta em francês e ergueu sua taça.

Andras sacudiu a cabeça. "Receio que por enquanto tenha de ser em húngaro."

József fitou-o com os olhos semicerrados. "E que húngaro é você, exatamente?"

"Andras Lévi. O húngaro de que falava o telegrama de sua mãe."

"Que telegrama?"

"Sua mãe não lhe mandou um telegrama?"

"Ah, meu Deus! É verdade! Ingrid disse que havia um telegrama." József pôs a mão no ombro de Andras, depois se inclinou na porta da sacada e gritou: "Ingrid!".

Uma garota loura, usando uma roupa colante enfeitada com lantejoulas, abriu caminho até a sacada e ficou parada com a mão na cintura. Seguiu-se uma rápida troca de palavras em francês, depois do que Ingrid tirou do seio um envelope de telegrama dobrado. József rompeu a tira adesiva, leu o texto, olhou para Andras, leu de novo e desatou uma risada convulsiva.

"Meu pobre homem!", disse József. "Eu deveria ter buscado você na estação duas horas atrás!"

"Sim, a ideia era essa."

"Você provavelmente teve vontade de me matar!"

"Ainda posso estar com essa vontade", disse Andras. Sua cabeça latejava no ritmo da música, os olhos cheios de água, as entranhas retorciam-se de fome. Estava claro para ele que não podia ficar na casa de József Hász, mas àquela altura era quase impossível sair em busca de algum lugar para passar a noite.

"Ora, mas você se saiu muito bem sem mim até agora", disse József. "Aqui está, em minha casa, onde há champanhe suficiente para a noite inteira, além de tudo o mais que desejar, se entende o que quero dizer."

"Tudo de que preciso é um canto sossegado para dormir. Dê-me um cobertor e deixe-me em qualquer lugar."

"Receio que aqui não exista nenhum canto sossegado", disse József. "Em vez disso, tome uma bebida. Ingrid vai trazer para você. Venha comigo."

Puxou Andras para dentro do apartamento e deixou-o sob os cuidados de Ingrid, que conseguiu o que devia ser a última taça limpa de champanhe em todo o prédio e encheu até a borda. A garrafa ficou para ela, que brindou com Andras, deu-lhe um longo beijo com aroma de cigarro e puxou-o para o quarto em frente, onde o pianista estava enrolando as notas de "Downtown Uproar" e as pessoas na festa começaram a dançar.

De manhã, ele acordou num sofá embaixo da janela; uma blusa de seda cobria seus olhos, sua cabeça era uma massa de algodão, sua camisa estava desabotoada, o paletó enrolado embaixo da cabeça, agulhas e alfinetes espetados no braço. Alguém tinha colocado um edredom por cima dele e aberto as cortinas; uma faixa de luz do sol batia em seu peito. Andras fitou o teto, onde um ornamento floral num medalhão de gesso enrodilhava-se em torno da base aflautada de metal de uma luminária de teto. Um feixe de ramos dourados crescia para baixo pela base de metal, de onde pendiam pequenas lâmpadas em forma de chama. *Paris*, pensou, e ergueu o tronco, apoiado nos cotovelos. O cômodo estava atulhado com restos de festa, cheirando a champanhe derramado e rosas murchas. Tinha a vaga lembrança de um longo tête-à-tête com Ingrid, e de uma competição de resistência à bebida com József e um americano de ombros largos; depois disso, não conseguia lembrar-se de mais nada. Sua bagagem e o caixote enviado para József tinham sido arrastados para dentro e empilhados ao lado da lareira. O próprio Hász não estava à vista em parte alguma. Andras rolou para fora do sofá e caminhou trôpego pelo corredor até um banheiro de azulejos brancos, onde fez a barba diante da pia e tomou banho numa banheira com pés em forma de pata de leão, que fornecia água quente diretamente da torneira. Depois vestiu a camisa, a calça e o paletó limpos que ainda tinha. Enquanto procurava os sapatos na sala principal, ouviu uma chave na fechadura. Era Hász, que trazia uma caixa da mercearia e um jornal. Largou a caixa numa mesinha e disse: "Acordado tão cedo?".

"O que é isso?", disse Andras, olhando para a caixa amarrada com uma fita.

"A cura para sua ressaca."

Andras abriu a caixa e descobriu meia dúzia de folheados quentinhos, aninhados em papel impermeável. Até aquele momento, não admitia pensar a que ponto estava esfomeado. Comeu um croissant de chocolate e chegou à metade do outro, antes de lembrar-se de oferecer a caixa ao seu anfitrião, que recusou e riu.

"Estou acordado há horas", disse József. "Já tomei meu café da manhã e li as notícias. A Espanha está perdida. A França não vai mandar tropas. Mas há duas novas rainhas da beleza competindo pelo título de Miss Europa: a morena e adorável mademoiselle de Los Reyes, da Espanha, e a misteriosa mademoiselle Betulínski, da Rússia." Jogou o jornal para Andras. Duas beldades esnobes e gélidas em vestidos de gala brancos fitavam-no de suas fotos na primeira página.

"Gosto dessa de Los Reyes", disse Andras. "Que boca."

"Parece uma nacionalista", disse József. "Prefiro a outra." Afrouxou sua echarpe de seda laranja e sentou-se no sofá, com os braços por trás do encosto em curva. "Olhe só para esta casa", ele disse. "A empregada só vai vir amanhã de manhã. Hoje vou ter de jantar fora."

"É melhor você abrir essa caixa. Tenho certeza de que sua mãe lhe mandou alguma coisa boa para o jantar."

"Aquela caixa! Esqueci completamente!" Trouxe a caixa do outro lado do quarto e abriu a tampa usando uma faca de pão como alavanca. Dentro havia uma lata de biscoitos de amêndoas; uma lata de *rugelach*; uma lata onde tinham acomodado uma torta linzer inteira, sem deixar nem um milímetro vago; um suprimento de roupas de baixo feitas de lã para o inverno que ia chegar; uma caixa de papel de carta com envelopes já endereçados para seus pais; uma lista de primos que ele deveria visitar; uma lista de coisas que ele deveria adquirir para sua mãe, inclusive certas peças de vestuário íntimo de senhoras; um binóculo de ópera novo; e um par de sapatos feito para ele pelo seu sapateiro da Váci Utca, cujo talento, disse József, não tinha paralelo em Paris.

"Meu irmão trabalha numa sapataria na Váci Utca", comentou Andras, e disse o nome da loja.

"Não é a mesma, eu receio", disse József, com um toque de condescendência na voz. Cortou uma fatia da torta linzer, comeu e sentenciou que estava perfeita. "Você é um bom homem, Lévi, para concordar em carregar essa torta através da Europa. Como posso retribuir seu favor?"

"Você podia explicar como faço para viver aqui", disse Andras.

"Tem certeza de que quer receber instruções de mim?", perguntou József. "Sou um esbanjador e um libertino."

"Receio que eu não tenha opção", disse Andras. "Você é a única pessoa que conheço em Paris."

"Ah! Que sorte a sua, então", disse József. Enquanto comiam fatias da torta linzer retiradas da lata, ele recomendou uma pensão de judeus, uma loja de artigos de pintura e um refeitório de estudantes onde Andras podia comer a baixo custo. Ele mesmo não jantava lá, é claro — em geral pedia suas refeições em um restaurante no bulevar Saint-Germain, que as levava em sua casa —, mas tinha amigos que comiam e achavam tolerável. Quanto ao fato de Andras estar matriculado na École Spéciale e não na Beaux-Arts, era lamentável que não fossem colegas de curso, mas provavelmente para Andras aquilo não faria diferença; József era sabidamente má companhia. E agora que haviam resolvido a questão de como viver em Paris, Andras não gostaria de ir com ele até a sacada, fumar um cigarro e contemplar a nova cidade?

Andras permitiu que József o levasse através do quarto e das altas portas de vidro da sacada. O dia estava frio e a neblina da noite anterior havia se convertido numa garoa fina; o sol era uma moeda de prata atrás de uma gaze de nuvens.

"Aqui está você", disse József. "A mais bela cidade do mundo. Aquela cúpula é o Panthéon e lá adiante está a Sorbonne. À esquerda fica Saint-Étienne-du-Mont e se você se inclinar para este lado pode ver um pedacinho da Notre-Dame."

Andras pousou as mãos na amurada e contemplou a vastidão de prédios cinzentos desconhecidos sob uma cortina fria de névoa. Chaminés povoavam os telhados como estranhos pássaros de um outro mundo e a névoa verde de um parque pairava além de um batalhão de mansardas de zinco. Ao longe, a oeste, velada pela distância, a torre Eiffel fundia-se com o céu no alto. Entre ele mesmo e aquele marco de referência estendiam-se milhares de ruas, lojas e seres humanos desconhecidos, que recobriam uma área tão vasta que davam à torre um aspecto frágil e quebradiço contra o fundo das nuvens cinzentas, cor de ardósia.

"E então?", disse József.

"Tem muita coisa lá, não é?"

"O suficiente para manter um homem ocupado. Na verdade, tenho de sair de novo daqui a poucos minutos. Tenho um almoço marcado com uma mademoiselle Betulínski, da Rússia." Piscou o olho e ajeitou a gravata.

"Ah. Está falando da garota de lantejoulas da noite passada?"

"Receio que não", respondeu József, e um débil sorriso surgiu em seu rosto. "Esta é uma mademoiselle completamente diferente."

"Talvez você possa ceder uma para mim."

"Não há a menor chance, meu rapaz", disse József. "Infelizmente preciso de todas para mim mesmo." Esgueirou-se pela porta da sacada e voltou para a grande porta da frente, onde enrolou de novo a echarpe de seda laranja em torno do pescoço e vestiu um paletó folgado de lã, cor de fumaça. Pegou a mochila de Andras, enquanto este apanhava a mala, e os dois levaram tudo para baixo, no elevador.

"Gostaria de poder levá-lo até a tal pensão, mas estou atrasado para o encontro com minha amiga", disse József quando haviam levado tudo até a rua. "Mas tome aqui o dinheiro para o táxi. Não, eu insisto! E apareça qualquer hora dessas para tomar uma bebida, está bem? Mande notícias para me dizer se está tudo em ordem com você." Deu uma palmadinha no ombro de Andras, apertou sua mão e seguiu na direção do Panthéon, assobiando.

Madame V, a proprietária da pensão, tinha umas poucas e inúteis palavras de húngaro e uma porção de palavras ininteligíveis de iídiche, mas não tinha nenhuma vaga para Andras; ela conseguiu comunicar que ele podia passar a noite no sofá no corredor do primeiro andar, se quisesse, mas que era melhor sair em busca de um lugar para ficar assim que amanhecesse. Ainda atordoado por causa da noitada na casa de József, ele se aventurou pelas ruas do Quartier Latin no meio de estudantes caprichosamente descabelados, com suas mochilas de estudante feitas de lona, suas pastas, bicicletas, pilhas de panfletos políticos, caixas de confeitaria amarradas com barbante, cestos de mercearia e buquês de flores. Entre eles, Andras sentiu-se vestido de modo exagerado e provinciano, embora suas roupas fossem as mesmas que, uma semana antes, em Budapeste, lhe davam uma sensação de elegância e de vida urbana. Num banco frio, numa pracinha melancólica, vasculhou seu livro de expressões à cata das palavras para *preço, estudante, quarto, quanto custa*. Mas uma coisa era entender que *chambre à louer* significava *quarto para alugar* e outra coisa muito diferente era tocar uma campainha e perguntar em francês sobre um *chambre*. Ele vagou de Saint-Michel a Saint-Germain, da Rue du Cardinal-Lemoine até a Rue Clovis, maldizendo repetidas vezes seu desleixo nas aulas de francês, enquanto fazia minúsculas anotações num caderninho minúsculo a respeito da localização de diversos *chambres à louer*. Antes que pudesse tomar coragem para tocar uma campainha, ele se viu totalmente esgotado; um pouco depois de escurecer, voltou para a pensão, derrotado.

Naquela noite, enquanto tentava achar uma posição confortável no sofá verde no corredor, jovens oriundos de toda a Europa discutiam, brigavam, fumavam, riam e bebiam até muito depois de meia-noite. Nenhum dos homens falava húngaro e ninguém pareceu notar que havia alguém novo em seu meio. Sob circunstâncias diferentes, Andras poderia ter se levantado e tentado fazer amizade com eles, mas agora estava tão cansado que mal conseguia se virar embaixo do cobertor. O sofá, mal estofado e cheio de pontas duras, com braços de madeira, parecia projetado para servir como instrumento de tortura. Quando os homens foram enfim para a cama, ratos surgiram dos lambris a fim de executar a coleta dos restos da madrugada; correram pelo corredor inteiro e roubaram o pão que Andras tinha guardado do jantar. O cheiro de sapatos velhos, de homens que não tomavam banho e de gordura de cozinha acompanhou Andras em seus sonhos. Quando acordou, dolorido e exausto, resolveu que uma noite era o bastante. Ele sairia pelo bairro naquela manhã e perguntaria no primeiro lugar que tivesse uma placa de "alugam-se quartos".

Na Rue des Écoles, perto de uma pracinha pavimentada com um vasto castanheiro, achou um prédio com a placa, agora familiar, na janela: *chambre à louer*. Bateu na porta pintada de vermelho e cruzou os braços, tentando ignorar a pressão da ansiedade no peito. A porta abriu e revelou uma mulher baixa, quadrada, de sobrancelhas grossas, a boca curvada para os lados numa expressão hostil; no alto do nariz, repousava um par de óculos grossos de aro preto que faziam os olhos parecerem miúdos e distantes, como se pertencessem a outra pessoa, menor do que ela. O cabelo grisalho e arrepiado estava achatado de um lado, como se ela estivesse dormindo numa *bergère* com a cabeça encostada num dos cantos do espaldar. A mulher pôs o punho no quadril e fitou Andras com atenção. Reunindo toda a sua coragem, Andras pronunciou mal e com esforço sua necessidade e apontou para a tabuleta na janela.

A *concierge* compreendeu. Conduziu-o até um corredor estreito e ladrilhado e levou-o para cima por uma escada em espiral com uma claraboia no alto. Quando não podiam mais subir, ela o conduziu por um corredor até um sótão estreito e comprido, com uma cama de ferro encostada à parede, uma bacia de louça sobre uma bancada de madeira, uma mesa de fazenda, uma cadeira verde de madeira. Duas águas-furtadas davam para a Rue des Écoles; uma delas estava aberta e no parapeito havia um ninho abandonado e os restos de três ovos azuis. Na lareira, havia uma grade enferrujada, uma forquilha de assar quebrada, uma casca de pão velho. A *concierge* encolheu os ombros e deu um preço. Andras procurou na memória os nomes dos números, em seguida cortou o preço pela metade. A mulher cuspiu no chão, bateu o pé, ralhou com Andras em francês e no final acabou aceitando sua oferta.

E assim começou: sua vida em Paris. Tinha um endereço, uma chave de metal, uma vista. Como a de József, incluía o Panthéon e a desbotada torre de calcário do relógio da Saint-Étienne-du-Mont. Do outro lado da rua ficava o Collège de France e dali a pouco tempo ele aprenderia a usá-lo como referência para seu prédio: *34 Rue des Écoles, en face du Collège de France.* Mais adiante no quarteirão ficava a Sorbonne. E mais longe, no Boulevard Raspail, ficava a École Spéciale d'Architecture, onde as aulas começariam na segunda-feira. Depois de limpar o quarto de ponta a ponta e guardar suas roupas numa canastra de madeira, ele contou seu dinheiro e fez uma lista de compras. Desceu às lojas e comprou um pote de vidro cheio de geleia de groselha, uma caixa de chá barato, uma caixa de açúcar, um coador, um saco de nozes, um pote marrom de manteiga, uma baguete comprida e, única extravagância, um pedaço de queijo.

Que prazer foi enfiar a chave na fechadura e abrir a porta de seu quarto particular. Descarregou as compras sobre o parapeito da janela e colocou o material de desenho sobre a mesa. Depois sentou, apontou um lápis com a faca e, num cartão-postal em branco, desenhou a vista do Panthéon que tinha de sua janela. Do outro lado do cartão, escreveu sua primeira mensagem de Paris: *Caro Tibor, estou aqui! Tenho uma mansarda horrenda; é tudo o que podia desejar. Na segunda-feira começo a estudar. Hurra! Liberté, egalité, fraternité! Com amor, Andras.* Só faltava um selo. Pensou que poderia comprar com a *concierge*; sabia que havia uma agência do correio logo depois da esquina. Tentou imaginar onde ficava exatamente, mas o que lhe veio à mente foi a lembrança de um envelope, um lacre de cera, um monograma. Tinha esquecido a promessa que fizera à sra. Hász mais velha. Sua carta para C. Morgenstern na Rue de Sévigné ainda estava à espera dentro da mala. Puxou-a de baixo da cama, com uma ponta de medo de que a carta tivesse desaparecido, mas estava no mesmo bolso onde a havia guardado desde o início, com o lacre de cera intacto. Desceu a escada correndo até o apartamento da *concierge* e, com a ajuda de seu livrinho de expressões francesas, suplicou dois selos. Após uma busca, achou a *boîte aux lettres* e pôs lá dentro o cartão para Tibor. Depois, imaginando o prazer de um homem de cabelos prateados quando recebesse o correio do dia seguinte, pôs a carta da sra. Hász na escuridão anônima da caixa de correio.

4. École Spéciale

Para ir à faculdade, ele tinha de atravessar o Jardin du Luxembourg, passar pelos requintados Palais, pelo chafariz e pelos canteiros de flores onde abundavam as bocas-de-leão tardias e os cravos-de-defunto. Crianças faziam flutuar elegantes miniaturas de barcos no chafariz e Andras, com uma espécie de orgulho indignado, pensou nos barquinhos de casca de árvore com que ele e seus irmãos brincavam no poço do moinho em Konyár. Havia bancos verdes, tílias bem podadas e um carrossel com cavalos coloridos. No extremo do parque havia um aglomerado do que, a Andras, pareciam ser bonitas casinhas de boneca marrons; quando chegou mais perto, pôde ouvir o zumbido das abelhas. Um apicultor de máscara curvou-se numa das colmeias, brandindo sua bomba de fumaça.

Andras desceu pela Rue de Vaugirard, com suas lojas de artigos de pintura, cafés apertados e sebos, depois desceu pelo largo Boulevard Raspail com seus imponentes prédios de apartamentos. Ele já se sentia um pouco mais parisiense do que quando havia chegado. Levava a chave de seu apartamento num cordão pendurado no pescoço, um exemplar de *L'Oeuvre* debaixo do braço. Amarrava sua echarpe da maneira como József Hász amarrava a sua e usava a alça da maleta de couro atravessada na diagonal sobre o peito, como faziam os estudantes do Quartier Latin. Sua vida em Budapeste — o emprego em *Passado e Futuro*, o apartamento na Hársfa Utca, o som familiar da campainha do bonde — parecia pertencer a outro universo. Com uma inesperada pontada de saudades de casa, imaginou Tibor sentado na mesa costumeira na calçada do café predileto dos dois, com a estátua de Jókai Mór à vista, o famoso romancista que tinha escapado dos austríacos durante a revolução de 1848 disfarçando-se com roupas da esposa. Mais a leste, em Debrecen, Mátyás estaria desenhando em seu caderno, enquanto seus colegas de turma estudavam as declinações do latim. E quanto aos pais de Andras? Tinha de escrever para eles naquela noite. Tocou no relógio de prata em seu bolso. O pai mandara consertá-lo pouco antes de Andras partir; era uma peça antiga e bonita, os números pintados em caracteres finíssimos e revestidos de cobre, os ponteiros feitos de um metal iridescente e azul-escuro. As engrenagens ainda funcionavam tão bem quanto no tempo do avô de Andras. Ele se lembrava de ficar sentado nos joelhos do pai e dar corda no relógio, tomando cuidado para não forçar demais a mola; o pai fizera a mesma coisa quando era menino. E ali estava o mesmo relógio em Paris em 1937, época em que uma pessoa podia ser transportada a uma distância de mil e duzentos quilômetros em questão de dias, um telegrama podia ser transmitido por uma rede de fios em questão de minutos e um sinal de rádio era enviado instantaneamente através do ar rarefeito. Que época para estudar arquitetura! Os prédios que ele projetava seriam os navios em que os seres humanos navegariam rumo ao horizonte no século XX, depois sairiam do mapa para entrar no novo milênio.

Ele se deu conta de que havia atravessado os portões da École Spéciale e agora tinha de refazer seus passos. Rapazes entravam em torrente por um par de portas altas e azuis no centro de um prédio neoclássico cinzento, o nome da faculdade talhado na pedra da cornija. A École Spéciale d'Architecture! Eles o queriam, tinham visto seus trabalhos e escolheram Andras, e ele foi para lá. Subiu depressa a escadinha da entrada e cruzou aquelas portas azuis. Na parede da entrada, havia uma placa com bustos dourados de dois homens em baixo-relevo: Emile Trélat, fundador da escola, e Gaston Trélat, que sucedera o pai como diretor. Emile e Gaston Trélat. Nomes que ele nunca mais esqueceria. Engoliu em seco duas vezes, alisou o cabelo e entrou no gabinete do secretário.

A moça atrás da escrivaninha parecia uma figura saída de um sonho. Sua pele era da cor de uma noz escura, seu cabelo curto era lustroso como cetim.

Tinha um olhar amistoso, os olhos escuros fitavam com firmeza os de Andras. Não ocorreu a ele tentar falar. Nunca tinha visto uma mulher tão bonita, nunca havia encontrado na vida real uma pessoa de origem africana. Então aquela deslumbrante e jovem negra francesa fez-lhe uma pergunta que ele não conseguiu entender, e em resposta Andras balbuciou uma das poucas palavras de francês que sabia — *desolé* — e escreveu seu nome num pedaço de papel, que empurrou sobre a escrivaninha na direção dela. A jovem folheou uma pilha de grossos envelopes numa caixa de madeira e de lá puxou um com o nome dele, Lévi, estampado na frente, com caracteres maiúsculos precisos.

Andras agradeceu em seu francês desajeitado. Ela respondeu que era bem-vindo. Ele teria continuado ali parado e olhando se naquele momento não entrasse um grupo de estudantes, que chamavam e cumprimentavam a moça e se debruçavam sobre a escrivaninha para beijar suas bochechas. *Eh, Lucia! Ça va, bellissima?* Andras esgueirou-se entre os demais, com seu envelope bem seguro junto ao peito, e saiu pelo corredor. Todo mundo havia se reunido embaixo do telhado de vidro de um átrio central onde os horários dos ateliês tinham acabado de ser fixados num mural. Andras sentou-se num banco baixo e abriu seu envelope, que continha uma lista de aulas:

COURS	PROFESSEUR
Histoire d'Architecture	A. Perret
Les Statiques	V. le Bourgeois
Atelier	P. Vago
Dessinage	M. Labelle

Tudo com a maior naturalidade, como se fosse absolutamente normal que Andras estudasse aquelas matérias sob a tutela de arquitetos famosos. Havia uma longa lista de textos e materiais exigidos, além de um cartãozinho branco manuscrito em húngaro (escrito por quem?) indicando que Andras, em razão de sua condição de bolsista, estava autorizado a comprar seus livros e suprimentos com o crédito da faculdade numa livraria no Boulevard Saint-Michel.

Ele leu e releu a mensagem, depois olhou em volta no átrio, perguntando-se quem poderia ser o responsável por aquele recado. A multidão de estudantes não lhe fornecia nenhuma pista. Nenhum parecia húngaro, nem um pouco; eram todos inapelável e perfeitamente parisienses. Mas num canto três rapazes de aspecto incerto estavam juntos e observavam com atenção o ambiente. Andras percebeu logo ao primeiro olhar que se tratava de alunos do primeiro ano e os nomes em suas pastas sugeriam que eram judeus: Rosen, Polaner, Ben Yakov. Andras ergueu a mão numa saudação e eles responderam com um meneio de cabeça, enquanto uma espécie de reconhecimento tácito ocorreu entre eles. O mais alto dos rapazes chamou-o com um aceno.

Rosen era magricela, sardento, de cabelo vermelho rebelde e vagos vestígios de um cavanhaque. Segurou Andras pelo ombro e apresentou-o a Ben Yakov, que parecia o bonito astro do cinema francês Pierre Fresnay; e Polaner, pequeno e leve, de cabelo bonito e bem aparado e mãos delgadas. Andras cumprimentou todos e repetiu seu nome, em seguida a conversa dos rapazes prosseguiu num francês ligeiro, enquanto Andras fazia força para captar o sentido geral das frases. Rosen parecia ser o líder do grupo; guiava a conversa, os outros escutavam e respondiam. Polaner parecia nervoso, abria e fechava o botão de cima de seu paletó antiquado de veludo. O bonito Ben Yakov espiava um grupo de moças; uma delas acenou e ele correspondeu. Em seguida inclinou-se para Polaner e Rosen e disse algo que só poderia ser uma piada sugestiva, e os três riram. Por mais que Andras se esforçasse para acompanhar a fala dos rapazes, e embora eles praticamente não tivessem se dirigido a ele, sentia um forte desejo de conhecê-los. Quando foram olhar os quadros de horário dos ateliês, ficou feliz ao ver que todos tinham ficado no mesmo grupo.

Após um curto intervalo, os estudantes começaram a se deslocar para o pátio cercado de muros, onde árvores altas sombreavam fileiras de bancos de madeira. Um estudante levou um atril para uma pequena área calçada na frente e os outros se sentaram nos bancos. Por trás dos muros do pátio de pedra vinham os roncos e o zumbido do trânsito. Mas Andras estava ali dentro, sentado ao lado de três rapazes cujos nomes sabia; ele era um daqueles estudantes e pertencia ao que estava do lado de dentro dos muros. Tentou guardar na memória a sensação, tentou imaginar como escreveria sobre aquilo para Tibor, para Mátyás. Mas, antes que conseguisse costurar as palavras em sua mente, uma porta abriu-se no lado do prédio e um homem avançou a passadas largas. Pelo aspecto, poderia ser um capitão das Forças Armadas; vestia uma capa cinzenta e comprida com forro vermelho e ostentava uma barba curta e triangular, com bigode crespo e encerado. Tinha olhos estreitos e ferinos atrás de um pincenê sem aros. Em uma mão levava uma bengala e na outra algo que parecia uma pedra cinzenta e cheia de arestas. Andras teve a impressão de que qualquer outro homem seria forçado a curvar-se sob o peso daquela coisa, mas este atravessava o pátio com as costas eretas e o queixo num ângulo marcial. O homem seguiu até o atril e colocou a pedra sobre ele com um baque surdo.

"Atenção", berrou.

Os alunos ficaram atentos e em silêncio, com as costas retas, como se fossem puxados por cordões invisíveis. Sem fazer nenhum ruído, um rapaz alto, de camisa de serviço meio puída, esgueirou-se e sentou-se no banco ao lado de Andras e inclinou a cabeça na direção de seu ouvido.

"Esse é Auguste Perret", disse o rapaz em húngaro. "Foi meu professor e agora será o seu."

Andras olhou para o rapaz com surpresa e alívio. "Foi você que deixou um bilhete no meu envelope", disse.

"Escute", disse o rapaz, "que eu vou traduzindo para você."

Andras escutou. Diante do atril, Auguste Perret ergueu a pedra cheia de arestas com as duas mãos e fez uma pergunta. Segundo o tradutor de Andras, o professor queria saber se alguém conhecia o material de que era feito aquele prédio. Você aí, na frente. Concreto, está correto. Concreto armado. Quando vocês tiverem terminado os cinco anos de faculdade, saberão tudo o que se pode saber a respeito de concreto armado. Por quê? Porque é o futuro da cidade. Isso vai construir prédios que ultrapassam, em altura e resistência, tudo o que foi construído antes. Altura e resistência, sim; e beleza. Aqui na École Spéciale, no entanto, não somos seduzidos pela beleza; deixemos isso para os filhos dos privilegiados e para *aquela outra faculdade*. Aquela faculdade é uma instituição de cavalheiros, um local onde os rapazes vão brincar com a arte da *dessinage*; nós na École Spéciale estamos interessados na arquitetura autêntica, prédios que as pessoas possam habitar. Se nossos projetos forem bonitos, tanto melhor; mas que sejam bonitos de um modo que se adapte ao homem comum. Estamos aqui porque acreditamos na arquitetura como uma arte democrática; porque acreditamos que forma e função têm uma importância igual; porque nós, na vanguarda, nos desvencilhamos dos laços com a tradição aristocrática e começamos a pensar por conta própria. Quem quiser construir outro Versalhes que se levante e saia por aquele portão. *Aquela outra faculdade* fica a apenas três estações de metrô daqui.

O professor fez uma pausa, seu braço apontado para o portão, os olhos fixos nas fileiras de estudantes. "*Non*?", gritou. "*Pas un*?"

Ninguém se mexeu. O professor ficou parado como uma estátua diante deles. Andras teve a sensação de ser um personagem de uma pintura, paralisado para toda a eternidade pelo desafio de Perret. As pessoas admirariam aquela pintura nos museus ao longo dos séculos. Ele ficaria parado, sentado no banco, ligeiramente inclinado na direção do homem de capa e de barba branca, aquele general dos arquitetos.

"Todo ano ele faz o mesmo discurso", sussurrou o jovem húngaro ao lado de Andras. "A seguir, vai falar sobre sua responsabilidade perante os estudantes que virão depois de vocês."

"*Les étudiants qui viennent après vous*", prosseguiu o professor, e o húngaro traduziu. Aqueles estudantes contam com vocês para estudarem com afinco. Se vocês não o fizerem, eles também vão fracassar. Vocês vão aprender com aqueles que vieram antes de vocês; na École Spéciale todos aprendem a colaborar, porque a vida de arquiteto envolve trabalho em equipe, com outras pessoas. Vocês devem ter visão própria, mas sem a ajuda dos colegas tal visão não vale o papel em que a desenham. Nesta faculdade, Emile Trélat deu aula para Robert Mallet-Stevens, Mallet-Stevens deu aula para Fernand Frenzy, Fernand Frenzy deu aula para Pierre Vago e Pierre Vago vai dar aula para vocês.

Nesse momento, o professor apontou para a plateia e o jovem ao lado de Andras levantou-se e fez uma saudação cortês. Adiantou-se até a frente da plateia, tomou seu lugar ao lado do professor Perret no atril e começou a discursar em francês para os estudantes. Pierre Vago. O mesmo homem que estivera traduzindo para Andras — aquele jovem de aspecto amarrotado, numa camisa comum e manchada de tinta — era o P. Vago que estava previsto no quadro do horário para dar aula a Andras. Seu chefe de ateliê. Seu professor. Um húngaro. Andras sentiu-se tonto de repente. Pela primeira vez pareceu-lhe que podia ter uma chance de sobreviver na École Spéciale. Mal conseguia se concentrar no que Pierre Vago falava agora, em seu francês elegante, com um leve sotaque. Na verdade tinha sido Pierre Vago quem escrevera o bilhete em húngaro que estava no envelope de papel pardo. Ocorreu a Andras que Pierre Vago era provavelmente a pessoa responsável por sua vinda até ali.

"Ei", disse Rosen, puxando a manga de Andras. "*Regardes-toi*."

Em sua empolgação, o nariz de Andras começara a sangrar. Pingos vermelhos brilhavam em sua camisa branca. Polaner olhou para ele com preocupação e lhe ofereceu um lenço; Ben Yakov ficou pálido e deu as costas. Andras pegou o lenço e apertou contra o rosto. Rose fez com que ele inclinasse a cabeça para trás. Algumas pessoas viraram para ver o que estava acontecendo. Andras ficou sangrando no lenço sem se importar com quem estava olhando, mais feliz do que nunca.

Mais tarde, naquele dia, depois da reunião, depois que o sangramento no nariz de Andras tinha cessado e depois de ele ter trocado seu lenço limpo pelo lenço sujo de sangue, depois da primeira reunião dos grupos de ateliê e depois de ter trocado endereços com Rosen, Polaner e Ben Yakov, ele se viu no desordenado escritório de Vago, sentado numa cadeira de madeira ao lado de uma prancheta. Nas paredes havia projetos rascunhados e impressos, guaches em preto e branco de prédios lindos e implausíveis, um desenho em escala de uma cidade vista do alto. Num canto havia uma pilha de roupas sujas de tinta; um quadro de bicicleta enferrujado e torto ficava encostado na parede. As estantes de livros de Vago continham volumes antigos e revistas lustrosas, uma chaleira, um aviãozinho de madeira e a escultura de uma garota de pernas finas feita de materiais recolhidos no lixo. O próprio Vago estava reclinado para trás em sua cadeira giratória com as mãos cruzadas atrás da cabeça.

"Pois é", disse para Andras. "Aqui está você, recém-chegado de Budapeste. Estou contente por ter vindo. Eu não sabia se você teria condições de vir num prazo tão curto. Mas eu tinha de tentar. São uma barbaridade esses preconceitos sobre quem pode estudar o que, quando e como. Não é um país para pessoas como nós."

"Mas... desculpe... o senhor é judeu, professor?"

"Não. Sou católico. Educado em Roma." E seu erre soou muito vibrante, típico da pronúncia italiana.

"Então por que o senhor se importou tanto comigo?"

"E não deveria?"

"Muitos não fazem isso."

Vago deu de ombros. "Alguns fazem." Abriu uma pasta sobre a mesa. Ali estavam reproduções coloridas das capas de Andras para *Passado e Futuro*: gravuras em linóleo de um escriba riscando um rolo de pergaminho, um pai e seus filhos numa sinagoga, uma mulher acendendo duas velas compridas e finas. Andras viu então seu trabalho como se fosse a primeira vez. Os temas pareciam sentimentais, as composições, óbvias e infantis. Ele não conseguia acreditar que aquilo constituía a razão que o fizera merecer a admissão na faculdade. Andras nem tivera a oportunidade de apresentar o portfólio que enviava para seus exames nas faculdades de arquitetura da Hungria — desenhos minuciosos do Parlamento e do Palácio, representações rigorosamente proporcionais do interior de igrejas e bibliotecas, trabalhos que lhe tomaram horas de árdua labuta em sua mesa no *Passado e Futuro*. Mas ele desconfiava de que mesmo aqueles trabalhos pareceriam grosseiros e amadores em comparação com os desenhos de Vago, as plantas bem traçadas e as elevações imponentes presas nas paredes.

"Estou aqui para aprender, senhor", disse Andras. "Fiz essas gravuras muito tempo atrás."

"É um trabalho excelente", disse Vago. "Tem precisão, perspectiva apurada, o que é raro em artistas não treinados. Você tem uma grande habilidade natural, isso é visível. As composições são assimétricas, mas bem equilibradas. Os temas são antigos, mas as linhas são modernas. Bons atributos para conduzir seu trabalho para a arquitetura."

Andras pegou uma das capas, a que mostrava um homem e meninos rezando. Tinha entalhado o linóleo original sob a luz de velas no apartamento da Hársfa Utca. Embora não tivesse pensado assim na época — e por que não, se agora aquilo estava tão claro? —, o homem com o talit era seu pai e os meninos eram seus irmãos.

"É um bom trabalho", disse Vago. "Não fui o único que achou."

"Não é arquitetura", disse Andras e devolveu a capa para Vago.

"Você vai estudar arquitetura. E ao mesmo tempo vai aprender francês. Não há outro modo de sobreviver aqui. Vou ajudar você, mas não posso traduzir todas as aulas. Portanto virá aqui todas as manhãs, uma hora antes do ateliê, para treinar seu francês comigo."

"Aqui, com o senhor?"

"Sim. Daqui para a frente só vamos nos comunicar em francês. Vou lhe ensinar tudo o que sei. E, pelo amor de Deus, pare de me chamar de senhor, como se eu fosse um oficial do Exército." Seus olhos adotaram uma expressão séria, mas torceu a boca para o lado esquerdo, num trejeito de aspecto bem francês. "*L'architecture n'est pas un jeu d'enfants*", disse com voz grave e ressonante, que imitava exatamente, no tom e no timbre, a voz do professor Perret. "*L'architecture, c'est l'art le plus sérieux de tous.*"

"*L'art le plus sérieux de tous*", Andras repetiu no mesmo tom grave.

"*Non, non!*", gritou Vago. "Só eu tenho autorização para usar a voz do senhor diretor. Você vai se contentar em falar à maneira de Andras, estudante do primeiro ano. *Meu nome é Andras, aluno do primeiro ano*", disse Vago em francês. "Por favor, repita."

"Meu nome é Andras, aluno do primeiro ano."

"Vou aprender a falar um francês perfeito com o senhor Vago."

"Vou aprender a falar um francês perfeito com o senhor Vago."

"Vou repetir tudo o que ele disser."

"Vou repetir tudo o que ele disser."

"Mas não com a voz do senhor diretor."

"Mas não com a voz do senhor diretor."

"Deixe-me fazer uma pergunta", disse Vago agora em húngaro, com uma expressão séria. "Agi corretamente ao trazer você para cá? Está se sentindo terrivelmente solitário? Tudo isso é sufocante?"

"É sufocante, sim", disse Andras. "Mas acho que estou estranhamente feliz."

"Eu me senti muito triste quando vim para cá", disse Vago, recostando-se no espaldar de sua cadeira. "Cheguei três semanas depois de concluir a escola em Roma e comecei a estudar na Beaux-Arts. Aquela faculdade não era lugar para uma pessoa com o meu temperamento. Os primeiros meses foram horríveis! Eu detestava Paris com ardor." Olhou para a janela do escritório, para a tarde cinzenta e fria lá fora. "Eu caminhava todos os dias, assimilava tudo — a Bastilha e o Tuileries, o Jardin de Luxembourg, a Notre-Dame, a Ópera — e rogava pragas contra cada pedrinha e cada galho. Após um tempo, transferi-me para a École Spéciale. Foi aí que comecei a me apaixonar por Paris. Agora não consigo me imaginar morando em outro local. Depois de um tempo, você vai se sentir assim também."

"Já estou começando a me sentir assim."

"Espere", disse Vago, e sorriu. "Daqui para a frente, só vai piorar."

Nas manhãs, ele comprava pão na pequena *boulangerie* perto de seu prédio e jornal numa banca na esquina, quando punha suas moedas na mão do dono e o homem cantarolava um rouco *merci*. De volta ao apartamento, comia seu croissant e tomava chá doce num vidro de geleia vazio. Olhava as fotos no jornal e tentava acompanhar no noticiário a Guerra Civil Espanhola, em que a *front populair* estava perdendo terreno para os *nacionalistes*. Ele não se permitia comprar um jornal de húngaros expatriados em que teria de completar as lacunas; a própria premência das notícias atenuava o esforço da tradução. Todo dia chegavam notícias de novas atrocidades; adolescentes fuzilados em valas, velhos mortos a golpes de baioneta em olivais, povoados bombardeados por aviões. A Itália acusava a França de violar seu próprio embargo de armas; grandes carregamentos de munições soviéticas estavam a caminho do Exército Republicano. Por outro lado, a Alemanha havia aumentado o contingente de sua Legião Condor para dez mil homens. Andras lia as notícias com desespero crescente, às vezes com ciúmes dos jovens que tinham fugido para combater a favor do Exército Republicano. Todos agora estavam envolvidos, ele sabia; qualquer outra opinião era nula.

Com a mente repleta de imagens horríveis da linha de frente espanhola, ele caminhava pelas calçadas coalhadas de folhas rumo à École Spéciale e, para se distrair, repetia os termos arquitetônicos franceses: *toit*, *fenêtre*, *porte*, *mur*, *corniche*, *balcon*, *balustrade*, *souche de cheminée*. Na faculdade, aprendeu a diferença entre estereóbata e estilóbata, base e entablamento; aprendeu quais de seus professores preferiam em segredo o decorativo ao prático e quais eram os adeptos do culto de Perret ao concreto armado. Nas aulas de estática, visitou a Sainte-Chapelle, onde aprendeu como os engenheiros do século XIII tinham descoberto um modo de reforçar a construção utilizando escoras de ferro e esteios de metal; os esteios ficavam ocultos na estrutura das janelas de vitral colorido que abarcavam a parte de cima da capela. Quando a luz da manhã declinou em faixas vermelhas e azuis através do vidro, Andras colocou-se no centro da nave e experimentou uma espécie de exaltação sagrada. Não importava que fosse uma igreja católica, que suas janelas retratassem Cristo e uma legião de santos. O que sentiu tinha menos a ver com religião do que com um sentimento de projeto harmonioso, o encontro perfeito de forma e função naquela estrutura. Um espaço vertical comprido feito para sugerir o caminho para Deus, ou rumo a um conhecimento mais profundo dos mistérios. Arquitetos tinham feito aquilo centenas de anos antes.

Pierre Vago, fiel à sua promessa, dava aula particular de francês para Andras todas as manhãs durante uma hora. O francês que ele havia estudado na escola voltou com rapidez e no intervalo de um mês já havia aprendido muito mais do que com seu professor no ginásio. Em meados de outubro, as aulas não passavam de compridas conversas; Vago tinha um dom para descobrir assuntos que induziam Andras a falar. Perguntava sobre seus anos em Konyár e em Debrecen — o que havia estudado, como eram seus amigos, onde tinha morado, quem amava. Andras contou para Vago a respeito de Éva Kereny, a garota que o havia beijado no jardim do museu Déri em Debrecen e depois lhe deu o fora com a maior frieza; contou a história do único par de meias de seda de sua mãe, um presente de Chanucá comprado com o dinheiro que Andras ganhara por fazer para os colegas de turma seus trabalhos escolares de desenho. (Os irmãos competiram para ver quem conseguia dar à mãe o melhor presente; ela reagiu com uma alegria infantil tão grande quando viu as meias de seda que ninguém se atreveu a contestar a vitória de Andras. Mais tarde, naquela noite, Tibor cercou Andras no quintal, jogou-o no chão e apertou seu rosto contra a terra gelada, exigindo uma vingança de irmão mais velho.) Vago, que não tinha irmãos, parecia gostar de ouvir histórias sobre Tibor e Mátyás; fazia Andras recontar suas histórias sobre os irmãos e traduzir as cartas dos dois para o francês. Interessou-se em especial pelo desejo de Tibor de estudar medicina na Itália. Conhecia um jovem em Roma cujo pai tinha sido professor de medicina na faculdade de Modena; Vago ia escrever algumas cartas, disse, e ia ver o que era possível fazer.

Andras não deu muita atenção quando Vago disse aquilo; sabia que ele era uma pessoa atarefada, que o correio internacional viajava devagar e que o cavalheiro em Roma podia não compartilhar as ideias de Vago sobre a educação de jovens judeus húngaros. Mas, certa manhã, Vago apareceu diante de Andras com uma carta na mão: tinha recebido uma mensagem que dizia que o professor Turano podia dar um jeito de Tibor se matricular em janeiro.

"Meu Deus!", exclamou Andras. "É um milagre! Como fez isso?"

"Avaliei corretamente o valor de minhas relações", respondeu Vago, e sorriu.

"Tenho que passar um telegrama para Tibor imediatamente. Onde posso fazer isso?"

Vago ergueu a mão em sinal de cautela. "Eu não mandaria essa notícia ainda", ele disse. "É só uma possibilidade. Não queremos alimentar as esperanças dele em vão."

"Quais são as chances, na sua opinião? O que diz o professor?"

"Ele diz que seu irmão vai ter de apresentar um pedido para a comissão de seleção. É um caso especial."

"Pode me avisar assim que tiver alguma notícia?"

"Claro", disse Vago.

Mas ele tinha de dividir as boas notícias preliminares com alguém e assim contou para Polaner, Rosen e Ben Yakov naquela noite, no bar de estudantes na Rue des Écoles. Era o mesmo local que József havia recomendado quando Andras chegou. Por cento e vinte e cinco francos por semana, os estudantes ganhavam diariamente um jantar que consistia sobretudo em batata, feijão e repolho; comiam numa caverna subterrânea ressonante, em mesas compridas onde estavam riscados milhares de nomes de estudantes. Andras deu a notícia sobre Tibor em seu francês com sotaque húngaro, lutando para ser ouvido por cima do alarido. Os outros ergueram seus copos e desejaram sorte a Tibor.

"Que ironia deliciosa", disse Rosen, depois de terem esvaziado seus copos. "Por ser judeu, terá de deixar uma monarquia constitucional para estudar medicina numa ditadura fascista. Pelo menos não terá de se unir a nós, nesta amena democracia, onde jovens inteligentes exercem o direito da liberdade de expressão com tamanha despreocupação." Olhou de relance para Polaner, que olhou para baixo, na direção de suas mãos brancas.

"O que é que há?", perguntou Ben Yakov.

"Nada", respondeu Polaner.

"O que aconteceu?", perguntou Ben Yakov, que não suportava ficar de fora de qualquer novidade.

"Vou contar o que aconteceu", disse Rosen. "A caminho da escola, ontem, a alça da pasta de Polaner se rompeu. Tivemos de parar e consertar com um pedaço de barbante. Estávamos atrasados para a primeira aula, como vocês lembram — fomos nós que entramos quando já eram dez e meia. Tivemos de sentar no fundo da sala, perto daquele aluno do segundo ano, Lemarque —

aquele sacana louro, aquele engraçadinho do ateliê. Conte para eles, Polaner, o que foi que ele disse quando sentamos devagarzinho."

Polaner baixou sua colher ao lado da tigela de sopa. "O que vocês *pensaram* que ele disse."

"Ele disse: *Judeus nojentos*. Eu ouvi muito bem."

Ben Yakov olhou para Polaner. "É verdade?"

"Não sei", respondeu Polaner. "Ele disse alguma coisa, mas eu não ouvi."

"Nós dois ouvimos. Todo mundo em volta ouviu."

"Você está paranoico", disse Polaner, e a pele delicada ao redor dos seus olhos ficou muito vermelha. "As pessoas viraram porque chegamos atrasados, não porque ele nos chamou de judeus nojentos."

"Talvez não tenha problema nenhum nisso lá de onde vocês vieram, mas aqui não é assim", disse Rosen.

"Não vou falar sobre esse assunto."

"De todo modo, o que se pode fazer?", disse Ben Yakov. "Sempre vai haver gente idiota."

"Dar uma boa lição nele", disse Rosen. "É isso o que se pode fazer."

"Não", disse Polaner. "Não quero encrenca por causa de uma coisa que pode nem ter acontecido. Tudo o que eu quero é passar despercebido. Quero estudar e tirar meu diploma. Entendem?"

Andras entendia. Lembrava-se daquele sentimento no primário em Konyár, o desejo de ficar invisível. Mas não tinha previsto que ele ou qualquer um de seus colegas de curso judeus sentiria aquilo em Paris. "Eu entendo", ele disse. "Mesmo assim, Lemarque não deveria", e lutou para achar as palavras francesas, "ficar com a sensação de que pode dizer uma coisa dessas sem sofrer nenhuma consequência. Se ele de fato falou isso, é claro."

"Lévi entende o que eu quero dizer", falou Rosen. Mas aí baixou o queixo apoiado na mão e fitou sua colher dentro da tigela de sopa. "Por outro lado, não tenho certeza do que temos de fazer nesse caso. Se contarmos para alguém, será a nossa palavra contra a de Lemarque. E ele tem muitos amigos entre os estudantes do quarto e do quinto ano."

Polaner empurrou sua tigela de sopa para a frente. "Preciso voltar para o ateliê. Tenho trabalho para uma noite inteira me esperando."

"Vamos, Eli", disse Rosen. "Não fique irritado."

“Não estou irritado. Só não quero saber de confusão, só isso.” Polaner pôs o chapéu na cabeça, enrolou a echarpe no pescoço e os outros o viram abrir caminho no labirinto de mesas, os ombros curvados embaixo do paletó de veludo surrado.

“Você acredita em mim, não é?”, perguntou Rosen para Andras. “Eu sei o que ouvi.”

“Acredito em você. Mas concordo que não há nada que a gente possa fazer.”

“Não estávamos conversando sobre seu irmão agora há pouco?”, disse Ben Yakov. “Eu prefiro esse tipo de conversa.”

“Está bem”, disse Rosen. “Mudei de assunto, e olhe só o que aconteceu.”

Andras encolheu os ombros. “Segundo Vago, de todo modo, é cedo demais para comemorar. Pode não dar em nada no final.”

“Mas pode dar certo”, disse Rosen.

“Sim. E depois, como você observou, ele moraria numa ditadura fascista. Portanto é difícil saber o que esperar. Qualquer cenário é complicado.”

“A Palestina”, disse Rosen. “Um Estado judeu. É isso o que temos de desejar. Espero que seu irmão consiga estudar na Itália sob o governo de Mussolini. Que ele tire seu diploma de medicina debaixo do nariz do Duce. Enquanto isso, você, Polaner, Ben Yakov e eu tiramos nosso diploma de arquitetura aqui em Paris. E depois vamos emigrar. De acordo?”

“Não sou sionista”, disse Andras. “A Hungria é meu lar.”

“Mas não no momento, não é?”, disse Rosen. E Andras achou impossível rebater aquilo.

Durante as duas semanas seguintes, ele aguardou notícias de Modena. No curso de estática, calculava a distribuição do peso na parte de baixo da estrutura em curva da Pont du Double, na esperança de achar alguma distração na simetria das equações; na aula de desenho, fez uma reprodução em escala da fachada da Gare d’Orsay, perdendo-se com satisfação em medições dos complexos mostradores de seus relógios e da linha arqueada de seus pórticos. No ateliê, ficava de olho em Lemarque, que muitas vezes era visto lançando olhares inescrutáveis para Polaner, mas que não dizia nada que pudesse ser considerado um insulto. Toda manhã, no gabinete de Vago, Andras olhava para as cartas sobre a escrivaninha, em busca de alguma que tivesse um carimbo do correio italiano; os dias passavam e a carta não chegava.

Então, certa tarde, quando Andras estava no ateliê apagando riscos levíssimos de lápis de seu desenho da Gare d'Orsay, a linda Lucia da secretaria veio à sala de aula com um bilhete dobrado na mão. Entregou para o monitor do quinto ano que estava supervisionando aquela sessão e saiu sem olhar para nenhum dos estudantes.

"Lévi", disse o monitor, um homem de ar sério, com o cabelo semelhante a uma explosão de feno louro. "Você está sendo chamado no gabinete de Le Colonel."

Todas as conversas na sala cessaram. Lápis imobilizaram-se no ar na mão dos estudantes. Le Colonel era o apelido na faculdade para Auguste Perret. Todos os olhares se voltaram para Andras; Lemarque disparou um sorriso sutil para ele. Andras guardou seus lápis dentro da maleta, perguntando-se o que Perret poderia querer com ele. Ocorreu-lhe que podia estar envolvido com a possibilidade de Tibor estudar na Itália; talvez Vago tivesse pedido sua ajuda. Talvez Perret tivesse exercido algum tipo de influência em amigos no exterior e agora seria aquele que lhe daria a notícia.

Andras subiu correndo os dois lances de escada até o corredor que abrigava os gabinetes particulares dos professores e deteve-se na porta fechada do gabinete de Perret. Dentro, podia ouvir as vozes de Perret e de Vago falando baixo. Bateu na porta. Vago pediu que entrasse e ele abriu a porta. Parado de pé num facho de luz perto de uma das janelas compridas que davam para o Boulevard Raspail, estava o professor Perret, sem paletó. Vago estava inclinado na direção da escrivaninha, com um telegrama na mão.

"Boa tarde, Andras", disse Perret, virando-se da janela. Acenou para que sentasse numa cadeira de couro ao lado da escrivaninha. Andras sentou-se e deixou sua maleta deslizar para o chão. O escritório de Perret era abafado, e o ar parecia parado nele. À diferença do gabinete de Vago, com uma profusão de desenhos nas paredes, pequenas esculturas e uma prancha de desenho atulhada de projetos, o gabinete de Perret era todo ordem e austeridade. Três lápis jaziam paralelos sobre a escrivaninha revestida de marroquim; prateleiras de madeira guardavam projetos muito bem enrolados; uma delicada maquete branca do Théâtre des Champs-Élysées erguia-se dentro de uma caixa de vidro sobre uma mesinha apoiada na parede.

Perret pigarreou e começou. "Recebemos algumas notícias perturbadoras vindas da Hungria. Na verdade, bastante perturbadoras. Talvez seja mais fácil se o professor Vago explicar em húngaro. Embora tenham me dito que o seu francês progrediu consideravelmente." O tom marcial havia desaparecido de sua voz e ele dirigiu a Andras um olhar tão gentil e pesaroso que as mãos do rapaz ficaram frias.

"É bastante complicado", disse Vago, falando em húngaro. "Deixe-me tentar explicar. Recebi informações do pai de meu amigo, o professor de medicina. Apareceu uma vaga para seu irmão na faculdade de medicina em Modena."

Vago fez uma pausa. Andras prendeu a respiração e esperou que prosseguisse.

"O professor Turano mandou uma carta para a organização judaica que patrocina sua bolsa. Ele queria ver se podiam conseguir dinheiro para Tibor também. Mas a solicitação dele foi recusada, com pesar. Esta semana, impuseram novas restrições na Hungria: agora, nenhuma organização pode mandar dinheiro para estudantes judeus no exterior. Os fundos de ajuda ao estudante da Hitközség foram congelados pelo governo."

Andras piscou, tentando compreender o que ele queria dizer.

"Não é só um problema para Tibor", continuou Vago, fitando Andras. "É também um problema para você. Em suma, talvez não paguem mais sua bolsa. Para ser franco, meu jovem amigo, nunca pagaram. O cheque do primeiro mês nunca chegou, então paguei a mensalidade do meu próprio bolso, achando que se tratava de um atraso temporário." Fez uma pausa, lançou um olhar para o professor Perret, que observava enquanto Vago transmitia as novidades para Andras em húngaro. "Monsieur Perret não sabe de onde veio o dinheiro nem precisa saber, portanto não demonstre surpresa, por favor. Eu disse a ele que tudo estava bem. No entanto não sou um homem rico e, embora desejasse poder pagar, não sou capaz de financiar seus estudos e suas despesas por mais um mês."

Uma crosta de gelo subiu no peito de Andras, vagarosa e fria. Não era mais possível financiar seus estudos. Seus estudos nunca tinham sido pagos. De uma hora para outra, ele compreendeu a gentileza e o pesar de Perret.

"Achamos que você é um estudante excepcional", disse Perret em francês. "Não queremos perdê-lo. Sua família pode ajudar?"

"Minha família?" A voz de Andras soou fraca e vaga na sala de teto alto. Ele viu as pranchas de carvalho do pai empilhadas no depósito da serraria, a mãe cozinhando *paprikás* de batata no forno da cozinha ao ar livre. Pensou nas meias cinzentas de seda, as meias que dera para a mãe dez anos antes, no Chanucá — como ela havia dobrado as meias num casto quadradinho e guardado dentro do papel de embrulho de presente e só as usava para ir à sinagoga. "Minha família não tem esse dinheiro", disse.

"É uma coisa terrível", disse Perret. "Eu gostaria que houvesse alguma coisa que pudéssemos fazer. Antes da depressão, dávamos uma porção de bolsas de estudos, mas agora..." Olhou para fora pela janela, para as nuvens baixas, e afagou sua barba militar. "Suas despesas estão pagas até o fim do mês. Vamos ver o que conseguimos até lá, mas receio que não possamos dar muitas esperanças."

Andras traduziu as palavras mentalmente: *receio que não possamos dar muitas esperanças.*

"Quanto ao seu irmão", disse Vago, "é terrivelmente lamentável. Turano queria muito ajudá-lo."

Andras tentou sair do estado de choque que havia tomado conta dele. Era importante que entendessem a respeito de Tibor e do dinheiro. "Não tem importância", disse, tentando manter a voz firme. "A bolsa de estudos não tem importância... para Tibor, quero dizer. Faz seis anos que ele está guardando dinheiro. Já deve ter o suficiente para a passagem de trem e para o primeiro ano de estudo. Vou telegrafar para ele esta noite. O pai de seu amigo pode reservar a vaga?"

"Creio que sim", disse Vago. "Vou escrever para ele imediatamente, se você acha que isso é possível. Mas talvez seu irmão também possa nos ajudar, se tiver algum dinheiro sobrando."

Andras balançou a cabeça. "Não posso contar para Tibor. Ele não economizou o bastante para nós dois."

"Lamento muitíssimo", disse Perret outra vez, dando um passo para a frente a fim de apertar a mão de Andras. "O professor Vago disse que o senhor é um jovem muito talentoso. Talvez você consiga encontrar uma saída para esta situação. Da minha parte, vou ver o que posso fazer."

Era a primeira vez que Perret tocava em Andras. Foi como se ele tivesse recebido a notícia de que tinha uma doença terminal, como se a sombra da morte iminente tivesse autorizado o professor a abrir mão das formalidades. Deu uma palmadinha nas costas de Andras e conduziu-o até a porta do gabinete. "Coragem", ele disse, fez uma saudação para o aluno e deixou-o no corredor.

Andras desceu a escada sob a luz amarela e poeirenta, passou pela sala de aula onde seu desenho da Gare d'Orsay jazia abandonado sobre a mesa, passou pela linda Lucia na sala da secretaria e pelas portas azuis da faculdade que ele se acostumara a pensar como sendo sua. Caminhou pelo Boulevard Raspail até chegar à agência do correio, onde pediu uma folha de telegrama. Nas estreitas linhas azuis, escreveu a mensagem que havia composto no caminho: VAGA GARANTIDA PARA VOCÊ NA FACULDADE DE MEDICINA EM MODENA, GRAÇAS A UM AMIGO DE VAGO. PROVIDENCIE PASSAPORTE E VISTO IMEDIATAMENTE. VIVA! Por um momento, numa névoa de autopiedade, pensou em suprimir o VIVA. Mas no último instante o incluiu, pagando dez centavos a mais, e depois saiu caminhando pelo bulevar outra vez. Os carros continuavam a passar, a luz da tarde caía exatamente como sempre caía, os pedestres na rua andavam afobados com suas compras de mercearia, livros, desenhos, a cidade inteira insensível ao que tinha acabado de ocorrer num gabinete da École Spéciale.

Sem ver, sem pensar, ele caminhou pela curva estreita da Rue de Fleurus rumo ao Jardin de Luxembourg, onde achou um banco verde na sombra de um plátano. O banco ficava à vista do apiário e Andras pôde ver o apicultor coberto por um capuz verificando as camadas de uma colmeia. A cabeça, as pernas e os braços do apicultor estavam salpicados de abelhas pretas. Movendo-se devagar, entorpecidas pela fumaça, elas zumbiam em volta do corpo do apicultor como vacas pastando. Na escola, Andras tinha aprendido que havia abelhas que podiam mudar sua natureza quando as condições exigiam. Quando uma abelha rainha morria, outra abelha podia tornar-se rainha; ela se desfazia de sua vida anterior, assumia um corpo novo, um papel diferente. Começava a pôr ovos e conversava com suas auxiliares sobre a saúde da colmeia. Ele, Andras, nascera judeu e carregara o manto dessa identidade durante vinte e dois anos. Aos oito anos de idade, foi circuncidado. No pátio da escola, enfrentara os insultos das crianças cristãs e na sala de aula suportara a repreensão dos professores quando tinha de faltar à aula por causa do sabá. No Yom Kippur, ele fazia jejum. No sabá, ia à sinagoga; aos treze anos, leu a Torá e tornou-se homem, conforme a lei judaica. Em Debrecen, foi estudar no ginásio judeu e depois de se formar foi trabalhar numa revista judaica. Morou com Tibor num bairro judeu de Budapeste e ia com ele à sinagoga da rua Dohány. Esbarrara com a lei que restringia o número de judeus na faculdade, deixara sua casa e sua família para estudar em Paris. Mesmo ali havia homens como Lemarque, grupos de estudantes que faziam manifestações contra judeus, e não eram poucos os jornais antissemitas. E agora ele tinha aquele novo peso para suportar, aquele novo *tsuris*. Por um momento, sentado em seu banco no Jardin de Luxembourg, ele se perguntou como seria deixar para trás sua personalidade de judeu, desvencilhar-se dos paramentos de sua religião, como um casaco que tivesse ficado quente demais para o clima. Recordou-se do momento em que ficou de pé no centro da Sainte-Chapelle em setembro, recordou a santidade e a serenidade do lugar, enquanto as poucas palavras que sabia da missa em latim pairavam em sua cabeça: *Kyrie eleison, Christe eleison*. Senhor, tende piedade, Cristo, tende piedade.

Por um momento, pareceu simples, claro: tornar-se cristão, e não apenas um cristão — um católico romano, como os cristãos que tinham imaginado a Notre-Dame e a Sainte-Chapelle, o Mátyás Templom e a Basílica de Szent István em Budapeste. Desfazer-se de sua vida anterior, adotar uma nova história. Receber aquilo que tinha sido negado a ele. Receber misericórdia.

Mas quando pensou na palavra *misericórdia*, foi a palavra iídiche que lhe veio à mente: *rachmones*, cuja raiz era *rechem*, a palavra hebraica para útero. *Rachmones*: uma compaixão profunda e incontestável como a que a mãe sentia por seu filho. Andras rezava por aquilo todos os anos na sinagoga em Konyár na véspera do Yom Kippur. Pedia para ser perdoado, jejuava, e no fim do Yom Kippur ficava com a sensação de ter sido esfolado. Todo ano ele sentia a necessidade de prestar contas de sua alma, de perdoar e ser perdoado. Todo ano seus irmãos o acompanhavam à sinagoga — Mátyás pequeno e arredio à sua esquerda, Tibor magro e de voz grave à sua direita. Ao lado deles, estava o pai em seu talit, e, por trás da divisória das mulheres, a mãe deles — paciente, contida, firme, sua presença segura, mesmo quando não a viam. Andras não podia deixar de ser judeu, tanto como não podia deixar de ser irmão de seus irmãos, filho de seu pai e de sua mãe.

Deteve-se, dando um último olhar no apicultor e em suas abelhas, e atravessou o parque a caminho de casa. Agora pensava não no que havia acontecido, mas sim no que ele tinha de fazer em seguida: arranjar um emprego, um meio de ganhar a vida e o dinheiro necessário para continuar na faculdade.

Ele não era francês, é claro, mas aquilo não tinha importância; em Budapeste, milhares de trabalhadores recebiam seus salários por baixo dos panos e ninguém tomava conhecimento. O dia seguinte era sábado. Os escritórios estariam fechados, mas as lojas e os restaurantes permaneceriam abertos — confeitarias, mercearias, livrarias, lojas de material de pintura, brasseries, alfaiates. Se Tibor podia trabalhar em horário integral numa sapataria e estudar seus livros de anatomia de noite, então Andras também poderia trabalhar e estudar na faculdade. Na hora em que chegou à Rue des Écoles, já estava construindo a frase necessária em sua mente: Estou procurando emprego. Em húngaro: *Állást keresek*. Em francês: *Je cherche... je cherche...* um emprego. Ele sabia a palavra: *un boulot*.

5. Théâtre Sarah-Bernhardt

Naquele outono, estava em cartaz no Sarah-Bernhardt *A mãe*, uma nova peça de Bertolt Brecht, todas as noites menos na segunda-feira, às nove horas. O teatro ficava exatamente no centro da cidade, na Place du Châtelet. Oferecia cinco fileiras de poltronas suntuosas e a consciência eletrizante de que a voz da srta. Bernhardt havia enchido *aquele espaço*, havia feito *aquele candelabro* estremecer em sua corrente. Em algum ponto no interior do teatro, ficava o camarim de paredes forradas de creme e dourado, com a banheira também dourada em que diziam que a atriz tomava banho de champanhe. No primeiro sábado de novembro, o elenco fora convocado para uma apresentação extra; Claudine Villareal-Bloch, a mãe do título da peça, tinha sofrido um ataque agudo de estresse vocal, que todos tacitamente atribuíam ao seu novo caso amoroso com um jovem brasileiro que trabalhava na embaixada como adido da imprensa. Nessa circunstância vagamente embaraçosa, a substituta de madame Villareal-Bloch foi convocada na última hora para representar o papel. Marcelle Gérard andava para um lado e para o outro em seu camarim, enfurecida, perguntando-se como Claudine Villareal-Bloch pudera ter a audácia de pregar tamanha peça nela; parecia uma humilhação intencional. Madame Villareal-Bloch sabia que madame Gérard, irritada com sua condição de substituta, não havia se preparado para o papel. Naquela mesma manhã, no ensaio, ela esquecera suas falas e gaguejara da maneira menos profissional possível. Em seu gabinete no fim do corredor, Zoltán Novak bebia uísque puro e imaginava o que poderia acontecer com ele se a peça não continuasse em cartaz, se Marcelle Gérard congelasse no palco como fizera naquela manhã durante o ensaio. O ministro da Cultura em pessoa tinha reservado um lugar para assistir à apresentação da noite seguinte; um sinal de como a nova peça de Brecht tornara-se popular e de como a situação era aterradora. Se houvesse um constrangimento público na noite seguinte, a culpa recairia em Zoltán Novak, o húngaro. Fracasso não era coisa de franceses.

Em desespero, Zoltán Novak queria fumar. Mas não podia. Na noite anterior, quando soube da doença de madame Villareal-Bloch, sua esposa havia escondido os cigarros, ciente de que ele podia se entregar a excessos; a esposa fizera com que jurasse que não compraria cigarros e prometeu que verificaria as roupas do marido para ver se não estavam cheirando a fumaça. Enquanto andava de um lado para o outro dentro de seu gabinete num estado de ansiedade causado pela abstinência de nicotina, o assistente de produção entrou com uma lista de mensagens urgentes. O contrarregra deu pela falta de um conjunto de pás de operários para a terceira cena; fariam sem as pás ou comprariam novas? O nome de madame Gérard tinha sido escrito errado no programa da noite seguinte (Guérard, um erro insignificante); ele queria que mandassem reimprimir o programa? Por fim, havia um rapaz no térreo à procura de emprego. Dizia conhecê-lo, ou pelo menos era isso que parecia estar falando — seu francês era imperfeito. Qual era seu nome? Uma coisa estrangeira. Lévi. Undrash.

Compre pás novas para os operários. Deixe os programas como estão — sairia caro demais reimprimir tudo. E não, ele não conhecia nenhum Lévi Undrash. E, mesmo se conhecesse, desculpe, mas a última coisa no mundo que ele tinha naquela altura era um emprego para alguém.

Andras planejara chegar à faculdade na segunda-feira com novidades triunfantes para o professor Vago: Tinha arranjado um emprego, podia pagar o curso e continuar estudando. Em vez disso, viu-se andando penosamente pelo Boulevard Raspail num estado de frustração, chutando gravetos na calçada. Tinha passado o fim de semana vasculhando o Quartier Latin em busca de trabalho; perguntou nas portas da frente e nas portas dos fundos, em confeitarias e oficinas; teve até a audácia de bater na porta de um escritório de desenho, onde um rapaz trabalhava sem paletó, debruçado numa prancheta. O rapaz olhou para Andras com uma espécie de desprezo desconcertado e disse-lhe para passar lá de novo, depois que tivesse tirado seu diploma. Andras caminhara debaixo de chuva, com fome e com frio, recusando-se a desistir. Atravessou o Sena em meio à neblina, tentando imaginar quem poderia procurar para pedir ajuda; quando ergueu os olhos, viu que tinha feito todo o percurso até a Place du Châtelet. Então ocorreu-lhe que podia se apresentar no Théâtre Sarah-Bernhardt e pedir para falar com Zoltán Novak, que afinal tinha convidado Andras para visitá-lo. Podia ir naquele exato momento; eram sete e meia e Novak devia estar no teatro antes de o espetáculo começar. Mas no Sarah-Bernhardt ele foi despachado — com polidez, com um pedido de desculpa, e com um palavreado francês cordial e acelerado — por um jovem que dizia ter falado diretamente com Novak, que não havia reconhecido o nome de Andras. Ele passou o fim daquela noite e o dia seguinte inteiro procurando trabalho, mas sua sorte não melhorou. No fim, viu-se em sua casa de novo, sentado à mesa junto à janela, com um telegrama na mão, enviado pelo irmão.

Andras daria qualquer coisa para poder ver Tibor, contar-lhe o que havia acontecido e saber o que ele achava que devia fazer. Mas Tibor estava a mil e duzentos quilômetros de distância, em Budapeste. Não havia maneira de pedir nem de receber conselhos daquele tipo por meio de telegramas, e uma carta levaria tempo demais. Claro, Andras havia contado tudo naquele fim de semana para Rosen, Polaner e Ben Yakov, no bar de estudantes; a raiva deles em favor de Andras foi gratificante, sua solidariedade foi revigorante, mas havia muito pouco que pudessem fazer para ajudar. Em todo caso, eles não eram Tibor; não podiam compreender como seu irmão o significado que a bolsa de estudos tinha para ele nem o que sua perda representava.

Às sete horas da manhã, a École Spéciale estava deserta. Os ateliês estavam em silêncio, o pátio vazio, o anfiteatro era um vácuo ecoante. Ele sabia que podia encontrar alguns estudantes adormecidos em suas escrivaninhas se olhasse bem — estudantes que haviam passado a noite bebendo café, fumando e trabalhando em desenhos ou maquetes. Noites insones eram lugar-comum na École Spéciale. Havia boatos de pílulas que deixavam o pensamento mais aguçado e permitiam que a pessoa ficasse acordada durante dias, até semanas.

Havia lendas de grandes descobertas artísticas após setenta e duas horas sem dormir. E havia também histórias de colapsos catastróficos. Havia um ateliê chamado *l'atelier du suicide*. Os estudantes mais velhos contavam aos mais jovens a respeito de um homem que se matou com um tiro depois que seu rival venceu o Prix du Amphithéâtre anual. Naquele ateliê, na parede ao lado do quadro de giz, podia-se ver um buraco na alvenaria. Quando Andras perguntou para Vago sobre aquela morte, o professor respondeu que isso vinha sendo contado desde que ele era estudante e que ninguém podia comprová-la. Mas essa história cumpria a função de fazer uma advertência.

A luz estava acesa no gabinete de Vago; Andras podia ver do pátio o quadrado amarelo da luz na janela. Subiu correndo os três andares de escada e bateu na porta. Houve um demorado silêncio antes de Vago abrir a porta; ele ficou parado diante de Andras, com apenas meias nos pés, esfregando os olhos com o polegar e o indicador manchados de tinta. Tinha o colarinho aberto, o cabelo era um emaranhado sem ordem. "Você", disse, em húngaro. Uma palavra pequena, com uma pitada de afeição. *Te*.

"Eu", disse Andras. "Ainda aqui, por enquanto."

Vago o fez entrar no gabinete e acenou para que sentasse no banco de costume. Em seguida deixou Andras sozinho por alguns minutos, depois voltou com o ar de quem tinha lavado o rosto na água quente e esfregado com uma toalha áspera. Exalava um cheiro de sabonete de pedra-pomes, bom para retirar a tinta das mãos.

"E então?", disse Vago, e sentou-se atrás da escrivaninha.

"Tibor mandou agradecer muito. Ele vai solicitar o visto."

"Já escrevi para o professor Turano."

"Obrigado", disse Andras. "De verdade."

"E como está você?"

"Não muito bem, como pode imaginar."

"Preocupado com a perda da bolsa?"

"Você não estaria?"

Vago empurrou a cadeira para trás e foi olhar pela janela. Após um momento, virou-se e passou as mãos no cabelo. "Escute", disse. "Não estou com vontade de dar aula de francês para você nesta manhã. Em vez disso, por que não vamos dar um passeio? Temos uma boa hora e meia antes do ateliê."

"Você é o professor."

Vago pegou seu casaco no gancho na parede e vestiu. Conduziu Andras na sua frente pela porta, desceu a escada atrás dele e guiou-o através das portas azuis da entrada da faculdade. No bulevar, vasculhou os bolsos em busca de dinheiro trocado; conduziu o aluno pela escada que descia para a estação de metrô de Raspail, bem na hora em que um trem estava chegando. Foram até Motte-Picquet e fizeram a transferência para a linha oito, depois fizeram outra transferência em Michel-Ange Molitor. Por fim, numa parada obscura chamada Billancourt, Vago conduziu Andras para fora do trem, rumo a um bulevar do subúrbio. O ar era mais puro ali, fora do centro; os donos das lojas lavavam a calçada, preparando-se para os negócios da manhã, e lavadores de janelas limpavam as vitrines na beira da avenida. Uma fila de meninas de casacos pretos e curtos de lã passou andando rápido pela calçada, guiada por uma matrona com uma pena no chapéu.

"Agora não está longe", disse Vago. Levou Andras pelo bulevar e entrou numa pequena rua comercial, em seguida numa rua residencial comprida, depois numa rua residencial menor, margeada por casas geminadas cinzentas e casas sólidas, de telhados vermelhos, que de repente davam lugar a um prédio branco e triangular, que parecia um navio, construído numa ponta de terreno onde duas ruas se encontravam num ângulo agudo. Os apartamentos tinham janelas em forma de vigias e sacadas fundas com portas de correr feitas de vidro, como se o prédio fosse de fato um transatlântico; projetava-se para a frente em meio à manhã, por trás de uma proa de janelas em curva e arcos cor de leite, feitos de concreto armado.

"Arquiteto?", perguntou Vago.

"Pingusson." Algumas semanas antes, tinham ido ver obras dele no pavilhão de desenho da Exposição Internacional. O estudante do quinto ano que servira de guia declamara o texto decorado sobre a simplicidade das linhas de Pingusson e seu sentido de proporção não convencional.

"Isso mesmo", disse Vago. "Um dos nossos — um homem da École Spéciale. Conheci-o numa convenção de arquitetura na Rússia cinco anos atrás e desde então temos sido bons amigos. Ele escreveu alguns artigos sagazes para *L'Architecture d'Aujourd'hui*. Artigos que levaram as pessoas a ler a revista em um momento em que ela estava apenas decolando. Além do mais, é um grande jogador de pôquer. Todo sábado à noite nos encontramos para jogar. Às vezes o professor Perret nos visita. Ele não joga nada, mas gosta de conversar."

"Posso imaginar muito bem", disse Andras.

"Pois é, agora, neste sábado, adivinhe qual foi o tema da conversa?"

Andras encolheu os ombros.

"Nenhum palpite?"

"A Guerra Civil Espanhola."

"Não, meu jovem amigo. Conversamos sobre você. O seu problema. A bolsa de estudos. Sua falta de recursos. Enquanto isso, Perret ia servindo taças de champanhe. Um Canard-Duchene 1926, de primeira linha, que ele ganhou de presente de um cliente. Pois bem, George-Henri — este é Pingusson — é um homem de uma inteligência fora do comum. É responsável por uma porção de prédios muito bonitos aqui em Paris e tem uma casa cheia dos prêmios que ganhou com essas obras. Ele também é engenheiro, você sabe, não apenas arquiteto. Joga pôquer como um homem que conhece os números. Mas, quando bebe champanhe, só sabe contar vantagens e falar de romance. Lá por volta de meia-noite, ele jogou seu talão de cheques sobre a mesa e disse que, se Perret ganhasse a próxima rodada, ele, Pingusson, se encarregaria de financiar os seus estudos e o seu sustento."

Andras olhou fixamente para Vago. "E o que aconteceu?"

"Perret perdeu, é claro. Acho que nunca o vi ganhar de Pingusson. Mas o champanhe já tinha produzido seu efeito. Ele é um sujeito esperto, nosso Perret. No fim, mais esperto do que Pingusson."

"Como assim?"

"Estávamos todos na rua, tentando conseguir um táxi. Perret, sóbrio como uma coruja, balança a cabeça. 'É lamentável o caso do jovem Lévi', ele diz. 'Uma coisa trágica.' E George-Henri, ébrio de champanhe, quase se ajoelha na calçada e suplica a Perret que lhe permita conceder um empréstimo a você. Cinquenta por cento do total, e nenhum centavo a menos. 'Se o rapaz conseguir arranjar a outra metade do dinheiro', diz Pingusson, 'deixe que continue na faculdade.'"

"Você não pode estar falando sério", disse Andras.

"Estou sim."

"Mas na manhã seguinte ele voltou à razão."

"Não. Perret o fez pôr aquilo no papel na mesma noite. Pingusson tem uma dívida com Perret, de qualquer maneira. Deve a ele muitos favores."

"E que tipo de garantia ele quer pelo empréstimo?"

"Nenhuma", disse Vago. "Perret disse a ele que você era um cavalheiro. E que ia ganhar muito dinheiro depois de formado."

"Cinquenta por cento", disse Andras. "Meu Deus. De Pingusson." Ergueu os olhos de novo para o perfil em curva do prédio, sua proa branca elevada. "Diga que não está brincando comigo."

"Não estou brincando. Tenho a carta assinada em cima da minha escrivaninha."

"Mas isso dá mil francos."

"Perret convenceu-o de que você merecia essa ajuda."

Andras sentiu um aperto na garganta. Não ia chorar, não ali na rua, numa esquina, em Boulogne-Billancourt. Ele esfregou a sola do sapato na calçada. Tinha de haver um jeito de conseguir a outra metade. Se Perret tinha conseguido aquela mágica para ele, se do nada tinha conseguido alguma coisa, se ele o considerava um cavalheiro, o mínimo que Andras podia fazer era vencer o desafio apresentado pelo empréstimo de Pingusson. Andras faria tudo o que tivesse de fazer. Por quanto tempo havia procurado emprego? Alguns dias? Catorze horas? A cidade de Paris era um local vasto. Ele encontraria trabalho. Tinha de encontrar.

Havia ocasiões em que um fantasma de bom coração parecia habitar o Théâtre Sarah-Bernhardt, ocasiões em que uma peça tinha tudo para dar errado, mas não dava. Na noite da estreia de Marcelle Gérard no papel da mãe que dava título à peça de Brecht, tudo parecia perfeito para a catástrofe; uma hora antes de a cortina subir, Marcelle apareceu no gabinete de Zoltán Novak e ameaçou se demitir. Não estava pronta para entrar em cena, disse para ele. Iria se atrapalhar na frente do público, dos críticos, do ministro da Cultura. Novak segurou as mãos da atriz e implorou que fosse mais razoável. Sabia que ela era capaz de representar o papel. Estivera impecável nas audições de seleção do elenco. Claudine Villareal-Bloch recebera o papel só porque Novak não quis demonstrar nenhum favorecimento por madame Gérard. O caso entre eles tinha ficado para trás já havia muito tempo, mas as pessoas ainda comentavam; ele tinha receio de que algum comentário chegasse aos ouvidos de sua esposa numa ocasião em que as coisas já andavam um tanto delicadas entre ambos. Marcelle compreendia aquilo, é claro; afinal, já haviam conversado sobre o assunto na ocasião em que a decisão fora tomada, não era verdade? Ele jamais consentiria em deixar que ela entrasse em cena naquela noite se não tivesse certeza de que seria perfeita. Os temores dela eram normais, no fim das contas. A própria Sarah-Bernhardt não tivera de superar uma repentina e paralisante fobia de palco em sua representação de Fedra em 1879? Ele tinha absoluta certeza de que, assim que Marcelle pusesse os pés no palco, se transformaria na própria visão de Brecht para a sua personagem. Ela mesma devia saber daquilo. Não era assim? Mas quando Novak terminou de falar madame Gérard soltou suas mãos das dele e voltou para seu camarim sem dizer nenhuma palavra, deixando Novak sozinho.

Talvez tenha sido a força sincera de sua aflição que evocou o fantasma de Sarah-Bernhardt e o fez sair das paredes do teatro naquela noite; talvez tenha sido a aflição coletiva do elenco e da equipe, dos iluminadores, dos lanterninhas, dos figurinistas, dos zeladores, da moça da chapelaria. Qualquer que fosse o motivo, quando bateram as nove horas, a hesitação de Marcelle Gérard tinha desaparecido. O ministro da Cultura estava em seu camarote, bebericando discretamente numa garrafinha prateada; lady Mandl e a ilustre sra. Reginald Fellowes estavam com ele, lady Mandl com penas de pavão no cabelo, Daisy Fellowes resplandecente num conjunto Schiaparelli de seda verde tom de jade. A guerra fizera o teatro comunista entrar na moda na França. A casa estava lotada. As luzes se apagaram. E então Marcelle Gérard pisou no palco e falou no tom aveludado da voz de Sarah-Bernhardt em pessoa. De seu lugar nos bastidores, Zoltán Novak observava com atenção, enquanto madame Gérard comandava uma encenação de *A mãe* que punha na sombra as interpretações de Claudine Villareal-Bloch, prejudicadas por excessos amorosos. Ele deu um suspiro de alívio tão satisfeito, tão profundo, que ficou até contente por sua esposa ter lhe recusado o consolo dos cigarros, que oprimiam seu peito. Com alguma sorte, havia deixado para trás, e para sempre, sua tuberculose. O tempo que passara em Budapeste e em balneários medicinais havia drenado o sangue e a dor de seus pulmões. A peça não fora um fracasso. E seu teatro, afinal, havia de sobreviver — quem sabe — a despeito das colunas vermelhas e compridas em seus livros de contabilidade e das dívidas que aumentavam sem parar a cada semana.

Quando recebeu os elogios do ministro da Cultura depois da apresentação e quando transmitiu seus cumprimentos também para uma Marcelle

Gérard ruborizada, ofegante, Novak se viu num estado de ânimo tão expansivo que bebeu duas taças de champanhe, uma depois da outra, ali mesmo no corredor dos camarins. Antes de Novak ir embora, Marcelle chamou-o ao seu aposento privativo e beijou-o na boca, só uma vez, quase de modo casto, como se tudo tivesse sido perdoado. À meia-noite ele saiu pela porta dos fundos para uma neblina fina e cortante. Sua esposa estaria à espera em casa, no quarto, com o cabelo solto, a pele perfumada de lavanda. Mas ele mal tinha dado três passos na direção dela quando alguém o alcançou pelas costas e puxou seu braço, o que fez cair sua maleta. Nos últimos tempos eram comuns os furtos nos arredores do teatro, à noite; em geral ele tomava cuidado, mas daquela vez o champanhe o fizera deixar a cautela de lado. Agindo por um instinto que adquirira durante a guerra, desviou para o lado e golpeou seu agressor com um soco na barriga. Um jovem de cabelo escuro tombou ofegante na beira da calçada. Zoltán Novak abaixou para pegar a maleta e só então ouviu o que o rapaz estava tentando dizer. *Novak-úr. Novak-úr.* Seu nome, com o título honorífico húngaro. O rosto do jovem parecia vagamente familiar. Novak ajudou-o a ficar de pé e retirou umas folhas molhadas que tinham grudado em sua manga. O rapaz apalpou suas costelas inferiores com cuidado.

"Mas o que você estava querendo, vindo por trás de mim desse jeito?", perguntou Novak em húngaro, tentando olhar melhor para o rosto do rapaz.

"O senhor não quis me receber em seu escritório", conseguiu falar o rapaz.

"E deveria ter recebido?", perguntou Novak. "Eu o conheço?"

"Andras Lévi", arquejou o rapaz.

Undrash Lévi. O rapaz do trem. Novak recordou-se do espanto de Andras em Viena, sua gratidão quando lhe comprou um pretzel. E agora ele tinha dado um murro na barriga do pobre rapaz. Novak balançou a cabeça e deu uma risada grave e pesarosa. "Senhor Lévi", ele disse. "Minhas mais sinceras desculpas."

"Não foi nada", disse com amargura o rapaz, ainda esfregando as costelas.

"Acertei em cheio a sua barriga, não foi?", disse Novak, desolado.

"Vai passar."

"Por que não caminha um pouco comigo? Não moro muito longe daqui."

Caminharam juntos e Andras lhe contou a história toda, começando com a obtenção da bolsa de estudos e como a perdeu, e terminando com a oferta feita por Pingusson. Foi aquilo que o trouxe de volta ao teatro. Tinha de tentar mais uma vez falar com Novak. Estava disposto a aceitar o mais modesto dos trabalhos. Faria qualquer coisa. Engraxaria os sapatos dos atores, varreria o chão, limparia os cinzeiros. Tinha de começar a ganhar seus cinquenta por cento. O primeiro pagamento teria de ser feito dali a três semanas.

Nessa altura, já haviam chegado ao prédio onde Novak morava, na Rue de Sèvres. No primeiro andar, a luz irradiava por trás da gaze da cortina do quarto. A neblina havia molhado os cabelos de Novak e deixara pequenas contas brilhantes nas mangas de seu sobretudo; a seu lado, Lévi estremecia num paletó fino. Novak se viu pensando no livro de contabilidade que havia acabado de fechar antes de subir para assistir à peça. Lá, na caligrafia clara e vermelha do contador, estavam os números que atestavam o estado aterrador em que se encontrava o teatro Sarah-Bernhardt; mais algumas semanas de prejuízo e eles teriam de fechar as portas. Por outro lado, com Marcelle Gérard no papel da mãe, quem sabe o que podia acontecer? Ele sabia o que estava se passando na Europa Oriental, sabia que a suspensão dos fundos de Andras era apenas um sintoma de uma doença mais grave. Na Hungria, em sua juventude, ele vira jovens judeus brilhantes derrotados pela restrição do número de alunos judeus nas universidades; parecia um crime aquele jovem ter de se curvar também, depois de haver percorrido todo aquele caminho até chegar ali. O Bernhardt não era uma instituição filantrópica, mas o rapaz não estava pedindo esmola. Estava querendo um trabalho. Estava disposto a fazer qualquer coisa. Certamente estaria dentro do espírito da peça de Brecht dar trabalho para alguém que queria trabalho. E, afinal, Sarah-Bernhard não era judia também? A mãe dela era uma cortesã judia holandesa e o judaísmo funcionava de maneira matrilinear. *Ele* sabia. Embora tivesse sido batizado na igreja católica e frequentado escolas católicas, sua mãe também era judia.

"Tudo bem, meu jovem Lévi", ele disse, pondo a mão no ombro do rapaz. "Por que não aparece no teatro amanhã de tarde?"

E Andras abriu um sorriso tão radiante e agradecido para ele que Novak sentiu um fugaz choque de medo. Tanta confiança. Tanta esperança. O que o mundo faria com um rapaz como Andras, Novak não queria saber.

6. Trabalho

A *mãe* tinha vinte e sete atores: nove mulheres e dezoito homens. Trabalhavam seis dias por semana e faziam sete apresentações. Nos bastidores, tinham poucos momentos livres e uma quantidade assombrosa de necessidades. As roupas tinham de ser consertadas e passadas, era preciso levar os cães de estimação para passear, pôr cartas no correio, suavizar vozes com chá, pedir jantares. De vez em quando precisavam dos serviços de um dentista ou de um médico. Tinham de fazer exercícios e tirar um cochilo reparador. Tinham de cuidar de seus casos românticos de fora do palco. Dois atores estavam apaixonados por duas atrizes e as duas atrizes por sua vez amavam o homem errado. Bilhetes iam e vinham entre as partes enamoradas. Flores eram enviadas e recebidas, destruídas; chocolates eram enviados e consumidos.

No meio daquele caos, Andras surgiu disposto a fazer qualquer coisa e o assistente de produção o pôs para trabalhar na mesma hora. Se monsieur Hammond rompesse um cadarço de sapato, Andras tinha de providenciar outro. Se o *bichon frisé* de madame Pillol precisava ser alimentado, Andras tinha de fazê-lo. Recados tinham de ser transmitidos entre o diretor e os administradores, entre o diretor de cena e seu assistente, entre os amantes nos bastidores. Quando a substituída Claudine Villareal-Bloch chegou ao teatro para pedir de volta seu papel, teve de ser apaziguada com elogios. (O fato era, disse o diretor de cena para Andras, que Villareal tinha sido dispensada em definitivo; Marcelle Gérard estava arrasando no papel. Pela primeira vez em cinco anos, o teatro Bernhardt lotava todas as noites.) Andras não entendia como era possível que qualquer coisa fosse feita nos bastidores do Sarah-Bernhardt antes de sua contratação. Quando começou o espetáculo em seu primeiro dia de trabalho, ele estava tão esgotado que nem conseguiu assistir à peça dos bastidores. Adormeceu num sofá que ele não sabia ser necessário numa cena do segundo ato e foi acordado com um susto quando dois ajudantes o empurraram para o palco. Andras saltou do sofá bem na hora em que dois atores estavam saindo do palco, ao final do primeiro ato, e se viu cercado por vários pedidos de ajuda.

Naquela noite, Andras ficou no teatro ainda muito tempo depois que o espetáculo terminou. Claudel, o assistente do diretor de cena, disse que ele sempre tinha de ficar até que o último ator fosse para casa; naquela vez, foi Marcelle Gérard quem mais se demorou. No final da noite, Andras estava postado na porta de seu camarim, à espera de que ela terminasse de conversar com Zoltán Novak. Dava para perceber a empolgação na fala rápida em francês de madame Gérard, que chegava até ele através da porta do camarim. Andras gostava daquele som e sentia que não se importaria se houvesse alguma coisa que pudesse fazer por ela, antes de ir embora. Por fim, monsieur Novak saiu e um olhar de vago embaraço franzia sua testa. Pareceu surpreso ao ver Andras ali.

"Já é meia-noite, rapaz. Hora de ir para casa."

"Monsieur Claudel me orientou a ficar até que o último ator vá embora."

"Ah. Muito bem, então. E aqui está uma coisa para o seu jantar, um adiantamento de sua primeira semana de trabalho." Novak entregou a Andras algumas notas dobradas. "Compre algo mais substancioso para comer do que um pretzel", ele disse, e seguiu pelo corredor rumo ao seu gabinete, esfregando a nuca.

Andras desdobrou as notas. Duzentos e cinquenta francos, o bastante para jantar durante duas semanas no bar dos estudantes. Deu um assobio baixo de alívio e enfiou as notas no bolso do paletó.

Madame Gérard saiu de seu camarim, seu largo rosto pálido e opaco sem a maquiagem do palco. Tinha na mão uma maleta turca marrom e sua echarpe estava amarrada bem no alto do pescoço, como que para mantê-la aquecida durante a longa caminhada até sua casa. Mas Claudel tinha dito que madame Gérard ia pegar um táxi e assim Andras pediu que ela esperasse na porta dos fundos enquanto ele ia chamar um no Quai de Gesvres. Àquela hora os caçadores de autógrafos tinham ido embora. Madame Gérard tinha dado mais de cem autógrafos na porta dos fundos após o espetáculo. Andras segurou seu braço enquanto ela caminhava até o meio-fio. Ele pôde sentir que o casaco de tweed se desgastara e ficara fino no cotovelo. A atriz se deteve diante da porta aberta do táxi e fitou-o nos olhos, a echarpe emoldurando seu rosto. Tinha a testa larga e arqueada, sobrancelhas estreitas; os ossos salientes lhe davam um ar de nobreza que ficariam bem se ela fizesse o papel de uma rainha, mas também lhe serviam no papel da mãe proletária.

"Você é novo aqui", ela disse. "Qual é o seu nome?"

"Andras Lévi", respondeu, movendo a cabeça numa pequena reverência.

Ela repetiu o nome duas vezes, como que para guardá-lo na memória. "Foi um prazer conhecê-lo, Andras Lévi. Obrigado por providenciar o táxi." Entrou no carro, puxou o casaco por cima das pernas e fechou a porta.

Enquanto olhava o táxi seguir seu caminho pelo Quai de Gesvres rumo à Pont d'Arcole, ele se viu repetindo de novo mentalmente o breve roteiro da conversa entre ambos. Em sua mente, ouvia-a dizendo *très heureux de fair votre connaissance*, o que em húngaro significava *örülök, hogy megismerhetem*. Como era possível que ele tivesse ouvido um eco de *örülök* por baixo do *très hereux* dela? Será que todo mundo em Paris era secretamente húngaro? Andras riu alto daquela ideia; todas as mulheres da *Rive Droite*, em seus casacos de pele, os frequentadores de teatro em seus carros compridos, os estudantes de arte que adoravam jazz em seus paletós puídos, todos eles tinham em segredo uma fome de *paprikás* e de pão rústico, enquanto comiam seus bouillabaisses e suas baguetes. Na hora em que atravessou o rio, a pé, sentiu uma leveza cada vez maior no centro do peito. Tinha um emprego. Ia conseguir ganhar os seus cinquenta por cento. Lápis novos jaziam bem apontados em sua prancheta e não parecia impossível que terminasse seus desenhos de Orsay antes de amanhecer.

Trabalhou a noite inteira sem pausa e conseguiu ficar acordado durante as aulas da manhã. Depois pegou no sono num canto da biblioteca e dormiu durante horas. Quando acordou, achou um bilhete preso em sua lapela com a letra de Rosen: *Encontre-nos no Pombo Azul às cinco horas, seu preguiçoso safado*. Andras ajeitou-se na cadeira e esfregou o nó dos dedos nos olhos. Tirou do bolso o relógio do pai e verificou que horas eram. Quatro horas. Dali a três horas tinha de voltar ao trabalho. Tudo o que queria era ir para casa e para a cama. Saiu pelo corredor arrastando os pés e entrou no banheiro masculino, onde descobriu que, enquanto dormia, tinham pintado seu lábio superior como se fosse um bigodinho ao estilo de Clark Gable. Deixou o bigode onde estava, penteou o cabelo com os dedos, ajeitou o paletó com uns puxões para baixo.

O café Pombo Azul ficava a uma boa meia hora de caminhada do Boulevard Raspail e do outro lado do Quartier Latin. Andras foi o primeiro a chegar; sentou-se numa mesa no fundo, perto do balcão, e pediu a coisa mais barata do cardápio, um bule de chá. O chá veio acompanhado de dois biscoitos amanteigados, com uma amêndoa prensada no meio de cada um. Era por isso que os estudantes gostavam do Pombo Azul: era generoso. No Quartier Latin, era uma raridade receber dois biscoitos com um bule de chá, muito menos biscoitos de amêndoa. Na hora em que havia terminado seu chá e comido os biscoitos, Rosen, Polaner e Ben Yakov chegaram. Desenrolaram suas echarpes e puxaram cadeiras para perto da mesa.

Rosen beijou Andras nas duas faces. "Que bigode magnífico", disse.

"A gente até pensou que você tinha morrido", disse Ben Yakov. "Ou pelo menos que estava em coma."

"Eu estava quase morto."

"Fizemos apostas", disse Ben Yakov. "Rosen apostou que você ia dormir a noite inteira. Eu apostei que viria nos encontrar aqui. Polaner se absteve porque está falido."

Polaner ficou vermelho. Dos três, ele vinha da família mais rica, porém o reino de sua família era um negócio de roupas em Cracóvia e seu pai não tinha a menor ideia de quanto as coisas custavam em Paris. Todo mês mandava para Polaner só o suficiente para mantê-lo vestido e alimentado. Com perfeita consciência de sua dívida crescente com o pai, ele não suportava a ideia de pedir mais. Como filho de privilegiados, ele nunca havia trabalhado e parecia jamais pensar na ideia de arranjar um emprego para aliviar a situação. Em vez disso, pedia água quente nos cafés e remendava seus sapatos com pedaços de papelão grosso, abandonados nas aulas de maquete, e guardava todo pão extra que houvesse no bar de estudantes.

Com o bolso cheio de notas, Andras sabia que era sua vez de pagar uma bebida para todos. Logo cada um segurava um copo de uísque e soda, a bebida dos astros do cinema americano. Rogaram pragas contra o governo húngaro e contra sua tentativa de afastar Andras da companhia deles e depois brindaram ao seu novo papel de portador de bilhetes amorosos entre os atores e de recreador dos cães dos atores. Quando o uísque com soda terminou, pediram mais um grande bule de chá.

"Ben Yakov tem um encontro esta noite", anunciou Rosen.

"Como assim, um encontro?", perguntou Andras.

"Um *rendez-vous*. Um encontro. Possivelmente de natureza romântica.

"Com quem?"

"Simplesmente com a linda Lucia", disse Rosen, e Ben Yakov cruzou os dedos e dobrou-os numa glória muda. Um burburinho tomou conta da mesa. Todos eles reverenciavam Lucia, com sua voz grave e aveludada e sua pele cor de mogno polido. De noite, sozinhos em suas camas, todos a imaginavam saindo de seu vestido e de sua anágua, nua na frente deles, em seus quartos escuros. De dia, sentiam-se envergonhados pelo talento dela no ateliê. Lucia não só trabalhava na secretaria; era uma estudante do quarto ano, uma das melhores de sua turma, e corria o boato de que Mallet-Stevens havia feito elogios ao trabalho dela.

"Um brinde para Ben Yakov", disse Andras, erguendo sua xícara.

"Saúde", disseram os outros. Ben Yakov ergueu a mão num gesto zombeteiro de modéstia.

"Claro, ele nunca vai nos contar o que acontece", disse Rosen. "A vida particular de Ben Yakov é assunto só dele."

"Ao contrário do monsieur Rosen", disse Ben Yakov. "A vida particular do monsieur Rosen é assunto de todo mundo. Se as senhoras soubessem!"

"Esta é a cidade do amor", disse Rosen. "Todos nós devíamos estar fazendo amor." Usou a palavra vulgar, *baiser*. "Qual é o problema, Polaner? Ficou ofendido?"

"Não estou escutando", respondeu Polaner.

"Polaner é um cavalheiro", disse Ben Yakov. "Os cavalheiros *ne baisent pas*."

"Pelo contrário", disse Andras. "Os cavalheiros são grandes *baiseurs*. Acabei de ler *Les liaisons dangereuses*. Está cheio de cavalheiros que *baisent*."

“Não tenho certeza de que você esteja habilitado para entrar nesta conversa”, disse Rosen. “Polaner pelo menos teve uma *petite amie* em sua terra natal. Sua futura noiva cracoviana, não é verdade?” Empurrou o ombro de Polaner, que ficou ruborizado outra vez; havia mencionado algumas cartas da garota, filha de um fabricante de lã, com quem seu pai esperava poder casá-lo. “Ele já conhece tudo isso há algum tempo, por mais que não goste de falar do assunto”, disse Rosen. “Mas você, Andras, nunca fez nada disso.”

“É mentira”, disse Andras, embora fosse verdade.

“Paris está cheia de garotas”, disse Rosen. “A gente devia promover um encontro para você. Um encontro de natureza profissional, quero dizer.”

“Com o dinheiro de quem?”, perguntou Ben Yakov.

“Não houve um tempo em que os artistas tinham mecenas?”, perguntou Rosen. “Onde estão nossos mecenas?” Pôs-se de pé e repetiu a pergunta em volume bem alto para toda a sala. Alguns dos outros clientes do restaurante ergueram os copos. Mas entre eles não havia nenhum possível mecenas; eram todos estudantes, com seus bules de chá e dois biscoitos, seus jornais de esquerda, seus casacos andrajosos.

“Pelo menos eu tenho um emprego”, disse Andras.

“Pois bem, economize, economize!”, disse Rosen. “Você não pode continuar virgem para sempre.”

No trabalho, Andras não parava, passava de uma tarefa para outra como um assistente do cozinheiro nos preparativos de uma refeição de doze pratos, e cada tarefa terminava na hora em que uma outra já estava começando, tudo isso sob a pressão crescente do horário. Claudel, o assistente do diretor de cena, era basco e tinha um temperamento esquentado, que muitas vezes se manifestava jogando longe objetos usados em cena, que então tinham de ser consertados antes que fossem necessários no palco. Em consequência, o contrarregra tinha pedido demissão e os objetos do cenário estavam carentes de reparos. Claudel aterrorizava os pontos e os auxiliares de palco, o assistente do diretor e a figurinista; aterrorizava até o seu superior, o próprio diretor de cena, monsieur d’Aubigné, que tinha medo demais da raiva de Claudel para se queixar com monsieur Novak. Mas Claudel aterrorizava sobretudo Andras, que fazia questão de ficar sempre perto e à sua disposição. Andras sabia que ele não queria fazer mal a ninguém. Claudel era um perfeccionista, e qualquer perfeccionista ficaria maluco com a confusão que reinava nos bastidores do teatro Bernhardt. Mensagens se perdiam, os objetos de cena jaziam espalhados sem ordem alguma, partes de figurinos ficavam fora do lugar; ninguém jamais sabia quanto tempo faltava para descer a cortina ou para o fim do intervalo. Parecia um milagre que, afinal, a peça pudesse ser apresentada. Em sua primeira semana ali, Andras construiu escaninhos para a troca de mensagens e bilhetes entre o diretor de cena, o assistente do diretor de cena, o diretor dos atores, o elenco e o resto da equipe; comprou dois relógios de parede baratos e pendurou-os nos bastidores dos dois lados do palco; montou umas estantes improvisadas, arrumou nelas os objetos de cena e em cada ponto das prateleiras assinalou o ato e a cena em que aquele objeto era usado. Em poucos dias, começou a se formar uma sensação de tranquilidade nos bastidores. Atos inteiros transcorriam sem nenhum acesso de raiva de Claudel. Os assistentes comentavam a mudança de estado de espírito no assistente do diretor de cena, que comentou com Zoltán Novak a mudança geral, e Novak elogiou Andras. Estimulado por seu sucesso, Andras pediu e recebeu setenta e cinco francos por semana a fim de preparar uma mesa com café, creme de leite, biscoitos de chocolate, geleia e pão para todos nos bastidores. Em pouco tempo, sua caixa de correio ficou abarrotada de mensagens de agradecimento.

Madame Gérard em particular parecia ter um interesse todo especial por Andras. Passou a chamá-lo não só para levar seus recados, mas também para lhe fazer companhia. Após a peça, quando o resto dos atores tinha ido embora, ela gostava de ter Andras a seu lado no camarim para conversar, enquanto tirava a maquiagem. Sua *démaquillage* demorava tanto tempo que Andras passou a desconfiar que ela temia ir para casa. Andras sabia que a atriz morava sozinha, embora não soubesse onde; imaginava um apartamento cor-de-rosa com cartazes de peças antigas pelas paredes. A atriz pouco falava sobre sua vida, a não ser para dizer que o palpite de Andras sobre suas origens estava certo: nascera em Budapeste e a mãe ensinara a jovem Marcelle a falar francês e húngaro. Mas ela pedia que Andras falasse apenas em francês; exercitar era a melhor maneira de alcançar o domínio do idioma, ela disse. Queria saber novidades de Budapeste, sobre o trabalho de Andras em *Passado e Futuro*, sobre sua família; ele lhe contou a respeito da queda de Mátyás para a dança e sobre a iminente viagem de Tibor para Modena.

"E Tibor fala italiano?", ela perguntou enquanto esfregava um creme na testa. "Ele estudou o idioma?"

"Vai aprender mais depressa do que eu aprendi francês. Na escola ele ganhou o prêmio de melhor aluno de latim por três anos seguidos."

"E está ansioso para partir?"

"Muito", disse Andras. "Mas não pode partir antes de janeiro."

"E o que mais interessa Tibor, além de medicina?"

"Política. A situação mundial."

"Bem, isso é perdoável num jovem. E além disso? O que ele faz no tempo livre? Não tem uma amiga? Será que vai ter de deixar alguém em Budapeste?"

Andras balançou a cabeça. "Ele trabalha dia e noite. Não tem tempo livre."

"Entendo", disse madame Gérard, esfregando nas faces uma esponja de veludo rosada. Dirigiu a Andras um olhar de indagação confusa, suas sobrancelhas arqueadas em arcos gêmeos e finos. "E quanto a você?", ela disse. "Você deve ter uma amiguinha, não é?"

Andras ficou muito vermelho. Nunca havia conversado sobre o assunto com nenhuma mulher adulta, nem com a mãe. "Nem sombra de uma garota", ele disse.

"Sei", disse madame Gérard. "Então talvez você não faça objeção a um convite para almoçar com uma amiga minha. Uma húngara que conheço, uma talentosa professora de balé, que tem uma filha alguns anos mais jovem do que você. Uma garota muito bonita chamada Elisabet. É alta, loura, excelente aluna — tem notas muito altas em matemática. Venceu uma espécie de competição municipal de matemática, pobrezinha. Tenho certeza de que ela sabe falar um pouco de húngaro, embora seja enfaticamente francesa. E pode apresentar você a alguns amigos."

Uma garota loura, alta, enfaticamente francesa, que falava húngaro e podia lhe mostrar um outro lado de Paris: não havia como Andras dizer não. No fundo de sua mente, podia ouvir Rosen lhe dizendo que ele não podia ficar virgem para sempre. Viu-se respondendo que ficaria encantado em aceitar o convite para almoçar na casa da amiga de Marcelle Gérard. Madame Gérard escreveu o nome e o endereço atrás de um de seus cartões de visitas.

"Domingo ao meio-dia", ela disse. "Não poderei ir, infelizmente. Já aceitei outro convite. Mas garanto que você nada tem a temer em Elisabet e sua mãe." Entregou-lhe o cartão. "Moram perto daqui, no Marais."

Olhou para o endereço, imaginando se a casa ficava na parte do Marais que ele havia visitado em sua aula de história; em seguida experimentou um forte choque mnemônico e teve de olhar de novo. *Morgenstern*, madame Gérard tinha escrito. *Rue de Sévigné 39*.

"Morgenstern", ele disse em voz alta.

"Sim. A casa fica na esquina da Rue d'Ormesson." E depois ela pareceu perceber algo estranho na expressão de Andras. "Há algum problema, meu querido?"

Andras sentiu um ímpeto momentâneo de contar para ela sua visita à casa na Benczúr Utca, sobre a carta que ele havia trazido para Paris, mas lembrou-se do apelo da sra. Hász para ser discreto e recuperou-se rapidamente. "Não é nada", respondeu. "Faz um tempo desde a última vez em que tive de me apresentar num ambiente mais formal, só isso."

"Você vai se sair esplendidamente", disse madame Gérard. "Você é mais cavalheiro do que a maioria dos cavalheiros que conheço." Ficou de pé e lhe dirigiu seu sorriso de rainha, uma espécie de representação particular de sua própria autoridade e elegância; em seguida enrolou seu robe chinês em volta do corpo e retirou-se para trás das tílias douradas do seu biombo.

Naquela noite, Andras ficou sentado na cama e olhou para o endereço no cartão. Sabia que o mundo dos expatriados húngaros era finito e que madame Gérard tinha muitas relações naquele mundo, no entanto sentiu que aquela convergência podia ter algum significado mais profundo. Tinha certeza de que sua memória estava correta; não esquecera o nome Morgenstern, nem a Rue de Sévigné. Emocionou-se ao pensar que ia descobrir se Tibor tinha razão quando supôs que a carta era endereçada ao ex-amante da sra. Hász mais velha. Quando chegasse à casa dos Morgenstern, encontraria um homem de cabelos grisalhos — o sogro, talvez, de madame Morgenstern —, que talvez fosse o misterioso C? Que relações teriam os Hász de Budapeste com uma professora de balé no Marais? E como ele conseguiria se conter e não falar sobre nada daquilo quando encontrasse de novo József Hász?

Porém, nos dias seguintes, Andras se deu conta de que tinha pouco tempo para pensar na iminente visita à casa dos Morgenstern. Só faltava um mês para o final do período letivo e dali a três semanas haveria uma crítica dos projetos de outono dos alunos. Seu projeto era uma maquete da Gare d'Orsay, construída a partir de um desenho seu; ele havia terminado as plantas, mas ainda faltava começar a maquete propriamente dita. Teria de comprar os materiais, estudar mapas topográficos a fim de poder construir a base, fazer moldes para as formas da maquete, cortar os moldes, desenhar as janelas em arco e os relógios, além de todos os detalhes em pedra, e reuni-los no trabalho acabado. Passou a semana no ateliê rodeado por suas plantas. De noite, após o trabalho, consumia-se nos preparativos para uma prova de estática e de tarde assistia a uma série de aulas de Perret sobre a desafortunada abadia de Fonthill, um simulacro de catedral do século XIX cuja torre desabou três vezes por causa do projeto mal feito, da construção afobada e do uso de material de má qualidade.

Na tarde de sábado, quando chegou ao trabalho, o único mistério em sua mente era como havia conseguido chegar à véspera do dia do almoço sem mandar lavar sua única camisa social e sem ter economizado alguns francos para comprar um presente para sua anfitriã. Após confessar o problema para madame Gérard, viu-se de repente na oficina de uma costureira de roupas femininas, madame Courbet, que fizera todos os uniformes militares e as roupas de operários necessários para a encenação de *A mãe*. Enquanto a revolução se desdobrava no palco, madame Courbet voltava sua atenção para uma luta diferente: costurava cinquenta tutus para um recital de balé infantil que iria ocorrer no teatro Bernhard naquele inverno. Andras encontrou-a sentada no meio de um mar revolto de tule branco e pequeninas flores de seda, enquanto sua máquina de costura percutia mecanicamente com estrondo no centro daquele cúmulo-nimbo nevoento. Era uma mulher semelhante a um pardal, com mais de cinquenta anos, sempre vestida em roupas de alfaiataria impecáveis; naquele dia, seu vestido de lã verde era polvilhado de filamentos parecidos com gelo e ela segurava entre os dedos um rolo de linha prateada. Tirou os óculos sem aros a fim de olhar para Andras.

"Ah, o jovem senhor Lévi", ela disse. "Será que temos mais uma reclamação do senhor Claudel ou alguém arrebentou a costura da roupa?" Torceu a boca numa careta de desdém.

"Na verdade é uma coisa para mim mesmo", respondeu Andras. "Receio que eu esteja precisando de uma camisa."

"Uma camisa? Por acaso vai ter de fazer uma ponta na peça?"

"Não", respondeu, e ficou vermelho. "Preciso de uma camisa para ir a um almoço amanhã."

"Entendo." Baixou a linha e cruzou os braços. "Não é o tipo de trabalho que faço normalmente."

"Detesto incomodar a senhora, ainda mais quando já está tão ocupada."

"Foi madame Gérard que mandou você vir aqui, não foi?"

Andras confessou que sim.

"Essa mulher", disse madame Courbet. Mas levantou-se de sua cadeirinha e ficou de pé na frente de Andras, olhando-o de alto a baixo. "Eu não faria isso para qualquer pessoa", disse. "Você é um bom rapaz. Eles arrancam seu couro aqui e não lhe pagam quase nada, mas você nunca foi rude comigo. O que é bem mais do que posso dizer de certas pessoas." Pegou uma fita métrica na mesa e prendeu uma almofadinha de alfinetes no pulso. "Muito bem, uma camisa de cavalheiro, não é? Vai querer uma camisa Oxford simples, é claro. Nada de enfeites." Com uns poucos movimentos habilidosos, mediu o pescoço e os ombros de Andras e o comprimento do braço, depois foi a um guarda-roupa com a placa CHEMISES. De lá, retirou uma camisa social branca com colarinho ondulado. Mostrou para Andras como a camisa continha um bolso especial por dentro, para abrigar um tubinho de sangue falso; numa peça, um homem tinha de ser apunhalado noite após noite pelo amante ciumento de sua esposa, e madame Courbet teve de fazer um estoque interminável de camisas. Numa gaveta com a inscrição CRVT, ela escolheu uma gravata azul de seda decorada com perdizes. "É uma gravata de aristocrata", ela disse, "uma gravata de homem rico, feita de um retalho. Olhe só." Virou a gravata de costas para mostrar a Andras como ela havia costurado uma sobra de seda sobre um fundo de algodão grosso. Andras vestiu-a com a camisa e ela fincou alfinetes no pano para um rápido ajuste no tamanho. No final da noite, ela lhe entregou a camisa pronta, embrulhada em papel pardo. "Não deixe ninguém saber onde arranjou essa roupa", ela disse. "Eu não gostaria que a notícia se espalhasse." Mas deu um beliscão afetuoso na orelha de Andras quando se despediu.

Na hora em que estava indo embora, Andras teve uma inspiração repentina. Foi até a entrada principal do teatro, onde Pély, o zelador, estava varrendo o piso de mármore com sua vassoura. Como de costume, Pély tinha arrumado os arranjos de flores da semana anterior numa fila por trás das portas da entrada; pela manhã, o florista viria pegá-los, com os vasos e tudo, e em seu lugar traria novos arranjos. Andras cumprimentou Pély com um toque da mão no boné.

"Se ninguém estiver usando essas flores", disse, "será que eu posso pegar?"

"Claro! Leve todas. Quantas quiser."

Andras apanhou uma descomunal braçada de rosas, lírios e crisântemos, ramos com flores de cerejeira, simulacros de passarinhos pousados em galhinhos verdes, cachos de samambaias carregados. Não ia chegar de mãos vazias na casa dos Morgenstern na Rue de Sévigné; não, ele não.

7. Um almoço

Fazia poucas semanas que Andras tinha estudado a arquitetura do Marais com sua turma no curso de Perret. Fizeram uma excursão para ver o Hôtel de Sens, um palácio do século XV, com suas torres e suas gárgulas leoninas, sua barafunda de linhas no telhado, sua fachada espremida e confusa. Andras achava que a aula de Perret seria uma crítica severa, uma dissertação sobre as virtudes da simplicidade. Mas tratou da solidez do prédio, da perícia profissional que permitiu que a construção durasse tanto tempo. Perret passou a mão pelas pedras trabalhadas na entrada principal, mostrando aos alunos o cuidado dos pedreiros ao entalhar as aduelas das arcadas góticas. Enquanto falava, dois ortodoxos apareceram na rua, à frente de um grupo de meninos com barretes judaicos na cabeça. Os dois grupos de alunos fitaram-se mutuamente quando se cruzaram. Os meninos sussurraram entre si, olhando para Perret e seu capote militar; uns poucos se demoraram de propósito, como que para escutar o que o professor ia dizer. Um menino fez um cumprimento com a mão e seu professor o repreendeu em iídiche.

Agora Andras estava passando atrás do Hôtel de Sens, pelos jardins com moitas podadas em vários formatos e pelos canteiros suspensos onde haviam plantado couves-flores roxas para o inverno. Carregando sua pesada braçada de flores, Andras desviou-se do tráfego na Rue de Rivoli. No Marais, as ruas tinham a atmosfera de um ambiente fechado, quase como se fizessem parte do cenário de um filme. Em *Cinescope* e em *Le film complet*, Andras tinha visto cidades em miniatura construídas no interior de ateliês cavernosos à prova de som, em Los Angeles; aqui, o céu azul-claro do inverno parecia o telhado em arco de um ateliê e Andras quase esperava ver homens e mulheres em trajes medievais andando entre os prédios, seguidos por diretores de megafones em punho, por câmeras que arrastavam equipamentos complicados. Havia açougueiros kosher, livrarias hebraicas e sinagogas, todas com tabuletas escritas em iídiche, como se estivessem num país diferente, dentro da cidade. Mas não havia nenhuma pichação antissemita do tipo que sempre aparecia no bairro judeu em Budapeste. Em vez disso, as paredes estavam nuas ou cobertas por anúncios de sabão, chocolate ou cigarros. Quando Andras entrou num corredor alto na Rue de Sévigné, um táxi preto passou por ele roncando o motor e por pouco não o derrubou. Andras firmou-se, passou seu enorme buquê para a outra mão e conferiu o endereço no cartão que madame Gérard tinha lhe dado.

Do outro lado da rua, ele pôde ver a vitrine de uma loja e uma placa entalhada em madeira na forma de uma menina bailarina com o letreiro ÉCOLE DE BALLET — MME. MORGESTERN, MAÎTRESSE. Andras atravessou a rua. Uma série de janelas com as cortinas semicerradas se estendia para os dois lados do prédio da esquina e, quando ficou na ponta dos pés, ele pôde ver um cômodo vazio com o piso de madeira amarela. Uma parede era coberta por espelhos de ponta a ponta; barras de exercício de madeira polida se estendiam diante das demais paredes. Um compacto piano de parede estava encaixado num canto e a seu lado havia uma mesa com um gramofone de estilo antiquado, sua trompa preta e reluzente, em forma de trepadeira, refletia a luz. Uma bruma difusa de ciscos de poeira pairava no silêncio do meio-dia. Algum resquício de movimento, de música, parecia se revelar naquele turbilhão de poeira, como se o balé continuasse a existir naquela sala, mesmo quando não havia nenhuma aula em andamento.

A entrada do prédio era um par de portas verdes com um vidro chumbado. Andras tocou a campainha e esperou. Através do pano que cobria a janela, Andras viu uma mulher corpulenta descendo um lance de escadas. Ela abriu a porta e pôs a mão na cintura, dirigindo para ele um olhar de apreciação. Tinha o rosto vermelho, um lenço na cabeça, um cheiro forte de páprica, como as mulheres que traziam legumes, verduras e leite de cabra para vender na feira em Debrecen.

"Madame Morgenstern?", ele perguntou, com hesitação; a mulher não parecia muito uma professora de balé.

"Ah! Não", respondeu em húngaro. "Entre e feche a porta. Senão o frio vai entrar."

Portanto, ele devia ter sido aprovado em sua avaliação; Andras ficou satisfeito, porque os aromas que vinham lá de dentro o deixavam inebriado de fome. Avançou pela antessala e a mulher continuou a falar num rápido fluxo de língua húngara, enquanto pegava o casaco e o chapéu de Andras. Que enorme quantidade de flores. Ela ia ver se havia no primeiro andar uma jarra grande o suficiente para comportar as flores. O almoço estava quase pronto. Ela tinha feito repolho recheado e torcia para que ele gostasse, porque não havia mais nada, a não ser *spaetzle* e um doce de fruta em compota, umas fatias de frango e strudel de nozes. Andras subiu com ela até o primeiro andar. Seu nome era sra. Apfel. Chegaram ao primeiro andar, onde ela o conduziu até uma sala decorada com tapetes turcos e móveis escuros; disse-lhe para esperar ali por madame Morgenstern.

Andras sentou-se num canapé de veludo cinzento e respirou fundo. Por baixo do cheiro intoxicante de repolho recheado, havia o cheiro seco e penetrante de limão que vinha do polimento da mobília, além de um leve aroma de alcaçuz. Numa mesinha entalhada à sua frente, havia um prato de balas, um pratinho de vidro lapidado cheio de ovos de açúcar rosados e lilases. Andras pegou um ovinho e comeu: anis. Ajeitou a gravata e verificou se o forro de algodão grosso não estava à mostra. Após um momento, ouviu o estalo de saltos de sapato no chão do corredor. Uma sombra magra passou pela parede e uma garota entrou com uma jarra de vidro azul nas mãos. A jarra cintilava com uma profusão de flores, ramos e passarinhos de mentira, os lírios começavam a escurecer nas pontas, as rosas pendiam pesadas em seus talos. Por trás daquela massa de brotos que feneciam, a garota olhou para Andras, seu cabelo escuro escovado como uma asa na frente de sua testa.

"Obrigada pelas flores", ela disse em francês.

Quando colocou a jarra no aparador, Andras viu que não era uma garota; seus traços tinham os ângulos pronunciados de uma mulher adulta e ela mantinha as costas eretas, como se fosse o resultado de décadas de prática de balé. Mas era ágil e miúda, suas mãos semelhantes às de uma criança em torno da jarra de vidro azul. Andras se viu envolto por um mar de constrangimento, enquanto observava a mulher arrumar as flores num buquê. Por que ele havia trazido aquelas flores quase mortas? Para que os passarinhos falsos? Para que todos aqueles ramos? Por que não havia simplesmente trazido algo simples, comprado na feira da esquina? Uma dúzia de margaridas? Um feixe de sempre-vivas? Quanto aquilo poderia custar? Uns poucos francos? A ninfa do bosque sorriu para ele por cima do ombro e depois veio ao seu encontro, apertar sua mão.

"Claire Morgenstern", ela disse. "É um prazer conhecê-lo afinal, senhor Lévi. Madame Gérard tem muitas coisas gentis para dizer a seu respeito."

Ele segurou sua mão, tentando não fitá-la; a mulher parecia décadas mais jovem do que ele havia imaginado. Em pensamento, pintara a imagem de uma mulher da idade de madame Gérard, mas aquela mulher não poderia ter mais de trinta anos. Possuía uma beleza serena e assombrosa — traços bonitos, boca igual a uma fruta lisa e de casca rosada, olhos grandes, cinzentos e inteligentes. Claire Morgenstern: Então ela era o C. da carta, e não um cavalheiro idoso que outrora tinha sido amante da sra. Hász. Seus olhos grandes e cinzentos pareciam os da velha senhora, a dor serena que Andras via ali era um espelho da expressão que vira nos olhos daquela mulher. Claire Morgenstern só podia ser filha da sra. Hász. Passou-se um longo intervalo antes que Andras conseguisse falar.

"O prazer é todo meu", ele disse num francês afobado e claudicante, ciente de que havia falado algo errado no instante em que pronunciava as palavras. Com atraso, lembrou-se de ficar de pé e, embora lutasse para encontrar as palavras certas, viu-se continuando a falar na mesma linha. "Obrigado por ter me convidado", gaguejou, e sentou-se de novo.

Madame Morgenstern sentou-se a seu lado numa cadeira. "Você prefere falar em húngaro?", perguntou em húngaro. "Podemos, se preferir."

Ele ergueu os olhos para ela, como se estivesse no fundo de um poço. "Em francês está bem", respondeu em húngaro. E depois em francês de novo: "Em francês está bem".

"Então muito bem", ela disse. "Você vai ter de me contar como está a Hungria hoje. Faz anos que não vou lá, e Elisabet nunca foi."

Como que evocada pela menção de seu nome, uma jovem alta e de aspecto sério entrou na sala, trazendo uma jarra de chá gelado. Tinha ombros largos como as nadadoras que Andras admirava no parque aquático Palatinus em Budapeste; a jovem lhe dirigiu um olhar de desdém impaciente, enquanto enchia seu copo.

"Esta é minha Elisabet", disse madame Morgenstern. "Elisabet, este é Andras."

Andras não conseguia acreditar que aquela garota era filha de madame Morgenstern. Nas mãos de Elisabet, a jarra de chá parecia um brinquedo de criança. Ele bebeu seu chá e ficou olhando para a mãe e para a filha. Madame Morgenstern mexeu seu chá com uma colher comprida, enquanto Elisabet, depois de colocar a jarra sobre a mesa, jogou-se numa poltrona e olhou para seu relógio de pulso.

"Se não comermos logo, vou me atrasar para o cinema", ela disse. "Tenho de encontrar Marthe daqui a uma hora."

"Que filme?", perguntou Andras, em busca de um assunto para conversar.

"Você não se interessaria", respondeu Elisabet. "É em francês."

"Mas eu falo francês", disse Andras.

Elisabet lhe dirigiu um sorriso seco. "Més ji parrrle froncê", ela disse, imitando sua pronúncia.

Madame Morgenstern fechou os olhos. "Elisabet", ela disse.

"O que é?"

"Você sabe."

"Eu só quero ir ao cinema", disse a garota, e bateu os saltos dos sapatos com força no tapete. Depois virou o queixo para Andras e disse: "Linda gravata".

Andras baixou os olhos. Sua gravata tinha virado ao contrário quando ele se abaixou para beber o chá e agora o forro de algodão grosso estava exposto ao mundo, enquanto as perdizes douradas voavam invisíveis, viradas para o pano da camisa. Vermelho de vergonha, virou a gravata ao contrário e olhou fixamente para o chá.

"O almoço está servido!", disse a sra. Apfel, de cara vermelha, parada na porta, enquanto empurrava para trás o lenço na cabeça. "Vamos logo, antes que o repolho esfrie."

Havia uma sala de jantar bem montada, com um guarda-louça de madeira polida e uma toalha branca sobre a mesa: ecos da casa na Benczúr Utca, pensou Andras. Mas não havia nenhum sanduichinho; a mesa estava abarrotada de travessas com repolho recheado, frango frio e tigelas de *spaetzle*, como se oito pessoas fossem comer, em vez de apenas três. Madame Morgenstern sentou-se na cabeceira da mesa, Andras e Elisabet ficaram de frente um para o outro. A sra. Apfel serviu o repolho recheado e o *spaetzle*; grato por aquela distração, Andras prendeu o guardanapo por dentro do colarinho e começou a comer. Elisabet franziu o rosto quando viu seu prato. Empurrou o repolho para o lado e começou a comer o *spaetzle*, um minúsculo pedaço de cada vez.

"Soube que você gosta de matemática", disse Andras, falando para um ponto acima da cabeça baixa de Elisabet.

Ela ergueu os olhos. "Minha mãe contou para você?"

"Não, foi madame Gérard. Ela disse que você ganhou uma competição."

"Qualquer um pode resolver questões de matemática do ensino médio."

"E você pensa em estudar matemática na faculdade?"

Elisabet deu de ombros. "Se eu for para a faculdade."

"Querida, você não pode sobreviver comendo apenas *spaetzle*", disse madame Morgenstern em tom sereno, olhando para o prato de Elisabet. "Você gostava tanto de repolho recheado."

"É cruel comer carne", disse Elisabet, e voltou os olhos para Andras. "Eu vi como matam as vacas. Enfiam uma faca no pescoço e puxam para trás, assim, e o sangue escorre. Minha turma de biologia fez uma excursão até um *sochet*. É uma barbaridade."

"Nem tanto", disse Andras. "Meus irmãos e eu conhecíamos um açougueiro kosher na nossa cidade. Era amigo do meu pai e era muito gentil com os animais."

Elisabet fitou-o atentamente. "E você pode então me explicar como se mata uma vaca com delicadeza?", ela disse. "Como ele agia? Fazia cafuné na vaca enquanto a matava?"

"Ele usava o método tradicional", disse Andras, num tom de voz mais incisivo do que pretendia. "Um corte rápido no pescoço. Não dura mais que um segundo."

Madame Morgenstern baixou os talheres de prata e pôs o guardanapo na boca, como se estivesse enjoada, e a expressão de Elisabet se mostrou triunfante. A sra. Apfel continuava parada na porta, segurando uma jarra de água, à espera do que ia acontecer em seguida.

"Prossiga", disse Elisabet. "E o que é que eles fazem depois desse corte?"

"Acho que já terminamos este assunto", disse Andras.

"Não, por favor. Eu gostaria de saber do resto, agora que você já começou."

"Elisabet, já chega", disse madame Morgenstern.

"Mas a conversa está começando a ficar interessante."

"Já disse que chega."

Elisabet amassou seu guardanapo e jogou-o sobre a mesa. "Terminei", ela disse. "Pode ficar aqui com seu convidado e comer carne à vontade. Vou ao cinema com Marthe." Empurrou a cadeira para trás e ficou de pé, quase derrubando a sra. Apfel e a jarra de água, depois saiu pelo corredor e fez barulho num quarto distante. Momentos depois seus passos pesados ecoaram na escada. A porta da sala de balé bateu com força e sua janela dupla tilintou.

Na mesa de jantar, madame Morgenstern baixou a testa na palma da mão. "Peço desculpas, senhor Lévi", ela disse.

"Não há motivo para isso, por favor", ele disse. "Está tudo bem." De fato, ele não tinha ficado nem um pouco aborrecido por ter sido deixado a sós com madame Morgenstern. "Não se preocupe por minha causa", ele disse. "Era mesmo um tema de conversa horrível. *Eu* é que peço desculpas."

"Não precisa", respondeu madame Morgenstern. "Elisabet é impossível, às vezes, é só isso. Quando ela cisma que está aborrecida comigo, não há mais nada que eu possa fazer."

"E por que ela ficaria aborrecida com a senhora?"

Ela deu um meio sorriso e encolheu os ombros. "É complicado, receio. É uma menina de dezesseis anos. Sou a mãe dela. Elisabet não quer que eu tenha nada a ver com sua vida social. E também não devo recordar a ela que somos húngaras. Ela considera os húngaros um povo pouco esclarecido."

"Às vezes eu também tinha essa sensação", disse Andras. "Ultimamente, tenho consumido boa parte do meu tempo lutando para ser um francês."

"Seu francês é excelente, aliás."

"Não, é horrível. E receio que não fiz nada para desfazer a ideia de sua filha de que os húngaros são bárbaros."

Madame Morgenstern escondeu um sorriso atrás da mão. "Você foi bem ligeiro com aquela história do açougueiro."

"Desculpe", disse Andras, mas começou a rir. "Acho que nunca falei desse assunto durante uma refeição."

"Quer dizer que conheceu de fato um açougueiro em sua cidade?", ela perguntou.

"Conheci. E vi como ele trabalhava. Mas Elisabet tem razão, receio... É horrível!"

"Você deve ter crescido... onde? Em algum lugar na zona rural?"

"Konyár", respondeu Andras. "Perto de Debrecen."

"Konyár? Fica a menos de vinte quilômetros de Kaba, onde minha mãe nasceu." Uma sombra passou pelas feições dela e depois se foi.

"Sua mãe?", ele disse. "Ela não mora mais lá?"

"Não", respondeu madame Morgenstern. "Mora em Budapeste." Ficou em silêncio por alguns momentos, depois reconduziu a conversa para a história de Andras. "Então você também é um Hajdú. Um rapaz das planícies."

"Isso mesmo", ele disse. "Meu pai tem uma serraria em Konyár." Então ela não ia falar daquele assunto, não ia conversar sobre a família dela. Andras estava à beira de mencionar a carta — de dizer *encontrei sua mãe* —, mas o momento passou e havia uma espécie de alívio na perspectiva de conversarem sobre Konyár. Desde que chegara a Paris e dominara o francês o bastante para responder perguntas sobre suas origens, ele dizia para as pessoas que era de Budapeste. O que alguém poderia saber de Konyár? E para aqueles que sabiam algo, como József Hász ou Pierre Vago, Konyár era um lugar pequeno e atrasado, uma cidade de onde tinha muita sorte de ter escapado. Até o nome soava ridículo — o desfecho de uma piada debochada, o som de um boneco de molas que salta de dentro de uma caixa. Mas na verdade Andras era de Konyár, daquela casa de chão de terra ao lado dos trilhos do trem.

"Na verdade, meu pai é uma espécie de celebridade na cidade", ele disse.

"Ora vejam! E por que ele é tão conhecido?"

"Por sua tremenda sorte", respondeu Andras. E depois, sentindo uma repentina coragem: "Posso lhe contar a história dele, do jeito como contam lá em casa?".

"Claro que sim", ela respondeu, e cruzou as mãos, na expectativa de ouvir a história.

Então ele lhe contou a história da forma como ouvira: Antes de o pai ser dono da serraria, tinha sofrido uma série de infortúnios que lhe renderam o apelido de Béla Sortudo. O pai dele ficara doente quando Béla estava numa escola de rabinos em Praga e morreu assim que o filho voltou para casa. O vinhedo que ele herdou foi destruído por uma praga. Sua primeira esposa morreu no parto, junto com o bebê, uma menina; pouco depois, um incêndio destruiu sua casa por completo. Os três irmãos dele foram mortos na Grande Guerra e sua mãe não resistiu à dor e se afogou no Tisza. Aos trinta anos, era um homem arruinado, sem um tostão, sem família. Por um tempo, viveu de caridade, graças aos judeus de Konyár; dormia na sinagoga ortodoxa e comia o que deixavam para ele. Depois, no fim de um verão de seca, um famoso rabino milagreiro ucraniano chegou, vindo do outro lado da fronteira, e estabeleceu-se temporariamente na sinagoga. Ele estudava a Torá com os outros homens, participava dos debates, oficiava cerimônias de casamento, confirmava divórcios, rezava para pedir chuva, dançava no pátio com seus discípulos. Certa manhã, ao nascer do dia, o rabino deparou com o pai de Andras dormindo no santuário. Tinha ouvido a história daquele desafortunado, o homem que toda a aldeia dizia ser vítima de alguma maldição; pareciam tratá-lo com uma espécie de gratidão, como se tivesse atraído para si a atenção do mau-olhado, evitando que os outros fossem vítimas dele. O rabino abençoou Béla, que ergueu os olhos para ele, num temor mudo. O rabino era um homem esquelético de barba branca feito gelo; suas sobrancelhas sobressaíam na curva da testa como asas erguidas, seus olhos escuros e molhados logo abaixo delas.

"Escute-me, Béla Lévi", sussurrou o rabino na penumbra do santuário. "Não há nada errado com você. Deus pede o máximo daqueles a quem mais ama. Você deve jejuar por dois dias e ir ao banho ritual, depois aceitar a primeira chance de trabalho que aparecer."

Ainda que Béla Sortudo acreditasse em milagres, seus infortúnios teriam feito dele um cético. "Estou com fome demais para jejuar", disse.

"A fome torna o jejum mais fácil", disse o rabino.

"Como sabe que não há nenhuma maldição sobre mim?"

"Tento não pensar como sei. Certas coisas apenas sei, e pronto." O rabino abençoou Béla novamente e deixou-o sozinho no santuário.

O que mais Béla Sortudo tinha a perder? Jejuou por dois dias e tomou banho no rio à noite. Na manhã seguinte, vagou rumo aos trilhos da ferrovia, tonto de fome, pegou uma maçã numa árvore mirrada ao lado de um chalé de tijolos brancos. O proprietário da serraria, um judeu ortodoxo, saiu do chalé e perguntou a Béla o que ele pensava que estava fazendo.

"Eu já tive um vinhedo", disse Béla. "Quando tinha um vinhedo, eu teria deixado você colher minhas uvas. Quando tinha uma casa, eu teria dado boas-vindas para você. Minha esposa teria dado alguma coisa para você comer. Agora não tenho nem uvas nem casa. Não tenho esposa. Não tenho comida. Mas posso trabalhar."

"Aqui não tem trabalho para você", disse o homem, com delicadeza. "Mas entre e coma alguma coisa."

O nome do homem era Zindel Kohn. Sua esposa, Gitta, serviu pão e queijo para Béla Sortudo. Béla Sortudo comeu com Zindel, Gitta e seus cinco filhos pequenos; enquanto comia, permitiu-se imaginar pela primeira vez que o resto de sua vida talvez não fosse moldado pela miséria de seu passado. Não podia imaginar que aquela casa se tornaria sua própria casa, que seus filhos comeriam pão e queijo naquela mesma mesa. Mas, no final da tarde, ele tinha um emprego: o rapaz que trabalhava na serra mecânica na serraria de Zindel Kohn decidira tornar-se discípulo do rabino ucraniano. Tinha ido embora naquela manhã sem deixar nenhum recado.

Seis anos depois, quando Zindel Kohn e sua família se mudaram para Debrecen, Béla Sortudo assumiu a serraria. Casou-se com uma garota de cabelo preto chamada Flóra que lhe deu três filhos, e quando o mais velho tinha dez anos, Béla já tinha juntado dinheiro suficiente para comprar a serraria. Fez um bom negócio; as pessoas em Konyár precisavam de material de construção e de lenha em todas as estações do ano. Em pouco tempo, quase ninguém em Konyár lembrava que o apelido de Béla Sortudo tinha sido uma ironia. A história do apelido teria se apagado por completo não fosse pelo regresso do rabino ucraniano; isso foi no auge da depressão mundial, pouco antes dos feriados santos. O rabino passou uma noite na casa de Béla Sortudo e perguntou se podia contar sua história na sinagoga. Aquilo podia ajudar os judeus em Konyár, ele disse, recordando aquilo que Deus podia fazer por seus filhos se eles se recusarem a entregar-se ao desespero. Béla Sortudo aceitou. O rabino contou a história e os judeus de Konyár ouviram. Embora Béla insistisse em dizer que sua boa fortuna fosse totalmente devida à generosidade dos outros, as pessoas passaram a olhar para ele como uma espécie de figura santa. Tocavam em sua casa para dar sorte quando passavam por lá e pediam que fosse padrinho de seus filhos. Todos acreditavam que ele tinha uma ligação com Deus.

"Você mesmo deve ter pensado isso quando era criança", disse madame Morgenstern.

"Sim! Eu achava que ele era invencível... mais ainda do que os filhos costumam achar dos pais", disse Andras. "Às vezes eu penso que gostaria de nunca ter perdido essa ilusão."

"Ah, sim", ela disse. "Eu compreendo."

"Meus pais estão ficando velhos", disse Andras. "Detesto pensar neles sozinhos em Konyár. Meu pai teve pneumonia ano passado e ficou um mês sem poder trabalhar." Andras não tinha falado daquele assunto com ninguém em Paris. "Meu irmão mais novo fica na escola algumas horas por dia, mas ele tem sua própria vida. E agora meu irmão mais velho vai para a Itália estudar medicina."

Uma sombra passou de novo pelas feições de madame Morgenstern, como se ela tivesse experimentado uma pontada de dor interna. "Minha mãe está ficando velha também", ela disse. "Faz muito tempo que não a vejo, muito tempo mesmo." Ficou em silêncio e desviou os olhos da mesa para as janelas altas voltadas para o oeste. A tardia noite de outono caiu numa linha diagonal sobre seu rosto, iluminando a curva afunilada de sua boca. "Perdoe-me", ela disse, tentando sorrir; Andras ofereceu seu lenço e ela apertou-o nos olhos.

Andras se viu lutando contra o impulso de tocá-la, de traçar uma linha de sua nuca até a região lombar. "Talvez eu tenha ficado aqui além da hora", ele disse.

"Não, por favor", ela disse. "Você nem comeu a sobremesa."

Como se estivesse escutando na porta da sala de jantar, a sra. Apfel entrou naquele instante para servir o strudel de nozes. Andras descobriu que estava com apetite de novo. Na verdade, um apetite voraz. Comeu três fatias de strudel e tomou café com creme. Enquanto isso, contou para madame Morgenstern sobre seus estudos, o professor Vago, a viagem para Boulogne-Billancourt. Andras achou mais fácil conversar com ela do que com madame Gérard. Tinha um modo de fazer pausas e ficar pensando em silêncio antes de responder; contraía os lábios com ar pensativo e, quando falava, sua voz era baixa e estimulante. Depois do almoço, voltaram para a sala de estar e ficaram vendo seu álbum de cartões-postais. As amigas bailarinas dela tinham viajado até

Chicago e o Cairo. Havia até um cartão-postal da África, colorido à mão: três animais que pareciam veados, porém mais leves e mais graciosos, com chifres retos e apontados para cima e olhos que pareciam amêndoas. A palavra francesa para o animal era *gazelle*.

"*Gazelle*", disse Andras. "Vou tentar guardar na memória."

"Sim, tente", ela disse, e sorriu. "Da próxima vez vou testar sua memória."

Quando a luz da tarde começou a escassear, ela se levantou e conduziu Andras para o corredor, onde seu casaco e seu chapéu estavam pendurados num cabide polido. Ela entregou a Andras suas coisas e devolveu seu lenço. Quando desceu com ele pela escada, apontou para as fotos na parede, imagens de alunas de anos passados: garotas em etéreas nuvens de tule ou roupagens de sílfides feitas de seda, jovens bailarinas sob o fugaz encantamento das fantasias, da maquiagem e das luzes do palco. Suas expressões eram sérias, seus braços pálidos e nus, como os ramos das árvores do inverno. Ele queria ficar e olhar as fotos. Imaginava se alguma daquelas fotos não seria da própria madame Morgenstern quando criança.

"Obrigado por tudo", ele disse quando chegaram ao final da escada.

"Por favor." Colocou a mão delgada no braço de Andras. "Devo agradecer a você. É muito gentil da sua parte ficar comigo."

Andras ruborizou-se a tal ponto com a pressão da mão dela que chegou a sentir o sangue latejando nas têmporas. Ela abriu a porta e ele saiu para o frio da tarde. Viu que não conseguia olhar para ela a fim de se despedir. *Na próxima vez vou testar sua memória*. Mas ela devolvera seu lenço como se seus caminhos dificilmente fossem se cruzar outra vez. Ele disse "até logo" virado para a escadinha da porta, para os pés dela, calçados em sapatos cor de gamo. Em seguida deu meia-volta e ela fechou a porta. Sem pensar, Andras refez seus passos rumo ao rio, até chegar à Pont Marie. Lá, parou na beira da ponte e pegou o lenço. Ainda estava molhado no local que ela usara para enxugar os olhos. Como que num sonho, pôs o cantinho do lenço na boca e sentiu o gosto de sal que ficara ali.

8. Gare d'Orsay

Naquela noite, Andras achou impossível dormir. Não conseguia parar de rever todos os detalhes de sua tarde na casa dos Morgenstern. O buquê vergonhoso pareceu duplamente vergonhoso quando ela o levou para a sala de estar numa jarra de vidro azul. O momento em que ele se deu conta de que ela podia ser a filha mais velha da sra. Hász, e como ficou agitado ao descobrir aquilo — como ele disse *O prazer é todo meu* e *Obrigado por ter me convidado*. Ela mantinha as costas eretas, como se estivesse sempre dançando, até no momento em que ficaram à mesa, depois que Elisabet saiu — a maneira como as costas dela se curvaram, deixando à mostra as pérolas interligadas de sua coluna, e a vontade que ele teve de tocá-la. A maneira como ela relaxou enquanto Andras contava a história do pai. O calor próximo de seu ombro quando ela ficou sentada a seu lado no sofá, na sala, folheando o álbum de cartões-postais. O momento na porta em que ela colocou a mão no braço de Andras. Ele tentou recriar uma imagem dela em sua mente — a faixa escura de cabelo na testa, os olhos cinzentos que pareciam grandes demais para seu rosto, a linha limpa de sua mandíbula, a boca que repuxava para cima quando pensava no que ele tinha acabado de dizer —, mas não conseguia encaixar os elementos dispersos para formar uma imagem da mulher. Viu-a de novo quando se virou para sorrir para ele por cima do ombro, um ar juvenil e ao mesmo tempo sensato. Mas o que ele estava pensando, o que ele poderia estar pensando? Que absurdo ver daquela maneira uma mulher como Claire Morgenstern — ele, Andras, um estudante de vinte e dois anos que morava num quarto sem aquecimento e tomava chá num pote de geleia porque não tinha dinheiro para comprar café ou xícara. E no entanto ela não o mandara embora, ficara conversando com ele, Andras a fez rir, ela aceitou seu lenço, tocou seu braço de modo confiante e íntimo.

Durante horas, Andras ficou rolando na cama sem dormir, tentando afastá-la do pensamento. Quando o céu do outro lado da janela se encheu com uma luz azul-acinzentada, ele teve vontade de chorar. Ficou acordado a noite inteira e dali a pouco teria de se levantar, ir para a aula e para o trabalho, onde madame Gérard ia pedir notícias sobre a visita. Era manhã de segunda-feira, o começo de uma nova semana. A noite havia terminado. A única coisa que ele podia fazer era sair da cama e escrever a carta que tinha de escrever, a carta que tinha de pôr no correio antes de ir para a faculdade naquela manhã. Pegou um pedaço de papel velho e começou a rascunhar:

Cara mme. Morgenstern,
Obrigado por

Por quê? Pela tarde muito agradável? Como aquilo soaria insípido. Deixaria a impressão de que a tarde tinha sido como qualquer outra. O que quer que tivesse havido, não era aquilo. O que ele devia escrever? Queria exprimir sua gratidão pela hospitalidade de madame Morgenstern; isso era certeza. Mas, de forma subjacente, queria enviar uma mensagem em código para comunicar o que ele havia sentido e o que sentia agora — uma espécie de corrente elétrica que se havia aberto entre ambos e que continuava a vibrar entre os dois; que ele havia levado a sério a sugestão que ela fizera de que podiam se ver outra vez. Andras riscou as linhas que havia escrito e começou de novo.

Cara madame Morgenstern,
Por mais absurdo que pareça, fiquei pensando em você desde a hora em que nos separamos. Quero tomá-la em meus braços, dizer-lhe um milhão de coisas, fazer um milhão de perguntas. Quero tocar seu pescoço e abrir o botão de pérola de seu colarinho.

E depois, o quê? O que ele iria fazer, se tivesse a oportunidade? Por um breve e delirante momento, pensou naquelas fotografias antigas que retratavam posições sexuais complicadas, as imagens prateadas de casais entrelaçados, visíveis apenas quando os cartões eram erguidos e colocados em certo ângulo sob a luz. Andras lembrou-se de ficar parado no vestiário perto da sala de ginástica junto com quatro garotos, todos curvados para a frente segurando um daqueles cartões, os calções de ginástica abaixados, enrolados nas canelas, numa agonia solitária, enquanto os casais prateados se mostravam de relance e logo depois sumiam de vista. O cartão de Andras mostrava uma mulher deitada num canapé, suas pernas erguidas em V. Ela usava um vestido vitoriano que deixava os braços e os ombros à mostra e tinha deslizado para a cintura, deixando as pernas completamente despidas, apontadas para o teto. Um homem estava curvado sobre ela, fazendo aquilo que até os vitorianos faziam.

Ruborizado de vergonha e de desejo, riscou as linhas de novo para começar mais um rascunho. Mergulhou a pena no tinteiro e retirou o excesso de tinta.

Cara madame Morgenstern,
Obrigado por sua hospitalidade e pelo prazer de sua companhia. Minhas acomodações são pobres demais para que eu possa retribuir seu convite, mas se eu puder ser útil de alguma outra forma, espero que não hesite em me procurar. Enquanto isso, conservarei a esperança de que vamos nos ver outra vez.

Atenciosamente,
Andras Lévi

Ele leu e releu o rascunho, pensando se devia tentar escrever em francês em vez de húngaro; por fim, concluiu que era provável cometer algum erro imbecil se escrevesse em francês. Passou o texto a limpo numa folha de papel branco e fino, que dobrou ao meio e selou dentro de um envelope antes que pudesse reexaminar linha por linha. Em seguida pôs a carta no correio, na mesma caixa azul em que havia colocado a carta da mãe dela.

Naquela semana, sentiu-se grato ao trabalho duro e estafante de construir maquetes. No ateliê, cortou um retângulo de papelão corrugado para servir de base e riscou a área de ocupação do prédio sobre ele, com uma linha de lápis de ponta fina. Num outro pedaço de papelão, desenhou as formas dos quatro andares do prédio, trabalhando minuciosamente a partir de sua planta. Sua ferramenta predileta era uma régua de celulose quase transparente, através da qual podia ver as linhas a lápis que cruzavam aquela que ele estava desenhando; a régua, com sua rigorosa grade de milímetros, era uma ilha de exatidão no mar de tarefas que ele tinha de completar, uma faixa de certeza em meio à sua incerteza. Todas as partes da maquete tinham de ser feitas de um material firme que não podia ser adquirido em liquidação nem podia ser substituído por material frágil; todo mundo recordava o que havia ocorrido na primeira semana de aula, quando Polaner, tentando esticar seu minguado estoque de francos, usara cartolina para uma maquete, em vez de papelão corrugado. No meio da avaliação, quando o professor Vago tocou no telhado da maquete de Polaner com a ponta de sua lapiseira, uma parede se soltou e mandou o castelo de papel para o chão. Papelão corrugado custava caro; Andras não podia se dar ao luxo de cometer erros, nem nos desenhos das plantas nem no seu recorte. Trazia certo consolo o fato de trabalhar ao lado de Rosen, Ben Yakov e Polaner, que estavam construindo a maquete da École Militaire, da Rotonde de la Villete e do Théâtre de l'Odeon, respectivamente. Mesmo o presunçoso Lemarque proporcionava uma distração bem-vinda; ele resolvera construir uma maquete do Cirque d'Hiver, que tinha vinte lados, e os outros podiam ouvi-lo praguejando a intervalos, enquanto desenhava parede após parede sobre o papelão.

Na aula de estática, reinava a ordem rigorosa da matemática: a equação de três variáveis para calcular o número e a espessura dos tirantes de aço por metro cúbico de concreto, o número de quilos que uma coluna de sustentação era capaz de suportar, a precisa distribuição da pressão ao longo do cume de um arco. Na frente da sala de aula, abrindo caminho a riscos de giz no meio de um labirinto de cálculos no quadro-negro de cantos lascados, estava de pé o mal vestido Victor Le Bourgeois, professor de estática, um arquiteto e engenheiro praticante que, a exemplo de Vago, era tido como amigo íntimo de Pingusson. Sua desordem se manifestava nas calças esfoladas nos joelhos, num paletó sempre acinzentado de pó de giz, num halo desgrenhado de cabelo ruivo e numa tendência de pôr o apagador no lugar errado. Mas, quando ele começava a traçar a relação entre abstrações matemáticas e os materiais concretos da construção, todo o caos de sua pessoa parecia se desfazer. Animado, Andras o acompanhava pelos corredores sinuosos do cálculo, onde o problema de madame Morgenstern não existia, porque não podia ser descrito por uma equação.

No teatro, havia o alívio de poder falar o nome dela em voz alta com madame Gérard. No intervalo do espetáculo da noite de terça-feira, Andras levou uma xícara de café forte para ela e aguardou junto à porta enquanto a atriz tomava o café. De cabeça baixa, ela o fitou por baixo do arco das sobrancelhas; parecia imponente, mesmo no avental manchado de fuligem e com o lenço na cabeça, em sua indumentária de mãe. "Não recebi nenhuma notícia de madame Morgenstern", ela disse. "Como foi seu almoço?"

"Muito agradava", respondeu Andras, e ruborizou-se. "Quer dizer, muito agradável."

"Muito agradável, ele diz."

"Sim", disse Andras. "Muito." Seu vocabulário de francês parecia ter evaporado.

"Ahá", disse madame Gérard, como se tivesse compreendido inteiramente. O rubor de Andras ficou mais forte: sabia que ela devia estar pensando que havia ocorrido algo entre ele e Elisabet. Algo havia de fato ocorrido, mas não era nem de longe o que ela imaginava.

"Madame Morgenstern é muito gentil", ele disse.

"E a mademoiselle?"

"A mademoiselle é muito..." Andras engoliu em seco e olhou para a fileira de luzes acima do espelho de madame Gérard. "Mademoiselle é muito alta."

Madame Gérard inclinou a cabeça para trás e riu. "Muito alta!", ela disse. "De fato. E muito voluntariosa. Eu a conheço desde pequena, quando brincava com bonecas; falava em tom tão imperioso que eu achava que as bonecas iam chorar. Mas você não deve ficar assustado com Elisabet. Ela é inofensiva, eu garanto."

Antes que Andras pudesse dizer que não estava nem de longe com medo de Elisabet, soaram os dois toques da campainha que alertavam para o iminente final do intervalo. Madame tinha de terminar a troca de figurino e Andras precisava se retirar para terminar suas tarefas antes do início do terceiro ato. Assim que os atores voltavam a entrar em cena, o tempo desacelerava para o ritmo de um conta-gotas polar. Ele só conseguia pensar na carta que tinha escrito e em quando chegaria alguma resposta. Devia ter sido entregue pelo correio naquela tarde e madame Morgenstern podia colocar sua resposta no correio no dia seguinte, de modo que a carta talvez chegasse à tarde. Não era absurdo pensar que ela podia convidá-lo para almoçar outra vez naquele fim de semana.

Na noite seguinte, quando a peça terminou e Andras concluiu suas tarefas, correu para casa por todo o percurso até a Rue des Écoles. Em sua mente, podia ver o envelope brilhando no escuro do corredor, o papel de carta creme, a caligrafia elegante e limpa de madame Morgenstern, a mesma caligrafia com que ela havia feito as anotações embaixo dos cartões-postais em seu álbum. *De Marie no Marrocos. De Marcel em Roma.* Quem era Marcel, Andras ficou imaginando, e o que ele havia escrito em Roma?

Quando abriu a porta alta e vermelha com sua chave mestra, logo pôde enxergar um envelope na mesinha de canto. Deixou a porta fechar atrás de si quando entrou para pegar a carta. Mas não era o envelope creme com aroma de lilases que sonhava encontrar; era um envelope de papel pardo e amarrotado, com a letra de seu irmão Mátyás. À diferença de Tibor, Mátyás raramente escrevia; quando o fazia, as cartas eram curtas e informativas. Aquela era longa, tinha muitas folhas, exigindo duas vezes mais selos do que o normal. Seu primeiro pensamento foi de que algo havia ocorrido com seus pais — o pai tinha se machucado, a mãe estava gripada —, e o segundo foi como era ridículo ele esperar uma carta de madame Morgenstern.

No primeiro andar, acendeu uma de suas preciosas velas e sentou-se à mesa. Abriu o envelope pardo com cuidado, usando um canivete. Dentro havia um maço de folhas de papel amarrotadas, cinco folhas, a carta mais comprida que Mátyás já escrevera para Andras. A letra era grande, descuidada e respingada de manchas de tinta. Ele correu os olhos pelas primeiras linhas em busca de más notícias sobre os pais, mas não havia nada. Se houvesse, pensou Andras, Tibor teria passado um telegrama. A carta era sobre o próprio Mátyás. Ele soubera que Andras conseguira um jeito de Tibor ingressar na faculdade de medicina em janeiro. Parabenizava os dois, Andras por ter tirado proveito de suas relações nas altas esferas e Tibor por ter afinal conseguido partir da Hungria. Agora ele, Mátyás, seguramente teria de ficar sozinho, herdeiro por exclusão de uma serraria rural. Por acaso Andras achava que era fácil ficar ouvindo os pais falarem como seus estudos eram sensacionais, como estava se saindo bem nas provas, como era maravilhoso que Tibor agora pudesse estudar medicina e se tornar médico, e que bela dupla de filhos eles eram? Por acaso Andras tinha esquecido que Mátyás também podia alimentar esperanças de estudar no exterior? Por acaso tinha esquecido tudo o que Mátyás dissera sobre aquele assunto? Será que achava que Mátyás ia desistir dos próprios planos? Se achava, era melhor mudar de ideia. Mátyás estava economizando dinheiro. Se economizasse o suficiente antes de se formar, nem se daria ao trabalho de fazer a prova de conclusão do colégio. Fugiria para os Estados Unidos, para Nova York, para trabalhar no teatro. Encontraria um jeito de se virar. Nos Estados Unidos, bastava ter determinação e vontade de trabalhar. E depois que saísse da Hungria, caberia a Andras e Tibor se preocupar com a serraria e com os pais, porque ele, Mátyás, nunca mais voltaria.

No final da última página, redigida com a mão mais calma — como se Mátyás tivesse deixado a carta de lado por um tempo e depois a retomado para concluir, quando sua raiva já havia amainado —, havia um arrependido *Espero que tudo esteja bem com você.* E Andras deu uma risada curta e esgotada. Espero que tudo esteja bem com você! Seria a mesma coisa se escrevesse "Espero que morra".

Andras pegou uma folha de papel na escrivaninha. *Caro Mátyás*, escreveu. *Se isso faz com que se sinta melhor, fiquei infeliz umas cem vezes desde que cheguei aqui. Neste momento, estou infeliz. Acredite quando lhe digo que não foi tudo maravilhoso. Quanto a você, não tenho a menor dúvida de que vai terminar a escola e partir para os Estados Unidos, se é isso o que deseja (embora eu preferisse que você viesse aqui para Paris). Não é minha intenção que você assuma o lugar de papai, nem ele quer isso. Ele quer que você termine seus estudos.* Mas Mátyás tinha razão em levantar aquela questão, tinha motivos para ficar irritado com o fato de que não havia nenhuma solução fácil. Ele pensou em Claire Morgenstern falando a respeito da própria mãe: *Faz muito tempo que não a vejo, muito tempo mesmo.* Como a expressão dela ficou sombria, como seus olhos se encheram de uma dor que parecia ecoar a dor que ele mesmo testemunhara nas feições da mãe dela. O que havia separado as duas e o que mantivera madame Morgenstern longe da mãe? Com esforço, Andras voltou os pensamentos para sua carta. *Espero que não fique com raiva de mim por muito tempo, Mátyáska, mas sua raiva é um crédito a seu favor: é uma prova de que é um bom filho. Quando terminar meus estudos, vou voltar para a Hungria e que Deus dê saúde para Anya e Apa por tempo suficiente para que eu possa ajudá-los então.* Enquanto isso, ele se preocuparia com os pais da mesma forma que os irmãos o faziam. *Enquanto isso, espero que você seja brilhante e destemido em tudo o que fizer, como sempre! Com amor, Andras.*

Pôs a resposta no correio na manhã seguinte, na esperança de que o dia trouxesse alguma notícia de madame Morgenstern. Mas não havia nenhuma carta na mesa do corredor de serviço naquela noite, quando Andras voltou do trabalho. E por que ele esperava que ela fosse escrever, perguntou-se. Sua relação social estava completa. Ele aceitara a hospitalidade de madame Morgenstern e mandara sua mensagem de agradecimento. Se Andras havia imaginado alguma ligação com ela, cometera um engano. E em todo caso ele devia ter se aproximado da filha dela, não da própria madame Morgenstern. Naquela noite, Andras ficou acordado na cama, tremendo e pensando nela, maldizendo a si mesmo por sua esperança ridícula. De manhã achou uma fina camada de gelo na pia do banheiro; quebrou-a com o pano de lavar e um jato de água fria como gelo acertou seu rosto com uma sensação de queimadura. Lá fora, um vento cortante soltava telhas finas do telhado e as espatifava na rua. Na padaria, a mulher lhe deu pães rústicos quentes, tirados do forno naquela hora, cobrando dele o preço de pães velhos. Aquele ia ser um dos invernos mais frios da história, disse a mulher. Andras sabia que precisaria de um casaco mais quente, de uma echarpe de lã; de solas novas para suas botas. Ele não tinha dinheiro para nada daquilo.

Durante a semana inteira a temperatura não parou de cair. Na faculdade, os aquecedores emitiam um calor seco e fraco; os estudantes do quinto ano tomavam os assentos perto dos aquecedores e os alunos do primeiro ano congelavam perto das janelas. Andras passou horas desesperançadas trabalhando em sua maquete da Gare d'Orsay, uma estação de trem que já estava se tornando obsoleta. Embora ainda servisse como estação terminal para as ferrovias do sudoeste da França, suas plataformas eram curtas demais para os trens compridos de então. Na última vez em que Andras fora até lá para fazer as medições, a estação parecia abandonada e esquecida, algumas de suas janelas altas estavam quebradas, um pontilhado de mofo escurecia a linha de suas arcadas. Andras não se alegrava ao pensar que estava preservando a memória da estação em papelão; sua maquete era uma homenagem tímida a uma relíquia em farrapos. Na sexta-feira, Andras caminhou sozinho para casa, desanimado demais para se juntar aos outros no Pombo Azul — e ali na mesa do corredor de serviço estava o envelope branco, com seu nome escrito, a resposta pela qual esperava havia uma semana. Abriu o envelope no saguão. *Andras, você é muito bem-vindo. Por favor, venha nos visitar novamente um dia. Saudações, C. Morgenstern.* Mais nada. Nenhuma clareza. *Por favor, venha nos visitar novamente um dia.* O que aquilo significava? Sentou-se na escada e apoiou a testa nos joelhos. Havia esperado aquela carta a semana inteira! *Saudações.* Seu coração começou a bater com força em seu peito, como se algo de maravilhoso ainda estivesse prestes a acontecer. Sentia o gosto da vergonha como um pedaço de metal quente em sua língua.

Depois do trabalho naquela noite, ele não conseguia suportar a ideia de ir para casa, para seu minúsculo quarto, deitar-se na cama onde havia passado cinco noites insones pensando em Claire Morgenstern. Em vez disso, caminhou na direção do Marais, enrolando-se em seu casaco fino. Alegrava-o seguir um caminho desconhecido pelas ruas da Rive Droite; gostava de perder-se e encontrar seu caminho outra vez, descobrindo os becos e as alamedas de nomes estranhos — Rue des Mauvais Garçons, Rue des Guillemites, Rue des Blancs-Manteaux. Naquela noite havia um cheiro de inverno no ar, diferente do cheiro de linhito e de neve prestes a cair que sentia em Budapeste; o aroma em Paris era mais molhado, mais fumacento e mais doce: folhas de nogueiras formavam uma pasta nos bueiros, o aroma adocicado das castanhas torradas, o cheiro de gasolina que vinha dos bulevares. Em toda parte havia cartazes com anúncios dos rinques de patinação, um no Bois de Boulogne, outro no Bois de Vincennes. Ele nem imaginara que em Paris faria frio suficiente para esquiar, mas os dois conjuntos de cartazes anunciavam que os pequenos laguinhos estavam congelados e duros. Um cartaz mostrava um trio de ursos polares dando rodopios; o outro mostrava uma garotinha de saia vermelha e curta, com um regalo de pelo nas mãos, a perna esguia erguida e esticada para trás.

Na Rue des Rosiers, um homem e uma mulher estavam parados ao lado daqueles cartazes e se beijavam sem nenhum pudor, as mãos enfiadas no casaco um do outro. Andras lembrou-se de uma brincadeira das crianças em Konyár: atrás da confeitaria, havia uma parede de pedra branca que estava sempre quente porque o forno da padaria ficava do outro lado, e no inverno os meninos se encontravam ali depois da aula para beijar a filha do padeiro. Ela tinha sardas claras espalhadas pelo nariz, como sementes de gergelim. Por dez *fillér* ela apertava o menino de encontro à parede e beijava até ele ficar sem fôlego. Por cinco *fillér* um menino podia vê-la fazer aquilo com outro menino. Ela estava juntando dinheiro para comprar patins. O nome dela era Orsolya, mas nunca a chamavam assim; preferiam chamá-la de Korcsolya, a palavra que designava patins. Andras beijou-a uma vez, sentiu a língua dela explorar a sua enquanto a menina o apertava contra a parede quente. Ele não podia ter mais de oito anos de idade; Orsolya devia ter uns dez. Três colegas da escola estavam olhando e o incentivavam. No meio do beijo ele abriu os olhos. Orsolya também estava com os olhos meio abertos, distraída, sua mente concentrada em outra coisa — talvez nos patins. Andras nunca esqueceu o dia em que saiu de casa para vê-la patinar no laguinho congelado, o relâmpago prateado na sola dos pés como um piscar de olhos zombeteiro, um adeus de aço, e para sempre, aos beijos pagos. Naquele inverno ela quase morreu de frio, de tanto ficar ao ar livre patinando. "Aquela garota vai acabar descendo gelo adentro", previu a mãe de Andras enquanto observava Orsolya traçando círculos concêntricos sob a chuva do início de março. Mas ela não desceu pelo gelo adentro. Sobreviveu ao seu inverno no açude do moinho e no inverno seguinte lá estava ela outra vez; no outro inverno, ela saiu da escola secundária. Andras pôde vê-la então através da neblina, intocável e sozinha, um vulto de saia vermelha.

Agora ele abria seu caminho através da gruta de ruazinhas medievais rumo à Rue de Sévigné, rumo ao prédio de madame Morgenstern. Ele não havia decidido ir até lá, mas lá estava ele; parado na calçada do outro lado da rua, balançando o corpo nos calcanhares. Era quase meia-noite e todas as luzes estavam apagadas no primeiro andar. Mas ele atravessou a rua e espiou o interior da sala escura de balé através das cortinas das janelas. Lá estava num canto a trombeta de ressonância do gramofone, brilhante como a glória da manhã; lá estava o piano com sua cara reta e cheia de dentes. Andras estremecia dentro do casaco e imaginou as formas das meninas de trajes rosados movendo-se sobre o piso amarelo da sala de balé. Fazia um frio atroz, ofuscante. O que ele estava fazendo ali fora no meio da rua à meia-noite? Só havia uma explicação para seu comportamento: tinha ficado louco. A pressão da vida ali, com ínfimas chances de se tornar um homem e um artista, revelara-se grande demais para ele. Encostou a cabeça na parede da entrada, tentando desacelerar a respiração; após um momento, disse para si mesmo que ia se livrar de sua loucura e encontrar seu caminho de volta para casa. Mas em seguida ergueu os olhos e viu aquilo que ele não sabia que estava procurando; ali na entrada havia uma caixa com a frente de vidro no alto de uma pequena estante, do tipo que os restaurantes usam para apresentar o cardápio junto à porta; em vez disso, havia ali um retângulo branco de cartolina com a inscrição HORAIRE DES CLASSES.

O horário, o esquema da vida dela. Lá estava, estampado com sua linda caligrafia. As manhãs eram dedicadas a aulas particulares, no início da tarde havia aulas de iniciação e no final, aulas de nível intermediário e avançado. Às quartas e sextas, ela tirava as manhãs de folga. Aos domingos, tirava a tarde de folga. Agora, pelo menos, ele sabia quando poderia espiar pela janela e vê-la. O dia seguinte ainda estava longe, mas não havia outro jeito.

Andras tentou desviar os pensamentos para longe de madame Morgenstern. Foi ao ateliê da faculdade, onde todo mundo se reunia no sábado para trabalhar; construiu sua maquete, fez piadas com Rosen, ouviu o relato da contínua fascinação de Ben Yakov pela linda Lucia, dividiu seu pão rústico com Polaner. Ao meio-dia, já não conseguia mais esperar. Desceu até a estação de metrô de Raspail e seguiu até Châtelet. De lá correu todo o percurso até a Rue de Sévigné; quando chegou, estava quente e arfava em meio à friagem do inverno. Olhou por cima da meia cortina da sala de balé. Um bando de meninas pequenas em trajes de balé estava guardando suas sapatilhas de balé em mochilinhas de lona, segurando na mão os sapatos de usar na rua, enquanto faziam fila diante da porta de saída. A entrada da sala de aula estava apinhada de mães e babás, as mães em casacos de pelo, as babás em casacos de lã. Umas poucas meninas romperam o amontoado de mulheres e correram na direção de uma loja de doces. Andras ficou esperando que a multidão na porta se dispersasse e então a viu logo depois da porta: madame Morgenstern, numa saia preta de dar aula e num suéter cinzento e justo, o cabelo preso na nuca por um laço frouxo. Quando todas as crianças, exceto uma, tinham sido recolhidas, madame Morgenstern surgiu da entrada segurando a mão da última menina. Ela pisou de leve na calçada com suas sapatilhas de balé, como se não quisesse estragar a sola nas pedras da calçada. Andras sentiu um ímpeto repentino de fugir dali.

Mas a menina o tinha visto. Soltou a mão de madame Morgenstern e deu alguns passos afobados na direção dele, piscando os olhos como se não conseguisse distinguir bem sua figura. Quando chegou perto o suficiente para tocar sua manga, parou de repente e voltou atrás. Os ombros dela se ergueram e abaixaram sob a lã azul do casaco.

"Não é o papai", ela disse.

Madame Morgenstern ergueu os olhos num gesto de desculpas para o homem que não era o pai da menina. Quando reparou que se tratava de Andras, sorriu e ajeitou com a mão a beirada de seu suéter, que havia embolado, um gesto tão juvenil e tímido que despertou um jato de calor dentro do peito de Andras. Ele atravessou os poucos metros de calçada que os separava. Não se atreveu a apertar sua mão em cumprimento, mal conseguia fitá-la nos olhos. Em vez disso olhava para a calçada e enfiou as mãos nos bolsos, onde descobriu uma moeda de dez centavos que sobrara da compra do pão naquela manhã. "Veja só o que achei", ele disse, ajoelhando para dar a moeda para a menina.

Ela pegou a moeda e virou-a entre os dedos. "Você achou?", ela disse. "Alguém deve ter deixado cair."

"Achei dentro do meu bolso", disse Andras. "É para você. Quando for fazer compras com sua mãe, pode comprar uma bala ou uma nova fita de cabelo."

A garota deu um suspiro e enfiou a moeda no bolso lateral de sua bolsinha. "Uma fita de cabelo", ela disse. "Não posso comer balas. É ruim para os dentes."

Madame Morgenstern pôs a mão no ombro da menina e puxou-a na direção da porta. "Podemos esperar perto do aquecedor, lá dentro", ela disse. "Lá está mais quente." Virou-se para trocar um olhar com Andras, com a intenção de incluí-lo no convite. Ele a seguiu para dentro, rumo ao compacto aquecedor de ferro que estava num canto da sala de balé. Uma chama crepitava por trás de sua janela de mica e a menina se pôs de joelhos para ficar olhando as chamas.

"É uma surpresa", disse madame Morgenstern, erguendo os olhos cinzentos para ele.

"Eu estava passeando", disse Andras, falando depressa demais. "Saí para estudar a arquitetura do bairro."

"Monsieur Lévi é um estudante de arquitetura", disse madame Morgenstern para a menina. "Um dia ele vai projetar prédios inteiros."

"Meu pai é médico", disse a menina, distraída, sem olhar para nenhum dos dois.

Andras ficou ao lado de madame Morgenstern e aqueceu as mãos perto do aquecedor, seus dedos a poucos centímetros dos dela. Olhou para suas unhas, seus dedos finos, as linhas dos ossos de passarinho por baixo da pele. Ela percebeu seu olhar e desviou o rosto. Os dois aqueceram as mãos em silêncio enquanto aguardavam o pai da menina, que surgiu minutos depois: um homem baixo e de bigode, com monóculo, segurando uma maleta de médico.

"Sophie, onde estão seus óculos?", perguntou, franzindo a boca em sinal de desagrado.

A menininha fisgou na mochila seus óculos de aro dourado.

"Por favor, madame", ele disse. "Se possível, cuide para que ela use os óculos."

"Vou tentar", respondeu madame Morgenstern, e sorriu.

"Eles caem quando eu danço", protestou a menina.

"Dê até logo, Sophie", disse o médico. "Vamos chegar tarde para o jantar."

Na porta, Sophie virou-se e deu adeus com a mão. Em seguida ela e o pai se foram e Andras ficou sozinho com madame Morgenstern na sala de balé. Ela se afastou da estufa para juntar algumas coisas que as crianças tinham deixado: uma luva, um prendedor de cabelo, uma echarpe vermelha. Pôs tudo dentro de um cesto que ficava ao lado do piano. *Objets trouvés.*

"Eu queria agradecer de novo", disse Andras, quando o silêncio entre os dois se prolongara até o insuportável. A voz soou mais ríspida do que ele pretendia, e em húngaro, um rosnado grave e rural. Andras pigarreou e repetiu, em francês.

"Por favor, Andras", ela disse em húngaro e riu. "Você escreveu um bilhete tão amável. E na verdade não havia nenhuma necessidade de me agradecer. Tenho certeza de que não foi a tarde mais agradável do mundo para você."

Andras não era capaz de lhe dizer como tinha sido aquela tarde para ele, muito menos como tinha sido sua última semana. Viu de novo em pensamento a maneira como ela sorriu e ajeitou o suéter quando o reconheceu na rua, aquele gesto involuntário e tímido. Andras amassou seu chapéu entre os dedos, olhando para o piso polido da sala de balé. Soaram passos pesados no andar de cima. Era Elisabet, ou a sra. Apfel.

"Será que você já se cansou de nós?", perguntou madame Morgenstern. "Não poderia vir de novo amanhã? Elisabet vai trazer uma amiga para almoçar e talvez possamos ir patinar no Bois de Vincennes depois."

“Não tenho patins”, ele disse de forma quase inaudível.

“Nem nós. Sempre alugamos. É ótimo. Você vai adorar.”

É ótimo. Você vai adorar. Como se fosse de fato acontecer. E depois ele disse que sim, e aconteceria mesmo.

9. Bois de Vincennes

Dessa vez, quando ele foi almoçar na Rue de Sévigné, não estava com uma gravata usada por atores em cena, nem levava flores esmaecidas; em vez disso, vestia uma camisa velha de que gostava muito e comprara uma garrafa de vinho e uma torta de pera da confeitaria vizinha. Como da vez anterior, a sra. Apfel serviu um banquete: um *rakott krumpli* com camadas de ovo e batata, uma terrina de sopa de cenoura, um picadinho de repolho roxo e maçã com cominho, um pão preto rústico e três tipos de queijo. Madame Morgenstern estava um tanto calada; parecia grata pela presença da amiga de Elisabet, uma garota corpulenta e de sobrancelhas grossas, num vestido de lã marrom. Era a Marthe com quem Elisabet tinha ido ao cinema na semana anterior. Ela fazia Elisabet ficar falando sobre histórias do colégio: quem tinha feito papel de bobo na aula de geografia, quem fora escolhido para fazer um solo no coro, quem ia para a Suíça esquiar durante as férias de inverno. De vez em quando, Elisabet lançava um olhar para Andras, como se quisesse que ele notasse o fato de que a conversa o excluía. Lá fora, uma neve ligeira começara a cair. Andras não via a hora de poder sair da casa. Foi um alívio quando a torta de pera foi cortada e comida, e eles puderam vestir seus casacos e ir embora.

Às duas e meia, pegaram o metrô para o *bois*. Quando saíram da estação, Elisabet e Marthe foram na frente, afobadas, de braços dados, enquanto madame Morgenstern caminhava com Andras. Ela falou sobre suas alunas, sobre o cortejo de inverno que estava para acontecer, sobre o frio que estava fazendo. Vestia um chapéu apertado de lã vermelha em forma de sino; as pontas soltas de seu cabelo formavam cachos na beirada do chapéu e flocos de neve se juntavam em cima dele.

Dentro do *bois* coberto de neve, entre os olmos e os carvalhos desfolhados e as sempre-vivas congeladas, as trilhas estavam repletas de homens e mulheres que levavam patins. Do lago, vinham gritos e chamados dos patinadores, o rangido das lâminas que roçavam no gelo. Os dois pararam sob as árvores e à sua frente se estendia o lago congelado com suas ilhotas no centro, suas margens isoladas por cercas, repletas de parisienses. Sobre o gelo, homens de ar sério e mulheres em casacos de inverno moviam-se ao redor das ilhas com impulsos vagarosos. Um abrigo coberto, com uma entrada de vidro canelado, erguia-se numa pequena elevação do terreno. Segundo uma tabuleta com letras vermelhas, era possível alugar patins ali por três francos. Elisabet e Marthe guiaram seu pequeno grupo para dentro do abrigo e eles esperaram na fila diante do balcão de aluguel de patins. Andras fez questão de pagar para todos; tentou não pensar no que iriam significar para ele, na semana seguinte, aqueles doze francos evaporados. Num banco verde e úmido, eles trocaram seus sapatos pelos patins e pouco depois cambaleavam por uma ladeirinha, numa trilha de borracha, rumo ao lago.

Andras pisou no gelo e traçou uma série de arcos na direção da ilha maior, testando a borda e o equilíbrio das lâminas. Tibor lhe ensinara a patinar quando tinha cinco anos de idade; patinavam todos os dias no açude do moinho em Konyár, sobre lâminas que o pai fazia para eles com lascas de madeira e um fio de arame de grosso calibre. Quando estavam na escola primária, os dois patinavam num rinque ao ar livre na Piac Utca, um poço artificial, oval e perfeito, resfriado artificialmente por meio de canos subterrâneos e varrido até ficar liso como vidro. Andras era leve e ágil nos patins, mais veloz do que os irmãos e os amigos. Mesmo agora, naqueles patins alugados, Andras sentia-se desenvolto e rápido. Passava ligeiro entre os patinadores, em seus casacos de lã escuros, as abas de seu paletó esvoaçavam atrás dele, o chapéu ameaçava voar de sua cabeça. Se tivesse parado a fim de observar, poderia ver jovens olhando para ele com inveja, quando passava ligeiro; poderia ver o olhar curioso das garotas e o olhar de censura dos patinadores mais velhos.

Mas Andras só tinha consciência da pura emoção de voar pelo gelo, da rápida troca de calor entre suas lâminas e o lago congelado. Deu uma volta em torno da ilha maior e foi sair atrás das mulheres em alta velocidade, em seguida deslizou entre madame Morgenstern e Elisabet de forma tão precisa que as duas pararam e soltaram uma exclamação de surpresa.

"Quer fazer o favor de olhar para onde está indo?", disse Elisabet em seu francês conciso. "Pode machucar alguém." ela pegou o braço de Marthe e as duas deixaram Andras para trás. Ele se viu sozinho ao lado de madame Morgenstern, patinando em meio a um flutuante tule de neve.

"Você tem pés rápidos", ela disse, e lhe dirigiu um sorriso fugaz, por baixo do sino do chapéu.

"No gelo, pode ser", respondeu Andras, ruborizando. "Nunca fui grande coisa nos esportes."

"No entanto você dá a impressão de que conhece alguma coisa de dança."

"Só sei que também não sou grande coisa dançando."

Ela riu e patinou à frente dele. Na luz cinzenta da tarde, o lago trazia à mente as pinturas japonesas que Andras tinha visto na Exposição Internacional; as sempre-vivas espalhavam suas plumas escuras contra o fundo do céu liso e as montanhas eram como cisnes aglomerados em busca de calor. Madame Morgenstern movia-se com facilidade sobre o gelo, as costas eretas, os braços um pouco dobrados, como se aquilo fosse apenas outra forma de balé. Nunca esbarrava em Andras nem se recostava nele enquanto traçavam círculos ao redor do lago; mesmo na hora em que esbarrou num ramo de sempre-vivas e perdeu o equilíbrio, ela passou o peso do corpo para a outra lâmina, sem sequer lançar um olhar para ele. Mas, quando chegaram à extremidade da ilha menor pela segunda vez, ela deslizou na diagonal e se pôs ao lado de Andras.

"Meu irmão e eu patinávamos em Budapeste", ela disse. "Íamos ao Városliget, não ficava longe de nossa casa. Você conhece o lindo lago que tem lá, perto do castelo de Vajdahunyad?"

"Ah, sim." Quando morava em Budapeste, Andras nunca tinha dinheiro para pagar o ingresso, mas ele e Tibor foram muitas vezes ver os patinadores à noite. O castelo, um amálgama de mil anos de estilos de arquitetura, tinha sido reconstruído quarenta anos antes para uma comemoração do aniversário de mil anos. Elementos românicos, góticos, renascentistas e barrocos se mesclavam uns aos outros em toda a extensão do prédio; caminhar diante daquela fachada estranha era o mesmo que percorrer os séculos. O castelo era iluminado de baixo para cima e ali sempre havia música. Então ele imaginou duas crianças, madame Morgenstern e seu irmão — o pai de József Hász? — projetando suas sombras escuras na sombra mais clara do castelo.

"Seu irmão era bom patinador?", perguntou Andras.

Madame Morgenstern riu e balançou a cabeça. "Nem eu nem ele éramos muito bons, mas nos divertíamos bastante. Às vezes eu convidava minhas amigas para irem junto comigo. Ficávamos de mãos dadas e meu irmão nos guiava, como se fôssemos uma fileira de patinhos de madeira. Ele tinha dez anos de idade e era muito mais paciente do que eu seria em seu lugar." Ela pressionava os lábios um contra o outro enquanto patinava, as mãos enfiadas dentro das mangas. Andras mantinha-se bem perto dela, olhando de relance para seu perfil, abaixo da borda baixa de seu chapéu.

"Posso ensinar uns passos de valsa para você, se quiser", ele disse.

"Ah, não. Eu não sou capaz de fazer nenhum floreio."

"Não chega a ser um floreio", disse Andras, e patinou à frente para mostrar os movimentos. Eram uns passos de valsa bem simples, tinha aprendido em Debrecen aos dez anos de idade: três arremetidas à frente, um arco longo e um giro; três arremetidas para trás, outro arco, outro giro. Ela repetiu os movimentos, acompanhando Andras, enquanto ele se deslocava no gelo. Em seguida voltou o rosto para ela. Prendendo o fôlego, pôs a mão na cintura de madame Morgenstern. Ela apoiou o braço nele e sua mão enluvada encontrou a de Andras. Ele cantarolou baixinho alguns compassos de "Brin de Muguet" e conduziu-a nos movimentos da dança. De início, ela hesitou, sobretudo nos giros, mas logo estava se movimentando com toda leveza que Andras podia ter imaginado, a mão dela firme na sua. Andras sabia que Polaner, Rosen e Ben Yakov teriam rido ao vê-lo dançando assim na frente de todo mundo, mas ele não ligava. Durante um breve momento, com a música em sua cabeça, aquela mulher de pés ligeiros e chapéu em forma de sino manteve-se bem junto a ele, a mão fechada dentro da sua. A boca de Andras roçava a borda do chapéu da mulher e ele sentia o gosto molhado e frio de um véu de flocos de neve. Sentia a respiração dela junto ao seu pescoço. Madame Morgenstern ergueu os olhos para ele e os dois se encararam por um momento, antes de ele desviar o olhar. Andras lembrou-se de que não havia esperança para qualquer coisa que sentisse por ela; tratava-se de uma mulher adulta com uma vida complicada, uma profissão, uma filha no ensino médio. A valsa terminou e um silêncio se fez em sua cabeça. Os braços de Andras deixaram o corpo da mulher e ela se soltou a fim de seguir patinando a seu lado. Deram duas voltas ao redor do lago antes de ela voltar a falar.

"Você me faz ter saudades da Hungria", ela disse. "Faz mais de dezesseis anos que moro aqui. É a idade de Elisabet." Ela procurou a filha no gelo e Andras olhou na mesma direção. Puderam ver o verde e o marrom dos casacos de Elisabet e de Marthe longe, mais à frente. Elisabet apontou para alguma coisa na margem do lago, a forma preta de um cachorro que saltava diante de uma forma menor, mais ligeira.

"Às vezes acho que eu devia voltar", disse madame Morgenstern quase num sussurro. "Na maioria das vezes, porém, acho que nunca vou voltar."

"Vai, sim", disse Andras, surpreso ao ver que sua voz soou firme. Segurou o braço dela, e ela não o soltou. Em vez disso, tirou a mão de dentro da manga e deixou-a pousada no braço de Andras. Ele estremeceu, embora já não pudesse sentir frio nenhum. Seguiram patinando daquele modo e em silêncio durante o tempo necessário para completar mais uma volta na ilhota. Então uma voz os alcançou, vinda do outro lado do lago, uma voz ressoante e familiar: *Andráska. Klárika.* Os diminutivos húngaros, como se ainda estivessem em Budapeste. Madame Gérard veio deslizando na direção deles, num casaco de gola de pelo novo e com um chapéu também novo e de pelo, seguida por três outros atores do teatro. Ela e madame Morgenstern se abraçaram, riram, comentaram a beleza da neve e o número de pessoas no lago congelado.

"Klárika, minha querida, estou muito contente de ver você. E aqui está nosso Andráska. E aquela lá na frente deve ser Elisabet." Ela sorriu com ar maroto e piscou o olho para Andras, em seguida chamou Elisabet e Marthe para se juntarem ao grupo. Quando as jovens reclamaram do frio, a atriz convidou todos para tomar um chocolate quente no café. Sentaram-se juntos em torno da mesa comprida de madeira, tomaram chocolate quente em canecas de barro e foi fácil para Andras deixar que todos os outros falassem à vontade, deixar que a conversa deles se fundisse à conversa de outros patinadores no abrigo abarrotado de gente. A sensação nascente que ele havia experimentado pouco antes da chegada de madame Gérard já começara a se dissolver; madame Morgenstern parecia de novo impossivelmente distante.

Quando terminaram de tomar o chocolate, Andras pegou de volta os sapatos de todos no balcão onde alugavam patins e em seguida caminharam juntos pela trilha rumo à saída do *bois*. Andras continuava atento a uma oportunidade de segurar o braço de madame Morgenstern, deixar os outros se afastarem à frente, enquanto os dois caminhariam atrás. Em vez disso, foi Marthe quem ficou para trás para andar ao lado de Andras. Ela parecia inflexível e severa no frio cada vez mais cortante.

"Não há nenhuma esperança, sabe?", disse Marthe. "Ela não quer nada com você."

"Quem?", perguntou Andras, assustado com a ideia de que ele seria tão transparente assim.

"Elisabet! Ela quer que você pare de olhar para ela o tempo todo. Você acha que Elisabet gosta que um húngaro patético fique olhando para ela desse jeito?"

Andras suspirou e olhou para a frente, onde Elisabet agora caminhava ao lado de madame Gérard, seu casaco verde ondulando em torno de suas pernas. Ela parou a fim de dizer alguma coisa para madame Gérard, que inclinou a cabeça para trás e riu.

"Ela não está interessada em você", disse Marthe. "Já tem um namorado. Então não há nenhuma necessidade de ir de novo à casa dela. E não precisa desperdiçar seu tempo tentando agradar a mãe dela também."

Andras pigarreou. "Está certo", respondeu. "Bem, muito obrigado por me avisar."

Marthe fez que sim com a cabeça, com ar de quem trata de negócios. "É meu dever, como amiga de Elisabet."

Naquela altura, tinham chegado ao fim do parque e madame Morgenstern estava ao lado dele outra vez; a manga dela roçava na dele. Os dois ficaram parados diante da entrada do metrô, o eco dos trens que passavam retumbava lá embaixo. "Não vai vir conosco?", ela disse.

"Não, venha conosco!", disse madame Gérard. "Vamos pegar um táxi. Deixamos você em casa."

Estava frio e cada vez mais escuro, mas Andras não conseguia suportar a ideia de uma viagem no metrô lotado com Marthe, Elisabet e madame Morgenstern. Tampouco queria se espremer num táxi com madame Gérard e os outros atores. Queria ficar sozinho, achar seu caminho de volta para seu bairro, trancar-se no seu quarto.

"Acho que vou andar um pouco", respondeu.

"Mas domingo que vem virá almoçar conosco outra vez", disse madame Morgenstern, erguendo os olhos para ele, abaixo da borda de seu chapéu, a pele ainda iluminada pelo esforço da patinação. "Na verdade, gostaríamos que isso se tornasse um hábito."

De que outra forma ele poderia responder? "Sim, sim, eu irei", disse.

10. Rue de Sévigné

E assim Andras tornou-se uma presença constante nos almoços de domingo na Rue de Sévigné. Rapidamente criaram uma rotina: ele chegava e trocava gentilezas com madame Morgenstern; Elisabet sentava e fazia cara feia ou zombava de suas roupas e de seu sotaque; quando não conseguia alfinetá-lo como no primeiro almoço, mostrava-se entediada e saía com Marthe, que havia cultivado seu próprio desdém presunçoso por Andras. Depois que Elisabet saía, ele ficava com madame Morgenstern, ouvia discos na vitrola, olhava revistas de arte e cartões-postais, lia poemas num livro para praticar seu francês, falava de sua família, de sua infância. Às vezes tentava trazer à tona o assunto do passado dela — o irmão a quem fazia muitos anos não via, os acontecimentos misteriosos que resultaram no nascimento de Elisabet e que trouxeram madame Morgenstern para Paris. No entanto, ela sempre conseguia se esquivar daquela conversa, desviava as perguntas cautelosas de Andras para outra direção, como as mãos de um parceiro de dança indesejado. E, se ele ruborizava quando ela se sentava a seu lado ou gaguejava quando tentava responder a um elogio que ela lhe tivesse feito, a mulher não dava nenhum sinal de ter percebido.

Em pouco tempo, Andras já conhecia a forma exata das unhas de madame Morgenstern, o desenho e o tecido de todos os seus vestidos de inverno, o feitio do bordado de todos os seus lenços. Sabia que ela gostava de pôr pimenta nos ovos, que não tolerava leite, que a ponta era seu pedaço predileto do pão. Sabia que ela estivera em Bruxelas e em Florença (embora não soubesse com quem). Sabia que os ossos de seu pé direito doíam quando o tempo estava úmido. O ânimo dela era instável, mas madame Morgenstern atenuava os momentos de tristeza fazendo piadas que zombavam de si mesma, tocando tolas canções americanas na vitrola, mostrando fotos engraçadas de suas alunas mais jovens em seus trajes de balé. Ele sabia que o balé predileto dela era *Apollo* e que o de que menos gostava era *La Sylphide*, porque era apresentado em excesso e raramente com originalidade. Andras se considerava vergonhosamente ignorante a respeito de balé, mas madame Morgenstern parecia não se importar; podia tocar músicas de balé na vitrola e descrever o que acontecia no palco enquanto a música ganhava força e declinava, e às vezes ela enrolava o tapete da sala e reproduzia para ele a coreografia em forma abreviada, sua pele vermelha de prazer enquanto dançava. Em troca, ele a levava para dar passeios pelo Marais, explicando a história da arquitetura dos prédios entre os quais ela passara sua vida: o Hôtel Carnavalet do século XVI, com seus baixos-relevos das quatro estações; o Hôtel Amelot de Bisseuil, cujos portões da garagem de carruagens, ornamentados com cabeças de medusa, abriam-se rotineiramente para a entrada de Beaumarchais; a Synagogue Guimard na Rue Pavée, com sua fachada ondulada como um rolo da Torá aberto. Ela se perguntava em voz alta como era possível que nunca houvesse parado para prestar atenção naquelas coisas. Andras tinha levantado um véu para ela, disse madame Morgenstern, revelara uma dimensão de seu bairro que, de outra forma, ela nunca teria descoberto.

A despeito da segurança do convite permanente, Andras vivia no temor de que, em algum domingo, chegaria à casa de madame Morgenstern e veria outro homem à mesa, um capitão de bigode, um médico de terno de tweed ou um coreógrafo moscovita talentoso — um homem culto de quarenta anos com uma desenvoltura cultural que Andras jamais conseguiria alcançar e com um conhecimento das coisas da vida sobre as quais os cavalheiros devem saber: vinhos, música, maneiras de fazer uma mulher rir. Mas o rival aterrador nunca apareceu, pelo menos não nas tardes de domingo; aquela fração da semana de madame Morgenstern parecia pertencer apenas a Andras.

Fora daquela casa na Rue de Sévigné, a vida corria como de costume — ou pelo menos como aquilo que passara a parecer o costume, dentro do contexto da vida de Andras como estudante de arquitetura em Paris. Sua maquete avançava rumo à conclusão, as paredes já tinham sido recortadas do papelão corrugado branco e duro e estavam prontas para serem montadas. Apesar de a maquete já estar agora do tamanho de uma caixa de sobretudo, ele passou a levá-la da faculdade para casa e de casa para a faculdade todos os dias. O motivo era uma recente onda de vandalismo, aparentemente direcionada aos estudantes judeus da École Spéciale. Uma série de plantas muito elaboradas feitas por um estudante do terceiro ano chamado Jean Isenberg tinha sido coberta de tinta; os caros livros de estática de Anne-Laure Bauer, estudante do quarto ano, foram roubados uma semana antes da prova. Andras e seus amigos tinham escapado ilesos até então, mas Rosen achava que era só uma questão de tempo antes que um deles se tornasse o alvo. Os professores convocaram uma assembleia e falaram com firmeza aos estudantes, prometeram consequências severas para os responsáveis e imploraram a qualquer um que tivesse provas que se apresentasse, mas ninguém se ofereceu para dar nenhuma informação. No Pombo Azul, Rosen apresentou sua própria teoria. Sabiam que vários estudantes pertenciam à Front de la Jeunesse e a um grupo chamado Le Grand Occident, cujo nacionalismo declarado era uma capa diáfana para o antissemitismo.

"Aquele patife do Lemarque é um cúmplice da Jeunesse", disse Rosen enquanto comia seus biscoitos de amêndoa com café. "Aposto que é ele quem está por trás disso tudo."

"Não pode ser Lemarque", disse Polaner.

"Por que não?"

Polaner ruborizou-se de leve, dobrando as mãos brancas e magras sobre as pernas. "Ele me ajudou no projeto."

"Ajudou?", disse Rosen. "Bem, acho melhor você tomar cuidado. Aquele pequeno *salopard* pode tanto cortar sua garganta como lhe dar bom-dia."

"Você não vai fazer amigos se colocando contra todo mundo", disse o político Ben Yakov, cuja preocupação principal parecia ser atrair para si o maior número possível de admiradores, fossem homens ou mulheres.

"E quem é que está ligando para isso?", retrucou Rosen. "Não se trata de um concurso de popularidade."

Em silêncio, Andras concordava com Rosen. Ele tinha suas dúvidas a respeito de Lemarque desde o ambíguo incidente com Polaner no início do ano.

Depois daquilo, havia observado o rapaz e achava impossível ignorar a maneira como ele olhava para Polaner, como se houvesse nele algo de cativante e repulsivo ao mesmo tempo, ou como se seu asco pelo colega judeu lhe desse uma espécie de prazer. Lemarque tinha um modo de se aproximar de Polaner, de encontrar pretextos para falar com ele na aula: Podia pegar o pantógrafo dele emprestado? Podia ver a solução dele para aquele difícil problema de estática? A echarpe que tinha achado no pátio não era dele? Por sua vez, Polaner parecia relutante em acreditar que o colega pudesse ter motivos que não fossem amigáveis. Mas Andras não confiava em Lemarque nem nos estudantes de olhares esquivos que sentavam com ele na cantina dos estudantes, fumavam cigarros de marca alemã, usavam camisas abotoadas até em cima, por baixo de jaquetas militares, como se quisessem estar prontos para lutar, caso fossem convocados. Ao contrário dos outros estudantes, eles mantinham seu cabelo cortado bem curto e as botas bem lustrosas. Andras tinha ouvido algumas pessoas chamarem aqueles rapazes de forma depreciativa de *la garde*. Além disso havia os que portavam sinais mais sutis de sua posição política: os que pareciam olhar para Andras, Rosen, Polaner e Ben Yakov sem vê-los, embora se cruzassem todos os dias nos corredores e no pátio.

"O que a gente tem de fazer é se infiltrar nesses grupos", disse Rosen. "O Front de la Jeunesse. O Grand Occident. Devíamos ir a suas reuniões, saber o que estão planejando."

"Que ideia formidável", disse Ben Yakov. "Eles vão nos descobrir e quebrar nosso pescoço."

"Afinal, o que acha que estão planejando?", perguntou Polaner, começando a ficar zangado. "Não parece provável que venham a promover um massacre em Paris."

"Por que não?", disse Rosen. "Acha que não chegaram a pensar no assunto?"

"Será que não podemos conversar sobre outra coisa, por favor?", disse Ben Yakov.

Rosen empurrou seu café para a frente. "Ah, sim", ele disse. "Por que não conta sobre sua última conquista? O que poderia ser mais importante ou mais premente do que isso?"

Ben Yakov riu da fúria de Rosen, o que só serviu para deixá-lo mais enfurecido ainda. Pôs-se de pé e atirou dinheiro sobre a mesa, em seguida jogou o casaco por cima dos ombros e tomou a direção da saída. Andras agarrou seu chapéu e foi atrás; detestava ver um amigo ir embora com raiva. Alcançou Rosen na esquina da Saint-Germain com a Saint-Jacques e os dois ficaram juntos, parados na esquina, à espera de que o sinal abrisse.

"Você não acha que estou falando nenhum absurdo, não é?", perguntou Rosen, as mãos enfiadas nos bolso, os olhos fixos em Andras.

"Não", ele começou, tentando encontrar as palavras em francês para aquilo que queria dizer. "Você só está tentando prever e antecipar alguns lances no tabuleiro de xadrez."

"Ah", disse Rosen, animando-se. "Você joga xadrez?"

"Meu irmão e eu jogávamos. Eu não jogava muito bem. Meu irmão mais velho tinha estudado um livro de um campeão russo sobre estratégias de defesa. Contra ele, eu não tinha a menor chance."

"E você não podia ler o livro também?", perguntou Rosen e sorriu.

"Talvez, se ele não o tivesse escondido tão bem!"

"Acho que é exatamente isso que estou fazendo. Tentando achar o livro."

"Não vai ter de procurar muito", disse Andras. "Há cartazes para as reuniões do Front de la Jeunesse espalhados em todo o Quartier Latin."

Tinham chegado à Petit Pont no início da Rue Saint-Jacques e a atravessaram juntos sob o crepúsculo. As torres da Notre-Dame colhiam os derradeiros raios do sol poente quando os dois entraram na praça Charlesmagne e andaram rumo à catedral. Pararam a fim de olhar para os santos sinistros que flanqueavam os pórticos, um dos quais segurava em sua mão a própria cabeça cortada.

"Sabe o que quero fazer quando for mais velho?", perguntou Rosen.

"Não", respondeu Andras. "O quê?"

"Mudar para a Palestina. Construir um templo de pedra em Jerusalém." Fez uma pausa e olhou para Andras como se o desafiasse a rir, mas o amigo não riu. Estava pensando em algumas fotos de Jerusalém que tinham sido impressas em *Passado e Futuro*. Os prédios tinham uma espécie de permanência geológica, como se não tivessem sido feitos por mãos humanas. Mesmo nas fotografias em preto e branco, as pedras das construções pareciam irradiar uma luz dourada.

"Quero fazer uma cidade no deserto", disse Rosen. "Uma nova cidade onde já existiu uma cidade no passado. Na mesma forma da cidade antiga, mas composta de prédios novos. O concreto armado de Perret é perfeito para a Palestina. Barato e leve, frio no calor, pronto para assumir qualquer formato." Parecia estar vendo as formas ao longe enquanto falava, uma cidade nas dunas ondulantes.

"Então você é um sonhador", disse Andras. "Eu nunca teria imaginado."

Rosen sorriu de leve e disse: "Não conte nada para os outros". Ergueram os olhos de novo na direção do cume das torres, enquanto a linha dourada no céu se estreitava até o tamanho de um filamento. "Você vai fazer isso, não vai?", ele disse. "Comparecer a uma dessas reuniões da Jeunesse? Aí vamos saber o que eles andam tramando."

Andras hesitou. Tentou imaginar o que madame Morgenstern pensaria de uma ação como aquela, uma infiltração. Imaginou-se contando aquilo para ela numa tarde de domingo: sua ousadia, sua coragem. Sua tolice? "E se alguém nos reconhecer?", ele disse.

"Não vão nos reconhecer", disse Rosen. "Não esperam que estejamos ali no meio deles."

"Quando vão se reunir?"

"Este é o meu amigo Lévi", disse Rosen.

Resolveram infiltrar-se numa sessão de recrutamento do Le Grand Occident, raciocinando que a assembleia estaria cheia de rostos desconhecidos. Devia ocorrer naquele sábado num salão de reuniões na Rue de l'Université em Saint-Germain. Mas primeiro era preciso vencer as avaliações de fim de período na faculdade. Andras tinha terminado afinal sua maquete da Gare d'Orsay, depois de ficar acordado duas noites seguidas para concluir o trabalho; na sexta-feira de manhã, a maquete estava de pé, branca e intacta, sobre a base de papelão corrugado. Andras sabia que era um belo trabalho, fruto de um longo estudo, de muitas horas de árduas medições e montagem. Rosen, Ben Yakov e Polaner também tinham empenhado todo o seu tempo e ali sobre as mesas do ateliê estavam suas versões, fantasmagoricamente brancas, da École Militaire, da Rotonde de la Villete e do Théâtre de l'Odeon. Seriam avaliados por seus pares, por seus superiores do terceiro e do quarto anos, por seu monitor do quinto ano, Médard, e por último pelo próprio Vago. Andras sentia-se preparado por causa das críticas amistosamente implacáveis de seu editor de *Passado e Futuro*;

ele recebera algumas avaliações antes, naquele outono, nenhuma delas tão ruim como as que seu editor mandara com regularidade.

Mas, quando começou a crítica de sua maquete da Gare d'Orsay, o comentário tomou na mesma hora uma feição brutal. Suas linhas estavam imprecisas, seus métodos de construção eram amadores; não fizera nenhuma tentativa de reproduzir a extensão de vidro na frente da construção nem de apreender aquilo que era mais impressionante no projeto — a maneira como o Sena, que passava na frente da estação, lançava uma luz refletida contra a fachada alta. Andras tinha feito uma maquete morta, disse um estudante do quarto ano. Uma caixa de sapato. Um caixão. Até Vago, que sabia melhor do que qualquer um como Andras havia trabalhado arduamente, criticou a falta de vida da maquete. Em sua camisa de trabalho respingada de tinta e num colete incongruentemente fino, ficou parado diante da maquete e observou-a com uma frustração sem disfarces. Pegou no bolso uma lapiseira e bateu de leve com a ponta de metal no lábio.

"Uma reprodução correta", ele disse. "Como uma polonesa de Chopin tocada num recital de estudantes. Você acertou todas as notas, sem dúvida nenhuma, mas fez isso sem o menor talento artístico."

E foi só isso. Vago deu as costas e passou para a maquete seguinte, e Andras se viu lançado num calabouço de humilhação e tristeza. Vago tinha razão: ele havia reproduzido o prédio sem inspiração; como ele poderia ver a maquete de outro modo? Não foi grande consolo o fato de os demais estudantes do primeiro ano terem se saído igualmente mal. Andras não conseguia acreditar que meia hora antes ele se sentia tão cheio de confiança, seguro de que todos na sala proclamariam que seu trabalho era a prova de que ele se tornaria um excelente arquiteto.

Andras sabia que a faculdade tinha uma tradição de avaliações severas no final do período e que poucos estudantes do primeiro ano saíam dali com seu orgulho intacto. Era a versão da faculdade de uma iniciação ritual, uma têmpera que preparava os estudantes para as humilhações mais profundas e mais sutis, que ocorreriam quando a obra em discussão fosse um projeto de autoria própria. Mas aquela crítica tinha sido muito mais brutal do que ele havia imaginado — e, o que era pior, os comentários pareciam justificados. Tinha trabalhado com todo o empenho possível e mesmo assim não tinha sido o suficiente, nem de longe. E sua humilhação estava associada, de um jeito que ele achava impossível articular, com a ideia de madame Morgenstern e de sua relação com ela — como se, por construir uma boa réplica da Gare d'Orsay, ele tivesse mais direito a receber suas afeições. Agora ele não poderia oferecer a ela um relato honesto dos acontecimentos do dia, sem se revelar um tolo orgulhoso. Foi embora da École Spéciale num estado de ânimo péssimo, num abatimento tenaz o bastante para não o largar durante a noite e a manhã seguinte; continuava com ele quando foi encontrar-se com Rosen para sua operação de infiltração.

O salão de reuniões ficava logo depois da esquina do suntuoso Beaux-Arts, alguns quarteirões a leste da Gare d'Orsay. Andras não queria ver aquele prédio nunca mais. Sabia que todas as críticas que recebera eram certeiras; em seu zelo para reproduzir todos os detalhes do prédio, ele não conseguira captar seu todo, compreender o que distinguia o projeto e o tornava algo vivo. Era um clássico erro de estudante do primeiro ano, disse-lhe Vago ao se retirar. Mas se era mesmo aquele o caso, por que Vago não o preveniu antes, quando começou o projeto? Rosen também declarava agora um ódio supremo ao tema de sua maquete, a École Militaire. Os dois estavam de cara feia, voltada para a calçada, numa simetria de parceiros, enquanto caminhavam pela Rue de l'Université.

Como a assembleia a que iriam comparecer era apenas uma sessão de recrutamento, não havia necessidade de disfarce nem de segredos; chegaram junto com o resto dos participantes, em sua maioria estudantes. Diante de um atril sobre um palco baixo na frente da sala, um homem magérrimo num terno cinza e apertado apresentou-se como monsieur Dupuis, "secretário do próprio presidente Pemjean", e bateu palmas pedindo silêncio. A multidão fez silêncio. Voluntários caminharam pelos corredores entre os assentos, oferecendo seções suplementares especiais de um jornal intitulado *Le Grand Occident*. O secretário do presidente Pemjean em pessoa anunciou que aquele suplemento expunha as crenças da organização e que os membros dirigentes o leriam a seguir para a assembleia em voz alta. Meia dúzia de jovens de ar soturno reuniu-se no palco, com seus exemplares do suplemento na mão. Um a um, leram que os judeus deviam ser afastados de seus postos de influência na França e que deviam deixar de exercer autoridade sobre os franceses; que as organizações judaicas na França deviam ser dissolvidas, porque, embora se mascarando desavergonhadamente como agências de promoção do bem-estar para os judeus, elas trabalhavam para alcançar a dominação mundial; que os direitos do cidadão francês deviam ser retirados de todos os judeus, que portanto deviam ser encarados como estrangeiros — mesmo aqueles cujas famílias haviam se estabelecido na França havia muitas gerações; e que todos os bens e todo o patrimônio dos judeus devia se tornar propriedade do Estado.

A cada tópico que era lido, havia uma breve salva de palmas. Alguns dos homens reunidos exclamavam sua aprovação, outros erguiam os punhos. Outros ainda pareciam discordar, e uns poucos começaram a discutir com os adeptos.

"E quanto aos judeus cujos irmãos ou pais morreram pela França na Grande Guerra?", alguém gritou na galeria.

"Esses sionistas morreram para sua glória pessoal, não pela glória da França", retrucou o secretário do presidente em pessoa. "Não se pode confiar nos israelitas para servir o Exército da França. Devem ser proibidos de portar armas."

"Por que não deixar que *eles* morram, se alguém tem de morrer?", exclamou outro homem.

Rosen cerrou as mãos nas costas da cadeira à sua frente e os nós dos dedos ficaram brancos. Andras não sabia o que faria se Rosen começasse a gritar.

"Vocês estão aqui porque acreditam na necessidade de uma França pura, a França que nossos pais e avós construíram", prosseguiu o secretário do presidente. "Estão aqui para empenhar sua força na limpeza do país. Se não estão aqui com esse propósito, por favor, vão embora. Só precisamos dos mais patriotas, dos mais sinceros entre vocês." O secretário do presidente esperou. Houve um rumor abafado no meio da plateia. Um dos seis jovens que tinham lido os pontos da doutrina gritou: "*Vive la France!*".

"Vocês vão se tornar parte de uma aliança internacional...", começou o secretário, mas suas palavras desapareceram embaixo de um repentino zunido em staccato, um estalar de madeira que tornou suas palavras ininteligíveis. Em seguida, tão abruptamente como havia começado, o barulho cessou. O secretário pigarreou, ajeitou as lapelas e recomeçou: "Vocês vão se tornar parte...".

Dessa vez o barulho ressoou mais alto ainda. Vinha de todos os lados do salão. Alguns membros da plateia tinham ficado de pé e giravam matracas de madeira na ponta de pedaços de pau. Como antes, após alguns instantes de barulho alto e crepitante, eles pararam.

"Saúdo seu entusiasmo, cavalheiros", continuou o secretário. "Mas tenham a bondade de esperar até que..."

O barulho explodiu de novo, e dessa vez não parou mais. Os homens com as matracas — havia talvez uns vinte ou trinta no meio da plateia — avançaram pelos corredores entre os assentos e giraram seus instrumentos com toda a força que tinham, fazendo o máximo de barulho possível. Eram matracas de Purim, Andras viu então — as matracas de madeira usadas na sinagoga durante a leitura da história de Ester toda vez que o nome do vilão Haman aparecia no texto. Andras olhou para Rosen, que também havia compreendido. O secretário bateu com a mão no atril. Os seis homens de ar soturno no palco ficaram em alerta, como se esperassem uma ordem do secretário. Mais homens avançaram, saindo das fileiras de assentos e foram para os corredores do meio, com grandes faixas que desenrolaram e ergueram bem alto para que a plateia pudesse ver. LIGUE INTERNATIONALE CONTRE L'ANTISÉMITISME, dizia uma delas. PAREM OS HITLERISTAS FRANCESES, dizia outra. LIBERTÉ, EGALITÉ, FRATERNITÉ, dizia uma terceira. Os homens que empunhavam as faixas receberam aplausos e um brado furioso da plateia. O magro secretário do presidente ruborizou-se de surpresa e raiva. Rosen soltou um grito, puxou Andras e avançou para o corredor entre as cadeiras, e os dois ajudaram a segurar uma das faixas. Um membro da liga, alto e de ombros largos, com um lenço de pescoço tricolor, levantou um megafone e começou a gritar: "Homens livres da França! Não deixem que esses fanáticos envenenem sua mente!".

O secretário grunhiu uma ordem para os seis jovens de cara soturna e num instante se formou o caos no salão de reuniões. Os assentos ficaram vazios. Alguns membros da plateia puxaram as faixas, outros perseguiram aqueles que portavam as matracas. Os seis homens que leram os ditames da doutrina da organização foram atrás do rapaz que estava com o megafone, mas outros o defenderam formando um anel, enquanto ele continuava a clamar *Fraternité* e *Egalité*. O secretário sumiu atrás da cortina no fundo do palco. Homens empurraram Andras por trás, chutaram seus joelhos, deram cotoveladas em seu peito. Andras não largava a faixa. Erguia a vara bem alto e gritava *Parem os hitleristas franceses*. Rosen não estava mais a seu lado; Andras não conseguia vê-lo na multidão. Alguém tentou tomar a faixa e Andras lutou com o homem; alguém o agarrou pelo colarinho e um murro acertou seu queixo. Ele cambaleou de encontro a uma coluna, cuspiu sangue no chão. À sua volta, em toda parte, homens gritavam e lutavam. Andras abriu caminho à força rumo à saída, tocando nos dentes com a língua e se perguntando se teria de ir ao dentista. No vestíbulo, achou Rosen brigando com um homem enorme e careca, de macacão. Como se quisesse brigar contra o próprio Rosen, Andras segurou-o pela cintura e puxou para trás, com força, o que fez Rosen bater com o ombro numa parede. O homem de macacão, vendo-se com os braços vazios, atirou-se de novo no meio da bagunça geral que reinava no auditório. Andras e Rosen saíram do prédio cambaleantes, cruzaram com bandos de policiais que acudiam às pressas já na porta a fim de pôr termo àquela baderna. Quando os dois conseguiram se desvencilhar da multidão, foram para a Rue de Solférino, e seguiram até o Quai d'Orsay, onde se deixaram cair num banco e respiraram arquejantes.

"Então não éramos os únicos!", disse Rosen, apalpando as costelas com a ponta dos dedos. Andras tocou a parte interna do lábio com a língua. O ponto que os dentes haviam cortado ainda sangrava, mas os dentes em si estavam intactos. Ao som de passos rápidos, Andras ergueu os olhos para ver os membros da liga correndo pela rua, suas faixas balançando ao vento. Alguns homens os perseguiam. E policiais perseguiam esses outros.

"Eu adoraria poder ver a cara daquele secretário de novo", disse Rosen.

"Você se refere ao Secretário do Próprio Presidente?"

Rosen pôs as mãos nos joelhos e riu. Mas então uma ambulância passou correndo pela rua na direção do salão de reuniões, sendo logo seguida por outra. Não demorou muito e passaram mais alguns membros da liga; tinham um aspecto pálido e tenso e arrastavam as faixas pela calçada, segurando os chapéus nas mãos. Andras e Rosen observaram em silêncio. Algo grave tinha acontecido: alguém da liga fora ferido. Andras tirou seu chapéu e colocou-o sobre as pernas, sua adrenalina diluiu-se num horror vazio. Le Grand Occident não era o único grupo daquele tipo; havia dúzias de reuniões semelhantes que ocorriam em toda a Paris naquele exato momento. E se reuniões como aquela ocorriam ali, então o que não devia estar se passando em cidades menos esclarecidas da Europa? Andras ajeitou melhor seu paletó, começando a sentir frio de novo. Rosen ficou de pé; ele também estava calado e sério.

"Coisas muito piores ainda vão acontecer por aqui", ele disse. "Espere só para ver."

No dia seguinte, na Rue de Sévigné, madame Morgenstern e Elisabet ficaram sentadas em silêncio enquanto Andras descrevia os incidentes das últimas quarenta e oito horas. Contou-lhes sobre a avaliação dos trabalhos dos alunos na faculdade e de como seu trabalho perdera pontos na sua própria estima; contou o que havia acontecido na assembleia de recrutamento. Mostrou um recorte de jornal do *L'Oeuvre* daquela manhã e leu-o em voz alta. A matéria descrevia a manifestação interrompida e a confusão generalizada que se seguiu. Cada grupo punha a culpa no outro pelo início da violência: Pemjean aproveitou a oportunidade para destacar a desonestidade e a beligerância do povo judeu e Gérard Lecache, presidente da Ligue Internationale Contre l'Antisémitisme, chamou o incidente de uma manifestação das intenções violentas do Le Grand Occident. O jornal abandonou toda pretensão de objetividade jornalística a fim de elogiar a coragem de macabeus dos membros da liga e acusar o Le Grand Occident de fanatismo, ignorância e barbaridade; dois membros da liga, soube-se depois, foram espancados sem piedade e estavam hospitalizados no Hôtel-Dieu.

"Você podia ter morrido!", disse Elisabet. Seu tom de voz era ácido como de costume, mas por um instante ela dirigiu a Andras um olhar que parecia ser de preocupação sincera. "O que achavam? Que iam enfrentar todos aqueles brutamontes de uma só vez? Trinta de vocês contra duzentos deles?"

"Não fazíamos parte do plano", disse Andras. "Não conhecíamos a LICA, nem sabíamos que eles estariam lá. Quando começaram a fazer barulho, nos juntamos a eles."

"Tolos ridículos, todos vocês", disse Elisabet.

Madame Morgenstern cravou os olhos cinzentos em Andras. "Tome cuidado e não se meta em encrencas com a polícia", ela disse. "Lembre, você é um convidado na França. Não vai querer ser deportado por causa de um incidente como esse."

"Não me deportariam", respondeu Andras. "Não por seguir os ideais franceses."

"Deportariam sim, sem dúvida nenhuma", disse madame Morgenstern. "E isso seria o fim de seus estudos. Faça o que fizer, trate de proteger sua condição aqui. Em primeiro lugar, sua presença na França é uma questão política."

"De todo modo, ele não vai ficar muito tempo aqui", disse Elisabet, pois o instante de preocupação havia passado. "Vai ter de sair da faculdade no final no ano. Os professores acham que não tem talento. Você não ouviu o que ele contou?" Levantou-se com preguiça da cadeira de veludo e andou arrastando os pés rumo ao seu quarto, de onde podiam ouvir os barulhos que fazia enquanto se preparava para sair. Momentos depois reapareceu num vestido verde-oliva e num chapéu de lã preto. Tinha prendido o cabelo em uma trança e passado ruge nas bochechas, formando uma vermelhidão vaidosa. Com um livro de bolso em uma mão e as luvas na outra, Elisabet ficou parada na porta da sala e acenou de leve.

"Não espere por mim", disse para a mãe. Em seguida, como se tivesse lembrado alguma coisa, disparou um olhar de desdém para Andras. "Não precisa vir na semana que vem, Campeão da França", ela disse. "Vou esquiar com Marthe em Chamonix. Na verdade, gostaria que você parasse de vir em definitivo." Jogou a bolsa sobre o ombro e desceu a escada correndo, e os dois ouviram a porta bater e tilintar quando saiu.

Madame Morgenstern baixou a testa e a apoiou na mão. "Por quanto tempo ela vai continuar a ser assim? O que acha? Você não era assim aos dezesseis anos, era?"

"Pior", disse Andras, e sorriu. "Mas eu não morava em casa, portanto mamãe foi poupada."

"Já ameacei mandá-la para um internato, mas ela sabe que não tenho coragem. Nem dinheiro, aliás."

"Bem...", ele disse. "E Chamonix? Por quanto tempo ela vai ficar lá?"

"Dez dias", respondeu madame Morgenstern. "O tempo mais longo que já passou longe de casa."

"Então suponho que só voltarei a ver você em janeiro", disse Andras. Ouviu a si mesmo dizendo aquilo em voz alta — *maga*, o pronome húngaro para *você*, no singular —, mas já era tarde demais e em todo caso madame Morgenstern pareceu não perceber o lapso. Com a desculpa de que estava na hora de ir para o trabalho, Andras se levantou para pegar o casaco e o chapéu no cabide perto da escada. Mas ela o deteve com a mão na manga.

"Está esquecendo o *Spetacle d'Hiver*", ela disse. "Você vai vir, não vai?"

O recital de inverno de suas alunas de balé. Andras sabia que seria na semana seguinte, é claro. Ia ser no teatro Sarah-Bernhardt no fim da tarde de quinta-feira; ele mesmo tinha desenhado os cartazes. Mas não havia pensado em inventar alguma desculpa para não comparecer. Não estava escalado no trabalho naquele horário, pois a peça A *mãe* já estaria interrompida para as férias do Natal. Madame Morgenstern ficou olhando para ele numa expectativa silenciosa, a mão ardendo através do pano do casaco. A boca de Andras era um deserto, suas mãos estavam gélidas de suor. Disse a si mesmo que o convite não significava nada, que combinava perfeitamente com as condições de seu relacionamento: como amigo da família, como possível pretendente de Elisabet, ele podia muito bem ser convidado para ir. Andras conseguiu reunir forças para dar uma resposta afirmativa, disse que seria uma honra, e executaram seu ritual de despedida: o cabide do casaco, suas coisas, a escada, um "até logo" casto. Mas no limiar da porta ela captou seu olhar por um momento mais demorado do que de costume. As sobrancelhas dela se uniram e sua boca tomou uma feição pensativa. Quando ela parecia estar prestes a falar, duas meninas de paletozinhos escolares vermelhos vieram correndo pela calçada, atrás de um cachorrinho; eles tiveram de se separar, e o instante passou. Ela ergueu a mão num gesto de despedida e entrou, fechando a porta atrás de si.

11. Férias de Natal

Naquele ano, em seu estúdio de balé na Rue de Sévigné, Claire Morgenstern lecionara para cerca de noventa e cinco alunas entre oito e catorze anos de idade. Em breve, três alunas entre as mais velhas passariam a ter aulas como profissionais no Ballet Russe de Monte Carlo. Ela estava preparando as crianças para o *Spetacle d'Hiver* já fazia dois meses; as roupas estavam prontas, as jovens bailarinas estavam treinadas para dançar em trajes natalinos e representar cisnes, o cenário que simulava um jardim de inverno já estava pronto. Naquela semana, o cartaz de divulgação de Andras foi colado pela cidade inteira: a silhueta de uma criança em trajes natalinos contra um céu estrelado de inverno ao fundo, uma perna estendida num arabesco, as palavras *Spetacle d'Hiver* seguindo a mão direita erguida, como a cauda de um cometa. Toda vez que via o cartaz — a caminho da faculdade, no muro em frente ao Pombo Azul, na padaria —, Andras ouvia madame Morgenstern. *Você vai vir, não vai?*

Na quarta-feira, na noite do ensaio geral, ele sentiu que não conseguiria esperar mais um dia para vê-la. Chegou ao teatro Sarah-Bernhardt no horário habitual, com um grande bolo de ameixa para pôr na mesa de café. Os bastidores estavam abarrotados de meninas de tule branco e prateado; elas passavam em torrentes à sua volta, como uma nevasca, enquanto ele se esgueirava até o canto onde ficava a mesa de café. Com seu canivete, cortou o bolo de ameixa em pedaços pequenos. Um grupo de meninas em trajes natalinos estava aglomerado junto às cortinas, esperando a hora de entrar em cena. Enquanto passavam na ponta dos pés para sua posição, lançavam olhares cobiçosos para a mesa de café e para o bolo. Andras pôde ouvir um diretor chamando o grupo seguinte de bailarinas. Madame Morgenstern — Klara, como madame Gérard a chamava — não estava em parte nenhuma.

Andras ficou observando dos bastidores as menininhas dançarem balé em seus trajes natalinos. A menina cujo pai tinha chegado tarde da outra vez estava no meio daquele grupo de crianças; quando ela correu de volta para os bastidores depois do número de dança, chamou Andras e mostrou que estava com óculos novos, de hastes curvadas, que ficavam apoiadas atrás da orelha. Não caíam enquanto dançava, explicou a menina. Quando deu uma pirueta no ar para mostrar, Andras ouviu madame Morgenstern rir atrás dele.

"Ah", ela disse. "Os óculos novos."

Andras se permitiu dar um olhar rápido para ela. Estava vestida com roupas de trabalho, o cabelo escuro bem preso junto à cabeça. "Engenhoso", ele disse, tentando manter a voz firme. "Nem saem do lugar."

"Eles saem do lugar quando *eu* quero", disse a menina. "*De noite*, eu tiro os óculos para dormir."

"É claro", disse Andras. "Eu não quis dizer que você usava óculos o *tempo todo*."

A menina voltou os olhos para madame Morgenstern e correu na direção da mesa de café, onde as outras bailarinas infantis devoravam o bolo de ameixa.

"Isso é uma surpresa", disse madame Morgenstern. "Só esperava ver você amanhã."

"Eu trabalho aqui, caso tenha esquecido", disse Andras e cruzou os braços. "Sou o responsável pelo conforto e pela felicidade dos artistas."

"Esse bolo é coisa sua, suponho."

"As meninas parecem não fazer nenhuma objeção."

"Eu faço. Não permito doces nos bastidores." Mas piscou o olho para ele e foi até a mesa pegar um pedaço de bolo para si. Era denso e dourado, com ameixas pequenas partidas ao meio por cima. "Ah", ela disse. "Está muito bom. Não devia ter feito isso. Pelo menos pegue um pouco para você."

"Receio que isso não seria muito profissional."

Madame Morgenstern riu. "Você me apanhou num momento em que estou muito atarefada, receio. Tenho de encaminhar o próximo grupo para o palco." Esfregou as mãos e uma neve feita de migalhinhas douradas caiu. Andras se viu imaginando qual seria o sabor da ameixa nos dedos dela.

"Lamento ter perturbado você", ele disse. Estava pronto para dizer *Agora vou embora*, estava pronto para deixá-la cuidar do ensaio, mas então pensou em seu quarto vazio e nas longas horas que se anunciavam entre aquela noite e a seguinte, e a deserta vastidão de tempo que se estendia para o futuro após a quinta-feira — tempo em que ele não teria nenhum pretexto para visitá-la. Andras ergueu os olhos e fitou os dela. "Tome uma bebida comigo esta noite", ele disse.

Ela teve um pequeno sobressalto. "Ah, não", sussurrou. "Não posso."

"Por favor, Klara. Não vou suportar se você disser não."

Ela esfregou a parte de cima dos braços, como se sentisse um calafrio. "Andras..."

Ele falou de um café, deu um horário. E antes que ela pudesse dizer não de novo, Andras deu as costas e seguiu pelos bastidores até sair para a noite branca de dezembro.

O Café Bédouin era um lugar escuro; os estofados de couro estavam rachados, as cortinas de veludo, desbotadas pela idade. Por trás do balcão havia fileiras de garrafas de vidro lapidado empoeiradas, relíquias de uma era de bebidas que já ficara para trás. Andras chegou lá uma hora antes do horário marcado, já perturbado pela impaciência, sem acreditar no que havia feito. Teria de fato pedido que ela fosse tomar uma bebida com ele? Teria chamado madame Morgenstern pelo primeiro nome, na forma húngara que sugeria intimidade? Teria de fato falado com ela como se seu sentimento fosse algo aceitável e pudesse até ser correspondido? O que ele esperava que acontecesse agora? Se ela viesse, seria apenas para confirmar que Andras havia agido de forma inadequada e talvez para lhe dizer que não poderia mais admitir que ele fosse à sua casa nas tardes de domingo. Ao mesmo tempo, o rapaz tinha certeza de que fazia semanas que ela sabia de seus sentimentos, talvez soubesse desde o dia em que patinaram juntos no Bois de Vincennes. Estava na hora de serem honestos um com o outro; talvez estivesse na hora de confessar que havia trazido da Hungria a carta da mãe dela. Andras olhava para a porta fixamente, como se quisesse arrancar suas dobradiças. Toda vez que uma mulher entrava, ele pulava da cadeira. Sacudia o relógio de bolso de seu pai a fim de se certificar de que nada estava solto, dava corda de novo para garantir que não perderia a hora. Passou meia hora, depois mais meia hora. Ela estava atrasada. Andras olhou para seu copo de uísque vazio e se perguntou por quanto tempo poderia ficar sentado naquele bar sem pedir mais uma bebida. Os garçons passavam, lançando olhares solícitos em sua direção. Ele pediu mais um uísque e bebeu, debruçado sobre seu copo. Nunca se sentira mais desesperado nem mais absurdo. Então, por fim, a porta abriu outra vez e ela surgiu na sua frente, com seu chapéu vermelho e seu casaco cinza e justo, sem fôlego, como se tivesse corrido todo o percurso desde o teatro até lá. Ele saltou da cadeira.

"Fiquei com medo de chegar tarde", ela disse, e deu um suspiro de alívio. Tirou o chapéu e deslizou na banqueta à sua frente. Estava com um paletó de gabardine apertado, fechado no colarinho com um bonito alfinete de prata em forma de harpa.

"Você demorou", disse Andras, sentindo o uísque em sua cabeça como um enxame de abelhas.

"O ensaio terminou há dez minutos! Você saiu correndo antes que eu pudesse dizer a que horas podia chegar."

"Fiquei com medo de que fosse me dizer que não me veria."

"Pois você tem toda a razão. Eu nem deveria estar aqui."

"Então por que veio?" Ele estendeu a mão sobre a mesa para segurar a dela. Os dedos de Klara estavam gelados, mas ela não deixou que Andras os aquecesse. Retirou a mão e ficou vermelha por trás da gola do paletó.

O garçom apareceu para pegar seus pedidos, na esperança de que o jovem fosse gastar mais dinheiro agora que sua amiga havia chegado. "Bebi um pouco de uísque", ele disse. "Tome um comigo. É a bebida dos astros do cinema americano."

"Não estou com vontade", ela disse. Pediu um brunelle e um copo de água. "Não posso ficar", disse, quando o garçom se afastou. "Só uma bebida, depois vou embora."

"Tenho uma coisa para contar a você", disse Andras. "Por isso quis que viesse."

"O que é?", ela perguntou.

"Em Budapeste, antes de partir, encontrei uma mulher chamada Elza Hász."

O rosto de madame Morgenstern ficou sem cor. "E então?", disse.

"Fui à casa dela na Benczúr Utca. Ela havia me visto no banco trocando *pengő* por francos e queria mandar uma caixa para seu filho em Paris. Havia uma outra mulher, mais velha, que me pediu para trazer outra coisa. Uma carta para C. Morgenstern, na Rue de Sévigné. A respeito de quem eu não devia indagar."

Madame Morgenstern ficou tão pálida que Andras achou que fosse desmaiar. Quando o garçom voltou um momento depois com as bebidas, ela ergueu o brunelle e esvaziou metade do copo de uma só vez.

"Acho que você é Klara Hász", ele disse, baixando a voz. "Ou foi. E a mulher que conheci é sua mãe."

A boca de Klara tremeu e ela lançou um olhar para a porta. Por um momento deu a impressão de que fugiria. Em seguida afundou de novo na cadeira e uma imobilidade tensa dominou seu corpo. "Está certo", ela disse. "Conte o que sabe e o que quer." Sua voz tinha minguado até um sussurro; acima de tudo, parecia ter medo.

"Não sei de nada", ele disse, e tentou de novo segurar sua mão. "Não quero nada. Só queria contar a você o que aconteceu. Como é estranha essa coincidência. E eu queria que você soubesse que conheci sua mãe. Sei que vocês não se veem há anos."

"E trouxe a caixa para meu sobrinho József?", ela disse. "Falou com ele sobre tudo isso? Sobre mim?"

"Não, nem uma palavra."

"Graças a Deus", ela disse. "Você não pode fazer isso, compreende?"

"Não", respondeu. "Não compreendo. Não sei o que nada disso significa. Sua mãe implorou para que eu não falasse com ninguém sobre a carta, e não falei. Ninguém sabe. Ou quase ninguém. Na verdade, mostrei para meu irmão quando cheguei em casa, vindo da sua mãe. Ele achou que era uma carta de amor."

Klara deu um suspiro triste. "Uma carta de amor! Bem, acho que era mesmo isso, de certo modo."

"Eu gostaria que me contasse do que se trata."

"É um assunto particular. Lamento que tenha sido envolvido nisso. Não posso fazer contato direto com minha família em Budapeste e eles não podem enviar nada diretamente para mim. József não pode saber que estou aqui. Tem certeza de que não contou nada para ele?"

"Absolutamente nada", disse Andras. "Sua mãe mencionou isso de forma bem específica."

"Lamento fazer tamanho drama dessa questão. Mas é muito importante que você compreenda. Coisas terríveis aconteceram em Budapeste quando eu era mais nova. Agora estou a salvo, mas apenas se ninguém souber que estou aqui ou quem eu era antes de vir para cá."

Andras repetiu seu juramento. Se o seu silêncio iria protegê-la, ele ficaria calado. Se ela pedisse para ele assinar um juramento com sangue sobre o mármore cinzento da mesinha do bar, pegaria uma faca e faria aquilo na mesma hora. Em vez disso, ela terminou a bebida sem dizer nada, sem fitá-lo nos olhos. Andras viu a harpa prateada tremer em seu pescoço.

"Como estava minha mãe?", ela perguntou afinal. "O cabelo dela está grisalho?"

"Tem manchas grisalhas", respondeu Andras. "Ela estava de vestido preto. É uma mulher miúda, como você." Andras contou algumas coisas sobre a visita — como era a casa, o que sua cunhada dissera. Não falou a respeito da mágoa da mãe, da expressão de tristeza arraigada que tinha ficado em sua memória durante todo aquele tempo. Que benefício poderia trazer? Mas contou algumas coisas sobre József Hász — como arranjara um lugar para Andras ficar quando chegou à cidade e como lhe dera conselhos sobre o tipo de vida que se levava no Quartier Latin.

"E quanto a György?", ela perguntou. "O pai de József?"

"Seu irmão."

"Isso mesmo", ela disse, em voz baixa. "Você esteve com ele também?"

"Não", respondeu Andras. "Fiquei lá durante uma hora mais ou menos, no meio do dia. Ele devia estar no trabalho. Pelo aspecto da casa, porém, eu diria que está bem de vida."

Klara pôs a mão na testa. "É muito difícil assimilar tudo isso. Creio que por ora já é o bastante", ela disse. "Acho melhor ir embora." Mas quando se levantou a fim de vestir o casaco, oscilou e segurou a beirada da mesa com a mão.

"Você ainda não comeu nada, não é?", disse Andras.

"Preciso ficar num lugar silencioso."

"Há um restaurante..."

"Um restaurante não."

"Moro a poucos quarteirões daqui. Vamos tomar uma xícara de chá. Depois eu a levo para casa."

E assim foram para sua água-furtada, subiram a escada de madeira rumo ao último andar do número 34 da Rue des Écoles, até chegarem ao seu quarto frio e simples. Andras lhe ofereceu a cadeira da escrivaninha, mas ela não quis sentar. Ficou parada no meio do quarto e olhou para a rua lá embaixo, para o Collège de France do outro lado da rua, em cuja escadinha os vagabundos sempre ficavam sentados à noite, mesmo com o tempo mais gelado. Um deles estava tocando uma gaita; a música fazia Andras pensar nas vastas pradarias que via em filmes americanos no pequeno cinema em Konyár. Enquanto Klara ficou escutando a música, ele acendeu o fogo, torrou uns pedaços de pão e esquentou água para o chá. Só tinha um copo — o vidro de geleia que usava desde a primeira manhã naquele apartamento. Mas tinha alguns cubinhos de açúcar, surrupiados do açucareiro do Pombo Azul. Entregou o copo para Klara e ela mexeu o chá com a única colher que ele tinha. Andras gostaria que ela falasse, gostaria que revelasse o terrível segredo de seu passado, qualquer que fosse. Não era capaz de adivinhar os detalhes de sua história, mas desconfiava que devia ter alguma relação com Elisabet: uma gravidez acidental, um amante ciumento, pais raivosos, uma vergonha inconfessável.

Uma corrente de ar se infiltrava pelo batente mal encaixado da janela e Klara tremia. Devolveu-lhe o copo de chá. "Tome um pouco também", ela disse. "Antes que esfrie."

A garganta de Andras se contraiu num espasmo de emoção. Pela primeira vez ela o tratara pelo familiar *te*, em vez do formal *maga*. "Não", ele disse. "Fiz para você." Para você: *te*. Ofereceu o copo de novo a ela, que fechou as mãos em torno da mão dele. O chá tremeu entre os dois. Ela pegou o copo e colocou-o no parapeito da janela. Em seguida avançou na direção dele, pôs os braços em torno de sua cintura, afundou a cabeça morena embaixo de seu queixo. Andras ergueu a mão para acariciar as costas dela, sem acreditar em sua sorte, em dúvida se aquela intimidade tinha sido obtida de forma lícita, se não era fruto da revelação que fizera e das emoções conturbadas de Klara. Mas quando ela estremeceu junto a ele, parou de pensar no que os havia conduzido àquele momento. Deixou sua mão descer pela curva das costas de Klara, permitiu-se traçar a arquitetura de sua espinha. Ela estava tão perto que ele podia sentir o sobressalto de suas costelas na hora em que Klara respirou mais fundo; um segundo depois ela se afastou, balançou a cabeça.

Andras ergueu as mãos, rendendo-se. Mas ela já estava pegando de volta seu casaco no gancho, enrolando sua echarpe no pescoço, colocando na cabeça seu chapéu vermelho em forma de sino.

"Desculpe", ela disse. "Tenho de ir embora. Desculpe."

Às sete horas da noite do dia seguinte, Andras foi assistir ao *Spetacle d'Hiver.* O teatro Sarah-Bernhardt estava repleto com as famílias das bailarinas, uma multidão agitada e ruidosa. Todos os pais tinham levado buquês de flores atados com fitas para suas filhas. Os corredores entre as poltronas estavam enfeitados com grinaldas de abetos e o teatro cheirava a rosas e pinheiro. O aroma pareceu despertá-lo da névoa em que vivia desde a noite anterior. Klara estava nos bastidores; dali a duas horas ele a veria.

Violinos começaram a tocar no poço da orquestra e a cortina subiu para revelar seis meninas vestidas em colantes brancos e saiotes de tule de pontas denteadas. Pareciam levitar acima das pranchas prateadas do assoalho, seus movimentos eram precisos como um sonho. Era a maneira como *ela* se movia, pensou Andras. Ela havia inoculado sua exatidão, sua fluidez, naquelas meninas, nos vasos em formação de seus corpos. Andras teve a impressão de que tinha sido arrebatado por um sonho estranho; algo pareceu ter se rompido dentro dele na noite anterior. Não tinha a menor ideia de como se comportar numa situação como aquela. Nada em sua vida o havia preparado para aquilo. Também não conseguia imaginar o que ela poderia estar pensando — o que devia estar pensando sobre ele agora, depois que a havia tocado daquele modo. Ele gostaria de correr para os bastidores do teatro naquele instante e pôr o assunto em pratos limpos, não importava o que fosse acontecer depois.

Mas no intervalo, quando ele de fato poderia ir aos bastidores, foi colhido por uma onda de pânico tão profunda e tão fria que mal conseguia respirar. Desceu para o térreo, foi ao banheiro masculino, onde se fechou numa cabine do sanitário e tentou desacelerar a pulsação. Encostou a testa na parede fria de mármore. As vozes dos homens à sua volta produziam um efeito reconfortante; eram pais, soavam como pais. Podiam quase imaginar que, quando saísse dali, seu próprio pai estaria à sua espera. Béla Sortudo, embora parcimonioso nas palavras e nos conselhos, diria a ele o que fazer. Mas, quando saiu, ninguém que conhecesse o aguardava; estava sozinho em Paris e Klara estava no primeiro andar.

As luzes piscaram a fim de avisar que o intervalo estava chegando ao final. Ele subiu e tomou seu lugar outra vez, na hora em que o teatro ficou escuro. Houve alguns momentos de sussurros e então luzes azuis brilharam na ribalta; uma série de notas frias e agudas dos instrumentos de sopro, feitos de madeira, ergueu-se do poço da orquestra e os flocos de neve surgiram para dar início à sua dança. Andras sabia que Klara estava parada logo atrás da cortina à esquerda do palco. Era ela quem dava o sinal para os músicos começarem a tocar. As meninas dançaram com perfeição e cederam lugar a meninas mais altas, e depois vieram meninas mais altas ainda, como se as mesmas meninas estivessem crescendo durante os instantes em que as luzes ficavam apagadas. Mas ao final do espetáculo todas vieram ao palco para agradecer aos aplausos e chamaram sua professora.

Ela surgiu no palco num vestido preto simples, uma dália vermelha e laranja presa atrás da orelha, como uma menina numa pintura de Mucha. Primeiro fez uma reverência para as bailarinas, depois para a plateia. Fez um sinal de agradecimento para os músicos e para o maestro. Em seguida sumiu nos bastidores de novo, deixando que as meninas colhessem a glória dos chamados para que voltassem ao palco para receber mais aplausos.

Andras sentiu a volta de seu pânico, ouviu passos de mil pés se aproximando. Antes que o pânico se apoderasse dele outra vez, esgueirou-se para fora da fileira de poltronas onde estava e correu para os bastidores, onde Klara estava cercada por uma massa de meninas de ruge no rosto e saiotes de tule. Ele não conseguiu se aproximar dela. Mas Klara parecia estar à sua procura ou à procura de alguém em particular; ela deixou o olhar vagar por cima das cabeças das meninas e se mover na direção das extremidades escuras dos bastidores. Seus olhos passaram por Andras com um tremor esvoaçante e voltaram por um momento. Ele não foi capaz de saber se o sorriso dela havia se toldado naquele exato momento ou se havia imaginado aquilo. Em todo caso, ela o viu. Andras tirou o chapéu e ficou torcendo a aba entre os dedos até que a multidão à volta de Klara começou a diminuir. Quando os pais correram para os bastidores a fim de levar os buquês para as filhas, Andras praguejou contra si mesmo por não ter trazido flores. Viu que muitos pais levavam flores para Klara também. Ela teria de levar um caminhão de flores para casa, mas nenhuma dele. O pai da bailarina de óculos, a pequenina Sophie, levou um buquê de flores especialmente grande para a madame — rosas vermelhas, notou Andras. Viu Klara rejeitar cordialmente os convites incontáveis para jantares de comemoração; alegava estar exausta e precisar de repouso. Demorou quase uma hora para que todas as meninas fossem embora com suas famílias, deixando Klara e Andras sozinhos nos bastidores. Ele havia torcido seu chapéu a ponto de estar completamente deformado àquela altura. Os braços dela estavam repletos de flores: Andras não podia abraçá-la nem sequer tocar sua mão.

"Você não precisava esperar", ela disse, dirigindo a ele um meio sorriso de repreensão.

"Você ganhou muitas flores", foi o que conseguiu dizer.

"Já jantou?"

Não tinha jantado e assim respondeu. Na sala de objetos de cena, Andras achou um cesto para as flores. Encheu-o e cobriu-o com um pano para proteger as rosas do frio. Quando ajudou a mulher a vestir o casaco, recebeu um olhar curioso de Pély, o zelador, que já havia começado a varrer a neve de lantejoulas e pétalas de rosa. Andras ergueu o chapéu em sinal de despedida e os dois saíram pela porta dos fundos.

Ela segurou o braço dele enquanto caminhavam e deixou que Andras a levasse para um bar discreto perto da Bastilha. Era um lugar por onde havia passado muitas vezes em suas andanças por Paris; chamava-se Aux Marocaines. Nas mesinhas baixas havia tigelas verdes de vagem de cardamomos. Nas paredes, prateleiras de madeira exibiam peças de cerâmica marroquina. Tudo parecia construído em escala reduzida, como se feito sob medida para Klara. Ali Andras podia pagar um jantar para ela, mas não com muita fartura; uma semana antes, tinha recebido um bônus de Natal de monsieur Novak.

Um garçom de fez na cabeça sentou os dois ombro a ombro numa mesa de canto. Havia pão árabe e hidromel, uma posta de peixe grelhado, legumes cozidos numa tigela de barro. Enquanto comiam, conversaram apenas sobre o espetáculo e sobre Elisabet, que partira com Marthe para Chamonix; conversaram sobre o trabalho de Andras e sobre suas provas, nas quais fora aprovado com nota máxima. Mas Andras estava o tempo todo ciente do calor e do movimento de Klara a seu lado, e do braço dela que roçava no seu. Quando ela bebia, Andras observava seus lábios tocarem a borda do copo. Não conseguia parar de olhar para a curva dos seus seios por baixo do vestido justo.

Após o jantar, tomaram um café forte acompanhado por pequeninos *macaroons* cor-de-rosa. No entanto, nenhum dos dois mencionou o que havia acontecido na noite anterior — nem a conversa sobre a família de Klara nem o que se passara entre eles mais tarde. Uma ou duas vezes, Andras pensou ver uma sombra deslizar sobre as feições dela; esperou que ela o repreendesse, dissesse que preferia que ele jamais tivesse lhe contado que havia conhecido sua mãe e sua cunhada, ou que não tinha a intenção de criar nele uma impressão errada. Como não fez nada disso, Andras começou a se perguntar se Klara queria que os dois fingissem que nada havia ocorrido. No final da refeição, ele pagou a conta, apesar dos protestos dela; ajudou a mulher a vestir o casaco e caminharam juntos rumo à Rue de Sévigné. Andras carregava o cesto pesado cheio de flores e pensou no buquê ridículo que tinha levado no primeiro almoço dominical. Como ignorava o que estava prestes a suceder com ele, como estava despreparado para tudo o que havia experimentado desde então — o choque da atração, o tormento da proximidade dela nas tardes de domingo, o prazer culpado de sua familiaridade cada vez maior e depois aquele momento inconcebível na noite anterior, quando ela fechou as mãos em torno das dele, quando pôs os braços em volta de sua cintura e encostou a cabeça em seu peito. E agora, o que ia acontecer? A noite já estava quase no fim. Estavam quase chegando à casa dela. Uma neve ligeira começou a cair na hora em que dobraram a esquina da rua dela.

Na porta de casa, os olhos de Klara pareceram tristes de novo. Ela se inclinou na direção da porta e suspirou, olhando para baixo, na direção das rosas. "Engraçado", ela disse. "Há anos que apresentamos o espetáculo de inverno em dezembro, e toda vez, depois que termina, eu me sinto deste mesmo jeito. Como se não houvesse mais nada para desejar na vida. Como se *tudo* tivesse terminado." Sorriu. "Dramático, não é?"

Andras suspirou fundo. "Lamento se... na noite passada...", começou.

Ela o deteve com um meneio da cabeça e lhe disse que não havia de que se desculpar.

"Eu não devia ter perguntado a respeito da sua família", ele disse. "Se você quisesse falar do assunto, teria feito isso por iniciativa própria."

"Provavelmente não", ela disse. "Já se tornou um hábito para mim manter tudo em segredo." Balançou a cabeça outra vez e Andras experimentou a volta de uma lembrança do início de sua infância — uma noite que ele passara escondido num bosque, enquanto seu irmão Mátyás estava deitado, na cama, gravemente enfermo, com febre alta. Tinham chamado um médico, aplicaram compressas, deram remédios, nada produzia efeito; a febre subia sem parar e todos pareciam acreditar que Mátyás morreria. Enquanto isso, Andras estava escondido no bosque, nos galhos de uma macieira, com seu terrível segredo: ele mesmo tinha transmitido aquela febre, ao brincar com Mátyás, depois de a mãe ter dito que devia ficar afastado do irmão a todo custo. Se Mátyás morresse, seria culpa dele. Nunca na vida se sentira tão solitário. Ele tocou o ombro de Klara e sentiu-a estremecer.

"Você está com frio", ele disse.

Ela balançou a cabeça. Em seguida pegou a chave na bolsinha e colocou na fechadura para abrir a porta. Mas a mão dela começou a tremer. Klara virou-se para Andras e ergueu o rosto. Ele baixou a cabeça na sua direção e roçou os lábios no canto da boca de Klara.

"Entre", ela disse. "Só um momento."

O sangue de Andras palpitava em suas têmporas e ele entrou logo atrás dela. Passou a mão em volta da sua cintura e puxou-a para si. Klara ergueu os olhos para ele, seus olhos estavam molhados, e em seguida Andras levantou-a e beijou-a. Fechou a porta com a outra mão. Segurou-a. Abraçou-a de novo. Tirou seu casaco fino, desabotoou os botões pretos e lustrosos do casaco dela, tirou-o de seus ombros. Ficou parado no corredor junto com ela e beijou-a várias vezes — primeiro a boca, depois o pescoço, na beira do vestido, depois o vão entre os seios. Desamarrou a fita de seda preta na cintura de Klara. O vestido caiu em torno de seus pés, numa poça escura, e lá estava ela à sua frente, de combinação cor-de-rosa e malha de balé, a dália vermelha e laranja presa ao cabelo. Andras enfiou as mãos nos cachos castanhos dela e puxou-a para mais perto. Klara o beijou de novo e enfiou a mão por baixo de sua camisa. Andras ouviu a si mesmo pronunciando o nome dela; tocou de novo a fileira de contas de sua espinha, a curva de seus quadris. Ela se esticou junto dele. Não podia ser verdade; era verdade.

Os dois subiram para o primeiro andar, seguiram rumo ao quarto de Klara. Ele iria se lembrar daquilo enquanto vivesse: a maneira desajeitada como atravessaram a porta, sua permanente certeza de que Klara mudaria de ideia a qualquer momento, sua incredulidade quando ela puxou a anágua cor-de-rosa por cima da cabeça. O trabalho rápido que ela executou ao soltar as alças que prendiam as meias de Andras, suas meias mal remendadas, suas roupas de baixo surradas até quase a transparência. As curvas rasas do corpo de bailarina de Klara, a prega elegante de seu umbigo, a sombra entre suas pernas. O abraço frio da cama, a cama de Klara. A suavidade de sua pele. Seus seios. A certeza de Andras de que tudo aquilo terminaria num lampejo constrangedor, no instante em que ela o tocasse com suas mãos; sua desvairada concentração quando ela o fez. A palavra *baiser* em sua mente. A insuportável emoção de poder tocar Klara. O choque do calor dentro dela. Tudo poderia acabar ali, naquele instante — a cidade de Paris, o mundo, o universo —, e ele nem se importaria, morreria feliz, não poderia encontrar outro paraíso maior nem mais inundado de luz.

Depois, ficaram deitados na cama e ela olhava para o teto, para seu desenho de flores e folhas prensadas. Virou-se de lado e colocou a mão sobre o peito de Andras. Um torpor aveludado prendia-o na cama, sua cabeça sobre o travesseiro dela. O perfume de Klara estava no cabelo de Andras, em suas mãos, em toda parte.

"Klara", ele disse. "Será que morri? Você continua aqui?"

"Continuo aqui, sim", ela disse. "Você não morreu."

"O que vamos fazer agora?"

"Nada", respondeu. "Vamos apenas ficar deitados por um tempo."

"Está certo", ele disse, e ficou deitado.

Após alguns minutos, Klara retirou a mão do peito dele e rolou para o lado, depois saiu da cama e foi para o corredor. Em seguida, Andras ouviu o barulho de água corrente e o chiado de um aquecedor a gás. Quando reapareceu na porta do quarto, ela estava de roupão.

"Venha tomar um banho", ela disse.

Klara não teve de pressioná-lo. Andras a seguiu para dentro do banheiro de azulejos brancos, onde a água fumegava na banheira de porcelana. Ela deixou o roupão tombar no chão e entrou na água, enquanto Andras ficava parado, olhando, mudo. Poderia ter ficado ali parado a noite inteira enquanto ela tomava seu banho. A imagem de Klara ficou gravada a fogo em suas retinas: os seios pequenos e altos; as asas dos quadris; a lisura de seu abdômen. E agora, sob a luz elétrica do banheiro, Andras via algo que não percebera antes: uma cicatriz em forma de meia lua, com ligeiras marcas de pontos de costura, logo acima do formoso triângulo castanho de seus pelos. Andras avançou para tocá-la. Deslizou a mão em seu abdômen, percorreu a cicatriz e esfregou-a com os dedos.

"Ela foi um parto difícil", disse Klara. "Uma cesariana. Era grande demais para mim, já na época."

Andras teve uma visão espontânea de Klara aos quinze anos de idade, esticada sobre uma mesa de metal. A imagem atingiu-o como um trem. Seus joelhos pareceram se desfazer e ele teve de se apoiar na parede.

"Entre junto comigo", ela disse, e estendeu a mão. Andras entrou na banheira e afundou na água. Ela pegou a esponja e lavou-o inteiro; colocou xampu nas mãos e massageou o topo da cabeça de Andras. Em seguida, fizeram amor de novo, devagar, dentro da banheira; ela ensinou como tocá-la e Andras concluiu que sua vida estava terminada, que nunca mais ia querer fazer outra coisa. Em seguida, lavou cada centímetro de seu corpo, como ela o havia lavado, e depois voltaram trôpegos para a cama.

Nada na vida de Andras o havia preparado para imaginar que uma série de dias poderiam ser vividos da forma como os dois passaram os dez seguintes. Mais tarde, nos momentos sombrios dos anos que seguiram, ele recordaria muitas e muitas vezes aqueles momentos, lembrando que, se morresse e a morte o levasse para o silêncio sem forma e não para alguma outra vida mais luminosa, teria pelo menos passado aqueles dias em companhia de Klara Morgenstern.

A peça de Brecht tinha parado para as festas de Natal; Elisabet ficaria em Chamonix até o dia 2 de janeiro. O ateliê da faculdade estava fechado; as aulas só recomeçariam depois do Ano-Novo; os amigos de Andras tinham ido para suas casas. A sra. Apfel estava no sítio de sua nora em Aix-en-Provence. Até os cartazes que anunciavam reuniões contra os judeus desapareceram das ruas. Em todas as horas do dia, as ruas estavam cheias de gente que fazia compras ou passava a caminho de festas. Klara fora convidada para uma porção delas, mas cancelou todos os compromissos. Andras foi ao seu sótão pegar algumas peças de roupa e seus cadernos de desenho, trancou a porta ao sair e mudou-se para a Rue de Sévigné.

Saíram numa expedição para reunir provisões: batatas para fazer panquecas, frango assado, pão, queijo, vinho, um bolo enfeitado com groselhas.

Numa loja de música na Rue Montmartre, compraram discos por cinco francos cada, operetas cômicas, jazz americano e balés. Com os braços cheios e os bolsos vazios, voltaram para o apartamento de Klara e fixaram residência. O Chanucá começava naquela noite. Fizeram panquecas de batata, encheram a cozinha com o cheiro forte de óleo quente e acenderam velas. Fizeram amor na cozinha, no quarto e, uma vez, de forma desajeitada, na escada. No dia seguinte foram patinar em outro lago congelado, o que ficava no Bois de Boulogne, onde era improvável serem vistos por pessoas conhecidas. Os patinadores no parque vestiam roupas de cores vistosas contra o fundo cinzento da tarde; havia uma faixa assinalada no meio da pista de gelo onde os mais audazes podiam executar suas piruetas. Andras e Klara patinaram até seus lábios ficarem azuis de frio. Toda noite tomavam banho juntos; toda manhã acordavam e faziam amor. Andras recebeu uma espantosa educação nas maneiras como um ser humano pode obter prazer. À noite, quando acordava e pensava em Klara, admirava-se de poder se virar e se enrolar nela. Ele a surpreendia com seus conhecimentos de culinária, adquiridos de tanto observar a mãe. Sabia fazer *palacsinta*, panquecas finas de ovos com recheio de chocolate, maçã ou geleia; sabia fazer *paprikás burgonya* e *spaetzle*, e também repolho roxo com sementes de cominho. À tarde, dormiam juntos e esplendidamente. Faziam amor no meio do dia sobre a cama branca de Klara, enquanto a chuva gelada caía lá fora. Faziam amor tarde da noite no estúdio de balé, sobre tapetes que tinham trazido do primeiro andar. Certa vez, a caminho de casa, voltando de um bar, fizeram amor encostados no muro de um beco.

Comemoraram o Ano-Novo na Bastilha, com milhares de parisienses entusiasmados. Depois beberam uma garrafa de champanhe na sala de estar, comeram um banquete de patê frio, pão, queijo e picles. Nenhum dos dois queria dormir, cientes de que o dia seguinte seria o último daquela série de dias inacreditáveis. Quando amanheceu, em vez de irem para a cama, vestiram os casacos e chapéus e foram caminhar na margem do rio. O sol lançava sua luz dourada sobre os arcos da catedral de Notre-Dame; as ruas estavam cheias de táxis que levavam foliões sonolentos para casa. Os dois sentaram num banco no jardim na extremidade esquerda da Île St.-Louis e beijaram as mãos geladas um do outro. Andras desencavou da memória um poema de Marot que aprendera com o professor Vago:

D'Anne qui luy jecta de la Neige

Anne (par jeu) me jecta de la Neige
Que je cuidoys froide certainement;
Mais estoit feu, l'experience en ay-je;
Car embrasé je fuz soubdainement.
Puis que le feu loge secretement
Dedans la Neige, où trouveray je place
Pour n'ardre point? Anne, ta seule grace
Estaindre peult le feu que je sens bien,
Non point par Eau, par Neige, ne par Glace,
Mais par sentir un feu pareil ao mien.

E quando Klara protestou contra o francês do século XVI depois de uma noite sem dormir e de muitas bebidas, Andras sussurrou outra versão no ouvido dela, uma tradução espontânea para o húngaro daquela ardente troca de palavras entre o poeta Marot e sua namorada: brincando, Anne jogara neve nele, e estava fria, é claro. Mas o que ele sentia era calor, porque se viu nos braços dela. Se o fogo se abrigava na neve em segredo, como poderia ele não se queimar? Apenas a clemência de Anne podia controlar a chama. Não com água, neve ou gelo, mas com um fogo igual ao dele.

Quando Andras acordou naquela tarde, Klara dormia profundamente a seu lado, com o cabelo emaranhado sobre o travesseiro. Ele se levantou, vestiu a calça, lavou o rosto. A cabeça latejava. Limpou os restos do piquenique da noite anterior na sala de estar, fez café na cozinha, bebeu uma xícara de café puro devagar e esfregou as têmporas. Queria que Klara acordasse, estivesse com ele, mas não queria acordá-la. Então encheu mais uma xícara e vagou pelo apartamento sozinho. Atravessou a sala de jantar, onde haviam almoçado juntos pela primeira vez; atravessou a sala de estar, onde ele a vira pela primeira vez. Deu uma longa olhada no banheiro, com seu prodigioso aquecedor de água a gás, onde os dois passaram longas horas tomando banho. Por fim, no corredor, fez uma pausa diante do quarto de Elisabet. As viagens dos dois pela casa nunca os conduziam para lá, mas dessa vez ele abriu a porta. O quarto dela era espantosamente arrumado; os vestidos pendiam num cabide dentro do guarda-roupa aberto. Dois pares de sapatos marrons estavam dispostos embaixo: um caramelo, à esquerda, e um castanho, à direita. Na gaveta, havia uma caixinha de música feita de madeira, com tulipas pintadas na tampa. Um pente de prata estava de pé, fincado entre as cerdas de uma escova prateada. Um frasco de perfume vazio reluzia com uma cor amarelo-esverdeada. Ele abriu a gaveta de cima da penteadeira; roupas íntimas de algodão cinza. Alguns lenços. Algumas fitas de cabelo desgastadas. Uma régua de calcular quebrada. Um tubo de epóxi quase todo gasto, apertado e enrolado até a boca. Seis cigarros envoltos numa tira de papel.

Fechou a gaveta e sentou-se na pequena cadeira de madeira junto à cama. Observou a colcha amarela, a boneca de pano que vigiava o quarto em silêncio, e pensou como Elisabet ficaria furiosa se soubesse o que havia acontecido durante sua ausência. Embora houvesse um leve toque de triunfo no sentimento, havia também uma sensação de medo; caso descobrisse, Andras sabia que Elisabet não apoiaria aquilo. Andras não sabia que efeito sua raiva podia produzir na mãe, mas pelo menos sabia que o vínculo entre as duas era muito mais forte do que a tênue ligação entre Klara e ele. A cicatriz no abdômen de Klara fazia Andras se lembrar daquilo toda vez que faziam amor.

Virou-se, saiu do pequeno quarto e foi ao encontro de Klara, que estava deitada, dormindo, na cama desfeita. Tinha abraçado o travesseiro dele. Estava nua, as pernas emboladas no edredom. Sob a luz prateada da tarde de inverno no norte, Andras pôde ver os vincos nos cantos dos olhos dela, os ligeiros sinais da idade. Ele a amava, desejava, e sentiu-se de novo excitado diante da imagem dela. Sabia que estava disposto a dar a vida para protegê-la. Queria levá-la para Budapeste e curar qualquer ferida terrível que tivesse sido feita lá, vê-la entrar na sala daquela casa na Benczúr Utca e pôr as mãos de Klara nas mãos da mãe dela. Os olhos de Andras arderam com a ideia de que ele tinha apenas vinte e dois anos, era um mero estudante, incapaz de fazer qualquer coisa de peso em favor dela. A vida que os dois levaram durante aqueles dez dias não era real. Não tinham trabalhado, não tinham se preocupado com ninguém a não ser consigo mesmos, não tiveram nenhuma necessidade séria de dinheiro. Mas dinheiro era um eterno tormento para ele. Levaria anos até que tivesse uma renda estável. Caso seus estudos corressem conforme o planejado, demoraria quatro anos e meio para se tornar arquiteto. E já vivera bastante e havia encarado dificuldades de sobra para saber que as coisas raramente corriam conforme o planejado.

Tocou-a no ombro. Ela abriu os olhos acinzentados e fitou-o. "O que foi?", perguntou. Sentou-se e segurou o edredom junto ao corpo. "O que aconteceu?"

"Não aconteceu nada", respondeu Andras, e sentou-se a seu lado. "Eu estava pensando no que vai acontecer depois."

"Ah, Andras", ela disse e sorriu com ar sonolento. "Isso não. É o assunto de que eu menos desejo falar no momento."

Era assim que acontecia, toda vez que algum dos dois trazia à tona o tema da semana, ou pouco mais que isso, que havia passado; eles tinham posto o assunto de lado, deixaram que fosse levado para longe, enquanto eles mesmos eram levados por mais uma série de prazeres. Era uma coisa muito fácil de fazer; a vida real se tornara muito menos real do que a que levavam juntos, na Rue de Sévigné. Mas agora o prazo estava quase esgotado. Não podiam mais se esquivar do assunto.

"Temos mais seis horas", ele disse. "Depois disso, nossas vidas vão recomeçar."

Ela deslizou os braços em torno dele. "Eu sei."

"Quero ter tudo com você", disse Andras. "Uma vida de verdade. Só Deus sabe! Quero ter você ao meu lado de noite, toda noite. Quero ter um filho com você." Ele ainda não tinha dito aquelas coisas em voz alta; podia sentir o sangue afluindo para sua pele no momento em que falava.

Klara ficou calada por um longo tempo. Baixou os braços, recostou-se nos travesseiros, colocou a mão na dele. "Já tenho uma filha", disse.

"Elisabet não é uma criança." Mas aqueles sapatos vulneráveis embaixo do armário... A caixinha pintada na penteadeira... Os cigarros escondidos...

"Ela é minha filha", disse Klara. "É o motivo pelo qual vivi esses dezesseis anos. Não posso começar outra vida."

"Eu sei. Mas também não posso ficar sem ver você."

"No entanto, talvez seja melhor assim", ela disse, e desviou os olhos dos dele. A voz de Klara tinha se reduzido quase a um sussurro. "Talvez fosse melhor pararmos agora, com o que já temos. Nossas vidas podem estragar isso."

Mas o que seria a vida de Andras sem Klara, agora que sabia o que era viver com ela? Queria chorar ou segurá-la pelos ombros e sacudi-la. "É nisso que estava pensando o tempo todo?", perguntou Andras. "Que foi tudo uma diversão passageira? Que, quando nossas vidas recomeçassem, estaria tudo terminado?"

"Eu não pensei no que ia acontecer depois", respondeu. "Não queria pensar. Mas agora é preciso."

Ele se levantou da cama e pegou a camisa e a calça em cima de uma cadeira. Não conseguia olhar para ela. "De que adianta?", ele disse. "Você já decidiu que é impossível."

"Por favor, Andras", ela disse. "Não vá."

"Por que deveria ficar?"

"Não fique com raiva de mim. Não vá embora assim."

"Não estou com raiva", ele disse. Mas terminou de vestir-se, pegou sua mala embaixo da cama e começou a embalar as poucas peças de roupa que havia trazido da Rue des Écoles.

"Há coisas sobre mim que você desconhece", ela disse. "Coisas que podem deixar você assustado ou mudar a maneira como se sente a meu respeito."

"É verdade", ele disse. "E tem muita coisa que você não sabe sobre mim. Mas o que isso importa agora?"

"Não seja cruel comigo", ela disse. "Estou tão infeliz quanto você."

Ele queria acreditar que aquilo era verdade, mas não podia ser; tinha se aberto com ela e, em troca, ela o havia descartado. Andras colocou as últimas coisas dentro da mala e fechou os trincos, depois foi para o corredor e pegou o casaco no cabide. Klara o seguiu até a beira da escada, onde ficou parada, descalça, seus ombros nus, o lençol em volta do corpo, como se fosse uma escultura grega. Andras abotoou o casaco. Não conseguia acreditar que estava prestes a descer a escada e atravessar a porta, sem saber quando a veria outra vez. Pôs a mão no braço dela. Tocou seu ombro. Puxou uma ponta do lençol, de modo que o pano deslizou pelo corpo de Klara. Na penumbra do corredor, ela estava nua na sua frente. Andras não conseguia olhar para ela, não conseguia tocá-la nem beijá-la. E então fez aquilo que, um momento antes, parecia inconcebível: desceu a escada, passou diante dos olhos de todas aquelas meninas bailarinas em seus trajes etéreos, abriu a porta e deixou-a.

PARTE II
Espelho partido

12. O que aconteceu no ateliê

As aulas recomeçaram na primeira segunda-feira de janeiro com uma *charrette* de dois dias. Num prazo de quarenta e oito horas, eles tinham de projetar um espaço livre, de cinquenta metros quadrados, com uma parede móvel, duas janelas, um banheiro, uma cozinha pequena. Tinham de apresentar uma visão frontal da construção, uma planta baixa e uma maquete. Quarenta e oito horas durante as quais todos os interessados no projeto não iam comer, dormir ou sair do ateliê. Andras encarou o projeto como uma droga que leva à perda da memória, sentiu nas veias a pressão esmagadora do tempo, desejava que aquilo fizesse com que esquecesse os dez dias que passara com Klara. Debruçou-se na superfície de sua prancheta de trabalho e transformou-a na paisagem de sua mente. A crítica à maquete da Gare d'Orsay deixara sua marca; Andras jurou que não seria mais humilhado na frente dos colegas, do presunçoso Lemarque e dos estudantes de séries mais adiantadas. No final de sua décima terceira hora de vigília, observou o projeto e viu que aquilo que tinha desenhado era nada mais nada menos do que a casa de seus pais em Konyár, com algumas alterações. Um quarto, e não dois. Um banheiro interno em vez da banheira de metal e do banheiro externo. Uma cozinha interna moderna. Uma parede externa se convertera numa parede móvel; podia ser aberta no verão para que a casa tivesse comunicação direta com o jardim. A fachada era despojada, branca, com uma janela com esquadrias de madeira. Na sua segunda noite insone, Andras desenhou a parede móvel em curva; quando aberta, formava um recanto sombreado. Desenhou um banco de pedra no jardim, um poço circular. A casa dos pais, transformada num retiro de campo. Temia que parecesse absurdo, que todos vissem o que era aquilo na verdade: um desenho de um menino de Hajdú, grosseiro e primitivo. Entregou-o no último minuto do prazo e recebeu, para sua surpresa, um aceno positivo de cabeça e um parágrafo de elogio de Vago, redigido com rigor, além de um resmungo de aprovação até dos mais ásperos estudantes do quinto ano.

No teatro Bernhardt, puseram de lado os cenários da peça *A mãe* e começaram a fazer testes de atores para *Fuente Ovejuna*, de Lope de Veja. A despeito dos apelos de Zoltán Novak, madame Gérard não aceitou um papel na nova produção; recebera uma proposta para representar lady Macbeth no Théâtre des Ambassadeurs, e Novak não tinha condições de lhe pagar o que eles pagariam. Andras ficou agradecido pela partida iminente de madame Gérard. Não conseguia olhar para ela sem pensar em Klara, sem se perguntar se madame Gérard sabia o que acontecera entre os dois. Alguns dias antes de ela ir embora para o Ambassadeurs, Andras ajudou-a a embalar seus objetos pessoais no camarim: seu roupão chinês, seu aparelho de chá, sua maquiagem, mil cartas de admiradores, cartões-postais e pequenos presentes. Enquanto trabalhavam, ela lhe falou a respeito dos membros da nova companhia teatral em que ia ingressar: dois deles tinham participado de filmes americanos, e um havia aparecido com Helen Hayes em *O pecado de Madelon Claudet*. Andras teve dificuldade em prestar atenção no que ela dizia. Ele queria contar o que havia acontecido. Não falara com ninguém; mencionar aquilo mesmo a seus colegas na faculdade seria rebaixar o assunto, transformá-lo num caso superficial e passageiro. Mas madame Gérard conhecia Klara; ela saberia o que tudo significava. Talvez pudesse até oferecer alguma esperança. Então Andras fechou a porta de seu camarim e confessou tudo, omitindo apenas a carta que havia trazido de Budapeste.

Madame Gérard escutou com um ar sério. Quando Andras terminou, ela ficou de pé e caminhou devagar sobre o tapete na frente do espelho do camarim, como se tentasse recordar as palavras de um monólogo. Por fim, virou-se e pôs as mãos no alto do espaldar da cadeira que usava para se maquiar. “Eu sabia", ela disse. "Eu sabia, e devia ter dito alguma coisa. Quando vi vocês no Bois de Vincennes, eu soube. Você não tinha o menor interesse na menina. Só olhava para Klara. Tenho que admitir que", e voltou os olhos para ele, rindo sozinha, com pesar, "velha como sou, senti uma pontada de ciúmes. Mas nunca imaginei que você levaria seus sentimentos às últimas consequências."

Andras esfregou as palmas das mãos nas coxas. "Eu não devia ter feito isso", ele disse.

"É bom que ela tenha terminado tudo", disse madame Gérard. "Ela sabia que não era direito. Convidou você para ir à sua casa pensando que podia ser um amigo da filha. Você devia ter parado de visitá-la assim que percebeu que não tinha interesse em Elisabet."

"Naquela altura, já era tarde demais", ele disse. "Eu não podia mais parar."

"Você não conhece Klara", disse madame Gérard. "Não pode conhecê-la, não depois de uns poucos almoços dominicais e de um caso de fim de semana prolongado. Ela nunca fez nenhum homem feliz. Já teve muitas oportunidades de se apaixonar — e, você me perdoe, por homens adultos, e não estudantes do primeiro ano de arquitetura. Não pense que ela não teve admiradores de sobra. Se alguma vez levar um homem a sério, será porque quer casar — ou seja, porque quer que alguém torne sua vida mais fácil, cuide dela. O que você, meu caro, não está em condições de fazer."

"Não precisa me lembrar disso."

"Bem, parece que alguém precisa, sim!"

"Mas e agora?", perguntou Andras. "Não posso fingir que não aconteceu nada."

"Por que não? Tudo está acabado entre vocês dois. Você mesmo disse."

"Para mim, não está acabado. Não consigo tirá-la da cabeça."

"Pois recomendo que tente fazer isso", disse madame Gérard. "Ela não pode trazer nada de bom para você."

"Então é só isso? Tenho de esquecê-la e pronto?"

"Seria o melhor."

"Impossível", ele disse.

"Pobre querido", disse madame Gérard. "Lamento. Mas um dia você vai superar isso. Os jovens conseguem." Voltou-se de novo para sua mala, guardou os bastões prateados e dourados de maquiagem numa caixa provida de uma porção de gavetinhas. Um sorriso particular chegou à sua boca; brincou com um tubo de ruge entre os dedos e virou-se para Andras. "Você ingressou num clube de gente ilustre, sabe, agora que Klara descartou você. A maioria dos homens nunca chegou a ir tão longe com ela."

"Por favor", disse Andras. "Não suporto ouvir você falar dela desse jeito."

"É o pai da moça, sabe? Acho que ela deve continuar apaixonada por ele."

"O pai de Elisabet", ele disse. "Está aqui em Paris? Ela ainda o encontra?"

"Ah, não. Morreu faz muitos anos, pelo que sei. Mas a morte não é uma barreira para o amor, como um dia você vai aprender."

"Quem era ele?"

"Infelizmente não sei. Klara faz absoluto segredo de sua história."

"Então não tenho esperança. Preciso esquecer o assunto, porque ela está apaixonada por um morto."

"Deixe que isso seja o que foi, de fato: um episódio bonito. A satisfação de uma curiosidade mútua."

"Não foi isso para mim."

Ela inclinou a cabeça na direção dele e sorriu de novo, aquele sorriso terrível de quem sabia de tudo. "Acho que sou a pessoa errada para dar conselhos amorosos. A menos que você queira se desiludir de suas ideias românticas."

"Nesse caso, me desculpe se eu deixar por sua conta a arrumação de suas coisas."

"Meu querido rapaz, não precisa se desculpar de nada." Ela se levantou, beijou-o nas duas faces e levou-o para o corredor. Para Andras, não havia opção senão voltar ao seu trabalho; ele fez isso numa consternação muda, lamentando ter confessado tudo para madame Gérard.

Houve uma grande fonte de alívio, uma notícia assombrosa que chegou de Budapeste num telegrama: Tibor ia visitá-lo. Suas aulas em Modena começariam no final de janeiro, mas antes de ir para a Itália ele iria a Paris, passar uma semana. Quando o telegrama chegou, Andras gritou a notícia do alto da escada do prédio, num volume que fez a *concierge* vir ao corredor para repreendê-lo por perturbar o sossego dos outros inquilinos. Andras silenciou a mulher com um beijo na testa e mostrou-lhe o telegrama: Tibor estava chegando! Tibor, seu irmão mais velho. A *concierge* manifestou a esperança de que aquele irmão mais velho ensinasse um pouco de boas maneiras para

Andras e deixou-o no corredor desfrutando sozinho seu júbilo. O rapaz não mencionara Klara em suas cartas para Tibor, mas tinha a sensação de que o irmão já sabia de tudo — como se tivesse pressentido que Andras estava desolado e resolvera visitá-lo por aquele motivo.

A ansiedade pela visita — a três semanas de distância, depois duas, depois uma — o acompanhava de casa para a faculdade e da faculdade para o trabalho. Agora que a peça *A mãe* tinha saído de cartaz e madame Gérard fora embora, as tardes no teatro Sarah-Bernhardt se arrastavam de forma enlouquecedora. Andras havia organizado tudo tão bem nos bastidores que sobrara muito pouco a fazer enquanto os atores ensaiavam; ele andava devagar atrás das cortinas, dominado por um medo crescente de que monsieur Novak descobrisse como ele era supérfluo. Numa tarde, depois de ter supervisionado o descarregamento de peças de madeira para a montagem do cenário de *Fuente Ovejuna*, Andras aproximou-se do chefe da carpintaria e ofereceu seus serviços. O chefe da carpintaria logo pôs o rapaz para trabalhar. Durante a tarde, Andras pregava tábuas; no fim do expediente, estudava o projeto dos novos cenários. Era um tipo de arquitetura diferente, feito apenas de ilusão e de efeito: a perspectiva achatada a fim de dar aos espaços uma impressão de maior profundidade, portas ocultas através das quais os atores apareceriam ou desapareceriam, cômodos que podiam ser virados de costas ou pelo avesso a fim de criar um novo ambiente. Andras começou a refletir sobre aquele projeto à noite, deitado na cama, tentando esquivar-se dos pensamentos sobre Klara. As fachadas falsas que representavam a cidade espanhola podiam ser colocadas sobre rodas e ser empurradas, pensou; a parte de trás podia ser pintada para representar a parte interna dos prédios. Ele fez uma série de rascunhos que mostravam como aquilo podia ser feito e depois passou a limpo os desenhos em forma de plantas. Em sua segunda semana como assistente de montagem de cenário, procurou o chefe da carpintaria e lhe mostrou seu trabalho. O carpinteiro perguntou se Andras achava que eles tinham um orçamento de um milhão de francos. Andras respondeu que aquilo custaria menos do que construir os dois cenários separados, de interiores e exteriores. O chefe da carpintaria coçou a cabeça e disse que consultaria o responsável pelo projeto do cenário. O projetista, um homem alto, de ombros redondos, de bigode desgrenhado e monóculo, esquadrinhou as plantas e perguntou a Andras por que continuava a trabalhar de contínuo no teatro? Não estaria interessado num emprego que pagaria três vezes mais? O projetista tinha um escritório na Rue des Lombards e em geral trabalhava com um assistente, mas o último tinha acabado o curso na Beaux-Arts e arranjara um emprego fora da capital.

Andras queria o cargo, é claro. Mas Zoltán Novak tinha salvado sua vida; não poderia sair do teatro Sarah-Bernhardt sem mais nem menos. Aceitou o cartão de visitas do homem e ficou olhando para ele a noite inteira, imaginando o que deveria fazer.

Na tarde seguinte, foi ao escritório de Novak explicar a situação. Houve um demorado silêncio quando bateu na porta, depois o som de vozes masculinas que discutiam; a porta se abriu para revelar dois homens de ternos listrados, maletas nas mãos, rostos vermelhos, como se Novak os tivesse insultado com as palavras mais rudes. Os homens enfiaram o chapéu na cabeça e saíram, passando por Andras sem um aceno de cabeça ou um olhar. Dentro do escritório, Novak estava de pé atrás de sua escrivaninha, com as mãos no mata-borrão, olhando para os homens enquanto se afastavam pelo corredor. Quando eles foram embora, afastou-se da escrivaninha e serviu para si um copo de uísque de uma garrafa que ficava no aparador. Olhou por cima do ombro na direção de Andras e apontou para um copo. Andras ergueu a mão e balançou a cabeça.

"Por favor", disse Novak. "Eu insisto." Serviu uísque no copo e adicionou água.

Andras nunca tinha visto Novak beber àquela hora, antes do anoitecer. Aceitou a bebida e sentou-se numa das antigas poltronas de couro.

"*Egészségedre*", disse Novak. Ele ergueu o copo, esvaziou-o, colocou-o sobre a mesa. "Pode imaginar quem eram esses dois que acabaram de sair?"

"Não", respondeu Andras. "Mas pareciam muito estranhos."

"São os homens do dinheiro. As pessoas que sempre conseguiram persuadir a prefeitura a manter o teatro aberto."

"E então?"

Novak recostou-se em sua cadeira e uniu as mãos com os dedos entrelaçados. "Cinquenta e sete pessoas", ele disse. "É esse o número de funcionários que tenho de demitir hoje, segundo aqueles homens. Incluindo nós dois."

"Mas isso é todo mundo", disse Andras.

"Exatamente", disse Novak. "Eles vão fechar o teatro. Acabou, pelo menos até a próxima temporada. Não podem mais nos financiar, apesar de termos dado lucro durante todo o outono. A *mãe* teve um resultado melhor do que qualquer outra peça em Paris, sabia? Mas nem isso é o bastante. Este teatro é um sorvedouro de dinheiro. Você imagina quanto custa manter aquecidos cinco andares sem paredes e divisórias?"

Andras tomou um gole de uísque e sentiu o falso calor da bebida atravessar seu peito. "O que você vai fazer?", ele perguntou.

"O que *você* vai fazer?", disse Novak. "E o que vão fazer os atores? E madame Courbet? E Claudel, e Pély, e todos os outros? É um desastre. Além do mais, não somos os únicos. Eles vão fechar quatro teatros." Recostou-se em sua cadeira e afagou o bigode com um dedo, enquanto seus olhos percorriam as estantes de livros. "O fato é que não sei o que vou fazer. Madame Novak se encontra em um estado delicado, como dizem. Ela anda com muita saudade dos pais em Budapeste. Tenho certeza de que vai encarar isto como um sinal de que devemos voltar para a Hungria."

"Mas você devia ficar", disse Andras.

Novak soltou um suspiro do fundo de seus pulmões. "Compreendo como Edith se sente. Esta não é nossa terra. Conseguimos escavar à força um pequeno espaço para nós, mas na verdade nada aqui nos pertence. Somos húngaros, afinal, e não franceses."

"Quando conheci você em Viena, achei que nenhum homem poderia parecer mais parisiense do que você."

"E agora pode ver como você era ingênuo na ocasião", disse Novak, e sorriu com tristeza. "Mas e quanto a você? Sei que tem de pagar as mensalidades da faculdade."

Andras contou-lhe a oferta do cargo de assistente do projetista do cenário, monsieur Forestier, e que tinha ido ao seu escritório justamente para lhe pedir um conselho sobre o assunto.

Novak uniu as mãos num só estalo de aplauso. "Seria uma grande lástima perder você", ele disse. "Mas se trata de uma oportunidade excelente, e veio bem na hora. Você precisa aproveitar, é claro."

"Nunca vou conseguir agradecer o bastante por tudo o que fez por mim", disse Andras.

"Você é um homem bom. Trabalhou muito aqui. Nunca me arrependi de tê-lo contratado." Esvaziou o resto da bebida e empurrou o copo vazio para o outro lado da mesa. "Agora, poderia encher o copo de novo para mim? Tenho de dar a notícia para os outros. Você virá trabalhar amanhã, espero. Temos muita coisa a fazer aqui, para fechar o teatro. Você vai ter de dizer ao Forestier que não posso liberá-lo antes do fim do mês."

"Amanhã, como sempre", disse Andras.

Ele foi para casa naquela noite com uma assustadora sensação de vazio no peito. Não haveria mais o teatro Sarah-Bernhardt. Não haveria mais monsieur Novak. Não haveria mais Claudel ou Pély; não haveria mais madame Gérard. Nem Klara, nem Klara. A concha branca e dura de sua vida ia ficar vazia, raspada até o osso. Agora ele estava leve, oco, uma casca de ovo vazia. Oco e leve, seguiu devagar para casa, levado pelo vento de janeiro. No número 34 da Rue des Écoles, subiu os degraus da escada — quantas centenas de degraus havia? —, sentindo que não tinha mais forças para encarar seus livros naquela noite nem para lavar o rosto ou trocar de roupa para dormir. Só queria deitar, de calça, sapato e casaco, puxar o edredom por cima da cabeça e vencer as horas que faltavam para o raiar do dia. Mas no alto da escada viu uma linha de luz que vazava por baixo de sua porta e, quando pôs a mão na maçaneta, percebeu que estava aberta. Empurrou a porta e deixou-a abrir. Havia fogo na pequena lareira; pão e vinho sobre a mesa; na única cadeira, com um livro nas mãos, estava Klara.

"*Te*", ele disse. Você.

"E você", ela disse.

"Como foi que entrou?"

"Falei para a *concierge* que era seu aniversário. Disse que ia fazer uma surpresa."

"E o que disse para sua filha?"

Ela baixou os olhos para a capa do livro. "Falei que ia ver um amigo."

"Que pena que não era verdade."

Ela ficou de pé, atravessou o quarto até ele e pôs as mãos em seus braços. "Por favor, Andras", Klara disse. "Não fale comigo desse jeito."

Ele se afastou e tirou o casaco e o cachecol. Não conseguiu falar nada durante o que pareceu um tempo muito longo; foi até a lareira e cruzou os braços, fitando a oscilante pirâmide de brasas incandescentes. "Foi muito ruim não saber se eu ia ver você de novo ou não", ele disse. "Eu dizia para mim mesmo que estava tudo terminado, mas não conseguia me convencer de que era verdade. Acabei contando tudo para Marcelle. Ela teve a gentileza de me revelar que eu não estava sozinho em minha infelicidade. Disse que eu pertencia a um clube de homens ilustres que você descartou."

Os olhos cinzentos dela ficaram escuros. "Descartei? É isso que acha que fiz com você?"

"Descartou, abandonou, pôs no olho da rua. Acho que não importa o termo."

"Nós concluímos que era impossível."

"Você concluiu."

Ela se aproximou dele e passou as mãos pelos seus braços; quando ergueu os olhos para o rosto de Andras, ele viu que havia lágrimas nos olhos dela. Para seu horror, seus próprios olhos começaram a arder. Ali estava Klara, cujo nome ele carregara consigo desde Budapeste; Klara, cuja voz lhe vinha aos ouvidos durante o sono.

"O que você quer?", ele disse com a boca no cabelo dela. "O que tenho de fazer?"

"Fiquei muito triste", ela disse. "Não consegui aguentar. Eu quero conhecer você, Andras."

"E eu também quero conhecer você", ele disse. "Não gosto de segredos." Mas, na mesma hora em que falou, se deu conta de que era exatamente o que estava escondido que tornava Klara mais atraente; havia uma espécie de tormento no mistério em torno dela, nos cômodos que se ocultavam para além daqueles onde ela o recebia.

"Você tem de ser paciente comigo", ela disse. "Tem de deixar que eu confie em você."

"Posso ser paciente", ele disse. Tinha puxado Klara para tão junto de si que as saliências da pélvis dela o pressionavam; ele queria penetrar no seu corpo e agarrá-la pelos ossos. "Claire Morgenstern", ele disse. "Klárika." Ela o levaria à ruína, pensou Andras. Mas não podia afastá-la de si, assim como não podia separar a geometria da arquitetura, o frio do mês de janeiro ou o céu de inverno da janela de seu quarto. Andras curvou-se sobre ela e beijou-a. Então, pela primeira vez, levou-a para sua própria cama.

O mundo ao qual ele voltou na manhã seguinte era um lugar diferente. A falta de graça das semanas sem Klara tinha desmoronado. Ele se tornara humano de novo, tinha reclamado de volta a própria carne e o próprio sangue, e a carne e o sangue dela também. Tudo reluzia com um esplendor exagerado no sol do inverno; os detalhes da rua disparavam ao seu encontro como se os visse pela primeira vez. Como nunca havia percebido a maneira como a luz caía do céu sobre os ramos nus das tílias na frente do seu prédio, a forma como a luz se partia e se difundia sobre as pedras quebradas do calçamento formando um reflexo esbranquiçado nas maçanetas de metal polidas das portas ao longo da rua? Andras saboreava o estimulante estalido das solas de seus sapatos na calçada, apaixonou-se pela cascata de gelo no chafariz congelado do Luxembourg. Queria agradecer a alguém em voz alta pelo belo e comprido corredor do Boulevard Raspail, que o conduzia todos os dias ao longo de sua fileira de prédios da era de Haussmann rumo às portas azuis da École Spéciale. Adorou o pátio vazio banhado pela luz do sol de inverno, seus bancos verdes vazios, sua grama congelada, suas trilhas encharcadas pela neve derretida. Um pássaro de peito sarapintado, pousado num galho, pronunciava com exatidão o nome dela: Klara, Klara.

Andras subiu correndo para o ateliê no primeiro andar e procurou nas gavetas as novas plantas em que vinha trabalhando com Polaner. Pensou que devia dedicar alguns minutos a elas antes de ir ao encontro de Vago para sua aula particular matinal de francês. Mas as plantas não estavam lá; Polaner devia ter levado para casa. Em vez disso, Andras pegou o livro de vocabulário de arquitetura que estudaria com Vago naquela manhã e correu para o térreo de novo para dar um pulo no banheiro masculino. Abriu a porta para a escuridão ecoante e tateou a parede em busca do botão do interruptor. Do fundo do banheiro, veio um gemido baixo e ofegante.

Andras acendeu a luz. No piso de concreto, encostado à parede depois dos urinóis e das pias, havia alguém enrolado num compacto G. Uma forma pequena, de um homem, num paletó de veludo. Ao lado dele, alguns desenhos de projetos, amassados e pisoteados.

"Polaner?"

O mesmo som de novo. Um arquejo que se converteu num gemido. E então no seu próprio nome.

Andras foi até ele e ajoelhou-se sobre o concreto. Polaner não olhou para o amigo, ou não conseguiu olhar. Tinha o rosto escuro de hematomas, o nariz quebrado, os olhos ocultos em calombos roxos. Mantinha os joelhos apertados contra o peito.

"Meu Deus! O que aconteceu? Quem fez isso?"

Nenhuma reação.

"Não se mova", disse Andras, e se pôs de pé, cambaleante. Deu meia-volta e correu para fora do banheiro. Atravessou o pátio, subiu a escada até o escritório de Vago e abriu a porta sem bater.

"Lévi, o que deu em você?"

"Polaner foi espancado e está à beira da morte. Ele está no banheiro masculino, no térreo."

Os dois correram para baixo. Vago tentou convencer Polaner a deixar que visse o que havia acontecido, mas o rapaz não desenrolava o corpo. Andras suplicou. Quando Polaner baixou os braços que cobriam seu rosto, Vago respirou bem fundo. Polaner começou a chorar. Um de seus dentes inferiores tinha sido arrancado a socos e ele cuspia sangue no piso de concreto.

"Fiquem aqui, vocês dois", disse Vago. "Vou chamar uma ambulância."

"Não", disse Polaner. "Ambulância, não." Mas Vago havia saído, e a porta bateu quando ele já estava correndo pelo pátio.

Polaner rolou de lado e ficou deitado de costas, deixando os braços moles. Por trás do paletó de veludo, sua camisa tinha sido rasgada e algo fora escrito em seu peito com tinta preta.

Feygele. Judeu homossexual.

Andras tocou a camisa rasgada, a palavra. Polaner se encolheu.

"Quem fez isso?", perguntou Andras.

"Lemarque", disse Polaner. Então ele murmurou outra coisa, uma frase da qual Andras ouvia só a metade e não podia traduzir: "*J'étais coin*...".

"*Tu étais quoi?*"

"*J'étais coincé*", repetiu até Andras conseguir entender. Tinha sido apanhado numa cilada. Tinha sido enganado. Disse num sussurro: "Pediu-me para encontrá-lo aqui na noite passada. E então veio com outros três".

"Você veio se encontrar com ele aqui de noite?", disse Andras. "Para trabalhar naquelas plantas?"

"Não." Polaner voltou seus olhos escurecidos e inchados para Andras. "Não era para trabalhar."

Feygele.

Ele demorou um momento para entender. Encontrá-lo à noite: um encontro. Então era aquilo e não a garota na Polônia, a futura noiva que havia escrito as tais cartas, era aquilo que o impedia de mostrar interesse por mulheres ali em Paris.

"Ah, meu Deus", disse Andras. "Vou matar esse sujeito. Vou quebrar os dentes dele e enfiar garganta abaixo."

Vago atravessou a porta do banheiro masculino com uma caixa de primeiros socorros. Um grupo de estudantes se aglomerou na porta atrás dele. "Vão embora", gritou para trás, por cima do ombro, mas os estudantes não saíram do lugar. As sobrancelhas de Vago se uniram num V agudo. "Vão embora, já!", gritou, e os estudantes recuaram, cochichando. A porta bateu. Vago ajoelhou-se no chão ao lado de Andras e pôs a mão no ombro de Polaner.

"Uma ambulância está a caminho", ele disse. "Você vai ficar bom."

Polaner tossiu, cuspiu sangue. Tentou segurar a camisa com a mão e mantê-la fechada, mas não teve condições de fazer aquele esforço; o braço tombou no piso de concreto.

"Conte para ele", disse Andras.

"Contar o quê?", disse Vago.

"Quem fez isso."

"Um estudante?", disse Vago. "Vamos levá-lo perante o conselho disciplinar. Vai ser expulso. Vamos apresentar uma queixa criminal contra ele."

"Não, não", disse Polaner. "Se meus pais souberem..."

Então Vago viu a palavra riscada a tinta sobre o peito de Polaner. Recuou de súbito sobre os calcanhares e levou a mão à boca. Durante um longo tempo, não se mexeu nem falou nada. "Tudo bem", ele disse, afinal. "Tudo bem." Empurrou a gola da camisa de Polaner para os lados a fim de ver melhor seus ferimentos; o peito e o abdômen de Polaner estavam pretos de hematomas. Andras mal conseguia olhar para aquilo. Uma náusea o atravessou e ele teve de apoiar a cabeça numa pia. Vago tirou o próprio paletó e cobriu o peito de Polaner com ele. "Tudo bem", disse. "Você vai para o hospital e lá vão cuidar de você. Com o resto vamos nos preocupar mais tarde."

"Nossos projetos", disse Polaner, tocando as folhas de papel de desenho amarrotadas.

"Não pense nisso agora", disse Vago. "Vamos dar um jeito." Recolheu as plantas e entregou-as cuidadosamente para Andras, como se existisse alguma chance de serem recuperadas. Em seguida, ao ouvir a sirene da ambulância lá fora, correu para conduzir os enfermeiros até o banheiro masculino. Dois homens de uniforme branco trouxeram uma maca; quando ergueram Polaner sobre a maca, ele desmaiou de dor. Andras segurou a porta aberta enquanto levavam seu amigo para o pátio. Uma multidão havia se formado ali fora. A notícia havia se espalhado à medida que os estudantes chegavam para as aulas da manhã. Os enfermeiros tiveram de abrir caminho à força no meio da multidão enquanto levavam Polaner pelo caminho calçado de lajotas.

"Não há nada para ver", gritou Vago. "Vão para a classe." Mas ainda não havia aula, eram só quinze para as oito. Ninguém se afastou enquanto os enfermeiros não colocaram Polaner dentro da ambulância. Andras ficou parado na porta do pátio, segurando os desenhos de Polaner como se fosse o corpo de um animal morto. Vago pôs a mão no seu ombro.

"Venha ao meu escritório", ele disse.

Andras virou-se para acompanhá-lo. Ele sabia que era o mesmo pátio que havia atravessado um pouco antes naquela mesma manhã, com a mesma grama congelada e os mesmos bancos verdes, as mesmas veredas molhadas e brilhantes no sol da manhã. Ele sabia, só que agora não conseguia mais ver o que tinha visto antes. Ficou espantado ao pensar que o mundo podia trocar aquela beleza por essa feiura, e tudo num intervalo de quinze minutos.

Em seu escritório, Vago contou para Andras outros casos. Em fevereiro, alguém riscara as palavras *sujo* e *porco* nos projetos finais de um grupo de estudantes judeus do quinto ano e depois, na primavera, um estudante da Costa do Marfim tinha sido arrastado para fora do ateliê à noite e espancado no cemitério que ficava atrás da faculdade. Aquele estudante também tivera uma injúria estampada no peito, uma ofensa racial. Mas os criminosos não foram identificados. Se Andras tivesse alguma informação para apresentar estaria ajudando todo mundo.

O rapaz hesitou. Ficou sentado no banco de costume, esfregando com o polegar o relógio de bolso de seu pai. "O que vai acontecer se eles forem apanhados?"

"Serão interrogados. Vamos tomar medidas disciplinares e legais."

"E depois os amigos deles vão fazer coisas piores ainda. Vão saber que Polaner contou."

"E se não fizermos nada?", disse Vago.

Andras deixou o relógio tombar no vazio do bolso. Pensou no que seu pai diria para ele fazer numa situação como aquela. Pensou no que Tibor diria para ele fazer. Não havia dúvida: Os dois o tomariam por um covarde se hesitasse.

"Polaner falou do Lemarque", ele disse. Soou como um sussurro de início, depois ele repetiu o nome mais alto. "Lemarque e alguns outros. Não sei quem mais."

"Fernand Lemarque?"

"Foi o que Polaner disse." E contou a Vago tudo o que sabia.

"Muito bem", disse Vago. "Vou falar com Perret. Enquanto isso..." Abriu seu livro de vocabulário de arquitetura na página que representava as estruturas internas de telhados, com seus *poinçons* verticais, seus *contre-fiches* de escoras, seus *arbalétriers* semelhantes a costelas. "Fique aqui e estude", ele disse, e deixou Andras sozinho no escritório.

Andras não conseguiu estudar, é claro; não conseguia tirar da cabeça a imagem de Polaner. Repetidas vezes via o colega no chão, a palavra escrita sobre seu peito com tinta preta, as folhas de papel com os desenhos das plantas amarrotadas em volta dele. Andras compreendia o desespero e a solidão; conhecia a sensação de estar a milhares de quilômetros de casa; conhecia a sensação de levar consigo um segredo. Mas a que grau profundo de infelicidade Polaner teve de descer a fim de imaginar Lemarque como um possível amante, como uma pessoa com quem poderia partilhar um momento de intimidade no banheiro masculino à noite?

Não se passaram cinco minutos antes que Rosen entrasse de supetão no escritório de Vago, com o chapéu na mão. Ben Yakov estava parado atrás dele, perplexo, como se tivesse tentado, sem conseguir, impedir que o amigo fosse até lá.

"Onde está aquele sacana?", gritou Rosen. "Onde está o rato? Se estão escondendo o sujeito aqui, juro que mato todos eles juntos!"

Vago veio depressa do escritório de Perret. "Baixe o tom de voz", falou. "Isto aqui não é um bar de esquina. Onde está quem?"

"Você sabe quem", disse Rosen. "Fernand Lemarque. É ele que fica sussurrando *sale juif*. É ele quem prega aqueles cartazes da tal Front de la Jeunesse. Você já viu: *Una-se e ganhe força, juventude da França*, e toda essa baboseira, na Salle des Sociétés Savantes, logo lá. Eles são antiparlamento, antissemitas, antitudo. Ele é um desses fantochezinhos. Há um bando deles.

Estudantes do terceiro, do quinto ano. Daqui, da Beaux-Arts, de outras faculdades na cidade inteira. Eu sei. Já fui às reuniões que eles promovem. Ouvi o que querem fazer com todos nós."

"Muito bem", disse Vago. "É melhor me falar sobre isso depois da aula."

"Depois da aula!" Rosen cuspiu no chão. "Agora! Quero a polícia."

"Já fizemos contato com a polícia."

"Conversa fiada! Não chamaram ninguém. Não querem escândalo!"

Então Perret veio em pessoa pelo corredor, sua pequena capa cinzenta estendida atrás dele. "Chega", disse. "Vamos cuidar do caso. Vão para o ateliê."

"Não vou", retrucou Rosen. "Eu mesmo vou pegar aquele sacana."

"Meu jovem", disse Perret. "Existem elementos desta situação que você não compreende. Você não é um caubói. Isto aqui não é o Velho Oeste. Este país tem um sistema de justiça, que já pusemos em ação. Se não baixar seu tom de voz e não se comportar como um cavalheiro, vou ter de afastá-lo desta faculdade."

Rosen deu meia-volta e desceu a escada, rogando pragas em voz baixa. Andras e Ben Yakov foram atrás dele na direção do ateliê, onde Vago foi a seu encontro dez minutos depois. Às nove horas, continuaram a estudar a matéria do dia anterior, como se desenhar uma *maison particulier* perfeita fosse a única coisa que importava na vida.

No hospital naquela tarde, Andras, Rosen e Ben Yakov encontraram Polaner numa enfermaria comprida e estreita, cheia da luz do inverno. Estava deitado numa cama alta, com as pernas erguidas sobre almofadas, o nariz envolto com gesso, manchas roxas profundas em volta dos olhos. Três costelas quebradas. Nariz quebrado. Contusões numerosas no tronco e nas pernas. Sinais de hemorragia interna — inchaço abdominal, pulso e temperatura instáveis, sangue pisado embaixo da pele. Sintomas de choque. Efeitos colaterais da hipotermia. Foi o que o médico lhes disse. Uma ficha presa no pé da cama de Polaner mostrava a temperatura, o pulso e a pressão sanguínea verificadas de quinze em quinze minutos. Quando eles se reuniram em redor da cama, Polaner abriu os olhos inchados, chamou-os por nomes poloneses estranhos e perdeu a consciência. Uma enfermeira se aproximou avançando pela enfermaria com duas garrafas de água quente, que colocou embaixo dos lençóis de Polaner.

Tomou seu pulso, mediu a pressão sanguínea e a temperatura e anotou os números na ficha.

"Como ele está?", perguntou Rosen, levantando.

"Ainda não sabemos", respondeu a enfermeira.

"Não sabem? Isto não é um hospital? Você não é uma enfermeira? Seu trabalho não é saber?"

"Rosen, tudo bem", disse Ben Yakov. "Não é culpa dela."

"Quero falar com o médico de novo", disse Rosen.

"Ele está fazendo a ronda pelos leitos."

"Pelo amor de Deus! Ele é nosso amigo. Só quero saber exatamente qual é a gravidade do seu caso."

"Eu bem que gostaria de poder lhe dizer", respondeu a enfermeira.

Rosen sentou-se de novo e pôs a cabeça nas mãos. Esperou até a enfermeira sair. "Juro por Deus", ele disse. "Juro por Deus, se eu pegar aqueles sacanas! Não me interessa o que vai acontecer comigo. Não me interessa se vão me expulsar da faculdade. Posso até ir para a cadeia se for necessário. Só quero que se arrependam de ter nascido." Ergueu os olhos para Andras e Ben Yakov. "Vocês vão me ajudar a encontrá-los, não vão?"

"Por quê?", perguntou Ben Yakov. "Para esmigalhar a cabeça deles?"

"Ah, me desculpe", disse Rosen. "Acho que você não gostaria de correr o risco de ter seu lindo narizinho quebrado."

Ben Yakov levantou-se e segurou Rosen pela gola da camisa. "Você acha que gosto de ver Polaner desse jeito?", ele disse. "Acha que eu não queria matá-los com minhas próprias mãos?"

Rosen soltou sua camisa das mãos de Ben Yakov. "Não se trata apenas *dele*. As pessoas que fizeram isso fariam o mesmo conosco também." Pegou seu paletó e dobrou-o sobre o braço. "Eu não me importo se vocês vêm comigo ou não. Vou atrás deles e, quando os encontrar, vão responder pelo que fizeram." Enfiou o chapéu na cabeça com força e saiu da enfermaria.

Ben Yakov levou a mão à nuca e ficou olhando para Polaner. Em seguida deu um suspiro e sentou-se de novo ao lado de Andras. "Olhe só para ele. Meu Deus, por que tinha de encontrar-se com Lemarque de noite? O que estava pensando? Ele não pode ser... o que eles disseram."

Andras viu o peito de Polaner subir e baixar, um ligeiro movimento por baixo do lençol. "E se ele for mesmo isso?", perguntou.

Ben Yakov balançou a cabeça. “Você acredita?”

“Não é impossível.”

Ben Yakov apoiou o queixo no punho fechado e fitou o gradil de proteção da cama. Por um momento, deixara de parecer Pierre Fresnay. Tinha os olhos toldados e úmidos, a boca repuxada numa linha enrugada. “Houve uma vez”, ele disse, devagar. “Um dia em que íamos encontrar você e Rosen no bar, e Polaner disse alguma coisa sobre Lemarque. Disse que achava que ele não era antissemita de verdade — que tinha ódio de si mesmo e não dos judeus. Que tinha de fingir para que as pessoas não vissem o que ele era na verdade.”

“E o que você disse?”

“Eu disse que Lemarque podia ir para o Inferno.”

“É o que eu diria também.”

“Não”, disse Ben Yakov. “Você teria escutado. Você teria alguma coisa inteligente para dizer a ele. Teria perguntado o que o levava a pensar assim.”

“Ele é uma pessoa reservada”, disse Andras. “Talvez não dissesse mais nada mesmo se você perguntasse.”

“De todo jeito, percebi que havia alguma coisa de errado. Você também deve ter notado. Estava trabalhando com ele naquele projeto. Qualquer um podia ver que Polaner não dormia e ficava sempre muito calado quando Lemarque estava por perto... mais calado do que o normal.”

Andras não sabia o que dizer. Tinha andado consumido pelos próprios pensamentos sobre Klara, pela expectativa da visita de Tibor, por seu trabalho. Tinha consciência de Polaner como uma presença constante em sua vida, sabia que era uma pessoa reservada e séria, sabia até que ele às vezes ficava cismado com os próprios pensamentos; mas nem desconfiava que Polaner pudesse possuir desgraças íntimas tão colossais quanto as suas. Se o caso com Klara foi difícil, devia ter sido muito mais difícil para Polaner acalentar uma atração secreta por Lemarque. Ele tinha dedicado pouco tempo a imaginar como podia ser a vida de um homem que gostava de homens. Existiam muitos homens afeminados e mulheres masculinizadas em Paris, é claro, e todo mundo conhecia os famosos clubes e bailes onde eles iam se encontrar: Cidade Mágica, Monocle, Bal de la Montagne-Sainte-Geneviève; mas aquele mundo parecia algo distante da vida de Andras. Que vestígio daquilo havia em sua própria experiência? Certas coisas tinham acontecido em seu tempo de ginásio — meninos cultivavam amizades que pareciam românticas em suas intrigas e traições; e houve vezes em que ele e seus colegas de turma ficavam enfileirados, com os calções abaixados nas canelas, masturbando uns aos outros na escuridão. Tinha um garoto na escola que todos diziam que amava meninos — Willi Mandl, um louro magricela que tocava piano, usava meias brancas bordadas e fora visto de relance, uma tarde, dentro de uma loja de roupas de segunda mão remexendo entre os dedos, com ar sonhador, uma bolsinha de mulher azul feita de seda. Mas aquilo fazia parte da neblina da infância, nada que parecesse influenciar sua vida atual.

Então Polaner abriu os olhos e olhou para Andras, que tocou na manga de Ben Yakov. "Polaner", disse Andras. "Está ouvindo?"

"Eles estão aqui?", perguntou Polaner em tom quase inaudível.

"Nós estamos aqui", disse Andras. "Durma. Não vamos deixar você."

13. O visitante

Andras não tinha voltado à Gare du Nord desde sua chegada de Budapeste, em setembro. Agora, no final de janeiro, enquanto aguardava na plataforma a chegada do trem de Tibor, admirou-se ao pensar na carga de ignorância que havia transportado até Paris poucos meses antes. Não sabia quase nada sobre arquitetura. Nada a respeito da cidade. Menos do que nada sobre o amor. Nunca havia tocado o corpo nu de uma mulher. Não sabia francês. Aquelas placas de *sortie* acima das saídas poderiam muito bem significar *Seu idiota*! Os acontecimentos dos últimos dias serviram apenas para lembrar Andras como era pequeno o conhecimento que tinha do mundo. Tinha a sensação de que estava apenas começando a perceber o alcance da própria inexperiência, da escuridão em que se encontrava; mal havia começado a abrir caminho nessa escuridão. Gostaria que, da próxima vez que encontrasse o irmão, estivesse se sentindo mais adulto, mais vivido, fosse alguém familiarizado com o mundo em geral. Mas agora não havia mais nada que ele pudesse fazer. Tibor teria de aceitá-lo como era.

Às cinco e quinze, o expresso da Europa Ocidental entrou na estação, enchendo a caverna de ferro e vidro com o guincho dos freios. Os carregadores baixaram as escadinhas de desembarque e desceram; os passageiros se derramaram para fora, homens e mulheres abatidos depois de viajar a noite inteira. Rapazes da idade de Andras, sem dormir e com um aspecto inseguro na luz de inverno da estação, olhavam para as placas piscando e procuravam suas bagagens. Andras examinou os rostos dos passageiros. Enquanto cada vez mais pessoas passavam por ele, sem o menor sinal de Tibor, teve por um momento medo de que, no final, o irmão tivesse desistido de ir. Então alguém pôs a mão no seu ombro, ele se virou, e lá estava Tibor Lévi na plataforma da Gare du Nord.

"Que coincidência encontrar você aqui", disse o irmão, e puxou Andras para abraçá-lo.

Uma alegria borbulhante subiu pelo peito de Andras, uma sensação de alívio que parecia um sonho. Empurrou o irmão um pouco para trás, à distância de um braço. Tibor examinou Andras dos pés à cabeça e seu olhar se deteve nos sapatos cheios de buracos.

"É bom ter um irmão que vende sapatos", ele disse. "Ou pelo menos que vendeu sapatos. Esses seus sapatos nojentos não durariam nem mais uma semana."

Recolheram as bagagens de Tibor e tomaram um táxi para o Quartier Latin, uma viagem que Andras achou surpreendentemente breve e direta, e se deu conta de como seu primeiro taxista de Paris o havia ludibriado. As ruas disparavam por ele quase depressa demais; queria mostrar tudo para Tibor, de uma só vez. Desceram pelo Boulevard Sébastopol, subiram na Île de la Cité e num intervalo que lhe pareceu apenas um instante estavam fazendo a curva para entrar na Rue des Écoles. O Quartier Latin aparecia diminuído, atrás de uma névoa de chuva, as calçadas abarrotadas de guarda-chuvas. Os dois carregaram a bagagem de Tibor às pressas debaixo da garoa e arrastaram as malas para o primeiro andar. Quando chegaram ao sótão de Andras, Tibor parou na porta e começou a rir.

"O que foi?", disse Andras. Ele tinha orgulho de seu quarto precário.

"É exatamente como eu imaginava", disse Tibor. "Até o último detalhe."

Sob o olhar do irmão, talvez pela primeira vez o apartamento de Paris parecesse realmente pertencer a Andras, como se o fato de Tibor vê-lo o transformasse em algo ligado, num contínuo, aos outros locais onde Andras havia morado antes, unindo-o à vida que tinha vivido antes de embarcar no trem na estação Nyugati, em setembro. "Entre", disse Andras. "Tire o casaco. Vou acender a lareira num instante."

Tibor tirou o casaco, mas não deixou que Andras acendesse a lareira. Não tinha a menor importância o fato de ser o apartamento do irmão, nem Tibor ter viajado durante três dias seguidos. Era assim que as coisas sempre tinham sido entre eles: o mais velho cuidava do mais novo. Se fosse o apartamento de Mátyás e Andras tivesse ido visitá-lo, Andras é que quebraria os gravetos e enfiaria os pedaços de papel embaixo da lenha. Em poucos minutos, Tibor levantou uma labareda firme. Só então tirou os sapatos e arrastou-se para a cama de Andras.

"Que alívio!", ele disse. "Faz três dias que não deito para dormir." Puxou a colcha por cima do corpo e num instante estava dormindo.

Andras colocou seus livros sobre a mesa e tentou estudar, mas descobriu que não conseguia se concentrar. Queria notícias de Mátyás e dos pais. E queria notícias de Budapeste — não da política e dos problemas, que qualquer um podia saber pelos jornais diários húngaros, mas sim do bairro onde moravam, das pessoas que conheciam, das inúmeras mudanças pequeninas que marcavam o fluxo do tempo. Também queria contar para Tibor o que havia acontecido com Polaner, a quem vira de novo naquela manhã. Ele parecia ainda pior do que antes, inchado, lívido e febril. Sua respiração roncava na garganta e as enfermeiras se curvavam sobre ele para pôr ataduras em seus ferimentos e aplicar doses de líquidos destinados a aumentar sua pressão sanguínea. Uma equipe de médicos reuniu-se ao pé de sua cama e debateu a respeito dos riscos e dos benefícios de uma cirurgia. Os sinais de hemorragia interna persistiam, mas os médicos não conseguiam chegar a um acordo e hesitavam entre operar para deter essa hemorragia e esperar que parasse sozinha. Andras tentava decifrar sua rápida troca de palavras médicas, tentava remontar o quebra-cabeças de termos anatômicos franceses, mas não conseguia apreender tudo e seu temor o impedia de fazer perguntas. Era horrível pensar em Polaner cortado, aberto, e pior ainda era pensar na hemorragia incontida dentro dele. Andras ficou ali até o professor Vago substituí-lo e começar seu turno; ele não queria que Polaner acordasse e se visse sozinho. Ben Yakov não tinha aparecido naquela manhã e ninguém tinha notícias de Rosen desde que saíra do hospital à procura de Lemarque.

Agora ele se obrigou a prestar atenção no livro de estudo; uma lista de problemas de estática fervilhava num borrão semelhante a um bando de formigas. Ele arrebanhava as letras e os números numa ordem inteligível, anotava a lápis colunas de números bem ordenadas numa folha de papel quadriculado em branco. Calculava a força dos vetores sobre cinquenta varas de aço numa parede de concreto armado, localizava os pontos de maior tensão nos arcobotantes de uma catedral, estimava a oscilação do vento numa estrutura de aço hipotética duas vezes mais alta do que a Torre Eiffel. Cada prédio com sua silenciosa matemática interna, os números flutuando no interior das estruturas. Passou uma hora enquanto ele abria caminho através de sua lista de problemas. Por fim Tibor resmungou e ficou sentado na cama.

"Aaaah", ele disse. "Ainda estou em Paris?"

"Receio que sim", disse Andras.

Tibor fez questão de levar Andras para jantar. Foram a um restaurante basco que diziam servir uma boa sopa de rabo de boi. O garçom era um brutamontes de ombros largos que batia os pratos na mesa e gritava palavrões para a cozinha. A sopa era rala e a carne estava passada demais, mas eles beberam uma cerveja basca, que fez Andras sentir-se animado e sentimental. Ali estava seu irmão, ali estavam os dois juntos, jantando numa cidade estrangeira, como os homens adultos em que afinal eles tinham se transformado. Sua mãe teria rido bem alto ao vê-los juntos naquele restaurante viril, debruçados sobre suas canecas de cerveja.

"Seja franco", disse Andras. "Como vai Anya? As cartas dela são alegres demais. Receio que não vá me contar nada se acontecer alguma coisa ruim."

"Estive em Konyár um fim de semana antes de viajar", disse Tibor. "Mátyás também estava lá. Anya está tentando convencer Apa a ir passar o inverno em Debrecen. Quer que haja um bom médico por perto caso ele pegue pneumonia outra vez. Mas ele não vai, é claro. Insiste em dizer que não vai ficar doente, como se tivesse algum controle sobre isso. E quando tomo o partido de Anya, ele me pergunta quem eu penso que sou para lhe dizer o que fazer. Você ainda não é médico, Tibi, ele diz. E brande o dedo no ar apontado para mim."

Andras riu, embora soubesse que o assunto era sério; os dois sabiam que o pai tinha andado muito doente e que a mãe dependia dele. "O que vão fazer?"

"Vão ficar em Konyár, por enquanto."

"E Mátyás?"

Tibor balançou a cabeça. "Aconteceu uma coisa estranha uma noite antes de eu partir. Mátyás e eu andamos até a ponte da ferrovia por cima do rio, aquela onde a gente pescava no verão."

"Sei qual é", disse Andras.

"Era uma noite fria para andar. A ponte estava congelada. Na verdade, nem devíamos ter ido até lá. Pois bem, ficamos ali parados por um tempo olhando para as estrelas e começamos a conversar sobre Anya e Apa, sobre o que Mátyás devia fazer se alguma coisa acontecesse com eles, e então ele ficou zangado comigo, sabe... Eu estava deixando todos para trás e ele tinha de resolver tudo sozinho, Mátyás disse. Tentei explicar que os dois ficariam bem, que, se acontecesse de fato alguma coisa grave, você e eu voltaríamos para casa, e Mátyás disse que nunca mais íamos voltar, que você tinha partido para sempre e que logo eu iria embora também. Estávamos discutindo assim, em cima daquela ponte congelada, e aí ouvimos o barulho de um trem."

"Não sei se quero ouvir o final dessa história."

"E aí Mátyás me disse: 'Fique em cima da ponte. Fique aqui parado ao lado dos trilhos, na ponta dos dormentes. Vamos ver se a gente consegue manter o equilíbrio quando o trem passar. Você acha que consegue? Não está com medo, está?' O trem chegava depressa. E você conhece aquela ponte, Andras. Os dormentes têm um prolongamento de mais ou menos um metro de cada lado dos trilhos. E a ponte tem quase vinte metros de uma ponta à outra, por cima do rio. Então ele pula em cima dos dormentes entre os trilhos e fica ali parado de frente para o trem. Que vem vindo. Já dá para ver a luz do farol da locomotiva. Grito para ele sair dali, mas ele nem se mexe. 'Não estou com medo', diz. 'Deixe que ele venha.' Aí eu corro para cima dele e o coloco em cima do meu ombro como se fosse um saco de serragem, e, juro por Deus, a ponte está tão congelada que quase caí e nos matei. Retirei Mátyás dos trilhos e joguei-o na neve. O trem chegou um segundo depois. Ele se levantou e ficou rindo feito um maluco, aí eu me levantei e dei um soco no queixo dele. Tive vontade de quebrar o pescoço daquele idiota."

"Eu *quebraria* o pescoço dele!"

"Acredite, essa era a minha vontade."

"Ele não queria que você partisse. Agora está sozinho lá."

"Não exatamente", respondeu Tibor. "Ele se deu muito bem em Debrecen. É muito diferente dos tempos em que eu e você íamos à escola. Eu e Mátyás fizemos as pazes no dia seguinte e voltei com ele para lá, em meu caminho para Budapeste. Você devia ver o que anda fazendo naquela casa noturna onde se apresenta! Devia estar trabalhando no cinema. É igual ao Fred Astaire, mas com cambalhotas e saltos mortais. E ainda é pago para fazer aquilo! Eu devia estar contente por Mátyás, se não achasse que ele perdeu a cabeça. Está quase sendo expulso do colégio, sabia? Tem notas baixas em latim e em história e nas outras matérias está por um fio. Tenho certeza de que vai largar o colégio assim que tiver dinheiro suficiente para pagar a passagem para fora da Hungria. Anya e Apa também sabem disso."

"Você não contou para eles essa história da ponte, contou?"

"Está brincando?"

Fizeram sinal para o garçom e pediram mais duas bebidas. Enquanto aguardavam, Andras perguntou sobre Budapeste, sua velha Harsfa Utca e o bairro judeu.

"Está tudo igualzinho a quando você partiu", disse Tibor. "Se bem que todo mundo anda cada vez mais preocupado, achando que Hitler vai arrastar a Europa para uma nova guerra."

"Se fizer isso, os judeus vão levar a culpa. Pelo menos aqui na França."

O garçom voltou e Tibor tomou um comprido e pensativo gole de cerveja basca. "Não há tanta *fraternité* e *égalité* como você um dia imaginou, não é?"

Andras lhe contou sobre a assembleia do Grand Occident e depois sobre o que havia acontecido com Polaner. Tibor tirou os óculos, esfregou as lentes com o lenço e colocou-os na cara outra vez.

"No trem, conversei com um homem que acabou de visitar Munique", disse. "Um jornalista húngaro enviado para cobrir um comício que houve lá. Viu três homens serem espancados até a morte por terem destruído exemplares de um jornal antijudeu patrocinado pelo Estado. Insurgentes, é assim que os jornais alemães chamam essas pessoas. Um deles era um oficial condecorado da Grande Guerra."

Andras suspirou e esfregou a parte de cima do nariz. "Com Polaner, a situação é pessoal", disse. "Há questões que envolvem seu relacionamento com um dos homens que o agrediram."

"É apenas o mesmo tipo de ódio na essência", disse Tibor. "Horrível de qualquer ângulo que se encare."

"Eu fui um tolo por imaginar que aqui as coisas seriam diferentes."

"A Europa está mudando", disse Tibor. "O cenário está ficando mais sombrio em toda parte. Mas nem tudo foi tristeza para você por aqui, eu espero."

"Não foi." Andras ergueu os olhos para Tibor e conseguiu dar um sorriso.

"Qual é a novidade, Andráska?"

"Nenhuma."

"Está guardando segredos agora? Tem alguma intriga em andamento?"

"Você vai ter de me pagar uma bebida mais forte do que esta."

Num bar perto dali, pediram uísque e Andras contou tudo a Tibor: o convite para ir à casa dos Morgenstern, como ele reconheceu o nome e o endereço pela carta; como se apaixonou por Klara e não por Elisabet; como eles não conseguiram se esquivar da atração que sentiram. Como Klara não lhe contou nada sobre o motivo de sua ida para Paris nem por que sua identidade tinha de ser mantida em segredo. Quando terminou a história, Tibor segurou seu copo e olhou-o fixamente.

"Ela é mais velha do que você quantos anos?"

Não havia meios de contornar a pergunta. "Nove."

"Meu Deus", disse Tibor. "Você está apaixonado por uma mulher bem crescida. Isso é coisa séria, Andras, você compreende?"

"Séria demais."

"Deixe esse copo na mesa. Estou falando com você."

"Estou escutando."

"Ela tem trinta e um anos", disse Tibor. "Não é uma garota. Quais são suas intenções?"

Uma tensão contraiu a garganta de Andras. "Quero me casar com ela", respondeu.

"É claro. E vai viver de quê?"

"Acredite, já pensei nisso."

"Mais quatro anos e meio", disse Tibor. "É esse o tempo que falta para você tirar seu diploma. Ela vai ter trinta e seis anos. Quando você tiver a idade que ela tem hoje, a mulher vai ter quarenta anos. E quando você tiver quarenta anos, ela vai ter..."

"Pare com isso", disse Andras. "Sei fazer contas."

"Mas já fez?"

"E daí? E daí que ela vai ter quarenta e nove anos quando eu tiver quarenta?"

"O que vai acontecer quando você tiver quarenta anos e uma mulher de trinta começar a prestar atenção em você? Acha que vai continuar sendo fiel à sua esposa?"

"Tibi, você precisa mesmo fazer tudo isso?"

"E quanto à filha? Ela sabe o que está acontecendo entre você e a mãe?"

Andras balançou a cabeça. "Elisabet me detesta e é terrível com Klara. Duvido que aceite a situação com tranquilidade."

"E József Hász? Ele sabe que você está apaixonado pela tia dele?"

"Não. Ele nem sabe o paradeiro da tia. A família não confia essa informação a ele, sei lá por quê."

Tibor entrelaçou as mãos. "Meu Deus, Andras, não tenho a menor inveja de você."

"Eu tinha esperança de que você me dissesse o que devo fazer."

"Eu sei o que *eu* faria. Romperia essa relação o mais depressa possível."

"Mas você nem a conheceu."

"E que diferença faz?"

"Não sei. Achei que você podia querer conhecê-la. Não tem nem curiosidade?"

"Estou morrendo de curiosidade", ele disse. "Mas não vou participar da sua ruína. Nem mesmo como espectador." Chamou o garçom e pediu a conta; depois, com firmeza, mudou de assunto.

De manhã, Andras levou Tibor à École Spéciale, e encontraram Vago em seu gabinete. Quando entraram, ele estava sentado atrás de sua escrivaninha, conversando ao telefone no seu jeito peculiar: mantinha o fone preso entre o ombro e a bochecha, enquanto gesticulava com as duas mãos. Traçava no ar a silhueta de um prédio defeituoso, depois o apagou com um gesto largo do braço, em seguida traçou outro prédio, esse com um telhado que *parecia* plano mas não era, a fim de permitir a *drainage* — e então a conversa ao telefone terminou e Andras, afinal, apresentou Tibor a Vago, na mesma sala onde ele tinha sido o assunto de tantas conversas matinais, como se a própria discussão tivesse produzido a materialização de Tibor.

"Então vai para Modena", disse Vago. "Eu o invejo. Você vai adorar a Itália. Não vai querer voltar mais para Budapeste."

"Sou muito agradecido por sua ajuda", disse Tibor. "Se algum dia eu puder retribuir o favor que me fez..."

Vago fez um gesto para pôr aquela ideia de lado. "Você vai ser médico", ele disse. "Se eu tiver sorte, não vou precisar de seus favores." Em seguida lhes deu notícias do hospital: Polaner estava resistindo com firmeza; os médicos resolveram não operar ainda. De Lemarque, não havia nenhum sinal. Rosen tinha derrubado a pontapés a porta de seu quarto na véspera, mas ele não estava em parte alguma.

Tibor ficou ao lado de Andras durante as aulas da manhã. Viu o irmão apresentar sua solução para o problema de estática dos arcobotantes da catedral e deixou que lhe mostrasse seus desenhos no ateliê. Conheceu Ben Yakov e Rosen, que rapidamente esgotaram as poucas palavras de húngaro que haviam aprendido com Andras; Tibor brincou com eles no seu francês escasso mas atrevido. Ao meio-dia, durante o almoço na cantina da faculdade, Rosen falou da ida à pensão de Lemarque. Ele se mostrava esgotado; seu rosto perdera o rubor furioso e suas sardas ruivas pareciam boiar na superfície da pele. "Que ninho de ratos é aquele lugar", disse. "Uma centena de quartos apertados e escuros, cheios de homens que cheiram mal. O lugar fede mais do que uma prisão. Quase dá pena do sacana, por morar num lugar feito aquele." Fez uma pausa a fim de dar um longo bocejo. Tinha passado a noite inteira sem dormir, no hospital.

"E nada dele?", perguntou Ben Yakov. "Nenhum sinal?"

Rosen balançou a cabeça. "Vasculhei a pensão toda, do sótão ao porão. Ninguém viu o sujeito, pelo menos foi o que me disseram."

"E se você o encontrasse, o que aconteceria?", perguntou Tibor.

"Você quer dizer, o que eu faria com ele? Na hora, minha vontade seria de sufocá-lo com minhas próprias mãos até a morte. Mas eu seria um idiota se fizesse isso. Temos de saber quem foram seus cúmplices."

A cantina começou a ficar vazia. Portas abriam e fechavam em volta do pátio enquanto os estudantes se distribuíam pelas salas de aula. Tibor observou todos se dispersarem com olhos sérios por trás dos óculos de aro prateado.

"No que está pensando?", perguntou Andras em húngaro.

"Em Béla Sortudo", disse Tibor. "*Ember embernek farkasa.*"

"Falem em francês, húngaros", disse Rosen. "O que estão falando?"

"É uma coisa que nosso pai dizia", respondeu Andras, e repetiu a expressão.

"E o que isso quer dizer, no linguajar do resto do mundo?"

"*O homem é o lobo do homem.*"

Naquela noite, eles deviam ir a uma festa na casa de József Hász no Boulevard Saint-Jacques. Era a primeira vez que Andras ia à casa de József desde o início do caso com Klara. A ideia deixou-o apreensivo, mas o rapaz o convidara pessoalmente uma semana antes; algumas de suas pinturas estariam numa exposição de estudantes na Beaux-Arts, aonde Andras não iria de jeito nenhum, porque seria uma grande chatice, mas depois da abertura haveria um coquetel e um jantar na casa de József. Andras havia se esquivado com a desculpa de que Tibor estaria na cidade e de que não poderia sobrecarregar József com mais um convidado, mas isso só serviu para que o rapaz insistisse ainda mais: se Tibor estava em Paris pela primeira vez, não podia perder uma festa na casa de József Hász.

Quando chegaram, as pessoas já estavam embriagadas. Um trio de poetas estava de pé em cima do sofá e berrava versos numa cacofonia a três vozes, enquanto uma garota num traje colante verde realizava números de contorcionismo sobre um tapete oriental. József em pessoa dava as cartas numa mesa de jogo, vencendo no pôquer, enquanto os demais jogadores fitavam de cara feia suas pilhas minguantes de dinheiro.

"Os húngaros chegaram!", exclamou József quando os viu. "Agora sim vamos jogar para valer. Puxem uma cadeira, rapazes! Vamos jogar cartas."

"Lamento, mas não posso", disse Andras. "Estamos duros."

József deu as cartas com uma velocidade estonteante. "Então comam", disse. "Se estão duros, na certa estão com fome. Não estão com fome?" Ele não ergueu os olhos das cartas. "Façam uma visita ao bufê."

Na mesa de jantar, havia uma travessa de baguetes, três queijos, picles, maçãs, figos, uma torta de chocolate e seis garrafas de vinho.

"Isto sim é uma visão bem-vinda", disse Tibor. "Boca livre."

Fizeram sanduíches de figo com queijo e levaram para a ampla sala da frente, onde ficaram vendo a contorcionista se tornar um círculo, um sino, um nó de marinheiro. Depois ela fez uma pose erótica, com outra garota, enquanto uma terceira tirava fotos com uma câmera de aspecto antiquado.

Tibor assistiu àquilo num transe hipnótico. "Hász faz festas assim com frequência?", perguntou, enquanto observava as garotas que mudavam de posição.

"Com mais frequência do que a gente pode imaginar", disse Andras.

"Quantas pessoas moram neste apartamento?"

"Só ele."

Tibor deu um assobio.

"E tem água quente no banheiro também."

"Agora você já está exagerando."

"Não, eu não estou exagerando. E tem uma banheira de porcelana com pés de leão. Venha ver." Levou Tibor pelo corredor para os fundos do apartamento e fez uma parada na porta do banheiro, que estava aberta só o suficiente para deixar à mostra uma faixa de porcelana branca. O brilho de velas acesas emanava de dentro do banheiro. Andras abriu a porta. Lá, cintilando contra a claridade que vinha do corredor, estava um casal de pé junto à parede. O cabelo da garota estava desfeito, os botões de cima da blusa estavam abertos. Era Elisabet Morgenstern, com a mão erguida contra a luz.

"Perdoem, cavalheiros", disse o homem em francês, com sotaque americano, pronunciando todas as palavras num langor encharcado de álcool.

Elisabet reconheceu Andras na mesma hora. "Pare de olhar para mim, seu húngaro imbecil!", ela disse.

Andras deu um passo atrás para o corredor e puxou Tibor consigo. O homem lhes dirigiu um piscar de olhos num triunfo bêbado e, com um pontapé, fechou a porta.

"Bem", disse Tibor. "Acho melhor irmos ver as instalações hidráulicas da casa."

"Deve ser melhor."

"Mas quem era aquela garota linda? Parece que conhece você."

"Aquela garota linda era Elisabet Morgenstern."

"A Elisabet? Filha de Klara?"

"A própria."

"E quem era o homem?"

"Alguém tremendamente corajoso, disso não há dúvida."

"E József Hász conhece Elisabet?", perguntou Tibor. "Você acha que o segredo veio à tona entre os dois?"

Andras balançou a cabeça. "Não tenho a menor ideia. Elisabet parece levar uma vida independente fora de casa. Mas József nunca falou de uma prima secreta, o que tenho certeza de que faria, pois não consegue resistir a uma fofoca." As têmporas de Andras começaram a latejar enquanto ele refletia sobre o que exatamente seria aquilo que tinha acabado de descobrir e o que contaria a Klara.

Voltaram para o sofá andando em zigue-zague e sentaram-se ali a fim de observar os convidados brincarem de charada; uma garota tomou posse do casaco de Andras e usou-o por cima da cabeça como um capuz, enquanto se inclinava para colher flores invisíveis. Os outros iam dizendo títulos de filmes que Andras nunca tinha visto. Ele precisava tomar mais uma taça de vinho e já estava prestes a se levantar e procurar uma quando o namorado de Elisabet entrou na sala, trôpego. Louro e de ombros largos, com um caro paletó de merino, o homem enfiava a camisa para dentro da calça e alisava o cabelo. Levantou a mão em cumprimento e sentou-se no sofá, entre Andras e Tibor.

"Como vão, cavalheiros?", perguntou em seu francês lânguido. "Pela cara de vocês, não estão nem de longe se divertindo como eu." Parecia um dos astros de Hollywood que faziam anúncios para a Rádio França. "Aquela garota tem um fogo tremendo. Eu a conheci numa estação de esqui no Natal e receio que tenha ficado viciado nela."

"Já estávamos de saída", disse Andras. "Vamos embora agora."

"Não, senhor!", grasnou o louro americano. Pôs um braço em cima do peito de Andras. "Ninguém vai embora! Vamos ficar aqui a noite inteira."

Do outro lado do corredor, veio Elisabet, sacudindo gotas de água das mãos. Tinha arrumado o cabelo às pressas e abotoado a blusa de qualquer jeito. Quando chegou à sala da frente, acenou para Andras com um gesto da mão afoito e insistente. Ele levantou-se do sofá, desculpou-se com uma curta reverência e seguiu Elisabet pelo corredor. Ela o levou até o quarto de József, onde um dilúvio de casacos havia inundado a cama e formara poças no chão.

"Muito bem", ela disse, cruzando os braços sobre o peito. "Diga o que você viu."

"Nada!", respondeu Andras. "Absolutamente nada."

"Se contar para mamãe a respeito de Paul eu mato você."

"Como é que vou contar para ela, se fui expulso de sua casa?"

O olhar de Elisabet assumiu um ar de esperteza. "Não banque o inocente comigo", ela disse. "Sei que não passou os dois últimos meses torcendo para que eu me apaixonasse por você. Sei o que está acontecendo entre você e minha mãe. Vi como ela olha para você. Não sou idiota, Andras. Ela pode não me contar tudo, mas eu a conheço há tempo suficiente para ser capaz de adivinhar quando está com um namorado novo. E você é exatamente o tipo dela. Um dos tipos dela, melhor dizendo."

Agora foi a vez de Andras mostrar um rubor encabulado; *Vi como ela olha para você*. E também como ele devia olhar para ela. Como alguém podia não ver? Andras olhou para a lareira; uma cigarreira prateada jazia no meio das cinzas, tinha o monograma escurecido. "Você sabe que ela não ia gostar de saber que você veio aqui", ele disse. "Ela sabe que você conhece József Hász?"

"Aquele imbecil que mora aqui? Por quê? Por acaso é algum criminoso famigerado?"

"Não exatamente", respondeu Andras. "A questão é que ele pode promover festas bem grosseiras, só isso."

"Eu o conheci esta noite. É amigo de Paul, da faculdade."

"E você conheceu Paul em Chamonix?"

"Não acho que isso seja da sua conta. E estou falando sério, Andras, não pode contar nada disso para minha mãe. Ela vai me deixar trancada no quarto pelo resto da vida." Ajeitou a blusa e, quando viu que tinha abotoado errado, pronunciou um palavrão impróprio para senhoras.

"Não vou contar", ele disse. "Palavra de honra."

Elisabet franziu as sobrancelhas para ele, parecendo duvidar de sua confiabilidade; mas por trás de seu olhar severo havia um lampejo de vulnerabilidade, a consciência de que ele detinha a chave de algo importante para ela. Andras não estava seguro de que era de fato Paul que ela amava ou se era simplesmente a liberdade de levar sua vida fora do alcance do controle de sua mãe, mas, independentemente disso, ele compreendia. Fez seu juramento outra vez. Os ombros tensos de Elisabet relaxaram um pouco e ela emitiu um suspiro truncado. Em seguida fisgou dois casacos na pilha sobre a cama, passou por Andras depressa rumo ao corredor e voltou para a sala da frente, onde Paul e Tibor continuavam a ver a brincadeira das charadas.

"É tarde, Paul", disse Elisabet, jogando o casaco do rapaz no colo dele. "Vamos embora."

"É cedo!", respondeu Paul. "Vamos, sente aqui com a gente e veja essas garotas."

"Não posso. Tenho de ir para casa."

"Venha para perto de mim, minha leoa", ele disse, puxando-a pelo pulso.

"Se eu tiver de ir para casa sozinha, eu vou", ela disse, e soltou-se.

Paul se levantou do sofá e beijou Elisabet na boca. "Garota teimosa. Espero que este cavalheiro não tenha sido rude com você." E piscou para Andras.

"Este cavalheiro tem o mais profundo respeito pela jovem senhora", disse Andras.

Elisabet revirou os olhos. "Muito bem", exclamou. "Já chega." Encolheu os ombros e enfiou-se no casaco, dirigindo a Andras um último olhar de advertência e seguindo para a porta. Paul acenou em despedida e foi para o corredor atrás dela.

"Bem", disse Tibor. "Acho melhor você sentar e me contar o que está acontecendo."

"Ela implorou que eu não contasse para a mãe que a vi com aquele homem."

"E o que você disse?"

"Jurei que não ia contar nada."

"De todo jeito, ela não imagina que você terá alguma oportunidade de contar, não é?"

"Bem", disse Andras. "Parece que Elisabet adivinhou o que está acontecendo entre mim e a mãe dela."

"Ah. Então o segredo acabou."

"Pelo menos esse, sim. Ela não parece ter ficado nem um pouco surpresa. Disse que eu era o tipo da mãe, seja lá o que isso significa. Mas não parece ter a menor ideia de que é prima de József." Suspirou. "Tibor, pelo amor de Deus, o que estou fazendo?"

"Era exatamente isso que eu estava perguntando a você", disse Tibor, e pôs o braço nos ombros de Andras. Logo depois, József Hász apareceu, com três taças de champanhe nas mãos. Deu uma para cada um e fez um brinde à saúde deles.

"Estão se divertindo?", perguntou. "Todo mundo tem de se divertir."

"Ah, sim", respondeu Andras, agradecido pelo champanhe.

"Vi que vocês conheceram meu amigo americano, o Paul", disse József. "O pai dele é um grande industrial. Pneus para carros ou alguma coisa assim. Aquela namorada nova dele tem a língua um pouco afiada demais para o meu gosto, mas ele está doido por ela. Talvez imagine que é assim que as garotas francesas se comportam."

"Se é assim que as garotas francesas se comportam, vocês estão com sérios problemas, cavalheiros", disse Tibor.

"Aqui não existe nenhum problema", disse József, e os três esvaziaram suas taças.

No dia seguinte, Andras e Tibor andaram pelos compridos salões do Louvre, assimilando as sombras castanhas aveludadas de Rembrandt, os arabescos frívolos de Fragonard e as curvas musculosas dos mármores clássicos; em seguida caminharam pelo *quai* até a Pont d'Iéna e ficaram parados embaixo dos arcos monumentais da Torre. Deram a volta na Gare d'Orsay enquanto Andras descrevia como havia construído sua maquete; por fim voltaram para o Luxembourg, onde o apiário se erguia numa hibernação silenciosa. Ficaram ao lado de Polaner no hospital enquanto ele dormia sob os cuidados das enfermeiras; Polaner, cuja história terrível Andras ainda não tinha contado para Klara. Ficaram olhando para ele adormecido durante mais ou menos uma hora. Andras gostaria que o amigo acordasse, gostaria que não estivesse tão pálido e não ficasse tão parado; as enfermeiras disseram que ele estava melhor naquele dia, mas Andras não conseguia perceber nenhuma mudança. Depois foram ao Sarah-Bernhardt, onde Tibor deu uma ajuda nos preparativos para o fechamento do teatro. Acondicionaram o material do café e dobraram a mesa de madeira, limparam os escaninhos dos atores e retiraram as mensagens antigas, carregaram os acessórios de palco para o depósito e os figurinos para o guarda-roupas, onde madame Courbet estava dobrando os trajes e guardando dentro de suas gavetas devidamente etiquetadas. Claudel deu para Andras uma caixa de cigarros pela metade — um antigo acessório de cena — e pediu desculpas por ter lhe dito tantas vezes para arder nas chamas do Inferno. Gostaria muito que Andras lhe perdoasse por aquilo, agora que os dois tinham sido arrastados pelos caprichos do destino.

Andras perdoou Claudel. "Sei que você não queria que me acontecesse nada de mal", ele disse.

"Este aqui é um bom garoto", disse Claudel e beijou-o nas duas bochechas. "Ele é um bom garoto", disse para Tibor. "Um encanto."

Monsieur Novak encontrou-os no corredor quando estavam de saída. Chamou-os ao escritório, onde pegou três taças de cristal lavrado e serviu a última garrafa de *tokaji*. Brindaram aos estudos de Tibor na Itália e depois brindaram à futura reabertura do teatro Sarah-Bernhardt e de outros três teatros que estavam sendo fechados naquela semana. "Uma cidade sem teatros é como uma festa sem conversa", disse Novak. "Não importa que a comida e a bebida sejam ótimas, as pessoas vão achar a festa chata. Aristófanes falou isso, eu acho."

"Obrigado por não deixar meu irmão viver na sarjeta", disse Tibor.

"Ah, ele encontraria um jeito de se safar sem minha ajuda", respondeu Novak, e pôs a mão no ombro de Andras.

"Foi o seu guarda-chuva que o salvou", disse Tibor. "De outro modo ele teria perdido o trem. E aí poderia perder a coragem."

"Não, ele não", disse Novak. "Não o nosso senhor Lévi. Ele ficaria bem. E você também vai ficar, meu jovem, na Itália." Apertou a mão de Tibor e lhe desejou boa sorte.

Estava escuro quando saíram. Caminharam pelo Quai de Gesvres enquanto as luzes das pontes e barcas cintilavam refletidas na água. Um vento rasgava através do canal do rio, achatava o casaco de Andras em suas costas. Ele sabia que Klara estava na sala de balé naquela hora, no trecho final de sua aula do fim da tarde. Sem contar a Tibor aonde estavam indo, Andras o conduziu pela Rue François Miron, na direção da Rue de Sévigné. Refez o caminho que havia semanas não percorria. E lá na esquina, com sua luz se derramando sobre a rua, estava a escola de balé com suas cortinas semicerradas e sua tabuleta que dizia MME. MORGENSTERN, MAÎTRESSE. O som abafado de música de vitrola chegava até eles através do vidro: o Schumann lento e solene que ela usava nas *révérences* do final das aulas. Era uma aula de meninas de nível intermediário, esguias, de dez anos de idade, com nucas penugentas, espáduas semelhantes a asinhas pontudas por baixo do algodão de seus trajes colantes. Na frente da sala, Klara lhes ensinava a fazer uma série de amplas mesuras. O cabelo de Klara estava preso num coque frouxo, pouco acima da nuca, e ela usava um vestido de viscose cor de ameixa, amarrado na cintura por uma fita preta. Tinha os braços flexíveis e fortes, feições tranquilas. Ela não precisava de ninguém; tinha construído uma vida para si e ali estava ela: aquelas *révérences* do fim do dia, sua filha no primeiro andar, a sra. Apfel, os cômodos aquecidos do apartamento que ela havia comprado para si. E no entanto, dele, de Andras Lévi, um estudante de vinte e dois anos da École Spéciale, ela parecia querer alguma coisa: o luxo da vulnerabilidade, talvez; a aguda emoção da incerteza. Enquanto Andras observava, o coração pareceu parar dentro do peito.

"Lá está ela", disse Andras. "Klara Morgenstern."

"Meu Deus", disse Tibor. "É linda, não há dúvida."

"Quem sabe ela aceita jantar com a gente?"

"Não, Andras. Não vou participar disso."

"Por que não?", perguntou Andras. "Você veio aqui ver como eu vivo, não foi? Pois então. Se não a conhecer, não vai saber."

Tibor observou enquanto Klara erguia os braços; as crianças ergueram os delas e se curvaram em mesuras quase até o chão.

"Ela é miúda", disse Tibor. "É uma ninfa da floresta."

Andras tentou vê-la da forma como Tibor a descrevia — tentou vê-la como alguém que a visse pela primeira vez. Havia algo de destemido, algo de juvenil na maneira como movia o corpo, como se parte dela continuasse criança. Mas os olhos dela conservavam a expressão de uma mulher que tinha visto uma vida se transformar em outra. Era aquilo que lhe dava o aspecto de uma ninfa, pensou Andras: a maneira como parecia corporificar a eternidade e também a inexorável passagem do tempo. A música chegou ao fim e as meninas correram na direção de suas mochilas e de seus casacos. Tibor e Andras observaram as crianças irem embora. Em seguida encontraram Klara na porta da escola de balé, onde ela estava tremendo de frio, em seu vestido de dar aula.

"Andras", ela disse, e estendeu-lhe a mão. Ele ficou aliviado por ela se mostrar contente de vê-lo; não sabia como Klara reagiria à sua visita à escola de balé. Mas não havia nada de errado em dar uma paradinha ali enquanto atravessava o Marais, disse para si mesmo; era uma coisa comum, algo que qualquer conhecido faria.

"Que surpresa", ela disse. "E quem é esse cavalheiro?"

"Este é Tibor", respondeu Andras. "Meu irmão."

Klara pegou a mão dele. "Tibor Lévi!", ela disse. "Enfim. Ouço falar de você há meses." Lançou um olhar por cima do ombro, para o alto da escada. "Mas o que vocês dois estão fazendo aqui? Sei que não vieram ter aula de balé."

"Venha jantar com a gente", disse Andras.

Ela riu, um pouco nervosa. "Não estou adequadamente vestida."

"Vamos tomar um drinque enquanto esperamos você."

Ela pôs a mão na boca e olhou por cima do ombro outra vez. De dentro do apartamento veio o som de passos ligeiros e de roupas de inverno sendo vestidas. "Minha inescrutável filha vai sair para jantar com as amigas esta noite."

"Então venha", disse Andras. "Vamos fazer companhia a você."

"Tudo bem", ela disse. "Onde vocês vão estar?"

Andras deu o nome de um lugar que servia bouillabaisse com grossas fatias de pão preto. Os dois adoravam o restaurante; tinham ido lá durante os dez dias que viveram juntos, em dezembro.

"Estarei lá daqui a meia hora", disse Klara, e correu para o primeiro andar.

O restaurante, em outros tempos, tinha sido uma oficina de ferreiro e tinha um leve aroma de cinzas e ferro. Os fornos de fundição tinham sido transformados em fornos de cozinha; havia mesas de madeira rústica, um cardápio cheio de pratos baratos e uma cidra forte de maçã servida em taças de barro. Sentaram-se em torno de uma das mesas e pediram as bebidas.

"Então essa é a sua Klara", disse Tibor, e balançou a cabeça. "Ela não pode ser a mãe daquela garota que vimos na festa ontem à noite."

"Mas é."

"Que catástrofe! Como foi que teve essa filha? Devia ser pouco mais do que uma criança na época."

"Tinha quinze anos", disse Andras. "Não sei de nada sobre o pai, só que já morreu faz muito tempo. Klara não gosta de tocar no assunto."

Ela chegou quando estavam pedindo uma segunda rodada de bebidas. Pendurou o chapéu vermelho e o casaco num cabideiro ao lado da mesa e sentou-se ao lado deles, empurrando uma mecha de cabelo molhado para trás da orelha. Andras sentiu o calor das pernas dela perto das suas; tocou nas dobras de seu vestido por baixo da mesa. Klara ergueu os olhos para ele e perguntou se havia alguma coisa errada. Ele não podia, é claro, dizer a ela o que havia de mais imediatamente errado: o fato de Tibor fazer objeção à relação entre os dois, pelo menos em teoria. Então lhe disse o que havia acontecido com Polaner na École Spéciale.

"Que pesadelo", ela disse quando Andras terminou e pôs o rosto nas mãos. "Pobre rapaz. E os pais dele? Alguém escreveu para os pais?"

"Ele nos pediu para não contar nada. Está envergonhado, entende?"

"Claro. Meu Deus."

Os três ficaram em silêncio, olhando para suas taças de cidra. Quando Andras olhou para Tibor, pareceu-lhe que o olhar do irmão havia se abrandado; era como se, à luz do que havia ocorrido com Polaner, tornara-se um absurdo, um luxo, defender uma opinião qualquer sobre o acerto ou o erro do amor. Tibor perguntou a Klara a respeito da aula que estava dando pouco antes e ela perguntou o que ele estava achando de Paris e se ainda teria tempo de conhecer a Itália antes do início das aulas.

"Não vou ter muito tempo para viajar", respondeu Tibor. "As aulas começam na semana que vem."

"E o que você vai estudar primeiro?"

"Anatomia."

"Você vai achar fascinante", disse. "Eu achei."

"Você estudou anatomia?"

"Ah, sim", ela disse. "Em Budapeste, como parte de meus estudos de balé. Tive um professor que acreditava que tínhamos de estudar as propriedades físicas e mecânicas do corpo. Ele nos obrigava a ler livros com desenhos de anatomia que davam nojo na maioria das meninas. E em alguns meninos também, embora tentassem não demonstrar. E um dia ele nos levou à faculdade de medicina da Universidade de Budapeste, onde os estudantes estavam dissecando cadáveres. Um dos professores nos mostrou os músculos, os tendões e os ossos de uma perna e de um braço. Depois mostrou as costas, a coluna. Duas garotas desmaiaram, lembro. Mas eu adorei."

Tibor olhou para ela com uma admiração relutante. "E você acha que isso trouxe benefício para sua dança?"

"Não sei. Acho que me ajuda a ensinar balé. Ajuda a explicar as coisas." Ficou pensativa por um momento, tocando na borda costurada do guardanapo. "Sabe, tenho em casa alguns daqueles livros de anatomia. Mais livros do que eu preciso ou uso. Eu podia lhe dar de presente alguns deles, se ainda tiver espaço nas suas malas."

"Não posso aceitar", disse Tibor, mas uma cobiça familiar despontou em seus olhos. A mania do pai de juntar livros velhos se tornara uma mania dele também; Tibor e Andras passavam horas nos sebos de livros em Budapeste, onde Tibor pegava nas estantes livros antigos de anatomia, um depois do outro, e mostrava para Andras, em detalhadas estampas coloridas, a curva acanhada de um pâncreas, o aglomerado cumulativo de um pulmão. Ele morria de vontade de possuir um daqueles volumes caros, que nunca tinha condições de comprar, nem mesmo a preços de sebos.

"Eu faço questão", disse Klara. "Depois do jantar, vamos lá em casa e você vai escolher um livro."

E assim, depois da bouillabaisse e de outra rodada de cidra, foram para Rue de Sévigné e subiram a escada até o apartamento de Klara. Ali estava a sala onde Andras a vira pela primeira vez; ali estava a tigela em forma de ninho, com seus ovos de chocolate, o sofá de veludo cinzento, a vitrola, os abajures cor de âmbar — a paisagem íntima da vida dela, que lhe fora negada no mês anterior. De uma das estantes, ela retirou três grandes livros de anatomia encadernados em couro. Colocou-os sobre a escrivaninha e abriu as capas com letras douradas. Tibor desdobrou as páginas com ilustrações para revelar os mistérios do corpo humano em quatro cores: os ossos com seus entremeados revestimentos de músculos, a teia de aranha do sistema linfático, a serpente enrodilhada dos intestinos, as pequeninas câmaras com janelas onde ficavam os olhos. O volume mais bonito e mais pesado era um exemplar in-fólio da obra *Corpus Humanum*, impresso em latim e com uma dedicatória para Klara, na caligrafia arrojada e angulosa de seu professor de balé, Víktor Rómankov: *Sine scientia ars nihi est. Budapeste, 1920.*

Ela pegou aquele volume da mão de Tibor e recolocou-o em sua caixa de couro. "É este que eu quero lhe dar", ela disse, colocando o livro nos braços dele.

Tibor ficou vermelho e sacudiu a cabeça. "Não posso aceitar, de maneira nenhuma."

"Quero que fique com você", ela disse. "Para seus estudos."

"Vou viajar. Não quero danificar o livro." Entregou-o para ela de novo.

"Não", disse Klara. "Leve com você. Isso vai me deixar contente. Vou me sentir feliz quando pensar que o livro está em Modena. É uma coisa à toa, levando em conta tudo o que você teve de fazer para ir estudar lá."

Tibor baixou os olhos para o livro em seus braços. Ergueu os olhos para encontrar o olhar de Andras, mas Andras não estava olhando para ele; sabia que, se fizesse aquilo, seu olhar ia acabar se confundindo com o fato de Tibor aprovar ou não sua relação com Klara. Assim, ele manteve o olhar fixo na grade de proteção da lareira, onde havia a cena desbotada de um cavalo e um cavaleiro, num bosque escurecido, e deixou que o desejo de Tibor possuir aquele magnífico in-fólio tomasse a decisão por ele. Após mais um momento de hesitação, fez roucas declarações de sua gratidão e deixou que Klara embrulhasse o livro com papel.

* * *

No último dia de Tibor em Paris, ele e Andras viajaram no barulhento metrô para Boulogne-Billancourt. A tarde estava quente para o mês de janeiro, seca e sem vento. Caminharam pelas avenidas compridas e silenciosas, passaram por padarias, quitandas e lojas de roupas masculinas, afastaram-se até chegar ao bairro onde o prédio branco de Pingusson, semelhante a um transatlântico, recortava o ar da manhã como se viajasse através do mar. Andras contou a história do jogo de pôquer em que a derrota de Perret se transformou numa bolsa de estudos; depois levou o irmão mais além, à Rue Denfert-Rochereau, onde prédios de Le Corbusier, Mallet-Stevens, Raymond Fischer e Pierre Patout se erguiam irradiando sua força austera, sem adornos, na luz fina da manhã. Nos meses seguintes à sua primeira visita ao lugar, Andras voltara muitas vezes àquele pequeno aglomerado de ruas onde os arquitetos vivos que ele mais admirava tinham construído, em pequena escala, santuários da simplicidade e da beleza. Certa manhã, não muito tempo antes, tinha visitado a Villa Gordin, de Perret, uma casa em forma de bloco e de aspecto vagamente japonês, construída para uma escultora, que tinha um conjunto de janelas de vidros espelhados em dois retângulos formados por tijolos dispostos perpendicularmente. Perret podia construir qualquer coisa que quisesse em qualquer terreno vazio de Paris, mas optara por fazer aquilo: criar uma obra de simplicidade espartana, um espaço adequado ao tamanho de um ser humano, feito para um artista viver, numa rua pequena onde uma pessoa podia trabalhar e ficar só. O prédio se tornara o predileto de Andras em Boulogne-Billancourt. Sentaram-se ao meio-dia no outro lado da rua e ele falou para o irmão a respeito da escultora que morava ali, Dora Gordin, nascida na Letônia, e sobre o ateliê gracioso que Perret projetara para ela nos fundos da casa.

"Lembra aquelas cabanas que você construía em Konyár?", perguntou Tibor. "Seus negócios imobiliários."

Os negócios imobiliários. No verão em que fizera nove anos, pouco antes de começar a frequentar a escola em Debrecen, Andras se tornara um construtor para os meninos do bairro. Ele detinha o monopólio das aparas de madeira e podia construir uma fortificação ou a sede de um clube em metade de um dia. Aos quatro anos de idade, Mátyás era seu assistente. Ajudava nos trabalhos e, com ar solene, entregava os pregos para Andras quando ele estava pregando as madeiras e montando as cabanas. Em troca de seus serviços de construção, Andras pegava tudo o que os meninos tinham a oferecer: a fotografia do pai de alguém em uniforme militar, uma esquadrilha de aviõezinhos de guerra, o crânio de um gato, uma balsa de madeira, um camundongo branco numa gaiola. Naquele verão, Andras tinha sido o menino mais rico da cidade.

"Lembra o meu camundongo?", perguntou Andras. "Lembra como você o chamava?"

"*Eliahu ha Navi*."

"Anya detestava isso. Achava que era sacrilégio." Sorriu e flexionou os dedos sobre a pedra do meio-fio. As sombras estavam ficando alongadas e a friagem escorria entre as diversas camadas de suas roupas. Andras estava pronto a sugerir que continuassem andando, mas Tibor reclinou-se para trás, apoiado nos cotovelos, e olhou para cima, para o jardim no terraço, com sua fileira de pequenas sempre-vivas.

"Foi naquele ano que me apaixonei pela primeira vez", ele disse. "Nunca contei isso para você. Você era novo demais para entender e quando já tinha idade suficiente eu estava apaixonado por outra garota, Zsuzsanna, aquela menina que eu levava para bailes no ginásio. Mas antes dela ainda teve uma garota chamada Rósza Geller. Rózsika. Eu tinha treze anos, ela, dezesseis. Era a filha mais velha da família que era dona da pensão onde morei em Debrecen. A família que foi embora da cidade pouco antes de você chegar para estudar."

Andras captou um tom incomum na voz de Tibor, quase uma pitada de amargura. "Dezesseis anos", ele disse, e deu um assobio grave. "Uma mulher mais velha."

"Eu espiava a garota tomar banho. Ela o fazia na cozinha, dentro de uma tina de latão, e minha cama ficava do outro lado da cortina. Aquela cortina estava cheia de buracos. Ela devia saber que eu ficava espiando."

"E você via tudo?"

"Tudo. Ela ficava de pé, jogava água em cima do corpo e cantarolava baixinho a melodia da *Marselhesa*."

"Por que a *Marselhesa*?"

"Ela estava apaixonada por algum astro do cinema francês. Ele tinha participado de uma porção de filmes de guerra."

"Pierre Fresnay."

"Isso mesmo, era esse o nome do sacana. Como é que você sabia?"

"Aquele meu amigo, Ben Yakov, parece muito com ele."

"Ainda bem que eu não sabia disso quando conheci seu amigo."

"E depois, o que aconteceu?"

"Um dia o pai dela me apanhou em flagrante espiando. Me deu a maior surra. Quebrou meu braço."

"Você quebrou o braço jogando futebol!"

"Essa foi a história oficial. O pai dela disse que ia me entregar à polícia se eu contasse a verdade. Eles me expulsaram da casa. Nunca mais vi a garota."

"Ah, meu Deus, Tibor. Eu nunca soube disso."

"O objetivo era esse mesmo."

"É terrível! Você tinha só treze anos."

"E ela, dezesseis. Ela sabia que não devia deixar aquilo continuar. Devia saber que eu ia acabar sendo apanhado. Talvez quisesse que eu fosse apanhado." Ficou de pé e tirou a poeira da calça. "Está vendo? Essa é a minha experiência com mulheres mais velhas."

Houve um movimento por trás de uma das janelas da casa, a sombra de uma mulher atravessou o quadrado de luz. Andras se levantou e ficou de pé ao lado do irmão. Imaginou a escultora indo até a janela, vendo os dois matando o tempo ali, como se estivessem à espera de uma chance para dar uma espiada nela.

"Não tenho treze anos", disse Andras. "Klara não tem dezesseis anos."

"Não, é verdade", disse Tibor. "Vocês são adultos. O que significa que as consequências podem ser mais graves se vocês perderem a cabeça."

"Agora é tarde demais", disse Andras. "Já perdi minha cabeça. Não sei o que vai acontecer. Estou à mercê dela."

"Então espero que ela mostre um pouco de misericórdia", disse Tibor. E usou a palavra iídiche *rachmones*, a mesma que trouxera Andras de volta a si três meses antes, no Jardin de Luxembourg.

Na manhã seguinte, eles levaram as malas de Tibor para a Gare de Lyon, da mesma forma que tinham levado as de Andras para a estação Nyugati, quando ele partiu para Paris. Agora era Tibor quem partia rumo a uma vida desconhecida numa terra estrangeira, para estudar, trabalhar e navegar pelas escuras galerias de uma língua estrangeira. O vento rugia pelos canais dos bulevares e tentava arrancar as malas de suas mãos; o tempo quente do dia anterior havia passado como se eles tivessem apenas sonhado com aquilo. Paris estava cinzenta como no dia em que Andras chegara. Ele gostaria de ter algum pretexto para manter o irmão a seu lado mais um dia, mais uma semana. Tibor tinha razão, é claro. Era uma bobagem o que Andras tinha feito, envolver-se com Klara Morgenstern. Ele já havia penetrado em terreno perigoso, se vira beirando uma trilha sinuosa rumo a uma curva onde uma rocha bloqueava a visão do que havia além. Andras não tinha sapatos para aquilo, nem as provisões, as roupas, a capacidade de prever, a força mental ou a experiência. Tudo o que tinha era uma espécie de esperança atrevida — algo não muito diferente, ele supunha, da esperança que mandara os exploradores do século XV se precipitarem para fora do mapa. Depois de mostrar a que ponto Andras estava mal preparado para a situação, como Tibor podia deixá-lo continuar sozinho agora? Como podia embarcar num trem e partir para a Itália, ainda que a faculdade de medicina estivesse à sua espera na outra ponta da ferrovia? Seu papel sempre fora o de mostrar o caminho para Andras quando estava escuro — às vezes, em sua infância, sem nenhuma metáfora, a mão de Tibor era seu único guia na escuridão. Mas agora eles haviam chegado à Gare de Lyon; lá estava o trem, preto e impassível em seus trilhos.

"Muito bem, então", disse Tibor. "Lá vou eu."

Fique, Andras queria dizer. "Boa sorte", disse.

"Escreva. E não se meta em confusão. Entendeu?"

"Compreendo."

"Que bom. Vamos nos ver em breve."

Mentiroso, Andras queria dizer.

Tibor pôs a mão na manga de Andras. Deu a impressão de que queria dizer mais alguma coisa, algumas palavras finais em húngaro antes de embarcar num trem repleto de pessoas que falavam italiano e francês. Mas ficou calado enquanto olhava para a enorme boca da estação e para o emaranhado de trilhos que se estendiam além dali. Subiu no trem e Andras lhe entregou sua mochila de couro. Seus óculos de aro de metal deslizaram pelo nariz; com o polegar, ele empurrou os óculos de volta ao lugar.

"Escreva quando chegar lá", disse Andras.

Tibor tocou a mão no chapéu, sumiu no interior do vagão de terceira classe e foi embora.

Depois que o trem havia deixado a estação, Andras voltou pelas portas de *sortie* e saiu para uma cidade que não abrigava mais seu irmão. Ele caminhou com os pés entorpecidos, calçados nos sapatos sociais pretos e novos que Tibor tinha trazido para ele da Hungria. Andras não se importava com quem passava por ele na rua nem queria saber para onde estava indo. Se tivesse descido da calçada e se visse caindo no espaço vazio em vez de pisar na sarjeta, se tivesse ascendido no ar acima dos carros e se alçado entre os prédios até poder olhar de cima para os telhados, com os capelos vermelhos de suas chaminés, suas grades curvas e irregulares, e se então continuasse subindo até ficar vagando pelo pântano de nuvens baixas no céu de inverno, Andras não sentiria nenhum choque de alegria, nenhum espanto de surpresa, apenas a mesma umidade de chumbo em seus braços e pernas. Seus pés o conduziam para mais longe ainda de seu irmão, para o oeste, através da cidade, até o Boulevard Raspail, o caminho inteiro que levava à École Spéciale e atravessava as portas azuis da faculdade.

O pátio estava repleto de estudantes, todos estranhamente calados, de pé em grupos de três ou quatro, de cabeças baixas. Uma quietude pesada pairava no ar acima do pátio. Havia uma presença negra palpável, como um bando de corvos congelados em pleno voo. Num banco de madeira lascada, num canto, o próprio Perret estava sentado com a cabeça nas mãos.

O que havia acontecido era o seguinte: pelo vagaroso correio de província, as notícias dos ferimentos de Polaner tinham chegado a Lemarque, em Bayeux, onde ele fora se esconder na fazenda dos pais, depois da agressão. A carta, escrita por seus cúmplices, revelou-lhe que Polaner estava de cama no hospital à beira da morte, perdendo sangue devido a ferimentos internos: uma descrição destinada a animar Lemarque, mostrar-lhe que tudo aquilo não tinha sido em vão, que o espancamento havia produzido frutos para além da própria agressão. Após receber essas notícias, Lemarque por sua vez escreveu duas cartas. Uma endereçada aos diretores da faculdade, declarando-se responsável pelo que havia acontecido e dando o nome dos outros três estudantes, do terceiro e do quarto ano, que haviam participado. A outra ele endereçou a Polaner, uma breve declaração de arrependimento e de amor. Tarde da noite, depois de ter deixado as duas cartas na mesa da cozinha, ele se enforcou numa viga no celeiro da fazenda dos pais. O pai descobriu o corpo de manhã, frio e azul, como a própria alvorada de inverno.

14. Corte de cabelo

Ficou decidido — primeiro na reunião tarde da noite no gabinete de Perret, e depois, mais tarde ainda, no Pombo Azul — que Andras daria a Polaner a notícia da morte de Lemarque. Perret achava que era responsabilidade dele, como diretor da faculdade, mas Vago argumentou que a delicadeza da situação requeria medidas especiais; talvez fosse mais fácil, ele disse, se a notícia viesse de um amigo. Andras, Ben Yakov e Rosen concordavam e, entre eles, combinaram que o primeiro entregaria a carta para Polaner. Esperariam, é claro, até os médicos acharem que Polaner estava fora de perigo; havia motivos para pensar que aquele momento chegaria em breve. Após a segunda semana no hospital, os sintomas e os efeitos colaterais da hemorragia interna haviam abrandado. A desorientação de Polaner tinha passado, seus hematomas e os inchaços haviam regredido; ele conseguia comer e beber sozinho outra vez. Ficaria enfraquecido durante um mês mais ou menos, disseram os médicos, enquanto recompunha o sangue que havia perdido, mas todos concordavam que o pior para ele já havia passado. De fato, naquele fim de semana Polaner pareceu estar tão recuperado que Andras se atreveu a chegar perto de um dos médicos e explicar, num francês cuidadoso, a questão de Lemarque. O médico, um clínico de ar tristonho que tomara o caso de Polaner como um projeto especial, exprimiu sua preocupação com os possíveis efeitos do choque; no entanto, como a notícia não podia ser mantida oculta de Polaner para sempre, o médico concordou que talvez fosse melhor contar para ele enquanto ainda estava no hospital e podia ser observado com atenção.

No dia seguinte, quando Andras sentou-se na já familiar cadeira de aço ao lado da cama, falou sobre a École Spéciale pela primeira vez desde a agressão. Agora que Polaner estava se recuperando tão bem, disse Andras, o médico achou que talvez ele pudesse pensar num retorno gradual à sua vida de estudante. Polaner queria que Andras trouxesse alguma coisa do ateliê — seus textos sobre estática, seus apetrechos de desenho, um caderno de desenhar?

Polaner dirigiu a Andras um olhar de piedade e fechou os olhos. "Não vou voltar à faculdade", ele disse. "Vou voltar para casa, para Cracóvia."

Andras pôs a mão no seu braço. "É mesmo isso o que você quer?"

Polaner deu um longo suspiro. "Eu já decidi", ele disse. "Eles decidiram."

"Nada foi decidido. Você pode voltar para a faculdade, se quiser."

"Não posso", disse Polaner, e seus olhos se encheram de lágrimas. "Como vou poder encarar Lemarque ou qualquer um deles? Não posso ir ao ateliê e sentar em minha mesa como se não tivesse acontecido nada."

Não fazia sentido nenhum continuar a conversa; Andras pegou a carta no bolso e pôs nas mãos de Polaner. Ele passou um longo intervalo olhando para o envelope, para o seu nome escrito na caligrafia pontiaguda de Lemarque. Em seguida abriu a carta e alisou a única folha de papel contra a perna. Leu as seis linhas em que Lemarque se confessava e implorava o perdão de Polaner, tanto pela agressão como por aquilo que ele sentia que tinha de fazer. Quando terminou a leitura, dobrou o bilhete de novo e deitou-se no travesseiro, de olhos fechados, e o peito levantava e descia embaixo do lençol.

"Ah, meu Deus", ele disse num meio sussurro. "É como se eu mesmo o tivesse matado."

Antes daquele momento, Andras acreditava que seu ódio por Lemarque havia chegado ao limite, que com a morte dele seus sentimentos tinham passado do ódio para algo mais parecido com a piedade. Porém, quando viu o desgosto de Polaner, quando viu os traços e superfícies familiares do rosto de seu amigo se contraírem sob o peso da notícia, Andras se viu tremendo de raiva. Que ruim que a notícia da morte de Lemarque tivesse chegado junto com sua confissão de arrependimento e de amor! Agora Polaner teria de pensar, para sempre, no que havia perdido, no que poderia ter sido se o mundo fosse um lugar diferente. Ali estava uma crueldade para além da agressão e da própria morte, uma ferroada semelhante à de certas urtigas causticantes que crescem na planície de Hajdú: depois que o espinho entra na pele, começa a penetrar cada vez mais fundo na ferida e descarrega seu veneno lá dentro durante dias, semanas, enquanto a vítima continua a ser queimada.

Andras ficou ao lado de Polaner naquela noite até bem tarde, ignorando o aviso da enfermeira de que o horário de visita havia terminado. Quando a enfermeira insistiu, Andras lhe disse que ela teria de chamar a polícia para retirá-lo dali; por fim o médico de cara triste interveio em favor de Andras e ele obteve autorização para permanecer a noite inteira e a manhã seguinte. Enquanto ficava de vigília ao lado da cama, sua mente voltava sempre ao que Polaner tinha dito no Pombo Azul em outubro: *Tudo o que eu quero é passar despercebido. Quero estudar e tirar meu diploma.* Se estivesse a seu alcance, pensou Andras, ele não deixaria que a vergonha e o desgosto de Polaner o mandassem de volta para Cracóvia.

Mais uma semana se passou antes que Polaner pudesse sair do hospital. Quando o fez, foi Andras quem o levou para casa, para seu quarto no Boulevard Saint-Germain. Ele tratava dos ferimentos de Polaner, alimentava-o, levava suas roupas à lavanderia, aumentava o fogo na lareira quando a chama baixava. Certa manhã, Andras voltou da padaria e deu com Polaner sentado na cama, com uma prancheta de desenho apoiada nos joelhos; a colcha estava salpicada de aparas de lápis, sobre a cadeira ao lado da cama havia vários lápis de carvão espalhados. Andras não disse nenhuma palavra enquanto colocava as baguetes sobre a mesa. Preparou pão com presunto e chá para Polaner e serviu-o na cama, depois sentou à mesa. Durante a manhã inteira o trabalho de Andras foi seguido pelo ruído do lápis de Polaner, como se fosse uma música.

Mais tarde, naquela manhã, Polaner se pôs de pé diante do espelho da cômoda e passou a mão pelo queixo com a barba por fazer. "Estou parecendo um criminoso", disse. "Parece até que fiquei meses na prisão."

"Está muito melhor do que algumas semanas atrás."

"Soa meio absurdo pensar em cortar o cabelo", ele disse, quase num sussurro.

"O que há de absurdo nisso?"

"Não sei. Tudo. Para começar, não sei se consigo me sentar numa cadeira de barbeiro e travar uma conversa típica de barbearia."

Andras parou ao lado de Polaner diante do espelho, olhando-o no reflexo. Ele mesmo parecia bem melhor do que semanas antes; Klara havia aparado seu cabelo na noite anterior e lhe dera um aspecto mais elegante, de um cavalheiro, embora ele mesmo gostasse de usar o cabelo comprido.

"Escute", disse Andras. "Imagine que eu pedisse a alguém que viesse cortar seu cabelo. Aí você não ia ter de ficar numa barbearia e aguentar as histórias do barbeiro."

"Alguém quem?", perguntou Polaner, olhando para Andras no espelho.

"Alguém muito próximo a mim."

Polaner deu as costas para o espelho a fim de fitar Andras de frente.

"Uma dama?"

"*Exactement.*"

"Quem é ela, Andras? O que foi que aconteceu enquanto eu estava de cama?"

"Receio que isso já estava acontecendo bem antes de você ficar de cama. Na verdade, meses antes."

Polaner dirigiu a Andras um sorriso tímido, ligeiro; naquele momento, pela primeira vez desde a notícia da morte de Lemarque, Polaner pareceu ter voltado a ser ele mesmo. "Acho que você não vai querer me contar essa história."

"Agora que já falei do assunto, considero-me obrigado a contar."

Polaner fez um gesto e apontou para a cadeira. "Conte", ele disse.

Na noite seguinte, Polaner estava sentado na mesma cadeira no meio do quarto, seus ombros cobertos por um pano de prato, o espelho escorado na sua frente, enquanto Klara Morgenstern o atendia com uma tesoura e um pente e falava com sua voz baixa e hipnótica. Quando Andras conversou com ela na noite anterior, Klara compreendeu de pronto por que devia fazer o que ele lhe pedia; cancelou seus planos de um jantar a fim de cortar o cabelo de Polaner. Mais cedo, naquele fim de tarde, a caminho da casa de Polaner, ela segurou a mão de Andras com uma espécie de fervor mudo enquanto atravessavam o rio Sena, seus olhos abaixados com o que Andras imaginou ser a recordação de um desgosto semelhante. Agora ele estava de pé junto à lareira e observava os cachos de cabelo caírem no chão, calado e agradecido àquela mulher que compreendia a necessidade de fazer aquela coisa simples e íntima, executar aquele ato de restauração num apartamento situado num sótão do Boulevard Saint-Germain.

15. No Tuileries

Naquela primavera, quando não estava tendo aula, cuidando de Polaner ou se encontrando com Klara, Andras aprendia a projetar e construir cenários de teatro sob a tutela de Vincent Forestier. Monsieur Forestier tinha um escritório na Rue des Gravilles onde desenhava seus projetos e construía suas maquetes; durante meses ele andara numa desesperada carência de um novo aprendiz para ajudá-lo na cópia das plantas e no exaustivo e fatigante trabalho da construção das maquetes. Forestier era alto, pesado e tristonho, com uma perpétua sombra de barba por fazer na cara e o hábito de pontuar suas frases com movimentos curtos de seus ombros largos, como se ele mesmo não desse muito valor ao que estava dizendo. Ficou claro que também era um gênio silencioso do desenho. Sob as mais rigorosas restrições financeiras e sob os prazos de produção mais reduzidos, Forestier era capaz de criar palácios, ruas de cidade e vales sombreados em seu próprio e incomparável estilo. Seus cenários muitas vezes se metamorfoseavam uns nos outros: um caramanchão de conto de fadas podia virar o gabinete de um comandante militar num outro teatro, no outro lado da cidade, e depois podia cumprir uma terceira função como o compartimento de um vagão de trem, a cabana de um eremita ou a cama de um paxá encoberta por um mosquiteiro. A ideia de Andras de criar superfícies planas com interiores de um lado e exteriores do outro era um dos truques mais simples de Forestier. Ele era capaz de criar cenários em forma de quebra-cabeças, cenários que podiam tornar-se três ou quatro interiores diferentes, conforme a ordem em que seus painéis fossem montados; era um mestre da ilusão de óptica. Podia fazer um ator parecer mais alto ou baixo à medida que caminhava pelo palco, podia usar uma sutil mudança de iluminação para transformar um quarto de criança numa câmara de horrores. Projeções de transparências coloridas à mão podiam sugerir cidades e montanhas distantes, presenças fantasmagóricas, memórias de infância de um personagem. Uma lanterna mágica feita para girar no calor de uma vela podia lançar bandos de pássaros ondulantes sobre o pano de fundo do cenário. Qualquer cenário podia ocultar alçapões e painéis giratórios; qualquer superfície podia ocultar um interior misterioso, o qual por sua vez podia ocultar outro interior, que podia esconder outro ainda que tivesse uma assombrosa semelhança com o exterior. O próprio monsieur Forestier tinha um jeito de aparecer e sumir como se fosse um ator num cenário projetado por ele mesmo; entrava, dava uma tarefa para Andras e, cinco minutos depois, havia desaparecido como se tivesse atravessado uma parede, deixando Andras quebrar a cabeça sozinho com os problemas do projeto. Após o tumulto do teatro Sarah-Bernhardt, Andras achava aquele trabalho retirado e, em certos momentos, solitário. Mas de noite, quando ia para seu quarto, às vezes encontrava Klara esperando por ele.

Ia depressa para casa toda noite torcendo para que ela estivesse lá; na maioria das vezes era seu fantasma que Andras abraçava no escuro, a sombra de uma presença que permanecia em seu quarto quando a Klara de verdade estava ausente. Ele quase ficava louco quando havia um intervalo de vários dias entre suas visitas. Andras sabia, mas não queria lembrar, que enquanto ia à faculdade, trabalhava e cuidava de Polaner, Klara levava sua própria vida. Dava festas, jantares, ia ao cinema e ao teatro, a clubes de jazz e inaugurações de exposições em galerias de arte. Andras evocava imagens das pessoas com quem ele se encontrava nas festas de suas amigas ou nos eventos em sua própria casa — coreógrafos e dançarinos estrangeiros, jovens compositores, escritores, atores, ricos patrocinadores da arte — e tinha certeza de que a atenção dela ia afastar-se dele. Se Klara ficava três noites seguidas sem aparecer na Rue des Écoles, Andras pensava: *Bem, aconteceu,* e passava o dia seguinte numa neblina de desespero. Se caminhava sozinho, tinha inveja de todos os casais por que passava na rua; se tentava se distrair com um filme, maldizia a deusa do cinema de cabelos negros cor de azeviche que se esgueirava para fora do compartimento do vagão de trem onde estava seu marido para subir às escondidas no leito de seu amante, sob a luz do luar. Se, no final de uma noite assim, ele voltava para casa na Rue des Écoles e avistava uma luz acesa em suas janelas, Andras subia a escada dizendo a si mesmo que Klara tinha ido só para romper com ele de uma vez por todas. Então abria a porta e a via ao lado da lareira acesa, lendo um romance, costurando a bainha de um vestido de dar aula de balé ou fazendo o chá, e Klara ficava de pé e punha os braços em volta do pescoço dele, que ficava envergonhado de ter duvidado dela.

Em meados de maio, quando as árvores se vestiam de verde e a brisa do Sena era quente mesmo à noite, Klara apareceu num sábado, ao fim do dia, com um novo chapéu de primavera, uma touquinha azul com uma fita de um azul mais escuro. Um chapéu novo, uma coisa bem simples: não era nada mais do que um toque de elegância, um sinal da mudança de estação. Sem dúvida ela já havia usado uma variedade de chapéus, desde o sino vermelho dos primeiros abraços de inverno entre os dois; Andras lembrava também um chapéu cor de camelo com uma pena preta e um chapéu verde com uma espécie de borla de couro. Mas aquele chapéu francamente primaveril, aquela touquinha azul-clara, o fazia lembrar, de um jeito que os outros chapéus não o lembravam, que o tempo estava passando para ambos, que ele ainda estava na faculdade e ela continuava esperando por ele, que aquilo que existia entre os dois era um caso, tênue e transitório. Andras tirou o alfinete do chapéu, em forma de libélula, e pendurou-o no cabideiro ao lado da porta, depois segurou as mãos de Klara e levou-a para a cama. Ela sorriu e pôs os braços em torno dele, enquanto dizia seu nome em seu ouvido, mas Andras segurou as mãos de Klara de novo e sentou-se junto com ela.

"O que é?", ela disse. "Qual é o problema?"

Andras não conseguiu falar, não conseguiu começar a dizer o que o havia deixado melancólico. Não conseguiu encontrar um modo de lhe dizer que seu chapéu o fizera lembrar que a vida era curta e que ele não se tornara nem um pouco mais digno ou merecedor dela do que era no início. Então ele abraçou Klara, fez amor com ela e disse a si mesmo que não se importaria se não houvesse entre os dois nada além daqueles encontros, altas horas da noite, nada além daquele caso circunscrito.

As horas passaram rapidamente; no momento em que os dois tinham se forçado a abandonar o calor da cama e se vestiram, já eram quase três horas. Desceram os cinco andares de escada até a rua, depois caminharam até o Boulevard Saint-Michel para pegar um táxi. Eles sempre se despediam na mesma esquina. Andras passara a odiar aquele trecho do calçamento da rua por levá-la embora, para longe dele, noite após noite. Durante o dia, quando seu poder de levar Klara para longe de Andras ficava mascarado embaixo do clamor da vida cotidiana, que ignora o amor, aquele trecho da rua parecia um lugar diferente; ele quase podia acreditar que era igual a qualquer outra esquina, um local sem nenhum significado especial. Mas naquela hora, de noite, aquilo era sua Nêmesis. Andras não queria ver aquele lugar — a livraria do outro lado da rua, as tílias cercadas por grades, a farmácia com sua cruz verde e brilhante: não queria ver nada daquilo. Virou-se e levou-a em outra direção, para uma rua mais adiante, e de lá seguiram rumo ao Sena.

"Para onde estamos indo?", ela perguntou sorrindo.

"Vou levar você até sua casa, a pé."

"Está bem", ela respondeu. "A noite está linda." E estava mesmo. Uma brisa de maio subia do canal do Sena quando os dois atravessavam as pontes rumo ao Marais. As calçadas continuavam cheias de homens e mulheres em roupas noturnas; ninguém parecia disposto a desistir da noite. Enquanto andavam, Andras alimentava a impossível fantasia de que, quando chegassem à casa de Klara, os dois subiriam a escada juntos e seguiriam pelo corredor até o quarto, sem fazer nenhum barulho. Lá dormiriam juntos na cama branca de Klara. Mas eles viram que as luzes do número 39 estavam acesas; a sra. Apfel correu para baixo ao ouvir o barulho da chave de Klara e lhe contou que Elisabet ainda não havia chegado.

Os olhos de Klara se arregalaram em pânico: "Já passam das três horas!".

"Eu sei", disse a sra. Apfel, torcendo o avental entre os dedos. "Eu não sabia onde encontrar a senhora."

"Ah, meu Deus, o que será que aconteceu? Ela nunca ficou fora de casa até tão tarde."

"Já andei pelo bairro inteiro à procura dela, madame."

"E eu fiquei fora de casa esse tempo todo! Ah, meu Deus. Três horas da madrugada! Ela disse que ia só a um baile com Marthe!"

Seguiu-se mais uma hora de pânico, durante a qual Klara deu uma série de telefonemas e soube que Marthe não tinha visto Elisabet, que os hospitais não tinham recebido ninguém chamado Elisabet Morgenstern e que a polícia não havia registrado nenhum chamado ou ocorrência envolvendo uma garota com os traços de sua filha. Quando desligou o telefone, Klara ficou andando pela sala, para lá e para cá, com as mãos na cabeça. "Vou matar essa menina", disse, e depois rompeu em lágrimas. "Onde ela está? Já são quase quatro horas!"

Tinha passado pela cabeça de Andras que Elisabet estaria com seu louro americano e que a razão de sua ausência, com toda probabilidade, era semelhante à razão do regresso tardio de Klara. Andras tinha jurado guardar segredo; hesitava declarar qual era sua suspeita. Mas não podia ficar vendo Klara se torturar daquele jeito. Além do mais podia ser perigoso hesitar. Andras imaginou Elisabet em perigo em algum lugar — embriagada no rescaldo de alguma festa de József ou sozinha num bairro distante após uma noite num baile em algo que dera errado — e ele sabia que tinha de falar.

"Sua filha tem um namorado", ele disse. "Vi os dois juntos uma noite, numa festa. Podemos descobrir onde ele mora e ir até lá."

Os olhos de Klara se arregalaram. "Que festa? Que namorado?"

"Ela implorou para eu não contar a você", disse Andras. "Prometi a ela que não ia contar."

"Quando foi que isso aconteceu?"

"Meses atrás", respondeu Andras. "Em janeiro."

"Janeiro!" Ela pôs a mão no sofá como que para se equilibrar. "Andras, não pode estar falando sério."

"Desculpe. Eu devia ter contado para você. Mas não queria trair a confiança de Elisabet."

O olhar no rosto de Klara era de pura raiva. "Qual é o nome desse sujeito?"

"Sei o primeiro nome. Não sei o sobrenome. Mas seu sobrinho o conhece. Podemos ir à casa dele... eu subo e você pode ficar esperando no táxi."

Ela pegou o casaco no sofá e, um instante depois, os dois desceram a escada correndo. Quando abriram a porta, porém, deram com Elisabet chegando, segurando um par de sapatos de festa na mão e um palito de algodão-doce na outra mão. Klara, parada na porta, olhou demoradamente para ela, para os sapatos, para o algodão-doce; estava claro que ela não estava voltando de uma noite inocente com Marthe. Elisabet, por sua vez, dirigiu um olhar demorado para Andras. Ele não conseguiu suportar seu olhar e, naquele instante, ela pareceu compreender que o rapaz a havia traído; Elisabet voltou para ele uma expressão de indignação perplexa, em seguida empurrou Andras e a mãe para o lado a fim de passar e subiu a escada correndo. Alguns momentos depois, ouviram a porta do quarto de Elisabet bater.

"Depois nós conversamos", disse Klara, e deixou-o parado na porta, vítima do furioso desprezo das duas Morgenstern.

"Acho que é melhor você saber que tipo de mulher é minha mãe", disse Elisabet.

Ela estava sentada num banco no Tuileries e Andras estava de pé diante dela; tinham passado dois dias desde que vira Klara pela última vez e não viera mais nenhuma palavra da Rue de Sévigné. Então, naquela tarde, Elisabet o surpreendera no pátio da École Spéciale, levando Rosen e Ben Yakov a pensar que devia ser ela a tal mulher misteriosa com quem Andras andava saindo havia tanto tempo — a mulher que eles nunca tinham visto e que o amigo só mencionara da maneira mais vaga durante suas conversas no Pombo Azul. Quando os dois saíram do ateliê e viram Elisabet parada no pátio, seus olhos frios cravados em Andras, os braços cruzados sobre o peito de seu vestido verde-claro, Rosen deu um assobio e Ben Yakov levantou a sobrancelha.

"Ela é uma amazona", sussurrou. "Como é que você escala essa garota na cama?"

Só Polaner sabia que aquela não era a mulher que Andras amava — Polaner, que graças aos cuidados de Andras e de Klara, e também à amizade constante de Rosen e Ben Yakov, havia retornado à École Spéciale e retomado suas aulas. Só Polaner conhecia o segredo do relacionamento de Andras; embora nunca tivesse visto Elisabet, já conhecia a história de Klara e de sua família tanto quanto o amigo. Então quando aquela garota alta e vigorosa apareceu no pátio da École Spéciale disparando seu fogo elétrico e frio contra Andras, Polaner deduziu num instante quem era ela. Distraiu Rosen e Ben Yakov com um convite para tomar café na cantina dos estudantes, sem ver alternativa senão deixar Andras sozinho com seu destino.

No portão da faculdade, Elisabet virou-se e conduziu Andras pelo Boulevard Raspail sem dizer nenhuma palavra. Por todo o caminho até o Tuileries, ela se manteve dois passos à sua frente. Elisabet tinha prendido o cabelo num rabo de cavalo pontudo; ele batia ritmadamente em suas costas, enquanto caminhava. Andras a seguiu pelo Boulevard Raspail até o Saint-Germain e os dois atravessaram o rio e chegaram às Tuileries. Elisabet conduziu Andras pelas veredas inundadas de dourado, lilás e fúcsia, através da profusão de flores-de-maio aromáticas demais, até chegarem ao que devia ser o único recanto desolador do parque: um banco preto que estava precisando de uma pintura nova, um canteiro sem flores. Atrás deles, corria o rumor do trânsito na Rue de Rivoli. Elisabet sentou-se, cruzou os braços de novo e dirigiu a Andras um olhar atravessado de ódio.

"Não vou demorar", ela disse. E avisou que era melhor que ele soubesse que tipo de mulher era sua mãe.

"Sei que tipo de mulher ela é", disse Andras.

"Você contou para ela a verdade sobre mim e Paul. Agora vou lhe contar a verdade sobre ela."

Estava zangada, Andras recordou-se. Ela faria qualquer coisa para magoá-lo, contaria todas as mentiras que fossem convenientes a ela. De certo modo, Andras devia a ela a obrigação de escutar; afinal, ele havia traído Elisabet.

"Está certo", ele disse. "O que você quer me contar?"

"Suponho que você ache que é o primeiro amante de minha mãe, depois do meu pai."

"Sei que ela teve uma vida complicada", disse Andras. "Isso não é novidade."

Elisabet deu uma risada curta e dura. "Complicada! Eu não diria isso. É simples, uma vez que a gente conhece o padrão. Vejo homens patéticos a cortejando desde que me entendo por gente. Ela sempre soube o que queria deles e o que ela valia. Como acha que comprou o apartamento e a escola de balé? Dançando até perder as forças?"

Era tudo o que ele podia ouvir sem lhe dar um tapa. Cravou as unhas nas palmas das mãos. "Já chega", ele disse. "Não vou escutar isso."

"Alguém precisa lhe dizer a verdade."

"Sua mãe não me tem por um tolo, e você também não devia pensar assim."

"Mas você *é mesmo* um tolo, burro e tolo! Ela estava fazendo você de bobo, usando você para despertar o ciúme de um outro homem. Um homem de verdade, um adulto, que tem um emprego e dinheiro. Você mesmo pode ler, se quiser." Pegou um maço de envelopes em sua mochila de couro de estudante. Uma caligrafia masculina; o nome de Klara. Ela pegou mais um maço, e outro. Pilhas e pilhas de cartas. Retirou um envelope do alto da pilha, tirou a carta de dentro do envelope e começou a ler.

"'Minha cara Odette', é assim que ele a chama, sua Odette, por causa da princesa-cisne do balé. 'Desde a noite passada não fiz outra coisa senão pensar em você. Seu gosto continua em minha boca. Minhas mãos estão cheias de você. Seu cheiro está em toda parte em minha casa.'"

Andras pegou a carta da mão dela. Lá estavam as frases que Elisabet tinha acabado de ler, numa caligrafia familiar; virou-a para ver a assinatura. Uma inicial: Z. O envelope trazia um carimbo do correio com data de um ano antes.

"Quem você acha que é?", perguntou Elisabet, com os olhos cravados nele. "É do seu monsieur Novak. Z de Zoltán. Ela é amante dele há onze anos. E quando as coisas se complicam, como acontece de vez em quando, ela sai com idiotas como você para deixá-lo maluco. Ele sempre acaba voltando. É assim que funciona. Agora você já sabe."

Uma onda de agulhas quentes atravessou Andras. Tinha a sensação de que seus pulmões estavam sendo perfurados, de que ele não conseguia respirar. "Já terminou?", perguntou.

Ela se levantou e alisou a saia de seu vestido verde-claro. "Deve ser duro ouvir isso", falou Elisabet. "Mas posso garantir que não é nem de longe mais duro do que o que ela está fazendo comigo agora que soube a respeito de Paul." E deixou Andras no Tuileries, com as cartas de Novak.

Andras não foi para o trabalho. Em vez disso, ficou sentado no banco naquele canto poeirento do parque e leu as cartas. A mais antiga era datada de janeiro de 1927. Leu sobre o primeiro encontro entre Klara e Novak depois de uma apresentação de balé; leu sobre a fracassada luta de Novak para manter-se fiel à esposa; depois leu as palavras semiexultantes e autopunitivas, depois do primeiro encontro amoroso com Klara. Havia referências enigmáticas a lugares onde deviam ter feito amor — um camarote de ópera, o chalé de um amigo em Montmartre, um quarto numa festa, o escritório de Novak no teatro Sarah-Bernhardt; havia bilhetes em que ele implorava um encontro e bilhetes em que Novak implorava que ela se recusasse a vê-lo na próxima vez em que ele pedisse. Havia referências a brigas envolvendo crises de consciência de ambas as partes e depois houve uma interrupção de seis meses no fluxo regular de cartas — tempo em que deviam ter ficado separados e ela devia ter começado a sair com outro homem, porque as cartas seguintes faziam menção raivosa a um jovem bailarino chamado Marcel. (Seria aquele Marcel, perguntou-se Andras, que mandara para Klara os cartões-postais de Roma?) Novak exigia que ela rompesse o relacionamento com Marcel; era um absurdo, escreveu, imaginar que os sentimentos daquela jovem salamandra pudessem ser comparados aos dele. E Klara devia ter feito o que ele queria, porque as cartas de Novak retomaram de novo seu ritmo regular e, mais uma vez, estavam cheias de referências afetuosas aos momentos que passava com ela. Havia cartas em que Novak escrevia sobre a escola de balé e o apartamento que havia encontrado para ela, cartas maçantes sobre os trâmites burocráticos da transação com a corretora de imóveis; bilhetes desesperados sobre a ideia de abandonar a esposa e morar com Klara na Rue de Sévigné — casar com ela e adotar Elisabet — e bilhetes em tom sóbrio explicando por que não podia fazer aquilo. Em seguida mais uma interrupção e mais cartas que se referiam a outros amantes de Klara, agora um escritor cujas peças de teatro foram montadas no teatro Sarah-Bernhardt; numa semana Novak jurou que aquela era a gota d'água, que ele não queria saber de Klara nunca mais, porém na semana seguinte ele implorava que ela voltasse para ele e na semana seguinte ficava claro que ela havia voltado para Novak — *que doce alívio ter você de novo, que realização de minhas esperanças mais ardentes.* Por fim, no início de 1937, parecia que a esposa soubera por intermédio de seu advogado que eles deviam o pagamento de uma propriedade da qual ela nunca tinha ouvido falar; ela exigiu explicações e ele confessou. A mulher disse que ele tinha que escolher. Foi então que viajou para a Hungria — a fim de curar-se de uma tuberculose branda, como disse para todo mundo, mas também, na verdade, para pensar e optar entre a esposa e a amante. Deve ter sido na viagem de volta da Hungria que Andras o conheceu na estação de trem. Novak voltou cheio de remorso, envergonhado por ter enganado tanto Edith quanto Klara. Rompeu suas relações com Klara e sua esposa engravidou. Aquela notícia havia chegado em dezembro. Porém a carta mais recente era de poucas semanas antes e tratava de rumores de que Klara andava se encontrando com alguém — não apenas alguém, mas *Andras Lévi*, o jovem húngaro que Zoltán havia contratado para trabalhar no teatro Sarah-Bernhardt no outono. Novak exigiu que Klara se explicasse e suplicou que fizesse isso pessoalmente em certo hotel, numa determinada tarde; ele estaria à sua espera.

Andras ficou no banco, parado, com o maço de cartas a seu lado. Naquela tarde, duas semanas antes — o que ele estava fazendo? Estava no trabalho? Na faculdade? Não conseguia lembrar. Klara tinha cancelado as aulas a fim de ir ao encontro de Novak? Não estaria com ele naquele exato instante? Andras teve o desejo repentino de estrangular alguém até matar. Qualquer um servia; aquela matrona em roupas de brocados ao lado do chafariz com seu cachorrinho lulu; aquela garota de ar triste embaixo das tílias; o guarda na esquina, cujo bigode parecia grotescamente o de Novak. Andras se levantou, enfiou as cartas em sua bolsa e caminhou de volta até o rio. Agora já estava escuro, uma noite úmida de primavera. Atravessava na frente de carros que tocavam a buzina para ele, esbarrava com os ombros em homens e mulheres que passavam por ele na calçada, arrastava-se entre grupos de mendigos nas pontes. Não sabia que horas eram nem queria saber. Estava exausto. Não tinha comido nada e não estava com fome. Era tarde demais para aparecer no escritório de Forestier, mas também não queria ir para casa; havia a possibilidade de Klara ir até lá para conversar e Andras não conseguia suportar a ideia de vê-la. Não queria pedir-lhe explicações sobre Novak; estava envergonhado de ter lido as cartas, de ter deixado que Elisabet fizesse aquilo. Deu meia-volta e seguiu pela Rue des Écoles até a Place de la Sorbonne, onde sentou na beira de um chafariz e escutou um acordeonista sem uma perna tocar as canções de amor mais amargas que Andras jamais ouvira. Quando já não conseguia suportar mais um compasso, escapuliu para o Jardin de Luxembourg, onde caiu num sono inquieto sobre um banco à sombra de um olmo.

Acordou um tempo depois, na alvorada azul e úmida, o pescoço com câimbras por causa da posição em que ficara deitado. Lembrou que alguma catástrofe o havia esmagado na noite anterior; pôde sentir aquilo voltando às pressas na direção de sua consciência. E lá estava: Zoltán Novak, as cartas. Andras esfregou os olhos com o polegar e o indicador e piscou diante da manhã. À sua frente, no capim, dois coelhinhos vasculhavam entre os trevos. A primeira luz do dia vinha através das delicadas folhas de endívia das orelhas deles; estavam tão perto de Andras que ele podia ouvir o remoer e triturar de seus dentes. A não ser por isso, o parque estava em silêncio e Andras estava sozinho, com aquilo que agora sabia sobre Klara e que não podia deixar de saber.

Ele estava certo: Klara tinha ido ao seu apartamento na noite anterior. Na verdade ela andara à sua procura pela cidade inteira. Andras seguiu o rastro dos movimentos dela por meio de uma série de bilhetes cada vez mais nervosos, os quais recebeu na ordem inversa. Primeiro o bilhete que ela havia prendido à sua prancheta de arquiteto no ateliê: A, *onde você está? Procurei em toda parte. Venha me ver assim que receber este bilhete.* K. Depois o bilhete que deixou aos cuidados do bom monsieur Forestier, que estava mais preocupado do que aborrecido quando Andras reapareceu no trabalho, com ar de quem tivesse passado a noite num banco de praça: A, *quando você não voltou para casa, vim aqui procurar você. Vou à faculdade ver se o encontro lá.* K. E por último, no fim do que lhe pareceu o dia mais comprido de sua vida, o bilhete que havia deixado em sua casa, na mesa da recepção, no térreo: A, *fui procurar você no escritório de Forestier. Sua* K. Andras subiu os cinco andares de escada até o sótão e abriu a porta. No escuro, ouviu o ruído de uma cadeira tombando no chão e o passo leve de Klara no soalho, e depois lá estava ela a seu lado. Andras acendeu uma lâmpada e desfez-se de seu paletó.

"Andras", ela disse. "Meu Deus, o que foi que aconteceu com você? Onde você andou?"

"Não quero conversar", respondeu. "Vou para a cama." Não conseguia olhar para ela. Toda vez que olhava, via as mãos de Novak sobre Klara, a boca de Novak na sua boca. *Seu gosto.* Uma náusea caiu sobre ele numa onda pesada e, ao lado da cama, Andras tombou sobre os próprios joelhos. Quando ela colocou a mão em seu ombro, ele a empurrou para trás.

"Qual é o problema?", perguntou. "Olhe para mim."

Ele não conseguia. Tirou a camisa e a calça com um gesto brusco e enfiou-se na cama, de cara para a parede. Ouviu Klara se movendo no quarto atrás dele.

"Não pode agir assim", ela disse. "Temos de conversar."

"Vá embora", ele disse.

"Isto é loucura. Está agindo como uma criança."

"Me deixe em paz, Klara."

"Não antes de você falar comigo."

Andras sentou na cama, seus olhos se inflamando. Não ia chorar na frente dela. Sem nenhuma palavra, ele se levantou e tirou as cartas de sua bolsa e jogou-as sobre a mesa.

"O que é isso?", perguntou Klara.

"Você é que tem de me dizer."

Ela pegou uma carta. "Onde achou isso?"

"Sua filha teve a gentileza de me enviar. Foi sua maneira de me agradecer por ter contado a você a respeito de Paul."

"O quê?"

"Ela achou que talvez eu gostaria de saber com quem mais você andava trepando."

"Ah, meu Deus!", ela gritou. "Inacreditável. Ela fez isso?"

"*Seu gosto continua em minha boca. Minhas mãos estão cheias de você. Seu cheiro está em toda parte em minha casa.*" Pegou a carta no bolo e jogou sobre ela. "Ou então esta aqui: *Não fosse você, minha vida seria só trevas*. Ou isto: *Os pensamentos sobre a noite passada permitiram que resistisse a este dia terrível. Quando você voltará para mim de novo?* E esta aqui, de duas semanas atrás: *Hotel St. Lazare, onde estarei esperando...*"

"Andras, por favor..."

"Vá para o Inferno, Klara, vá para o Inferno! Saia da minha casa! Não suporto olhar para você."

"Tudo isso ficou no passado", ela disse. "Eu não podia continuar com isso. Nunca o amei."

"Você ficou com ele durante onze anos! Dormia com ele três noites por semana. Deixou dois amantes por causa dele. Deixou que comprasse para você um apartamento e um local para dar aulas de balé. E nunca o amou? Se é mesmo verdade, acha que devo me sentir melhor por causa disso?"

"Eu disse para você", ela respondeu, a voz sufocada pela dor, "eu disse para você que não devia querer saber tudo a meu respeito."

Andras não conseguia suportar mais nenhuma palavra. Estava esgotado, faminto e desolado, sua mente era uma panela chamuscada cujo conteúdo havia queimado até se transformar em nada. Ele quase não estava mais interessado em saber se havia alguma coisa entre Klara e Novak, se sua última separação tinha sido definitiva ou se tinha sido só mais uma de muitas separações temporárias. A ideia de que ela havia ficado com aquele homem, Zoltán Novak, com seu bigode detestável — que ele havia posto as mãos no corpo dela, em suas marcas de nascença e em suas cicatrizes, o terreno que parecia pertencer apenas a Andras, mas que obviamente pertencia apenas a Klara, para fazer com ele o que bem entendesse —, Andras não conseguia suportar. E além disso havia os outros —, o bailarino, o dramaturgo — e antes deles sem dúvida tinha havido muitos outros ainda. De um só golpe, eles se tornaram reais para Andras, as legiões dos amantes anteriores, os homens que o haviam precedido no conhecimento que ele tinha sobre ela. Aqueles homens pareciam encher seu quarto. Podia vê-los em seus ridículos trajes de balé, em seus sobretudos caros, em seus paletós militares decorados, com seus cortes de cabelo bem-feitos e malfeitos, em seus sapatos lustrosos ou poeirentos, seus ombros de aspecto orgulhoso ou derrotado, seu encanto, seu embaraço, seus óculos de formatos variados, seu cheiro coletivo de couro, espuma de barbear, óleo de macassar e de puro desejo masculino. Klara Morgenstern: era aquilo que tinham em comum. A despeito do que madame Gérard lhe dissera, Andras pensara em si como o único na vida dela, sem nenhum antecedente, mas a verdade era que Andras era um soldado raso num exército de amantes, e assim que ele caísse viriam outros tomar seu lugar, e depois outros ainda. Isso era demais. Andras puxou a colcha por cima dos ombros e pôs o braço em cima dos olhos. Klara falou o nome dele de novo em sua voz baixa e familiar. Andras continuou calado, e ela repetiu seu nome. Ele não fez nenhum barulho. Depois de um intervalo, ele ouviu Klara levantar-se e vestir o casaco, e ouviu a porta abrir e fechar. No outro lado da parede, um casal de vizinhos novos começou a fazer barulho enquanto transava. A mulher exclamava arfante em voz de contralto; o homem grunhia em voz de baixo. Andras enterrou a cara no travesseiro, desvairado de dor, sem pensar em nada, pedindo a Deus para morrer.

16. O chalé de pedra

Na manhã seguinte ele estava zonzo de febre. O calor saía por seus poros e encharcava a cama; depois veio uma tremedeira com calafrios mesmo embaixo do cobertor, do paletó, do sobretudo e de três suéteres. Andras não conseguia comer, não conseguia levantar para ir ao trabalho, não conseguia ir à faculdade. Quando ficou com sede, bebeu o resto do chá frio direto da garrafa. Quando teve de fazer xixi, usou o penico que ficava embaixo da cama. Na manhã do segundo dia, quando Polaner foi procurá-lo, Andras não teve forças para lhe pedir que se retirasse, embora tudo o que queria era ficar sozinho. Dessa vez foi Polaner quem cumpriu a função de enfermeiro; fez aquilo como se o tivesse feito a vida toda. Obrigou Andras a sair da cama e lavar-se. Esvaziou o penico, trocou a roupa de cama. Ferveu água e preparou um chá forte; mandou a *concierge* trazer sopa e obrigou Andras a tomá-la. Quando Andras estava limpo, vestido e deitado na cama recém-arrumada, Polaner obrigou-o a contar exatamente o que havia acontecido. Prestou cuidadosa atenção a tudo e julgou a situação grave, mas não desesperadora. O importante agora, ele disse, era Andras melhorar. Havia dois projetos no ateliê da faculdade que precisavam ser concluídos. Se ele não conseguisse sair da cama e voltar para as atividades, Polaner sofreria as consequências: eram projetos em equipe e ele e Andras eram toda a equipe. Além disso havia as provas e era preciso preparar-se para elas: estática e história da arquitetura. Seriam dali a dez dias. Se Andras não conseguisse nota suficiente para aprovação, perderia sua bolsa de estudos e teria de voltar à Hungria. Havia também a questão secundária do emprego de Andras. Durante dois dias ele não mandara nenhum recado para o monsieur Forestier.

Polaner disse que ia trazer suas coisas do ateliê da faculdade para lá — Andras estava abatido demais pela febre para poder fazer a viagem até o Boulevard Raspail — e os dois iriam trabalhar em seus projetos o dia todo. De tarde, Polaner iria ao escritório onde Andras trabalhava com um bilhete do amigo pedindo encarecidamente desculpas ao monsieur Forestier. Polaner se ofereceria para fazer o serviço de Andras naquela noite. Nesse meio-tempo, Andras cumpriria um plano de estudos para a prova de estática e de história da arquitetura.

Ele nunca tivera um amigo como Polaner e nunca teria um amigo melhor enquanto vivesse. No dia seguinte, seu emprego estava garantido e seus trabalhos finais da faculdade estavam a caminho da conclusão. Os dois tinham de desenhar a planta de um prédio de uso específico, uma sala de concertos moderna, e ainda havia problemas para resolver no projeto: tinham escolhido uma forma cilíndrica para a parte externa e precisavam projetar um teto interno que mandasse o som na direção da plateia, sem eco nem distorção. Quando terminassem as plantas, teriam de construir uma maquete. Montar e remontar formas de cartolina consumiram um dia e uma noite inteiros. Polaner nem falava em ir para casa; dormia no chão e já estava a postos quando Andras acordava de manhã.

Às dez e meia, na hora em que Polaner se preparava para ir para casa, ouviram passos subindo a escada. Andras teve a sensação de que alguém subia as vértebras da própria coluna rumo à caverna negra e dolorosa de seu coração. Ouviram uma chave na fechadura e a porta se abriu: era Klara, os olhos escuros abaixo da aba de seu chapéu de primavera.

"Desculpe", ela disse. "Não sabia que tinha companhia."

"Monsieur Polaner já está de saída", disse o próprio Polaner. "Monsieur Lévi já ficou tempo de sobra comigo, por ora. Massacrei seu cérebro com arquitetura a noite inteira, embora ele ainda estivesse se recuperando de uma febre."

"Febre?", disse Klara. "O médico veio aqui?"

"Polaner tomou conta de mim", disse Andras.

"Sou um médico muito limitado", disse Polaner. "Parece que ele perdeu peso. Vou-me embora antes que cause mais algum dano ao paciente." Pôs na cabeça seu próprio chapéu de primavera, de formato e cor tão chiques que nem se percebia onde a aba estava costurada à coroa, e se esgueirou para o corredor social, fechando a porta às suas costas sem fazer barulho.

"Uma febre", disse Klara. "Está se sentindo melhor agora?"

Andras não respondeu. Ela se sentou na cadeira de madeira e tocou as paredes de cartolina da maquete da sala de concerto. "Eu devia ter contado a você a respeito de Zoltán", ela disse. "Foi um modo terrível de descobrir tudo. E ainda poderia haver maneiras piores. Vocês dois trabalhavam juntos. Marcelle sabia."

Andras detestava pensar naquilo, que madame Gérard sabia de tudo e via tudo. "Foi um jeito bastante ruim de saber", ele disse.

"Quero que você saiba que está terminado", disse Klara. "Faz duas semanas que eu não o vejo, e não o verei se ele me chamar."

"Tenho certeza de que você falou a mesma coisa todas as vezes."

"Tem de acreditar em mim, Andras."

"Você ainda está presa a ele. Mora na casa que ele comprou para você."

"Ele pagou a entrada para mim", disse Klara. "Mas eu paguei o resto. Elisabet não conhece os detalhes de nossa situação financeira. Talvez ela não queira acreditar que sou eu quem sustenta nossa casa. Seria difícil para ela justificar a maneira como se comporta."

"Mas você o amava", disse Andras. "Ainda o ama. Você me usou para despertar os ciúmes dele, assim como fez com os outros. Com Marcel. E o tal escritor, Édouard."

"É verdade que quando Zoltán me abandonava eu não ficava parada em casa, sozinha. Não por muito tempo, pelo menos. Quando ele dizia que tinha de tocar sua vida adiante, eu cuidava de tocar a minha também. Mas eu não amava Marcel nem Édouard da maneira como amava Zoltán, por isso voltava para ele."

"Então é verdade", disse Andras. "Você o amava."

Ela suspirou. "Não sei. Zoltán e eu somos muito ligados, ou fomos, um dia. Mas não nos entregávamos um ao outro. Ele não podia, por causa do que sentia por Edith; e eu também não, pelo mesmo motivo. No final resolvi que não queria ser amante de um homem pelo resto da vida. E ele resolveu que não podia continuar desse jeito se ele e Edith iam ter um filho."

"E agora?"

"Não o vejo desde o dia em que tomamos essa decisão. Desde novembro."

"Sente falta dele?"

"Às vezes", ela disse, e cruzou as mãos sobre os joelhos. "Era um amigo querido e me ajudou muito com a Elisabet. Ela também tem muita afeição por ele, ou tinha. Ele é a coisa mais parecida com um pai que Elisabet tem. Quando resolvemos terminar, ela teve a sensação de que Zoltán estava deixando nós duas. Pôs a culpa em mim. Acho que Elisabet tinha esperança de que eu estivesse saindo com ele de novo naquelas noites em que eu estava com você."

"E agora? E se ele chamar você de novo? Ficaram juntos por onze anos, quase um terço de sua vida."

"Está terminado, Andras. Agora você está na minha vida."

"Estou?", perguntou Andras. "Pensei que você tinha terminado *comigo*. Não sabia se você podia me perdoar por ter mantido segredo a respeito do namoro de Elisabet."

"Não sei se posso", ela disse, sem nenhuma gota de humor. "Elisabet não tinha o direito de colocar você nessa posição, mas, já que ela fez isso, você devia ter me contado imediatamente. O homem é cinco anos mais velho do que ela, um americano rico que estuda pintura na Beaux-Arts e leva a vida na farra. Não parece alguém que vá tratar Elisabet de forma gentil ou levá-la a sério. E ainda por cima ele conhece meu sobrinho."

"Você não pode condená-lo por causa disso", retrucou Andras. "Acho que seu sobrinho conhece todo mundo no Quartier Latin na faixa de idade entre os dezesseis e os sessenta anos."

"Em todo caso, isso tem de parar. Não tenho a menor intenção de deixar que aquele rapaz dê provas de ser uma pessoa infame."

"E o que Elisabet quer?"

"Receio que isso não venha ao caso."

"Mas Elisabet não vai encarar a questão dessa forma. Se você se opuser a Elisabet, ela só vai se tornar ainda mais inflexível."

Klara balançou a cabeça. "Não tente me dizer como devo criar minha filha, Andras."

"Não estou dizendo que sei como fazer isso. Mas sei como me sentia aos dezesseis anos."

"Eu disse para mim mesma que foi por isso que você guardou o segredo dela", respondeu Klara. "Sabia que você sentia certa empatia com ela e acho que foi muito amável de sua parte, sem dúvida. Mas você também tem que entender a minha posição."

"Eu sei. Quer dizer que você pôs um fim no caso entre Elisabet e Paul?"

"Espero que sim", disse Klara. "E eu a castiguei por ter mostrado aquelas cartas a você." Suas sobrancelhas se contraíram numa série de rugas familiares. "Elisabet pareceu muito satisfeita ao ver como fiquei abalada com aquilo. Disse que eu tinha recebido o que merecia. Eu a mantenho numa espécie de prisão domiciliar. A sra. Apfel fica de vigia quando tenho de sair. Elisabet não pode sair de casa antes de escrever uma carta de desculpas para você."

"Ela nunca fará isso. Vai ficar velha e morrer e não fará isso."

"Será uma decisão dela", disse Klara.

Mas ele sabia que Elisabet não ia ser contida pelo regime de prisão domiciliar por muito tempo, apesar da sra. Apfel. Em breve ela encontraria um jeito de escapar e ele estava preocupado com o fato de que, ao fugir, não ia deixar nenhum endereço para contato. Andras não queria ser o responsável por aquilo.

"Deixe que eu vá à sua casa amanhã e converse com Elisabet", ele disse.

"Acho que isso não faz nenhum sentido."

"Deixe-me tentar."

"Ela não vai nem falar com você. Anda num estado de ânimo horrível."

"Não pode ser pior do que o meu."

"Você já sabe como ela é, Andras. Ela pode ser brutal."

"Eu sei. Mas ainda é uma garota."

Klara deu um suspiro profundo. "E agora?", ela disse, olhando para ele da cadeira onde estava. "O que vamos fazer depois de tudo isso?"

Andras passou a mão atrás do pescoço. A questão estava em sua cabeça. "Não sei, Klara. Não sei. Vou sentar aqui na cama. Pode sentar ao meu lado se quiser." Esperou até que ela se sentou a seu lado e os dois continuaram. "Desculpe pela maneira como falei com você da última vez", ele disse. "Comportei-me como se você tivesse sido infiel a mim, mas não foi, não é mesmo?"

"Não", respondeu Klara e pôs a mão no joelho de Andras, onde queimou como um pássaro febril. "O que eu sinto por você tornaria isso impossível. Ou absurdo, em última instância."

"Como assim, Klara? O que é que você sente por mim?"

"Posso levar algum tempo para responder essa pergunta", ela disse, e sorriu.

"Eu não posso ser o que ele era. Não posso lhe dar um lugar para morar nem ser nada semelhante a um pai para Elisabet."

"Eu tenho onde morar", respondeu Klara. "E Elisabet, embora ainda seja uma criança de várias maneiras, logo será uma mulher adulta. Não preciso agora daquilo que precisava antes."

"Do que precisa agora?"

Ela respirou fundo pela boca, com seu ar pensativo: "Não tenho certeza. Mas parece que não sou capaz de ficar longe de você. Mesmo quando fico pálida de tanta raiva".

"Ainda há muita coisa que não sei a seu respeito." Ele acariciou a parte de baixo das costas de Klara; pôde sentir os carvões em brasa de suas vértebras através da malha fina.

"Espero que haja tempo para vir a saber."

Ele a puxou para a cama a seu lado e Klara colocou a cabeça sobre o ombro de Andras. Ele passou a mão pela extensão quente e morena de seus cabelos e tomou entre os dedos as pontinhas enroladas dos fios. "Deixe-me conversar com Elisabet", ele disse. "Se vamos continuar com isto, não posso deixar que ela tenha ódio de mim. E não posso ter ódio dela."

"Está certo", disse Klara. "Pode tentar." Ela se deitou de costas e olhou para cima, para o declive do teto, com suas manchas de água em forma de peixes e elefantes. "Também fui uma filha terrível para minha mãe", ela disse. "É bobagem fingir que não fui."

"Somos todos terríveis com os pais aos dezesseis anos."

"Você não foi, tenho certeza", ela disse, com as pálpebras se fechando. "Você ama seus pais. É um bom filho."

"Estou aqui em Paris e eles estão lá em Konyár."

"Não é culpa sua. Seus pais trabalharam para que você pudesse estudar e queriam que você viesse para cá. Você escreve para eles toda semana. Eles sabem que os ama."

Andras gostaria que ela tivesse razão. Fazia nove meses que não via os pais. Mesmo assim, sentia um cordão fino e esticado que os unia, uma fibra luminosa que corria do seu peito, através do continente inteiro, e se cravava no peito deles. Nunca antes tinha superado uma febre sem a ajuda de sua mãe; quando Andras ficou doente em Debrecen, ela pegou o trem para vê-lo. Ele nunca tinha terminado um ano letivo sem saber que em breve estaria em casa junto do pai, trabalhando a seu lado na serraria e andando pelos campos com ele ao anoitecer. Agora havia outro filamento, que o unia a Klara. E Paris era o lar dela, aquele local a milhares de quilômetros de seu lar. Andras sentia a pontada de uma dor nova, algo semelhante à saudade, porém situado num ponto mais profundo de sua mente; era uma dor por causa do tempo em que seu coração era algo simples e satisfeito, pequeno como as maçãs verdes que cresciam no pomar do pai.

Pela primeira vez na vida, ele foi falar com József Hász na faculdade. A Beaux-Arts era um vasto palácio urbano, um monumento à arte pela arte; fazia os humildes pátio e ateliês da École Spéciale parecerem algo que alguns meninos tivessem amontoado num terreno baldio. Andras entrou por um portão de ferro, trabalhado com desenhos florais, entre duas figuras austeras entalhadas em pedra, e atravessou um jardim de esculturas atulhado de espécimes perfeitos, em mármore, de *Korés* e *Kouros*, saídos diretamente de seus livros de história da arte, que se destacavam ao longe com os olhos amendoados e vazios. Andras galgou a escada de mármore da entrada de um prédio românico de três andares e se viu num corredor que fervilhava de rapazes e moças, todos vestidos com um meticuloso desleixo. Uma lista de tarefas dos ateliês trazia o nome de József; um mapa lhe indicou onde encontrá-lo. Andras subiu ao primeiro andar rumo a uma sala de aula com o teto inclinado, voltado para o norte e feito de vidro. Lá, entre fileiras de alunos concentrados em suas pinturas, József estava passando verniz numa tela que à primeira vista parecia representar três abelhas esmagadas perto do abismo negro de um ralo. Vistas mais de perto, as abelhas revelaram ser mulheres de cabelo preto em vestidos com listras amarelas.

József não pareceu muito surpreso de ver Andras em seu ateliê de pintura. Ergueu uma sobrancelha fria e continuou a passar seu verniz. "O que está fazendo por aqui, Lévi?", perguntou. "Não tem projetos para terminar? Está matando um dia de trabalho? Veio para me oferecer uma bebida no meio da manhã?"

"Estou à procura daquele americano", respondeu Andras. "Aquele que estava na sua festa. Paul."

"Por quê? Vai duelar com ele por causa de sua namorada escultural?" Ele chutou o cavalete do aluno na sua frente e o rapaz deu um grito de protesto.

"Hász, seu imbecil", disse Paul, pois ele era o aluno. Saiu de trás da tela com um pincel cheio de umbra queimada, suas feições equinas e alongadas tensas de irritação. "Você me fez pôr um bigode na minha bacante."

"Tenho certeza de que isso vai deixá-la bem melhor."

"Lévi de novo", disse Paul, cumprimentando Andras com a cabeça. "Você estuda aqui também?"

"Não. Vim falar com você."

"Acho que ele veio brigar com você por causa daquela garota parruda", disse József.

"Hász, você é hilariante", disse Paul. "Devia acrescentar este número ao seu espetáculo itinerante."

József soprou um beijo na direção dele e voltou ao seu verniz.

Paul pegou Andras pelo braço e levou-o até a porta do ateliê. "Às vezes consigo suportar esse cretino, outras vezes não consigo", ele disse enquanto desciam a escada. "Hoje, em especial, não consigo."

"Desculpe interromper seu trabalho", disse Andras. "Eu não sabia onde poderia encontrá-lo."

"Espero que tenha vindo me contar o que está acontecendo", disse Paul. "Faz dias que não vejo Elisabet. Imagino que a mãe a tenha mantido presa em casa depois daquela noitada que tivemos. Mas talvez você tenha mais informações." E lançou um olhar de lado para Andras. "Sei que você e madame Morgenstern são muito ligados."

"Pois é", disse Andras. "Acho que você pode dizer que somos muito ligados." Tinham chegado à porta da frente e sentaram do lado de fora, na escada de mármore da entrada. Paul procurou um cigarro no bolso e acendeu-o com um isqueiro com um monograma gravado.

"E então?", ele disse. "Quais são as notícias?"

"Elisabet está confinada em seu quarto", disse Andras. "A mãe não vai deixar que saia antes de pedir desculpas para mim."

"Desculpas por quê?"

"Isso não importa. É complicado. A questão é que Elisabet não vai pedir desculpas. Ela prefere morrer."

"E por quê?"

"Bem, receio que eu tenha sido o dedo-duro que denunciou vocês dois. Quando Elisabet ficou sumida de casa até tarde da noite, naquele dia, a mãe dela ficou desesperada. Tive de contar a ela que Elisabet podia estar com você. Agora não há mais segredo nenhum. E madame Morgenstern não recebeu nada bem a ideia de que a filha tem um namorado."

Paul deu uma tragada profunda em seu cigarro e soprou uma nuvem cinzenta na direção do pátio. "Para lhe dizer a verdade, fico até aliviado", ele disse. "O segredo estava ficando um pouco sufocante. Sou maluco por aquela garota e detesto", ele pareceu procurar no pensamento a expressão francesa adequada, "detesto ficar me esgueirando. Gosto de ser o cara que usa chapéu branco de caubói. Está entendendo? Você é fã dos filmes americanos de caubói?"

"Vi alguns", respondeu Andras. "Dublados em húngaro, receio."

Paul riu. "Não sabia que faziam isso."

"Mas fazem."

"Então quer dizer que veio aqui para cumprir uma missão? Quer nos ajudar, agora que já estragou tudo?"

"Mais ou menos isso. Eu gostaria de servir de intermediário. A fim de recuperar a confiança de Elisabet, por assim dizer. Não posso viver com ela me odiando para sempre. Não se a mãe dela e eu vamos continuar a nos ver."

"Então qual é o plano?"

"Você não pode visitar Elisabet, mas eu posso. Tenho certeza de que ela vai querer receber notícias suas. Achei que você poderia lhe mandar um bilhete."

"E se a mãe dela descobrir?"

"Meu plano é contar para ela", disse Andras. "Prevejo que mais cedo ou mais tarde vai acabar mudando de atitude em relação a você."

Paul deu uma comprida tragada americana em seu cigarro, pareceu pensar na proposta. Em seguida falou: "Escute, Lévi. Meu negócio com essa garota é sério. Ela é diferente de todo mundo que já conheci. Espero que isso não sirva só para piorar as coisas".

"No momento, tenho dúvidas de que as coisas poderiam ficar piores do que já estão."

Paul apagou seu cigarro no degrau da escada de mármore, depois chutou-o na direção da terra. "Está certo", respondeu. "Espere aqui. Vou escrever um bilhete." Ficou de pé e ofereceu a mão para Andras a fim de ajudá-lo a levantar-se. Andras ficou de pé e esperou, observando um par de tentilhões ciscando em busca de sementes numa moita de alfazema. Olhou por cima do ombro para ter certeza de que ninguém estava olhando, pegou seu canivete e cortou um feixe de alfazemas. Uma linha solta da alça de sua mochila de lona serviu para amarrar o feixe. Minutos depois, Paul desceu com um envelope de papel pardo na mão.

"Aqui está o bilhete", disse Paul, e entregou-lhe. "Boa sorte para nós dois."

"*Here goes nothing*", disse Andras. A única expressão em inglês que sabia.

Quando chegou no dia seguinte, ao meio-dia, Klara estava dando uma aula particular de balé. Foi a sra. Apfel quem abriu a porta. Seu avental branco tinha manchas roxas e no rosto ostentava um par de olheiras com aspecto de pele pisada, como se não dormisse havia dias. Recebeu Andras com um fatigado franzir de sobrancelhas: parecia que nada esperava dele senão mais problemas.

"Vim falar com Elisabet", disse Andras.

A sra. Apfel balançou a cabeça. "É melhor ir para casa."

"Eu gostaria de falar com ela", repetiu. "A senhora Morgenstern sabe que estou aqui."

"Elisabet não vai receber você. Ela se trancou no quarto. Não vai sair. Não quer nem comer."

"Deixe-me tentar", disse Andras. "É importante."

Ela contraiu suas sobrancelhas ruivas. "Acredite em mim, você não quer tentar nada disso."

"Dê-me uma bandeja com comida para levar para ela."

"Não vai ter mais sorte do que nós", respondeu a sra. Apfel, mas virou-se e deixou-o subir a escada. Ele a seguiu até a cozinha, onde um bolo de mirtilo estava esfriando em cima de uma prateleira de ferro. Andras ficou na frente do bolo e inalou seu odor, enquanto a sra. Apfel preparava um omelete para Elisabet. Ela cortou uma boa fatia do bolo e colocou-a num prato junto com um quadradinho de manteiga.

"Faz dois dias que ela não come nada", disse a sra. Apfel. "Daqui a pouco vamos ter de chamar o médico."

"Vamos ver o que consigo fazer", disse Andras. Pegou a bandeja e seguiu pelo corredor rumo ao quarto de Elisabet, onde bateu duas vezes com o canto da bandeja na porta fechada. De dentro, silêncio.

"Elisabet", ele disse. "É Andras. Trouxe seu almoço."

Silêncio.

Ele colocou a bandeja no chão do corredor, tirou o envelope de Paul da bolsa, achatou-o bem e enfiou-o embaixo da porta do quarto da garota. Durante um longo tempo, nada ouviu. Depois um leve rumor, como se ela estivesse trazendo o bilhete mais para perto. Andras ouviu o farfalhar do papel. Pronto. Em seguida, mais silêncio. Por fim ela abriu a porta e ele entrou e colocou a bandeja sobre sua escrivaninha. Elisabet lançou um olhar de desprezo para a comida, mas nem sequer olhou para Andras. Seu cabelo estava um emaranhado de cor parda, o rosto abatido e pálido. Vestia um camisolão pregueado e meias vermelhas com furos nos dedos.

"Feche a porta", ela disse.

Ele fechou.

"Como conseguiu esta carta?"

"Fui falar com Paul. Achei que ele poderia estar querendo saber o que havia acontecido com você. Achei que podia querer lhe mandar um bilhete."

Ela deu um suspiro trêmulo e sentou na cama. "O que isso importa?", ela perguntou. "Minha mãe nunca mais vai me deixar sair de casa. Está tudo acabado com Paul." Quando ela ergueu os olhos para Andras, tinha uma expressão que ele nunca tinha visto: de derrota inexorável, esmagadora.

Andras balançou a cabeça. "Paul não acha que tudo esteja terminado. Quer falar com sua mãe."

Os olhos de Elisabet encheram-se de lágrimas. "Ela nunca vai se encontrar com ele", disse.

Elisabet tinha exatamente a idade de Mátyás, pensou Andras. Seus primeiros dentes deviam ter nascido na mesma época. Os dois deviam ter aprendido a andar ao mesmo tempo, poderiam ter aprendido a escrever juntos, na mesma turma da escola. Só que ela não tinha irmãos. Naquela casa, não havia ninguém da sua faixa etária, Elisabet não tinha ninguém que pudesse encarar como um aliado. Não tinha ninguém com quem dividir a força da vigilância e do amor de sua mãe.

"Ele quer saber se você está bem", disse Andras. "Se escrever uma resposta para ele, levarei o bilhete."

"Por que faria isso?", ela perguntou. "Fui tão má com você!" Pôs as mãos nos joelhos e começou a chorar — não de remorsos, assim pareceu a Andras, mas sim por mero esgotamento. Andras sentou na cadeira da escrivaninha ao lado da cama e olhou pela janela, para a rua lá embaixo, onde uma série de cartazes anunciava o *Jardin des Plantes* e outros cartazes anunciavam *J'accuse*, de Abel Gance, que tinha acabado de estrear no Grand Rex. Ele esperaria o tempo que fosse preciso, até Elisabet terminar de chorar. Ficou parado a seu lado, em silêncio, até ela terminar, até esfregar o nariz na manga do camisolão e puxar o cabelo para trás com a mão molhada. Depois Andras perguntou, da maneira mais gentil possível: "Não acha que está na hora de comer alguma coisa?".

"Não tenho fome", respondeu.

"Tem, sim." Virou a bandeja sobre a escrivaninha e passou manteiga no bolo de mirtilo, pegou o guardanapo, abriu-o em cima dos joelhos de Elisabet e colocou a bandeja na sua frente, sobre a cama. Seguiu-se um momento de silêncio; lá embaixo, os dois podiam ouvir a cadência em três tempos de uma valsa e a voz de Klara, que contava os passos para sua aluna. Elisabet pegou o garfo. Só o largou quando tinha comido tudo o que estava na bandeja. Depois colocou a bandeja no chão e pegou um pedaço de papel na escrivaninha. Enquanto Andras esperava, ela rabiscou alguma coisa numa página de seu caderno escolar com um lápis quase sem ponta. Arrancou a folha do caderno, dobrou-a ao meio e enfiou na mão dele.

"Aqui estão suas desculpas", ela disse. "Pedi desculpas a você e à minha mãe, e também à sra. Apfel, por ter sido tão má com ela nos últimos dias. Pode deixar o bilhete na escrivaninha de minha mãe, na sala de estar."

"Não quer mandar um bilhete para Paul?"

Ela mordeu a ponta do lápis, arrancou mais uma folha do caderno. Após um momento, lançou um olhar para Andras. "Não posso escrever com você olhando", disse. "Espere lá fora até eu chamar."

Andras pegou a bandeja e os pratos vazios e levou-os para a cozinha, onde a sra. Apfel olhou aquilo num espanto sem palavras. Ele deixou o pedido de desculpas sobre a escrivaninha de Klara. Por fim foi para o quarto e colocou o pequeno feixe de alfazemas dentro de um copo na mesinha de cabeceira de Klara, junto com um bilhete dele mesmo, com quatro palavras. Em seguida foi para a sala de estar esperar o bilhete de Elisabet e organizar as ideias sobre o que ia dizer para Klara.

Em agosto, monsieur Forestier fechou seu escritório para três semanas de férias. Elisabet foi com Marthe para Avignon, onde sua família tinha uma casa de veraneio; elas não voltariam antes de 1º de setembro. A sra. Apfel foi mais uma vez para a casa da filha, em Aix. E Klara escreveu um bilhete para Andras, dizendo para ir à Rue de Sévigné com roupa suficiente para doze dias.

Ele fez a mala, com o peito cheio de alegria. A Rue de Sévigné, aquele apartamento, aqueles quartos iluminados pelo sol, a casa onde ele vivera com Klara em dezembro. Agora seria deles outra vez durante quase duas semanas. Andras havia desejado muito poder passar um tempo assim com ela. No primeiro mês após ter descoberto a respeito de Novak, ele tinha vivido num estado de terror quase constante: a despeito das palavras tranquilizadoras de Klara, jamais conseguiu se desvencilhar do temor de que Novak a procurasse e ela voltasse para ele. O terror amainou à medida que o mês de julho ia passando e não chegava nenhuma palavra de Novak, nenhum sinal de que Klara ia abandonar Andras por ele. Por fim, o rapaz começou a ter confiança nela e até a vislumbrar um futuro juntos, embora os detalhes ainda fossem obscuros. Ele começou a passar os sábados na casa dela de novo, e com mais prazer do que no passado: sua diplomacia com Elisabet havia angariado a gratidão relutante da jovem e ela podia ficar sentada a seu lado durante uma hora sem xingá-lo nem se mostrar irônica com seu francês defeituoso. Embora Klara tenha ficado furiosa quando Andras lhe contou seu papel de intermediário entre os namorados, ela ficou impressionada com a mudança que ele provocou em Elisabet. Andras teve uma séria discussão com Klara a respeito dos méritos de Paul e por fim ela cedeu e convidou o namorado de Elisabet para almoçar. Em pouco tempo, estabeleceu-se uma paz frágil; Paul impressionou Klara com seu conhecimento sobre arte contemporânea, seus bons modos, sua incansável paciência com Elisabet.

Agora outro marco importante se aproximava: a primeira vez que Andras ia comemorar um aniversário em Paris. No final de agosto ele completaria vinte e três anos. Enquanto fazia a mala, imaginava beber champanhe com Klara na Rue de Sévigné, os dois docemente sozinhos, uma reprise de seu idílio de inverno. Mas, quando chegou à casa dela naquela manhã, havia um Renault preto estacionado junto ao meio-fio, com a capota conversível abaixada. Duas malas pequenas estavam ao lado do carro; uma echarpe e óculos de proteção jaziam sobre o banco do motorista. Klara saiu da casa, fazendo sombra com a mão acima dos olhos; vestia um casaco comprido de viagem, botas de lona, luvas de motorista. Tinha prendido o cabelo em duas mechas atrás da cabeça.

"O que significa tudo isso?", perguntou Andras.

"Ponha suas coisas no porta-malas", disse Klara e jogou as chaves para ele. "Vamos para Nice."

"Para Nice? Nesse carro? Vamos viajar nesse carro?"

"Sim, nesse carro."

Ele deu um grito, pulou por cima do carro e abraçou-a. "Você não pode ter feito isso", ele disse.

"Fiz sim. É para o seu aniversário. Temos um chalé na praia."

Embora soubesse em teoria que carros e chalés de veraneio pudessem ser alugados, parecia quase impossível acreditar que Klara tinha *de fato* alugado um carro e que, tendo o veículo em seu poder, podiam simplesmente encher o tanque de gasolina e viajar até um chalé de veraneio em Nice. Nada de ter de se enrolar com a bagagem numa estação ferroviária, nada de ter de viajar num vagão de terceira classe lotado e com cheiro de fumaça, de sanduíches e de passageiros suados, nada de ter de procurar um táxi ou uma charrete no final da viagem de trem. Só Andras e Klara naquele carrinho preto parecido com um besouro. E depois uma casa onde ficariam sozinhos e juntos. Que luxo; que liberdade. Empilharam suas malas dentro do carro, Klara enrolou a echarpe no pescoço e pôs no rosto os óculos de proteção.

"Como aprendeu a dirigir?", perguntou Andras, enquanto o carro partia rumo à Rue des Franc-Bourgeois. "Você sabe fazer tudo?"

"Quase tudo", ela respondeu. "Não sei falar português nem japonês, não sei fazer brioches e canto muito mal. Mas sei dirigir um carro. Meu pai me ensinou quando eu era pequena. Treinávamos na zona rural, perto da casa da minha mãe em Kaba."

"Espero que tenha dirigido um carro mais recentemente."

"Não muitas vezes. Por quê? Está com medo?"

"Não sei", respondeu Andras. "Deveria estar?"

"Você logo vai descobrir!"

Da Rue du Pas de la Mule, ela virou e entrou no Boulevard Beaumarchais e, sem nenhum esforço, misturou-se ao trânsito que circulava a Bastilha. Tomou o Boulevard Bourdon; cruzaram o Sena na Pont d'Austerlitz e dali seguiram direto rumo ao sul. O chapéu de Andras ameaçava voar a todo instante e ele tinha de segurá-lo na cabeça com a mão. Viajaram pelos subúrbios de Paris, aparentemente intermináveis. (Quem morava naqueles bairros distantes, naqueles prédios de três andares com sacadas? De quem eram aquelas roupas penduradas nos varais para secar?) E depois seguiram rumo à névoa dourada e aos ondulantes pastos verdes da zona rural. Ovelhas e cabras robustas estavam paradas no meio do capim roído até embaixo. Ao lado de uma casa de fazenda, crianças batiam com sarrafos e pás na estrutura de um Citroën enferrujado. Um bando de galinhas tomava a estrada e Klara teve de assustá-las com um retumbante *bi-bi* da buzina do Renault. Tílias altas e copadas passavam pelo carro chiando, cada uma com seu rumor fugaz. Na hora do almoço, pararam junto a um prado e comeram frango frio, salada de aspargo e uma torta de pêssego que atraiu vespas. Em Valence, foram alcançados por uma tempestade que despejou uma forte rajada de água dentro do carro antes que tivessem tempo de levantar a capota; quando retomaram a viagem, o para-brisa ficou tão embaçado que tiveram de parar e esperar que a tempestade terminasse. O sol já estava quase se pondo quando, depois de passarem por um trecho de quase cinquenta quilômetros de olivais, subiram um morro e começaram a descer rumo ao fim do mundo. Foi essa a impressão de Andras, que nunca antes tinha visto o mar. À medida que se aproximavam, o mar surgia como uma vasta planície de metal líquido, um infinito superaquecido feito de bronze derretido. Mas o ar ficou mais frio quando se aproximaram e o capim na beira da estrada curvava suas vagens, atingido pelo vento cada vez mais forte. Chegaram a uma extensão de areia na hora em que o losango vermelho do sol se dissolvia no horizonte. Klara parou o carro numa praia vazia e desligou o motor. Na beira da água, um rugido ritmado e um cataclismo de espuma. Sem dizer nenhuma palavra, saíram do carro e caminharam na direção da margem branca e irregular.

Andras arregaçou a bainha da calça e pôs os pés na água. Quando uma onda rolou até ele, o solo deslizou embaixo de seus pés e ele teve de segurar no braço de Klara para não cair. Andras conhecia aquela sensação, o assustador e poderoso empurrão da maré: era Klara, a pressão dela sobre ele, a inevitabilidade dela em sua vida. Ela riu e ficou de joelhos nas ondas, deixando que elas lavassem seu corpo e tornassem sua blusa transparente; quando ficou de pé, a saia estava decorada com algas marinhas. Ele tinha vontade de deitá-la sobre as pedras que começavam a resfriar e possuí-la ali mesmo, mas Klara correu para trás e atravessou a praia na direção do carro, chamando Andras.

Depois que foram de carro à cidade, com seus hotéis brancos e sua reluzente faixa de mar em meia-lua, eles seguiram por uma estrada tão esburacada e pedregosa que ameaçou desconjuntar o Renault. Na parte mais alta da estrada, um chalé de pedra decadente se erguia num pequenino jardim cercado de arbustos de tojo. A chave estava num ninho de passarinho acima da porta. Arrastaram as malas para dentro e caíram sobre a cama, exaustos demais para pensar em fazer amor, preparar o jantar ou qualquer outra coisa que não dormir. Quando despertaram, estavam na completa escuridão. Tatearam no escuro em busca de lampiões de querosene, comeram o pão e o queijo que estavam reservados para o café da manhã. Uma neblina lenta toldava as estrelas. Klara esqueceu a camisola. Andras descobriu que era alérgico a alguma planta do jardim; seus olhos arderam e ele ficou espirrando sem parar. Passaram uma noite intranquila, ouvindo o barulho da porta que trepidava contra o batente, o vento uivando nas frestas entre a esquadria da janela e o parapeito, com os intermináveis chiados e zumbidos dos insetos noturnos. Quando Andras acordou na neblina cinzenta do início da manhã, seu primeiro pensamento foi que podiam simplesmente entrar no carro e voltar a Paris, se quisessem, mas lá estava Klara a seu lado, um punhadinho de grãos de areia no cabelo fino em sua têmpora; estavam em Nice e ele tinha visto o Mediterrâneo. Andras foi para fora para disparar um comprido arco de urina com cheiro de aspargos no jardim dos fundos. De volta para dentro de casa, ele se enroscou em Klara e tombou em seu mais profundo sono da noite, e quando acordou pela segunda vez, lá estava um bloco de luz quente do sol na cama com ele, no lugar onde antes estava Klara. Meu Deus, como estava faminto; teve a sensação de que não comia havia vários dias. Lá fora, ouviu os estalos de uma tesoura de jardim. Sem se dar ao trabalho de vestir camisa ou calça, nem mesmo cueca, Andras saiu para encontrar Klara retirando um aglomerado de flores altas que pareciam guardanapinhos de crochê.

"Cenouras silvestres", ela disse. "Foi isso que fez você espirrar de noite." Ela estava com um vestido de algodão vermelho sem manga e chapéu de palha; os braços reluziam dourados sob a luz do sol. Ela enxugou a testa com um lenço e se ergueu a fim de olhar para Andras na porta. "*Au naturel*", ela observou.

Andras fez da mão uma folha de parreira.

"Acho que já terminei minha jardinagem", ela disse, e sorriu.

Ele voltou para a cama, que ficava num recanto com janelas de onde se podia ver uma fatia do Mediterrâneo. Passou uma eternidade antes que Klara voltasse para dentro e lavasse as mãos. Ele havia esquecido como estava faminto na hora em que acordou. Tinha esquecido tudo o mais no mundo. Ela tirou os sapatos e subiu na cama, inclinando-se sobre ele. Seu cabelo castanho estava quente pela luz do sol que havia absorvido e seu hálito estava doce: tinha comido morangos no jardim. O véu vermelho de seu vestido caiu sobre os olhos de Andras.

Lá fora, três cabras miúdas saíram dos arbustos e comeram todas as flores cortadas e boa parte das alfaces ainda não muito crescidas, além de uma caixa de fósforos de papelão vazia e um lenço que Klara havia esquecido. As cabras gostavam de visitar o chalé; coisas intrigantes e incomuns surgiam muitas vezes no quintal. Enquanto elas farejavam as rodas do Renault, um som repentino veio de dentro do chalé, fazendo com que levantassem as orelhas: duas vozes soavam sem parar dentro da casa.

Bem abaixo do chalé, silenciosa àquela distância e vista daquela altura, jazia a cidade de Nice, com suas praias brancas e ofuscantes. Em Nice, podia-se nadar no mar ondulante. Podia-se comer num café à beira da praia. Podia-se dormir numa cadeira reclinável alugada, aberta sobre as pedrinhas da praia, ou caminhar entre as colunas de um hotel. Por cinco francos, podia-se assistir a um filme projetado na parede de um armazém. Podia-se comprar braçadas de rosas e cravos num mercado de flores coberto. Podia-se visitar as ruínas dos banhos romanos em Cemenelum e fazer um piquenique num morro com vista para o porto. Podia-se comprar material de pintura pela metade do preço de Paris. Andras comprou um caderno de desenho e doze lápis bons com grafite de várias densidades. De tarde, enquanto Klara praticava balé, ele desenhava. Primeiro reproduziu o chalé, até conhecer todas as pedras e todos os ângulos do telhado. Depois tirou-o de sua cabeça e começou a projetar a casa que eles poderiam construir naquele terreno, que tinha uma ligeira inclinação; a casa teria dois andares, um deles invisível quando vista de frente. A linha do telhado ficaria perto da encosta do morro e seria coberta por um tapete de grama; plantariam alfazema grossa e doce na superfície de terra. Andras construiria a casa com pedras calcárias cortadas de modo rústico. Deixaria de lado a geometria austera dos projetos de seus professores e deixaria erguer-se contra o fundo da encosta do morro como uma saliência de rocha que o vento deixou exposta. No lado voltado para o mar, ele poria portas de correr feitas de vidro e encravadas nas pedras de calcário. Haveria uma sala de balé para Klara. Haveria um escritório para ele. Haveria salas de estar e quartos de hóspedes, quartos para os filhos que os dois poderiam ter. Haveria uma área calçada de pedras atrás da casa, grande o bastante para uma mesa de jantar e cadeiras. Haveria um jardim elevado onde eles plantariam pepinos, tomates, ervas, abóboras e melões; haveria uma pérgola para as uvas. Andras não se atrevia a imaginar quanto custaria construir uma casa num terreno como aquele, construir uma casa que ele mesmo havia projetado, ou se a prefeitura de Nice aprovaria seu projeto e autorizaria o início das obras. A casa não existia numa realidade que incluía dinheiro ou leis de edificação perto do mar. Era uma perfeita quimera, que se tornava mais claramente visível conforme o tempo que os dois ficavam ali. De dia, enquanto caminhava pelo perímetro acanhado do jardim, Andras planejava aqueles quartos voltados para o mar; à noite, acordado na cama ao lado de Klara, calçava o pátio e cortava terraços na encosta do morro para fazer jardins. Mas não mostrava seus desenhos para Klara, nem contava o que fazia enquanto ela praticava balé. Algo no projeto o deixava cauteloso, defensivo; talvez fosse o abismo que havia entre a permanência harmoniosa que a casa sugeria e a complicada incerteza da vida de ambos.

No chalé de pedra, pela primeira vez os dois viveram como marido e mulher. Klara comprava comida na aldeia e os dois cozinhavam juntos; Andras lhe falava acerca de seus planos para o ano seguinte: ele poderia trabalhar de estagiário na firma de arquitetura onde Pierre Vago trabalhava. Klara lhe contava seus planos de contratar uma professora assistente entre as jovens bailarinas que vinham do exterior. Ela queria fazer por alguém aquilo que Novak e Forestier tinham feito por Andras. Os dois conversavam enquanto vagavam pela estrada que levava até a cidade; conversavam depois do pôr do sol no jardim escuro, sentandos em cadeiras de madeira que tinham levado para fora da casa. Davam banho um no outro numa banheira de estanho no chalé. Davam legumes e pão para as cabras miúdas e uma delas dava leite. Conversavam sobre os nomes de seus filhos: a menina se chamaria Adèle, o menino, Tamás.

Nadavam no mar, comiam sorvete de limão e faziam amor. E nas estradas de terra batida que margeavam as praias, Klara ensinava Andras a dirigir.

No primeiro dia, ele deixou o motor morrer repetidas vezes, até ficar cego de raiva. Pulou para fora do carro e acusou Klara de ensinar errado, de tentar fazê-lo de bobo. Sem perder a calma, ela sentou no banco do motorista, piscou para Andras e foi embora com o carro, deixando-o ali bufando no meio da poeira. Depois de ter caminhado três quilômetros até o chalé, ele estava queimado de sol e arrependido. No dia seguinte, Andras deixou o motor morrer só duas vezes; no outro dia conduziu o carro sem deixar o motor morrer. Desceram a estrada pela encosta do morro até o Promenade des Anglais e foram pela orla até Cannes. Andras adorou a pressão das curvas, adorou a imagem de Klara com sua echarpe branca esvoaçante. Na volta, ele dirigiu mais devagar e os dois observaram os barcos à vela pairando acima da água, como pipas. Ele subiu a estrada traiçoeira até o topo do morro sem deixar o motor morrer. Quando chegaram ao jardim, Klara desceu do carro e bateu palmas para o motorista. Naquela noite, véspera do aniversário de Andras, ele a levou de carro até a cidade para tomar drinques no Hôtel Taureau d'Or. Ela estava com um vestido verde-mar que deixava os ombros à mostra e com um prendedor de cabelo reluzente em forma de estrela-do-mar. Sua pele tinha ganhado uma tonalidade mais escura na praia, de um dourado fosco. Mais belos do que tudo eram seus pés em sandálias espanholas, os dedos revelados em sua beleza tímida e morena, suas unhas como lascas de nácar cor-de-rosa. No cais de Taureu d'Or, ele lhe disse que adorava ver os pés dela nus em público.

"É tão excitante", ele disse. "É como se estivesse nua."

Klara lhe dirigiu um sorriso triste. "Você devia ter visto meus pés quando eu ficava *en pointe* todos os dias. Eram horrorosos. Não pode imaginar o que o balé faz com os pés da gente." Girou seu copo em círculos cuidadosos na mesa de madeira. "Na época, eu não sairia de sandálias nem por um milhão de *pengő*."

"Eu teria pagado dois milhões para ver você de sandálias."

"Você não tinha dois milhões. Era um menino na escola fundamental, na época."

"Eu arranjaria um jeito de ganhar esse dinheiro."

Ela riu e enfiou um dedo embaixo da bainha da manga dele, alisou a pele de seu punho. Era uma tortura ficar ao lado dela o dia inteiro daquele jeito.

Quanto mais ele a possuía, mais a desejava. O pior de tudo eram os momentos na praia, quando Klara ficava de maiô preto e touca de banho com listras brancas esportivas. Ela virava de costas sobre sua esteira de praia e grãos prateados de areia polvilhavam seus seios, o aclive suave de seu púbis, a pele lisa de suas coxas. Andras passara a maior parte do tempo deles na praia escondendo sua ereção da visão pública, com a ajuda de um livro ou de uma toalha. Na tarde anterior, ele tinha visto Klara dar mergulhos perfeitos do alto de uma torre de madeira naquela mesma praia; ele podia ver a torre agora, fantasmagórica, à luz do luar, um esqueleto erguido no mar.

"Acho que a gente devia ficar aqui para sempre", ele disse. "Você pode dar aula de balé em Nice. Posso concluir meus estudos por correspondência."

Um véu de melancolia pareceu cair sobre suas feições. Ela tomou um gole da bebida. "Você vai fazer vinte e três anos", ela disse. "Isso significa que em breve vou ter trinta e dois anos. Trinta e dois. Quanto mais penso no assunto, mais começa a parecer a idade de uma mulher velha."

"Isso é absurdo", disse Andras. "A última campeã de natação húngara tinha trinta e três anos quando ganhou a medalha de ouro em Munique. Minha mãe tinha trinta e cinco anos quando Mátyás nasceu."

"Tenho a sensação de já ter vivido muito tempo", ela disse. "Aquele tempo em que eu não andaria de sandália nem por um milhão de *pengő*..." Fez uma pausa e sorriu, mas seus olhos estavam tristes e distantes. "Tantos anos atrás! Dezessete anos!"

Aquilo não era sobre ele, Andras compreendeu. Tratava-se da vida dela, de como tudo mudara quando ela ficou grávida de sua filha. Foi aquilo que fez o véu descer. Quando o garçom chegou, ela pediu absinto para os dois, uma bebida que só escolhia quando estava triste e queria ser erguida para longe do mundo.

Mas o absinto não produzia o mesmo efeito em Andras; tendia a pregar peças em sua mente. Ele disse a si mesmo que podia ser diferente em Nice, naquele bar de hotel que parecia saído de um sonho e que dava para a praia, mas em pouco tempo o absinto começou a produzir seu efeito deletério. Um portão cedeu e a paranoia abriu caminho pela brecha. Se agora Klara estava melancólica, não era porque tinha perdido toda a sua vida no balé; era porque tinha perdido o pai de Elisabet. Seu maior amor. O único e colossal segredo que ela nunca havia contado para Andras. Seus sentimentos pelo rapaz eram ninharia em comparação. Mesmo seu relacionamento de onze anos com Novak não fora capaz de quebrar aquele encantamento. Madame Gérard sabia; a própria Elisabet sabia; até Tibor havia adivinhado num intervalo de uma hora, ao passo que Andras não conseguira perceber aquilo nem depois de muitos meses. Como era absurdo passar o verão preocupado com Novak, quando a ameaça real era aquele fantasma, o único homem que teria o coração de Klara. O fato de ela poder ficar ali sentada num vestido verde-mar, com aquelas sandálias, bebendo calmamente seu absinto, fingindo que um dia poderia ser a esposa de Andras, e depois permitir que fosse arrastada para algum lugar do passado aonde se deixara levar — por *ele*, sem dúvida, aquele homem sem nome e sem rosto que ela havia amado — fazia Andras ter vontade de segurar os ombros dela e sacudi-la até que gritasse.

"Meu Deus, Andras", ela disse, afinal. "Não fique me olhando desse jeito."

"De que jeito?"

"Está com uma cara de quem quer me matar."

Os olhos limpos e claros dela. O brilho da estrela-do-mar em seu cabelo. Suas mãos de criança sobre a mesa. Andras estava com mais medo dela, mais medo do que ela podia fazer com ele, do que de qualquer outra pessoa que tinha conhecido na vida. Ele empurrou a cadeira para trás e foi ao balcão, onde comprou um maço de cigarros Gauloises, e depois andou até a praia. Havia certo consolo em catar conchinhas na beira da água e jogá-las contra as ondas. Sentou-se nas ripas de madeira de uma espreguiçadeira e fumou três cigarros, um depois do outro. Pensou que talvez gostasse de passar a noite ali, na beira do mar, dormir ouvindo as ondas batendo na praia, no escuro, e com o som do conjunto musical do hotel escapando do salão de baile montado ao ar livre. Mas em pouco tempo sua cabeça começou a clarear e ele se deu conta de que Klara tinha ficado sozinha na mesa. O portão do absinto estava se fechando. Sua paranoia recuou. Ele olhou para trás por cima do ombro e lá estava o borrão verde-mar do vestido de Klara desaparecendo na luz do hotel, cor de açafrão.

Ele correu pela praia a fim de alcançá-la, mas, quando chegou lá, Klara não estava mais em parte alguma. No saguão, o recepcionista negou ter visto uma mulher de vestido verde; os porteiros viram-na sair, mas um deles achava que tinha saído da cidade e o outro achava que tinha ido para o centro. O carro continuava estacionado no local onde eles o haviam deixado, no canto externo de um terreno poeirento. Agora já estava muito escuro. Ele achou que Klara não iria a pé para o centro da cidade, não no estado de ânimo em que se encontrava. Andras entrou no carro e seguiu bem devagar por uma estradinha na orla da praia. Não tinha andado muito quando os faróis iluminaram um clarão verde-mar na beira da estrada. Ela caminhava depressa, as sandálias erguiam nuvens de poeira. Estava com os braços enrolados no próprio corpo; Andras pôde ver a coluna familiar de suas vértebras ressaltando nas costas decotadas do vestido. Fez o carro parar e saltou para andar a seu lado. Ela lhe dirigiu um olhar rápido por cima do ombro e continuou a andar.

"Klara", ele disse. "Klárika."

Ela parou afinal, os braços tombados do lado do corpo. De uma curva na estrada, veio um jato de luzes de faróis; a luz bateu em cheio no corpo de Klara enquanto um conversível passava a toda velocidade e disparava rumo ao centro da cidade; seus passageiros cantavam aos berros no meio da noite. Depois que o carro passou, não havia nada, a não ser o rumor e as batidas das ondas. Por um longo tempo nenhum dos dois falou nada. Ela não virava o rosto para ele.

"Desculpe", disse Andras. "Não sei por que deixei você ali sentada sozinha."

"Vamos para casa", ela disse. "Não quero conversar sobre isso na beira de uma estrada."

"Não fique zangada."

"É culpa minha. Eu não devia ter recordado meu passado. Fico deprimida quando penso nisso e deve ter sido o que fez você levantar e ir para a beira da praia."

"Foi o absinto", ele disse. "Me deixa maluco."

"Não foi o absinto", ela disse.

"Klara, por favor."

"Estou com frio", ela disse, e enrolou os braços em volta do próprio corpo. "Quero voltar para casa."

Ele a levou no carro, sem sentir a menor satisfação com seu domínio do veículo na estrada; quando saíram do carro, não houve nenhuma comemoração por causa de sua habilidade de motorista. Klara foi para o quintal e sentou-se numa das cadeiras de madeira que eles tinham levado para fora. Andras sentou-se a seu lado.

"Desculpe", ele disse. "Fiz uma bobagem, uma coisa egoísta, deixando você sozinha na mesa."

Parecia que ela não o escutava. Tinha se recolhido a algum lugar distante, particular, pequeno demais para admitir Andras. "Para você, tem sido quase uma tortura, não é?", ela disse.

"Do que você está falando?"

"De tudo. De nossa ligação. Minhas meias verdades. Tudo aquilo que não lhe contei."

"Não fale com essas generalizações descontroladas", ele disse. "Que meias verdades? Você se refere ao que aconteceu com Novak? Pensei que já tínhamos superado isso, Klara. O que mais você quer me contar?"

Ela balançou a cabeça. Em seguida pôs a mão sobre os olhos e seus ombros começaram a sacudir-se.

"O que aconteceu com você?", ele perguntou. "Não fui eu que fiz isso. Não fiz isso acontecer quando fui andar na beira da praia para fumar um cigarro."

"Não", ela respondeu, e ergueu os olhos cheios de lágrimas. "A questão é que eu entendi uma coisa, quando você estava andando na beira da praia."

"O que é?", ele perguntou. "Se tem um nome, me diga qual é."

"Eu destruo as coisas", disse Klara. "Sou uma destruidora. Pego o que é bom e torno ruim. Pego o que é ruim e torno ainda pior. Fiz isso com minha filha e com Zoltán. E agora faço a mesma coisa com você. Vi como estava infeliz antes de sair da mesa."

"Ah, entendo. É tudo culpa sua. Você obrigou Elisabet a ter os problemas que ela tem. Você obrigou Novak a enganar a esposa. Você me obrigou a me apaixonar por você. Nós três não temos nenhuma participação no que aconteceu."

"Você não sabe a metade das coisas que fiz."

"Então me conte! O que é? Conte."

Ela balançou a cabeça.

"E se não contar?", perguntou Andras. Ficou de pé e segurou-a pelo braço, puxou-a para ficar de pé a seu lado. "Como acha que pode continuar assim? Vai me manter nessa ignorância? Terei de saber a verdade, um dia, por intermédio de sua filha?"

"Não", ela disse, em uma voz quase baixa demais para se ouvir. "Elisabet não sabe."

"Se vamos ficar juntos, tenho de saber tudo. Você tem de decidir, Klara. Se quer que isso continue, terá de ser honesta comigo."

"Está machucando meu braço", ela disse.

"Quem era ele? Só me diga o nome."

"Quem?"

"O homem que você amou. O pai de Elisabet."

Com um movimento brusco, ela desvencilhou o braço da mão de Andras. No luar, ele podia ver o tecido do vestido dela ondulado pelo contato com as costelas e depois liso outra vez. Os olhos de Klara estavam cheios de lágrimas. "Nunca me segure desse jeito", ela disse, e começou a soluçar. "Quero ir para casa. Por favor, Andras. Desculpe. Quero ir para casa, para Paris." Ela se abraçou com os próprios braços, tremendo como se estivesse com febre na noite fria do Mediterrâneo. O prendedor de cabelo em forma de estrela-do-mar brilhava como um belo erro, como o fragmento festivo de um baile num transatlântico, lançado pelo mar e trazido de uma grande distância, que as ondas por acaso prenderam no cabelo de Klara.

Andras podia perceber: ela fora acometida por algo semelhante a uma doença, algo que abalou suas feições e trouxe uma palidez à sua pele. Ele percebeu aquilo na maneira como ela tremia embaixo do cobertor, no chalé, na maneira como fitava a parede com os olhos fixos. Klara estava falando sério quando falou em ir para casa; ela queria partir logo pela manhã. Durante uma hora, ele ficou na cama com ela, acordado, até que ouviu a respiração de Klara deslizar para o ritmo do sono. Andras não teve mais coragem de zangar-se com ela. Se ela queria ir para casa, ele a levaria. Podia juntar as coisas naquela noite e deixar tudo pronto para partirem de manhã bem cedo. Com cuidado para não acordá-la, rastejou para fora da cama e começou a fazer as malas. Era bom ter algo concreto e bem definido para fazer. Dobrou as roupas de Klara: os vestidos de algodão, as meias, as roupas de baixo, o maiô preto; recolocou os colares e os brincos dentro do envelope de cetim do qual ele tinha visto Klara retirá-los. Enfiou as sapatilhas de balé uma dentro da outra e dobrou os saiotes e os colantes. Depois vestiu um paletó e ficou sentado sozinho no jardim. Na relva passando a entrada da garagem, grilos cantavam uma cantiga francesa; as cantigas que os grilos cantavam em húngaro tinham notas diferentes, mais agudas, e outro ritmo. Mas as estrelas no alto eram as mesmas. Havia a donzela estendida na rocha, o ursinho e o dragão. Ele tinha mostrado aquelas cantigas para Klara algumas noites antes; ela o fez repeti-las todas as noites, até aprendê-las tão bem quanto ele.

Na manhã seguinte, voltaram de carro para Paris. Ele a ajudou a levantar e vestir-se na luz azul da manhã; ela chorou quando viu que ele tinha feito as malas e arrumado tudo. "Estraguei suas férias", Klara disse. "E hoje é seu aniversário."

"Não tem nenhuma importância", ele disse. "Vamos para casa. É uma longa viagem."

Enquanto ela esperava no carro, Andras trancou o chalé e recolocou a chave no ninho de passarinho acima da porta. Pela última vez, percorreu de carro a estrada sinuosa que descia rumo a Nice; o mar brilhava e o sol começava a se derramar na sua superfície matizada. Andras não sentiu medo na estrada, não depois das aulas de direção que Klara lhe dera. Dirigia o carro para Paris, enquanto ela se mantinha em silêncio a seu lado e observava os campos e as fazendas. Na hora em que chegaram ao emaranhado de ruas na periferia da cidade, Klara tinha dormido e Andras teve de tentar se lembrar do caminho por onde tinham ido. As ruas tinham ideias próprias; ele perdeu uma hora tentando se achar no subúrbio, até que um guarda lhe indicou a direção para a Porte d'Italie. Por fim ele achou o caminho para cruzar o Sena e subir pelos bulevares familiares até a Rue de Sévigné. O sol já estava baixo no céu; a sala de balé estava na sombra e a escada, escura. Klara acordou e esfregou o rosto com as mãos. Ele a ajudou a subir ao primeiro andar e vestir a camisola que ela havia esquecido na cama. Klara deitou-se de costas e deixou as lágrimas rolarem pelo rosto para o travesseiro.

"O que posso fazer por você?", ele perguntou, sentado a seu lado. "Do que você precisa?"

"Só preciso ficar sozinha", ela disse. "Só preciso dormir um pouco."

Seu tom de voz era estranhamente desanimado. Aquela mulher pálida num roupão bordado era a irmã fantasmagórica da Klara que Andras conhecia, a mulher que uma semana antes havia partido de sua casa, de carro, em alta velocidade, num casaco longo de viagem e com óculos de proteção no rosto. Parecia impossível ir para casa. Ele não tinha nenhuma intenção de deixá-la naquela incerteza. Em vez disso, tirou suas coisas do carro e levou para o primeiro andar, depois preparou para ela uma xícara de chá de folhas de tília, que ela costumava beber quando tinha dor de cabeça. Quando entrou com o chá, ela sentou-se na cama e estendeu a mão para ele. Andras foi até a cama e sentou-se a seu lado. Klara cravou os olhos nos dele; um rubor rosado espalhou-se no peito dela. Apoiou a cabeça no ombro de Andras e pôs os braços em volta de sua cintura. Ele sentiu o peito dela subir e descer contra o próprio peito.

"Que aniversário terrível você teve", ela disse.

"Nada disso", respondeu Andras, afagando seu cabelo. "Fiquei com você o dia inteiro."

"Tem um presente para você na sala de balé", ela disse. "Um presente de aniversário."

"Não preciso de um presente", respondeu.

"Mesmo assim."

"Pode me dar o presente outro dia."

"Não", ela disse. "Pelo menos você tem de recebê-lo no seu aniversário, já que estamos de volta. Vou descer com você." Saiu da cama e pegou a mão de Andras. Juntos, desceram a escada e entraram na sala de balé. Encostado na parede, estava um objeto coberto por um pano, do tamanho e da forma de um piano posto de pé.

"Meu Deus", ele disse. "O que é isso?"

"Dê uma olhada", ela disse.

"Não sei se me atrevo."

"Se atreve sim."

Ele ergueu o pano pelo cantinho e puxou-o inteiro. Com sua superfície de madeira polida encostada na janela, sua base de aço gravada com o nome de um marceneiro famoso, lá estava uma prancheta de arquiteto feita à mão, tão bonita e profissional quanto a de Pierre Vago. Na parte de baixo da superfície para desenhar, havia um sulco perfeito para os lápis; no lado direito, um tinteiro. Um banco de desenho estava de pé embaixo da mesa, seu assento e seus rodízios de latão reluziam. Andras sentiu um aperto na garganta.

"Você não gostou", ela disse.

Ele esperou até saber que conseguiria falar. "É boa demais", ele disse. "É uma mesa de arquiteto. Não é coisa para um estudante."

"Você continuará a ter a mesa quando for um arquiteto. Mas eu queria que a tivesse desde agora."

"Guarde para mim", ele disse. Virou-se para ela e pôs a mão em seu rosto. "Se você resolver que vamos ficar juntos, eu a levarei para casa."

A cor desapareceu dos lábios de Klara e ele fechou os olhos. "Por favor", ela disse. "Quero que a leve agora. Ela se desmonta em duas partes. Leve no carro."

"Não posso", ele respondeu. "Não agora."

"Por favor, Andras."

"Guarde para mim. Depois que tiver um tempo para pensar, avise se devo apanhá-la ou não. Mas não vou levá-la como uma recordação sua. Compreende? Não vou ficar com a prancheta em vez de ter você."

Ela fez que sim com a cabeça, os olhos voltados para baixo.

"É o melhor presente que já ganhei na vida", ele disse.

E as férias dos dois terminaram. Setembro estava chegando. Ele podia sentir aquilo enquanto caminhava para casa pela Pont Marie, levando sua bolsa com as roupas de doze dias. Setembro estava enviando suas primeiras correntes de ar frio para Paris, seu matiz vermelho e ardente. Seu aroma soprava pelo canal do Sena como o perfume de uma garota na soleira de uma festa. O pé dela em seu sapato de cetim ainda não tinha atravessado a soleira, mas todos sabiam que ela estava lá. Dali a um instante, ela ia entrar. Paris inteira parecia prender o fôlego, à espera.

17. Sinagoga de La Victoire

Ele daria qualquer coisa para passar o Rosh Hashaná em Konyár naquele ano — para ir à sinagoga com o pai e com Mátyás, comer bolo de mel na mesa da mãe, ir ao pomar e pôr as mãos no tronco de sua macieira predileta, cuja copa sempre fora seu refúgio quando tinha medo, sentia-se só ou deprimido. Em vez disso, estava num sótão na Rue des Écoles, chegando ao final de seu primeiro ano em Paris, à espera de Polaner para irem juntos à sinagoga na Rue de la Victoire. Haviam passado quatro semanas desde a última vez em que falara com Klara. E, à medida que o ano judaico se aproximava do fim, a Europa inteira parecia pender num fio acima de um abismo. Assim que voltou à consciência após o regresso de Nice, assim que leu as cartas que o aguardavam e percorreu o calhamaço habitual de jornais, Andras lembrou-se de que na Europa estavam acontecendo coisas piores do que a rejeição de Klara Morgenstern em revelar os segredos fundamentais de sua história. Hitler, que havia escarnecido do Tratado de Versalhes com a anexação da Áustria na primavera anterior, agora queria a região da fronteira com a Tchecoslováquia, a barreira de montanhas da região dos Sudetos, com suas fortalezas militares, suas fábricas de armamentos, suas indústrias têxteis e suas minas. *O que você acha da mais recente mania do chanceler?*, escrevera Tibor de Modena. *Ele acredita mesmo que a Inglaterra e a França vão tolerar passivamente que ele prive a última democracia da Europa Central de todas as suas defesas? Seria o fim da Tchecoslováquia livre, isso é certo.*

De Mátyás, veio uma nota de indignação diferente, um protesto de estudante contra o revisionismo geográfico de Hitler: *Como ele pode exigir a "devolução" da região dos Sudetos quando nunca pertenceu à Alemanha? Quem ele acha que está enganando? Qualquer aluno do ginásio sabe que a Tchecoslováquia pertenceu à Áustria-Hungria antes da Grande Guerra.* Andras escreveu em resposta que o próprio governo húngaro provavelmente estava envolvido nos planos de Hitler, pois a Hungria passaria a exigir a recuperação de seu território perdido caso a Alemanha tomasse a região dos Sudetos; a palavra *devolução* era um estímulo a qualquer um que julgasse que seu país tinha sido diminuído no Tratado de Versalhes. *Mas pelo menos você deu atenção à escola,* escreveu Andras. *Talvez você consiga terminar o curso e ir para a faculdade, afinal.*

Os jornais de Paris revelavam cada vez mais à medida que a situação se desdobrava: no dia 12 de setembro, em seu discurso de encerramento no comício do partido nazista em Nuremberg, Hitler deu um soco no ar e cobrou justiça para os milhões de alemães que viviam na região dos Sudetos; recusou-se a acompanhar passivamente e vê-los oprimidos pelo presidente tcheco Benes e seu governo. Dias depois, Chamberlain, que nunca tinha posto os pés num avião, voou para o retiro de Hitler nas montanhas, em Berchtesgaden, a fim de discutir aquilo que agora todo mundo chamava de Crise dos Sudetos.

"Ele não deveria ter ido", disse Polaner, por cima de um copo de uísque no Pombo Azul. "É uma humilhação, não percebe? Aquele velho que nunca andou de avião viaja para a região mais remota da Alemanha a fim de encontrar-se com o Führer. É uma demonstração da força de Hitler. O fato de Chamberlain ir até lá significa que está com medo. Garanto a você, Hitler vai se aproveitar dessa vantagem."

"Se alguém está dando uma demonstração de força é Chamberlain", retrucou Andras. "Ele foi a Berchtesgaden para deixar clara uma posição: se Hitler atacar a Tchecoslováquia, a Inglaterra e a França farão todo o possível para derrubá-lo. É disso que se trata."

Mas logo ficou claro que Andras estava enganado. Os jornais diziam que Chamberlain saíra da reunião com uma lista de exigências de Hitler e agora estava resolvido a persuadir seu próprio governo e o da França a atender as condições do Führer sem demora. Os editoriais franceses defendiam o sacrifício da região dos Sudetos, caso aquilo servisse para preservar a paz que fora conquistada a um custo tão assustadoramente alto na Grande Guerra; a visão oposta parecia provir de uns poucos comentaristas socialistas e comunistas de menor repercussão. Dias depois, enviados do governo francês e britânico apresentaram ao presidente Benes uma proposta de despojar a república de suas regiões fronteiriças e exigiam que o governo tcheco aceitasse o plano sem demora. Andras se viu consumindo o dia inteiro passando um pente fino nos jornais e escutando o rádio vermelho de baquelita no escritório. Até Forestier deixou de lado seus instrumentos de trabalho e ficou ruminando as notícias com Andras. Em reação à proposta dos governos inglês e francês, o presidente Benes apresentou um memorando contido e erudito recordando a França que ela havia jurado defender a Tchecoslováquia caso este país fosse ameaçado; algumas horas depois de o memorando ser transmitido, os ministros das Relações Exteriores francês e inglês em Praga tiraram Benes da cama para insistir em que ele aceitasse a proposta imediatamente. De outro modo, teria de encarar a Alemanha sozinho. No dia seguinte Andras e monsieur Forestier ouviram, num abatimento incrédulo, um locutor anunciar que Benes havia aceitado o plano anglo-francês. O gabinete tcheco inteiro renunciou em protesto. Chamberlain se encontraria com Hitler de novo no dia 22 de setembro, dessa vez em Bad Godesberg, a fim de combinar a transferência da região dos Sudetos.

"Bem, aí está!", disse Forestier, baixando os ombros largos. "A última democracia da Europa Central se ajoelha diante de Hitler, por pressão da Inglaterra e da França. Vivemos em tempos terríveis, meu jovem senhor Lévi, tempos terríveis."

Andras supôs que, quando a crise terminasse, uma guerra teria sido evitada, embora a um preço cruel. Mas no dia 23 de setembro ele chegou ao escritório de Forestier e soube que a reunião em Bad Godesberg havia resultado na apresentação de ainda mais exigências: Hitler queria que suas tropas ocupassem a região dos Sudetos e determinou que a população tcheca da área abandonasse suas casas e propriedades rurais no prazo de uma semana, deixando para trás tudo o que possuíam. Chamberlain levou para casa a nova lista de exigências, que foram prontamente rejeitadas pelos governos francês e inglês. Uma ocupação militar era inimaginável, equivalente a entregar o resto da Tchecoslováquia sem luta.

A *temível convocação chegou*, escreveu Andras para Tibor naquela manhã, véspera do Rosh Hashaná. *As tropas tchecas foram mobilizadas e nosso premiê Daladier ordenou uma mobilização parcial das tropas francesas também.* Andras viu aquilo acontecer durante a manhã: em toda a cidade, reservistas deixavam as lojas, os táxis, as mesas de bar e rumavam para locais fora de Paris, onde se reuniriam a seus batalhões. Quando foi enviar a carta para Tibor, havia uma multidão no correio: parecia que todos os soldados de partida tinham uma carta para enviar. Agora Andras estava sentado na cama com sua bolsa de talit na mão, à espera de Eli Polaner e pensando em seus pais, seus irmãos, Klara e na perspectica de uma guerra. Às seis e meia Polaner chegou; pegaram o metrô para Le Peletier, no 9º arrondissement, e andaram dois quarteirões até a sinagoga de La Victoire.

Aquela sinagoga nada tinha do estilo marroquino ornamental do templo da Dohány Utca, onde Andras e Tibor iam assistir ao serviço religioso da Grande Festa em Budapeste. Tampouco parecia a sinagoga de uma só sala que havia em Konyár, com seu revestimento de madeira escura e suas divisórias que separavam a parte dos homens da parte das mulheres. A sinagoga de La Victoire era uma construção românica arrojada, feita de aventurina clara, com uma grande janela em forma de roseta que coroava a fachada em arco. Dentro, colunas esguias se erguiam rumo a um teto abaulado em forma de barril; um clerestório alto inundava de luz o espaço. Acima do *bimá* com ornatos em estilo bizantino, uma inscrição implorava TU AIMERAS L'ÉTERNEL TON DIEU DE TOUT TON COEUR. Na hora em que Andras e Polaner chegaram, o serviço religioso já havia começado. Sentaram-se num banco na parte de trás e desabotoaram suas bolsas de talit: o talit de Polaner era de seda amarelada com listras azuis; o de Andras era de lã branca e fina. Juntos, os dois disseram as palavras de bênção por vestirem os xales de oração; juntos, puseram os xales sobre os ombros. O cantor cantava em hebraico, *Como é bom e doce quando irmãos ficam juntos*. Repetidas vezes, a melodia familiar, um verso grave e sombrio como um cântico litúrgico, o verso seguinte se erguendo ao arco do teto como uma pergunta: Não é bom para os irmãos estarem juntos? Polaner aprendera a melodia em Cracóvia. Andras a aprendera em Konyár. O cantor a aprendera com o avô em Minsk. Os três velhos de pé ao lado de Polaner a aprenderam em Gdynia, em Amsterdã e em Praga. Viera de algum lugar. Tinha escapado dos massacres de judeus em Odessa e em Oradea, tinha aberto caminho até chegar àquela sinagoga, abriria para chegar a outras que ainda não tinham sido construídas.

Para Andras, que tinha passado as últimas quatro semanas construindo um muro em torno da parte dele mesmo que dizia respeito a Klara Morgenstern, a melodia produziu o efeito de um terremoto. Começou como um pequeno tremor, apenas o bastante para fazer o muro tremer — sim, era bom quando os irmãos se reuniam e ficavam juntos, mas fazia meses, muitos meses, que Andras não via os próprios irmãos —, e depois veio uma intolerável onda de saudade de seu lar, de Konyár, e uma segunda onda de saudade da Rue de Sévigné e do lar mais profundo, mais íntimo, que era a própria Klara. Nas últimas quatro semanas ele havia mergulhado nas notícias do mundo e voltara os pensamentos para longe de Klara; tarde da noite, quando não adiantava mais fingir que a havia tirado da cabeça, Andras dizia a si mesmo que só o silêncio dela não podia ser entendido como se tudo estivesse de fato terminado. Embora não tivesse feito nenhum contato com ele, Klara não devolvera suas cartas nem pedira que Andras mandasse as coisas que ela havia deixado em seu apartamento. Ela não lhe dera nenhuma razão para abandonar a esperança por completo. Mas agora, quando a população de Paris partia às pressas para a zona rural na expectativa de um bombardeio, quando a possibilidade abstrata de uma guerra se tornava algo real e tangível, o que havia ele de deduzir do continuado silêncio de Klara? Ela partiria de Paris sem avisá-lo? Deixaria a cidade sob a proteção de Zoltán Novak, num carro particular que enviaria especialmente para ela? Não estaria Klara, naquele exato momento, fazendo a mesma mala que Andras havia desfeito para ela algumas semanas antes?

O rapaz apertou mais o talit à cabeça e tentou frear os pensamentos; repetir as orações dava certo alívio, a presença de Polaner e dos outros homens e mulheres que sabiam de cor as palavras do cântico era um conforto. Ele disse a oração que enumerava os pecados cometidos pela Casa de Israel e a oração em que pedia ao Senhor para proteger sua boca da maldade e impedir que seus lábios falassem mentiras. Fez a oração da gratidão pela Torá e escutou os outros cantarem as palavras escritas nos rolos de pergaminho. E, no final do serviço religioso, rezou para ter seu nome inscrito no Livro da Vida, como se ainda pudesse haver um lugar para ele lá.

Após o serviço religioso, ele e Polaner atravessaram o rio e foram ao refeitório dos estudantes, que no verão andara vazio, mas, à medida que as faculdades se preparavam para reabrir, foi enchendo outra vez, para depois esvaziar de novo por causa da ameaça de guerra. O atendente no bufê encheu o prato de Andras com pão e bife, além de batatas duras e oleosas.

"Em casa, minha mãe me serviria peito de frango e canja com macarrão", disse Polaner enquanto os dois levavam seus pratos para a mesa. "Ela jamais deixaria batatas como estas entrarem na cozinha."

"Você não pode acusar as batatas", disse Andras. "Não é culpa delas."

"Tudo sempre começa pelas batatas", disse Polaner, erguendo a sobrancelha com ar sombrio.

Andras teve de rir. Parecia um milagre que Polaner pudesse estar sentado na sua frente, na mesa, depois do que havia acontecido em janeiro. Embora houvesse muita coisa errada no mundo, não se podia negar que Eli Polaner havia se recuperado de seus ferimentos e tivera a coragem necessária para voltar à École Spéciale para o segundo ano.

"Deve ter sido muito ruim para sua mãe ter deixado você partir de Cracóvia", disse Andras.

Polaner desdobrou o guardanapo e arrumou-o no colo. "Ela não ficou nem um pouco contente ao me ver indo embora de Cracóvia", disse. "É minha mãe."

Andras fitou-o com cuidado. "Você nunca contou aos seus pais o que aconteceu, não é?"

"Acha que eu deveria?"

"Afinal, você quase morreu."

"Eles nunca mais me deixariam voltar", disse Polaner. "Teriam me despachado para algum hospício freudiano para me curar e hoje você teria de ficar sozinho, *copain.*"

"Então foi sorte minha você não ter contado", disse Andras. Ele sentira falta dos amigos, sobretudo de Polaner. Imaginara que àquela altura estariam todos jantando naquele refeitório outra vez e que em pouco tempo estariam juntos nas salas de aula, que iriam se encontrar depois da faculdade no Pombo Azul para tomar chá preto e comer biscoitos de amêndoa. Imaginara a si mesmo narrando as proezas deles para Klara, fazendo-a rir, os dois sentados perto da lareira na Rue de Sévigné. Mas Rosen e Ben Yakov estavam em casa com suas famílias, ele e Polaner estavam juntos e sozinhos, e a École Spéciale havia suspendido o reinício das aulas, a exemplo de todas as outras faculdades de Paris. E ele não estava contando absolutamente nada para Klara.

À medida que os Dias de Penitência entre o Rosh Hashaná e o Yom Kippur começavam a se desdobrar, Andras dizia a si mesmo que era provável que em breve tivesse notícias dela. A guerra parecia inevitável. De noite, havia treinamento de blecautes; as poucas luzes de esquina que ficavam acesas eram cobertas com papel preto a fim de impedir que sua luz viesse para baixo. Famílias de partida da cidade lotavam os trens e levantavam uma cacofonia de buzinas de carro nas ruas. Mais quinhentos mil homens foram convocados para as Forças Armadas. Os que ficaram em Paris se apressavam em comprar máscaras contra gás, comida enlatada e farinha. Chegou um telegrama dos pais de Andras: SE A GUERRA FOR DECLARADA VOLTE DEPRESSA NO PRIMEIRO TREM. Andras ficou sentado na cama com o telegrama na mão se perguntando se aquilo seria o fim de tudo: seus estudos, sua vida em Paris, tudo. Era dia 28 de setembro, três dias antes do prazo dado por Hitler para a ocupação da região dos Sudetos. Em setenta e duas horas, a vida de Andras podia desmoronar. Era impossível esperar mais tempo. Iria de imediato à Rue de Sévigné e pediria para ver Klara; insistiria em levar Klara e Elisabet para fora da cidade assim que tivessem feito as malas. Antes que pudesse perder a coragem, vestiu um paletó e correu todo o percurso até a casa dela.

Mas, quando chegou à porta, viu seu caminho barrado pela sra. Apfel. Madame Morgenstern não ia falar com ninguém, ela disse. Nem com ele. E não tinha planos de deixar a cidade, até onde a sra. Apfel sabia. Naquele momento Klara estava de cama, com dor de cabeça, e dera ordens rigorosas para não ser incomodada. Em todo caso, será que Andras não sabia? Ia acontecer uma reunião em Munique no dia seguinte, um esforço final para negociar a paz. A sra. Apfel tinha certeza de que aqueles idiotas poriam a cabeça no lugar. "Você vai ver", ela disse. "Não vai ter guerra nenhuma no final."

Andras não sabia de nada daquilo. Foi correndo ao escritório de Forestier e passou os dois dias seguintes com os ouvidos colados no rádio. No dia 30 de setembro foi anunciado que Hitler tinha feito um acordo com a França, a Inglaterra e a Itália: a Alemanha ficaria com a região dos Sudetos no prazo de dez dias. No final das contas, haveria uma ocupação militar. Os sudetos tchecos teriam de deixar suas casas, lojas, fazendas, sem levar nenhuma peça de mobília, nenhuma peça de roupa, nenhuma espiga de milho, e não haveria nenhum programa de compensação dos bens perdidos. Na região ocupada por minorias polonesas e húngaras, uma votação popular determinaria as novas fronteiras; a

Polônia e a Hungria seguramente reclamariam os territórios perdidos. O locutor do rádio leu os termos do acordo num francês rápido e seco e Andras teve de se esforçar para compreender. Como era possível que a Inglaterra e a França aceitassem um plano quase idêntico ao que haviam rejeitado categoricamente poucos dias antes? A estação de rádio transmitiu o barulho da comemoração em Londres; Andras pôde ouvir perfeitamente o júbilo local na rua em frente ao escritório de Forestier, onde centenas de parisienses saudavam a paz, celebravam Daladier, louvavam Chamberlain. Os homens que foram convocados podiam agora voltar para casa. Era um benefício indiscutível — tantos homens inscritos no Livro da Vida por mais um ano. Então por que, em vez disso, ele se sentia da mesma forma que Forestier parecia sentir-se — Forestier, que estava sentado num canto, com os cotovelos nos joelhos, a testa apoiada nas mãos? A recente série de acontecimentos parecia envolta em desgraça. Andras sentia-se como se sentiria caso, depois da agressão a Polaner, o professor Perret tivesse expulsado a vítima a fim de preservar a paz.

Na véspera do Yom Kippur, Andras e Polaner foram ouvir a prece Kol Nidre na sinagoga de La Victoire. Com solenidade e cerimônia, com genuflexões e com a testa tocando o chão, o cantor e o rabino oravam por *rachmones* para a congregação e a Casa de Israel. Declararam que os congregados estavam liberados dos votos que tinham feito naquele ano, para Deus e entre si. Agradeceram ao Todo-Poderoso por a Europa ter evitado a guerra. Andras deu graças com um duradouro sentimento de temor e, à medida que o serviço religioso prosseguia, sua infelicidade fluía para um outro canal. Naquela semana, a ameaça de guerra tinha mais uma vez dado provas de ser uma eficiente distração da situação com Klara. Por um tempo, ele havia se enganado, deixara-se acreditar que o mês de silêncio dela podia conter uma promessa tácita, uma sugestão de que Klara ainda estava pelejando com o problema que os havia feito voltar de Nice antes da hora. Mas Andras não podia se iludir por mais tempo. Ela não queria vê-lo. O caso deles estava terminado; aquilo estava bem claro. O silêncio dela não podia ser interpretado de outro modo.

Naquela noite Andras foi para casa e pôs as coisas de Klara num caixote de madeira: o pente e a escova, duas blusas, um brinco de palha em forma de narciso, uma caixinha de comprimidos feita de vidro, um livro de contos húngaros, um livro de poemas franceses do século XVI, que ela gostava de ler para Andras em voz alta. Ele demorou-se um momento com o livro na mão; tinha comprado para Klara porque continha o poema de Marot sobre o fogo que se abrigava na neve em segredo. Abriu na página do poema. Cuidadosamente, com o canivete, cortou-a e colocou-a dentro do envelope que continha as cartas de Klara. Aquilo ele ia guardar, porque não conseguia suportar a ideia de separar-se das cartas. Escreveu um bilhete para ela num cartão-postal que havia comprado como lembrança meses antes: uma foto da praça Barye, o diminuto parque na extremidade oriental da Île Saint-Louis, onde ele havia declamado o poema de Marot no ouvido de Klara no Ano-Novo. *Querida Klara,* escreveu, *aqui estão umas poucas coisas que você deixou comigo. Meus sentimentos por você não se alteraram, mas não posso continuar esperando sem saber o motivo de seu silêncio ou se algum dia ele será quebrado. Assim devo eu mesmo formalizar o rompimento. Libero você das promessas que me fez. Não precisa mais ser fiel a mim nem se comportar como se algum dia fosse se tornar minha esposa. Libero você, mas não consigo liberar a mim mesmo daquilo que jurei; deve fazer isso, Klara, se é o que deseja. No entanto, se por acaso optar por voltar para mim, verá que continuo, como sempre, o seu Andras.*

Pregou a tampa no caixote e ergueu-o para sentir o peso. Não pesavam quase nada, os últimos vestígios de Klara em sua vida. No escuro, Andras foi até a casa dela pela última vez e colocou o caixote na escadinha da porta, onde ela o encontraria pela manhã.

No dia seguinte, Andras rezou e jejuou. Durante o serviço religioso da manhã, teve certeza de que tinha cometido um erro terrível. Se esperasse mais uma semana, pensou, ela poderia voltar; agora ele havia assegurado sua própria infelicidade. Queria fugir correndo da sinagoga para a Rue de Sévigné e pegar de volta o caixote antes que alguém o encontrasse. Porém, à medida que o jejum o desgastava por dentro, Andras começou a acreditar que tinha feito o que era correto, que tinha feito o que era preciso para se salvar. Apertou seu talit em volta dos ombros e inclinou-se na repetição das dezoito bênçãos. A progressão familiar da prece infundiu nele uma certeza cada vez maior. A natureza tinha seus ciclos; havia um tempo para todas as coisas e todas as coisas passavam.

Na hora do serviço religioso do início da noite, ele estava esgotado e zonzo por causa do jejum. Sabia que estava deslizando na direção de um abismo e que não tinha forças para impedi-lo. Por fim, o serviço religioso encerrou-se com o toque retumbante, espiralado e penetrante da corneta de chifre, o *shofar*. Ele e Polaner deveriam ir jantar na Rue Saint-Jacques; József convidou-o para quebrar o jejum com seus amigos da Beaux-Arts. Os dois cruzaram o rio a pé e em silêncio, afundaram nos últimos estágios da fome. No apartamento de József, havia música e uma mesa muito farta de bebida e comida. O anfitrião lhes desejou feliz Ano-Novo e colocou taças de vinho em suas mãos. Então, com um aceno confidencial do dedo, chamou Andras para um canto e curvou a cabeça na direção dele.

"Ouvi coisas incríveis sobre você", ele disse. "Meu amigo Paul me contou que anda envolvido com a mãe daquela garota alta, a estrondosa Elisabet."

Andras balançou a cabeça. "Não mais", ele disse. Pegou uma garrafa de uísque na mesa e trancou-se no quarto de József, onde se embriagou até não poder mais, rogou pragas contra si mesmo diante do espelho, aterrorizou os pedestres debruçando-se para o lado de fora na beira da sacada, vomitou dentro da lareira e por fim perdeu a consciência estendido no assoalho.

18. Café Bédouin

O judaísmo não oferecia nenhum *shivá* — ou luto — para um amor perdido. Não havia nenhum kadish — a prece para os mortos — para rezar, nenhuma vela para acender, nenhuma proibição de fazer a barba, ouvir música ou ir trabalhar. Andras não podia viver usando roupas rasgadas, não podia passar os dias sentado sobre cinzas. Nem podia recorrer a formas de consolo mais seculares; não tinha condições de beber todas as noites até perder a consciência ou sofrer um colapso nervoso. Depois que conseguiu se descolar do assoalho na casa de József e rastejar até seu próprio apartamento, concluiu que tinha alcançado o nadir de sua dor. O pensamento em si era medicinal. Se aquele era o ponto mais baixo possível, então as coisas em breve melhorariam. Ele havia rompido com Klara. Agora tinha de prosseguir sem ela. As aulas começariam de novo dali a pouco tempo na École Spéciale; Andras não podia ser reprovado no segundo ano da faculdade por causa dela. Tampouco aquilo justificava que se enforcasse, se jogasse de uma ponte ou fizesse alguma concessão à tragédia grega. Andras tinha de tocar adiante sua vida. Pensava nessas coisas parado na janela de sua água-furtada, olhando para a Rue des Écoles lá embaixo, ainda nutrindo uma esperança desvairada e irreprimível de que Klara apareceria na esquina, com seu chapéu vermelho, quase correndo, a fim de vê-lo, seu casaco de outono esvoaçante atrás dela.

Mas quando o silêncio de Klara prolongou-se pela sétima semana, até suas esperanças mais fantasiosas começaram a se apagar. A vida, ignorando sua dor, continuava. Rosen e Ben Yakov voltaram para Paris com o resto dos estudantes da École Spéciale, o primeiro num estado de raiva crônica com o que havia acontecido e continuava a acontecer na Tchecoslováquia, o segundo pálido de amor por uma garota que tinha conhecido na Itália naquele verão, filha de um rabino ortodoxo em Florença. Ele havia jurado trazer a garota para Paris como sua noiva; conseguira um emprego de encadernador de livros na Bibliothèque Nationale a fim de economizar com aquele propósito. Rosen também tinha uma nova paixão: unira-se à Ligue Internationale Contre l'Antisémitisme e consumia seu tempo em comícios e reuniões. O próprio Andras tinha menos tempo do que nunca para pensar em sua situação com Klara. Com a ajuda de uma recomendação de Vago, recebera o convite para uma vaga de estagiário de arquitetura para a qual havia se apresentado na primavera. Teria de reduzir seu horário no escritório de Forestier, mas havia um pequeno estipêndio para compensar sua perda de receita. Agora, três tardes por semana, ele se via ao lado de um arquiteto chamado Georges Lemain, cumprindo como estagiário as funções de arquivador de projetos, apagador de riscos a lápis, servidor de café e máquina calculadora. Lemain era um homem magro como uma régua, de cabeça reluzente com cabelo grisalho e curto. Falava um francês rápido e metálico, executado com precisão de máquina. Não raro enfurecia seus colegas cantando árias de ópera enquanto trabalhava. Em consequência, tinha sido isolado na extremidade do escritório, emparedado por estantes de livros repletos de exemplares antigos de *L'architecture d'aujourd'hui*. Enquanto Andras trabalhava em sua própria escrivaninha modesta ao lado da grande prancha de desenho de Lemain, ia aprendendo as árias e em pouco tempo sabia cantá-las sozinho. Em troca de sua tolerância e diligência, Lemain começou a ajudar Andras em suas tarefas da faculdade. Seus ângulos arrojados de superfícies planas, de vidro ou polidas, começaram a entrar nos projetos de Andras. Ele incentivou o rapaz a organizar um portfólio de seus esboços particulares, atividade que nada tinha a ver com seus trabalhos na École Spéciale; pressionou-o a lhe mostrar as ideias que estava desenvolvendo. E assim, certa tarde no final de outubro, Andras se atreveu a levar seus projetos para a casa de veraneio em Nice. Lemain abriu as plantas em cima de sua própria prancha e debruçou-se sobre as elevações.

"Uma parede como esta não vai durar cinco anos em Nice", disse, emoldurando com os polegares um pedaço do desenho de Andras. "Pense no sal. Essas fendas vão servir de apoio para ele." Estendeu uma folha de papel transparente sobre o desenho de Andras e esboçou uma parede lisa. "Mas encontrou um jeito inteligente de usar a inclinação do morro. A orientação oblíqua do pátio e do terraço combina bem com a topografia." Pôs outra folha de papel transparente em cima da elevação de trás e uniu dois níveis do terraço numa única ladeira em curva. "Não é preciso tanto terraço. Mantenha a forma do morro intacta. Pode-se plantar alecrim para manter a terra firme."

Andras observava e fazia outras alterações em sua cabeça. Sob a luz forte do escritório, as plantas não pareciam tanto um diagrama da vida que ele desejava, mas a forma vazia da casa de um cliente. Aquele quarto não precisa ser chamado de sala de balé; era apenas um *salão* muito bem iluminado. E aqueles dois quartinhos no térreo não precisavam ser quartos de criança; podiam ser os *quartos* 2 e 3, a ser ocupados conforme os caprichos dos clientes. A cozinha não precisava conter os restos imaginados de uma refeição abandonada; o *quarto principal* não precisava abrigar dois húngaros emigrados, nem ninguém em especial. A tarde inteira, ele ficou apagando e redesenhando, até acreditar que tinha expulsado os fantasmas do projeto.

Com as plantas enroladas e as folhas de papel transparente de Lemain debaixo do braço, Andras seguiu para a Rue des Écoles em meio ao confete das folhas secas. O barulho do atrito e do roçar das folhas na calçada o fazia pensar em mil tardes de outono em Konyár, em Debrecen e em Budapeste, o cheiro queimado de nozes assando no tacho de ferro de um vendedor ambulante, a lã cinzenta e dura dos uniformes escolares, as jarras dos vendedores de flores repentinamente cheias de feixes de trigo e de girassóis aveludados, Andras parou diante da vitrine de um ateliê fotográfico na Rue des Écoles, onde uma nova série de retratos tinha sido exposta: crianças parisienses de ar sombrio em roupas de camponeses de pé com um campo ceifado pintado no pano de fundo. As crianças todas estavam de sapatos lustrosos de graxa. Andras teve de rir alto, imaginando Tibor, Mátyás e ele mesmo postados diante de uma carroça de feno de verdade nas roupas que usavam quando eram crianças: não aqueles impecáveis casacos e calças, mas camisas rústicas marrons costuradas pela mãe, roupas de segunda mão feitas de brim grosseiro, cintos de corda, chapéus feitos com o pano de casacos de seu pai. Nos pés, teriam apenas a bonita terra marrom de Konyár. Os bolsos estariam cheios de maçãs pequenas e duras, os braços feridos do trabalho de fazer fardos de feno para os fazendeiros vizinhos. Da casa, viria o cheiro forte e vermelho de *paprikás* de frango; o pai teria vendido tanta madeira para novas carroças de feno e barracões que eles comeriam frango toda sexta-feira até o inverno. Era uma temporada boa, aquela época de dias quentes em outubro, depois da chegada do feno. O ar continuava leve e aromático, o poço que em breve ficaria congelado ainda era um oval líquido e brilhante, que refletia o moinho e o céu.

Na vitrine de vidro do fotógrafo, uma forma desbotada cruzava os retratos das crianças: o lampejo de um casaco de lã verde, o feixe dourado de uma trança. O reflexo atravessou a rua na direção de Andras. Quando se aproximou, suas feições anônimas se encaixaram numa forma que ele conhecia: Elisabet Morgenstern. Ela lhe deu um tapinha vigoroso no ombro e Andras deu meia-volta.

"Elisabet", ele disse. "O que está fazendo no Quartier Latin numa quinta-feira à tarde? Vai encontrar Paul?"

"Não", ela disse, e fitou-o com dureza. "Vim falar com você." Tirou uma latinha de pastilhas da bolsa e colocou uma na palma da mão. "Eu gostaria de lhe oferecer uma, mas estão quase acabando."

"Qual é o problema?", perguntou Andras, com um aperto nas entranhas. "Aconteceu alguma coisa com sua mãe?"

Elisabet colocou a pastilha dentro da boca. Quando falou, Andras sentiu um aroma de anis. "Não quero conversar aqui no meio da rua", ela disse. "Não podemos ir a algum lugar?"

O Pombo Azul ficava ali perto, mas Andras não queria encontrar seus amigos. Em vez disso, dobraram a esquina e subiram a ladeira até o Café Bedouin, onde ele e Klara haviam se encontrado para beber certo dia, que parecia ter sido um século antes. Desde aquele dia, Andras nunca mais tinha ido lá. A mesma fileira denteada de garrafas de bebida se erguia atrás do balcão, as mesmas cortinas de cor lilás desbotadas pendiam na frente das janelas. Os dois sentaram-se em uma mesa junto a um banquinho e pediram chá.

"Do que se trata?", ele perguntou quando o garçom se afastou.

"Seja lá o que está fazendo com minha mãe, é melhor você parar", disse Elisabet.

"Não entendo do que está falando. Faz semanas que não a vejo."

"É exatamente disso que se trata! Para entrar logo no assunto, Andras, você está agindo como um cafajeste. Ela está arrasada. Mal consegue comer. Não quer ouvir música. Dorme o tempo todo. E pega no meu pé por qualquer coisa. Minhas notas no colégio não estão altas o bastante, ou não cumpri minhas tarefas de maneira adequada, ou falo com ela no tom errado."

"E por acaso isso tudo é culpa minha?"

"E de quem mais seria? Você a abandonou. Não vai mais lá em casa. Devolveu as coisas dela."

Num instante, sua dor voltou de um jato, como se nunca o tivesse deixado. "O que eu devia fazer?", ele disse. "Aguentei o maior tempo possível. Ela não me escreveu nem veio me procurar. E eu fui à casa dela. Fui depois do Rosh Hashaná, quando todo mundo só falava em deixar a cidade. A sra. Apfel me disse que sua mãe não queria falar com ninguém, muito menos comigo. Mesmo depois disso, ela não me mandou nenhum recado. Tive de desistir. Tive de respeitar a vontade dela. E também tive de me cuidar para não perder a cabeça."

"Quer dizer que fugiu porque era o mais fácil para você."

"Eu não fugi, Elisabet. Escrevi quando devolvi as coisas dela. Disse que meus sentimentos continuavam os mesmos. Ela não me respondeu. Está claro que não quer me ver."

"Se isso é verdade, por que está tão triste? Não parece que anda encontrando outra pessoa. Nunca sai. De noite fica sempre em casa. Nas tardes de domingo, fica na cama." O garçom serviu o chá e Elisabet pôs leite na sua xícara. "Ela nunca me deixa ficar sozinha com Paul. Tenho de escapulir no meio da noite para me encontrar com ele."

"Então essa é a questão? Você não consegue ficar sozinha com Paul?"

Elisabet fitou-o, a boca tensa de mágoa. "Você é um burro, sabia? Um burro de verdade. Apesar de tudo o que pensa, eu me importo com os sentimentos de minha mãe. Mais do que você, pelo visto."

"Mas eu me importo!", gritou Andras, debruçado sobre a mesa. "Isso está me deixando maluco. Mas não posso mudar a cabeça dela, Elisabet. Não posso fazer com que sinta por mim o que não sente. Se vamos nos falar, é ela que tem de entrar em contato comigo."

"Mas minha mãe não vai fazer isso, não entende? Ela vai se sentir horrível. Ela é capaz de aguentar isso, sabe? É o projeto de vida dela, para a vida inteira. E vai me deixar infeliz também." Olhou para baixo, para a mão, onde Andras percebeu pela primeira vez um anel no dedo anelar: um diamante com duas esmeraldas em forma de folha. Enquanto Andras o observava, Elisabet deu uma volta na aliança, com ar pensativo.

"Paul e eu ficamos noivos", ela disse. "Ele quer me levar para Nova York quando eu terminar o colégio em junho."

Andras levantou uma sobrancelha. "Sua mãe sabe disso?"

"Claro que não! Você sabe o que ela ia dizer. Quer que eu espere até completar trinta anos, e só então vou poder olhar para um homem. E eu que achava que ela não ia querer que eu acabasse que nem ela, sozinha e velha."

"Ela *não* quer que você acabe como ela. Essa é a questão! Ela era jovem demais quando você nasceu. Não quer que você tenha de passar pelas mesmas dificuldades que ela."

"Deixe-me dizer uma coisa para você", começou Elisabet, e dirigiu a Andras seu olhar de granito. "Eu nunca vou terminar como ela. Se engravidar de um homem que não me ama, sei o que vou fazer. Conheço garotas que já fizeram isso. Vou fazer o que ela devia ter feito."

"Como pode falar desse modo?", perguntou Andras. "Ela renunciou à própria vida para criar você."

"Não é culpa minha", disse Elisabet. "E isso não quer dizer que ela possa decidir o que vou fazer depois de completar dezoito anos. Vou casar com quem quiser. Vou para Nova York com Paul."

"Você é uma criança egoísta, Elisabet."

"Quem é que você está chamando de egoísta?" Ela estreitou os olhos e apontou um dedo para ele, do outro lado da mesa do café. "Foi você quem a deixou quando ela ficou deprimida. Uma pessoa nesse estado não convida ninguém para almoçar nem manda bilhetes de amor. Mas você provavelmente nunca ligou mesmo para ela, não é? Queria ser amante dela, mas não queria conhecê-la de verdade."

"Claro que eu queria!", disse Andras. "Foi ela quem me deixou de lado." Mas na hora em que falou aquilo, experimentou uma espécie de mudança de pensamento, um choque silencioso que repercutiu em seus ouvidos. Ela *havia* deixado Andras de lado, tinha feito aquilo mais de uma vez. Mas ele também o tinha feito. Em Nice, no Hôtel Taureau d'Or, quando ela pareceu estar à beira de lhe falar sobre seu passado, ele a deixou sozinha na mesa, em vez de escutar o que tinha a dizer. E depois daquela noite no chalé, quando exigiu que ela lhe contasse tudo, ele o fez de forma tão bruta que a deixou assustada. Em seguida arrumou as malas dela e a levou de volta para Paris. Andras tentou vê-la apenas uma vez desde então. Escreveu um único cartão-postal e devolveu as coisas dela, depois tratou de tentar apagá-la de sua cabeça, de sua vida. O amor deles teria um final polido, triste: um caixote de coisas entregue na porta, um bilhete sem resposta. Ele jamais teria de ouvir as revelações que poderiam feri-lo ou mudar a maneira como pensava a respeito dela. Em vez disso, preferira preservar a ideia que tinha de Klara — a lembrança de seu corpo pequeno e forte, da maneira como ela o escutava e falava com ele, de suas noites juntos no quarto. Por mais que dissesse a si mesmo que queria saber tudo a respeito dela, uma parte de si tinha fugido com medo. Ele pensava que a amava, mas o que amava não era Klara inteira — não mais do que havia amado as imagens prateadas naqueles cartões muito antigos, ou o nome dela num envelope cor de marfim.

"Você acha que ela vai querer me ver?", perguntou para Elisabet.

Ela fitou-o por um longo momento, uma leve onda de alívio aqueceu os lagos frios e azuis de seus olhos. "Pergunte a ela você mesmo", respondeu.

19. Um beco

Nas nove semanas que passaram desde a última vez que ele tinha visto Klara, o tempo não ficara adormecido. A Terra continuara seu percurso em torno do Sol, a Alemanha marchara sobre a região dos Sudetos e a mudança abrira caminho na órbita mais diminuta da vida de Andras. Havia a sensação bruta de vento na nuca; Andras tinha cortado o cabelo que deixara crescer porque Klara pedira. Suas aulas matinais de francês com Vago haviam cessado e os formandos da última série tinham ido embora; os novos alunos do primeiro ano prestavam uma atenção muda quando ele e seus colegas de turma faziam suas críticas no ateliê. Andras tinha adquirido o domínio do idioma francês, que atravessara a fronteira de sua mente consciente e se estabelecera no território de seus sonhos. Ele começara seu estágio na firma de arquitetura, seu primeiro emprego na área. E havia novos projetos de cenários no escritório de Forestier (para a peça *Lisístrata*, um Partenon em escala reduzida e uma floresta de falos semelhantes a colunas; para o *Jardim das cerejeiras*, uma sala de estar cujas paredes, feitas de tecido de algodão grosso e margeadas por luzes ocultas, tornavam-se cada vez mais transparentes à medida que a peça avançava, até que desapareciam para deixar à mostra as fileiras de árvores ao fundo).

Além disso havia seu quarto na Rue des Écoles. Ele tinha puxado a mesa para dentro da gruta inclinada formada pelo telhado, onde podia espetar seus projetos no teto. Arranjou uma luminária de quebra-luz verde para iluminar suas obras e prendera nas paredes desenhos de prédios — não os transatlânticos e os icebergs que seus professores desenhavam, nem a arquitetura monumental de Paris, mas as despojadas formas ovaladas das choupanas de Gana, os aglomerados parecidos com ninhos de pássaros das habitações dos índios americanos nos penhascos e os muros de aventurina da Palestina. Havia copiado as imagens de revistas e de livros, tinha colorido com guache comprado a baixo custo em Nice. No chão havia um grosso tapete vermelho com cheiro de lenha queimada; na cama, uma colcha cor de manteiga feita de uma cortina de teatro rasgada. E ao lado do piso da lareira ficava uma poltrona funda e baixa, de pelúcia vermelha desbotada, um descarte que ele havia encontrado na calçada um dia de manhã na frente de seu edifício. A poltrona costumava ficar deitada de costas para cima numa posição de abjeta indignidade, como se tivesse tentado voltar para casa depois de uma noite de bebedeira e não tivesse conseguido, de tão trôpega. Tinha um companheiro cômico, um banquinho para os pés, enfeitado com franjas e borlas, que parecia um cachorrinho felpudo.

Era naquela poltrona que Klara estava sentada agora. Andras tinha escrito, dissera que queria encontrar-se com ela, pedira nada mais do que uma companhia no início da noite. Embora tivesse dito a si mesmo para não contar com nenhuma resposta, tinha esperança de que Elisabet fosse prevalecer e levá-la a responder. E naquela noite ele chegou em casa e deu com Klara sentada na poltrona, os sapatos pretos perfilados ao lado dela, como um par de notas semínimas. Andras ficou parado no limiar e olhou espantado, com medo de que ela fosse uma aparição; Klara se levantou, tirou a maleta dos ombro dele, enfiou os braços embaixo do casaco e apertou-o contra o peito. Lá estava o cheiro de Klara, de lavanda e de mel, o aroma encorpado de sua pele. A familiaridade do contato quase levou Andras às lágrimas. Pôs o polegar na concavidade de seu pescoço, tocou no botão cor de âmbar da sua blusa.

“Você cortou o cabelo”, ela disse.

Ele fez que sim com a cabeça, incapaz de falar.

“E parece magro”, ela prosseguiu. “Parece que não tem comido direito.”

“E você *tem*?”, perguntou Andras e examinou o rosto dela. As concavidades embaixo dos olhos tinham uma sombra violeta; o dourado de praia de sua pele havia desbotado para um tom de marfim. Klara parecia quase transparente, como se um vento tivesse soprado sobre ela e a esvaziado por dentro. Ela mantinha o próprio corpo de pé e inteiro como se cada pedaço doesse.

"Vou preparar um pouco de chá para você", ele disse.

"Não precisa ter esse trabalho."

"Acredite, Klara, não é trabalho nenhum." Pôs água para ferver e fez chá para os dois. Em seguida acendeu a lareira e sentou-se no banquinho de descanso para os pés. Empurrou a saia dela acima do joelho, soltou as presilhas de metal das alças de elástico de sua cinta-liga, tirou as meias de Klara. Não acariciou suas pernas, embora quisesse; não enterrou o rosto em suas coxas. Em vez disso, segurou os pés dela entre as mãos e acariciou seus arcos com os polegares.

Ela soltou um grito, um suspiro. "Por que você insiste comigo?", ela disse. "O que é que você quer?"

Ele balançou a cabeça. "Não sei, Klara. Talvez só isto."

"Fiquei tão infeliz desde que voltamos de Nice", ela disse. "Mal conseguia me levantar da cama. Não conseguia comer. Não conseguia escrever uma carta nem remendar uma roupa. Quando parecia que a França ia entrar em guerra, me veio a ideia terrível de que você podia se apresentar como voluntário para combater." Fez uma pausa e balançou a cabeça. "Passei duas noites sem dormir tentando me acalmar para vir falar com você, e fiquei com uma dor de cabeça tão grande que não consegui sair da cama. Não pude dar aula. Nunca estive tão doente que não pudesse dar aula, em quinze anos. A senhora Apfel teve de enviar um recado avisando do meu estado."

"Quando fui vê-la, você mandou a senhora Apfel me mandar embora."

"Achei que você só tinha ido lá para me dizer que estava de partida para a guerra. Achei que eu não conseguiria sobreviver a essa notícia. E depois você devolveu minhas coisas, meu Deus, Andras! Li seu bilhete cem vezes. Fiz cem rascunhos de uma resposta e joguei todos fora. Tudo o que escrevi pareceu errado e covarde."

"E a França acabou não entrando em guerra."

"Não. E fiquei numa alegria egoísta, acredite, embora soubesse o que isso significava para a Tchecoslováquia."

Ele sorriu com tristeza. "Na verdade não devolvi todas as suas coisas. Guardei o poema sobre *Anne qui luy jecta de la Neige*."

"O Marot."

"Sim. Cortei a página do seu livro."

"Você mutilou meu livro!"

"Receio que sim."

Ela balançou a cabeça e repousou a testa sobre a palma da mão, com o cotovelo apoiado no braço da poltrona. "Quando sua carta chegou esta semana, minha filha me disse que ia perder todo o respeito por mim se eu não fosse ver você imediatamente." Fez uma pausa para lhe dirigir um meio sorriso zombeteiro. "De início, fiquei espantanda só por saber que Elisabet tinha algum respeito por mim. Em seguida resolvi que era melhor vir aqui."

"Klara", ele disse, chegando mais perto e segurando as mãos dela. "Receio que agora terei de fazer as perguntas difíceis. Tenho de saber no que você estava pensando quando voltamos de Nice. Você precisa me contar sobre... eu nem sei o nome do homem. O pai de Elisabet. Tem de me contar por que veio para a França."

Ela suspirou e olhou para a lareira, onde o calor escorria entre as brasas como um líquido volátil. Seus olhos pareciam sorver a luz vermelha das brasas. "O pai de Elisabet", ela disse, e deslizou a mão no braço de veludo da poltrona. "Aquele homem."

E então, embora na verdade já passasse de meia-noite, contou sua história para Andras.

Na segunda década daquele século, os melhores alunos de balé estudavam com Víktor Vassílievitch Rómankov, o caprichoso e excêntrico terceiro filho de uma família de aristocratas russos arruinados. Em São Petersburgo, no tempo em que a cidade ainda se chamava São Petersburgo, Rómankov estudara na Escola Imperial de Balé e dançava na famosa companhia do teatro Mariínski; aos trinta e cinco anos de idade, parou de dançar a fim de abrir sua escola de balé, onde lecionou para centenas de bailarinos, entre eles as célebres Olga Spessívtzeva e Aleksandra Daniílova. Quando jovem, ele mesmo se empenhara a fim de destilar a tintura da precisão em sua própria técnica de balé: seus esforços para desmistificar a fisiologia da dança e a paciência que desenvolveu em seus próprios exercícios fizeram dele um professor de uma eficiência fora do comum. Sua fama alcançou o ocidente e atravessou o Atlântico. Quando sua família perdeu os últimos vestígios do que outrora tinha sido uma grande fortuna já nos primeiros estrondos da revolução, ele fugiu de São

Petersburgo com a intenção de emigrar para Paris, seguindo os passos de seu herói Diáguilev, fundador da companhia *Ballets Russes*. Mas, quando Rómankov chegou a Budapeste, estava exausto e sem nenhum dinheiro. Viu-se inesperadamente apaixonado por aquela cidade de pontes e parques, de prédios de azulejos ornamentados e com três bulevares margeados por árvores. Passaram apenas uns poucos dias e ele foi logo sondar o Balé Real Húngaro; constatou-se que a academia tinha um sistema de ensino irremediavelmente antiquado e havia muito tempo que carecia de mudanças. A diretora artística da escola conhecia Rómankov de nome. Era exatamente o tipo de pessoa que a escola desejava recrutar; ela ficou mais do que feliz de poder integrá-lo à faculdade. Portanto Rómankov ficou em Budapeste.

Klara foi uma de suas primeiras alunas. Começou a ter aulas com ele aos onze anos de idade. Ele a selecionou numa turma que observou de relance através de uma janela aberta enquanto caminhava pelo bairro judeu; entrou direto na sala de aula, pegou-a pela mão no meio de suas colegas de turma, disse às professoras de balé que era um amigo da família e que havia um problema urgente em casa. Do lado de fora, explicou para Klara que ele era um professor de balé de São Petersburgo, que havia notado seu talento e queria vê-la dançar. Em seguida levou-a à Escola Real de Balé na Andrássy Út, uma colmeia de três andares cheia de salas de aula de balé muito mais surradas do que aquela onde Klara tinha aulas e que acabara de deixar para trás. Os pisos haviam ficado cinzentos com o tempo, os pianos tinham esfoladuras, nas paredes não havia sequer uma reprodução de Degas, o ar tinha um cheiro de pés, de sapatos de cetim e de breu. Naquele dia, não havia aula nenhuma; as salas estavam vazias, sem nada, a não ser a estranha ressonância murmurante que paira nos lugares onde o estado natural é estarem cheios de música e de bailarinos. Rómankov levou Klara para uma das salas menores e sentou-se ao piano. Enquanto martelava um minueto, ela dançava seu número de borboleta que apresentara no recital do ano anterior. A música tinha erros, mas o ritmo estava correto; enquanto dançava, Klara tinha a sensação de que algo fatídico estava se passando. Quando terminou, Rómankov bateu palmas e fez a garota curvar-se numa reverência. Para a idade, ela era esplêndida, disse Rómankov, e não era velha demais para ele corrigir o que estava errado em sua técnica. Devia começar a praticar imediatamente; aquela era a escola onde havia de se tornar uma bailarina de verdade. Ele tinha de falar com os pais dela naquele mesmo dia.

Klara, com onze anos de idade, lisonjeada com aquela imagem de seu futuro, levou-o ao casarão dos pais na Benczúr Utca. Na sala de estar com sofás de cor salmão, Rómankov anunciou para a perplexa mãe de Klara que sua filha estava desperdiçando seu tempo na escola de balé da Wesselényi Utca e devia matricular-se na Escola Real de Balé imediatamente. Era bem possível que tivesse um futuro brilhante no balé, mas ele tinha de desfazer o estrago que a atual professora fizera. Mostrou à sra. Hász a curvatura forçada da mão de Klara, a retidão exagerada de sua quinta posição, a exatidão brusca de seu *port de bras*; em seguida aplainou suas mãos numa curva mais infantil, fez Klara se postar mais relaxadamente na quinta posição, segurou seus braços pelos pulsos e os fez flutuar pelas várias posições da maneira correta, como se estivessem dentro da água. Era *assim* que uma bailarina tinha de ser, era assim que tinha de se movimentar. Ele poderia ensiná-la a fazer assim e, se ela se saísse bem, teria um lugar para ela no Balé Real.

A mãe de Klara, que graças a um acidente do destino e do amor tinha sido extraída do esquecimento do mundo rural em Kaba e instalada no centro do círculo social judeu mais conceituado de Budapeste, nunca imaginara que a filha pudesse algum dia se tornar bailarina profissional; imaginara uma vida de conforto e tranquilidade para os filhos. Claro que Klara estudava, pois a graça era um dos requisitos necessários para as mocinhas de sua posição social. Mas uma carreira de bailarina era algo fora de questão. A mãe agradeceu a Rómankov por seu interesse, desejou-lhe boa sorte em suas novas funções na Escola Real de Balé; ia conversar com o pai de Klara naquela mesma noite. Depois que se despediu do professor, levou Klara para o primeiro andar, para o quarto das crianças, e lhe explicou por que não podia estudar balé com aquele russo simpático. Dançar era um passatempo agradável para uma criança, mas não era algo que se fizesse na frente de uma plateia em troca de dinheiro. Bailarinos profissionais levavam uma vida de pobreza, privação e exploração. Raramente se casavam e, quando o faziam, a relação terminava de forma infeliz. Quando Klara ficasse adulta, seria uma esposa e mãe. Se quisesse dançar, poderia dar bailes para os amigos, como faziam Anya e Apa.

Klara fez que sim com a cabeça e concordou, porque amava a mãe. Mas aos onze anos de idade ela já sabia que ia ser bailarina. Sabia desde o dia em que o irmão a levara para ver *La cendrillon* na Operaház, quando tinha cinco anos de idade. Na próxima vez em que sua preceptora a levou para uma aula de balé na escola da Wesselényi Utca, ela correu os sete quarteirões até a Escola Real de Balé na Andrássy Út e perguntou a uma das bailarinas onde podia encontrar o homem alto de barba vermelha. A garota levou-a até uma sala de aula no final de um corredor, onde Rómankov estava se preparando para dar uma aula para uma turma de alunos de nível intermediário. Ele não se mostrou nem um pouco surpreso em ver Klara; abriu um lugar para ela na barra de exercício, entre duas meninas mais velhas, e com sua voz de barítono e forte sotaque russo treinou-as numa série de exercícios difíceis. No final da aula, Klara voltou para a outra escola de balé ainda a tempo de encontrar sua preceptora, a quem nada falou de sua aventura. Os pais de Klara levaram três semanas para descobrir sua deserção da escola na Wesselényi Utca. Naquela altura já era tarde demais: Klara se tornara uma entusiasta de Rómankov e da Escola Real de Balé. Seu tolerante pai convenceu a mãe de que não podia existir nenhum perigo real no fato de sua filha terminar se apresentando num palco; a escola era apenas uma versão mais rigorosa daquela que a filha antes frequentava. Ele investigou o histórico profissional de Rómankov e não podia haver a menor dúvida de que o homem era um professor de grande talento. Ter a filha aprendendo sob a supervisão de um famoso professor era uma honra que tocava o sentimento de orgulho burguês de Tamás Hász e confirmava seus preconceitos paternais.

Das vinte crianças atendidas pela Escola Real de Balé nas turmas de iniciação, dezessete eram meninas e três eram meninos. Um deles era um menino alto e moreno chamado Sándor Goldstein. Era filho de um carpinteiro e estava sempre com cheiro de madeira recém-cortada. Rómankov descobrira Sándor não numa aula de dança, mas sim numa piscina do parque aquático Palatinus, onde Goldstein treinava mergulhos acrobáticos com um grupo de amigos. Aos doze anos de idade, ele era capaz de fazer uma parada de mão na beira do trampolim e dali impelir o corpo para o alto, depois virar-se para trás e entrar na água de cabeça. Na escola, tinha ganhado a medalha de ginástica três anos seguidos. Quando Rómankov se propôs a levá-lo para ser seu aluno, Goldstein acusou o balé de ser uma carreira para meninas. A resposta do professor foi pedir a um dos bailarinos do Balé Real Húngaro que fosse encontrar Goldstein em seu caminho de casa para a escola e ali, no meio da rua, ergueu-o acima da cabeça como se fosse um barril e correu pela calçada com ele no alto, até Godstein implorar que o colocasse no chão. No dia seguinte, Sándor Goldstein estava matriculado nas aulas de iniciação de Rómankov e, quando ele tinha treze anos e Klara tinha doze, os dois representavam papéis infantis junto com o Balé Real.

Para Klara, Sándor era um irmão, amigo, parceiro de conspirações. Ele a ensinou a deixar Rómankov furioso dançando meio tempo atrasado em relação à música. Apresentou-a a guloseimas que jamais havia experimentado: a saborosa ponta seca de uma salsicha de Debrecen; as lasquinhas cristalinas raspadas do fundo de uma panela de nozes açucaradas, que podiam ser compradas por meio *fillér* no final do dia; as maçãzinhas azedas que eram usadas para fazer geleia, mas que davam para comer com muito proveito se a pessoa não o fizesse em quantidade excessiva. E, no grande mercado em *Vámház Körút*, ele lhe ensinou como roubar. Enquanto Klara mostrava piruetas de balé para o vendedor de balas, Sándor surrupiava um punhado de bombons em forma de caroço de pêssego para os dois comerem. Escondia bonequinhas russas embaixo do gorro, enrolava lencinhos bordados no dedo mindinho, arrancava doces folhados dos cestos de compras das mulheres que pechinchavam no tabuleiro de frutas ou legumes. Klara o convidava para almoçar na casa dos pais, onde logo ele se tornou um dos favoritos. O pai de Klara falava com ele como se fosse um cavalheiro adulto, a mãe lhe dava chocolates confeitados para comer e o irmão de Klara vestia nele uma jaqueta militar e lhe ensinava a dar tiros em sérvios imaginários.

Quando os dois atingiram a força necessária, Rómankov fez de Klara e Sándor parceiros de dança. Ensinou o menino a levantá-la sem dar o menor sinal de que fazia esforço, dando a impressão de que ela era leve como palha de bambu. Ensinou os dois a se tornarem um único bailarino em dois corpos, a ouvirem o ritmo da respiração um do outro, a ouvirem o ritmo do fluxo do sangue nas veias do outro. Fez os dois estudarem livros de anatomia juntos e testava seus conhecimentos de estrutura muscular e óssea. Levou-os para presenciar dissecações na faculdade de medicina. Cinco vezes por semana, dançavam com o Balé Real. Quando fez treze anos, Klara já tinha sido uma mariposa, uma sílfide, um algodão-doce, um membro de um séquito de cisnes, uma dama de companhia, um regato na montanha, um raio de luar, uma corça. Seus pais se resignaram ao fato de ela se apresentar no palco; sua fama crescente lhes rendeu certo prestígio entre os amigos. Quando ela fez catorze anos e Sándor fez quinze, os dois passaram a dançar nos papéis principais, deixando para trás bailarinos quatro ou cinco anos mais velhos. Grandes mestres do balé de Paris, Londres e Petrogrado iam vê-los. Dançaram para a realeza destituída do trono na Europa e para herdeiros de fortunas da França e dos Estados Unidos. Em meio à confusão de ensaios e audições, de provas de roupa e apresentações, aconteceu o inevitável: os dois se apaixonaram.

Um ano depois, na primavera de 1921, o almirante Miklós Horthy se deu conta de que os astros do balé de seu reino sem rei eram duas crianças judias que tinham aprendido a dançar com um russo branco emigrado. É claro que nenhuma lei impedia que judeus fossem bailarinos; não existia nenhuma cota na Companhia Real de Balé à semelhança das restrições que mantinham os judeus limitados a razoáveis seis por cento nas universidades e nos cargos públicos. Mas a questão ofendia o sentimento de nacionalismo de Horthy. Esses judeus podiam agir como magiares, mas não eram húngaros de verdade. Podiam participar da vida econômica e civil do país, mas não podiam se alçar como exemplos radiantes das conquistas magiares nos palcos do mundo. E era isso que as duas crianças foram chamadas a fazer; foi por isso que o ministro da Cultura levou a questão para o exame do almirante Horthy. Os dois foram convidados a se apresentar em dezessete países naquela primavera e tinham solicitado os vistos diplomáticos necessários.

Horthy não se envolveu com o problema além de formar a opinião de que algo devia ser feito. Disse ao ministro da Cultura para resolver a situação do modo que achasse melhor. O ministro transferiu o problema para um subsecretário conhecido por sua ambição e por seus sentimentos nada ambíguos em relação aos judeus. Aquele homem, Madarász, não perdeu tempo em levar adiante sua missão. Primeiro proibiu que as autoridades fornecessem visto de saída do país para os dois bailarinos. Depois designou dois policiais, conhecidos membros da ala direita do Partido da Flecha Cruzada, para manter uma vigilância constante sobre os movimentos deles. Klara e Sándor nunca imaginaram que os policiais que viam toda noite no beco tivessem algo a ver com suas dificuldades no departamento que fornecia vistos de saída do país; os homens mal pareciam notá-los. Em geral os policiais estavam discutindo. Invariavelmente estavam embriagados. Tinham um cantil do Exército que passavam um para o outro. Não importava a hora em que Klara e Sándor saíssem da Operaház; por mais tarde que fosse — e às vezes ficavam até meia-noite e meia ou uma hora da madrugada, porque o teatro era o único lugar onde podiam ficar sozinhos —, os homens estavam sempre de vigia. Após mais ou menos uma semana ouvindo as discussões dos policiais, Sándor soube como se chamavam: Lajos era o mais alto, de queixo quadrado; Gáspár era o que parecia um buldogue. Sándor adquiriu o hábito de acenar para eles em saudação. Os policiais nunca acenavam em resposta, é claro; lançavam olhares de pedra quando os dois passavam.

Decorreu um mês e os dois policiais continuavam no mesmo lugar, sua presença seguia sendo um mistério. Mas naquela altura os policiais já pareciam fazer parte do mobiliário urbano do bairro, o tecido da vida cotidiana de Sándor e de Klara. A situação poderia ter prosseguido assim indefinidamente, ou pelo menos até o ministro da Cultura perder o interesse pelo caso, não fossem os policiais ficarem fartos de sua interminável vigilância. O tédio e a bebida tornaram seu silêncio opressivo. Começaram a chamar Klara e Sándor: "Ei, namorados. Ei, pombinhos. Qual é o gosto dela? A gente não pode provar? Bailarinos têm alguma coisa da cintura para baixo? Será que ele sabe o que fazer com isso, minha belezura?". Sándor segurava o braço de Klara e corria com ela, mas Klara podia sentir como ele tremia de raiva enquanto as provocações dos policiais os seguiam pela rua.

Certa noite o homem chamado Gáspár aproximou-se deles, fedendo a cigarro e bebida. Klara lembrava-se de ter pensado que a tira de couro que cruzava o peito dele parecia o tipo que os professores usavam para bater nos alunos indisciplinados na escola. Ele sacou seu cacetete do coldre e bateu de leve com ele na perna.

"O que está esperando?", instigou-o o homem chamado Lajos.

Gáspár pegou o cacetete e enfiou-o por baixo da bainha do vestido de Klara; com um movimento ligeiro, levantou a bainha até sua cabeça, deixando a garota exposta até a cintura por um instante.

"Pronto", disse Gáspár para Lajos. "Agora você já viu."

Antes que Klara entendesse o que estava acontecendo, Sándor deu um passo para a frente e agarrou a ponta do cacetete; quando tentou virá-lo para o lado, o policial segurou-o pela outra extremidade. Sándor deu um chute no joelho do homem e fez com que ele desse um uivo de dor. O policial soltou o cacetete, ergueu-o e golpeou Sándor na cabeça. O menino caiu de joelhos. Ergueu os braços e o policial começou a chutá-lo na barriga. Por um momento, Klara ficou paralisada pelo terror; não conseguia entender o que estava acontecendo nem por quê. Gritou para que o homem parasse, tentou empurrá-lo para longe de Sándor. Mas o outro policial, Lajos, segurou-a pelo braço e jogou-a longe. Ele a arrastou para um canto do beco onde a forçou a deitar sobre as pedras do calçamento e empurrou sua saia para cima, até a cintura. Enfiou seu lenço dentro da boca de Klara, pôs um revólver encostado no queixo dela e fez o que queria fazer.

A dor daquilo teve uma espécie de força esclarecedora. Klara tateou com os dedos no calçamento em busca do que sabia estar lá: o cacetete, frio e liso, sobre os paralelepípedos. Ele o tinha deixado cair quando se abaixou para desabotoar a calça. Ela cerrou os dedos em torno da ponta do cacetete e golpeou o homem na cabeça. Quando ele gritou e pôs a mão na cabeça, Klara deu um pontapé no seu peito com toda a força. Ele rolou na direção da parede do beco, bateu com a cabeça na base da parede e ficou estirado imóvel no chão. Naquele momento, do beco onde Sándor e o outro policial estavam brigando, veio um estrondo seco e percussivo. O som pareceu penetrar no cérebro de Klara e explodir.

Depois, um silêncio terrível.

Ela se ajoelhou e rastejou para fora daquele reduto, rumo ao lugar onde uma forma masculina estava agachada sobre outra. Sándor estava deitado de costas com os olhos abertos voltados para o céu. O policial com cara de buldogue estava ajoelhado diante do menino, com a mão sobre o peito dele. Estava gritando, dizendo a Sándor para se levantar, que droga, vamos, levante moleque. Chamou o menino de porcaria, de lixo podre. Sua mão se afastou do peito de Sándor coberta de sangue. Pegou na calçada o revólver que tinha deixado cair e virou-o na direção de Klara; seu cano refletiu a luz e tremia no ângulo sombrio do beco. Ela recuou para o canto onde jazia o primeiro policial. Klara se ajoelhou, procurando o revólver do homem; tinha ouvido o barulho da arma bater nas pedras do calçamento quando chutou o policial. Lá estava a arma, fria e pesada no chão. Ergueu-a na mão e tentou firmá-la junto à perna. O policial que tinha dado um tiro em Sándor avançou na direção dela, gemendo. Se Klara não o tivesse visto pouco antes com um revólver na mão, podia pensar que vinha em sua direção com uma súplica. Então ela olhou para Sándor estendido no chão e sentiu o peso da arma na própria mão, a mesma que o policial chamado Lajos havia apertado na concavidade entre seu pescoço e seu queixo. Ela ergueu o revólver e firmou-o.

Uma segunda explosão. O homem cambaleou para trás e caiu; depois, um silêncio profundo.

Foi a dor causada pelo coice da arma que fez Klara se dar conta do que tinha acontecido: havia disparado o revólver, tinha dado um tiro num homem. Da Andrássy Út veio um grito de mulher. Mais ao longe, uma sirene soou seu uivo de duas notas. Klara saiu do canto do beco com o revólver na mão e se aproximou do policial em quem havia atirado. O homem tinha caído para trás sobre as pedras do calçamento, com um braço por cima da cabeça. De trás, do canto do beco, veio um gemido e uma palavra que ela não conseguiu entender. O outro policial estava de quatro no chão. Viu o revólver na mão de Klara e o homem morto na rua. Três dias depois ele morreria por causa do ferimento na cabeça, mas não antes de ter revelado a identidade da assassina de seu colega e dele mesmo. As sirenes distantes se aproximaram; Klara largou a arma e correu.

Havia matado um policial e ferido outro mortalmente. Aqueles eram os fatos. Ter sido estuprada por um deles era algo que jamais poderia ser provado no tribunal. Todas as testemunhas estavam mortas e, dias depois, os ferimentos e esfoladuras de Klara teriam desaparecido. Naquela altura, sob a pressão do advogado do pai, ela havia sido transportada para o outro lado da fronteira com a Áustria, de lá para a Alemanha, e da Alemanha para a França. A cidade de Paris seria seu refúgio, a famosa professora de balé Olga Nevitskaia, prima de Rómankov, seria sua protetora. O arranjo devia ser temporário. Ela moraria na casa de Nevitskaia apenas pelo tempo necessário para que seus pais apurassem quem tinha de ser subornado ou como a segurança da filha podia ser garantida de alguma outra forma. Mas, antes que passassem duas semanas, ficou claro como a situação de Klara era complicada. Tinha sido acusada de assassinato. A gravidade do crime permitia que fosse processada como um adulto. O advogado do pai acreditava que não havia nenhuma garantia de sucesso com base no argumento de que tinha agido em defesa própria. A polícia concluíra que o homem que ela havia matado estava desarmado quando Klara deu o tiro. É claro que ele *tinha* um revólver; ele havia atirado em Sándor poucos minutos antes. Mas o outro policial, o que havia testemunhado o tiro, declarou que seu parceiro havia deixado o revólver cair antes de se aproximar de Klara. O testemunho fora confirmado com provas materiais: o revólver fora encontrado ao lado do corpo de Sándor, a três metros do policial caído.

Para piorar ainda mais a situação, viu-se que o homem que Klara havia matado era um herói de guerra. Tinha salvado quinze membros de seu pelotão na batalha de Kovel, ganhara um elogio oficial do imperador. E se isso não era o suficiente para voltar qualquer juiz contra Klara, veio à tona — ou assim dizia a polícia — que os membros direitistas do departamento dos policiais tinham recebido pouco antes mensagens de ameaça da Gesher Zahav, uma organização sionista à qual Klara e Sándor estavam ligados. Três vezes nos meses anteriores, os bailarinos tinham sido vistos entrando e saindo do quartel-general da organização na Dohány Utca; pouco importava que tivessem ido lá para os bailes de domingo à noite e não para tramar o assassinato de agentes da polícia. O fato de Klara ter desaparecido era considerado uma confirmação de sua culpa, de sua posição como um instrumento da conspiração da Gesher Zahav. Notícias sobre o assunto estavam espalhadas por toda a cidade; todos os jornais de Budapeste tinham publicado uma matéria de primeira página sobre a jovem bailarina judia que havia assassinado um herói de guerra. E aquilo foi o fim das esperanças dos pais de Klara de trazer a filha de volta. Foi sorte, escreveu o advogado do pai de Klara, terem conseguido retirá-la do país no momento em que o fizeram. Caso tivesse ficado, haveria mais derramamento de sangue.

Nos primeiros dois meses de sua temporada com madame Nevitskaia, Klara ficou num quartinho escuro que dava para uma área interna de ventilação. Cada notícia ruim que chegava de Budapeste parecia empurrá-la um pouco mais para o fundo de um poço. Não conseguia dormir, não conseguia comer, não conseguia suportar que ninguém a tocasse. Sándor estava morto. Ela nunca mais veria os pais ou o irmão. Nunca mais voltaria para Budapeste. Nunca mais moraria num lugar onde todas as pessoas com quem cruzava na rua falavam húngaro. Nunca mais patinaria no Városliget ou dançaria no palco da Operaház, nunca mais veria nenhuma de suas amigas da escola nem comeria um cone de pasta de nozes enquanto caminhava pela margem do rio Danúbio, na ilha Margaret. Nunca mais veria nenhuma das coisas bonitas que havia em seu quarto, seus diários encadernados em couro, seus vasos de Herend e seus travesseiros bordados, suas bonequinhas russas, sua coleção de bichinhos de vidro. Ela havia perdido o próprio nome, nunca mais seria Klara

Hász; seria para sempre Claire Morgenstern, nome escolhido por um advogado. Todo dia de manhã ela acordava para encarar o fato de que tudo aquilo havia acontecido realmente, de que ela era uma fugitiva ali na França, na casa de madame Nevitskaia. Aquilo parecia deixá-la fisicamente doente. Passava as primeiras horas de todos os dias curvada sobre uma bacia, vomitando ou com fortes ânsias de vômito. Toda vez que se erguia, achava que ia desmaiar. Certa manhã madame Nevitskaia entrou no quarto de Klara e fez uma série de perguntas de aspecto misterioso. Seus peitos estão doendo? O cheiro de comida lhe dá enjoo? Quando foi a última vez que você menstruou? Mais tarde, naquele dia, veio um médico e fez um exame minucioso e humilhante, e em seguida confirmou aquilo de que madame Nevitskaia já suspeitava: Klara estava grávida.

Por três dias, tudo o que ela conseguiu fazer foi fitar o céu escuro que podia ver de sua cama. Nuvens o cruzavam; uma letra V formada por pássaros marrons voou através dele; ao anoitecer, escurecia até um tom de azul-escuro e depois se enchia do negror matizado de dourado da noite parisiense. Klara olhava para o céu enquanto a empregada de Nevitskaia, Macha, lhe dava canja para comer e lavava sua testa. Ela olhava para o céu enquanto Nevitskaia explicava que não havia necessidade nenhuma de Klara suportar a tortura de carregar no corpo o filho daquele homem. O médico podia fazer uma operação bem simples, depois da qual Klara não estaria mais grávida. Nevitskaia deixou-a sozinha para refletir sobre seu destino. Klara contemplou demoradamente aquela nesga de céu tão mutável e mal conseguia entender o que tinham explicado para ela. Grávida. Uma operação simples. Mas madame Nevitskaia não sabia da história completa; ela e Sándor tinham sido amantes por seis meses antes de ele ser assassinado. Tinham feito amor na noite do crime. Haviam tomado precauções, mas Klara sabia que precauções nem sempre funcionavam. Se estava grávida, era possível que o filho fosse dele.

A ideia foi o bastante para fazer Klara sair da cama. Falou para madame Nevitskaia que não podia fazer uma operação e explicou o motivo. Madame Nevitskaia, mulher de cinquenta anos, austera e de cabelos lustrosos, tomou Klara em seus braços e começou a chorar; ela compreendia, disse, e não ia tentar dissuadi-la. Os pais de Klara, informados de sua gravidez e de seus planos, pensavam de outra forma. Não conseguiam suportar a ideia de que a filha pudesse ser mãe de um filho daquele homem. De fato, o pai se opôs com tanta veemência à ideia que ameaçou cortar todas as relações com ela, caso insistisse em ter o filho. O que ia fazer sozinha em Paris? Não podia dançar enquanto estivesse grávida nem tendo um bebê para criar; como iria se sustentar? Por acaso sua situação já não era difícil o bastante?

Mas Klara tinha tomado uma decisão. Não faria aquela operação nem abandonaria a criança depois de a ter gerado. Quando se deu conta de que o filho podia ser de Sándor, a ideia começou a ganhar o peso de uma certeza. Não importava que o pai cortasse relações com ela. Klara trabalharia; ela sabia o que era capaz de fazer. Falou com madame Nevitskaia e suplicou que a deixasse dar algumas aulas de balé para alunas iniciantes. Podia fazer aquilo até que a gravidez se manifestasse, e podia também dar aulas de balé depois, quando tivesse se recuperado do parto. Se Nevitskaia a aceitasse como professora, salvaria sua vida e a da criança.

Nevitskaia aceitou. Entregou para Klara a turma das alunas de sete anos de idade e comprou para ela o traje preto de balé usado por todas as professoras na escola de dança. Em pouco tempo, a moça recomeçou a viver. Seu apetite voltou e ela ganhou peso. Sua tonteira desapareceu. Descobriu que conseguia dormir à noite. O filho de Sándor, ela pensava; não do outro homem. Foi a uma barbearia e cortou o cabelo. Comprou um vestido largo do tipo que estava na moda e que ela podia usar até uma fase adiantada da gravidez. Comprou um novo diário encadernado em couro. Todo dia, ia à escola de balé e dava aula para sua turma de vinte menininhas. Quando já não conseguia mais dar aula, implorou a Macha que a deixasse ajudar no serviço doméstico. A mulher lhe ensinou como fazer faxina, como cozinhar, como lavar roupa; ensinou-lhe como fazer compras no mercado e nas lojas. Quando no sexto mês de gravidez, Klara percebeu como os vendedores olhavam para sua barriga cada vez maior e para sua mão esquerda sem anel, comprou um anel de bronze que passou a usar no dedo anelar, como uma aliança de casamento. Comprou-a como uma conveniência, mas após um tempo passou a ter a impressão de que era de fato uma aliança de casamento; começou a sentir que estava casada com Sándor Goldstein.

Quando o nono mês estava próximo, Klara começou a ter sonhos muito nítidos sobre Sándor. Não os pesadelos que tinha nas primeiras semanas em Paris — Sándor estirado no chão do beco, os olhos abertos e fixos no céu —, mas sonhos em que os dois faziam juntos coisas comuns do dia a dia, treinavam um difícil movimento de balé em que ela era levantada bem alto nos braços dele, discutiam sobre a solução para um complicado problema de aritmética ou brigavam no vestiário da Operaház. Num sonho, Sándor tinha treze anos de idade, roubava balas com ela no mercado. Noutro sonho, ele era ainda mais jovem, um menino de braços finos que ensinava Klara a mergulhar no parque aquático Palatinus. Ela pensou em Sándor quando sentiu as primeiras contrações; pensou nele quando a água jorrou para fora de seu corpo. Foi o nome de Sándor que ela gritou quando a dor se prolongou mais forte e mais fundo dentro dela, uma quente e branca corrente de fogo que ameaçou parti-la ao meio. Ao despertar após a cesariana, Klara estendeu os braços para receber o filho de Sándor.

Mas, é claro, não era o filho dele. Era Elisabet.

Quando terminou de contar sua história, os dois ficaram em silêncio perto da lareira, Andras no banquinho e Klara na poltrona vermelha, com os pés encolhidos embaixo da saia. O chá havia esfriado nas xícaras. Do lado de fora, um vento forte começara a soprar e a sacudir as árvores. Andras levantou-se e foi até a janela, olhou para baixo, para a entrada do Collège de France, para os mendigos esfarrapados em torno dele.

"Zoltán Novak sabe disso", falou Andras.

"Ele sabe dos fatos principais. É a única pessoa na França que sabe. Madame Nevitskaia morreu algum tempo atrás."

"Você contou para ele porque assim compreenderia por que você não poderia amá-lo."

"Nós dois éramos muito ligados, eu e Zoltán. Eu queria que ele soubesse."

"Nem Elisabet sabe", disse Andras, alisando a borda da xícara com o polegar. "Ela acredita que é filha de alguém que você amou."

"Sim", disse Klara. "Não serviria de nada para Elisabet saber a verdade."

"E agora você me contou. Contou para mim para que eu entendesse o que aconteceu em Nice. Você se apaixonou um dia, por Sándor Goldstein, e não pode mais se apaixonar por ninguém. Madame Gérard adivinhou isso. Contou-me muito tempo atrás que você se apaixonou por um homem que morreu."

Klara deu um suspiro baixinho. "Amei Sándor de fato", ela disse. "Eu o adorava. Mas é um disparate romântico sugerir que o que senti por ele me impede de me apaixonar outra vez."

"Então, o que aconteceu em Nice?", perguntou Andras. "O que levou você a me dar as costas?"

Klara balançou a cabeça e apoiou a bochecha na mão. "Acho que fiquei assustada. Vi como seria ter uma vida a seu lado. Pela primeira vez isso me pareceu possível. Mas havia todas as coisas terríveis que eu não tinha contado a você. Você não sabia que eu tinha atirado num homem e o matado e que eu era uma fugitiva da Justiça. Não sabia que eu tinha sido estuprada. Não sabia como eu estava ferida."

"E como tudo isso poderia me afetar, senão me deixando ainda mais ligado a você?"

Ela se pôs de pé ao lado de Andras, junto à janela, o rosto vermelho e úmido, de aspecto abatido na luz mortiça. "Você é um homem jovem", ela disse. "Pode amar alguém com uma vida bem simples. Você não precisa de nada disso. Eu tinha certeza de que encararia a situação dessa maneira assim que eu lhe contasse tudo. Tinha certeza de que eu ficaria parecendo uma ruína humana."

No mês de dezembro anterior, ela estivera no mesmo lugar com uma xícara de chá tremendo nas mãos. *Tome um pouco também*, ela dissera. *Te*.

"Klara", disse Andras. "Você está enganada. Eu não trocaria suas complicações pela simplicidade de ninguém. Compreende?"

Ela ergueu os olhos para ele. "É difícil acreditar."

"Tente", ele disse, e puxou-a mais para perto, de modo que pudesse sentir o aroma quente de sua cabeça, a escuridão de seu cabelo. Ali em seus braços estava a garota que tinha morado na casa perto de Városliget, a jovem bailarina que havia amado Sándor Goldstein, a mulher que o amava agora. Ele quase conseguia enxergar dentro de Klara aquela coisa inominável que permacera a mesma ao longo de todo o tempo: o seu *eu*, sua vida. Parecia muito pequenino, uma semente de mostarda com uma radícula que penetrara fundo no coração de Klara, forte e frágil ao mesmo tempo. Mas aquilo era tudo o que era necessário. Tudo. Ela tinha dado aquilo a Andras e agora ele o segurava nas mãos.

Os dois passaram a noite juntos na Rue des Écoles. De manhã, lavaram-se e vestiram-se no frio do quarto de Andras e depois caminharam juntos até a Rue de Sévigné. Era dia 7 de novembro, uma fria manhã cinzenta emplumada pela geada. Andras entrou com ela para acender a estufa a carvão na sala de balé. Ele não entrava ali, na casa de Klara, havia dois meses. Fazia um silêncio, à maneira das salas de aula antes da chegada dos alunos; cheirava a sapatilhas de balé e breu, como a sala em Budapeste que Klara havia descrito para ele. Num canto, estava a prancheta que ela dera de presente a Andras em seu aniversário, embrulhada para protegê-la da poeira. Ela foi até a prancheta e puxou o lençol.

"Guardei, como você pediu", disse.

Andras pegou o lençol da mão dela e enrolou os dois nele. Ela ficou tão perto de Andras que ele podia sentir o quadril dela fazendo pressão no dele, as costelas dela fazendo pressão nas dele, enquanto os dois respiravam. Andras puxou o lençol por cima da cabeça de ambos de modo que ficaram encobertos e juntos num canto da sala de aula de balé. Na branca privacidade daquela tenda, ele ergueu o queixo de Klara com um dedo e beijou-a. Ela apertou mais ainda o lençol em torno deles.

"Não vamos sair daqui nunca mais", ele disse. "Vamos ficar aqui para sempre."

Curvou-se para beijá-la de novo, cheio da certeza de que nada poderia retirá-lo daquele lugar — nem a fome nem o cansaço nem a dor nem o medo nem a guerra.

20. Um homem morto

As notícias chegaram a Andras no ateliê da faculdade. Embora estivesse quase cego de cansaço depois da noite que passara com Klara, ele teve de ir à faculdade; havia uma crítica marcada naquele dia. Era um projeto de imitação: ele tinha de desenhar um espaço de uso específico no estilo de um arquiteto contemporâneo. Andras havia desenhado um ateliê à maneira de Pierre Charreau, tomando como modelo a casa do médico na Rue Saint-Guillaume: um prédio de três andares feito de um bloco de vidro e aço, inundado de luz difusa o dia inteiro e brilhando de dentro para fora à noite. Todos tinham chegado cedo para prender seus projetos nas paredes; quando Andras encontrou um lugar para prender seus desenhos na parede, pegou um banco junto à sua prancheta e sentou-se com os estudantes mais velhos em volta de um rádio respingado de tinta. Ouviam as notícias, à espera de nada senão o rotineiro desfile de preocupações.

Foi Rosen quem percebeu primeiro; aumentou o volume para que todos pudessem ouvir. O embaixador alemão tinha acabado de ser assassinado com um tiro. Não, não foi o embaixador, foi um funcionário da embaixada. Um secretário da missão diplomática, ou algo assim. Ernst Eduard vom Rath. Tinha vinte e nove anos de idade. Levara um tiro de uma criança. Uma criança? Não podia ser. Um adolescente. Um menino de dezessete anos de idade. Um rapaz judeu. Um rapaz judeu-alemão de origem polonesa. Tinha dado um tiro no funcionário para vingar-se da deportação de doze mil judeus da Alemanha.

"Ah, meu Deus", disse Ben Yakov, enfiando as mãos pelo cabelo cheio de brilhantinha. "Ele é um homem morto."

Todos se aproximaram do rádio. O funcionário da embaixada havia morrido ou continuava vivo? A resposta veio logo em seguida: o homem levara quatro tiros na barriga; estava passando por uma cirurgia na clínica Alma na Rue de l'Université, a menos de dez minutos da École Spéciale. Corria o boato de que Hitler ia mandar de Berlim seu médico particular, com o diretor da clínica de cirurgia da Universidade de Munique. O agressor, Gruenspan ou Grinspun, estava preso em local não revelado.

"Vai mandar seu médico particular!", exclamou Rosen. "Tenho certeza de que vai fazer isso. Vai mandá-lo junto com uma grande cápsula de arsênico para o homem deles."

"O que você quer dizer?", perguntou alguém.

"Vom Rath tem de morrer pela Alemanha", disse Rosen. "Uma vez morto, eles podem fazer com os judeus o que quiserem."

"Eles nunca matariam um dos deles."

"Claro que matariam."

"Não vão precisar fazer isso", disse outro estudante. "O homem levou quatro tiros."

Polaner tinha se afastado do grupo reunido em torno do rádio e foi fumar um cigarro junto à janela. Andras se aproximou e olhou para o pátio lá embaixo, onde dois estudantes do quinto ano estavam pendurando numa árvore um móbile de madeira complicado. Polaner abriu a janela e soprou um fio de fumaça para o ar gelado.

"Eu o conhecia", disse. "Não o rapaz judeu. O outro."

"Vom Rath?", perguntou Andras. "Como?"

Polaner lançou um olhar de baixo para Andras e depois desviou o olhar. Bateu as cinzas do cigarro na parte externa do parapeito, onde rodopiaram por um momento e depois se espalharam. "Havia um bar aonde eu ia", disse Polaner. "Ele também ia lá."

Andras fez que sim com a cabeça, em silêncio.

"Levou tiros", disse Polaner. "Disparados por um rapaz judeu de dezessete anos. Logo ele, Vom Rath."

Vago entrou naquele momento, desligou o rádio e todos começaram a ocupar seus assentos para a breve preleção que ele fazia, antes de começar a crítica. Andras sentou-se em seu banco de madeira, ouvindo meio desatento, enquanto, com o prendedor de metal de seu lápis, rabiscava uma caixa na superfície da sua prancheta. Tudo aquilo era demais, o que Klara contara na noite anterior e o que havia acontecido na embaixada alemã. Em sua mente, as duas coisas se tornaram uma só: Klara e o adolescente polonês-alemão, ambos violentados, ambos segurando armas nas mãos trêmulas, ambos disparando, ambos condenados. Médicos nazistas viajavam às pressas para Paris a fim de salvar ou matar um homem. E o rapaz estava preso em algum lugar, à espera de notícias para saber se era um assassino ou não. O desenho de Andras havia se soltado de uma de suas tachinhas e pendia torto na parede. Andras olhava para o desenho e pensava: *Isso está certo.* Naquele momento, tudo parecia pender inclinado, preso só por uma tachinha: não só casas, mas cidades inteiras, países, povos. Ele gostaria de poder silenciar o ruído em sua mente. Gostaria de estar na cama branca e lisa na casa de Klara, em seu quarto branco, nos lençóis que cheiravam como o corpo dela. Mas lá estava Vago, que segurou o desenho de Andras pela ponta e prendeu-o de novo na parede. Lá estava a turma de estudantes reunidos à sua volta. Estava na hora da crítica ao trabalho de Andras. Ele se levantou da mesa e se pôs de pé ao lado de seu desenho, enquanto eles discutiam a respeito dele. Só mais tarde, quando todos lhe davam palmadinhas no ombro e apertavam sua mão, Andras se deu conta de que seu projeto tinha sido um sucesso.

“Vom Rath não odiava os judeus”, disse Polaner. “Era membro do partido, é claro, mas desaprovava o que estava acontecendo na Alemanha. Por isso veio para a França. Queria fugir de lá. Pelo menos foi o que me contou.”

Dois dias tinham passado. Ernst vom Rath havia morrido naquela tarde na clínica Alma. Os médicos de Hitler tinham ido, mas acataram a orientação dos médicos franceses. Segundo o noticiário do rádio daquele fim de tarde, Vom Rath morrera devido a complicações decorrentes dos ferimentos no baço. Uma cerimônia fúnebre seria realizada na igreja luterana alemã no sábado.

Andras e Polaner tinham ido ao Pombo Azul tomar um copo de uísque, mas descobriram que não tinham dinheiro. O mês estava no fim; o escasso conteúdo de seus bolsos não dava nem para pagar uma bebida. Assim disseram ao garçom que fariam seu pedido dali a poucos minutos e começaram a conversar, na esperança de que pudessem passar meia hora naquela sala aquecida antes de receberem a ordem para sair. Após um intervalo, o garçom lhes trouxe o tradicional uísque com água que sempre pediam. Quando protestaram que não poderiam pagar, ele torceu a ponta do bigode e disse: "Da próxima vez eu cobro dobrado".

"Como você o conheceu?", perguntou Andras para Polaner.

Polaner encolheu os ombros. "Alguém nos apresentou. Ele me pagou uma bebida. Conversamos. Era inteligente e bastante culto. Gostei dele."

"Mas quando você soube que ele era..."

"O que você queria que eu fizesse? Desse as costas e fosse embora?", disse Polaner. "Você gostaria que ele fizesse o mesmo comigo?"

"Mas como conseguiu ficar sentado ali e conversar com um nazista? Ainda mais depois do que aconteceu no inverno passado."

"Não foi *ele* que fez aquilo comigo. Ele não faria uma coisa dessas. Já expliquei a você."

"Isso foi o que ele disse, pelo menos. Mas ele podia ter outros motivos."

"Pelo amor de Deus", disse Polaner. "Não consegue deixar esse assunto de lado? Um homem que eu conheci acabou de morrer. Estou tentando assimilar o fato. Será que isso não basta, por ora?"

"Desculpe", disse Andras.

Polaner pousou as mãos cruzadas sobre a mesa e apoiou o queixo sobre elas. "Ben Yakov tem razão", disse. "Vão usar aquele rapaz para dar o exemplo. Grynszpan. Vão conseguir que seja extraditado e depois vão matá-lo de algum jeito espetacular."

"Não podem fazer isso. O mundo inteiro está olhando para eles."

"Para eles, tanto melhor."

Klara estava de pé junto à janela com o jornal na mão, olhando para baixo, para a Rue de Sévigné. Tinha acabado de ler em voz alta uma breve matéria sobre as providências que o governo alemão tomaria contra o povo judeu, *como compensação pela catastrófica destruição de propriedades germânicas em resultado da violência do dia 9 de novembro*. Os jornais estavam chamando o episódio de Noite dos Cristais. Andras caminhava para um lado e para outro ao longo do quarto, com as mãos enfiadas nos bolsos. Na escrivaninha, Elisabet abriu um caderno escolar e rabiscou uma série de números com um lápis.

"Um bilhão de marcos alemães", ela disse. "Essa foi a multa contra os judeus. E existem quinhentos mil judeus na Alemanha. Significa que cada pessoa terá de pagar dois mil marcos, inclusive as crianças."

A lógica era assombrosa. Ele tentou apreendê-la e não conseguiu. Grynszpan dera quatro tiros em Vom Rath; Vom Rath morreu; 9 de novembro, a Noite dos Cristais, deveria ser a reação da população nativa alemã àquele homicídio. Portanto, a responsabilidade da destruição de lojas de judeus, do incêndio de sinagogas, do saque das residências — para não falar do assassinato de noventa e um judeus e da prisão de mais de trinta mil — recaía sobre os próprios judeus e, assim, eles tinham de pagar. Além das multas, todos os pagamentos de seguros por danos materiais a propriedades teriam de ser encaminhados diretamente para o governo. E agora era ilegal que judeus fizessem negócios na Alemanha. Em Paris, Nova York e Londres, houve protestos contra o massacre de judeus e suas consequências, mas o governo francês estranhamente se manteve em silêncio. Rosen disse que era por causa de Von Ribbentrop, o ministro do Exterior de Hitler, que deveria visitar Paris em dezembro, como um sinal de uma declaração de amizade entre a Alemanha e a França. Tudo parecia uma tremenda e feia impostura.

Do térreo, veio o rangido e o estalo do correio da tarde chegando através da portinhola da caixa de correio. Elisabet ficou de pé tão depressa que derrubou a cadeira para trás, jogando-a contra a tela protetora da lareira, depois correu para baixo pela escada a fim de pegar as cartas.

"Antigamente eu a subornava com bolinhos de gengibre para que fosse pegar as cartas", disse Klara enquanto punha no lugar a cadeira da escrivaninha. "Agora Elisabet não espera nem meio minuto."

Elisabet demorou muito tempo para subir de novo. Quando reapareceu, sem fôlego e vermelha, foi só para jogar uns poucos envelopes sobre a escrivaninha, antes de sair correndo pelo corredor e entrar no quarto. Klara sentou-se à escrivaninha e deu uma olhada na correspondência. Uma delas, um envelope fino e de cor creme, pareceu chamar sua atenção. Pegou a espátula e abriu-o.

"É de Zoltán", ela disse, e passou os olhos na única folha de papel. Suas sobrancelhas se uniram e ela leu com mais vagar. "Ele e Edith estão de partida daqui a três semanas. Está se despedindo."

"Vão para onde?"

"Budapeste", disse Klara. "Não é a primeira vez que ouço essa notícia. Marcelle me disse que tinha ouvido dizer que Zoltán ia embora da França — ela me contou na semana passada, quando a encontrei no Tuileries. Zoltán foi convidado para dirigir a Ópera Real Húngara. E madame Novak quer criar seu filho junto da família." Klara contraiu os lábios e apertou a mão contra a boca.

"Está muito triste de vê-lo partir, Klara?"

Ela balançou a cabeça. "Não pelo motivo que você está pensando. Você sabe o que sinto por Zoltán. É um caro amigo, um velho amigo. E um bom homem. Ele lhe deu um emprego, afinal, num momento em que o teatro Bernhardt não tinha recursos para isso." Foi sentar-se ao lado de Andras no sofá e segurou sua mão. "Mas não estou infeliz por ver Zoltán partir. Estou contente por ele."

"Então qual é o problema?"

"Estou com inveja", respondeu Klara. "Uma inveja terrível. Ele e Edith podem pegar um trem e voltar para a terra deles. Podem levar seu filho para junto da mãe de Edith, para criá-lo com os primos." Klara alisou a saia cinzenta sobre os joelhos. "Esse massacre na Alemanha", ela disse. "E se algo assim acontecer na Hungria? E se meu irmão for preso? O que será de minha mãe?"

"Se alguma coisa acontecer na Hungria, posso ir a Budapeste cuidar de sua mãe."

"Mas eu não posso ir com você."

"Talvez arranjemos um modo de trazer sua mãe para a França."

"Ainda que conseguíssemos, seria só uma solução temporária", ela disse. "Para o nosso problema maior, quero dizer."

"Que problema maior?"

"Você sabe qual é. O problema de achar um lugar onde possamos viver juntos. A longo prazo, quero dizer. Você sabe que não posso voltar para a Hungria, e você não pode ficar aqui."

"Por que não posso?"

"Sua família", ela disse. "E se houver uma guerra? Você vai querer voltar para junto deles. Pensei nisso cem vezes. Você deve saber que pensei muito nisso em setembro. Foi um dos motivos por que não consegui escrever para você. Não via um jeito de contornar a situação. Eu sabia que, se decidíssemos ficar juntos, eu estaria mantendo você longe de sua família."

"Se eu ficar aqui, será uma decisão minha", disse Andras. "Mas se eu tiver de partir, arranjarei um modo de levar você comigo. Vamos falar com um advogado. Não existe nenhuma lei de prescrição de crimes?"

Ela balançou a cabeça. "Ainda posso ser presa e processada pelo que fiz. E, ainda que pudesse voltar para a Hungria, não abandonaria Elisabet."

"É claro que não", disse Andras. "Mas Elisabet tem planos para si."

"É verdade, e é exatamente isso que eu receio. Ela ainda é uma criança, Andras. Usa aquele anel de noivado, mas não compreende de fato o que significa."

"O noivo me parece absolutamente sincero. Sei que tem as melhores intenções."

"Se fosse mesmo o caso, ele teria consultado os pais antes de começar a encher a cabeça de Elisabet com ideias de casamento e de ir para os Estados Unidos! Ele ainda não contou que os dois estão noivos. Aparentemente, têm uma garota em mente para casar com o filho, herdeira de uma indústria cervejeira de Wiscosin. Ele diz que não tem nenhuma ligação com ela, é o que me falou, mas não tenho certeza de que os pais encarem a situação dessa forma. No mínimo, ele devia ter pensado em pedir a *minha* permissão antes de dar o anel para Elisabet."

Andras sorriu. "É assim que se faz? Rapazes ainda pedem permissão à mãe?"

Ela cedeu um sorriso em resposta. "Bons rapazes, sim", disse.

Então Andras chegou mais perto e curvou-se em seu ouvido. "Eu gostaria de pedir permissão a alguém, Klara", ele disse. "Eu gostaria de escrever uma carta para sua mãe."

"E se ela disser que não?", cochichou Klara em resposta.

"Então teremos de fugir."

"Mas para onde, querido?"

"Não me importo com isso", respondeu Andras, olhando fixamente para a paisagem cinzenta dos olhos de Klara. "Quero ficar com você. Só isso. Sei que não estou sendo nada razoável."

"Nem um pouco razoável", ela disse. Mas pôs os braços em torno do pescoço de Andras e ergueu o rosto para ele, que beijou os olhos fechados dela, sentindo um gosto ligeiramente salgado. Naquele instante, ouviram os passos de Elisabet no corredor; ela apareceu na porta da sala de estar com seu chapéu e seu casaco verde de lã. Andras e Klara afastaram-se um do outro e ficaram de pé.

"Desculpem, adultos nojentos", disse Elisabet. "Vou ao cinema."

"Escute, Elisabet", disse Andras. "E se eu casasse com sua mãe?"

"Por favor", disse Klara, erguendo a mão em sinal de cautela. "Não é assim que devemos falar do assunto."

Elisabet inclinou a cabeça para Andras. "O que foi que disse?"

"E se eu casasse com ela?", disse Andras. "Fizesse dela minha esposa?"

"Está falando sério?", perguntou Elisabet. "Quer casar com ela?"

"Quero."

"E ela também quer?"

Passou um longo intervalo durante o qual Andras experimentou um suspense terrível. Mas então Klara segurou a mão dele e apertou-a, quase como se estivesse com dor. "Ele sabe o que eu quero", ela disse. "Queremos a mesma coisa."

Andras deu um suspiro. Um rápido rubor de alívio inundou as feições de Elisabet; sua testa eternamente franzida ficou lisa. Ela atravessou a sala e abraçou Andras, em seguida beijou a mãe. "É esplêndido", ela disse, com toda sinceridade. Sem mais nenhuma palavra, jogou a bolsa sobre o ombro e desceu a escada de modo barulhento.

"Esplêndido?", disse Klara no silêncio reverberante que sempre se seguia às partidas repentinas de Elisabet. "Não tenho certeza do que eu estava esperando, mas sem dúvida não era isso."

"Elisabet acha que isso vai facilitar as coisas para ela e Paul."

Klara suspirou. "Eu sei. Se eu me casar com você, ela não terá de se sentir culpada por me deixar."

"Vamos aguardar, então, se você acha que faz alguma diferença. Vamos aguardar até que ela termine o colégio."

"Vai demorar sete meses."

"Sete meses", ele disse. "Mas depois vamos ter o resto de nossas vidas."

Klara fez que sim com a cabeça e segurou a mão de Andras. "Sete meses."

"Klara", ele disse. "Klara Morgenstern. Você acabou de aceitar se casar comigo, não foi?"

"Sim", respondeu. "Sim. Quando Elisabet tiver terminado o colégio. Mas isso não significa que vou deixar que ela fuja para os Estados Unidos com aquele jovem de conversa mole."

"Sete meses", disse Andras.

"E talvez nessa altura já tenhamos resolvido nosso problema geográfico."

Ele a segurou pelos ombros e beijou sua boca, suas bochechas, suas pálpebras. "Não vamos nos preocupar com isso agora", disse. "Prometa-me que não vai pensar no assunto."

"Não posso prometer isso, Andras. Vamos ter de pensar nesse assunto, se vamos resolvê-lo."

"Vamos pensar nisso mais tarde. Agora quero beijá-la. Posso?"

Em resposta, ela pôs os braços em torno dele e Andras beijou-a, desejando não ter outra coisa para fazer naquele dia inteiro, naquele ano inteiro, em sua vida inteira. Em seguida se desvencilhou e disse: "Não estou preparado para isso. Não tenho nada para dar para você. Não tenho um anel".

"Um anel!", exclamou Klara. "Não quero um anel."

"Mesmo assim, você terá um anel. Vou cuidar disso. E eu não estava falando da boca para fora quando disse que queria escrever para sua mãe."

"Esse é um assunto complicado, como você sabe."

"Eu gostaria que pudéssemos falar com József", disse Andras. "Ele poderia escrever para ela ou anexar uma carta minha a uma carta dele."

Klara apertou os lábios. "Pelo que você me contou sobre a vida dele, não parece nem um pouco sensato envolvê-lo em nossa situação."

"Se vamos nos casar, ele saberá em algum momento. O Quartier Latin é um lugar pequeno."

Ela suspirou. "Eu sei. É muito complicado." Voltou para o sofá e abriu o jornal dobrado. "Pelo menos ainda temos tempo para pensar nisso tudo. Sete meses", disse. "Quem sabe o que vai acontecer até lá? Será que não era melhor casar logo de uma vez? Será que eu não devia ficar contente com a possibilidade de minha filha atravessar o oceano e ir morar nos Estados Unidos? Se houver uma guerra, lá ela estará mais segura."

Aquele fantasma esquivo, a segurança. Ele havia fugido da Hungria, havia fugido dos muros da École Spéciale, havia fugido da Alemanha muito antes do dia 9 de novembro. Mas, enquanto estava sentado ao lado de Klara e olhava para o jornal no colo dela, Andras experimentava o choque de tudo aquilo mais uma vez. Seguiu a linha da mão de Klara até a fotografia da primeira página: um homem e uma mulher em roupas de dormir, de pé no meio da rua; um menino entre os dois, segurando com força o que parecia ser um polichinelo com um chapéu em forma de cone; e diante deles, irradiando sua luz brutal sobre os três, uma casa em chamas, desde a escadinha da porta até as vigas do telhado. Nos pontos onde o fogo havia destruído tapetes e assoalho, papel de parede e emboço, Andras podia ver a estrutura da casa iluminada, como o esqueleto nu de um animal. E viu o que um arquiteto podia ver, aquilo que o homem, a mulher e o menino não podiam ver, parados na rua naquele momento: que as colunas principais já haviam sido consumidas pelo fogo e que dali a pouco a estrutura desabaria sobre si mesma, como uma maquete mal feita, as vigas e os caibros se esfarelando em cinzas.

PARTE III
Partidas e chegadas

21. Um jantar festivo

No início de dezembro, madame Gérard promoveu uma festa de aniversário. Klara recebeu um convite num cartão marfim com letras impressas em tinta dourada; Andras foi convidado como seu acompanhante. Na noite da festa, ele vestiu uma camisa imaculadamente branca e uma gravata preta de seda, limpou e escovou seu melhor paletó e engraxou os sapatos que Tibor havia comprado para ele um ano antes em Budapeste. Andras disse a si mesmo que nada havia de extraordinário no fato de Marcelle tê-lo convidado; na verdade, porém, aquela era a primeira vez que a via desde que deixara o Théâtre Sarah-Bernhardt e seria sua primeira aparição em público na condição de futuro marido de Klara, entre pessoas que podiam julgá-lo inferior a ela. O que ele temia não era só o que os amigos de Klara podiam pensar a respeito dele, mas o que *ela* podia pensar ao vê-lo pela primeira vez entre os membros de seu círculo de relações. Os coreógrafos, dançarinos, compositores que às vezes dedicavam a Klara suas obras: como ele apareceria, em comparação com eles, senão como um novato, um aspirante, um talvez-um-dia-mas-por-enquanto-não? Andras se perguntava se não seria exatamente aquele o efeito desejado por Marcelle. Mas a própria Klara o distraía de suas preocupações; quando ele chegou à Rue de Sévigné naquela noite, seu tom era alegre e íntimo. Caminharam pelos bulevares rumo ao novo apartamento de Marcelle, no 11º arrondissement, por ruas que cheiravam a fumaça de lenha e a uma friagem crescente. Era difícil acreditar que estavam quase em dezembro; passara um ano desde o dia em que os dois se conheceram. Dali a pouco os lagos no Bois de Vincennes e no Bois de Boulogne estariam congelados outra vez.

Na casa de madame Gérard, foram recebidos por uma garota num avental branco e pregueado, que pegou seus casacos e depois os conduziu para uma sala assoalhada. Era um prédio da Belle Époque, mas madame Gérard havia decorado seu novo apartamento em estilo moderno: na sala de estar, havia sofás pretos de couro, máscaras africanas e vasos de malaquita com nervuras expostos sobre prateleiras de vidro. Cortinas verdes pendiam nas janelas e duas mesas de aço estavam a postos ao lado dos sofás, como cães galgos de pernas finas. Sobre as mesas, havia um par de Brancusis, duas tensas chamas de mármore preto. Tudo aquilo era o fruto do sucesso recente de Marcelle: ela havia conquistado Paris em todos os papéis que representara desde *A mãe* e tinha acabado de ganhar uma série de críticas entusiásticas por sua representação de Antígona no Théâtre des Amabassadeurs, onde Andras e Forestier haviam montado um sofisticado cenário surrealista. Agora a própria madame Gérard, num vestido verde *chartreuse* de seda, atravessou a sala para cumprimentar Andras e Klara. Beijou os dois e, depois de trocarem cumprimentos, conduziu Andras para um aparador laqueado de preto onde as bebidas eram servidas.

"Olhe só como você ficou", ela disse, e tocou na lapela dele. "Um cavalheiro, afinal. Roupas de gala caem bem em você. Talvez eu tenha um terrível ataque de ciúmes antes que a noite termine."

"Foi gentileza de sua parte me convidar", disse Andras. Ele percebeu a calma forçada na própria voz e achou ter visto um vestígio de sorriso no canto da boca de madame Gérard.

"Foi gentileza de sua parte aceitar o convite para vir ao meu aniversário", ela disse. E em seguida, de modo mais incisivo: "Você vai gostar da festa, creio. Nosso amigo monsieur Novak está aqui com a esposa. Você soube que eles vão voltar para a Hungria?" Inclinou a cabeça na direção de um canto da sala onde Novak e a esposa conversavam com um homem de cabelo grisalho e plastrão. "Devo dizer que ele reagiu com certa surpresa quando contei que você e Klara viriam para cá. Imagino que saiba tudo sobre...".

"Sim, eu sei *tudo*", disse Andras. "Mas tenho certeza de que você preferia que eu não soubesse. Você adoraria poder contar tudo para mim, não é mesmo?"

"Sempre pensei apenas no seu bem-estar", disse madame Gérard. "Preveni você sobre os riscos de envolver-se com Klara. Devo admitir que fiquei assombrada ao saber que a situação entre vocês se tornara mais séria. Eu tinha certeza de que ela encarava você como uma espécie de passatempo."

Andras sentiu o coração bater com força embaixo da pele. "E é *essa* a ideia que você faz de um passatempo?", ele disse. "Convidar as pessoas para sua casa e depois ofendê-las?"

"Abaixe a voz, querido", disse madame Gérard. "Você me atribui uma astúcia excessiva. Como é que alguém vai poder manter em boa ordem as intrigas românticas de todas as outras pessoas? Se entre meus amigos eu só convidasse aqueles cujas relações amorosas fossem livres de complicação, não poderia convidar ninguém!"

"Sei que não é nada disso", respondeu Andras. "Acho que você não faz nada à toa."

"Bem, estou vendo que você criou uma grande fantasia a meu respeito", ela disse, obviamente satisfeita. "Que jovem encantador você é."

"E quando exatamente o monsieur Novak vai partir para a Hungria?", perguntou Andras.

Ela deu uma risada baixa e dissonante. "Janeiro", respondeu. "Não consigo imaginar que você fique triste de vê-lo partir. Se bem que eu não tenha certeza de como Klara vai reagir. Os dois eram muito ligados, entende?" Entregou-lhe um copo de uísque com gelo e virou a cabeça para Klara, que tomou um assento ao lado de Novak num sofá preto e baixo. "De resto, você não deve se preocupar com o que as pessoas vão dizer sobre vocês dois... quero dizer, sobre o noivado de vocês. Todo mundo adora as excentricidades de Klara. Eu mesma acho a situação irresistível. É como um conto de fadas! Olhe só para você. De um sapo, ela o transformou em um príncipe."

"Se isso é tudo", disse Andras, "vou levar um drinque para Klara."

"É melhor", disse madame Gérard. "Se demorar mais um pouco, *ele* será obrigado a levar um drinque para ela." Voltou o olhar para o sofá preto onde Novak explicava algo para Klara com gestos vigorosos. Klara balançava a cabeça, sorria com tristeza; Novak pareceu argumentar com mais força e ela baixou os olhos.

Andras pegou uma taça de vinho para ela e atravessou um aglomerado de convidados em trajes de festa; passou perto da esposa de Novak, Edith, uma mulher alta, de cabelo escuro e vestido de veludo, que exalava um perfume de jasmim. Na última vez em que a vira, quase um ano antes no teatro Sarah-Bernhardt, entregou-lhe sua bolsa enquanto ela procurava um lenço nos bolsos. Edith lhe dera a mesma atenção que daria a um gancho de parede. Agora ela ficou com as costas rijas, enquanto outra mulher se curvava em seu ouvido; estava claro que narrava para Edith o transcurso da conversa entre Novak e Klara. Quando Andras chegou ao sofá, monsieur Novak ficou de pé e estendeu a mão úmida para o rapaz apertar. Tinha o olhar duro, a respiração estudada. Depois das primeiras palavras de cumprimento, ele pareceu incapaz de encontrar um assunto para conversar.

"Eu soube que você vai para Budapeste", disse Andras.

Novak sorriu com um esforço evidente. "Sim, é verdade", respondeu. "E o que vou oferecer dessa vez para alimentar minha companhia de viagem? Madame Novak prefere o vagão-restaurante."

"Na certa você vai encontrar algum jovem tolo para alegrar em seu caminho de Paris a Budapeste."

"É um tolo, de fato, se é jovem e está voltando para Budapeste."

"Budapeste é um bom lugar para um jovem", disse Andras.

"Então, talvez você devesse ter ficado lá", disse Novak, inclinando-se um pouco mais na direção dele; num instante, Andras percebeu que ele estava embriagado. Naquela altura, Klara também já entendera isso, é óbvio; levantou-se e pôs a mão na manga do paletó de Novak. Um lampejo de mágoa cintilou no peito de Andras. Se Novak ia fazer papel de bobo, Klara não devia sentir-se na obrigação de protegê-lo. Mas ela dirigiu a Andras um olhar que suplicava moderação e ele teve de ceder. Não podia condenar Novak. Afinal, fazia só três meses que ele mesmo tomara uma bebedeira feia no apartamento de József Hász.

"Monsieur Novak estava me falando sobre seu novo cargo na Ópera Real da Hungria", disse Klara.

"Ah, sim. Sorte deles terem conseguido contratar você", disse Andras.

"Bem, Paris não vai sentir minha falta", respondeu Novak, olhando para Klara de forma incisiva. "Pelo menos isso está bem claro."

Madame Gérard havia cruzado a sala a fim de unir-se ao grupo e segurou as mãos de Novak nas suas. "Vamos sentir muita falta de você", ela disse. "É uma grande perda para nós. Uma grande perda para *mim*. O que farei sem você? Quem vai ter a posição de destaque nas minhas festas?"

"*Você* terá a posição de destaque, como sempre", disse Novak.

"Não como sempre", ela disse. "Antigamente eu era morbidamente tímida. Era você que tomava a frente de todas as conversas para mim, mas talvez não se recorde disso. Talvez não se recorde como foi obrigado a me amolecer com a ajuda do vinho, no seu escritório, só para me convencer a representar o papel que era de madame Villareal-Bloch."

"Ah, sim, pobre Claudine", disse Novak, e sua voz ganhou volume à medida que ele falava. "Ela era formidável e jogou tudo fora por causa daquele rapaz. Aquele adido de imprensa do Brasil. Foi com ele para São Paulo e depois ele a largou por uma jovem vadia qualquer." Voltou um olhar penetrante para Andras. "E ela estava tão convencida de que o rapaz a amava. Mas ele fez Villareal de tola." Novak esvaziou seu copo, em seguida foi até a janela e olhou fixamente para a rua lá embaixo.

Uma onda de silêncio desceu de Novak sobre o resto dos convidados; a conversa vacilava nos grupinhos, um após o outro. Parecia que todos estavam observando a troca de palavras entre Andras, Novak e Klara; era quase como se tivessem sido avisados de antemão sobre a situação em curso e tivessem recebido a recomendação de prestar uma atenção especial na conversa. Por fim uma senhora idosa, de vestido preto, do estilista Mainbocher, pigarreou com delicadeza, fortificou-se com um gole de gim e declarou ter acabado de saber que os quarenta mil operários da estrada de ferro demitidos por monsieur Reynaud *fariam* um protesto e que o único bem que aquilo poderia produzir era o possível adiamento da partida de monsieur e madame Novak.

"Ah, mas isso seria terrível", disse madame Novak. "Mamãe vai dar uma festa de boas-vindas para nós e os convites já foram enviados."

Madame Gérard riu. "Ninguém jamais poderá acusar você de populista, Edith", ela disse, e a conversa logo retomou o ritmo anterior.

Durante o jantar, Andras se viu sentado entre madame Novak e a senhora idosa com um vestido de Mainbocher. Ele achou o perfume de jasmim de madame Novak tão avassalador que parecia se misturar ao aroma de todos os pratos servidos; Andras comeu sopa de tartaruga com jasmim, sorvete de jasmim, faisão de jasmim. Klara estava sentada ao lado de Novak, mais adiante na mesa, à direita de Andras, num lugar onde era impossível para ele ver seu rosto. A princípio, a conversa na mesa versava sobre madame Gérard: sua carreira, seu apartamento novo e sua beleza duradoura. Marcelle escutava com um recato mal representado, sua boca escorregava num sorriso de vaidade. Quando ela se cansou de regalar-se com as lisonjas, desviou a conversa para Budapeste, seus encantos e seus problemas, e como a cidade havia mudado desde a época em que os húngaros ali presentes haviam morado lá, na mocidade. Toda hora iniciava suas frases com a expressão "quando tínhamos a idade de monsieur Lévi". O capitão Fulano-von-de-Tal sentou-se de frente para Andras e declarou que a Europa estaria em guerra dali a pouco tempo, que a Hungria seria envolvida na guerra e que Budapeste sofreria profundas mudanças antes do final da década. Madame Novak manifestou a esperança de que pelo menos o parque onde ela brincava quando menina não fosse modificado; era lá que pretendia levar seus filhos para brincar.

"Não está certo?", ela perguntou para o marido do outro lado da mesa. "Vou mandar a babá de János levá-lo até lá, assim que chegarmos à cidade."

"Aonde, querida?"

"Ao parque que fica na Pozsonyi Út, na margem do rio."

"É claro", disse Novak distraído e voltou-se de novo para Klara.

O jantar foi encerrado com queijo e vinho do Porto e os convidados retiraram-se para uma sala com paredes cor de camurça, onde havia canapés forrados de veludo e um gramofone. Madame Gérard fez questão de que todos dançassem. Os canapés foram empurrados para os lados, colocou-se um disco no gramofone e os convidados começaram a oscilar ao som de uma nova canção americana, "They can't take that away from me". Monsieur Novak pegou Klara pela cintura e conduziu-a para o centro da sala. Dançavam de modo desajeitado, ela com as mãos apoiadas nos braços dele, ele tentando baixar a cabeça no ombro dela. Madame Novak, deliberadamente distraída, dava sacudidos passos de jazz com o capitão Fulano-von-de-Tal e Andras se viu fazendo par com a senhora idosa de vestido preto. *The way you wear your hat*, ela cantava no ouvido de Andras. *The way you sip your tea. The memory of all that — no, they can't take that away from me.*

"É sobre um amor perdido!", ela disse, quando Andras protestou que seu inglês era horrível. A senhora parecia achar que tinha de berrar no ouvido de Andras para que ele a ouvisse acima do som da música e das conversas. "O homem se separou da mulher, mas nunca vai se esquecer dela! A mulher ronda seus sonhos! Ela mudou a vida dele!"

Ninguém queria parar de ouvir aquela canção. Madame Gérard declarou que era sua nova canção predileta. Tocaram a música quatro vezes antes de se cansarem dela. Andras dançou com madame Gérard, com Edith Novak e de novo com a senhora idosa; mas Zoltán Novak não largava Klara. Dali a pouco tempo ele partiria de Paris para sempre; nada podia impedir aquilo — nem uma greve de ferroviários nem a ameaça da guerra nem a força de seu próprio amor. Klara tentou desvencilhar-se dos braços de Novak, mas toda vez que ela o empurrava para trás, ele protestava tão alto que ela tinha de ficar com ele a fim de evitar um escândalo. Por fim, bêbado demais para se aguentar de pé, Novak voltou trôpego para um dos canapés e enxugou a testa com um lenço branco e grande. Madame Gérard tirou o disco do prato do gramofone e anunciou que o bolo de aniversário seria servido, e Klara conduziu Andras para um corredor.

"Vamos embora", ela sussurrou. "Nunca deveríamos ter vindo aqui. Eu devia saber que Marcelle armaria um tremendo drama."

Ela estava ansiosa para ir embora. Os dois pegaram de volta seus casacos num quarto vermelho e se esgueiraram para o corredor do prédio. Mas Novak deve ter dado pela falta de Klara e então ouviu o barulho do elevador descendo; ou talvez tenha resolvido que não conseguia mais suportar o calor daquela sala. Quando eles saíram para a calçada, Novak estava lá em cima, na sacada, chamando por Klara, enquanto ela e Andras caminhavam para longe pela rua, de braços dados. Andras, longe de ter qualquer sentimento de triunfo, estava cheio de compaixão. Parecia perfeitamente possível que fosse ele mesmo quem estava de partida de volta para a Hungria sem Klara, e o sentimento era tão forte que teve de sentar-se num banco e pôr a cabeça entre os joelhos. Foi um choque novo sentir Klara perto, a seu lado, a mão dela numa luva sobre seu ombro. Os dois ficaram sentados no banco, no frio; por um tempo que pareceu longo, nenhum deles disse uma palavra.

22. Signorina Di Sabato

Num dia de dezembro em que o vento cortava como uma faca, a Ligue Internationale Contre l'Antisémitisme fez uma manifestação de protesto contra a visita que o ministro do Exterior alemão faria a Paris. Andras, Polaner, Rosen e Ben Yakov estavam no meio de um compacto grupo de manifestantes na frente do Palais de l'Élysée, gritando palavras de ordem contra os governos francês e alemão, brandindo cartazes — NENHUMA AMIZADE COM OS FASCISTAS; FORA VON RIBBENTROP — e cantando as canções sionistas que haviam aprendido em comícios anteriores da Ligue, à qual todos se filiaram, por insistência de Rosen, depois do massacre na Alemanha. Naquela manhã, Rosen despertou-os ao raiar do dia para pintarem faixas. Não podia haver desculpa para a passividade, ele disse, enquanto os arrancava da cama, nenhuma desculpa para ficarem deitados enquanto Joachim von Ribbentrop se preparava para assinar um tratado de não agressão com a França; Bonnet, o ministro do Exterior francês, que se mostrara tão acomodado por ocasião da anexação da região dos Sudetos à Alemanha promovida por Hitler, organizara tudo. Na casa de Rosen, eles beberam um bule de café turco e fizeram alguns cartazes; Rosen mexia a tinta na lata com uma régua e fazia questão de que todos respirassem os vapores da revolução. Andras sabia que o desempenho de Rosen era em grande parte para impressionar sua nova *copine*, uma estudante de enfermagem sionista que ele havia conhecido naquele verão. A garota, Shalhevet, unira-se a eles naquela manhã para fazer os cartazes. Era alta, de olhos penetrantes, com um fascinante cachinho branco em meio aos cabelos pretos; suas ocasionais piscadas para Andras, Polaner e Ben Yakov sugeriam que ela sabia como Rosen podia ser absurdo, mas mesmo assim ela olhava para ele com uma admiração que traía seus sentimentos mais profundos.

Embora Andras tivesse reclamado por ter sido tirado da cama à força, estava contente de ser chamado para fazer algo mais importante que ler o jornal e lamentar seu conteúdo. Parado na frente do Palais de l'Élysée segurando bem alto seu cartaz, pensava no jovem Grynszpan na prisão de Fresnes — o que estava sentindo naquele momento e sabia que naquele dia a França dava as boas-vindas ao ministro do Exterior alemão? Ao meio-dia, a limusine preta de Von Ribbentrop parou na frente dos portões do palácio e rapidamente abriram passagem para a entrada do automóvel. Enquanto a polícia vigiava com cautela e protegia as barricadas em torno do palácio, foi assinada a Declaração de Amizade. Não havia nada que os manifestantes pudessem fazer para impedir que aquilo acontecesse, mas deixaram claro quais eram seus sentimentos. Depois que o ministro do Exterior partiu, a Ligue fez uma passeata até o rio, gritando e cantando. No Quai des Tuileries, Andras e seus amigos se afastaram para terminar sua tarde no Pombo Azul, onde a conversa não tratou de política, mas de seu outro assunto predileto. Pelo visto, Ben Yakov enfrentava um problema terrível: apesar de todos os seus esforços, só conseguira poupar dois terços do dinheiro de que precisava para levar para Paris sua noiva de Florença — ou raptá-la, como dizia Rosen. E o tempo era uma questão crítica; não podiam esperar mais. Dali a um mês, ela se casaria com o bode velho a quem seus pais a haviam prometido.

Rosen bateu o punho cerrado sobre a mesa. "Às armas, homens", ele disse. "A todo custo, temos de salvar as garotas dos bodes."

Shalhevet concordou. "Sim, por favor", ela disse. "Salvem as garotas dos bodes."

"Vocês adoram fazer piada de tudo", disse Ben Yakov.

"Você está provando do seu próprio remédio", respondeu Polaner.

"Este é o momento mais crítico de minha vida", continuou Ben Yakov. "Não posso perder Ilana. Passei quatro meses trabalhando feito um cachorro para trazê-la para cá. Dia e noite, na faculdade e na biblioteca, tentando poupar cada centavo. Não pensava em mais nada senão nela. Escrevi para Ilana quase todos os dias. Fiquei tão celibatário quanto um monge."

"Espere aí", disse Rosen. "E o clube de dança Carrossel no fim de semana passado? O que você estava fazendo lá com a Lucia se ficou celibatário feito um monge?"

"Um lapso!", disse Ben Yakov, erguendo as mãos para os céus. "Uma despedida de solteiro."

Andras balançou a cabeça. "Você deve saber que vai ser um marido horrível", disse. "Era melhor esperar alguns anos até seu sangue esfriar."

Ben Yakov franziu as sobrancelhas olhando para seu copo vazio. "Estou apaixonado por Ilana", disse. "Não podemos esperar mais. Só que ainda me faltam mil francos. Tenho dinheiro para ir lá e voltar, mas não para pagar a passagem dela."

"E quanto ao seu irmão?", perguntou Polaner, voltando-se para Andras. "Ele não pode ajudar?"

Tibor faria uma visita a Paris dali a três semanas; passaria as férias de inverno ali. Fazia meses que ele e Andras economizavam o dinheiro necessário. Até Klara havia contribuído para pagar a passagem de Tibor; ela insistiu dizendo que, como noiva de Andras, tinha o direito de fazer aquilo. "Não vou deixar que ele abra mão de sua passagem", disse Andras. "Nem pela noiva de Ben Yakov."

"Ele não precisa abrir mão da passagem", respondeu Rosen. "Ben Yakov tem dinheiro para comprar a passagem dela se ele não precisar ir até lá. Tibor podia acompanhar Ilana na viagem até Paris. Ele só precisaria ir a Florença e pronto."

Ben Yakov levantou-se da cadeira e pôs as mãos na cabeça. "Isso é genial", disse. "Meu Deus. Podemos conseguir. Não deve custar muito ir de Modena até Florença."

"Espere um minuto", disse Andras. "Tibor não concordou com isso; nem eu, aliás. Como vocês acham que esse arranjo vai funcionar? Ele vai a Florença e foge de lá com ela, no seu lugar?"

"Tibor pode encontrá-la na estação de trem para que os dois partam juntos", disse Rosen. "Não é isso, Ben Yakov? Ele não precisa fazer mais nada, a não ser ir até Florença."

"Mas e quando ela chegar aqui?", perguntou Andras. "Não pode simplesmente desembarcar do trem e casar com você. Onde vai morar até o casamento?"

Ben Yakov fitou-o fixamente. "Vai morar no meu apartamento, é claro."

"Ela é uma garota ortodoxa, esqueceu?"

"Darei meu quarto para ela. Vou morar com um de vocês."

"Comigo não", disse Rosen, olhando de lado para Shalhevet.

"Se Shalhevet está morando com você", disse Ben Yakov, "deixe Ilana ficar na casa dela."

"Não pode deixá-la sozinha num dormitório", respondeu Shalhevet. "Ela vai ficar muito triste."

"Bem, então o que devo fazer?", perguntou Ben Yakov.

"E quanto a Klara?", perguntou Polaner. "Ilana não pode ficar com ela?"

Andras apoiou o queixo na mão. "Não sei", disse. "Ela está preparando as alunas para o recital de inverno. É a época do ano em que fica mais atarefada." E, embora não tivesse dito, Andras sabia que havia outros aspectos da situação que incomodariam Klara. Por que eles tinham de se meter na importação de uma noiva para Ben Yakov, aquele famigerado mulherengo? A garota ia fugir de casa para ir a Paris; tinha crescido em Florença numa comunidade sefardi muito unida e tinha só dezenove anos de idade. Uma coisa era envolver Tibor naquela história, mas outra coisa bem diferente era pedir a Klara que fosse cúmplice.

Polaner olhou para Andras com ar preocupado. "Qual é o problema?", perguntou.

"Não sei. De repente me dei conta de que tenho muitas dúvidas sobre essa história toda."

"Por favor", disse Ben Yakov, pondo a mão no ombro de Andras. "Estou suplicando. Mais do que todos, você tem de compreender minha situação. No ano passado, você sofreu muito, mas agora está feliz. Não pode me ajudar? Nem sempre agi como um cavalheiro, mas você sabe como dei duro depois que voltei de Florença. Fiz tudo o que estava a meu alcance para trazer a garota para cá."

Andras deu um suspiro e pôs sua mão sobre a de Ben Yakov. "Está certo", repondeu. "Vou escrever para Tibor. E vou falar com Klara."

12 de dezembro de 1938
Modena, Itália

Andráska,

Considero uma honra o pedido para que eu conduza a futura madame Ben Yakov para Paris. Estou feliz de poder ajudar um amigo seu. Mas lamento pelos pais da moça. O que vão pensar depois que a filha tiver partido? Espero que Ben Yakov se reconcilie com eles o mais depressa possível. Talvez ele saiba ser cativante o suficiente para obter sucesso. Por favor, peça que me telegrafe dando as informações sobre a signorina Di Sabato e eu irei encontrá-la na estação em Florença.

Quanto a mim, estou mais do que pronto para passar algumas semanas indolentes com você em sua cidade narcisista. Estou exausto. Ninguém avisa os estudantes de medicina que o próprio andamento dos estudos pode acarretar várias das doenças estudadas. Espero que eu consiga me curar com o sono, o vinho e sua companhia.

O livro de anatomia de madame Morgenstern continua a ser muito útil para mim. Estarei sempre em dívida com ela por isso. Mas por favor diga a ela para não me dar outros presentes desse tipo no futuro! Quando meus amigos veem que possuo um livro tão precioso, superestimam meu patrimônio e esperam que eu pague o jantar deles. Nesse ritmo, em breve estarei completamente arruinado. Nesse meio-tempo, permaneço seu irmão simplesmente empobrecido,

Tibor

Andras levou a carta para Klara e lhe pediu ajuda. François Ben Yakov foi com ele — era a primeira vez que encontrava Klara. Ele vestira para a ocasião um paletó preto de lã e uma gravata vermelha estampada com flores-de-lis do tamanho de grãos de cevada. Quando Ben Yakov segurou as mãos de Klara, implorou sua compreensão e seus olhos encontraram as feições e os olhos castanhos de estrela de cinema dela, Andras se perguntou se Klara não poderia cair sob o encantamento que Ben Yakov parecia lançar em toda mulher que encontrava pela frente. Pelo menos ela se mostrou encantada o bastante para se dispor a ajudar; permitiu que Ben Yakov beijasse sua mão e a chamasse de anjo. Depois que Ben Yakov se retirou, deixando Klara e Andras a sós, ela riu e disse que percebia por que ele criava tantos problemas entre as jovens.

"Espero que você não fuja com Ben Yakov antes que a noiva chegue", disse Andras. Puxou a cadeira mais para perto da lareira para ela sentar e os dois ficaram juntos, olhando as brasas queimarem.

"Não há a menor chance", respondeu Klara, e sorriu. Mas então sua fisionomia ficou séria e ela cruzou os braços sobre o peito. "Mas eu compartilho a dúvida de seu irmão. Preferia que a moça não tivesse de fugir de casa. Será mesmo impossível para Ben Yakov convencer o pai dela?"

"Você deixaria sua filha casar com François Ben Yakov? Ainda mais se a moça foi criada segundo os costumes dos judeus ortodoxos... Receio que Ben Yakov estivesse certo quando chegou à conclusão de que tinham de fazer isso em segredo."

Klara suspirou. "O que minha filha vai pensar dessa história?"

"Vai pensar que tem uma mãe generosa e compreensiva."

"Eu compreendo isso muito bem", disse Klara. "Elisabet também vai compreender. Essa moça de Florença anda inquieta, provavelmente. Quer achar um meio de escapar do destino que os pais escolheram para ela. Por isso imagina estar apaixonada pelo seu amigo. Deve ser muito voluntariosa, se está disposta a deixar a família por causa dele."

"Deve ser voluntariosa mesmo", disse Andras. "E deve estar apaixonada. Pelo que Ben Yakov me diz, vir para cá é a coisa que ela mais deseja no mundo. E ele também quer."

"Você acha que ele tem condições de fazê-la feliz?"

Andras olhou para a lareira acesa, para o calor que subia entre as brasas. "Ele vai fazer tudo o que puder. É um bom homem."

"Espero que faça", disse Klara. "E espero que seja."

Na noite da chegada de Tibor e de Ilana, todos foram à estação ferroviária ver o trem chegar. Estavam de pé na plataforma Andras, Klara, Polaner, Rosen e Shalhevet, enquanto Ben Yakov caminhava devagar, para um lado e para o outro, a uma pequena distância deles; numa das mãos cerradas, segurava um ramalhete de amores-perfeitos para a signorina Di Sabato. Amores-perfeitos eram uma extravagância no inverno, mas Ben Yakov fez questão de comprá-los. Eram as mesmas flores que tinha dado para Ilana quando se conheceram.

Foi Shalhevet quem primeiro avistou o trem, o pontinho de luz ao longe, seguindo a linha dos trilhos. Ouviram as notas guturais do apito em tom de contralto; o grupo avançou com o resto dos parisienses que tinham ido receber suas visitas para as férias. O trem foi encostando na plataforma, soltando uma cortina de fumaça, e a multidão à espera se aproximou numa onda, até que o trem parou. Após um tempo enlouquecedoramente longo, as portas abriram com seu estalido metálico e os cobradores do trem, com suas dragonas douradas, saltaram dos vagões para a plataforma. Todos deram meio passo atrás e aguardaram.

Tibor estava entre os primeiros a desembarcar. Andras o viu na porta de um dos vagões de terceira classe, com expressão ansiosa e cansada; segurava uma chapeleira verde-clara e uma sombrinha feminina muito elegante. Chegou para o lado a fim de abrir passagem para uma jovem com uma trança comprida e morena, que fez uma pausa no degrau de cima da escadinha a fim de lançar um olhar perscrutador para a multidão.

"É ela", gritou Ben Yakov por cima do ombro para eles. "É Ilana!" Chamou seu nome e brandiu as flores no ar. A garota rompeu um sorriso ansioso tão lindo que Andras quase se apaixonou por ela também. Desceu a escadinha do vagão e cruzou a plataforma para encontrar Ben Yakov, parando quando estava à beira de atirar-se em seus braços, e disparou uma enxurrada de palavras italianas rápidas e insistentes, enquanto fazia gestos na direção do trem. Andras se perguntou como Ben Yakov conseguia se conter para não abraçá-la; isso lhe causou um momento de preocupação, até que se lembrou de que aquilo era proibido pelos costumes da moça. Ben Yakov não podia tocá-la antes de pôr uma aliança em seu dedo no dia do casamento. Mas ela ergueu os olhos para ele com uma expressão mais íntima do que um abraço; ele lhe ofereceu as flores e ela lhe dirigiu outra vez o mesmo sorriso.

Tibor tinha atravessado a plataforma atrás da signorina Di Sabato; colocou a chapeleira junto aos pés dela e encostou a sombrinha na caixa. Ilana falou algumas palavras em tom de gratidão e Tibor deu uma resposta em voz baixa, sem olhar para os olhos da moça. Em seguida abraçou Andras, curvou-se e disse em seu ouvido: "Parabéns, irmãozinho".

"Parabenize Ben Yakov!", disse Andras. "Ele é o noivo."

"Ele é o noivo agora", disse Tibor. "Mas você será o próximo. Onde está sua noiva?" E foi até Klara, beijou-a no rosto e abraçou-a. "Nunca tive uma irmã", disse para ela. "Você vai ter de me ensinar como ser um bom irmão para você."

"Já começou bem", disse Klara. "Fez uma longa viagem de Modena até aqui."

"Receio que esta noite eu não vá ser uma boa companhia", disse Tibor. Pôs a mão na manga do paletó de Andras. "Estou com uma dor de cabeça horrível. Acho que não estou em condições de participar de uma comemoração." De fato, parecia arrasado pelo cansaço; tirou os óculos e esfregou os olhos antes de cumprimentar os demais. Apertou a mão de Ben Yakov, deu uma palmadinha de saudação no ombro de Polaner, disse para Rosen como estava satisfeito de vê-lo em companhia tão encantadora. Em seguida levou Andras para o lado.

"Leve-me para alguma cama", disse. "Estou esgotado. Acho que posso até estar doente."

"Claro", disse Andras. "Vamos pegar suas malas e depois iremos para casa." Andras planejara acompanhar a signorina Di Sabato até a casa de Klara, para deixar a moça instalada confortavelmente, mas Klara insistiu que podia dar conta da missão sozinha. Não havia muita coisa para transportar: signorina Di Sabato tinha um baú pequeno e uma caixa de madeira, além da chapeleira, e isso, somado à sombrinha, compunha todos os seus pertences. Levaram tudo até a calçada e Ben Yakov chamou um táxi. Segurou a porta para a signorina Di Sabato e ajudou-a a entrar no carro; para preservar seu recato, permitiu que Klara entrasse em seguida. Por fim, com um aceno da mão para o resto dos amigos, enfiou-se no táxi e fechou a porta com um puxão.

Rosen e Shalhevet ficaram na calçada com Andras e seu irmão. "Não querem tomar um drinque com a gente?", perguntou Rosen.

Tibor pediu desculpas num francês confiante mas simplório, e Shavelhet e Rosen garantiram que compreendiam perfeitamente. Andras chamou outro táxi. Achou que podiam ir para casa a pé, mas o irmão tinha o aspecto de quem podia cair de joelhos a qualquer momento. Tibor ficou calado durante o caminho para a Rue des Écoles; tudo o que disse a respeito da viagem foi que demorou muito e que estava aliviado por ter chegado ao fim.

Saíram do táxi e levaram as coisas de Tibor para dentro. Quando chegaram ao último andar, ele estava com a respiração curta e ofegante e se apoiava na parede. Andras abriu a porta rapidamente. O irmão entrou e deitou-se logo na cama, sem se dar ao trabalho de tirar os sapatos ou o capote, e pôs o braço dobrado sobre os olhos.

"Tibi", disse Andras. "O que posso fazer? Devo ir à farmácia? Quer beber alguma coisa?"

Tibor descalçou-se chutando os sapatos e deixou que caíssem no chão. Rolou para o lado e dobrou os joelhos até o peito. Andras foi para junto da cama e debruçou-se sobre ele. Tocou na testa do irmão: seca e quente. Tibor puxou a colcha por cima do corpo e começou a tremer.

"Você está doente", disse Andras, com a mão no ombro do irmão.

"Um vírus comum. Durante a semana toda, senti que ia acontecer. Só preciso dormir."

Num minuto, Tibor adormeceu. Continuou dormindo enquanto Andras tirava seu casaco, despia-o e punha um pano frio sobre sua testa. Por volta da meia-noite, a febre cedeu e Tibor empurrou o cobertor para trás, mas não demorou para recomeçar a tremer. Acordou e disse para Andras pegar uma caixa de aspirinas na mala. Andras lhe deu o medicamento e o cobriu com todos os cobertores e mantas que conseguiu juntar. Por fim, Tibor virou-se de lado na cama e dormiu. Andras desenrolou o colchão que pegara emprestado com a zeladora do prédio e deitou-se no chão, perto da lareira, mas viu que não conseguia dormir. Ficou andando pelo quarto, verificava como estava Tibor a cada meia hora, até a testa do irmão ficar mais fria e sua respiração, mais profunda. Deitou-se no colchão emprestado, sem trocar de roupa; não queria tirar nenhum cobertor do irmão.

De manhã, foi Tibor quem acordou primeiro. Quando Andras abriu os olhos, o irmão já tinha feito chá e torrado fatias de pão. Em algum momento da noite, ele devia ter estendido um cobertor sobre Andras. Agora estava sentado na cadeira de veludo laranja, limpo e barbeado, vestido com o roupão de Andras e comendo torradas com geleia. A intervalos, assoava o nariz bem alto num lenço.

"Bem", disse Andras, do colchão onde estava deitado. "Você está vivo."

"Mas é melhor não chegar perto de mim. Ainda estou com febre."

"Tarde demais. Tomei conta de você a noite inteira." Andras sentou-se e passou as mãos pelo cabelo a fim de acomodar os fios compridos.

Tibor sorriu. "O estilo cai bem em você, irmão."

"Obrigado, irmão. E como está se sentindo nesta manhã? Um pouco melhor?"

"Melhor do que me sentia no trem." Baixou os olhos para sua xícara de chá. "Tenho certeza de que a signorina Di Sabato deve ter me considerado uma boa companhia."

"Ela parecia estar num estado de espírito excelente quando vocês chegaram."

"Passou alguns maus momentos quando partimos de Florença, mas no conjunto se mostrou bastante corajosa."

"O amor lhe deu coragem", disse Andras.

Tibor fez que sim com a cabeça e virou a xícara no pires. "Diga-me uma coisa", falou. "Que tipo de pessoa é esse Ben Yakov?"

"Você o viu", respondeu Andras, e encolheu os ombros. "É um bom homem."

"É o máximo que você pode dizer sobre ele?"

Na verdade, não era. Andras se lembrava da conversa que tivera junto ao leito de Polaner depois que ele sofreu a agressão. Foi Ben Yakov que deixou os dois envergonhados ao se darem conta de como conheciam mal o amigo e como era improvável que escolhesse qualquer um deles para fazer confidências. "Ele é um bom amigo", disse Andras. "É um bom estudante. As mulheres gostam dele. Nem sempre foi honesto com elas, mas com Ilana ele é mais do que sincero."

"Ela me contou como os dois se conheceram", disse Tibor. "Foi no mercado. Ela estava lá com uma amiga. Tinha comprado duas galinhas vivas, mas os bichos arrebentaram a gaiola e fugiram. Desceram correndo por um beco e entraram no quintal de alguém. Ben Yakov apanhou as galinhas. Colocou as duas de volta na gaiola e a consertou com arame. Depois fez questão de levar as galinhas até a casa dela."

"Galinhas fugitivas", disse Andras. "Um começo romântico."

"Depois ele começou a visitá-la em segredo", disse Tibor.

"Sim, é claro. Ele sempre teve um fraco pelo dramático."

"Também havia o problema dos planos da família para a filha. Mas tudo isso parece bastante infame da parte dele, não acha? Devia ter se declarado para o pai da moça e apresentado sua defesa."

Andras deu uma risada curta. "Foi exatamente o que Klara falou, quase as mesmas palavras."

Tibor franziu a sobrancelha e pôs a xícara na mesa. Cruzou os dedos das mãos sobre o peito e fitou o céu cinzento e as penas de avestruz desenhadas pela fumaça das chaminés, que se dissolviam nas alturas. "A garota tem dezenove anos", ele disse. "Vi seu passaporte. Fez aniversário na semana passada. E sabe de mais uma coisa? Ela tem uma marca de nascença no pescoço na forma de uma ave voando."

"Que tipo de ave?", perguntou Andras. "Uma galinha?"

Tibor deu uma risada sonora e incontida, que o fez tossir. Inclinou-se para a frente na cadeira, cobrindo a boca com o lenço. Quando voltou à posição normal, teve de enxugar os olhos com a manga e beber o resto de seu chá antes de conseguir falar.

"Para que estou perdendo meu tempo conversando com você?", ele disse.

"Acho que você se acostumou a fazer isso muitos anos atrás e nunca mais largou o costume."

"Seja como for, temos coisas mais importantes para conversar. Seu noivado com a madame Morgenstern, em primeiro lugar."

"Ah, sim. Por milagre, Klara Morgenstern aceitou ser minha esposa."

"Então quer dizer que você será o primeiro de nós três a casar."

"A menos que o mundo acabe antes do próximo verão."

"Muito possível, do jeito que as coisas estão no momento", disse Tibor. "Mas, se isso não acontecer, ela será a madame Lévi."

"E quanto àquela história secreta da vida dela?"

Andras tinha se recusado a escrever para o irmão falando do assunto e, em vez disso, disse que conversariam quando Tibor fosse visitá-lo; Andras se lembrava dos cuidados da velha sra. Hász e concluiu que seria insensato mandar a história pelo correio. Agora ele estava com Tibor diante da mesinha e contou a história de Klara do começo ao fim, uma revelação que ela mesma o autorizara a fazer. Quando terminou o relato, Tibor fitou-o num silêncio assombrado durante um longo intervalo.

"Que horror", disse, afinal. "Tudo isso. E agora ela vive no exílio."

"E esse é o nosso problema", disse Andras. "Aparentemente insolúvel."

"Você não escreveu para Anya e Apa contando isso, escreveu? Não contou que ficou noivo nem nada?"

"Não tive coragem. Suponho que minha esperança é de que a situação de Klara vá mudar."

"Mas como, se não existe nenhuma lei de prescrição de crimes?"

"Não sei como, admito. Até acontecer, viverei no exílio com ela."

"Ah, Andráska", disse Tibor. "Meu irmãozinho."

"Você bem que me preveniu", disse Andras.

"E você me ignorou, é claro." Curvou-se para tossir com o punho cerrado sobre a boca. "Eu não devia ficar tanto tempo sentado. Devia ficar na cama. E não devia dar conselhos a ninguém, muito menos sobre questões de amor. O que sei sobre o coração é o seguinte: é um órgão com quatro cavidades cuja finalidade é bombear sangue. Ventrículo esquerdo, ventrículo direito, átrio esquerdo, átrio direito e todas as válvulas, a tricúspede, a mitral, a pulmonar e a aórtica." Tossiu novamente. "Ah, me leve para a cama de novo e me deixe dormir. E não me dê mais nenhuma notícia ruim quando eu acordar."

No dia seguinte, quando estava se sentindo bem o suficiente para se aventurar a sair de casa, Tibor sugeriu que fizessem uma visita à signorina Di Sabato — para verificar se estava bem instalada, ele disse, e para devolver um livro que ela lhe havia emprestado durante a viagem de trem: uma linda edição antiga da *Divina commedia*, encadernada em couro lavrado. Quando Andras manifestou surpresa por signorina Di Sabato estar lendo Dante, Tibor enfatizou que a garota tinha lido mais do que qualquer outra jovem que ele já havia conhecido. Desde os doze anos, ela pegava livros emprestados em segredo na biblioteca perto de sua casa no bairro judeu. A *Divina commedia* pertencia àquela biblioteca; Tibor mostrou para Andras o selo na lombada. A moça não tinha intenção de roubar o livro, mas na hora em que fazia as malas se deu conta de que, se o deixasse para trás, os pais descobririam que ela andava pegando livros emprestados na biblioteca em segredo. Ela contou aquilo para Tibor na viagem de trem, enquanto ria de si mesma com tristeza: lá estava ela, fugindo para Paris a fim de casar, e o que a deixou preocupada foi a ideia de que os pais poderiam ficar escandalizados por ela ter pegado livros profanos emprestados na biblioteca.

Na casa de Klara, encontraram signorina Di Sabato atarefada, fazendo a bainha de um vestido de seda cor de marfim, que seria seu vestido de noiva. Klara estava sentada a seu lado no sofá, costurando uma tira fina de renda ondulada na margem de um véu. Elisabet, que não costumava se interessar pelo que os outros estavam fazendo, estava concentrada num livro de bolos extravagantes; lançou a Tibor um olhar de ligeira curiosidade e acenou para ele, sem se levantar. Mas Ilana di Sabato ficou de pé no instante em que o viu, e o vestido marfim caiu de seu colo.

"Ah, Tibor!", ela disse, e logo depois seguiram-se algumas rápidas palavras em italiano. Fez um gesto na direção do livro da biblioteca e ofereceu um sorriso de gratidão.

"Você trouxe o livro", disse Klara. "Ela me disse que você o pegou emprestado. Até aí eu entendi. Nós duas estamos nos virando como podemos, eu com meu escasso italiano e ela com seu escasso francês."

"E o que signorina Di Sabato acha de Paris?", perguntou Andras.

"Ela está gostando muito", respondeu Klara. "Demos um passeio pelo Tuileries hoje de manhã."

"Tenho certeza de que ela detesta a cidade", respondeu Elisabet sem erguer os olhos do livro de bolos. "Tão fria e desolada. Tenho certeza de que gostaria de voltar para Florença."

A signorina Di Sabato dirigiu a Elisabet um olhar indagador. Tibor traduziu e ela balançou a cabeça e replicou enfaticamente.

"Ela não detesta a cidade nem um pouco", disse Tibor.

"Mas vai detestar, não demora muito", disse Elisabet. "É deprimente em dezembro."

Klara baixou o véu de noiva e declarou que gostaria de tomar um pouco de chá. "Não quer me ajudar a servir a bandeja?", perguntou para Andras. Ele a seguiu até a cozinha, onde havia uma porção de livros de receita abertos sobre a mesa.

Andras tocou numa página em que havia o desenho de um peixe inteiro, coberto com rodelas de limão. "E quando será o casamento?", perguntou.

"No próximo domingo", respondeu Klara. "Ben Yakov combinou com o rabino. Os pais dele vão pegar o trem de Rouen. Em seguida, faremos um almoço rápido aqui."

"Klárika", disse Andras, segurando-a pela cintura e virando-a para si. "Ninguém tinha a intenção de que você oferecesse sua casa para um almoço de casamento."

Ela passou os braços em torno de seu pescoço. "Eles vão ter de dar algum tipo de festa."

"Mas isso é demais. Você tem de organizar o recital."

"Eu quero fazer isso", disse Klara. "Talvez eu tenha me apressado um pouco no juízo que fiz da situação, em nossa conversa anterior. Seu amigo parece ter ideias bastante sérias, afinal. E acho que eu tinha imaginado que a signorina Di Sabato fosse outro tipo de jovem."

"Outro tipo como?"

"Menos confiante, talvez. Menos madura. Talvez até menos inteligente, o que para você deve ser uma indicação de como me tornei uma pessoa de mente estreita. Eu me considero uma judia, com minhas eventuais obediências às regras da religião, mas penso em judeus praticantes como gente míope e antiquada. Prova de minha ignorância, suponho."

"E Ben Yakov? Ele veio aqui?"

"Passou a maior parte do sábado conosco", respondeu Klara. "Tem sido tremendamente gentil e respeitoso, embora esteja um pouco ansioso. Esta manhã, trouxe o rabino para conhecê-la e fizeram todos os planos para o casamento. Depois, em particular, implorou para que eu lhe dissesse se sua noiva parecia infeliz, por pouco que fosse."

"E o que você respondeu?"

Klara arrumou as xícaras de chá e os pires sobre uma bandeja azul. "Disse a ele que Ilana parecia estar bem, levando em conta as circunstâncias. Sei que ela tem saudades dos pais. Mostrou-me a foto deles e chorou. Mas não acho que esteja arrependida do que fez." Entornou o chá num coador e baixou-o dentro do bule. "Claro, Elisabet anda mais difícil. Tem ciúme. Fico apavorada com a ideia de que ela vai sair de casa correndo a qualquer instante para casar com seu americano. Mas hoje de manhã me disse que queria fazer o bolo do casamento, o que é uma surpresa." Klara balançou a cabeça e dirigiu a Andras um meio sorriso zombeteiro. "E quanto a seu irmão? Está passando bem? Fiquei preocupada quando vocês não vieram para cá ontem."

Andras fez uma pausa antes de responder, deslizando a mão pela beirada da bandeja de chá. "Ele está exausto com o excesso de trabalho. E anda doente, mas não é nada perigoso. Dorme quase o tempo todo e, quando está acordado, gasta meus lenços como um incêndio na mata." Ergueu os olhos para Klara. "Ele está preocupado com nossa situação. Contei tudo para ele ontem."

Klara baixou os olhos. "Ele lamenta termos ficado noivos?"

"Ah, não. Ele lamenta o que aconteceu com você. E lamenta que não possa voltar para seu país com sua família." Tocou na asa de uma das frágeis xícaras e pela primeira vez percebeu que o desenho na porcelana era quase idêntico ao das xícaras de sua mãe. "Claro, está preocupado com a maneira como nossos pais vão receber a notícia. Mas Tibor não se opõe ao nosso casamento. Ele sabe o que sinto por você."

Ela abraçou Andras e suspirou. "Eu não queria lhe trazer esta infelicidade."

"Pare já com isso", ele disse, e beijou suas pálpebras escurecidas.

Quando voltaram para a sala de estar, encontraram Elisabet na escrivaninha da mãe fazendo uma lista dos ingredientes do bolo, enquanto Tibor, sentado no sofá ao lado da signorina Di Sabato, conversava com ela num italiano rápido. Estava inclinado para a jovem, seus olhos cravados nos dela, as mãos trêmulas sobre os joelhos enquanto falava. A signorina Di Sabato balançou a cabeça, depois balançou de novo, de maneira mais enfática, enquanto se debruçava sobre sua costura. Por fim ela fincou a agulha na seda marfim e ergueu os olhos para Tibor, com algo semelhante ao desalento.

"*Mi dispiace*", ela disse. "*Mi dispiace molto.*"

Tibor apoiou as costas no espaldar do sofá e esfregou o rosto com as duas mãos. Lançou um olhar para a bandeja com o chá, para o relógio no consolo da lareira e por fim para Andras. "A que horas você tem de ir ao ateliê?", perguntou.

Andras não precisava ir lá em horário nenhum e Tibor sabia disso; era domingo e ele ia ao ateliê simplesmente porque precisava adiantar seu trabalho. Mas Tibor olhava para ele com uma concentração tão insistente que Andras entendeu que tinha de responder com algum número preciso para o tempo que eles ainda podiam ficar na casa de Klara.

"Daqui a meia hora", ele disse. "Polaner vai estar me esperando."

"Meia hora!", disse Klara. "Devia ter me dito. Não temos tempo para o chá."

"Sim, vamos ter de ir embora, infelizmente", disse Tibor. Ele agradeceu a Klara por sua hospitalidade e manifestou a esperança de que a veria outra vez, em breve. Enquanto vestiam os casacos no vestíbulo, Andras se perguntava se a signorina Di Sabato os deixaria sair sem oferecer nenhuma palavra de despedida. Mas pouco antes de saírem e descerem, ela surgiu no vestíbulo com a mão no peito, como se tentasse abafar as batidas de seu coração. Fez uma pausa diante de Tibor e falou algumas frases num italiano tão insistente e afetuoso que Andras achou que ela estava à beira de chorar. Tibor deu uma resposta ininteligível e desceu a escada.

"O que foi que aconteceu?", perguntou quando estavam na rua. "O que ela disse?"

"Ela me agradeceu pelo livro", disse Tibor, e se recusou a falar qualquer palavra durante todo o caminho até a École Spéciale.

Ben Yakov se casou com sua noiva florentina no dia mais frio do ano. Uma névoa gélida e fina descia no lado de fora da sinagoga de La Victoire; a signorina Di Sabato, em seu vestido de seda e com seu véu de gelo, parecia estar vestida com o ar de inverno congelado. Mas dentro da sinagoga estava quente e aconchegante, e Andras podia sentir o calor que emanava do corpo da noiva quando ela entrou debaixo do dossel matrimonial. Suas feições estavam ocultas atrás das camadas do véu, mas ele pôde ver suas mãos tremendo enquanto ela caminhava sete vezes em redor de Ben Yakov. Andras trocou um olhar com Rosen, que segurava um outro poste do dossel matrimonial, e com Polaner, que segurava o terceiro poste; o quarto estava nas mãos de Tibor. Ben Yakov estava resplandecente em seu manto de noivo; assim como os talits, a túnica era de um branco imaculado, em uma alusão à morte. O manto de Ben Yakov seria usado, algum dia, como sua mortalha. Depois que o rabino falou as palavras da bênção sobre o vinho, Ben Yakov colocou um anel no dedo de Ilana e declarou que ela estava consagrada a ele segundo as leis de Moisés e de Israel. Conforme o costume, ela ficou em silêncio atrás de seu véu e só daria o anel do marido após a cerimônia. Os tios e avós de Ben Yakov foram chamados ao dossel matrimonial para recitar as Sete Bênçãos. Andras pôde sentir a tensão que se acumulava no santuário enquanto falavam, pôde sentir aquilo como um barômetro que sobe com a pressão do ar; por baixo da solenidade das palavras hebraicas, ele sentiu a consciência da congregação ali reunida de que aquilo era uma fuga de uma jovem de sua família para casar, um ato de rebeldia da parte da noiva. E havia ainda outra sensação, um sentimento mais sombrio de expectativa: diante deles, estava uma virgem que não se manteria assim por muito tempo.

Quando os tios e os *grands-pères* haviam cumprido sua parte, e o vinho tinha sido abençoado mais uma vez, Ben Yakov quebrou a taça nupcial sob o calcanhar. A noiva levantou o véu, como se tivesse ficado espantada com o barulho, e o pequeno grupo de convidados cantou *siman tov u'mazal tov*. Depois todos foram para a Rue de Sévigné para o almoço.

Na sala de jantar havia um filé de salmão assado, um *chalá* nupcial, pratos fumegantes de batata e macarrão doce e dourado; havia aspargos brancos muito caros vindos do Marrocos, uma tigela de laranjas da Espanha e, num canto à parte da mesa, o assombroso bolo de casamento que Elisabet tinha feito: uma esplêndida construção de três andares, decorada com contas de açúcar e folhas prateadas de açúcar cristalizado. No quarto contíguo à sala de jantar, madame e monsieur Ben Yakov estavam passando sua meia hora de isolamento ritual. Um violinista e um clarinetista entretinham alguns convidados na sala de estar e outros bebiam vinho branco, de pé, admirando os pratos do almoço festivo.

Na cozinha, Tibor estava atarefado cuidando de uma criança que tinha escorregado num trecho de gelo na calçada. Andras o ajudava a enrolar uma atadura no joelho cortado da menina e limpar os esfolados na palma de suas mãos. Era a prima mais nova de Ben Yakov, de olhos castanhos e melancólicos, num vestido azul de veludo; parecia apreciar a atenção minuciosa que recebia de dois jovens tão bem vestidos e, quando terminaram de pôr a atadura, a menina pediu que ficassem com ela até sentir-se melhor. Começou uma brincadeira com Tibor, na qual apontava um objeto na cozinha e dizia o nome daquilo em francês; a isso, Tibor tinha de responder com o nome correspondente em húngaro; ela parecia achar hilariantes todas as palavras húngaras. Andras ficou satisfeito com aquela distração. Havia começado a desconfiar de que algo indefinível e momentâneo havia se passado entre Tibor e a signorina Di Sabato durante a viagem de trem de Florença. Andras e ele haviam passado a semana anterior no que deveriam ter sido ocupações agradáveis — foram ao cinema e a um show de jazz em Montmartre; beberam certa noite com Rosen, Polaner e Ben Yakov para assinalar o fim da vida de solteiro do noivo; acompanharam Ben Yakov ao alfaiate para confeccionar seu terno de casamento e o ajudaram a abastecer e preparar o futuro apartamento do casal — mas Tibor se mostrara distante e alheio durante tudo aquilo e muitas vezes ficava em silêncio quando o nome de Ilana era mencionado na conversa. Seu estado de ânimo estava ruim naquele dia; ele rogou pragas contra o cadarço do sapato quando se rompeu, reclamou da água fria na pia, quase gritou com Andras quando ele o fez se apressar para chegarem logo à casa de Klara depois da cerimônia. Mas atender a menininha o acalmou; Tibor pareceu mais normal agora, envolvido naquela brincadeira que a menina tinha inventado.

"*Passoire*", disse a menina, apontando para um escorredor de macarrão.

"*Szűrő edény*", disse Tibor em húngaro.

"Ah! E que tal *spatule*?"

"*Spachtli*."

"*Spachtli*! E que tal *couteau*?" A menina empunhou uma faca de serra de aspecto perigoso, que estava na mesa, e ergueu-a para que Tibor falasse a palavra em húngaro.

"*Kés*", ele disse. "Mas é melhor me dar isso." Tomou a faca da menina e desviou-a para o outro lado; naquele exato momento a nova madame Ben Yakov apareceu na porta, suas faces desenfreadamente ruborizadas, uma cortina de cachinhos pretos solta de suas tranças espiraladas. A faca estava suspensa na mão de Tibor a poucos centímetros dos botões de marfim do vestido de noiva de Ilana. Se ela tivesse entrado correndo na cozinha, ele teria enfiado a lâmina na jovem.

"Ah!", exclamou Ilana, e deu um passinho para trás.

Os olhos dos dois se cruzaram e eles riram.

"Não mate a noiva, irmão", disse Andras.

Tibor pôs a faca na mesa, bem devagar, como se não pudesse confiar nela.

A menininha, sentindo a estranheza do momento, ergueu os olhos para todos eles com uma curiosidade franca. Como ninguém falou nada, ela assumiu a responsabilidade de recomeçar a conversa.

"Machuquei meu joelho", explicou para a noiva, e mostrou o curativo. "Esse moço fez o curativo."

Madame Ben Yakov fez que sim com a cabeça para mostrar que havia compreendido e curvou-se para examinar o curativo. A menininha virou o joelho para um lado e para o outro. Quando o exame se completou, ela desceu da cadeira e ajeitou a saia de veludo. Saiu da cozinha mancando de leve para que todos vissem.

Madame Ben Yakov dirigiu a Tibor um sorriso fugaz. "*Ché buon medico siete*", ela disse. Passou por Tibor e abriu a torneira na pia de louça, onde cumpriu o ritual de lavar as mãos. Tibor observou todos os seus movimentos; encher a xícara, retirar sua nova aliança de casamento, passar a água três vezes na mão direita e três vezes na mão esquerda.

Depois do almoço, houve dança no térreo, na sala de aula de balé. O ânimo de Tibor pareceu se abrandar um pouco; acompanhou Andras à faculdade e ao trabalho e atraiu a admiração de todos, aonde quer que fosse. Monsieur Forestier lhe deu entradas para espetáculos cujos cenários ele havia projetado, inclusive de *Antígona* com madame Gérard, que Tibor achou admirável em todos os aspectos, exceto o desempenho da atriz do papel principal. Georges Lemain, na firma de arquitetura, ficou encantado com a capacidade dele de identificar qualquer ópera apenas por alguns poucos compassos cantarolados; ele os levou para uma matinê de *La Traviata* e depois foram visitar uma *maison particulier* em construção no 7º arrondissement, uma casa que Lemain projetara para um ganhador do prêmio Nobel de química e sua família. Mostrou a Tibor o laboratório iluminado pelo norte, a biblioteca com suas estantes de ébano, os quartos de teto muito alto que davam para uma paisagem nos fundos. Tibor elogiou tudo com seu francês severo e Lemain prometeu projetar uma casa semelhante para ele quando se tornasse um médico famoso. Durante aqueles três dias, enquanto Tibor e Andras andavam sem parar de um lugar para outro, de um compromisso para outro, Andras ficou à espera de uma oportunidade para perguntar ao irmão a respeito da signorina Di Sabato, mas nunca encontrava o momento adequado para levantar a questão. De noite, quando os dois irmãos deveriam ficar acordados até tarde bebendo e conversando, Tibor alegou estar exausto. Andras ficou acordado, no colchão estendido sobre o piso, imaginando algum modo de romper a frágil parede da cela que parecia separá-lo de seu irmão; tinha a sensação de que Tibor se escondia atrás daquela membrana translúcida como se estivesse com medo de ser visto num foco muito definido.

O trem de Tibor partia na noite do Spectacle d'Hiver dos alunos de balé de Klara. Andras ia levá-lo à estação e depois encontraria a noiva no Théâtre Deaux Anges. A perspectiva de se despedirem deixou ambos calados no metrô; enquanto viajavam por baixo da cidade, Andras se viu pensando na comprida lista de assuntos sobre os quais não tinham conversado durante os dias que passaram juntos. Mais uma vez, iriam se separar sem saber quando poderiam se reencontrar. Arrastaram a bagagem de Tibor para fora do metrô e a levaram para a estação. Depois que conferiram as malas, sentaram-se lado a lado num banco de espaldar alto e dividiram uma garrafa térmica de café. Do outro lado da plataforma, estava estacionada a locomotiva que puxaria o trem de Tibor para a Itália: um inseto gigante de aço preto lustroso, os êmbolos das rodas inclinados como as pernas de um gafanhoto.

"Escute, irmão", disse Tibor, os olhos escuros cravados no trem. "Espero que perdoe a maneira como me comportei no casamento. Fui detestável. Agi de forma indigna."

Então, ali estava, meia hora antes da partida de seu trem. "O que houve de detestável?"

"Sabe do que estou falando. Não me obrigue a dizer."

"Não vi você fazer nada indigno."

"Não consegui me sentir feliz por eles", disse Tibor. "Não consegui comer aquele formidável bolo de casamento. Não consegui ter ânimo para dançar." Respirou fundo mais uma vez. "Fiz uma coisa detestável, Andras. Não no casamento. Antes."

"Do que está falando?"

"Fiz uma coisa imperdoável no trem." Cruzou os braços sobre o peito e baixou os olhos. "Tenho vergonha de contar para você. Foi uma coisa deselegante. Pior. Foi a atitude de um canalha."

E então admitiu que havia se apaixonado por Ilana di Sabato desde o início, desde o momento em que a viu andando pela plataforma em Florença, com sua sombrinha e sua chapeleira verde. Havia um menino com ela — seu irmão, que foi junto para ajudá-la com as malas. O menino tinha um ar de importância, disse Tibor — e de um grande segredo. Mas Tibor sentiu descer sobre si a compreensão de que aquilo não era uma brincadeira, de que a irmã do menino ia de fato embarcar num trem e ir para Paris. O rosto do menino se contraiu. Pôs a mala no chão, sentou-se em cima dela e chorou. E Ilana di Sabato sentou a seu lado e explicou que tudo daria certo, que ela iria buscá-lo para visitá-la, que levaria seu belo marido para casa a fim de conhecer a ele e o resto da família. Mas ele não podia contar para ninguém, pelo menos por um tempo. "Você tinha de ver aquilo", disse Tibor, "como ela explicava tudo ao menino.

"Eu disse para mim mesmo que era natural sentir certa ternura pela moça", prosseguiu. "Ilana tinha sido confiada a meus cuidados, e estava inteiramente indefesa, sozinha no mundo pela primeira vez. Tudo era novidade para ela. Ou não totalmente novidade, porque tinha lido sobre tudo aquilo nos livros — tudo estava *se tornando* verdade para ela, um mundo que ela imaginara, mas que nunca tinha visto. Eu vi isso acontecer. Foi para mim que ela se virou quando atravessou a fronteira da Itália. Foi como ver uma pessoa nascer. Com a dor de todo nascimento. Vi Ilana compreender que tinha deixado para trás seus pais, sua família. Quando chorou depois de cruzar a fronteira, eu a abracei. Fiz aquilo quase sem pensar." Parou um momento e tirou os óculos, esfregou-os com o polegar e o indicador. "Ela ergueu os olhos e me encarou, Andras, e a essa altura você já deve ter adivinhado. Eu a beijei. Não foi um beijo inocente, infelizmente. Não foi breve. Então, você está vendo, eu traí seu amigo. E traí Ilana também. E não foi só daquela vez." Parou de novo. "Quero lhe contar isso porque está pesando dentro de mim desde que aconteceu. Falei algo para ela, aqui nesta estação, pouco antes de desembarcarmos do trem."

"O que foi que você disse?"

"Lembrei que ela ainda tinha uma chance de escolher", disse Tibor. "Disse que eu ficaria feliz de levá-la de volta para a Itália, se mudasse de ideia." Tibor balançou a cabeça e pôs os óculos de novo. "Eu me confessei, Andras. Mais tarde. Fiz isso na manhã em que eu e você fomos vê-la na casa de Klara. Quando fui devolver aquele livro da biblioteca."

Andras lembrou a conversa em sussurros, o tremor nas mãos de Tibor, a desolação de Ilana. "Ah, Tibor", ele disse. "Então era isso o que estava acontecendo quando voltei da cozinha."

"Isso mesmo", respondeu Tibor. "E por um momento achei que tinha visto Ilana hesitar. Eu me iludi pensando que ela talvez pudesse também sentir alguma coisa por mim." Balançou a cabeça. "Se eu fosse vê-la mais uma vez, poderia ter arruinado a felicidade do seu amigo."

"Mas não fez isso", retrucou Andras. "Tudo correu conforme o planejado. E os dois pareciam perfeitamente felizes no casamento." Andras acreditava nisso na hora em que falava, mas logo depois se apanhou em dúvida, sem saber se era mesmo verdade. Ilana não tinha parecido aflita naquela manhã com Tibor? Não tinha havido uma estranha troca de energia entre os dois, na cozinha, no dia do casamento dela? Não estaria ela naquele exato momento, no apartamento de Ben Yakov, pensando em Tibor?

"Eles estão casados", disse Tibor. "Está feito. Agora meus sentimentos por ela são meu castigo."

Andras compreendeu. Pôs o braço nos ombros do irmão e olhou para a locomotiva com forma de inseto.

"Tenho vivido muito solitário em Modena", disse Tibor. "Com você, deve ter sido a mesma coisa, quando veio para cá. Mas conheceu Klara."

"Sim", ele disse. "E isso também foi terrível, algumas vezes."

"Vi como estão as coisas entre vocês agora", disse Tibor. "Quantas vezes nesta semana eu me roí de inveja!" Apertou as mãos entre os joelhos. Na janela da locomotiva, estava havendo uma discussão entre o maquinista e um cobrador com aspecto de militar, como se estivessem debatendo se deveriam mesmo fazer a viagem para a Itália.

"Não volte para a Itália", disse Andras. "Fique morando comigo, se quiser."

Tibor balançou a cabeça. "Tenho de voltar para a faculdade. Quero terminar meus estudos. Em todo caso, não sei se conseguiria suportar viver tão perto *dela*."

Andras virou-se para seu irmão. "Ela é linda", ele disse. "É verdade."

Houve uma alteração quase imperceptível nas feições de Tibor, uma suavização dos vincos nos cantos da boca. "Ela é linda, sim", disse. "Posso até vê-la naquele vestido de noiva e naquele véu. Meu Deus, Andras, você acha que ela vai ser feliz?"

"Espero que sim."

Tibor tocou o canto de sua mochila de couro com a ponta do sapato engraxado. "Acho que é melhor você escrever para Anya e Apa", ele disse. "Conte para eles o que aconteceu entre você e Klara. Conte o que puder revelar sobre a situação dela. Vou escrever para eles também. Vou contar para eles que a conheci e que não acho que você esteja maluco por querer casar com ela."

"Mas acontece que *estou* maluco."

"Não mais do que qualquer homem apaixonado", disse Tibor.

O cobrador soprou o apito para os passageiros embarcarem. Tibor ficou de pé e uniu-se a Andras num abraço bem apertado. "Seja um bom homem, meu irmãozinho", disse.

"*Bon voyage*", disse Andras. "Tenha uma boa primavera. Estude bastante. Cure essa doença."

Tibor atravessou a plataforma e embarcou no trem, com a mala pendurada no ombro. Momentos depois de ter embarcado, o trem emitiu um longo gemido metálico; com uma sequência de roncos e rangidos, começou a andar para fora da estação. As pernas de gafanhoto da locomotiva flexionaram-se e inclinaram-se. Andras esperava que Tibor tivesse encontrado uma poltrona vaga na janela, onde teria o consolo de olhar a cidade se diluindo na escuridão dos campos de inverno. Esperava que o irmão conseguisse dormir. Esperava que chegasse em casa bem depressa e que, uma vez lá, esquecesse que existia uma garota chamada Ilana di Sabato.

Naquele ano, o Spectacle d'Hiver foi um evento tranquilo e modesto. O Théâtre Deux Anges era pequeno, decadente e mal aquecido, as poltronas de veludo azul tinham desbotado para um tom cinzento; as escuras fileiras de cima pareciam estar cheias de fantasmas. Meninas corriam umas atrás das outras pelo palco em trajes de seda azul e branca e uma neve prateada escorria de alguma nuvem fria em cima do palco. Um grupo de meninas de doze anos em gélidas roupas de tule cor-de-rosa levaram à mente de Andras a lembrança do nascer do sol no dia do Ano-Novo. Pensou em Klara na praça Barye: o rubor de sua testa abaixo do chapéu de lã vermelha, o orvalho cristalino em suas sobrancelhas, a fumaça de neblina em sua respiração no ar frio. Andras mal conseguia acreditar que ela estaria à sua espera nos bastidores depois do recital — a mesma mulher que o havia beijado naquele parque gélido quase um ano antes. Parecia um milagre que algum homem que amasse uma mulher pudesse ser amado por ela também. No frio, Andras esfregou as mãos uma na outra e esperou que as luzes de cor violeta se apagassem.

23. Ginásio esportivo Saint-Germain

Toda primavera os alunos da École Spéciale competiam pelo Prix du Amphithéâtre, que conferia ao vencedor uma medalha de ouro no valor de cem francos, a admiração dos outros alunos e um pouco de prestígio para o currículo do vencedor. O prêmio do ano anterior coubera à linda Lucia por seu projeto de um prédio de apartamentos feito de concreto armado. O tema daquele ano era um ginásio urbano para esportes olímpicos: natação, mergulho, ginástica, levantamento de peso, corrida, esgrima. Para Andras, parecia uma ideia ridícula projetar um ginásio quando a Europa se encontrava à beira da guerra. Refugiados acudiam à França em torrentes vindos da Espanha fraturada; o Marais se tornara um formigueiro de pessoas em busca de asilo. Outras centenas de milhares de pessoas na mesma situação eram detidas nas fronteiras e enviadas para campos de confinamento nos pés das montanhas dos Pireneus. Todo dia chegavam notícias ruins e as piores pareciam vir sempre da Tchecoslováquia. Hitler dissera ao ministro do Exterior tcheco que a nação devia tratar de modo mais agressivo do problema judeu; uma semana depois, o governo tcheco demitiu os homens e mulheres judeus que trabalhavam como professores nas universidades ou como funcionários públicos. Na Hungria, Horthy seguiu o mesmo caminho e convocou um novo gabinete que defenderia uma aliança mais estreita com os países do Eixo. Não demoraria para que o parlamento húngaro também aprovasse novas leis contra os judeus, especulavam os comentaristas na imprensa.

Em face de tais notícias, como Andras podia projetar uma piscina, um vestiário e uma quadra para a prática da esgrima? Certa noite, já bem tarde, ele estava no ateliê com uma carta aberta sobre a mesa na sua frente, seu equipamento de desenho ainda dentro do estojo. A carta havia chegado mais cedo, e era de seu irmão Mátyás:

12 de fevereiro de 1939
Budapeste

Andráska,

Anya e Apa acabaram de me contar as ótimas novidades a seu respeito. Mazel tov! *Tenho de conhecer essa garota sortuda o mais depressa possível. Como parece que você vai ficar na França, terei de encontrar-me com você aí mesmo. Já estou economizando dinheiro. A esta altura, você já deve ter recebido de nossos pais a notícia de que larguei a escola. Estou morando em Budapeste e trabalho fazendo vitrines de lojas. É um bom ramo de trabalho. Ganho vinte* pengő *por semana. Meu melhor cliente é o dono de uma loja de roupas masculinas na Molnár Utca. Um amigo me contou que o antigo vitrinista deles tinha pedido demissão e então fui lá no dia seguinte e ofereci meus serviços. Pediram-me para arrumar a vitrine como teste. Adotei a caçada como tema: coloquei dois trajes de montaria, uma capa, quatro gravatas, um cobertor de caça, um chapéu de caçador, uma corneta. Terminei em uma hora e também em uma hora eles tinham vendido tudo o que estava na vitrine.*

Budapeste é ótima. Arranjei amigos novos aqui e talvez até uma namorada. Além de um professor de dança formidável, um negro americano que chama a si mesmo de Kid Sneeks. Um mês atrás ele se apresentou com seu grupo de sapateado, os Five Hot Shots, no Chapéu de Ouro e eu fui ver. Depois do espetáculo, fiquei para conversar com o astro. Graças à ajuda da minha namorada, que fala algumas palavras de inglês, eu disse a ele que era dançarino e pedi que me aceitasse como aluno. Ele disse: "Vamos ver o que você sabe fazer". Mostrei tudo para ele. Na mesma hora me deu o apelido em inglês de Relâmpago e aceitou me dar aulas enquanto ficasse em Budapeste. E o espetáculo dele fez tanto sucesso que ficou em cartaz durante um mês.

Sei que você vai me repreender por ter abandonado a escola, mas, acredite em mim, estou mais feliz agora. Eu detestava o colégio. Os professores me castigavam por meu mau comportamento. Os outros meninos eram uns idiotas. E Debrecen! Que lugar. Não é nem campo nem cidade, nem moderno nem exótico, não é meu lar nem um lugar que eu gostaria de ter como lar. Em Budapeste há um ginásio judeu bem melhor. Se puder, vou transferir minhas notas para lá e terminar meus estudos. Então irei encontrar você em Paris e entrar em cena. Se for legal comigo, ensinarei você a dançar sapateado.

Não se preocupe comigo, irmão. Estou bem. Fico feliz de saber que você também está bem. Não case antes de eu ir aí. Quero beijar a noiva no dia de seu casamento,

Com amor,

Seu Mátyás

Andras leu e releu a carta. *Se puder, vou transferir minhas notas para lá e terminar meus estudos. Então irei encontrar você em Paris e entrar em cena.* Como Mátyás esperava que aquelas coisas fossem acontecer se a Europa entrasse em guerra? Será que ele não lia os jornais? Será que esperava que os problemas do mundo pudessem ser resolvidos por meio do sapateado? O que Andras devia escrever em resposta?

Ouviu o som de passos que se aproximavam pelo corredor de serviço; era noite alta e ele não havia combinado de encontrar-se com ninguém. Sem pensar, abriu o estojo e procurou a faca de apontar lápis. Mas então o som dos passos tomou um aspecto familiar e lá estava o professor Vago, em traje de festa, apoiado na ombreira da porta.

"São três horas da manhã", disse. "Se quer ler sua correspondência, por que não faz isso em casa?"

Andras encolheu os ombros e sorriu. "Aqui é mais quente", disse. Então, erguendo uma sobrancelha para o terno de Vago, disse: "Belo smoking".

Vago correu a ponta dos dedos por trás das lapelas. "É a única peça de roupa que tenho que não está suja de tinta ou com manchas de carvão."

"Então veio aqui para respingar tinta na sua roupa?"

"Mais ou menos isso."

"Onde esteve? Na ópera?"

Vago pegou a rosa que estava enfiada na lapela e girou-a na mão com ar pensativo. "Saí para dançar com madame Vago, se quer saber. Ela gosta desse tipo de coisa. Mas acaba ficando cansada no meio da madrugada, ao passo que eu não consigo dormir depois de dançar." Aproximou-se da prancheta e curvou-se sobre os desenhos de Andras. "São para o concurso?"

"Sim. Polaner começou. Eu tenho de terminar."

"Foi sensato da sua parte dividir a tarefa com ele. É um dos nossos melhores alunos."

"Mas Polaner não foi sensato", disse Andras. "Ele me escolheu."

"Com licença", disse Vago. Pegou o caderno de Andras e deu uma olhada nos estudos, detendo-se nos desenhos da piscina, com seu teto retrátil. Virou a página para o desenho do parque aquático, com seu teto aberto, e depois voltou ao desenho do mesmo local com o teto fechado.

"É tudo feito com hidráulica", disse Andras, apontando para a sala onde as máquinas ficariam instaladas. "E os painéis são recurvados e se sobrepõem no ponto de contato aqui, assim a chuva e o sol não vão entrar." Ele fez uma pausa e mordeu a ponta do lápis, ansioso para saber o que Vago achava. Era um desenho inspirado tanto nos projetos dos cenários camaleônicos de Forestier quanto nos fluidos prédios públicos de Lemain.

"É um belo trabalho", disse Vago. "Você faz jus aos seus mentores. Mas por que está aqui acordado olhando para a lua a esta hora? Se você vem à faculdade às três da madrugada, pelo menos devia estar trabalhando."

"Não consigo me concentrar", respondeu Andras. "Tudo está desmoronando. Olhe só isto." Pegou um jornal na sua bolsa e empurrou sobre a mesa na direção de Vago. Na primeira página, uma fotografia mostrava estudantes judeus concentrados junto aos portões de uma universidade em Praga: tinham sido sumariamente expulsos e não tinham permissão para entrar. Vago pegou o jornal e examinou a fotografia, depois deixou-o cair na prancheta.

"*Você* ainda está na faculdade", ele disse. "Não vai fazer seu trabalho?"

"Eu quero", disse Andras.

"Então faça."

"Mas tenho a sensação de que preciso fazer alguma coisa além de projetar prédios. Quero ir a Praga participar das passeatas."

Vago puxou um banco e sentou-se. Tirou sua comprida echarpe de seda e dobrou-a sobre os joelhos. "Escute", disse. "Quero que aqueles sacanas em Berlim vão para o inferno. Eles não podem chutar ninguém para fora das faculdades aqui em Paris. Você é um artista e tem de trabalhar."

"Mas um ginásio esportivo?", disse Andras. "Numa ocasião como esta?"

"Numa ocasião como esta, tudo é político", disse Vago. "Nossos compatriotas magiares não deixaram atletas judeus nadarem por eles em 1936, embora os resultados das classificatórias daqueles atletas tivessem sido melhores do que os dos medalhistas. Mas aqui está você, um judeu estudante de arquitetura, projetando um clube atlético para ser construído num país onde os judeus ainda podem se qualificar para competir nas Olimpíadas."

"Pelo menos por enquanto."

"Por que por enquanto?"

"Não deixei de perceber que Daladier trouxe Von Ribbentrop aqui para assinar um pacto de amizade. E você sabia que só o — abre aspas — gabinete de ministros arianos — fecha aspas — foi convidado para o banquete de Bonnet, oferecido em seguida? Pode adivinhar quem não foi convidado? Jean Zay. Georges Mandel. Judeus, os dois."

"Eu soube desse jantar e soube quem foi e quem não foi. A questão não é tão simples como você apresenta. Muitos dos convidados não aceitaram comparecer, em protesto."

"Mas Zay e Mandel *não foram* convidados. Esta é a questão." Abriu o estojo, tirou um lápis e começou a fazer a ponta. "Com todo o respeito", ele disse, "é fácil para você falar sobre isso de maneira abstrata. Não são o seu povo, essas pessoas junto ao portão fechado da faculdade."

"São pessoas", disse Vago. "E isso basta. É uma mancha para a humanidade, esse ódio contra os judeus travestido de nacionalismo. É uma doença. Penso nisso todos os dias desde que aqueles fascistas agrediram Polaner."

"Então foi isso que você concluiu?", disse Andras. "Que temos de baixar nossa cabeça e continuar trabalhando?"

"Polaner fez isso", disse Vago. "Você devia fazer o mesmo."

18 de março de 1939
Konyár

Meu querido Andras,

Pode imaginar como sua mãe e eu nos sentimos com o destino da Tchecoslováquia. A pilhagem da região dos Sudetos já era uma grande injúria. Mas ver Hitler espoliar a Eslováquia e depois marchar sobre Praga sem sofrer resistência!

Ver as ruas onde passei meus tempos de estudante repletas de soldados nazistas! Talvez tenha sido ingenuidade minha esperar que fosse diferente. Uma vez perdida a Eslováquia, o país que a Inglaterra e a França concordaram em proteger já havia deixado de existir. Mas tenho a sensação de que a cadeia de ultrajes não pode se prolongar indefinidamente. Tem de parar ou tem de ser detida.

Por aqui, têm havido muitas comemorações da direita, é claro, pela devolução da Rutênia à Hungria. O que nos foi roubado agora é nosso outra vez etc. etc. Você sabe que sou um veterano da Grande Guerra e tenho um sentimento de orgulho nacional. Mas a esta altura já sabemos o que está por trás do desejo de vingança desses que brandem bandeiras no ar.

A despeito de todas essas más notícias, sua mãe e eu concordamos com o professor Vago. Você não deve deixar que os acontecimentos recentes o distraiam de seus estudos. Tem de ficar na faculdade. Se vai se casar, deve ter uma profissão. Até agora você tem se saído bem e vai ser um ótimo arquiteto. E talvez a França venha a ser um lugar mais seguro para você do que a Hungria. Em todo caso, vou ficar aborrecido se você desperdiçar aquilo que lhe foi dado. Uma chance como essa só aparece uma vez na vida.

Como pareço severo! Você sabe que mando meu amor. Anexa, vai uma carta de sua mãe.

Apa

Querido Andráska

Escute o que seu pai está dizendo! E trate de se aquecer. Você sempre teve febres em março. Mande uma fotografia de sua Klara. Você prometeu. Vou exigir que cumpra sua promessa.

Com amor,

Anya

Cada carta trazia uma carga de notícias e de amor, uma lembrança da mortalidade de seus pais. O fato de terem sobrevivido a mais dois invernos em Konyár sem adoecer ou se machucar com gravidade ajudou a aplacar suas preocupações; a cada inverno, os riscos eram maiores. Andras pensava neles constantemente à medida que as más notícias chegavam, um dilúvio de novidades ruins durante toda a primavera. No final de março, o horror sangrento da Guerra Civil Espanhola chegou ao fim; o Exército Republicano rendeu-se na manhã do dia 29 e as tropas de Franco entraram na capital. Era o início da ditadura prevista por Hitler e Mussolini, ele sabia — a razão pela qual os dois despejaram armamentos e tropas na fornalha explosiva daquela guerra. Andras se perguntava se aquelas duas vitórias — a dilaceração da Tchecoslováquia e o triunfo de Franco na Espanha — foram o que deu a Hitler a coragem de desafiar o presidente americano em abril. Todos os jornais traziam a notícia: no dia 15, Roosevelt mandara para Hitler um telegrama exigindo a garantia de que a Alemanha não atacaria nem invadiria nenhum país de uma lista de trinta e uma nações independentes durante pelo menos dez anos — inclusive a Polônia, através da qual Hitler propusera construir um corredor ferroviário e rodoviário para ligar a Alemanha à Prússia Oriental. Depois de duas semanas de expectativa, Hitler respondeu. Num discurso no Reichstag, condenou o acordo naval alemão com a Inglaterra, rasgou o pacto de não agressão alemão-polonês e ridicularizou o telegrama de Roosevelt em todos os detalhes. Terminou acusando o presidente americano de se intrometer em questões internacionais enquanto ele, Hitler, se preocupava apenas com sua pequena nação, que havia resgatado da ignomínia e da ruína de 1919.

O debate se inflamou nos corredores da École Spéciale. Rosen não era o único que achava que a Europa, com toda certeza, entraria em guerra. Ben Yakov não era o único que argumentava que a guerra ainda podia ser evitada. Todo mundo tinha uma opinião. Andras estava do lado de Rosen — não conseguia enxergar outra saída para a teia em que a Europa havia caído. Enquanto ele e Polaner se debruçavam sobre seus projetos, Andras se apanhava pensando nas histórias que seu pai contava a respeito da Grande Guerra — o cheiro ruim e o banho de sangue dos combates, o pesadelo dos aviões que despejavam uma chuva de balas e de fogo sobre soldados a pé, a confusão, a fome, a imundície das trincheiras, a surpresa de conseguir escapar com vida. Se houvesse guerra, ele lutaria. Não pelo seu país; a Hungria lutaria do lado da Alemanha, sua aliada, que lhe dera não só a Rutênia mas também a província superior, que havia perdido com o tratado de Trianon. Não. Se houvesse guerra, Andras iria se unir à Legion e combater pela França. Imaginava-se aparecendo diante de Klara em toda a glória de um uniforme militar, a espada na cintura, os botões do casaco polidos até ficarem com um brilho ofuscante. Klara imploraria para ele não ir para a guerra e Andras insistiria que tinha de ir — devia defender os ideais da França, da cidade de Paris e também a própria Klara.

Mas em maio dois acontecimentos inesperados toldaram sua consciência do conflito iminente. O primeiro foi uma tragédia: a noiva de Ben Yakov perdeu o bebê depois de cinco meses de gravidez. Klara foi socorrer Ilana no apartamento; foi ela que mandou chamar o médico quando viu a moça perdendo sangue e com febre alta. No hospital, num comprido corredor com piso de linóleo e paredes de azulejo, decoradas com litografias de médicos franceses, Klara e Andras esperaram, junto com Ben Yakov, enquanto um cirurgião esvaziava o útero de Ilana. Ben Yakov ficou sentado num silêncio atônito, ainda vestindo a camisa do pijama. Andras sabia que ele acreditava ter sido culpa sua. Não queria ter o filho. Confessara aquilo uma semana antes, tarde da noite, no ateliê, enquanto os dois tentavam resolver um problema apresentado na aula de estática. "Não estou sendo justo", ele disse, baixando na beirada da mesa seu lápis sextavado. "Não posso ser pai. Não posso sustentar um filho. Não tenho dinheiro. E o mundo está desmoronando. O que vai acontecer se eu tiver de partir para lutar na guerra?"

Andras pensara então no útero de Klara, naquele espaço interior sagrado que eles se esforçavam arduamente para manter vazio. Andras tivera de se obrigar a dar uma resposta compreensiva. O que ele gostaria de perguntar era por que Ben Yakov havia casado com Ilana di Sabato se não queria ter um filho. Agora o assunto parecia rondar o ar antisséptico do corredor do hospital: Ben Yakov desejara que o bebê fosse embora, e ele tinha ido.

Do lado de fora das janelas do hospital, o horizonte leste do céu tinha ficado azul com a manhã que chegava. Andras sabia que Klara estava exausta: as costas dela, em geral tão eretas, haviam começado a curvar-se de fadiga. Andras lhe disse para ir para casa, prometeu que a veria depois que tivessem falado com o médico. Ele insistiu: Klara tinha de dar aula naquela manhã, às nove horas. Ela protestou, disse que estava disposta a ficar o tempo necessário, mas no final Andras a convenceu a ir para casa e dormir. Klara se despediu de Ben Yakov e ele lhe agradeceu pela ajuda e por lhe dizer o que devia fazer. Os dois ficaram olhando enquanto Klara caminhava pelo corredor e ia embora, enquanto seus sapatos estalavam num ritmo sereno no linóleo do piso.

"Ela sabe", disse Ben Yakov, quando Klara desapareceu na curva do corredor.

"Sabe o quê?"
"Klara sabe como me sinto a respeito da criança."
"O que leva você a pensar assim?"
"Ela mal olhou para mim."
"Está imaginando coisas", disse Andras. "Sei que ela tem uma opinião favorável de você."
"Sim, mas não deveria ter." Apertou os dedos contra as têmporas.
"Não é culpa sua", disse Andras. "Ninguém acha que é."
"E se eu achar que é?"
"Mesmo assim, não é."
"E se *ela* achar que é? Eu me refiro a Ilana."
"Mesmo assim, não é. De todo modo, Ilana não vai pensar assim."
Depois que o médico terminou, dois ajudantes de enfermagem empurraram a maca com rodinhas onde estava Ilana e a levaram para uma enfermaria; de lá, transferiram a moça para um leito hospitalar. Andras e Ben Yakov ficaram parados junto ao leito e observaram Ilana domir. Sua pele estava branca como cera por causa da perda de sangue, seu cabelo escuro estava puxado para trás, deixando a testa livre.
"Acho que vou desmaiar", disse Ben Yakov.
"É melhor sentar", disse Andras. "Quer um pouco de água?"
"Não quero sentar. Estou sentado há horas."
"Vá dar uma volta, então. Pegar um pouco de ar fresco."
"Nao estou vestido de modo apropriado."
"Vá assim mesmo. Vai fazer bem a você."
"Está certo. Você vai ficar com ela?"
Ele prometeu que não sairia dali.
"Vou demorar só um instante", disse Ben Yakov. Enfiou a camisa do pijama por dentro da cintura da calça, depois saiu pelo comprido corredor entre os leitos. Na hora em que desapareceu pela porta da enfermaria, Ilana deu um grito de dor, que foi crescendo, e mudou a posição do quadril embaixo do lençol.

Andras olhou ao redor em busca de uma enfermeira. A três leitos dali, uma mulher de cabelos grisalhos, com um gorro ondulado, atendia outra jovem com uma palidez mortal. "*S'il vous plaît*", chamou Andras.

A enfermeira veio examinar Ilana. Tomou seu pulso e olhou na ficha presa no pé da cama. "Um instante", ela disse, e correu pela enfermaria; voltou um minuto depois com uma seringa e uma ampola. Ilana abriu os olhos e olhou em volta num atordoamento de dor. Parecia estar à procura de alguma coisa. Quando seu olhar encontrou Andras, seu foco se tornou mais aguçado e sua testa relaxou. Um débil rubor surgiu em seus lábios.

"É você", ela disse em italiano. "Você veio de Modena até aqui."

"Sou Andras", ele disse. "Você vai ficar boa."

A enfermeira descobriu o ombro de Ilana e esfregou álcool nele. "Vou lhe dar morfina para a dor", ela disse. "Num instante vai se sentir melhor."

Ilana respirou fundo quando a agulha penetrou na pele. "Tibor", ela disse, virando os olhos de novo para Andras. Então a morfina entrou em ação e suas pálpebras tremeram e fecharam.

"Vá para casa agora", disse a enfermeira. "Vamos tomar conta de sua esposa. Ela precisa descansar. Pode vir visitá-la de tarde."

"Ela não é minha esposa", disse Andras. "É uma amiga. Falei ao marido que ficaria com ela até ele voltar."

A enfermeira levantou a sobrancelha, como se houvesse alguma coisa errada na história de Andras, e voltou para a paciente no outro lado da enfermaria.

Através das janelas, o céu continuava a se esvair lentamente rumo a uma coloração azul. O silêncio da enfermaria pareceu ficar mais profundo enquanto ele contemplava Ilana, seu peito subindo e descendo embaixo do lençol. A droga havia encerrado Ilana numa transparente cápsula de sono, como uma princesa num conto de fadas, *Hófehérke* — em francês devia ser *Blanche-Neige* — a princesa exilada que dormia em seu caixão de vidro, num monte, enquanto aqueles homenzinhos, os *törpék*, a vigiavam. Andras pensou de novo no poema de Marot cuja página ele havia arrancado do livro de Klara. *Se o fogo se abriga na neve em segredo, como poderei não me queimar?* Andras estava contente por Ben Yakov não estar ali quando Ilana falou, estava contente por ele não ter visto os lábios da moça ganharem um rubor quando achou que era Tibor quem velava por ela.

Ben Yakov voltou quarenta minutos depois, com cheiro de grama recém-cortada; as costas de sua camisa estavam molhadas de orvalho. Ele tirou o chapéu e alisou os cabelos.

"Como está ela?"

"Bem", disse Andras. "A enfermeira lhe deu uma injeção de morfina."

"Agora vá para casa", disse Ben Yakov. "Vou ficar com ela até acordar."

"Querem que a gente vá embora. A enfermeira diz que Ilana tem de descansar. Vamos voltar de tarde, quando pudermos."

Ben Yakov não protestou. Tocou a testa pálida de Ilana e Andras guiou-o para a saída da enfermaria. Durante todo o percurso de volta para o Quartier Latin, os dois caminharam em silêncio, com as mãos enfiadas nos bolsos. Parecia uma manhã especialmente cruel para se perder um filho, pensou Andras: um aroma de argila molhada subia das jardineiras nas janelas e dos novos canteiros de flores do parque; os ramos dos castanheiros estavam apinhados de pequenas folhas molhadas. Andras conduziu Ben Yakov até a porta de seu prédio e os dois ficaram frente a frente na calçada.

"Você é um bom amigo", disse Ben Yakov.

Andras encolheu os ombros e olhou para o chão. "Não fiz nada."

"Claro que fez. Você e Klara."

"Você faria o mesmo por nós."

"Não sou lá grande coisa como amigo", disse Ben Yakov. "Pior ainda como marido."

"Não diga isso."

"Não deviam permitir que gente como eu casasse." Mesmo depois de uma noite no hospital e de uma hora de sono num banco de praça, ele continuava elegante, à sua maneira angulosa e cinematográfica. Mas torceu a boca numa careta de desgosto consigo mesmo. "Sou negligente", ele disse. "E, para falar com franqueza, sou infiel."

Andras deu um chute no capacho junto à entrada. Não queria ouvir mais nada sobre aquele assunto. Queria dar as costas e ir para casa, na Rue des Écoles, deitar na cama e dormir. Mas não conseguiu fingir que não tinha ouvido o que Ben Yakov tinha acabado de falar.

"Infiel?", ele disse. "Quando?"

"Sempre. Toda vez que ela vai me ver. Falo de Lucia, é claro. Da faculdade." A voz de Ben Yakov tinha baixado até um sussurro. "Nunca fui capaz de romper com ela. Hoje de manhã mesmo ela veio e ficou comigo no parque, enquanto você tomava conta da minha esposa. Estou apaixonado, eu acho, ou alguma outra coisa horrível do mesmo tipo. Estou desse jeito desde quando a conheci."

Andras sentiu um ímpeto de indignação em favor da garota no leito do hospital. "Se estava apaixonado por ela, por que trouxe Ilana para cá?"

"Achei que ela talvez pudesse me curar", respondeu Ben Yakov. "Quando a conheci em Florença, ela me fez esquecer Lucia. Ilana me encantou. E, embora seja uma vergonha dizer isso, a inocência dela era excitante. Ilana me fez pensar que eu talvez pudesse ser uma pessoa diferente, e por um tempo fui mesmo." Baixou os olhos. "Fiquei empolgado com a perspectiva de casar com ela. Sabia que não podia casar com Lucia. Para começar, ela não quer casar. Quer ser arquiteta e viajar pelo mundo. Além disso, ela é... *une negrese*. Meus pais, você sabe... Eu não poderia."

Andras pensou em seu colega de sala que foi agredido no cemitério, o homem da Costa do Marfim. Era de supor que aquele estilo de fanatismo pertencesse ao outro lado. Mas não era assim, é claro. Afinal, ele mesmo não tinha ficado apavorado só de falar com Lucia por causa da raça da moça e, ao mesmo tempo, não tinha ficado inexplicavelmente excitado com ela? E se tivesse se apaixonado por Lucia? Poderia casar com ela? Conseguiria levá-la para conhecer seus pais? Pôs a mão no ombro de Ben Yakov. "Lamento", disse. "Sinceramente."

"É tudo culpa minha", disse Ben Yakov. "Eu nunca deveria ter casado com Ilana."

"Agora é melhor você dormir um pouco", disse Andras. "Vai ter de voltar ao hospital para vê-la de tarde."

Uma centelha de medo ardeu por um instante nos olhos de Ben Yakov. Andras reconheceu a expressão; tinha visto aquilo inúmeras vezes no rosto do irmão caçula na hora de ir dormir, pouco antes de Andras apagar a vela. Era o pânico da criança, com medo de ficar sozinha no escuro. Inúmeras vezes, Andras deitara-se ao lado de Mátyás e ficara ouvindo sua respiração até que o irmão adormecesse. Mas eram adultos, ele e Ben Yakov; o consolo que podiam pedir mutuamente era finito. Ben Yakov repetiu seus agradecimentos e deu as costas para abrir a porta.

A segunda coisa que aconteceu naquele mês — mais uma vez importante o suficiente para desviar a atenção de Andras das manchetes cada vez mais sinistras — foi o encerramento do concurso de arquitetura. Após uma semana de noites sem dormir, durante as quais experimentou náusea, alucinações e a emoção vertiginosa do tipo de inspiração que só vem no último instante, ele e

Polaner se viram num anfiteatro lotado, à espera de sua vez de defender um projeto diante da comissão julgadora. O professor Vago tinha convidado monsieur Lemain para presidir o trio de jurados. Os outros dois, cujas identidades foram mantidas em segredo até o dia da crítica de premiação, vinham a ser nada mais nada menos do que Le Corbusier e George-Henri Pingusson. Le Corbusier estava vestido como se tivesse acabado de chegar de um canteiro de obras; as calças embranquecidas de gesso e a camisa manchada de suor pareciam uma repreensão muda a Lemain, por seu impecável terno preto, e a Pingusson, por seu paletó cinza com listras finas. Perret, que presidia o concurso, tinha passado cera nos bigodes para deixá-los com as pontas recurvadas e envergava sua capa militar dramática. Os jurados percorreram a sala num vagaroso circuito, examinando as maquetes em suas mesas de exposição e as plantas fixadas em quadros de cortiça em redor da periferia do anfiteatro, e os estudantes seguiam logo atrás, numa aglomeração respeitosa.

Em pouco tempo, ficou claro que existia uma profunda diferença de opinião entre Le Corbusier e Pingusson. Tudo o que um dizia o outro denunciava como mera tolice. A certa altura, Le Corbusier chegou ao ponto de cutucar Pingusson no peito com seu lápis; Pingusson reagiu gritando bem na cara avermelhada de Le Corbusier. A questão em disputa era um par de cariátides semelhantes a Diana, um ornamento da entrada de um ginásio esportivo para mulheres, projetado por uma dupla de alunas do quarto ano da faculdade. Le Corbusier declarou que as cariátides não passavam de uma cafonice neoclássica. Pingusson disse que achava aquilo perfeitamente elegante.

"Elegante!", exclamou Le Corbusier com desprezo. "Talvez você dissesse a mesma coisa das monstruosidades do Speer na Exposição Internacional! Tem bastante neoclassicismo picareta lá para quem quiser ver."

"Queira me perdoar", disse Pingusson. "O senhor está sugerindo que devemos esquecer completamente os gregos e os romanos simplesmente porque os nazistas se apropriaram deles? Porque abastardaram os gregos e os romanos, digamos?"

"Tudo tem de ser considerado em seu contexto", disse Le Corbusier. "Na situação política atual, essa escolha parece indefensável. Todavia talvez devamos dar um desconto para suas jovens, afinal de contas, são *só mulheres*." Essas foram as palavras que ele frisou com um par de soquinhos curtos no peito de Pingusson.

"Bobagem!", exclamou Pingusson. "Como se atreve a me acusar de chauvinismo? Quando o senhor descarta essa opção como algo de mau gosto, não está menosprezando por completo a tradição de poder feminino presente na mitologia clássica?"

"Um bom argumento", disse Lemain. "E como os senhores são pessoas esclarecidas, cavalheiros, por que não deixar que as alunas defendam elas mesmas sua escolha?"

A mais alta das duas estudantes de arquitetura — Marie-Laure — começou a explicar, num francês claro e bem articulado, que aquelas não eram cariátides comuns; eram modeladas à imagem do rosto de Suzanne Lenglen, a campeã de tênis francesa, falecida pouco antes. Em seguida, passou a defender outros aspectos do projeto, mas Andras perdeu a sequência dos argumentos. Ele e Polaner eram os próximos a serem criticados e Andras estava nervoso demais para se concentrar em outra coisa, a não ser naquilo. Polaner estava de pé a seu lado, com o lenço amassado numa bola compacta dentro da mão; do outro lado, estava Rosen, com uma expressão de alheamento vagamente interessado. *Ele* não tinha com que se preocupar; não havia entrado no concurso. Andara ocupado demais com as reuniões da Ligue Contre l'Antisémitisme, da qual tinha sido eleito secretário pouco antes.

A crítica do ginásio esportivo para mulheres chegou ao fim rápido demais, para o desconsolo de Andras, e os jurados passaram para o próximo candidato. Os estudantes se reuniram atrás dos jurados, em volta da mesa onde a maquete de Andras e Polaner estava exposta.

"Apresentem seu projeto, senhores", disse Perret, com um aceno da mão.

Polaner foi o primeiro a falar. Tocou na bainha de seu paletó e, em seu francês de sotaque polonês, começou a explicar a necessidade de um ginásio esportivo inclusivo, que fosse um símbolo dos princípios fundamentais da República. O projeto estava orientado para o futuro; os materiais predominantes do prédio seriam concreto armado, vidro e aço, com painéis de madeira escura coroando as portas e as janelas.

Fez uma pausa e olhou para Andras, que devia falar em seguida. Ele abriu a boca e descobriu que seu francês havia desaparecido por completo. Em seu lugar havia um vazio assombroso, um livro sem nenhum texto.

"Qual é o problema, meu jovem?", disse Le Corbusier. "Você não sabe falar?"

Andras, que não havia dormido nos últimos três dias, foi acometido por uma alucinação temporal. O tempo reduziu sua velocidade ao ritmo dos passos de um quelônio. Contemplou o piscar de olhos de Le Corbusier, por trás das lentes respingadas de gesso de seus óculos, durante um tempo que pareceu uma eternidade. Do fundo do anfiteatro, alguém desatou uma tosse.

Andras talvez nunca reencontrasse sua voz se Pierre Vago, o mestre de cerimônias, não tivesse acudido com presteza em seu socorro. Foi Vago quem ensinara a Andras a língua francesa que agora ele devia falar; Vago sabia as palavras capazes de deixar Andras à vontade. "Por que não começa pela *piste*?", ele disse. *Piste*: a pista de corrida, palavra francesa para a palavra húngara *pálya*. Eles haviam tido aquela conversa dois dias antes no ateliê: como se dizia pista de atletismo em francês e como aquela palavra diferia das palavras que designavam *estrada*, *trilha*, *trilho* e *rastro*. Andras podia falar sobre a *piste*; era o elemento mais fora do comum de seu projeto, um golpe de inspiração recente, surgido de madrugada. "*La piste*", começou Andras, "*est construit d'acier galvanisée*" e ficaria suspensa no teto do prédio, como uma auréola, por meio de cabos de aço presos a vigas reforçadas em forma de I. As palavras voltaram à mente de Andras; ele as pronunciava e Le Corbusier, Lemain e Pingusson escutavam, faziam anotações em seus bloquinhos amarelos. O projeto suspenso permitia um percurso mais longo do que se a pista ficasse abrigada no interior do prédio. O ginásio esportivo seria construído num plano mais alto do que os prédios em redor e a pista podia ficar suspensa acima de seus andares superiores. O próprio telhado do prédio era também o teto do parque aquático; Andras debruçou-se na maquete e mostrou como ele podia ser recolhido quando o tempo estivesse bom. Os dois elementos do projeto, a pista exposta e o telhado retrátil, refletiam os princípios do ginásio esportivo de inclusão e liberdade.

Quando terminou sua exposição, houve um rumor de vozes na sala. Andras dirigiu um olhar de gratidão para o professor Vago, que se recusou a admitir que havia ajudado. Em seguida tiveram início as perguntas dos jurados: Como impedir que uma pista suspensa balançasse sob o impacto dos corredores? O que aconteceria quando ventasse? Com que rapidez seria possível fechar o teto retrátil em caso de tempestades repentinas? Como eles sugeriam que se tratasse a questão de abrigar um sistema hidráulico no espaço aberto do parque aquático?

As palavras vieram mais depressa. Aqueles eram problemas que Andras e Polaner tinham discutido e examinado durante horas no ateliê, à noite. Os cabos de sustentação ficariam embutidos em finas tiras de aço a fim de torná-los rijos sem eliminar de todo sua elasticidade; certo grau de flexibilidade iria amortecer os passos dos corredores. A pista ficaria fixada ao prédio por meio de escoras de apoio para impedir a oscilação. E o sistema hidráulico ficaria abrigado dentro de seu reduto, semelhante a um armário. Depois que os dois responderam todas as perguntas, veio a impressão de que várias horas passavam, enquanto Lemain, Pingusson e Le Corbusier examinavam os materiais empregados e faziam suas anotações; até o próprio Perret fez questão de olhar mais detalhadamente, murmurando algo para si mesmo enquanto examinava o corte transversal de uma parede externa.

"E quem é o senhor, monsieur Lévi?", perguntou afinal Le Corbusier, encaixando o lápis atrás da orelha.

"Sou húngaro, de Konyár, senhor", respondeu Andras.

"Ah, você é o jovem que eles descobriram naquela exposição de arte. Admitiram você na faculdade por causa de uns recortes de linóleo, já sei."

"Sim", respondeu Andras, e pigarreou, encabulado.

"E o senhor, monsieur Polaner?", perguntou Pingusson. "É de Cracóvia? Disseram-me que o senhor tem uma queda pela engenharia."

"Tenho sim, senhor", respondeu Polaner.

"Bem, eu diria que o projeto é soberbo mas impraticável", disse Le Corbusier. "O problema são as normas municipais para construção. Vocês nunca vão convencer os parisienses a suspender uma pista por fora de um prédio. Ficou um pouco parecido com aquele negócio que as senhoras usavam embaixo do vestido no século XVIII. Sei lá como chamavam. Anquinhas. Saia-balão."

"Parece mais uma espécie de chapéu do outro planeta", disse Pingusson. "Mas é um uso excelente para o espaço urbano."

"Fantasioso ao extremo", disse Lemain. "Mas o prédio em si é bem projetado. E a ornamentação em madeira é um elemento requintado. Ecos do soalho de um ginásio."

E em seguida os jurados passaram para o próximo trabalho exposto. Estava terminado. Andras e Polaner trocaram um olhar de satisfação exausta: seu projeto, embora imperfeito, tinha pelo menos merecido um elogio.

Quando os outros estudantes passaram por eles, Rosen deu uma palmadinha no ombro dos dois e beijou-os no rosto.

"Parabéns, rapazes", disse. "Vocês criaram a primeira saia-balão arquitetônica do mundo. Se eu não estivesse completamente falido, pagaria uma bebida para ambos."

Na manhã seguinte, quando Andras entrou pelas portas azuis do pátio — o mesmo limiar que ele havia atravessado quase dois anos antes, na condição de calouro —, foi saudado por aplausos de todos os lados. Os estudantes no pátio batiam palmas e repetiam seu nome. Numa cadeira de madeira entalhada no canto do pátio, Polaner estava sentado com toda a pompa: estudantes o rodeavam e uma medalha dourada pendia de seu pescoço. Alguém tinha pendurado a bandeira tricolor sobre seus ombros. Um fotógrafo tirava retratos com sua câmera. Após mais uma rodada de saudações e aplausos, Rosen correu até Andras e segurou-o pelo braço.

"Por onde você andou?", perguntou Rosen. "Todo mundo aqui estava esperando você! Seu idiota, vocês ganharam. Você e seu adorável parceiro. Vocês ganharam o Grand Prix. Sua medalha está sendo exibida no anfiteatro."

Andras correu para lá e viu que era mesmo verdade: o Ginásio Esportivo Saint-Germain que eles haviam projetado estava coroado por um certificado com um selo dourado e flanqueado por uma medalha numa fita tricolor. No certificado estavam as assinaturas dos jurados: Le Corbusier, Lemain e Pingusson. Andras ficou sozinho, parado, durante um longo intervalo, fazendo força para acreditar; olhou para a medalha e virou-a na palma da mão. Era pesada e brilhava, com um retrato de Emile Trélat gravado em baixo-relevo na sua superfície. *Grand Prix du Amphithéâtre*, dizia o texto; atrás, trazia uma inscrição com os nomes de Polaner e Andras, e o ano, 1939. Andras pôs a medalha no pescoço; o peso dela puxava a fita tricolor no seu pescoço. Tinha que falar com Polaner e depois com o professor Vago.

"Lévi", disse alguém, e ele se virou.

Eram estudantes que tinham entrado na competição, dois rapazes do terceiro ano. Andras já os tinha visto na École Spéciale, mas não sabia quem eram; nenhum deles fazia parte do seu ateliê ou do grupo de monitores. O mais alto, de cabelo preto azeviche, era Frédéric alguma coisa; o de peito largo e óculos redondos atendia pelo apelido de Noirlac. O mais alto esticou a mão até a medalha de Andras e deu um puxão.

"Bela bugiganga", ele disse. "É uma vergonha que vocês tenham trapaceado para ganhar isto."

"Como disse?", perguntou Andras. Não tinha confiança em seu entendimento do francês daquele homem.

"Eu disse que é uma vergonha que vocês tenham trapaceado para ganhar a medalha."

Andras estreitou as pálpebras, fitando Frédéric. "Do que está falando?"

"Todo mundo sabe que deram a medalha para vocês por pena", disse o chamado Noirlac. "Ficaram com remorso por causa do seu amiguinho, que foi espancado. Não bastou Lemarque ter se enforcado por causa disso. Eles quiseram fazer uma manifestação pública."

"Todos nós sabemos que você trabalha com Lemain", disse o outro. "E não pense que não estamos informados sobre Pingusson e sua bolsa de estudos. Estava tudo combinado desde o início. É melhor admitir isso para si mesmo. Ninguém nunca ganharia nada com uma monstruosidade como aquela, a menos que fosse protegido por alguém."

Uma salva de palmas abafada, vinda do pátio, alcançou-os. Andras pôde distinguir a voz de Rosen, que fazia um discurso elogioso. "Se vocês tocarem em Polaner, eu mato vocês", ele disse. "Os dois."

O mais alto riu. "Defendendo seu amante?"

"O que está acontecendo, senhores?" Era Vago, que se aproximara a passos largos pelo anfiteatro, com um maço de plantas embaixo do braço. "Estão parabenizando o vencedor?"

"Isso mesmo, senhor", disse Frédéric, e esticou a mão para Andras como se fosse cumprimentá-lo. Andras puxou a sua para trás.

Vago pareceu entender a expressão de Andras e dos sorrisos de escárnio dos estudantes do terceiro ano. "Eu queria ter uma palavrinha com o monsieur Lévi", ele disse.

"É claro, professor", disse Noirlac, e fez uma semirreverência para Vago. Puxou o amigo pelo braço e atravessou o anfiteatro, voltando-se para dirigir a Andras uma saudação, com a mão na testa, na porta que dava para o pátio.

"Sacanas", disse Andras.

Vago pôs as mãos na cintura e suspirou. "Conheço os dois", ele disse. "Eu os mataria se não fossem me fuzilar depois por isso."

"Mas me diga. É verdade? Vocês nos deram o prêmio para marcar uma posição?"

"Que posição?"

"A respeito de Polaner."

"É claro", disse Vago. "Para marcar a posição de que ele é um excelente projetista e desenhista. Como você também. A abordagem não é perfeita, é claro, mas foi de longe o projeto mais inovador e bem realizado entre todos os candidatos inscritos no concurso. A decisão foi unânime. Todos os jurados concordaram de uma só vez. Mas Pingusson foi o grande defensor. Disse que cada centavo que ele gastou para manter você aqui valeu a pena. Na verdade, ele prometeu aumentar a quantia de sua bolsa. Quer que você tenha mais tempo disponível para o ateliê."

"Mas e este projeto?", disse Andras, tocando com dois dedos a pista suspensa. "É um absurdo, não é? Le Corbusier tinha razão quando disse que uma coisa assim nunca poderia ser construída."

"Talvez não em Paris", disse Vago. "Talvez não nesta década. Mas Le Corbusier anda fazendo anotações e estudos para um projeto na Índia e ele diz que gostaria de trocar ideias com você e Polaner."

Andras estreitou as pálpebras para Vago, com ar desconfiado. "Ele quer trocar ideias conosco?"

"Por que não? As melhores ideias muitas vezes nascem na sala de aula. Além do mais, vocês não passaram anos lidando com comissões de planejamento, comitês de licenciamento de obras e associações de bairro. Têm mais possibilidades de inventar coisas impossíveis, que são as construções mais interessantes de serem feitas."

Andras revirou a medalha entre os dedos. Os insultos dos estudantes do terceiro ano ainda estavam vivos em sua mente, suas têmporas latejavam de adrenalina.

"Homens invejosos sempre irão tentar derrubá-lo", disse Vago. "A humanidade é assim."

"Que bela espécie somos", disse Andras.

"Ah, de fato. Não temos salvação. No final, vamos nos destruir. Mas até lá temos de ter algum abrigo, portanto o trabalho do arquiteto não para."

Naquele instante, Rosen surgiu na entrada do anfiteatro. "Por que está demorando?", perguntou. "O fotógrafo está à sua espera."

Vago pôs a mão no ombro de Andras e conduziu-o para o pátio, onde um grupo havia se reunido num canto gramado. Os jurados tinham ido a fim de serem fotografados em companhia dos vencedores do prêmio; Polaner estava de pé entre Le Corbusier e Pingusson, uma expresão de profunda solenidade em seu rosto pálido e juvenil, e Lemain estava de pé ao lado dele, orgulhoso e sério. O fotógrafo postou Andras junto a Le Corbusier, com Vago do outro lado. Andras ajeitou a medalha no pescoço e aprumou os ombros. Quando olhou para a lente da câmera, ainda tentando se desvencilhar de sua raiva, viu Noirlac e Frédéric observando, os dois de braços cruzados sobre o peito, deixando bem claro para Andras o que parecia ser uma das verdades centrais de sua vida: que em todo momento de felicidade existe um alerta de amargura ou de tragédia, a exemplo das dez gotas de praga respingadas do cálice da Páscoa ou do gosto de erva daninha no absinto, que nenhuma quantidade de açúcar consegue disfarçar. E essa foi a razão por que, muito embora aquela fosse a única fotografia que haviam tirado de Andras na École Spéciale, ele jamais pendurou a foto na parede de sua casa. Quando olhava para ela, não conseguia ver nada, a não ser a própria raiva e a fonte dela, que olhava para Andras, na multidão.

Naquele verão, o tema constante de discussão era o destino da cidade livre de Danzig. Os jornais relatavam que a Alemanha estava transportando, às escondidas, armamento e tropas através da fronteira; diziam que oficiais do Reich treinavam os nazistas locais em manobras de guerra. Enquanto a Inglaterra e a França protelavam um acordo de cooperação militar com a Rússia, o rádio transmitia rumores de uma cooperação mais estreita entre Berlim e Moscou. No início de julho, Chamberlain suplicou o apoio da Inglaterra para ajudar a Polônia se Danzig fosse ameaçada, e no feriado da Queda da Bastilha a Champs-Élysées fervilhava de tanques franceses e ingleses, veículos blindados, artilharia. Dois dias depois, a bandeira polonesa surgiu misteriosamente acima da representação do Reich em Breslau. Como tal ato de desacato pôde ser perpetrado, ninguém conseguia entender; o prédio devia estar apinhado de guardas. Polaner, que havia recebido uma série de cartas aflitivas de seus pais durante todo o verão, estava ansiso por uma boa notícia. Ao receber aquela informação, embora fosse algo pequeno, sugeriu que deviam ir todos ao Pombo Azul para que ele pagasse uma rodada de drinques. Era uma tarde quente de julho; as ruas ainda estavam cheias do lixo do Dia da Queda da Bastilha, as calçadas estavam cobertas de sacos engordurados, garrafas de cerveja vazias e bandeirolas francesas e inglesas. Quando chegaram ao Pombo Azul, encontraram Ben Yakov acomodado junto a uma mesa, com uma garrafa de uísque na sua frente. Uma expressão de resignação estimulada pela bebida havia se instalado em suas feições.

"Boa tarde, queridos", ele disse. "Tomem uma bebida comigo."

"Os drinques hoje ficam por minha conta", disse Polaner. "Vocês souberam da bandeira polonesa?"

"Ouvi dizer que a substituição já está prevista", disse Ben Yakov. "Soube que arranjaram uma coisa branca e preta, com fundo vermelho. Muito feio, se querem minha opinião." Esvaziou seu copo e encheu-o de novo. "Deem-me os parabéns, rapazes. Vou ver o rabino."

Eles nunca tinham visto Ben Yakov embriagado em público. Sua bela boca parecia borrada nas beiradas, como se alguém tivesse tentado apagá-la.

"Vai falar com o rabino?", perguntou Rosen. "E por que temos de lhe dar os parabéns?"

"Porque serei um homem livre. Vou me divorciar."

"O quê?"

"Um divórcio à antiga maneira judia. Vejam, posso fazer isso porque temos uma carta do médico dizendo que Ilana é estéril. Isso significa que estamos qualificados para obter o divórcio. Não é muito cavalheirismo da minha parte? Ela não pode ter filhos, logo eu posso me desfazer dela." Ben Yakov debruçou-se e esfregou os olhos. "Tomem uma bebida, não querem?"

Nada daquilo era novidade para Andras. Desde o mês anterior, a moça morava na casa de Klara, ocupando metade da cama dela. Klara se oferecera para cuidar de Ilana enquanto se recuperava; ela foi para a Rue de Sévigné quando saiu do hospital e não voltou mais para a sua casa. Sentia-se arrasada, disse para Klara; havia compreendido que Ben Yakov não a amava, pelo menos não como amara antes. Compreendeu que ele se sentia aprisionado pelo casamento. Havia muito tempo que Ilana desconfiava que ele se encontrava com outra mulher. Quando Ben Yakov ia visitá-la na casa de Klara, os dois sentavam-se na sala de visitas e mal trocavam uma palavra; o que havia para dizer? Muitas vezes Ilana sentia-se inconsolável por causa do bebê; Ben Yakov se surpreendeu ao ver que também sentia aquela dor; ele também sofria, disse Klara, com a perda de certa ideia que tinha de si mesmo. E então havia a pergunta irrespondível sobre o que aconteceria com Ilana. Para além de sua recuperação, abria-se uma página em branco. Não havia mais nada que a mantivesse em Paris agora, mas ela não sabia como seus pais iriam recebê-la se voltasse para casa. As cartas que mandara para eles ficaram sem resposta.

Andras não havia mencionado a situação de Ilana em suas cartas para Tibor. Não queria preocupar o irmão ou despertar esperanças nele. Porém, uma semana antes, Ben Yakov e Ilana se encontraram na casa de Klara para discutir como poderiam se livrar do casamento. Ilana disse a Ben Yakov que eles conseguiriam um divórcio se o médico atestasse que ela não podia mais ter filhos. Não tinham certeza de que aquilo era verdade, mas o médico podia ser convencido a declará-lo. Ben Yakov aceitou seguir aquele caminho. Uma vez tomada a decisão, ambos pareceram sentir certo alívio. A saúde de Ilana começou a melhorar e Ben Yakov voltou ao ateliê para fazer os trabalhos que havia deixado de lado naquela primavera. Mas agora que se aproximava o momento do primeiro encontro com o rabino, ele caíra num abatimento profundo. A possibilidade de um divórcio logo seria uma realidade, a prova da desgraça que ele havia causado à vida de Ilana e à sua.

Enquanto os quatro jovens bebiam juntos, Ben Yakov se expôs sem nenhum acanhamento. Não era só seu casamento com Ilana que tinha desmoronado; a linda Lucia, cansada de esperar, também o deixara. Ela estava passando o verão sob a tutela de um arquiteto de primeira linha em Nova York e corria o boato de que o homem havia se apaixonado e ela largaria a École Spéciale por uma faculdade em Rhode Island. A história havia chegado a Ben Yakov por meio de uma cadeia de amigos comuns. A própria Lucia não escrevia para ele desde o dia em que partira de Paris.

No final daquela noite, depois que o grupo saiu para a calçada em frente ao Pombo Azul, Andras se ofereceu para levar Ben Yakov para casa. Rosen e Polaner deram palmadinhas nas costas do amigo e exprimiram a esperança de que ele iria se sentir melhor pela manhã.

"Ah, vou me sentir ótimo", disse Ben Yakov, e logo depois se curvou junto a um poste de iluminação e espirrou um jato de vômito na sarjeta.

Andras lhe deu um lenço e ajudou-o a se limpar; em seguida, passou o braço por trás dos ombros de Ben Yakov e levou-o para casa. Na porta, ficou apalpando os bolsos em busca da chave e, enquanto a procurava, aproximou-se perigosamente do choro. Por fim achou-a e Andras ajudou-o a subir. O lugar estava exatamente como Andras havia imaginado: parecia que a pessoa responsável por tornar a casa habitável tinha ido embora semanas antes. Pratos sujos entulhavam a pia, os gerânios no parapeito da janela tinham morrido, havia jornais e livros espalhados por todo lado e na cama desfeita havia migalhas de croissant e pilhas de roupas largadas. Andras fez Ben Yakov sentar na cadeira ao lado da cama enquanto tirava a roupa de cama e punha lençóis e fronhas limpos no lugar. Fez também com que o amigo despisse a camisa imunda. Mas era o máximo que podia fazer; o resto da casa o entristecia e atemorizava. O pior de tudo era a mesinha com suas xícaras vazias e casca de pão: Andras reconheceu uma toalha de mesa com miosótis nas margens, presente de casamento de Klara para a noiva.

Ben Yakov rastejou para a cama e apagou a luz. Andras caminhou às cegas até a porta. A fechadura antiga o confundiu. Curvou-se e ficou tentando empurrar um ferrolho enferrujado.

"Lévi", disse Ben Yakov. "Você ainda está aí?"

"Estou aqui", disse Andras.

"Escute", ele disse. "Escreva para seu irmão."

Andras se deteve com a mão pousada na maçaneta.

"Não sou um idiota", disse Ben Yakov. "Sei o que aconteceu entre os dois. Sei o que aconteceu no trem."

"O que você quer dizer?", disse Andras.

"Por favor, não... não tente me *proteger*, ou seja lá o que você estiver fazendo. É um insulto."

"Como soube o que aconteceu no trem?"

"Eu *sei* e pronto. Percebi que havia alguma coisa errada assim que os dois chegaram. E ela confessou certa noite, quando eu lhe disse algumas coisas cruéis. Mesmo antes já era óbvio. Ela tentou... lutar contra o sentimento, sabe? É uma boa moça. Mas se apaixonou por ele. Só isso. Não sou o tipo de homem que ele é, Andras, você deve saber disso." Ben Yakov parou e disse: "Ah, meu Deus...". E depois puxou o penico que estava embaixo da cama e vomitou nele. Cambaleante, foi para o banheiro que ficava no corredor de serviço do prédio e voltou enxugando o rosto com uma toalha. "Escreva para ele", disse. "Diga que venha falar com Ilana. Mas não me conte o que acontecer depois, está certo? Não quero saber. E não posso ver você durante um tempo. Desculpe, sinceramente. Sei que não tem culpa nenhuma." Voltou para a cama e virou-se de cara para a parede. "Agora vá para a casa, Lévi." Sua voz soou abafada contra o travesseiro. "Foi muita bondade sua tomar conta de mim. Eu faria o mesmo por você."

"Sei que faria", respondeu Andras. Tentou puxar outra vez o ferrolho teimoso; dessa vez a porta abriu. Foi para casa na Rue des Écoles, pegou um caderno e começou a rascunhar uma carta para o irmão.

24. O S. S. *Île de France*

A fuga de Elisabet com o noivo não foi uma fuga no rigor da palavra; quando aconteceu, fazia meses que Klara sabia da partida iminente da filha. Paul Camden ia almoçar na casa de Elisabet quase todo domingo à tarde, em sua campanha para conquistar a confiança e o favor de Klara. Em seu francês vagaroso, com as vogais indistintas, falou para a mãe da namorada a respeito da casa de sua família em Connecticut, onde sua mãe fora criada e onde treinava cavalos para espetáculos; falou do trabalho do pai como vice-presidente de um conglomerado de energia em Nova York; falou de suas irmãs, que estudavam num colégio em Radcliffe e que iriam adorar Elisabet. Mas persistia o problema do que o pai e a mãe de Camden iriam pensar quando vissem o filho voltar para casa com uma garota judia, sem um tostão no bolso e de origem familiar obscura. A melhor solução, pensava Paul, era o casamento ser realizado antes de seu regresso a Nova York. Seria mais simples os dois viajarem como marido e mulher; quando chegassem aos Estados Unidos, o fato consumado tornaria tudo claro para seus pais, a despeito de suas possíveis objeções. Paul acreditava que eles receberiam bem Elisabet depois que a conhecessem. Mas Klara implorou que esperassem para casar só depois de chegar a Nova York, depois que Paul tivesse contado tudo para os pais e pudesse convencê-los. Se casasse com Elisabet sem consultá-los, Klara tinha certeza de que a reação dos pais seria romper relações com o filho. Em todo caso, como salvaguarda, Paul começara a economizar metade da soma assombrosa que o contador de seu pai lhe enviava todo mês. Tinha se mudado para um apartamento menor e começara a fazer as refeições numa cantina de estudantes em vez de encomendá-las em restaurantes; tinha parado de expandir seu guarda-roupa e comprava livros de segunda mão para estudar. Tinha aprendido aquelas formas de economizar com Andras, que descobrira que Paul era profundamente ignorante dos princípios mais elementares da frugalidade. Paul jamais ouvira falar de comprar pão dormido, por exemplo, e nunca havia engraxado os próprios sapatos nem lavado as próprias camisas; ficou admirado ao saber que um homem podia mandar consertar seu chapéu em vez de comprar um novo.

"Mas todo mundo vai ver logo que é o mesmo chapéu velho de antes", objetou Paul e depois repetiu as últimas palavras em inglês: "*Old hat*. Nos Estados Unidos, isso é uma expressão pejorativa. É como a gente chama uma coisa previsível, banal, *démodé*".

"É só você mudar a fita do chapéu e pronto", disse Andras. "Ninguém vai saber que é o seu *oud ret*. Se você acha que alguém observa com tanta atenção as coisas que você veste, está completamente enganado."

Paul riu. "Creio que você tem razão, meu velho", ele disse, e fez Andras lhe mostrar onde se podia mandar reformar um chapéu.

Muitas vezes, naqueles domingos em que Paul ia almoçar na casa de Klara, Andras via a noiva recolher-se num silêncio vigilante. Sabia que ela estava observando o pretendente da filha, analisando, registrando como ele tratava Elisabet, como reagia às indagações de Andras sobre seu trabalho, como falava com a sra. Apfel quando ela servia a *káposzta*. Mas também observava Elisabet. Parecia haver uma espécie de premência em sua observação, como se fosse necessário reter na memória cada nuance da existência dela. Klara parecia profundamente consciente de que aqueles eram os últimos dias em que sua filha viveria sob o mesmo teto que ela. Não havia nada que pudesse fazer para impedir aquilo; havia anos que Elisabet estava no caminho de sair de casa, de maneira lenta mas inequívoca, e agora ela iria embora de uma vez por todas, para o outro lado do oceano, num casamento prematuro com um homem que não era judeu e cujos pais poderiam não aceitá-la. Para piorar ainda mais a situação, à mesma mesa sentava-se Ilana di Sabato, recém-divorciada: a prova viva de como um casamento entre pessoas muito jovens podia dar errado. Ilana estava num desespero solitário, mal tocava a comida no prato; tinha cortado sua maravilhosa trança preta na altura da nuca quando se casou com Ben Yakov e seu cabelo estava embolado e grudado à cabeça como uma espécie de gorro apertado, que estivera na moda dez anos antes. *Chapéu velho*, pensou Andras. Olhar para ela era sofrido. Ele ainda não tinha recebido uma resposta de sua carta para o irmão e não queria falar com Ilana sobre ele antes de receber a resposta.

Elisabet embarcaria no início de agosto e era preciso preparar muita coisa para a viagem. Suas roupas eram de estudante; ela teve de formar todo o guarda-roupa de uma mulher casada. Paul fez questão de contribuir para os preparativos. Primeiro presenteou Elisabet com extravagâncias que ele sempre julgara necessidades: um traje de tênis feito de linho acompanhado de um par de sapatos de lona com sola de borracha; um colar de pérolas com fecho de platina; um conjunto de baús de viagem feitos de couro castanho-amarelado, com as iniciais de Elisabet gravadas em dourado. Cada uma daquelas aquisições devastava a poupança que ele havia reunido graças às pequenas economias que Andras havia ensinado. Por fim, Klara sugeriu, da maneira mais delicada possível, que Paul podia perguntar a ela como o dinheiro deveria ser gasto com mais proveito. Elisabet precisava de coisas como combinações de cambraia, camisolas, sapatos sociais. Uma obturação em seu dente tinha de ser substituída. Ela queria cortar o cabelo e deixá-lo bem curto. Todas aquelas coisas tomavam tempo e custavam dinheiro. Quando Andras ia para casa de noite, Klara sempre pegava seu cesto de costura; ele a imaginava como uma espécie de Penélope renascida, que toda noite desfazia o trabalho que tinha feito para que Elisabet nunca se casasse. Klara contou para Andras que se sentia apavorada só de pensar na filha atravessando o oceano, enquanto a Europa estava à beira da guerra. Não era raro que navios civis fossem torpedeados. Será que Elisabet não podia esperar mais alguns meses, pelo menos até que a situação na Polônia se acalmasse e os problemas com o acordo anglo-francês de cooperação mútua com a Rússia fossem solucionados? Eles precisavam mesmo viajar em agosto, o mês em que tradicionalmente as guerras começavam? Mas Elisabet insistia em argumentar que, se esperasse, a França poderia de fato entrar em guerra; e então a viagem se tornaria impossível. O tema suscitara discussões que levaram Klara e Elisabet à beira de um colapso nervoso. Andras tinha a sensação de que aquela era a última oportunidade para ambas demonstrarem seu amor na maneira como o haviam exercido na maior parte do tempo, por meio de um combate em que nenhuma das partes se rendia nem podia vencer, um conflito cujo objeto não era a questão em pauta, mas a complicada natureza do relacionamento entre mãe e filha.

Nas raras noites ao longo daquelas semanas em que Klara ia à água-furtada de Andras, ela fazia amor com uma insistência que parecia não ter nada a ver com ele propriamente dito. Andras nunca imaginara que ela pudesse parecer tão solitária em seus braços; queria que seus olhos vagos se concentrassem nele. Certa vez, quando a deteve e disse "Olhe para mim", Klara rolou para o outro lado e desatou a chorar. Em seguida pediu desculpas e ele a abraçou, incapaz de suprimir o desejo egoísta de que tudo aquilo terminasse em breve. No futuro que se abria após a partida de Elisabet, encontrava-se o cumprimento da promessa que ambos tinham feito no outono anterior: eles dois também se casariam e finalmente morariam juntos. Em sua dor com a perda da filha, Klara havia parado de falar sobre o que aconteceria depois que Elisabet fosse embora.

21 de julho de 1939
Modena

Caro Andras,

Lamento muito, muto mesmo, saber que o casamento de Ilana e Ben Yakov terminou de forma tão triste. Magoa-me pensar no papel que talvez eu tenha desempenhado na infelicidade deles. E, se o arrependimento pudesse corrigir esse erro, ele já estaria corrigido há muito tempo.

Quando recebi sua carta, achei que não conseguiria, de forma alguma, ir a Paris. Como poderia encarar Ilana, me perguntei, sabendo a falta que cometi com ela? O amor impõe sua própria expressão; ele nos diz que está certo simplesmente em virtude de ser amor. Mas somos seres humanos e temos de decidir o que é certo. Meus sentimentos por Ilana eram tão agudos que não consegui controlá-los. Não mereço em absoluto uma segunda chance para provar que sou seu amigo; menos ainda para defender minha pretensão de amante.

Mas, Andráska — e talvez você me tome por um canalha por dizer isto —, acho que meus sentimentos por ela continuam intactos. Como meu pulso acelerou quando li que ela perguntou por mim! Como fiquei comovido quando soube que falou de mim com ternura! Você me conhece muito bem para ter falado desse assunto de forma leviana; certamente sabia o que significava para mim.

Então, por fim, estou indo para aí. Estou envergonhado, mas vou. Pelo menos você nunca terá motivo para duvidar de minha constância; nem Ilana, espero. Quando você receber esta carta, já terei chegado a Paris. Vou me hospedar no Hôtel St. Jacques, onde você poderá me encontrar na sexta-feira.

Com amor,

Seu Tibor

Era manhã de sábado quando Andras recebeu a carta do irmão. Tinha passado a noite na empresa de arquitetura ajudando Lemain a completar uma série de desenhos para um cliente. A carta estava sobre a mesa da recepção, com um bilhete manuscrito de Tibor: *Andras: Venha me ver hoje de manhã. Esperei até as nove horas. Não posso esperar mais! Tenho de tentar ver Ilana. Encontre-me na casa de Klara. T.*

Ele bateu na porta da zeladora do prédio. Houve um silêncio demorado; em seguida ouviu-se um ininteligível palavrão em francês e o som de passos que se aproximavam. A mulher saiu num avental com manchas de fuligem e luvas de trabalho também fuliginosas, além de um risco de graxa na testa.

"Pois é!", ela disse. "Uma visita chega com muita agitação num horário inconveniente. Que surpresa: ele é parente seu."

"Quando meu irmão foi embora?"

"Não faz três minutos. Eu estava limpando a estufa, como pode ver."

"Três minutos!"

"Não precisa gritar, meu jovem."

"Desculpe", disse Andras. Enfiou o bilhete no bolso e disparou rua afora. A porta bateu com força às suas costas; um palavrão abafado da zeladora seguiu-o pelo quarteirão. Andras saiu em uma corrida desabalada rumo ao Marais. Era uma manhã clara e quente; as ruas já estavam apinhadas de turistas com suas câmeras fotográficas, famílias que tinham saído para dar um passeio na manhã de sábado, amantes que andavam de braços dados. Na Pont Louis-Philippe, Andras viu de relance um chapéu familiar no meio da multidão. Chamou o nome do irmão e então o homem se virou.

Os dois se encontraram no meio da ponte. Tibor parecia ter emagrecido desde a última vez que Andras o vira; os ângulos de seus malares estavam mais salientes, as sombras embaixo dos olhos estavam mais escuras. Quando se abraçaram, Tibor parecia feito de uma substância mais rarefeita do que carne.

"Você está bem?", perguntou Andras, examinando suas feições.

"Não dormi desde o instante em que recebi sua carta", respondeu Tibor. "Quando você chegou?"

"Na noite passada. Fui à sua casa, mas você não estava."

"Passei a noite toda no trabalho. Acabei de receber seu bilhete."

"Então você ainda não falou com ela? Ela não sabe que estou em Paris?"

"Não. Ela nem sabe que escrevi para você."

"Como ela está, Andras?"

"Como antes. Muito triste. Mas acho que isso vai mudar em breve."

Tibor dirigiu ao irmão um sorriso perplexo. "Se você tem tanta certeza de que ela vai ficar feliz de me ver, por que veio correndo atrás de mim desse jeito?"

"Acho que eu queria ver você primeiro!", respondeu Andras, e riu.

"Que tal?" Tibor abriu os braços.

"Medonho como sempre. E eu?"

"Sapatos desamarrados. Respingos de tinta na camisa. E não fez a barba."

"Perfeito. Então, a caminho, vamos logo." Pegou o braço de Tibor e conduziu-o para a Rue de Sévigné. Mas ele não se mexeu. Pôs a mão no corrimão da ponte e olhou para o Sena, embaixo.

"Não tenho certeza de que consigo fazer isso", disse. "Estou paralisado."

"É claro que está", disse Andras. "Mas agora que já está aqui, tem de levar isso até o fim." Acenou com a cabeça na direção do Marais. "Vamos."

Caminharam juntos, os dois meio aturdidos por causa da noite sem dormir. No caminho, Tibor comprou um buquê de peônias num florista de esquina. Quando chegaram à rua de Klara, Andras tinha se contagiado com os receios do irmão; achava que talvez devessem ter avisado que iriam para lá. Olhou pelo vidro das janelas para a luz tranquila da sala de aula de balé, ainda vazia antes da primeira aula, e lamentava sua intromissão naquela serena manhã de sábado na casa dos Morgenstern.

Mas lá dentro tudo já estava um caos. A porta da frente abriu ao primeiro toque de Andras; do primeiro andar, vieram os sons de alguma catástrofe — a voz de Klara se erguia em pânico, a sra. Apfel gritava. Por um momento Andras achou que os dois tinham chegado tarde demais, e que, em seu desespero, Ilana di Sabato tinha dado cabo da própria vida e Klara acabara de descobrir o cadáver. Ele agarrou o corrimão da escada e correu para o primeiro andar. Tibor seguia logo atrás.

Mas não se via nem sinal de Ilana. Foi a sra. Apfel que os encontrou no alto da escada. "Ela foi embora!", disse. "A pequena malvada foi embora!"

"Quem?", perguntou Andras. "O que aconteceu?"

"Ela foi para os Estados Unidos com monsieur Camden. Deixou um bilhete para a mãe. Eu queria estrangular aquela pirralha! Minha vontade é torcer o pescoço dela!"

Do fundo do corredor, veio um grande barulho de algo volumoso e duro. Andras foi ao quarto de Klara e viu que ela acabara de puxar uma mala de cima do guarda-roupa. Jogou-a em cima da cama ainda desfeita, abriu-a com um movimento brusco e tirou seu casaco de dentro de um saco de papel pardo.

"O que está fazendo?", perguntou Andras.

Klara olhou para ele, suas feições adoráveis transtornadas pela dor. "Vou atrás dela", respondeu, e colocou o bilhete nas mãos de Andras. Em sua letra arredondada e infantil, Elisabet explicava que tinha de partir, que não podia esperar mais, que temia que a situação na Polônia empurrasse a França para a guerra antes que eles pudessem fugir. Os dois haviam deixado Paris de trem naquela manhã; embarcariam para Nova York no dia seguinte, no S. S. *Île de France*, e se casariam a bordo, com a ajuda do capitão. Ela pedia desculpas — e ali as letras estavam borradas —, e o que Andras conseguiu ler em seguida foi *talvez seja mais fácil para todo mundo se eu*, e mais uma linha ilegível. *Vou escrever assim que chegar lá*, concluía o bilhete. *Obrigada pelo enxoval e por tudo mais. Amor, E.*

"Quando você recebeu este bilhete?"

"Hoje de manhã. Elisabet levou todas as coisas dela."

"E você vai tentar alcançá-los?"

"Posso segui-los até Le Havre. Se formos de carro, podemos chegar lá de tarde."

Andras suspirou. O vínculo entre Klara e Elisabet seria difícil de romper; ele via muito bem por que a garota queria ter uma distância de vantagem em relação à mãe. Mas pensar em Elisabet levando suas coisas às escondidas, de noite, baús cuidadosamente recheados com as roupas que Klara tinha reunido para a filha, o deixava furioso. "Você alugou um carro?", perguntou.

"Mandei a senhora Apfel pedir um. Deve chegar a qualquer momento."

"Klara..."

"Sim, eu sei." Ela sentou na cama, com o casaco sobre as pernas. "Ela é uma jovem crescida. Vai ter de sair de casa mais dia, menos dia. E devo deixar que ela vá embora e faça o que bem entender de sua vida."

"Você vai tentar impedi-la? Acha que pode convencê-la a não embarcar?"

"Não", respondeu, e suspirou. "Mas, como está resolvida a ir embora, eu gostaria de vê-la partir. Queria me despedir de minha filha."

Andras compreendeu, é claro. A guerra de independência de Elisabet estava terminada; o que Klara queria agora era negociar a paz em pessoa, em vez de à distância, em lados opostos do oceano Atlântico. Se existia em sua capitulação algum remanescente de luta, Andras também o compreendia. Ela vinha travando aquela batalha havia anos e era impossível perder o hábito com tanta facilidade.

"Vou com você", ele disse. "Ou não, se você preferir."

"Quero que venha comigo. Por favor."

"Mas, Klara, há outra coisa que tenho de lhe dizer", falou. "Tibor está aqui."

"Tibor? Seu irmão está aqui?"

"Sim. Está bem aqui, agora, neste apartamento."

"Você não me contou que ele havia respondido sua carta!"

"Só a recebi esta manhã."

"Ilana", disse Klara, e seguiram pelo corredor para dar a notícia à jovem.

Mas Ilana e Tibor já haviam se encontrado. Estavam juntos, sentados no sofá, na sala da frente. No rosto dela, havia uma expressão de alegria incrédula; no de Tibor, alívio e exaustão. Não ficaram infelizes ao saber que Andras e Klara iam para Le Havre e que os dois teriam de passar o dia na companhia um do outro.

"Mas vocês vão nos telefonar quando chegarem a Le Havre", disse Tibor. "Avisem se a encontraram."

Do térreo, veio o toque duplo de uma buzina; a empresa que alugava carros tinha mandado o veículo e já estava na hora de partir. A sra. Apfel entregou um cesto com coisas que ela havia arrumado para a viagem. Minutos depois, tinham partido, serpenteando pelas ruas de Paris, Andras de punhos cerrados de tensão no banco do carona, Klara resoluta e implacável à frente do volante. Quando alcançaram a zona rural, a testa dela relaxou. O sol da manhã inundava os ondulantes campos de lavanda à frente deles, o cheiro de gasolina fazia um vibrante contraponto àquela doçura. Eles não conversavam no barulho do vento e do motor, mas quando chegaram num trecho de estrada livre ele segurou a mão de Klara.

Não havia nada de secreto nos planos de Paul e Elisabet; estavam hospedados no mesmo hotel onde haviam ficado um mês antes, quando ficou acertado que iam partir de Le Havre. Andras e Klara entraram no saguão alto e branco e perguntaram por eles na recepção. Receberam orientação de esperar e depois o funcionário do hotel pediu que seguissem o mensageiro. O casal estava sentado numa varanda que dava para o porto, onde o S. S. *Île de France* podia ser visto, em seu rigoroso uniforme náutico, suas chaminés vermelhas com uma faixa preta em redor. Klara correu até a varanda, chamando o nome de Elisabet, e a moça levantou-se da cadeira com uma expressão de surpresa e de alívio. Andras nunca antes a vira com um aspecto tão feliz por ver a mãe. E então Elisabet fez algo extraordinário: atirou os braços em torno do pescoço de Klara e desatou a chorar.

"Desculpe!", gritou Elisabet. "Eu não devia ter ido embora assim. Não sabia mais o que fazer!" E chorou com a cabeça apoiada no ombro da mãe.

Paul assistia à cena com evidente constrangimento; acenou encabulado com a cabeça para Andras em sinal de cumprimento e depois pediu uma rodada de drinques para todos.

"O que você estava pensando?", disse Klara quando sentaram lado a lado. Klara tocou o rosto de Elisabet. "Não podia ter me concedido o consolo de uma despedida comum? Achava que eu ia fechar você no quarto e deixá-la trancada?"

"Não sei", respondeu Elisabet, ainda chorando. "Desculpe." De maneira acanhada, torcia as pontas de seu cabelo cortado bem curto; sem a comprida trança loira, a cabeça de Elisabet parecia estranhamente pequena e desolada. O rabo de cavalo curto chamava atenção para sua boca pálida. "Também fiquei assustada. Não sabia se eu conseguiria dar adeus."

"E você?", disse Klara para Paul. "Foi assim que deixou sua mãe quando veio para a França?"

"Ah... Não, madame."

"Ah, não mesmo! No futuro você vai me tratar com o mesmo respeito devido à sua mãe, por favor."

"Peço desculpas, madame." Ele parecia realmente abalado. Andras se perguntava se a mãe dele já falara com o filho naquele tom. Tentou evocar a imagem da mãe de Paul, mas tudo o que conseguiu foi uma versão da baronesa Kaczynska em trajes indianos, uma aristocrata do século XVI cuja história e linhagem complicadas Andras tivera de estudar na escola em Debrecen.

"Vocês têm de fato a intenção de se casar no navio?", perguntou Klara para a filha. "É o que querem?"

"É o que decidimos", respondeu Elisabet. "Acho emocionante."

"Então não vou poder ver você casada."

"Vai me ver depois que eu casar. Quando voltarmos para visitar você."

"E quando imagina que isso vai acontecer?", perguntou Klara. "Quando acha que vai poder comprar passagens para atravessar o oceano? Sobretudo se os pais do seu marido não aceitarem sua união?"

"Achamos que talvez a senhora quisesse morar nos Estados Unidos", disse Paul. "Para ficar perto das crianças e tudo o mais, quando tivermos filhos."

"E quanto aos meus próprios filhos?", disse Klara. "Talvez não seja nada fácil para mim cruzar um oceano desse jeito."

"Que filhos?"

Ela olhou para Andras e pegou sua mão. "Nossos filhos."

"Mamãe!", exclamou Elisabet. "Você não pode estar falando sério. Pretende mesmo ter filhos com...?" E apontou o polegar para Andras.

"Pode ser. Conversamos sobre o assunto."

"Mas você é *un femme d'un certain age*!"

Klara riu. "Somos todos de certa idade, não somos? Vocês, por exemplo, são de uma idade em que é impossível compreender como trinta e dois anos podem parecer o início de uma vida, e não o final."

"Mas *eu* sou sua filha", disse Elisabet, com uma expressão de quem podia chorar de novo.

"Claro que é", disse Klara, e ajeitou uma das tranças curtas de Elisabet atrás da orelha. "Por isso é que vim até aqui falar com você. Não podia deixar que atravessasse o oceano sem me despedir direito."

"*Mesdames*", disse Andras. "Desculpem. Acho que o senhor Camden e eu vamos dar uma volta e deixar vocês sozinhas."

"Certo", disse Paul. "Vamos descer e dar uma olhada no navio."

Tudo se tornara muito angustiante; tinha havido choro demais para o gosto de Paul e Andras ficara aturdido com a menção a seus futuros filhos. Era um alívio para os dois deixar Klara e Elisabet e se afastar dali.

A caminho do porto, passaram por uma feira de rua, com homens que vendiam cavalinhas, linguados, lagostins, caixas de *myrtilles*, sacos de abóbora, ameixas amarelas. Famílias de férias lotavam as ruas, e havia tantas crianças em trajes de marinheiro que poderiam formar uma marinha infantil. Timidamente, como se o extravasamento de emoção que tinham acabado de presenciar representasse uma ameaça à sua masculinidade, Andras e Paul falaram sobre navios e esporte e, depois, quando passaram por um navio de guerra inglês ancorado num dos enormes atracadouros do cais, sobre as perspectivas de uma guerra. Todos esperavam que a declaração de Chamberlain em apoio à Polônia pudesse levar a algumas semanas de calma em torno da questão de Danzig e talvez, quem sabe, até a uma acomodação pacificadora no final, mas Hitler acabara de concluir uma reunião em Berchtesgaden com o líder do partido nazista de Danzig e mandara um navio de guerra para o porto da cidade livre. Se a Alemanha reivindicasse a posse de Danzig, a França e a Inglaterra declarariam guerra. Naquela semana, aviões de guerra franceses fizeram um ataque simulado a Londres a fim de testar a eficiência do sistema de defesa aérea inglês. Alguns londrinos acharam que a guerra havia começado e três pessoas morreram na correria para os abrigos antiaéreos.

"O que você acha que os Estados Unidos vão fazer?", perguntou Andras.

Paul encolheu os ombros. "Roosevelt vai lançar um ultimato, eu acho."

"Hitler não tem medo de Roosevelt. Veja o que aconteceu em abril."

"Bem, não tenho pretensão de entender grande coisa do assunto", respondeu Paul, levantando as mãos numa mímica de autodefesa. "Sou só um pintor. Na maioria dos dias nem leio o jornal."

"Sua noiva é judia", disse Andras. "A família dela está aqui. A guerra vai afetá-la, quer os Estados Unidos se envolvam ou não."

Os dois ficaram em silêncio, parados por um tempo, olhando para o navio com seus canhões encrustados. "Que tipo de serviço militar você escolheria se tivesse de lutar?", perguntou Paul.

"Não na Marinha, disso não há dúvida", respondeu Andras. "A primeira vez que vi o mar foi há um ano. E também não escolheria nenhum posto em que eu tivesse de ficar numa vala. Nada de trincheira. Mas eu podia aprender a pilotar um avião de combate. É isso o que eu gostaria de fazer."

Paul abriu um sorriso. "Eu também", ele disse. "Sempre achei que deve ser fantástico pilotar um avião."

"Mas eu não gostaria de matar ninguém", disse Andras.

"Certo", concordou Paul. "Esse é que é o problema. Mas eu não me importaria de ser um herói. Ficaria feliz de ganhar umas medalhas."

"Eu também", disse Andras. Era bom, embora um pouco vergonhoso, admitir aquilo.

"Então a gente vai se ver no ar", disse Paul, e riu, mas havia alguma coisa forçada em seu riso, como se a possibilidade de uma guerra e de seu envolvimento naquilo tivesse, de repente, se tornado algo real para ele.

Chegaram ao S. S. *Île de France*. Suas dimensões volumosas se erguiam à frente deles como a face principal de uma geleira. O casco estava reluzente por causa da pintura nova; todas as letras do nome do navio eram altas e largas como um homem. O mar espirrava em torno do casco no atracadouro, exalando um cheiro forte de peixe morto, óleo e algas de cais, e de alguma coisa salgada e calcificada que devia ser o cheiro da própria água do mar. O navio se erguia a uma altura de quinze andares acima da linha da água; de onde estavam, Andras e Paul contaram cinco terraços. Os conveses fervilhavam de estivadores, marinheiros, camareiras com os braços cheios de roupas de cama. Centenas de pessoas faziam os preparativos finais para a partida de uma quantidade de passageiros equivalente aos habitantes de uma pequena cidade, para uma viagem de dezessete dias. Haveria mil e quinhentos passageiros a bordo, disse Paul; o navio tinha cinco salões de baile, um cinema, uma galeria de tiro, um amplo ginásio esportivo, uma piscina coberta, uma centena de botes salva-vidas. O navio tinha quase duzentos e quarenta metros de comprimento e viajaria a vinte e quatro nós de velocidade. A bordo, havia uma surpresa para Elisabet, uma última extravagância: eles viajariam numa cabine com varanda privativa e Paul tinha encomendado três dúzias de rosas brancas e uma caixa de champanhe.

"Pelo menos você conseguiu consertar seu chapéu", disse Andras. "Imagine quanto ia gastar se tivesse comprado um novo."

Naquela noite, jantaram juntos no terraço de um restaurante à beira d'água. Comeram mariscos frescos em molho de tomate e peixe assado com limões e azeitonas, beberam duas garrafas de vinho, falaram sobre suas fantasias de infância e os lugares exóticos que pretendiam conhecer antes de morrer: Índia, Japão, Marrocos. Era quase igual a um feriado. Klara estava num ótimo estado de humor, pela primeira vez em várias semanas, como se, por ter encontrado Elisabet, ainda pudesse evitar a separação tão temida. Mas os planos continuaram de pé: Elisabet e Paul embarcariam pela manhã. E, à medida que a noite avançava, Andras tornou-se consciente de uma tensão familiar dentro de si, uma bobina que vinha se enrolando, com cada vez mais força, no decorrer do dia: era o temor de que, depois que Elisabet fosse embora, Klara também desaparecesse de alguma forma, como se a tensão entre ambas fosse aquilo que a mantinha ancorada no mundo.

No hotel, após o jantar, ele e Klara se separaram para dormir. Ela dormiria na suíte de Elisabet enquanto Paul e Andras dividiriam um quarto simples no último andar, embaixo do beiral do telhado. Quando Klara disse *bonne nuit*, apertou as bochechas de Andras com a mão como se fosse uma promessa; naquela noite, ele adormeceu com a esperança de que a vida que os dois construiriam juntos poderia ser um bálsamo para a dor de Klara. Mas, quando desceu ao raiar do dia, viu-a de pé, sozinha, na varanda, com o casaco enrolado nos ombros, observando enquanto a luz cor-de-rosa galgava as chaminés do navio *Île de France*. Andras ficou parado no limiar da porta da varanda por um longo tempo, sem se aproximar dela. A maré estava mudando. Sua filha estava de partida. Não havia nada que ele pudesse fazer para substituir o que estava sendo tirado de Klara.

Às oito horas foram para o cais a fim de se despedir de Paul e Elisabet. O navio zarparia ao meio-dia; os passageiros deviam embarcar às nove horas. Compraram um buquê de violetas para Elisabet embarcar e uma dúzia de doces confeitados, além de um cilindro de serpentinas amarelas para ela atirar quando o navio partisse. Elisabet estava com um chapéu de palha enfeitado com uma fita vermelha e seus olhos azuis se mostravam febris com a expectativa da viagem.

Paul estava ansioso para embarcar, ansioso para mostrar a Elisabet o que havia planejado para ela. Mas fez questão de que o fotógrafo do navio tirasse uma fotografia dos quatro juntos no cais, com o *Île de France* avultando ao fundo. Em seguida houve uma agitação por causa dos baús da bagagem, e algumas peças de roupa tiveram de ser retiradas das malas no último instante. Por fim, no horário marcado, um apito vulcânico ressoou de algum ponto próximo ao cume do navio e os passageiros que ainda não tinham embarcado começaram a se aglomerar no caminho para o portaló.

Tinha chegado a hora. Klara puxou Paul para o lado para lhe dizer algumas últimas palavras. Andras e Elisabet ficaram sozinhos no cais, olhando um para o outro. Andras não havia planejado o que diria para ela naquele momento. Ficou surpreso ao se sentir triste daquele modo por Elisabet estar partindo; no jantar na noite anterior, tinha começado a ver como ela seria quando adulta e descobriu que tinha mais coisas da mãe do que ele imaginara.

"Não creio que você esteja triste por me ver partir", disse Elisabet. Mas olhava para ele com uma ponta de humor no canto dos olhos, e falou em húngaro.

"Pois é", disse Andras, e segurou sua mão. "Já era hora."

Ela sorriu. "Faça mamãe nos visitar, está certo?"

"Vou fazer", respondeu Andras. "Quero conhecer Nova York."

"Vou mandar um cartão-postal."

"Ótimo."

"Ainda não me acostumei à ideia de que você vai se casar com ela", disse Elisabet. "Isso fará de você meu..."

"Por favor, não diga a palavra."

"Tudo bem. Escute: se eu souber que você a magoou, venho aqui e mato você pessoalmente."

"E se eu souber que você magoou esse seu marido que não tem onde cair morto...", começou Andras, mas Elisabet lhe deu um tapa no ombro e já era hora de ela se despedir de Klara. As duas ficaram paradas, bem perto e de frente uma para a outra. Elisabet curvou a cabeça até encostar na cabeça da mãe. Andras deu as costas e apertou a mão de Paul.

"A gente se vê nas histórias em quadrinhos", disse Paul em inglês. "É assim que a gente fala nos Estados Unidos quando se despede de uma pessoa bacana." E traduziu para Andras: "*Je te verrai dans les bandes dessinées*".

"Soa melhor em francês", disse Andras, e Paul teve de concordar.

O apito do navio ressoou novamente. Klara beijou Elisabet mais uma vez e ela e Paul subiram pelo portaló e desapareceram na multidão de passageiros. Klara segurou o braço de Andras, em silêncio e sem chorar, até que Elisabet apareceu na amurada no navio. Já naquela altura, horas antes de o navio zarpar, Elisabet estava tão distante que só era reconhecível pela fita vermelha que esvoaçava da aba de seu chapéu e pelo pontinho roxo que era o cone de violetas em sua mão. O borrão a seu lado era Paul em seu paletó de marinheiro. Klara segurou a mão de Andras e a apertou. Seu rosto magro estava pálido embaixo da ondulação morena do seu cabelo; em sua pressa de chegar a Le Havre, ela se esquecera de pôr um chapéu. Acenou com um lenço para Elisabet, que acenou com o dela em resposta.

Três horas depois, viram o *Île de France* deslizar rumo à vastidão azul e plana do mar aberto e do céu. Que assombro, pensou Andras, que um navio daquele tamanho fosse se encolhendo até ficar do tamanho de uma casa e depois do tamanho de um carro; do tamanho de uma mesa, de um livro, de um sapato, de uma noz, de um grão de arroz, de um grão de areia. Que assombro que a maior coisa que ele já tinha visto não conseguisse se esquivar do efeito da distância. Aquilo deu a Andras a consciência de sua própria pequenez no mundo, sua insignificância em face do que podia acontecer e, por um momento, seu peito encheu-se de pânico.

"Você está doente?", perguntou Klara, e pôs a mão em seu rosto. "Qual é o problema?"

Mas ele achava impossível traduzir seu sentimento em palavras. Num instante aquilo passou e depois estava na hora de ir para o carro e voltar para casa.

25. O consulado húngaro

Durante todo o tempo em que Andras e Klara estiveram em Le Havre, Tibor e Ilana ficaram juntos no apartamento da Rue de Sévigné. Tibor contou a história no dia seguinte enquanto ele e Andras caminhavam pela margem do Sena, observando as barcaças compridas e chatas passarem embaixo das pontes. De vez em quando captavam um trecho de música cigana que dava em Andras a impressão de que estavam de volta a Budapeste, como se pudesse erguer os olhos e ver a cúpula dourada do Parlamento na margem direita e o monte do castelo na margem esquerda. A tarde estava úmida e havia um cheiro de calçamento molhado e de água de rio; na luz oblíqua, Tibor parecia desfigurado pela alegria. Contou para Andras que, ainda no trem, Ilana se dera conta de que tinha cometido um erro, mas se sentira impotente para deter algo que já estava em andamento. Havia um interminável carrossel de culpa: a dela, a de Ben Yakov, a de Tibor. Cada um deles tinha agido mal com os outros, cada um fora alvo de algo ruim feito pelos outros. Era um milagre que eles emergissem daquele redemoinho angustiante com suas faculdades mentais intactas. Mas Tibor foi protegido por sua distância física de Paris; Ilana, por Klara, como se fosse filha dela; e Ben Yakov tinha conversado com Andras em seu quarto à noite.

"Ela vai voltar para a Itália comigo", disse Tibor. "Vou levá-la para casa, para Florença, e ficar lá o resto do verão. Vou pedi-la em casamento hoje, se puder, mas gostaria que seus pais não me considerassem um inimigo. Quero ter a autorização deles."

"É correto da sua parte. Mas e se eles recusarem?"

"Vou correr o risco. Afinal, a gente nunca sabe. Talvez gostem de mim."

Atravessaram a Île de la Cité e a Petit Pont para entrar no Quartier Latin, onde se viram descendo pela Rue Saint-Jacques. O prédio de József ficava logo adiante; a última vez que Andras estivera lá tinha sido na noite após o jejum do Yom Kippur. Desde então, vira József algumas vezes, de passagem, mas fazia meses que não cruzava o limiar da porta de seu prédio. Estava se aproximando rapidamente a hora em que ele e Klara teriam de voltar à ideia de confiar a ele seu segredo. Quando chegaram ao prédio, Andras viu que a porta da rua estava aberta e com dois baús de viagem lustrosos e cobertos de etiquetas, com o nome e o endereço de József inscritos de forma bem visível nas laterais. Logo depois o próprio József surgiu num terno de viagem próprio para o verão.

"Lévi!", exclamou. Deixou seu olhar percorrer Andras dos pés à cabeça, que se sentiu avaliado de um modo fraternal e perplexo. "Tenho de reconhecer, meu rapaz, que você está com um ótimo aspecto. E aqui está o outro Lévi, o futuro médico, se não me engano. Que lástima terem me apanhado na hora em que estou de partida e afobado. Do contrário, poderíamos tomar um drinque. Por outro lado, como isso é conveniente para mim. Vocês podem me ajudar a chamar um táxi."

"Vai sair de férias?", perguntou Tibor.

"É o que eu deveria fazer", respondeu József, e uma expressão incomum passou por suas feições — um olhar que Andras só poderia definir como desgosto. "Eu devia ir ao encontro de alguns amigos em Saint-Tropez. Em vez disso, estou de partida para Budapeste."

"Por quê?", perguntou Andras. "O que aconteceu?"

József ergueu o braço para um táxi que passava. O carro encostou na calçada e o motorista saltou para pegar as malas dele. "Escutem", disse József. "Por que vocês dois não vêm até a estação comigo? Vou ter de ir até a Gare du Nord e o percurso vai levar meia hora nesse trânsito. A menos que tenham algo melhor para fazer."

"Algo melhor do que uma viagem comprida no meio desse trânsito?", disse Andras. "Não consigo imaginar."

Entraram no táxi e seguiram pela Rue Saint-Jacques na direção de onde tinham acabado de vir. József apoiou o braço comprido no alto do encosto do banco e virou-se para Andras.

"Pois bem, Lévi", ele disse. "É uma má notícia, mas acho que devo contar para você."

"O que é?", perguntou Andras.

"Você já renovou seu visto de estudante?"

"Ainda não. Por quê?"

"Não fique surpreso se tiver problemas no consulado húngaro."

Andras, com as sobrancelhas franzidas, olhou bem para József; a declinante luz das cinco horas da tarde se derramava através das janelas do táxi e iluminava aquilo que ele não tinha visto antes: a sombra de preocupação embaixo dos olhos de József, os vestígios de uma noite sem dormir. "Que tipo de problema?", perguntou.

"Fui lá renovar meu visto. Pensei que ainda tinha algumas semanas de prazo. Não achei que fossem criar nenhum problema. Mas aí me disseram que não podiam fazer isso, não aqui na França."

"Mas não faz sentido", disse Tibor. "É exatamente essa a tarefa de um consulado."

"Não é mais, ao que parece."

"Se eles não vão renovar seu visto na França, onde farão isso?"

"Em nossa terra", disse József. "É por essa razão que estou indo para lá."

"Não podia pedir ao seu pai para resolver o assunto para você?", perguntou Andras. "Ele não pode usar sua influência para fazer alguém dar algum jeito? Ou então, me desculpe a vulgaridade, ele não pode simplesmente subornar alguém?"

"É o que eu esperava", disse József. "Mas parece que não. A influência de meu pai não é tão grande como foi um dia. Ele não é mais o presidente de um banco. Trabalha no mesmo escritório de antes, mas agora tem um cargo diferente. Secretário do conselho ou algum disparate como esse."

"Tem a ver com o fato de ser judeu?"

"É claro. O que mais podia ser?"

"E imagino que são só os judeus que precisam voltar à Hungria para renovar seus vistos."

"E isso surpreende você, meu velho?"

Andras puxou seus documentos do bolso do paletó. "Meu visto vale por mais três semanas."

"Era o que eu pensava do meu. Mas não vale mais, a menos que você esteja fazendo um curso de verão. O próximo período letivo não conta, ao que parece. É melhor você ir ao consulado antes que alguém peça seus documentos. No que diz respeito às autoridades, você está aqui ilegalmente."

"Mas isso é impossível. Não faz sentido."

József encolheu os ombros. "Eu gostaria muito de poder lhe dizer o contrário."

"Não posso ir a Budapeste agora", disse Andras.

"Para dizer a verdade, quase não vejo a hora de chegar lá", disse József. "Vou dar um mergulho no parque aquático de Szécsenyi, tomar um bom café no Gerbeaud, bater papo com os rapazes do *gimnázium*. Talvez vá passar um tempo numa casa no lago Balaton. Depois farei o que tenho de fazer com meu passaporte e voltarei para cá no início do período letivo do outono — se houver um período letivo de outono, é claro, o que depende dos caprichos de Herr Hitler."

Andras afundou no encosto do banco do táxi, tentando assimilar o que tinha acabado de ouvir. Em geral, ele podia ter dado as boas-vindas àquela desculpa para voltar ao seu país durante algumas semanas; afinal, fazia dois anos que não via os pais nem Mátyás. Mas estava à beira de casar; e queria fazê-lo enquanto Tibor se encontrava em Paris. Andras ia mudar para a Rue de Sévigné. E além do mais havia o problema de Hitler e Danzig. Não era a hora de pegar um trem para Budapeste, não era a hora de atravessar o continente, não era a hora de seu visto ser posto em questão. De todo modo, como poderia pagar uma viagem tão longa? O preço de uma passagem de ida e volta consumiria tudo o que conseguira poupar para comprar a aliança de Klara e pagar seus estudos durante o outono. Andras não tinha as economias que Tibor possuía; não havia trabalhado durante seis anos, antes de viajar para fazer seus estudos. De repente, sentia-se doente e teve de baixar o vidro da janela do táxi e pôr a cara de fora para receber o ar da brisa.

"Eu devia ter falado com você antes", disse József. "Poderíamos ter viajado juntos."

"Foi erro meu", disse Andras. "Não tive coragem de ver você de novo, depois do dia em que fiquei bêbado no seu quarto."

"Nunca tenha vergonha", disse József. "Não de mim. Não por esse motivo." E então voltou-se para Tibor: "E quanto a você?", disse. "Como vai a faculdade de medicina? É na Suíça, não é?"

"Itália."

"É claro. Então, agora você já é quase um médico."

"Estou bem longe disso ainda."

"E o que o trouxe à cidade?"

"É uma longa história", disse Tibor. "A versão resumida é: estou cortejando uma mulher que casou faz pouco tempo com um amigo de Andras. Fico feliz que você vá embora da cidade antes de poder me persuadir a contar mais a respeito do assunto."

József riu. "Essa é muito boa", disse. "Quem dera eu tivesse tempo para a versão mais longa."

Chegaram à estação e o motorista saiu do táxi para desamarrar as malas presas no teto. József abriu sua carteira e contou o dinheiro. Andras e Tibor deslizaram para fora do carro depois dele e o ajudaram a levar as malas para dentro da estação.

"Creio que é melhor irmos embora", disse Andras, depois que entregaram a bagagem a um carregador. "Senão você vai perder o trem."

"Escute", disse József. "Se você for de fato para Budapeste, me procure. Vamos tomar uma bebida. Vou apresentar você a umas garotas que eu conheço."

"Monsieur Hász, o playboy", disse Tibor.

"Não esqueça", disse József e piscou o olho. Em seguida jogou no ombro sua mala de cor castanha e avançou a passos largos dentro da estação abarrotada de gente.

Antes que passasse uma semana, Andras seria obrigado a voltar à Gare du Nord com suas próprias malas. Mas tudo o que sabia, enquanto ele e Tibor começaram sua longa caminhada rumo à Rue de Sévigné naquela noite, era que precisava ir ao consulado e explicar que sua condição de visitante legal tinha de ser reconhecida. Só até o fim do mês — só o tempo necessário para obter uma permissão e casar. Depois disso, Andras não tinha o direito de solicitar a cidadania francesa? Não poderia então ir e vir como bem entendesse?

Na casa de Klara, todas as luzes estavam acesas e as mulheres mantinham-se fechadas no quarto. Ilana saiu para dizer a Andras que ele não podia entrar; a costureira estava lá e atrás da porta do quarto de Klara transcorriam os preparativos secretos do vestido de casamento.

Andras emitiu um som de desolação. Ele e o irmão foram para a porta da frente e sentaram-se cada um numa ponta do sofá, onde Tibor tirou do bolso seus documentos e passou a examinar seu visto com atenção.

"O meu tem validade até janeiro", ele disse. "E estou matriculado num curso de verão, embora provavelmente não vá ser aprovado, já que acabo de abandoná-lo."

"Mas você está matriculado. Deve estar tudo certo."

"E quanto a você? O que vai fazer?"

"Vou ao consulado", disse Andras. "Depois vou a Mairie. Farei tudo o que tiver de fazer. Tenho de conseguir documentos válidos de qualquer jeito, para poder tirar a licença para casar."

Do quarto, veio um trio de exclamações, um riso cada vez mais alto. Tibor dobrou seus documentos outra vez e colocou-os sobre a mesa. "O que vai dizer a ela?"

"Por enquanto nada", respondeu. "Não quero que fique preocupada."

"Vamos ao consulado amanhã", disse Tibor. "Se você explicar o problema, talvez concedam a você uma prorrogação. E se criarem problemas, eles que se cuidem." Ergueu os punhos cerrados numa postura ameaçadora. Mas suas mãos eram elegantes como as de um pianista, compridas e magras; os nós dos dedos tinham o aspecto lustroso de pedras de rio e seus tendões se irradiavam em leque como os ossos delicados da asa de um passarinho.

"Que Deus nos ajude, a nós todos", disse Andras, e conseguiu dar um sorriso.

O consulado húngaro não ficava distante da embaixada alemã, onde Ernst vom Rath encontrara seu assassino. À primeira vista, o prédio poderia levar um expatriado a ter saudades de sua terra natal; a fachada era marchetada com mosaicos que representavam imagens de Budapeste e da zona rural. Mas o artista tinha uma queda misteriosa para a feiura: as pessoas pareciam sofrer de anemia ou inchaço, as paisagens padeciam de uma falta de perspectiva quase imperceptível, apenas o bastante para suscitar uma vaga náusea no espectador. Andras não tivera apetite para tomar o café da manhã; quase não havia dormido na madrugada anterior. De algum modo, ele conseguira passar a noite anterior sem mencionar a situação para Klara, mas ela desconfiou que alguma coisa estava errada. Depois do jantar, quando os dois irmãos se preparavam para ir ao Quartier Latin, ela o deteve no corredor e perguntou se ele estava apreensivo por causa do casamento.

"Nem um pouco", respondeu. "É exatamente o contrário. Estou ansioso para que aconteça logo."

"Eu também", ela disse, e pôs os braços em volta de Andras na saleta sombria. Ele a beijou, mas seu pensamento estava distante. Pensava naquilo que o vinha preocupando mais que tudo desde a viagen de táxi naquela tarde: não a perspectiva de encontrar resistência no consulado, nem o problema de conseguir pagar a passagem de ida e volta para a Hungria, mas o fato de que o jovem que foi tão afoito para a estação de trem era *József Hász*, que sempre parecera milagrosamente isento das dificuldades da vida comum — ele partira para Budapeste por causa de um carimbo em um documento.

No dia seguinte, no consulado, uma senhora de cabelo vermelho com sotaque de Hajdú disse a Andras que seu visto havia expirado quando suas aulas terminaram no início do verão e que ele estava na França ilegalmente havia um mês e meio; tinha de deixar o país de imediato se não quisesse ser preso. Recebeu uma cópia de uma carta padronizada que declarava que ele tinha permissão para voltar à Hungria. Parecia uma medida desnecessária; ele era um cidadão húngaro, afinal. Mas Andras estava abalado demais para refletir naquilo com mais vagar. Precisava pensar no que teria de fazer quando chegasse a Budapeste, a fim de poder voltar a Paris o mais depressa possível. Tibor, que fora com o irmão como prometera, ficou com as mãos nos bolsos e fazia perguntas com delicadeza quando Andras dava sinais de que ia erguer a voz e fazer exigências e reclamações. Graças às perguntas educadas dele, os dois souberam que, se Andras levasse uma declaração da faculdade dizendo que era um aluno regularmente matriculado e que sua bolsa de estudos seria renovada no outono, ele poderia obter mais um visto de dois anos quando chegasse a Budapeste. Qualquer membro da faculdade podia assinar a declaração; tinha valor desde que fosse apresentada numa folha de papel timbrado da faculdade e tivesse o carimbo oficial da instituição. Tibor foi efusivo em seus agradecimentos e a mulher de cabelo vermelho chegou ao ponto de dizer que lamentava muito aquele transtorno. Mas seus pequenos olhos estavam impassíveis quando carimbou ÉRVÉNYTELEN em vermelho no visto de Andras. Expirado. Sem valor. Ele tinha de partir imediatamente. Não fazia nenhum sentido ir a Mairie para pedir uma licença para casar; Andras poderia ser preso se mostrasse seus documentos vencidos. A passagem de trem consumiria todas as suas economias, mas ele não tinha escolha. Podia começar a economizar de novo quando voltasse.

Ele e Tibor foram à École Spéciale a fim de obter a declaração oficial, mas quando tentaram abrir a porta da frente viram que estava trancada. É claro: a faculdade ficaria fechada até o final do mês de agosto. Todos, até os serventes, estavam de férias; não voltariam antes do início de setembro. Andras soltou uma blasfêmia para o céu leitoso e quente.

"Como vamos arranjar papel timbrado?", disse Tibor. "Como vamos arranjar um carimbo oficial?"

Andras soltou outra praga, mas então lhe veio uma ideia. Se havia uma coisa que ele conhecia muito bem era a arquitetura da École Spéciale. Foi uma das primeiras plantas que estudou no ateliê; fizeram uma pesquisa exaustiva de todos os detalhes do prédio, desde a pedra fundamental da sala neoclássica da entrada até o telhado de vidro piramidal do anfiteatro. Ele conhecia todas as portas, todas as janelas, até as calhas de distribuição de carvão e a rede de tubos pneumáticos que permitiam que o escritório central mandasse mensagens para os ateliês dos professores. Sabia, por exemplo, que se você se aproximasse do muro dos fundos da faculdade através do Cimetière de Montparnasse encontraria uma porta atrás de uma catarata de hera — tão bem escondida que nunca ficava trancada. Dava para o pátio, de onde se podia alcançar o escritório da secretaria através de janelas basculantes que se abriam inteiras num ponto frouxo. Com ajuda daquelas passagens, Andras e Tibor se viram dentro da secretaria da faculdade, um local morto nas férias. Uma caixa de papel no escritório fornecia um suprimento de folhas timbradas e envelopes, e Tibor localizou o carimbo oficial dentro da gaveta de uma escrivaninha. Nem ele nem Andras tinham prática no uso de máquinas de escrever; tiveram de fazer oito tentativas para conseguir produzir um exemplar adequado de uma declaração afirmando que Andras estava de fato matriculado como aluno regular na École Spéciale e que continuaria a receber sua bolsa de estudos no período letivo do outono. Puseram o nome de Pierre Vago na declaração e Tibor forjou a assinatura de Vago com um floreio de caligrafia tão pomposo que o próprio professor teria sentido inveja. Em seguida, estamparam o carimbo oficial da faculdade na declaração.

Antes de irem embora, Andras mostrou para Tibor a placa declarando que ele havia ganhado o Prix du Amphithéâtre. Tibor ficou parado por muito tempo olhando para ela, com os braços cruzados sobre o peito. Por fim voltou à secretaria, onde pegou duas folhas de papel timbrado e um lápis. Pôs as folhas em cima da placa e fez dois decalques dos dizeres com o lápis.

"Um para nossos pais", ele disse. "Outro para mim."

Tinham de ir à agência telegráfica passar um telegrama para Mátyás avisando que Andras ia chegar. Os pais só saberiam quando ele chegasse a Budapeste; um telegrama só os deixaria preocupados e uma carta enviada da França talvez só chegasse às mãos deles quando Andras já estivesse de volta a Paris. No telégrafo, homens e mulheres de aspecto preocupado se debruçavam sobre cartões nos balcões de trabalho, compondo de maneira fortuita elegantes haicais que tinham por tema o nascimento e o amor, o dinheiro e a morte. Mensagens semiescritas se espalhavam pelo chão: MAMAN RECEBI..., MATHILDE: LAMENTO INFORMAR... Enquanto Tibor consultava o quadro de horários do trem, do qual a agência telegráfica tinha uma cópia exposta, Andras foi até o guichê para obter seu cartão de telegrama e um lápis. O atendente de viseira verde lhe apontou um dos balcões. Andras foi até o local indicado e esperou seu irmão, que lhe disse que o expresso para Danúbio partiria na manhã seguinte às sete e trinta e três e chegaria a Budapeste setenta e duas horas depois.

"O que vamos escrever?", perguntou Andras. "Há tanta coisa para dizer."

Tibor lambeu a ponta do lápis e sugeriu: "MÁTYÁS CHEGO BUDAPESTE TERÇA MANHÃ. FAVOR TOMAR BANHO. AMOR ANDRAS".

"Favor tomar banho?"

"É provável que você tenha de dormir na mesma cama que ele."

"Bem pensado. Que sorte você estar aqui para me ajudar."

Pagaram e o telegrama entrou na fila para ser despachado. Andras tinha apenas de ir à Rue de Sévigné contar seus planos para Klara. Tinha medo só de pensar na conversa, nas notícias que teria de transmitir; os planos de casamento interrompidos, seu visto vencido. A confirmação de que Klara tinha razão quando desconfiou que havia alguma coisa errada. Com o destino da Europa tão incerto, como poderia Andras convencê-la de que o destino deles dois haveria de ser menos incerto? Porém, quando chegaram ao apartamento, souberam que ela e Ilana tinham saído juntas numa missão misteriosa — para onde, a sra. Apfel não sabia dizer. Eram quatro horas; num dia comum, Klara estaria dando aula de balé. Mas sua escola também tinha um recesso em agosto. Não fosse o divórcio de Ilana e a partida de Elisabet, eles mesmos poderiam ter viajado para algum lugar, talvez de novo para o chalé de pedra em Nice. Agora estavam juntos na cidade, as lojas e os restaurantes estavam fechados em toda parte, a cidade cochilava num nevoeiro dourado. Andras se perguntava aonde Klara e Ilana podiam ter ido em segredo. Elas voltaram para casa quinze minutos depois, com o cabelo molhado, a pele rosada e reluzente, um brilho em torno delas; tinham ido aos banhos turcos no 6º arrondissement. Andras não pôde deixar de seguir Klara até o interior de seu quarto para vê-la vestir-se para o jantar. Ela sorriu por cima do ombro quando deixou o vestido de verão cair no chão. Seu corpo estava frio e pálido, sua pele aveludada como uma folha de sálvia. Era impossível pensar em pegar um trem que o levaria para longe dela, mesmo que fosse só por um dia.

"Klárika", ele disse, e ela virou o rosto para ele. Seu cabelo tinha secado em cachinhos suaves em volta do pescoço e da testa; ele sentia um desejo tão forte que tinha quase vontade de mordê-la.

"O que é?" Klara pôs a mão na pele nua do braço de Andras.

"Aconteceu uma coisa", ele disse. "Tenho de ir a Budapeste."

Ela piscou os olhos de surpresa. "Mas Andras... meu Deus, alguém morreu?"

"Não, não. Meu visto expirou."

"Não pode simplesmente ir ao consulado para resolver isso?"

"Mudaram as regras. József me avisou. Ele também teve de ir... Estava a caminho da Gare du Nord quando o vi. Agora estou na França ilegalmente, segundo o governo. Tenho de partir imediatamente. Um trem sai amanhã de manhã."

Ela pegou um roupão de seda branca e vestiu; sentou-se no banquinho ao lado da penteadeira com o rosto sem cor.

“Budapeste”, ela disse.

“É só por alguns dias.”

“Mas e se você tiver alguma dificuldade? E se não renovarem seu visto? E se uma guerra começar enquanto você estiver fora?” Aos poucos, com ar pesaroso, desamarrou a fita verde que prendia seu cabelo na nuca e ficou parada muito tempo com aquele pedaço de seda na mão. Quando voltou a falar, sua voz tinha perdido o equilíbrio cuidadoso. “Íamos nos casar na semana que vem. E agora você vai para a Hungria, o único lugar aonde não posso ir com você.”

“É só o tempo de eu chegar lá, ver meus pais e voltar.”

“Não vou suportar se alguma coisa acontecer.”

“Você acha que eu queria ir sem você?”, disse Andras e puxou-a para ficar de pé. “Acha que eu consigo suportar essa ideia? Duas semanas sem você, enquanto a Europa está à beira da guerra? Acha que eu quero isso?”

“E se eu for com você?”

Ele balançou a cabeça. “Sabemos que não é possível. Conversamos sobre isso. É perigoso demais, sobretudo agora.”

“Eu nunca teria pensado em fazer isso enquanto Elisabet estava aqui, mas agora não preciso mais me proteger pelo bem dela. E, Andras... agora conheço um pouco do que minha mãe deve ter sofrido quando tive de partir. Ela está ficando velha. Quem sabe quando terei uma chance de vê-la de novo? Faz mais de dezoito anos. Talvez eu dê um jeito de encontrá-la em segredo e ninguém jamais saiba. Se ficarmos por um tempo curto, não vamos correr perigo... Já faz quase duas décadas que sou Claire Morgenstern. Tenho um passaporte francês. Por que alguém colocaria isso em dúvida? Por favor, Andras. Deixe-me ir.”

“Não posso”, ele disse. “Nunca me perdoarei se você for descoberta e presa.”

“Isso seria pior do que ter de ficar longe de você?”

“Mas são só duas semanas, Klara.”

“Duas semanas durante as quais tudo pode acontecer!”

“Se a Europa entrar em guerra, você estará mais segura aqui.”

“Minha segurança!”, ela disse. “O que isso significa para mim?”

“Pense no que isso significa para mim”, ele disse. E beijou a testa pálida de Klara, suas faces, sua boca. “Não posso deixar que você vá”, ele disse. “Não faz sentido discutir esse assunto. Não posso. E daqui a pouco tenho de ir para casa e arrumar minhas coisas para a viagem. Meu trem parte amanhã às sete e meia. Portanto você tem de pensar agora. Você tem de sentar e pensar no que gostaria de mandar para Budapeste. Posso levar cartas para você."

"Que pequeno consolo!"

"Imagine que consolo será para sua mãe receber uma carta sua." Com mãos trêmulas, tocou no cabelo de Klara, em seus ombros. "E posso falar com ela, Klara. Posso perguntar se permite que eu tenha você como esposa."

Klara fez que sim com a cabeça e segurou a mão de Andras, mas não estava mais olhando para ele; parecia que ela havia se recolhido para algum remoto e pequeno abrigo de autoproteção. Quando foram para a sala de estar para que Klara pudesse escrever, ele ficou de pé junto à janela aberta e contemplou os castanheiros que davam brotos e deixavam à mostra a pálida face de baixo de suas folhas. A brisa lá fora tinha cheiro de tempestade. Ele sabia que estava agindo pela segurança dela, como devia fazer um marido. Andras sabia que estava fazendo o que era certo. Em breve ela terminaria de escrever as cartas e depois trocariam um beijo de despedida.

Como ele poderia saber que aquela seria sua última noite como residente de Paris? O que poderia ter feito, como poderia ter passado aquelas horas, se soubesse? Teria caminhado pelas ruas a noite inteira a fim de gravar na memória os ângulos imprevisíveis das ruas, seus cheiros, suas variações de luz? Teria ido ao apartamento de Rosen e acordado o amigo, desejado a ele boa sorte em sua luta política e em sua relação com Shalhevet? Teria ido visitar Ben Yakov em seu apartamento desolador pela última vez? Teria ido à casa de Polaner, teria se agachado ao lado do amigo e dito a ele a verdade: que o amava mais do que amara qualquer outro amigo, que devia a ele sua vida e sua felicidade, que jamais sentira tamanha exaltação como nas horas em que os dois trabalharam juntos no ateliê à noite, criando algo que eles acreditavam ser audacioso e bom? Teria feito uma última caminhada até o teatro Sarah-Bernhardt, a grande senhora adormecida, com seus assentos de veludo vermelho polvilhados de poeira, seus corredores vazios e silenciosos, seus camarins ainda com cheiro de maquiagem de palco? Teria se esgueirado até os escritórios de arquitetura de Forestier para memorizar seu catálogo de ilusionismo e desaparição?

Teria voltado a cruzar a porta secreta que conhecia no Cemitière du Montparnasse, teria voltado ao seu ateliê na faculdade, passado a mão na superfície lisa e familiar de sua prancheta, no sulco para guardar o lápis, nas próprias lapiseiras, com seus apoios para os dedos marcados com linhas cruzadas, o seu grafite duro e liso, o estalido consolador que significava o fim de uma unidade de trabalho e o início de outra? Teria voltado à Rue de Sévigné, o primeiro e último lar de seu coração em Paris, o lugar onde vira de relance Klara Morgenstern pela primeira vez, com um vaso azul nas mãos? O lugar onde eles fizeram amor pela primeira vez? Onde discutiram pela primeira vez e pela primeira vez falaram sobre ter filhos?

Mas Andras não sabia. Só sabia que estava certo ao impedir que Klara viajasse com ele. Andras iria para a Hungria e depois voltaria. Nenhuma guerra poderia impedir que ele voltasse para ela, nenhuma lei, nenhuma regra. Enrolou-se nos cobertores que os dois haviam partilhado e pensou em Klara a noite inteira. A seu lado, no chão, Tibor dormia num colchão emprestado. Havia um consolo indescritível no ritmo familiar de sua respiração. Era quase como se estivessem de volta à sua casa em Konyár, os dois em casa depois do *gimnázium*, num fim de semana, os pais adormecidos do outro lado da parede, e Mátyás dormindo em sua caminha de criança.

Tudo o que ele tinha era sua mala e sua bolsa de couro a tiracolo. Não era bagagem bastante para ter de chamar um táxi. Ele e Tibor foram a pé até a estação, assim como tinham feito quando Andras partira de Budapeste dois anos antes. Quando atravessaram a Pont au Change, ele pensou em virar-se mais uma vez para a casa de Klara, mas não havia tempo; o trem partiria dali a uma hora. Andras só parou numa *boulangerie* para comprar pão para a viagem. Nas vitrines da tabacaria ao lado, os jornais proclamavam que o conde Csaky, o ministro do Exterior da Hungria, tinha partido para Roma numa missão diplomática secreta, enviado pelo governo alemão; fora direto do aeroporto para uma reunião com Mussolini. O governo húngaro se recusara a comentar o propósito da visita, dizendo apenas que a Hungria estava feliz de poder viabilizar a comunicação entre seus aliados.

A estação estava repleta com os viajantes de agosto, o piso era uma barafunda de mochilas e baús de viagem, caixas e valises. Em pouco tempo, Tibor embarcaria num trem e voltaria para a Itália com Ilana; na fila do guichê de passagens, Andras tocou na manga de Tibor e falou: "Eu gostaria de estar lá para ver você casar".

Tibor sorriu e disse: "Eu também".

"Eu nunca poderia imaginar que a situação daria essa reviravolta a seu favor."

"Eu nem me atreveria a pensar que isso era possível", disse Tibor.

"Seu sortudo", falou Andras.

"Vamos torcer para que essa sorte passe para toda a família", respondeu Tibor. Seu olhar se desviara para o início da fila, onde uma mulher frágil, morena, tinha aberto uma carteira para contar as notas. Andras sentiu uma pontada de dor: ela usava o cabelo do mesmo jeito que Klara, um nó frouxo na nuca. Seu casaco de verão tinha um feitio semelhante ao dela, tinha uma postura elegante e ereta. Que destino cruel, pensou, fazer surgir uma visão de Klara na sua frente logo naquele momento.

E então, quando ela se virou para recolocar a carteira na valise, o coração de Andras pareceu parar: era ela. Os olhos cinzentos de Klara cruzaram com os dele e ela ergueu a mão a fim de lhe mostrar o bilhete da passagem: viajaria com ele. Nada que dissesse poderia mantê-la longe.

PARTE IV
A ponte invisível

26. Transcarpátia

Em janeiro de 1940, a Companhia de Serviço de Trabalho 112/30 do Exército húngaro se encontrava estacionada na Transcarpátia. Em algum local entre as cidades de Jalová e Stakčin, não distante do rio Cirocha. Era o território da Tchecoslováquia que a Hungria havia anexado depois que a Alemanha tomou de volta a região dos Sudetos; uma paisagem agreste e escarpada de picos cobertos de urzes e encostas com mata, vales cheios de neve, córregos congelados e estrangulados por pedras. Quando Andras leu sobre a anexação da Transcarpátia nos jornais de Paris e viu no cinejornal imagens daquelas montanhas cheias de florestas, a região não passava de uma abstração para ele, um peão no tabuleiro de xadrez de Hitler. Agora vivia sob o toldo de uma floresta da Transcarpátia e trabalhava como membro do Serviço de Trabalho húngaro que construía uma estrada. Após sua chegada a Budapeste, toda esperança de ter seu visto renovado se evaporou rapidamente. O funcionário no escritório que fornecia vistos, com o hálito de cebola e pimenta, recebeu o pedido de Andras com uma risada, salientando que nascera judeu e estava na idade de servir o Exército; suas chances de receber um segundo visto de dois anos eram comparáveis às chances de *ele*, Márkus Kovács, passar as férias seguintes em Corfu com Lily Pons, há, há, há! O superior do funcionário, homem de espírito mais sóbrio, mas igualmente malcheiroso — charutos, salsichas, suor —, examinou a declaração da École Spéciale e, com um patriótico olhar de relance para a bandeira húngara, afirmou que não falava francês. Quando Andras traduziu a declaração para o superior, ele proclamou que se a faculdade estava tão satisfeita com ele agora, continuaria a aceitá-lo depois que concluísse seus dois anos de serviço militar. Andras insistiu, foi ao escritório dia após dia com uma premência e uma frustração cada vez maiores. Agosto estava chegando ao fim. Tinham de voltar para Paris. A situação de Klara era perigosa e só podia ficar pior quanto mais tempo permanecessem ali. Então, na primeira semana de setembro, a Europa entrou em guerra.

Sob o mais frágil dos pretextos — homens da SS vestidos de soldados poloneses simularam um ataque a uma estação de rádio alemã na cidade fronteiriça de Gleiwitz —, Hitler mandou uma tropa de um milhão e meio de soldados e dois mil tanques atravessarem a fronteira com a Polônia. O jornal diário de Budapeste trazia fotografias de cavalarianos poloneses atacando com espadas e lanças as divisões de *Panzer* alemães. A edição do dia seguinte mostrava um campo de batalha coalhado de cavalos destroçados e restos de armaduras antigas; as tropas risonhas dos blindados tinham penduradas no peito os pedaços de armaduras feitos para proteger as canelas e o tórax. O jornal informava que as armaduras seriam expostas num novo Museu da Conquista que estava em construção em Berlim. Poucas semanas depois, enquanto a Alemanha e a Rússia negociavam a divisão do território conquistado, Andras recebeu sua convocação para o Serviço de Trabalho. Passariam mais dezoito meses antes de a Hungria entrar na guerra, no entanto a convocação de judeus para o Exército começou em julho. Andras apresentou-se no escritório central do batalhão na Soroksári Út, onde soube que sua companhia, a 112/30, seria deslocada para a Transcarpátia. Ele devia partir dali a três semanas.

Levou a notícia para Mátyás na loja de lingerie na Váci Utca, onde ele estava montando uma vitrine nova. Um grupo de senhoras de meia-idade, vestidas de maneira muito correta, observavam da calçada enquanto Mátyás vestia uma fila de manequins com uma série de roupas de baixo progressivamente menores, uma casta cena burlesca entendida de pronto. Quando Andras bateu de leve com os dedos no vidro, Mátyás ergueu o dedo a fim de pedir ao irmão que esperasse; terminou de prender a parte de trás de uma combinação lilás, em seguida desapareceu através de uma porta do tamanho de um duende atrás da vitrine. Logo depois ele apareceu na porta da loja, esta em tamanho normal, com uma fita métrica pendurada nos ombros, a lapela com alfinetes espetados um ao lado do outro. No decorrer daqueles dois anos, Mátyás havia mudado: passara de um garoto magricela para um rapaz esguio e compacto; movia-se no balé mundano de seu tempo com a graça despreocupada de um bailarino. Em seu queixo, surgira uma sombra perpétua de barba por fazer e, em seu pescoço, a formosa caixinha do pomo de adão. Tinha o cabelo bem moreno da mãe com zigomas salientes.

"Tenho de vestir mais algumas garotas de arame", ele disse. "Por que não se junta a mim? Pode me contar as novidades enquanto vou colocando os alfinetes."

Entraram na loja e depois na vitrine através da porta do tamanho de um elfo. "O que acha?", perguntou Mátyás, voltando-se para um manequim de cintura fina. "A camisola cor-de-rosa ou a azul?" Era costume de Mátyás montar as vitrines durante o horário de expediente da loja; descobrira que aquilo atraía um fluxo constante de fregueses que queriam comprar as peças de roupas que ele estava pondo na vitrine naquele momento.

"A azul", disse Andras, e depois: "Adivinhe para onde vou daqui a três semanas."

"Não para Paris, aposto."

"Transcarpátia, com a Companhia de Serviço de Trabalho."

Mátyás balançou a cabeça. "Se eu fosse você, fugiria agora mesmo. Pegaria um trem para Paris e pediria asilo político. Diga que você se recusa a entrar no serviço militar de um país que aceita territórios de presente dos nazistas." Enfiou um alfinete na alça da camisola azul.

"Não posso me tornar um foragido. Estou noivo e vou me casar. Além do mais, as fronteiras da França estão fechadas agora."

"Então vá para outro lugar qualquer. Bélgica, Suíça. Você mesmo disse que Klara não está segura aqui. Leve-a com você."

"Andar pelas estradas de ferro sem rumo como dois nômades, nós dois?"

"Por que não? É muito melhor do que ser embarcado para a Transcarpátia." Mas então ele se pôs ereto, largou o trabalho um instante e fitou Andras por um intervalo demorado; sua fisionomia ficou mais sombria. "Você precisa mesmo ir, não é?"

"Não consigo ver nenhum jeito de escapar. O primeiro deslocamento vai demorar só seis meses."

"E depois terá uma licença parcimoniosa para ser então despachado para mais uma temporada de seis meses. E depois terá de fazer a mesma coisa mais duas vezes." Mátyás cruzou os braços. "Ainda acho que seria melhor você fugir."

"Eu gostaria de poder fazer isso, acredite."

"Klara não vai ficar nem um pouco feliz ao ouvir isso."

"Eu sei. Vou me encontrar com ela. Está esperando por mim na casa da mãe."

Mátyás deu uma palmadinha no ombro do irmão para lhe desejar boa sorte e manteve a portinha aberta para que ele pudesse sair abaixado. Andras passou para o salão da loja, atravessou os portões maiores e acenou para Mátyás através do vidro, enquanto passava entre as mulheres que tinham se aglomerado para olhar a vitrine. Mal podia acreditar que outubro já estava chegando e ele não estava a caminho da faculdade para retomar seus estudos; nos últimos dias, Andras se viu vasculhando obsessivamente as páginas de *Pesti Napló* em busca de notícias de Paris. Os jornais do dia mostravam multidões espremidas nas estações ferroviárias enquanto dezesseis mil crianças eram evacuadas para a zona rural. Se ele e Klara tivessem ficado na França, talvez também tivessem deixado a cidade; ou talvez tivessem preferido ficar, apoiando-se um no outro para o que viesse a acontecer. Em vez disso, lá estava ele em Budapeste, caminhando pela Andrássy Út, rumo a Városliget, para as avenidas sombreadas por árvores onde Klara passara a infância. Já se tornara uma coisa quase corriqueira passar a tarde na casa da Benczúr Utca, embora só tivesse passado um mês desde que os dois chegaram a Budapeste. Naquela ocasião, estavam tão inseguros quanto à situação de Klara que eles tinham receio até de ir à casa; alugaram um quarto no nome de Andras num hotelzinho afastado na Cukor Utca e resolveram que o melhor rumo a tomar seria avisar a mãe de Klara da presença em Budapeste de sua filha foragida, antes que ela fosse à casa da mãe: na tarde seguinte, ele foi à Benczúr Utca e apresentou-se à empregada como um amigo de József. Ela o conduziu até a mesma sala de estar com móveis estofados em cor-de-rosa e dourado onde passara uma hora desconfortável no dia em que partira para Paris. As sras. Hász mais velha e mais jovem estavam jogando baralho numa mesa dourada e de pernas trabalhadas perto da janela; József estava numa poltrona salmão com um livro no colo e bem coberto. Quando viu Andras na porta, József saltou da poltrona e dirigiu as já esperadas saudações joviais, e as também esperadas expressões de lástima por

Andras ter sido obrigado a voltar para Budapeste. A sra. Hász mais jovem fez um discreto cumprimento com a cabeça; a mais velha deu um sorriso de boas-vindas e de reconhecimento. Mas alguma coisa no aspecto de Andras deve ter atraído a atenção da mãe, porque um momento depois ela baixou na mesa o leque de cartas em sua mão e se pôs de pé.

"Senhor Lévi", ela disse. "O senhor está bem? Parece um pouco pálido." E atravessou a sala para pegar sua mão, com uma expressão estoica no rosto, como que se preparando para receber más notícias.

"Estou bem", respondeu Andras. "E Klara também."

Ela o fitou com franca surpresa, e a mãe de József também se levantou. "Senhor Lévi", ela começou, e fez uma pausa, aparentemente insegura sobre como devia preveni-lo sem fazer revelações excessivas ao filho.

"Quem é Klara?", perguntou József. "Sem dúvida não se refere a Klara Hász, não é?"

"Sim", respondeu Andras. E explicou que levara para Klara uma carta de sua mãe, dois anos antes e depois contou como fora apresentado a ela. "Agora ela vive sob o nome de Morgenstern. Você conhece a filha dela. Elisabet."

József sentou-se lentamente na poltrona adamascada, com o aspecto de quem levou um soco na cara, no caso, de Andras. "Elisabet?", ele disse. "Quer dizer que Elisabet Morgenstern é filha de Klara? Klara, minha tia desaparecida?" E então deve ter lembrado que ouviu boatos do que se passava entre Andras e a mãe de Elisabet Morgenstern, porque pareceu concentrar o olhar nele, fitando-o como se nunca o tivesse visto antes.

"Por que veio aqui?", perguntou a sra. Hász mais jovem. "O que quer nos contar?"

Por fim, Andras deu a notícia que viera ali transmitir: Klara não só estava bem como estava em Budapeste, num hotel em Ferencváros. Assim que falou aquilo, os olhos da mãe dela encheram-se de lágrimas; então sua expressão foi coberta por uma sombra de horror. Por que, ela perguntou, Klara resolveu correr esse risco terrível?

"Receio que em parte a culpa seja minha", respondeu Andras. "Tive de voltar para Budapeste. E Klara e eu estamos noivos."

Ao som dessas palavras, uma espécie de pandemônio se espalhou pela sala de estar. A mãe de József perdeu por completo sua compostura; numa voz de soprano esganiçada pelo pânico, exigiu saber como uma coisa como aquela pôde acontecer e depois declarou que não queria saber de nada, que era um absurdo, uma coisa inconcebível. Chamou a empregada e pediu que trouxesse seus remédios, depois disse para József buscar seu pai no banco imediatamente. Um instante depois retirou sua ordem, refletindo que a saída de György às pressas no meio do dia poderia despertar suspeitas desnecessárias. Enquanto isso, a sra. Hász mais velha suplicou a Andras que revelasse onde Klara podia ser encontrada, se estava em segurança e como poderia fazer para visitá-la. Andras, no centro daquele turbilhão, começou a se perguntar se conseguiria emergir do outro lado daquela cena ainda na condição de noivo de Klara ou se o irmão dela e sua esposa poderiam exercer algum poder esotérico capaz de anular toda e qualquer relação entre um membro da classe de Klara e um homem da classe de Andras. Já József Hász fitava Andras com uma expressão estranha, talvez até hostil — de confusão, traição e, o que era mais perturbador ainda para Andras, de desconfiança.

Logo ficou claro que não havia meios de impedir que a sra. Hász mais velha fosse imediatamente ao encontro de Klara. Já havia até chamado um carro; queria que Andras a acompanhasse. O motorista os levaria até a metade do caminho para o hotel da Cukor Utca e os dois seguiriam a pé pelos quarteirões restantes. Sem dizer uma palavra de despedida para Andras, József levou a mãe para o primeiro andar a fim de acalmar seus nervos. A mãe de Klara dirigiu um só olhar para Andras, que pareceu indicar como achava ridículo o comportamento de sua nora. Jogou um casaco por cima do vestido e os dois correram para fora rumo ao carro que os esperava. Enquanto avançavam pelas ruas, ela implorou que ele lhe dissesse se Klara estava bem e qual era seu aspecto agora, e por fim se ela queria ver sua mãe.

"Mais do qualquer outra coisa", respondeu Andras. "A senhora devia saber disso."

"Dezoito anos!", ela disse num meio sussurro, e depois ficou em silêncio, acabrunhada.

Momentos depois, o carro deixou-os no início da Andrássy Út e Andras pôs a mão no cotovelo da sra. Hász enquanto os dois seguiam apressados pelas ruas. O cabelo dela soltou-se do nó enquanto andava e sua echarpe amarrada às pressas tombou do pescoço; Andras apanhou o retângulo de seda violeta na ponta dos dedos na hora em que os dois entraram no saguão estreito do hotel. No pé da escada de ferro fundido, uma agitação indescritível pareceu dominar a mãe de Klara. Ela galgou os degraus com um passo lento e medido, como se precisasse de tempo para ensaiar no pensamento algumas das muitas coisas que imaginara para aquele momento. Quando Andras indicou que tinham chegado ao andar correto, ela o seguiu pelo corredor sem dizer nenhuma palavra e observou com ar sério quando ele tirou a chave do bolso. Andras destrancou a porta e abriu-a. Lá estava Klara na janela, de vestido, com a luz do meio da manhã tombando em seu rosto e um lenço muito amassado dentro de sua mão fechada. A mãe aproximou-se como uma sonâmbula; foi até a janela, segurou as mãos de Klara, tocou seu rosto, pronunciou seu nome. Klara, trêmula, apoiou a cabeça no ombro da mãe e chorou. E assim as duas ficaram, de pé, no silêncio palpitante, enquanto Andras observava. Ali estava o inverso do que ele havia presenciado algumas semanas antes, na hora de Elisabet embarcar: uma filha desaparecida retornou, o intangível se fez real. Ele sabia que a reunião acontecia no último andar de um hotel ordinário e apertado, numa rua desagradável de Budapeste, mas Andras sentiu que testemunhava uma espécie de reunião misteriosa, uma conjunção tão assombrosa que ele teve de dar as costas. Ali estava o estreitamento da distância entre a vida passada de Klara e seu presente; não parecia algo impensável que Andras e ela pudessem ingressar numa nova vida juntos agora. Naquela ocasião, as dificuldades de Andras no escritório de vistos de Budapeste ainda não haviam começado. A fronteira francesa continuava aberta. Tudo parecia possível.

Agora, quatro semanas depois, o que ele tinha como certo era que não ia voltar para Paris, como os dois esperavam. Pior que isso: em breve ele seria mandado para longe de Klara, rumo a uma floresta distante e desconhecida. Quando chegou à Benczúr Utca naquela tarde com a notícia que tinha acabado de dar para o irmão caçula — que ele seria deslocado para a Transcarpátia em três semanas —, Andras descobriu, para seu alívio, que ninguém estava à sua espera além da própria Klara. Ela pedira que o chá fosse servido em seu quarto predileto, no primeiro andar, um bonito *boudoir* com um banco junto à janela que dava para o jardim. Quando menina, contou para Andras, era para ali que ia quando desejava ficar sozinha. Chamava-o de Quarto do Coelho por causa da linda gravura de Dürer que pendia no consolo da lareira: uma lebre jovem posava num meio perfil, suas coxas cobertas de pelo macio encolhidas e juntas, as orelhas voltadas para trás. Ela havia acendido a lareira e pedira doces para acompanhar o chá. Mas depois que Andras lhe contou o que lhe haviam dito no escritório central do batalhão, só conseguiram sentar-se em silêncio e fitar a travessa de nozes e o strudel com sementes de papoula.

"Você precisa voltar para Paris assim que a fronteira da França for reaberta", disse Andras afinal. "Eu me apavoro só de pensar no perigo que está correndo aqui."

"Paris não será mais seguro do que aqui", ela disse. "Pode ser bombardeada a qualquer momento."

"Você pode ir para a zona rural com a senhora Apfel. Pode ir para Nice."

Klara balançou a cabeça. "Não vou deixar você aqui. Vamos nos casar."

"Mas é uma loucura ficar", ele disse. "Mais cedo ou mais tarde, vão descobrir quem você é."

"Agora, não existe mais nada para mim em Paris. Elisabet foi embora. Você está aqui. E minha mãe e György. Não posso voltar, Andras."

"E seus amigos, seus alunos, o resto de sua vida?"

Ela balançou a cabeça. "A França está em guerra. Meus alunos foram para a zona rural. Vou ter de fechar a escola de balé de um jeito ou de outro, pelo menos por um tempo. Talvez a guerra seja curta. Com um pouco de sorte, vai terminar antes de você completar seu serviço militar. Aí vai conseguir outro visto e vamos voltar juntos para Paris."

"E durante todo esse tempo você vai ficar aqui, correndo risco?"

"Vou viver discretamente, com o seu sobrenome. Ninguém terá motivo para vir me procurar. Vou alugar o apartamento e a sala de aula de balé em Paris e com isso vou arranjar um lugar para morar no bairro judeu aqui. Talvez dê aulas particulares para uns poucos alunos."

Andras deu um suspiro e esfregou o rosto com as mãos. "Para mim, isso vai ser a morte", ele disse. "Pensar em você morando em Budapeste, fora da lei."

"Eu já vivia fora da lei em Paris."

"Mas a lei estava muito distante!"

"Não vou deixar você aqui na Hungria", ela disse. "E assunto encerrado."

Andras nunca se atrevera a imaginar que ele e Klara pudessem se casar na sinagoga da rua Dohány, nem que os pais dele e Mátyás pudessem estar presentes para testemunhar o casamento; certamente jamais se atrevera a pensar que a família de Klara pudesse estar presente também — a mãe, que deixara de lado seu traje de viúva em troca de um vestido de seda cor-de-rosa, chorando de alegria; a sra. Hász mais jovem, de lábios cerrados e ereta num vestido longo e violeta; o irmão de Klara, György, depois que sua afeição por Klara vencera todas as reservas que pudesse ter em relação a Andras, caminhando para um lado e para o outro numa exaltação e numa ansiedade tão grandes como se fosse ele o pai da noiva; e József Hász, que observava os acontecimentos com um distanciamento mudo. O dossel do matrimônio era o *talit* de Béla Sortudo e a aliança de casamento de Klara era uma simples argola de ouro que pertencera à mãe de Béla. Casaram-se numa tarde de outubro no pátio da sinagoga. Uma cerimônia solene no santuário estava fora de questão. Não podia haver nada de público em sua união, exceto os documentos que poriam o nome da noiva ainda mais distante da Klara Hász que ela fora um dia. Ela não podia tornar-se cidadã, em virtude de uma nova lei contrária aos judeus, aprovada em maio, mas podia legalmente trocar seu sobrenome pelo de Andras e entrar com um pedido de autorização para residir no país. O próprio pai de Andras leu o contrato de casamento em voz alta, suas aulas de aramaico na escola de rabinos o haviam preparado para aquele papel. E a mãe de Andras, tímida diante dos convidados, entregou a taça que devia ser quebrada sob os pés de Andras.

O que ninguém mencionou — nem durante o casamento propriamente dito nem durante o almoço na Benczúr Utca que foi servido a seguir — foi a iminente partida de Andras para a Transcarpátia. Mas a consciência do fato estava subjacente a todos os eventos do dia, como uma elegia. József, como se verificou, tinha sido salvo de um destino semelhante; a família Hász conseguira assegurar sua liberação do Serviço de Trabalho no Exército subornando um funcionário do governo. A liberação custara um preço proporcional à riqueza dos Hász: foram obrigados a dar ao funcionário do governo seu chalé no lago Balaton, onde Klara passara os verões na infância. O visto de estudante de József fora renovado e ele voltaria para a França assim que as fronteiras fossem abertas, embora ninguém soubesse quando aquilo podia ocorrer, nem se a França aceitaria cidadãos de países aliados à Alemanha. Os pais de Andras não estavam em condições de comprar sua liberação do Exército. A serraria mal dava para sustentar as necessidades diárias da família. Klara havia sugerido que seu irmão ajudasse, mas Andras recusou-se a discutir tal possibilidade. Em primeiro lugar, havia o perigo de alertar as autoridades do governo da ligação entre Andras e a família Hász; além disso, Andras não queria ser um peso financeiro para György. Em desespero, Klara sugeriu vender seu apartamento e sua sala de aula de balé em Paris, mas ele também não permitiu que ela sequer pensasse naquela possibilidade. O apartamento na Rue de Sévigné era a casa de Klara. Se sua situação na Hungria se tornasse mais precária, ela teria de voltar para lá imediatamente, por qualquer meio possível. E havia também um elemento menos prático naquela decisão: enquanto Klara possuísse um apartamento e uma sala de aula de balé em Paris, os dois podiam imaginar-se de volta ali, algum dia. Andras suportaria seus dois anos no Serviço de Trabalho; no final, como Klara tinha dito, a guerra podia ter terminado e eles poderiam voltar para Paris.

Por algumas doces e poucas horas, durante a festa de casamento na Benczúr Utca, Andras achou quase possível esquecer sua partida iminente. Numa sala ampla cuja mobília tinha sido removida, ele foi erguido numa cadeira ao lado de sua noiva, enquanto um par de músicos tocava música cigana. Depois, ele, Mátyás e seu pai dançaram juntos, de braços dados e rodando até tropeçarem. József Hász, que não conseguia resistir ao papel de anfitrião, mesmo num casamento que parecia desaprovar, mantinha sempre cheias as taças de champanhe de todos. E Mátyás, na tradição de fazer a noiva e o noivo rirem, executou uma dança de sapateado chaplinesca, que envolvia uma bengala que caía toda hora e uma cartola que não parava de saltar de sua cabeça. Klara chorou de tanto rir. Sua testa pálida ficara cor-de-rosa e cachos morenos saltaram de seu coque. Mas para Andras foi impossível esquecer inteiramente que tudo aquilo era uma fuga, que em breve teria de dar um beijo de despedida em sua noiva e embarcar num trem para a Transcarpátia. E em todo caso sua alegria não seria mesmo livre de complicações. Não podia ignorar a frieza da sra. Hász mais jovem, nem os sinais, presentes em todos os lados, de como a vida anterior de Klara tinha sido diferente da vida dele. A mãe de Andras, por mais elegante que estivesse em seu vestido cinzento, parecia ter medo de manusear as delicadas taças de champanhe da família Hász; o pai de Andras tinha pouco a dizer para o irmão de Klara, e menos ainda para József. Se Tibor estivesse presente, pensou Andras, teria encontrado um jeito de lançar uma ponte sobre aquele abismo. Mas Tibor estava ausente, é claro, como estavam outras três pessoas, cuja falta fazia os fatos daquele dia parecerem, de certo modo, irreais: Rosen e Polaner, que todavia mandaram telegramas de congratulações, e Ben Yakov, de quem não chegara nenhuma notícia. Andras sabia que Klara estava sentindo sua própria dor particular, no meio de sua felicidade: ela devia estar pensando no pai e em Elisabet, a milhares de quilômetros de distância.

A guerra foi assunto nas conversas, e também o possível papel da Hungria nela. Agora que a Polônia havia caído, disse György Hász, a Inglaterra e a França podiam pressionar a Alemanha a assinar um cessar-fogo antes que a Hungria fosse forçada a agir em apoio a seus aliados. Aquilo pareceu a Andras uma ideia sem cabimento, mas o dia requeria uma visão otimista. Estavam em meados de outubro, uma das últimas tardes quentes do ano. Os plátanos estavam cheios de uma luz oblíqua e uma névoa dourada inundava o jardim, como uma enchente de mel. Quando o sol deslizou rumo à beira do muro do jardim, Klara segurou a mão de Andras e levou-o para fora. Conduziu-o até um canto do jardim, atrás de uma sebe de alfenas, onde havia um banco de mármore embaixo de uma hera pendente. Andras sentou-se e pôs Klara sentada em seu colo. A pele do pescoço de Klara estava quente e úmida, o aroma de rosas se misturava com o fraco toque mineral de seu suor. Ela inclinou o rosto na direção do rosto de Andras e, quando se beijaram, ela sentiu o gosto do bolo de casamento.

Andras recordou esse momento muitas e muitas vezes nas noites que passou nos pés das montanhas dos Cárpatos. Aquele momento e os que vieram a seguir, na sua suíte no hotel Gellért. Sua lua de mel fora breve: o momento em que se registraram na recepção do hotel, como marido e mulher; o olhar de alívio que ela lhe dirigira quando ficaram afinal sozinhos e juntos no quarto; a timidez surpreendente de Klara em seu leito nupcial; a curva de suas costas nuas nos lençóis embolados quando os dois acordaram de manhã; a aliança de casamento como um peso surpreendentemente novo na mão de Andras. Parecia um luxo incongruente usar a aliança agora enquanto trabalhava, não só por causa do contraste entre o ouro e a lama e o cinzento de tudo à sua volta, mas porque aquilo parecia uma parte da intimidade dos dois, docemente particular. *Ani l'dodi v'dodi li*, ela disse em hebraico quando lhe entregou a aliança, um verso do Cântico dos Cânticos; *Eu sou de meu amado e meu amado é meu*. Ele era dela e ela era dele, mesmo ali na Transcarpátia.

Andras e seus colegas de serviço militar estavam alojados numa fazenda abandonada, num povoado deserto, perto de uma pedreira que havia muito esgotara todo o granito que achavam que valia a pena extrair dali. Andras não sabia quanto tempo fazia que a fazenda tinha sido abandonada por seus habitantes; o estábulo mantinha apenas um distante fantasma do cheiro de animais. Cinquenta homens dormiam no celeiro; vinte, num galinheiro adaptado; trinta, nos estábulos; e outros cinquenta, em barracões recém-construídos. Os capitães do pelotão, o comandante da companhia, o médico e o capataz de trabalho dormiam na casa da fazenda, onde tinham camas de verdade e água encanada. No celeiro, cada homem tinha um catre de metal e um colchão sem roupa de cama, estofado com feno. Ao pé de cada catre, havia uma caixa de madeira com uma etiqueta que indicava o número de identificação de seu proprietário. A comida era escassa, mas constante: pão e café de manhã, sopa de batata ou feijão ao meio-dia, mais sopa e mais pão de noite. Tinham roupa suficiente para mantê-los aquecidos: sobretudos e uniformes de inverno, roupas de baixo e meias feitas de lã, botas pretas e resistentes. Os sobretudos, as camisas e as calças eram quase idênticos ao uniforme usado pelo restante do Exército húngaro. A única diferença era o M verde costurado nas lapelas, de Munkaszolgálat, o Serviço de Trabalho. No entanto ninguém falava Munkaszolgálat; chamavam de Musz, uma única sílaba rancorosa. No Musz, disseram-lhe seus colegas de companhia, todos eram membros comuns das Forças Armadas; a diferença era que a vida de cada um valia ainda *menos* do que merda. No Musz, eles disseram, todos recebiam o mesmo soldo que qualquer soldado alistado: só o bastante para a família não morrer de fome. O Musz não tinha a intenção de matar seus membros, só de usá-los até que cada um tivesse vontade de se matar. E é claro que havia uma outra diferença: todos na companhia eram judeus. O ministro da Defesa da Hungria julgava perigoso deixar que os judeus empunhassem armas. Os comandantes militares os classificavam como não confiáveis e os enviavam para cortar árvores, construir estradas e pontes, erguer barracões para abrigar as tropas que ficariam estacionadas na Transcarpátia.

Havia privilégios que Andras não tinha previsto. Como estava casado, recebia um pagamento adicional e um estipêndio como ajuda de moradia. Tinha um livro de contas carimbado com o escudo real da Hungria; era pago duas vezes por mês com cheques do governo. Podia mandar e receber cartas e embrulhos, embora sua correspondência estivesse sujeita a inspeção. E como já tinha o certificado de conclusão do ensino médio, recebeu o posto de oficial do Serviço de Trabalho. Era o líder de seu esquadrão, formado por vinte homens. Tinha um quepe de oficial e um distintivo com galões duplos no bolso, e os outros membros do esquadrão tinham de prestar continência e tratá-lo de senhor. Tinha de fazer a chamada e organizar o turno de vigia da noite. Seus vinte homens tinham de levar suas demandas ou problemas especiais para ele; cabia a Andras resolver os casos em que havia discórdia. Duas vezes por semana, tinha de fazer um relatório para o comandante da companhia a respeito da situação de seu esquadrão.

A companhia 112/30 fora enviada para limpar um trecho de floresta onde seria construída uma estrada na primavera. De manhã, eles acordavam no escuro e se lavavam na água da neve derretida; vestiam-se e enfiavam os pés em botas endurecidas pelo frio. Sob o brilho vermelho e mortiço do forno a lenha, tomavam café amargo e comiam sua ração de pão. Havia exercícios físicos matinais: flexões de braço, polichinelos, inclinações laterais. Em seguida, sob o comando do sargento, formavam um bloco que marchava pelo pátio, com os machados apoiados sobre os ombros como fuzis, e andando no escuro tomavam o rumo do local onde estavam trabalhando.

O único milagre proporcionado a Andras naquele lugar foi a identidade de seu colega de trabalho. Era nada menos do que Mendel Horovitz, que passara seis anos na escola com ele, em Debrecen, e que quebrara o recorde húngaro dos cem metros rasos e do salto à distância nas eliminatórias para a Olimpíada de 1936. Durante dez minutos inteiros, Mendel fizera parte da equipe olímpica húngara — depois de seu último salto, alguém pôs um blusão oficial sobre seus ombros e levou-o para uma mesa de inscrição, onde a secretária da equipe registrava os dados pessoais de todos os atletas que haviam conseguido o índice de qualificação. Mas a terceira pergunta, depois de *nome* e *cidade de origem*, era *religião*, e foi aí que Mendel perdeu. Ele sabia de antemão, claro, que não permitiam a participação de judeus; tinha ido às eliminatórias como uma forma de protesto e na esperança desarvorada de que pudessem abrir uma exceção para ele. Não fizeram isso, é claro, uma decisão que os diretores da equipe lamentaram mais tarde: o índice obtido por Mendel nos cem metros rasos era um décimo de segundo menor que o de Jesse Owens quando ganhou a medalha de ouro.

Quando Mendel e Andras se encontraram pela primeira vez no pátio de triagem do Serviço de Trabalho em Budapeste, houve tantas exclamações de saudação e tantos tapinhas nas costas que ambos começaram no Munkaszolgálat com pontos perdidos por mau comportamento. Mendel tinha um rosto de traços muito marcados, a boca em forma de um V sarcástico e sobrancelhas iguais às antenas peludas das mariposas. Nascera em Zalaszabar e estudara no Gimnázium de Debrecen, às custas de um tio materno que fazia questão de que seu protegido fosse um matemático. Mas Mendel não tinha nenhuma inclinação para a abstração; nem aspirava a uma carreira no atletismo, apesar de seu talento. O que queria era ser jornalista. Após a frustração na equipe olímpica, arranjou um trabalho de copidesque no jornal vespertino, o *Budapest Esti Kurír*. Em pouco tempo, começou a assinar suas próprias colunas, pequenos textos satíricos que ele introduzia na caixa de correio do editor sob um pseudônimo e que, de vez em quando, via impressos. Já trabalhava no *Esti Kurír* havia um ano quando foi recrutado, tendo sobrevivido à onda de demissões que se seguiu à criação da nova cota que limitava a seis por cento os funcionários judeus na imprensa. Andras achou-o extraordinariamente animado por ter sido enviado para a Transcarpátia. Gostava de ficar nas montanhas, ele disse, gostava de ficar ao ar livre e trabalhar com as mãos. Nem se importava com o trabalho implacável de lenhador.

O próprio Andras não se importaria com o trabalho se as ferramentas estivessem afiadas e se a comida fosse mais farta, se a estação fosse mais quente e se tivesse escolhido aquele trabalho. Para cada árvore que derrubavam no vasto canteiro na floresta, havia uma espécie de ritual gratificante. Mendel dava o primeiro golpe de machado e Andras colocava a serra transversal na fenda. Em seguida cada um segurava um cabo e dava início ao trabalho. Havia um borrifo de serragem de cheiro adocicado quando rompiam os anéis esternos do tronco e o atrito aumentava à medida que a lâmina da serra afundava no tronco da árvore. Tinham de enfiar cunhas de aço bem finas na fenda para mantê-la aberta; perto do centro, onde a madeira ficava mais densa, a lâmina começava a guinchar. Às vezes levavam meia hora para atravessar os trinta centímetros do cerne. Então havia a marcha acelerada para o outro lado, o término da luta. Quando só faltavam alguns centímetros, introduziam mais cunhas e retiravam a serra. Mendel gritava *Madeira!* e dava um empurrão na árvore. Depois vinha uma série de gemidos rangentes, o impulso percorria toda a extensão da árvore, os galhos do alto, em sua queda, empurravam os galhos das árvores vizinhas. Aquela era a verdadeira morte da árvore, pensava

Andras, o instante em que ela cessava de ser uma coisa que se projetava para o alto, o momento em que ela se tornava aquilo em que eles a estavam transformando: *madeira*. Ao cair, a árvore provocava uma grande rajada de vento antes de tocar a terra; os galhos cortavam o ar com um assobio de cem timbres, enquanto a árvore se inclinava até o chão. Quando o tronco batia na terra, o chão da floresta retumbava com seu peso incrível, um choque que atravessava as solas das botas de Andras e subia por seus ossos até o topo da cabeça, onde ricocheteava em seu crânio, como uma bala. Um momento de reverberação se seguia, o mudo kadish da árvore. E, naquele vazio, disparavam as ordens do capataz: *Tudo bem, homens! Vamos lá! Não parem!* Os galhos tinham de ser cortados para fazer lenha, os troncos nus eram arrastados para enormes caminhões, nos quais seriam transportados para uma estação ferroviária, de onde seriam enviados para a região central da Hungria.

Ele e Mendel formavam uma boa equipe. Estavam entre os trabalhadores mais rápidos de toda a turma e haviam ganhado elogios do capataz. Porém, nas circunstâncias, nada daquilo poderia dar grande satisfação. Andras tinha sido afastado de sua vida, separado não só de Klara, mas de tudo o mais que fora importante para ele nos dois anos anteriores. Em outubro, na época em que devia estar trocando ideias com Le Corbusier sobre o projeto de um ginásio esportivo na Índia, lá estava ele derrubando árvores. Em novembro, quando devia estar fazendo projetos para a exposição do terceiro ano da faculdade, lá estava ele derrubando árvores. A guerra, ele sabia, havia interrompido o ano letivo temporariamente, mas as aulas provavelmente já tinham sido reiniciadas; Polaner, Rosen e Ben Yakov — e, pior, aqueles estudantes sarcásticos que o haviam provocado depois do Prix du Amphithéâtre — avançavam ligeiros rumo a seus diplomas, traduzindo em linhas pretas e firmes, em papel de desenho, os prédios que haviam imaginado. Seus amigos ainda estariam se encontrando todas as noites no Pombo Azul para beber, ainda moravam no Quartier Latin, levavam adiante suas vidas.

Pelo menos assim imaginava Andras, até Klara mandar um pacote de cartas enviadas de Paris. Polaner, Andras descobriu, tinha se alistado na Legião Estrangeira. *Quem dera você tivesse se alistado comigo*, ele escreveu. *Estou agora em treinamento na École Militaire. Nesta semana aprendi a atirar com fuzil. Pela primeira vez na vida tenho um desejo candente de usar armas de fogo. Os jornais trazem notícias frequentes de coisas horríveis: Einsatzgruppen da SS arrastam professores, artistas e escoteiros, e os executam em praça pública. Judeus poloneses são embarcados em trens e transportados para pântanos insalubres nos arredores de Lublin. Meus pais continuam em Cracóvia, por enquanto, mas papai perdeu sua fábrica. Vou combater o Reich e morrer, se necessário.*

Rosen, como se verificou, tinha planos de emigrar para a Palestina com Shalhevet. *A cidade está um tédio mortal sem você*, ele rabiscou em sua caligrafia relaxada. *Além disso, descobri que não tenho mais paciência para meus estudos. Com a Europa em guerra, a faculdade parece uma futilidade. Mas não vou me jogar na frente de tanques como Polaner. Prefiro ficar vivo e trabalhar. Shalhevet acha que podemos criar uma fundação de caridade com o propósito de retirar os judeus da Europa. Achar americanos ricos que financiem isso. Ela é uma garota inteligente. Talvez consiga realizar o projeto. Se tudo correr bem, vamos partir em maio. Daqui em diante, só vou escrever para você em hebraico.*

Ben Yakov, mentalmente esgotado pelos acontecimentos do ano anterior, pedira dispensa temporária da faculdade e se retirara para a casa dos pais em Rouen. A notícia não vinha dele, mas de Rosen, que previa que em breve o amigo tentaria entrar em contato com Andras. E, de fato, no mesmo pacote de cartas havia um telegrama enviado para o endereço de Klara em Budapeste: ANDRAS: NENHUM RESSENTIMENTO ENTRE NÓS. APESAR DE TUDO, SEMPRE SEREI SEU AMIGO. DEUS O PROTEJA. BEN YAKOV.

A própria Klara escrevia toda semana. Sua autorização oficial para residir no país havia chegado sem problemas; no que dizia respeito ao governo, ela era Klara Lévi, nascida na França, esposa de um homem convocado para o Serviço de Trabalho nas Forças Armadas da Hungria. Klara alugara seu apartamento na Rue de Sévigné para um compositor polonês que fugira para Paris; o compositor conhecia uma professora de balé que ficaria feliz de ter uma nova sala de aula, e assim aquele espaço também foi alugado. Klara agora morava num apartamento na Király Utca e encontrara um local para dar aulas de balé. Tinha uns poucos alunos particulares e em breve talvez pudesse começar a lecionar para turmas pequenas. Levava uma vida de isolamento e discrição — via a mãe todos os dias, caminhava pelo parque com o irmão nas tardes de domingo; foram juntos visitar o túmulo de seu professor Viktor Rómankov, que morrera de ataque do coração depois de vinte anos lecionando na Escola Real de Balé. Budapeste estava coberta por teias de aranha de lembranças, escreveu Klara. Às vezes ela esquecia inteiramente que era uma mulher adulta; via-se andando entorpecida rumo à casa na Benczúr Utca, na esperança de encontrar o pai ainda vivo, o irmão como um rapazinho alto, aluno do *gimnázium*, e seu quarto de menina intacto. Às vezes sentia-se melancólica e acima de tudo tinha saudades de Andras. Mas ele não devia temer por ela. Estava bem. Tudo parecia seguro.

Andras ainda se preocupava, mas era um consolo receber notícias dela — saber que ela pelo menos se sentia segura, ou segura o bastante para lhe dizer aquilo. Andras sempre guardava no bolso do sobretudo a carta mais recente de Klara. Quando chegava uma nova, ele passava a anterior para dentro de sua caixa de material pessoal e a adicionava ao maço de cartas que mantinha amarrado com uma fita verde de prender o cabelo. Andras guardava sua foto de casamento numa pasta de papelão marmorizado, da Pomeranz e Filhos. Ele contava os dias que faltavam para sua licença, contava e recontava, ao longo do que lhe parecia o inverno mais comprido de sua vida.

Na primavera, a floresta encheu-se do cheiro de terra preta e da cacofonia do canto dos passarinhos, desde a alvorada até o pôr do sol. Da noite para o dia, surgiam novas cortinas nas janelas das casas vazias no caminho até o local de trabalho. Havia crianças nos campos, ciclistas nas estradas, o cheiro de salsicha grelhada nas estalagens à beira da estrada. A licença prometida foi adiada para o final do verão; havia trabalho demais, disse o comandante, para que pudessem liberar qualquer um dos membros da companhia. *Graças a Deus o inverno terminou*, escreveu sua mãe. *Todo dia eu ficava preocupada. Meu Andráska naquelas montanhas, naquele frio terrível. Sei que você é forte, mas uma mãe imagina o pior. Agora posso pensar em alguma coisa melhor: você está aquecido, seu trabalho é mais fácil e em pouco tempo estará em casa.* Na mesma região ao pé das montanhas onde Andras e seus companheiros haviam sofrido intermináveis meses de trabalho, os húngaros agora se reuniam para tomar ar, comer cerejas com creme e nadar nos lagos gélidos. Mas para os homens do Serviço de Trabalho a labuta continuava. Agora que a terra tinha descongelado e ficado macia, agora que as árvores na trilha da estrada tinham sido removidas, a Companhia de Trabalho 112/30 tinha de arrancar pela raiz os gigantescos tocos de árvore para que o leito da estrada pudesse ser nivelado e a brita fosse espalhada sobre a pista. Os meses do verão surgiam no horizonte com sua promessa de dias quentes em meio ao asfalto e ao piche. O solstício chegou e foi embora. Parecia que nada nunca iria mudar. Então, no início de julho, outro pacote de cartas chegou de Klara, e nele vieram notícias de Tibor e da França.

Tibor e Ilana se casaram em março, depois de um demorado noivado e de um período de reconciliação com os pais. Um rabino chamado Di Samuelle intercedera em favor do casal. Ele se revelou um mediador tão bom que a mãe e o pai de Ilana enfim convidaram Tibor para o jantar do sabá. *Mesmo assim*, escreveu Tibor, *tive a impressão de que o pai de Ilana ia me dar um soco na cara. O vilão era eu, entende? Não era Ben Yakov; fui eu que acompanhei a filha deles no trem. Toda vez que eu me atrevia a fazer um comentário sobre um ponto de interpretação da Bíblia, o pai ria como se achasse muita graça de minha ignorância. A mãe de Ilana, de propósito, deixava de me servir comida. No meio da refeição, o Poder Divino fez uma intervenção temerária: o pai de Ilana tombou da cadeira, à beira da morte, por causa de um ataque cardíaco. Eu o mantive vivo por meio de compressões do tórax até a chegada de um médico de verdade. No final, ele sobreviveu; fui o herói da noite; signor e signora Di Sabato mudaram de atitude. Ilana e eu nos casamos um mês depois. Voltamos para a Hungria quando meu visto expirou e desde então estou morando aqui em Budapeste, não muito longe de sua adorável noiva; fazemos o possível para ter a companhia dela e para regularizar meus documentos para que eu possa voltar para a Itália. Levei minha Ilana para conhecer Anya e Apa. Eles a adoraram, e ela os adorou; papai ficou um pouco alto e no final da noite nos incentivou a fazer logo alguns netos. Quanto a nosso irmão caçula, continua desvairado. Este mês, faz sua estreia no Clube do Abacaxi, onde as pessoas pagam caro para vê-lo sapatear em cima de um piano branco. De algum modo, conseguiu passar nas provas finais do ensino médio. Continua montando vitrines e tem mais clientes do que consegue atender. Sua namorada, porém, deixou-o por um cafajeste. Ele manda um abraço e uma foto que vai anexa.* A fotografia mostrava Mátyás de cartola, gravata branca e fraque, uma bengalinha na mão, um pé erguido acima do outro para lançar a faísca de uma chapa de metal na sola.

Meus pensamentos estão sempre com você, escreveu Tibor. *Espero que nunca precise usar o material de primeiros socorros que estou mandando junto com esta carta, mas por via das dúvidas aqui vai ele. Fiz uma tentativa de montar um hospital de campanha em miniatura. Nesse meio-tempo continuo em permanente temor por sua segurança, mas sempre convicto de sua fortaleza. Seu irmão que o quer muito bem, Tibor.*

A carta seguinte era de Mátyás, com data de 29 de maio, escrita em garranchos furiosos. *Fui convocado*, ele informava. *Que sacanas desgraçados. Nunca me obrigarão a trabalhar para eles. Horthy diz que vai proteger os judeus. Mentiroso! Meu amigo de* gimnázium *Gyula Kohn morreu no Serviço de Trabalho no mês passado. Teve dor no lado do corpo e febre, mas o mandaram trabalhar assim mesmo. Era apendicite. Morreu três dias depois. Tinha a minha idade, dezenove anos.*

A última carta era da própria Klara, com um recorte de jornal que mostrava o 18º Exército alemão marchando pelas ruas de Paris e uma enorme bandeira nazista pendurada no Hôtel de Ville. Andras sentou-se em seu catre de ferro e olhou para as fotos com espanto. Pensou em sua rápida passagem pela Alemanha num tempo que parecia estar numa era geológica anterior — a escala do trem em Stuttgart, quando ele tentou comprar pão numa padaria que não servia judeus. Foi ali que viu a bandeira vermelha pendurada na fachada da estação de trem, uma explosão de fervor Nacional Socialista com cinco andares de altura. Recusou-se a crer no que a reportagem de jornal lhe dizia: que a mesma bandeira estava agora hasteada em todos os prédios do governo de Paris; que Paul Reynaud, sucessor de Daladier, havia renunciado; que o novo premiê, Philippe Pétain, declarara que a França colaboraria com Hitler na criação de uma Nova Europa. Até *Liberté, Egalité, Fraternité* tinha sido substituído por um lema novo: *Travail, Famille, Patrie*. Corriam rumores de que todos os judeus que se apresentaram como voluntários do Exército francês seriam removidos de seus batalhões e aprisionados em campos de concentração, de onde seriam deportados para o leste.

Polaner. Andras falou em voz alta no ar úmido e com cheiro de feno do beliche. Seus olhos ardiam. Ali estava ele, a milhares de quilômetros de distância, indefeso; não havia nada que pudesse fazer. Hitler já tinha o que queria na Polônia. Tinha Luxemburgo, a Bélgica e a Holanda, tinha a Tchecoslováquia e a Iugoslávia, tinha a Itália como membro do Pacto Tripartite; tinha a Hungria como aliada e agora tinha a França. Ia vencer a guerra, e o que aconteceria com os judeus das nações conquistadas? Ele os obrigaria a emigrar, seriam deportados para a região pantanosa no centro da Polônia devastada? Era impossível conceber o que aconteceria.

Andras saiu para o pátio iluminado pelo luar a fim de ler a carta de Klara. Fazia uma noite úmida; uma neblina pairava sobre o acampamento, onde o capim crescera desordenado com as chuvas de junho. O soldado parado junto à porta do celeiro acenou para Andras. Agora, todos ali já eram pessoas conhecidas e ninguém pensava que o outro ia de fato tentar desertar. Não havia para onde ir, ali na Transcarpátia. De qualquer maneira, em breve todos receberiam a primeira licença — transporte grátis para Budapeste. Andras escolheu uma das pedras grandes na extremidade do acampamento, onde o luar batia com força, através de umas poucas nuvens em forma de lenços amarrotados.

Meu querido Andráska,

A França caiu. Mal consigo crer nestas palavras quando as escrevo. É uma tragédia, um horror. O mundo perdeu a razão. A sra. Apfel escreve que toda a Paris fugiu para o sul. De fato, tenho sorte de estar aqui na Hungria, em vez de estar na França, sob a bandeira nazista.

Fiquei feliz com sua carta de 15 de maio. Que grande alívio saber que você está bem e conseguiu resistir ao inverno. Agora faltam poucos meses para você vir para cá. Enquanto isso, saiba que estou bem — ou pelo menos tão bem quanto é possível sem você. Agora tenho vinte e cinco alunos de balé. Todos são crianças talentosas, todos são judeus. O que será delas, Andras? Não falo de meus temores, é claro; fazemos os exercícios e os alunos progridem.

Mamãe está bem. György e Elza estão bem. József está bem. Seus irmãos estão bem. Todos estamos bem! É isso o que se deve escrever nas cartas. Mas você sabe como estamos, meu amor. Estamos cheios de apreensão. Nossas vidas estão cobertas pela sombra da incerteza. Você está sempre em meus pensamentos: isso, pelo menos, é certo. Os dias precisam passar depressa para que eu esteja com você.

Com amor,
Sua K.

27. *O Ganso Branco*

Durante o verão inteiro ele se aguentou com o pensamento de que em breve estaria perto de Klara — perto o bastante para tocá-la, cheirá-la e sentir seu gosto, livre para ficar deitado na cama com ela o dia inteiro se quisesse, para lhe contar tudo o que acontecera em seus longos meses de ausência e para escutar o que havia passado pelo pensamento dela enquanto ficara longe. Andras pensava em ver sua mãe e seu pai, em levar Klara pela primeira vez à casa deles em Konyár, em caminhar com os pais e com a esposa pelos pomares de macieiras e pelos capinzais planos. Pensava também em ver Tibor, que não tinha conseguido renovar seu visto de estudante, afinal, e agora estava ilhado na Hungria com Ilana. Mas, em agosto, quando chegou a hora da licença tão adiada de Andras, a Alemanha deu de presente à Hungria a Transilvânia do Norte. Os Cárpatos, aquela cadeia de montanhas brancas de granito entre o ocidente civilizado e o oriente selvagem, a barreira natural da Europa contra o vasto vizinho comunista: Horthy queria aquilo, ainda que ao preço de uma amizade mais profunda com a Alemanha; Hitler fez a concessão e logo depois a amizade foi formalizada com a entrada da Hungria no Pacto Tripartite. A companhia 112/30, tendo concluído antes do prazo sua tarefa de construir a estrada na Transcarpátia, foi embarcada num trem para a Transilvânia. Lá, na floresta virgem entre Mármaros-Sziget e Borsa, deu início a um projeto de derrubada de árvores e escavação de valas que, supostamente, seria estendido pelo resto do outono e pelo inverno.

Quando o tempo começou a ficar frio de novo, ocorreu a Andras que havia passado um ano, *um ano*, desde a última vez que estivera com Klara. Em sua vida de casados, passaram apenas uma semana juntos. Toda noite nos barracões homens deitados choravam ou maldiziam a perda de namoradas, noivas, esposas, mulheres que os haviam amado, mas que tinham cansado de esperar. Que segurança tinha ele de que Klara não se cansaria da solidão? Ela sempre vivera cercada de gente; seu círculo social em Paris consistia de atores e bailarinos, escritores e compositores, gente que lhe proporcionava estímulos irrestritos. O que a impediria de criar laços desse tipo também em Budapeste? E, quando fizesse isso, o que a impediria de voltar-se para um de seus novos amigos em busca de um consolo mais tangível? O espectro de Zoltán Novak surgiu para Andras certa noite num sonho, caminhando descalço pela Wesselényi Utca em seu smoking, rumo à sinagoga da rua Dohány, onde uma mulher que poderia ser Klara estava à espera dele no pátio sombrio. Seguramente, Novak tinha ouvido dizer que Klara estava de volta; seguramente tentaria encontrar-se com ela. Talvez já tivesse feito isso. Talvez os dois estivessem juntos naquele instante, num quarto que ele alugara para seus encontros amorosos.

Às vezes Andras tinha a sensação de que o Serviço de Trabalho fazia sua mente se dispersar aos poucos, como cinzas que se elevam do fogo e voam. O que restaria para ele, perguntava-se, quando voltasse a Budapeste? Lutara durante meses para manter a mente lúcida enquanto trabalhava, tentava projetar prédios e pontes na lousa de seu cérebro quando não podia desenhá-los num papel, tentava cantarolar para si mesmo os nomes franceses dos elementos arquitetônicos a fim de manter-se acordado enquanto escavava lama com sua pá ou partia galhos com seu machado. *Porte, fenêtre, corniche, balcon*, as palavras mágicas contra a deterioração mental. Agora, quando a perspectiva de uma licença se esgueirava para mais longe ainda, seus pensamentos se tornavam uma fonte de tormento. Imaginava Klara com Novak, ou com suas lembranças de Sándor Goldstein; Andras pensava no avanço da guerra, que agora já durava mais de um ano. Numa série de recortes de jornal que seu pai enviara, lia a respeito do brutal bombardeio de Londres, o ataque dos aviões da Luftwaffe toda noite, durante cinquenta e sete noites. E enquanto a guerra ardia na Inglaterra, Andras e seus colegas de trabalho travavam uma guerra menor contra a devastação do Munkaszolgálat. Gradualmente, um homem de cada vez, a companhia 112/30 estava se esfarelando: um homem quebrou a perna e teve de ser mandado para casa, outro teve uma crise de diabetes e morreu, um terceiro se matou com um tiro usando a arma de um oficial depois de saber que sua noiva dera à luz o filho de outro homem. Mátyás agora estava no Serviço de Trabalho e Tibor também acabara de ser convocado. Andras ouvira histórias de companhias que eram enviadas para limpar campos minados na Ucrânia. Imaginava Mátyás num campo ao raiar do dia, andando no meio da neblina; em sua mão, uma vara, um galho partido, com o qual tateava o solo em busca de minas.

Em dezembro, quando uma série de tempestades de neve varreu as montanhas e os trabalhadores muitas vezes ficavam confinados no alojamento, Andras caiu numa depressão paralisante. Em vez de ler e escrever cartas ou de desenhar em seu caderno inchado de umidade, ficava deitado na cama e acalentava os misteriosos machucados que começaram a aparecer embaixo de sua pele. Ele devia ser o líder; formalmente ainda era o capitão do esquadrão, tinha de pôr seus homens para marchar no pátio de formatura e inspecionar a limpeza das instalações, a conservação da estufa à lenha e todos os detalhes de suas vidas opressivas; porém, com frequência cada vez maior, tinha a impressão de que eram eles que o estavam comandando, enquanto o próprio Andras os seguia arrastando os pés, com as botas cheias de neve. Ele quase não deu atenção quando, num domingo à tarde, durante uma nevasca infernal, Mendel Horovitz teve a ideia de criar um jornal do Munkaszolgálat. Rabiscou uma série de ideias num caderno, depois conseguiu que um oficial emprestasse uma folha de papel e uma máquina de escrever, para poder dar à coisa um aspecto oficial. Mendel não era um datilógrafo ágil; levou três noites para terminar duas páginas de matérias. Datilografava até altas horas. Os homens jogavam botas em cima dele para parar com aquela barulheira na máquina de escrever, mas seu desejo de terminar o jornal era maior do que o medo dos objetos voadores. Trabalhou todos os dias durante uma semana, em todas as ocasiões possíveis.

Quando por fim terminou de datilografar, levou as folhas de papel para Andras e sentou-se na beira de seu catre. Do lado de fora, o vento fazia um barulho igual ao uivo de raposas. Era o terceiro dia consecutivo da pior tempestade de neve daquela temporada, e a neve tinha alcançado as janelas altas do alojamento. O trabalho naquele dia fora cancelado. Enquanto os outros homens remendavam seus uniformes, fumavam cigarros molhados ou conversavam perto da estufa, Andras ficava deitado na cama, olhava para o teto e empurrava os dentes com a língua. Os dentes de trás davam a sensação assustadora de estarem meio soltos, a gengiva estava esponjosa. Mais cedo, naquele mesmo dia, tivera um lento sangramento pelo nariz que durara horas. Andras não estava com ânimo para conversar. Não tinha interesse pelo que estava datilografado nas folhas de papel que Mendel segurava nas mãos. Puxou o cobertor grosseiro por cima da cabeça e virou-se de costas para ele.

"Muito bem, Parisi", disse Mendel, e puxou o cobertor para baixo. "Chega desse mau humor." Parisi era o apelido que Mendel dera para Andras; tinha inveja da temporada que o amigo vivera na França e queria conhecer aquela história em detalhes — sobretudo as noitadas na casa de József, o drama dos bastidores no teatro Sarah-Bernhardt e as aventuras românticas dos colegas de Andras.

"Deixe-me em paz", disse Andras.

"Não posso. Preciso de sua ajuda."

Andras sentou-se na cama. "Olhe para mim", disse, estendendo os braços. Aglomerados de violetas de sangue floresciam por baixo da pele. "Estou doente. Não sei o que tenho. Por acaso pareço uma pessoa capaz de ajudar alguém?"

"Você é o capitão do esquadrão", disse Mendel. "É o seu dever."

"Não quero mais ser o capitão do esquadrão."

"Receio que isso não dependa de você, Parisi."

Andras suspirou. "O que exatamente você quer que eu faça?"

"Quero que desenhe as ilustrações do jornal." Jogou no colo de Andras as folhas de papel datilografadas. "Nada de esquisitices. Nada dessas loucuras da sua escola de arte. Só alguns desenhos bem simples. Deixei espaço para você perto das matérias." Mendel colocou um modesto suprimento de lápis na mão de Andras, alguns deles coloridos.

Andras nem conseguia lembrar quando havia sido a última vez que tinha visto lápis coloridos. Aqueles estavam bem apontados, limpos, inteiros, uma pequena revelação na penumbra fumacenta do alojamento.

"Onde arranjou isso?", perguntou.

"Roubei no escritório do comando."

Andras levantou-se apoiado nos cotovelos. "Que título você deu a esse seu pasquim?"

"*O Ganso Branco.*"

"Está bem. Vou dar uma olhada. Agora me deixe em paz."

Além de notícias da guerra, *O Ganso Branco* trazia previsões do tempo (*Segunda-feira: Neve. Terça-feira: Neve. Quarta-feira: Neve.*); uma coluna de moda (*Reportagem sobre um desfile ao raiar do dia: os sonhadores do Serviço de Trabalho perfilados em lindos trajes de cobertores, tecido muito em voga neste inverno. Mangold Béla Kolos, o ditador da moda em Budapeste, prevê que esse estilo pitoresco vai se espalhar por toda a Hungria muito rapidamente*); uma página de esportes (*A juventude dourada da Transilvânia adora a vida esportiva. Ontem, às cinco da manhã, as matas estavam repletas de jovens que se exercitavam esportivamente numa das diversões mais populares do momento: empurrar carrinho de mão, escavar neve e derrubar árvores*); uma coluna de conselhos sentimentais (*Cara srta. Coco, sou uma mulher de vinte anos. Será que minha reputação ficará manchada se eu passar a noite no alojamento dos oficiais? Amor, Virgem. Cara Virgem, sua pergunta é genérica demais. Por favor, descreva em detalhes quais são seus planos para que eu possa lhe dar uma resposta adequada. Amor, srta. Coco*); anúncios de viagem (*Entediado? Quer mudar de cenário? Experimente nossa excursão de luxo pela região rural da Ucrânia!*); e, em homenagem a Andras, uma matéria sobre arquitetura (*Uma maravilha da engenharia! Andras Lévi, arquiteto e engenheiro formado em Paris, projetou uma ponte invisível. Os materiais usados são extraordinariamente leves e a ponte pode ser construída num piscar de olhos. É imperceptível às forças inimigas. Os testes indicam que o projeto ainda pode exigir algum aprimoramento; um batalhão do Exército húngaro misteriosamente afundou num abismo durante a travessia. Alguns alegam, no entanto, que a ponte já alcançou sua forma perfeita*). E então vinha a *pièce de résistance*, Os dez mandamentos do Munkaszolgálat:

1. SE COMETERES UM ERRO GRAVE, NÃO DEVES CONTAR NADA. DEIXA QUE OS OUTROS LEVEM A CULPA POR TI.

2. NÃO DEVES AFIAR TUA PRÓPRIA SERRA. DEIXA QUE O PRÓXIMO A USÁ-LA, SEJA QUEM FOR, O FAÇA.

3. NÃO TE DÊS AO TRABALHO DE TOMAR BANHO. TEUS COLEGAS DE TRABALHO TAMBÉM FEDEM.

4. QUANDO ESTIVERES NA FILA PARA O ALMOÇO, USA COTOVELADAS PARA TOMAR O LUGAR DE QUEM ESTIVER NA TUA FRENTE. DO CONTRÁRIO, NÃO FICARÁS COM A ÚNICA BATATA QUE HÁ NA SOPA.

5. A CAMINHO DO TRABALHO, DEVES DESAPARECER. DEIXA QUE O CAPATAZ ENCONTRE ALGUÉM PARA TE SUBSTITUIR.

6. SE COBIÇAS OS PERTENCES DE TEU PRÓXIMO, CONFIA EM TUA IMPRESSÃO. DO CONTRÁRIO OS PERTENCES DE TEU PRÓXIMO PODEM DESAPARECER ANTES QUE TENHAS A CHANCE DE ROUBÁ-LOS.

7. SE TEU COLEGA DE TRABALHO FOR INGÊNUO, DEVES TOMAR TUDO DELE EMPRESTADO E NÃO TE DARES AO TRABALHO DE DEVOLVER.

8. QUANDO VOLTARES DA VIGÍLIA NOTURNA, DEVES FAZER MUITO BARULHO. POR QUE DEVERIAS DEIXAR OS OUTROS DORMIREM ENQUANTO ESTÁS ACORDADO?

9. SE FICARES DOENTE, PERMANECE DEITADO NA CAMA PELO MAIOR TEMPO POSSÍVEL. SE TEUS COLEGAS PADECEREM DEVIDO AO EXCESSO DE TRABALHO, PODERÃO GANHAR TAMBÉM A PRERROGATIVA DA DOENÇA.

10. SEGUE ESTAS REGRAS E ASSIM TALVEZ POSSAS TER TEMPO PARA DAR CONSELHOS.

Com má vontade de início, e depois com um prazer crescente, Andras ilustrou *O Ganso Branco*. Para a previsão do tempo, desenhou uma série de caixas, cada uma mais entupida de flocos de neve que a anterior. Para a coluna de moda, desenhou uma imagem do próprio Mendel, de cabelo escovado para cima, com o tronco envolto numa espécie de toga feita de um cobertor cinzento esfarrapado. Na página de esportes, três membros do Serviço de Trabalho cobertos de suor empurravam morro acima carrinhos cheios de cascalho. A coluna de conselhos sentimentais exibia a descarada Coco de óculos, com pernas compridas e nuas, com um lápis preso entre os lábios. O anúncio da excursão para a Ucrânia mostrava um guarda-sol de praia fincado no meio da neve que voava ao redor. A matéria sobre arquitetura recebeu um retrato do arquiteto que apontava orgulhoso para um abismo vazio. E os dez mandamentos precisaram apenas de um esboço de duas placas de pedras ao fundo. Quando terminou, Andras ergueu o trabalho à sua frente, com o braço esticado, e examinou os desenhos com atenção. Eram caricaturas do nível mais baixo possível, feitas às pressas, enquanto o artista jazia estirado na cama. Mas Mendel tinha razão: os desenhos combinavam perfeitamente com *O Ganso Branco*.

O único exemplar do jornal percorreu as mãos de duzentos homens, que logo passaram a citar o quarto mandamento na fila da sopa e a especular com ansiedade a possibilidade de passar as férias na Ucrânia. Andras não pôde deixar de sentir certa satisfação de proprietário, algo que fazia meses não experimentava. Assim que ficou esclarecido que o ilustrador que assinava Parisi era na verdade Lévi, o capitão do esquadrão, os homens passaram a procurá-lo e a pedir-lhe desenhos. O pedido mais frequente era de uma versão nua de Coco. Andras desenhou-a na tampa de madeira da maleta de objetos pessoais de um homem, depois no forro do gorro de outro, depois numa carta endereçada ao irmão caçula de alguém, segurando uma tabuleta que dizia *Oi, querido!* O desenho de Mendel gerou outra moda, a dos retratos; homens faziam fila para que Andras os desenhasse. Ele não era um retratista muito bom, mas os homens pareciam não ligar para isso. A rudeza das linhas e a sombra de carvão em torno dos olhos ou do queixo da figura apreendiam a incerteza essencial de suas vidas no Munkaszolgálat. Mendel Horovitz começou também a receber pedidos: tornou-se uma espécie de escritor de cartas profissional, redigindo expressões de amor, mágoa ou saudade, que se infiltravam na turbulenta torrente do serviço de correio militar e podiam ou não chegar às esposas, aos irmãos e aos filhos a quem estavam destinadas.

Quando o primeiro número de *O Ganso Branco* por fim se desintegrou, Mendel escreveu um novo e Andras ilustrou-o mais uma vez. Estimulados pela popularidade da edição anterior, os dois levaram o jornal diretamente ao escritório central, onde havia um mimeógrafo. Ofereceram à secretária quinze *pengő* de propina. Sob o risco de ser punida e perder o emprego, ela imprimiu dez exemplares, que foram rapidamente difundidos nas fileiras da companhia

112/30. Um terceiro número com trinta exemplares foi lançado a seguir. À medida que os homens liam e riam do jornal, Andras começou a ter a sensação de que tinha acordado de um longo sono entorpecido. Surpreendeu-se de ter estado tão doente, tão desejoso de deixar sua mente ser dominada por pensamentos infelizes e depois ser esvaziada até ficar oca. Agora ele desenhava todos os dias. Não passavam de pequenos croquis absurdos, claro, porém oxigenavam sua mente, faziam com que o esforço de respirar fosse algo que valesse a pena.

Então, num dia chuvoso e feio de março, Andras e Mendel foram convocados a comparecer ao gabinete do comandante da companhia. A convocação chegou por intermédio do primeiro-tenente do major Kálozi, um homem carrancudo, com jeito de porco-do-mato, com o nome infeliz de Grimasz. Na hora do jantar, aproximou-se de Andras e de Mendel no pátio e arrancou de suas mãos as tigelas de metal onde comiam. Tinha na mão um exemplar amarrotado do mais recente *O Ganso Branco*, que continha um poema de amor de certo tenente G para certo major K, e fazia outras insinuações sobre a natureza da relação entre ambos. O rosto do tenente Grimasz estava vermelho como fogo; seu pescoço parecia inchado, duas vezes maior que o normal. Ele amassava o jornal em seu punho maciço. Os outros homens deram um passo para trás, afastando-se de Mendel e de Andras, que foram deixados sozinhos para absorver toda a força do olhar de Grimasz.

"Kálozi que falar com vocês dois no gabinete dele", grunhiu.

"Agora mesmo, senhor tenente", disse Mendel, e se atreveu a piscar para Andras.

Grimasz percebeu o tom de voz e a piscadela. Ergueu a mão para esmurrar Mendel, que se esquivou do golpe. Os homens comemoraram discretamente. Grimasz agarrou Mendel pelo colarinho e arrastou-o até o gabinete do oficial, enquanto Andras seguia atrás correndo.

O major János Kálozi não era um homem cruel, mas era ambicioso. Filho de uma cigana e de um amolador de facas itinerante, fora promovido nas fileiras do Munkaszolgálat na esperança de um dia ser transferido para um ramo do Exército que portasse armas. Recebera seu posto por causa de seus conhecimentos acerca do manejo de florestas; tinha trabalhado nas florestas da Transilvânia antes de emigrar para a Hungria na década de 1920. Nunca antes Andras fora chamado ao gabinete do major, que ficava no único prédio do acampamento que tinha uma varanda e um banheiro, situado do lado de fora.

Kálozi, é claro, apropriara-se do quarto que tinha uma janela maior. Depois, aquilo se revelou um erro. A janela, uma armação com muitos vidros recolhida da parede sul de uma casa de fazenda incendiada, tinha cheiro de carvão e não barrava o frio. Ele era obrigado a pôr sobre ela cobertores do Exército do mesmo tipo apregoado na coluna de moda de *O Ganso Branco*, o que deixava o gabinete escuro como um porão. Além do cheiro de carvão, havia um nítido odor de cavalo; antes de os cobertores receberem o uso que tinham então, ficavam guardados num estábulo. Kálozi sentava-se no meio daquela penumbra pungente, diante de uma volumosa mesa de metal. Um braseiro mantinha o cômodo aquecido apenas o suficiente para sugerir que existiam cômodos de fato aquecidos e que ali não era um desses locais.

Andras e Mendel ficaram de pé em posição de sentido enquanto Kálozi passava os olhos numa coleção quase completa de *O Ganso Branco*, que começava em dezembro de 1940 e terminava com a edição daquela semana, datada de 14 de março de 1941. Só faltava o número inaugural desintegrado. O major ficara visivelmente mais velho durante o tempo em que comandava a companhia 112/30. Os cabelos das têmporas ficaram grisalhos e o nariz largo se cobrira de veiazinhas vermelhas. Ergueu os olhos para Andras e para Mendel com o ar de um fatigado diretor de escola primária.

"Diversão e brincadeiras", ele disse, tirando os óculos. "Por favor, explique, capitão de esquadrão Lévi. Ou devo chamá-lo de Parisi?"

"Foi invenção minha, senhor", disse Mendel. Ele segurava nas mãos seu chapéu da Munkaszolgálat, o polegar se remexia no escudo de bronze preso na aba virada para a frente. "Escrevi o primeiro número e pedi ao capitão do esquadrão que fizesse as ilustrações. Daí em diante expandimos a ideia."

"Expandiram de fato", disse Kálozi. "Vocês ganharam acesso ao mimeógrafo e imprimiram dezenas de exemplares."

"Como capitão do esquadrão, assumo toda a responsabilidade", disse Andras.

"Receio que não possa dar todo o crédito ao senhor, Parisi. Nosso Horovitz é tão talentoso que não podemos deixar que seus esforços não recebam o devido reconhecimento." Kálozi folheou o jornal até uma página que havia marcado com um lápis mordido. "Mudança de liderança no acampamento Erdei", leu a matéria em voz alta. "O veterano potentado comandante Jánika Kálozi, o Vesgo, por ordem do próprio chefe do governo, Miklós Horthy, foi destituído de seu posto militar nesta semana em razão de flagrante incompetência e de um comportamento funesto. Numa cerimônia no pátio de formatura, ele foi substituído por um líder considerado mais digno, um macaco babuíno que atende pelo nome de Bunda Rosa. O comandante foi escoltado ao deixar o pátio de formatura em meio a um ensurdecedor coro de flatulências e de aplausos." Virou o jornal para mostrar o desenho que Andras fizera do major, vesgo, em uniforme de gala, com roupas íntimas de mulher por baixo, caminhando em passinhos miúdos, de salto alto, ao lado de seu primeiro-tenente, um homem provido de uma inequívoca cabeça de porco-do-mato, enquanto ao fundo um macaco de nádegas rubicundas prestava continência para as tropas do Serviço de Trabalho ali reunidas.

Andras fez força para conter um sorriso. Tinha um apreço muito especial por aquele desenho.

"Do que está rindo, capitão do esquadrão?"

"De nada, senhor", respondeu Andras. Conhecia Kálozi havia um ano e meio e entendia que ele tinha o coração mole; na verdade, o major parecia ter certo orgulho da própria relutância em aplicar punições severas. Andras torcia para que os olhos de Kálozi não topassem especialmente com aquele número do jornal *O Ganso Branco*, mas na hora em que fez aquele desenho não sentiu nenhum temor especial.

"Não me importo com uma brincadeira de vez em quando", disse Kálozi. "Mas não posso aceitar que os homens me ridicularizem. Senão esta companhia vai virar um caos."

"Compreendo, senhor", disse Andras. "Não fizemos por mal."

"O que o senhor sabe sobre fazer mal?", perguntou Kálozi, levantando-se de sua cadeira. Uma veia começou a latejar em sua têmpora; pela primeira vez desde que entraram no gabinete, Andras sentiu um tremor de medo. "Quando servi na Grande Guerra, um oficial podia chicotear um soldado que desenhasse uma coisa como essa."

"O senhor sempre foi bondoso conosco", disse Andras.

"É verdade. Eu mimei vocês, judeus pulguentos. Eu os mantive agasalhados e alimentados, e os deixei estendidos na cama nos dias frios e os comandei com metade do rigor que poderia empregar. E em troca vocês produzem essa imundície e espalham por toda a companhia."

"É só para divertir, senhor", disse Mendel.

"Não mais. Não à minha custa."

Andras empurrou seus dentes moles com a língua. A dor irradiou fundo nas gengivas e ele reprimiu um ímpeto de dar as costas e fugir. Mas se pôs de pé, bem ereto, e fitou Kálozi nos olhos.

"Peço minhas sinceras desculpas", disse.

"Desculpas por quê?", disse Kálozi. "De certo modo, você prestou um grande favor ao Munkaszolgálat. Parece que algumas pessoas andaram espalhando mentiras sobre violentos maus-tratos contra os membros do Serviço de Trabalho em nossas Forças Armadas nacionais. Um jornaleco feito este servirá como uma forte contraprova." Enrolou um exemplar de O *Ganso Branco* até formar um canudo bem firme. "O Serviço de Trabalho incentiva a camaradagem e o bom humor etc. As condições são tão humanas que os homens têm liberdade para zombar e rir e tornar mais leve sua situação. Têm até datilógrafas, material de desenho e mimeógrafos à disposição. Liberdade de expressão. É praticamente francês." Sorriu, porque todos sabiam o que tinha ocorrido com a liberdade de expressão na França.

"Mas tem *uma coisa* que eu quero de vocês", prosseguiu Kálozi. "Acho que vão considerar justo, em vista da situação. Como me humilharam em público, acho justo que, em troca, sejam punidos em público."

Andras engoliu em seco. A seu lado, Mendel ficou pálido. Ambos tinham ouvido rumores sobre o que acontecia em outras unidades do Serviço de Trabalho e não eram tão ingênuos para acreditar que aquelas coisas não poderiam acontecer na companhia 112/30. O mais horrível foi o caso do irmão de um de seus colegas de companhia, que fora membro de um batalhão de Serviço de Trabalho em Debrecen. Como punição por ter roubado um pão da despensa dos oficiais, o homem tinha sido despido e enterrado até os joelhos na lama; fora obrigado a ficar ali durante três dias, enquanto o tempo ia ficando cada vez mais frio, até que na terceira noite morreu, por ter ficado exposto às intempéries.

"Estou falando com o senhor, capitão do esquadrão Lévi", disse Kálozi. "Olhe para mim. Não baixe a cabeça como um cão."

Andras ergueu os olhos para Kálozi. O major nem piscou. "Pensei demoradamente e com esforço numa punição que seja adequada", disse. "Acontece que tenho grande afeição por vocês, jovens. Os dois têm sido ótimos trabalhadores. Mas me humilharam. Humilharam-me diante de meus homens. E assim, Lévi e Horovitz", e nesse ponto Kálozi fez uma pausa de efeito, batendo com seu exemplar enrolado de *O Ganso Branco* contra o tampo da mesa, "receio que vocês terão de comer suas palavras."

Foi assim que Andras e Mendel se viram despidos, só com as roupas de baixo, as mãos algemadas nas costas, de joelhos diante da companhia 112/30, perfilada à sua frente, às seis horas da manhã num dia frio de março. Dez exemplares de *O Ganso Branco* estavam num banco na frente deles. Enquanto os homens do Serviço de Trabalho olhavam, o tenente Grimasz rasgava tiras do jornal, amassava bem, afundava na água e enfiava na boca dos coeditores Lévi e Horovitz. Durante duas horas, cada um deles foi obrigado a comer vinte páginas de *O Ganso Branco*. Quando Andras cerrou os dentes diante das mãos insistentes de Grimasz, começou a compreender pela primeira vez que vida confortável e protegida, em termos relativos, levava no Munkaszolgálat. Nunca antes tivera as mãos presas nas costas, nem fora obrigado a ficar de joelhos, sem camisa e sem calça, na neve, durante horas intermináveis; na verdade, ele era alimentado, agasalhado, abrigado, e suas infelicidades eram mitigadas pela consciência de que todos os homens da companhia 112/30 estavam sofrendo os mesmos infortúnios. Agora tomava consciência de um novo tipo de inferno, algo que ele nem se permitia imaginar. Sabia que o que estava acontecendo com ele, no enorme contínuo de punições, ainda podia ser classificado como relativamente humano; mais no fundo daquele mesmo túnel, havia castigos que podiam levar um homem a desejar a morte rápida. Ele se obrigava a mastigar e engolir, dizendo a si mesmo que era o único modo de superar o que lhe estava acontecendo. Em algum ponto após a décima quinta página, sentiu gosto de sangue na boca e cuspiu um molar. As gengivas, esponjosas com o escorbuto, haviam finalmente começado a soltar os dentes. Ele fechava os olhos com força e comia papel, comia papel, comia papel, comia papel, até que por fim perdeu a consciência e desmaiou com o choque frio e molhado da neve.

Foi carregado para a enfermaria e deixado aos cuidados do único médico da companhia, um homem chamado Báruch Imber, cujo único propósito na vida se tornara salvar os homens do Serviço de Trabalho dos efeitos devastadores do próprio Serviço de Trabalho. Imber cuidou de Andras e Mendel na enfermaria durante cinco dias, e, quando se recuperaram da hipotermia e da ingestão compulsória de papel, diagnosticou que ambos estavam com escorbuto e anemia em grau avançado e enviou-os para Budapeste para serem tratados num hospital militar, com mais duas semanas de licença.

28. Licença

Após uma demorada viagem de trem de uma semana, durante a qual o cabelo de ambos ficou infestado de piolhos e a pele começou a descascar e sangrar, Andras e Mendel foram transferidos para uma ambulância que transportava membros do Serviço de Trabalho doentes e moribundos. O piso da ambulância estava forrado de feno, mas os homens tremiam muito em seus cobertores grosseiros de lã. Havia oito pessoas na ambulância, a maioria em estado muito pior do que eles. Um homem com tuberculose tinha um tumor enorme no quadril, outro ficara cego quando uma estufa explodiu, um terceiro tinha a mão cheia de abscessos. Andras pôs a cabeça para fora pelas janelas abertas na traseira da ambulância quando entraram em Budapeste. A visão da vida comum da cidade — os bondes e as confeitarias, rapazes e moças passeando no fim da tarde, marquises de cinema com seus letreiros pretos bem legíveis — encheu Andras de uma fúria irracional, como se aquilo fosse um escárnio do tempo que ele havia passado no Munkaszolgálat.

A ambulância parou na frente do hospital militar e os pacientes caminharam ou foram carregados para o balcão de registro, onde Andras e Mendel esperaram a noite inteira num banco frio enquanto centenas de trabalhadores e soldados tinham seus nomes e números registrados num livro oficial. Em alguma hora no início da manhã, Mendel foi registrado no livro do hospital e levado para tomar banho e ser tratado. Passaram mais duas horas até que fossem pegar Andras, mas por fim, entontecido de exaustão, ele se viu acompanhando um enfermeiro até uma sala de duchas, onde o homem o livrou de suas roupas imundas, raspou sua cabeça, borrifou em seu corpo um desinfetante cáustico e deixou-o de pé embaixo de uma torrente de água quente. O enfermeiro lavou toda a sua pele machucada com uma espécie de afeição impessoal, uma indulgência sábia com as fraquezas do corpo humano. O enfermeiro enxugou-o e levou-o a uma enfermaria comprida e aquecida por um sistema de calefação que se estendia por todo o comprimento da sala. Andras foi levado até uma cama estreita de metal e, pela primeira vez em um ano e meio, dormiu num colchão de verdade, com lençóis de verdade. Quando acordou após o que lhe pareceram poucos momentos, Klara estava na sua frente, ao lado da cama, com os olhos vermelhos e cansados. Andras se ergueu um pouco, apoiado nos cotovelos, segurou as mãos dela e perguntou que notícias terríveis ela trazia: quem havia morrido? Que nova tragédia os havia atingido?

"Andráska", ela disse numa voz partida pela dor; e Andras compreendeu que *ele* era a tragédia, que Klara estava chorando por causa do que havia sobrado dele. Andras não sabia quanto peso havia perdido no Serviço de Trabalho com a dieta de café, sopa e pão dormido — só sabia que tinha de cingir o cinto da calça cada vez mais apertado e que os ossos ficaram cada vez mais proeminentes embaixo da pele. Os braços e as pernas estavam finos e mostravam os magros músculos que ele havia ganhado com o trabalho constante; mesmo durante a depressão do inverno anterior, Andras nunca se sentira de fato fraco. Mas viu como seu corpo marcava muito pouco a superfície do cobertor estendido por cima dele. Podia apenas imaginar como devia parecer esquálido e estranho em seu pijama hospitalar, com seus braços manchados de sangue e sua cabeça raspada. Ele quase desejava que Klara tivesse ficado longe até que ele recuperasse seu aspecto normal. Andras baixou os olhos e manteve os cotovelos numa posição que parecia de autoproteção. Observou Klara com as mãos cruzadas sobre o colo; sua aliança de casamento brilhava dourada. O anel continuava reluzente e liso, suas mãos continuavam tão brancas como da última vez em que ele a vira. A aliança de Andras fora arranhada até perder todo o brilho, suas mãos estavam escuras e cobertas de marcas do trabalho.

"O médico esteve aqui", disse Klara. "Ele diz que você vai ficar bom. Mas tem de tomar vitamina C e ferro e tem de repousar muito."

“Não preciso de repouso”, disse Andras, convicto de que Klara tinha de vê-lo de pé. Afinal, não estava ferido nem aleijado. Baixou as pernas da cama e pôs os pés no piso gelado. Mas então uma onda de tonteira o dominou e ele pôs a mão na cabeça.

“Você precisa comer”, ela disse. “Está dormindo há vinte horas.”

“É mesmo?”

“Tenho de lhe dar uns comprimidos de vitaminas e caldo de carne, e depois um pouco de pão.”

“Ah, Klara”, ele disse, e baixou a cabeça nas mãos. “Deixe-me sozinho aqui. Eu estou um horror.”

Klara sentou-se na cama ao lado dele e abraçou-o. O cheiro dela estava ligeiramente diferente — Andras percebeu um toque de sabonete de lilás ou de xampu, algo que o fez recordar a Éva Kereny de muitos anos antes, seu primeiro amor em Debrecen. Klara beijou os lábios secos de Andras e colocou a cabeça em seu ombro. Ele deixou que ela o abraçasse, esgotado demais para resistir.

“Tenha um pouco de recato, capitão do esquadrão”, soou uma voz do outro lado da enfermaria. Era Mendel, deitado em sua cama limpa. Ele também estava de cabeça raspada.

Andras levantou a mão e acenou. “Minhas desculpas, membro do Serviço de Trabalho”, ele disse. Deu-lhe uma espécie de vertigem estar ali num hospital militar com Mendel Horovitz e, ao mesmo tempo, com Klara a seu lado. Sua cabeça doía. Ficou recostado em seu travesseiro e deixou que Klara lhe desse suas vitaminas e seu caldo de carne. Sua esposa. Klara Lévi. Andras abriu os olhos para ela, para a ondulação familiar de seu cabelo acima da testa, a força magra de seus braços, a maneira como ela apertava os lábios para dentro da boca quando estava concentrada, seus olhos cinzentos e profundos pousados sobre ele, sobre ele, afinal.

Andras não levou muito tempo para se dar conta de que a licença era uma outra forma de tortura, uma lição que tinha de ser aprendida como uma preparação para um teste mais difícil. Antes, quando recebera seu bilhete de convocação, Andras só tinha uma ideia muito vaga do que podia significar ficar separado de Klara. Agora ele sabia. Em face daquele infortúnio, duas semanas pareciam um tempo inconcebivelmente curto.

Sua licença começara oficialmente quando teve alta do hospital militar, três dias depois de ser internado. Klara mandara lavar e remendar o uniforme de Andras e, no dia em que saiu do hospital, ela lhe trouxe o milagroso presente que era um novo par de botas. Andras tinha roupas de baixo novas, meias novas, um chapéu de aba novo, com um escudo reluzente de bronze na frente. Sentia bastante vergonha de aparecer na frente de Mendel Horovitz com aquelas roupas limpas e bem-feitas. Mendel não tinha ninguém para cuidar dele. Era solteiro e sua mãe havia morrido quando ainda era menino. Seu pai continuava em Zalaszabar. Perto do portão do hospital, esperando pelo bonde, Andras perguntou a Mendel como planejava passar sua licença.

Ele encolheu os ombros: "Um antigo colega que dividia o aluguel comigo ainda está morando em Budapeste. Posso ficar com ele".

Klara tocou no braço do marido e os dois trocaram um olhar. Era uma coisa difícil para decidir sem uma conversa; fazia tanto tempo que os dois não ficavam sozinhos juntos. Mas Mendel era um velho amigo e durante sua temporada na companhia 112/30 ele se tornara uma pessoa da família. Os dois sabiam que Andras tinha de fazer a oferta.

"Estamos indo para a casa de meus pais na zona rural", ele disse. "Tem espaço lá para você, se quiser vir conosco. Nada de mais. Mas tenho certeza de que minha mãe vai cuidar bem de você."

A sombra em torno dos olhos de Mendel ficou mais funda, numa expressão de gratidão. "É muita bondade de sua parte, Parisi", ele disse.

Então, naquela manhã, os três juntos embarcaram no trem rumo a Konyár. Passaram por Maglód, Tápiogyörgy, Újszász, entraram na planície de Hajdú, compartilhando uma garrafa térmica de café e comendo strudel de cereja. A doçura acre da fruta quase provocou lágrimas nos olhos de Andras. Ele segurou a mão de Klara e apertou-a; ela o fitou nos olhos e Andras sentiu que ela o compreendia. Klara era alguém que conhecia algo a respeito do choque, da recuperação após o estado de desespero. Andras se perguntou como ela tinha tolerado tamanha ignorância dele por tanto tempo.

Era a primeira semana de abril. Os campos ainda estavam improdutivos e frios, mas uma névoa de verdor começava a surgir nos arbustos que se aglomeravam perto das casas de fazenda; os ramos nus dos salgueiros tinham ficado amarelos e reluzentes. Ele sabia que o encanto da fazenda ainda estaria oculto, seu pátio estaria uma calamidade de lama, suas macieiras raquíticas estariam nuas, o jardim estaria vazio. Lamentava muito não poder mostrar para Klara a beleza da fazenda no verão. Mas quando finalmente chegaram, quando desembarcaram na familiar estação de trem e viram a casa baixa e caiada de branco, seu telhado escuro de palha, o celeiro e o moinho, e o poço onde ele, Mátyás e Tibor brincavam com barquinhos de madeira, Andras achou que nunca tinha visto um lugar mais lindo. A fumaça subia pela chaminé de pedra, do celeiro vinha o zumbido constante de uma serra elétrica. Pilhas de madeira recém-serrada estavam arrumadas no pátio. No pomar, as macieiras nuas voltavam seus galhos para o céu de abril. Andras largou sua mochila militar no chão do pátio e, segurando a mão de Klara, correu para a porta da frente. Bateu no vidro da janela e esperou que a mãe viesse atender.

Uma mulher jovem e loura abriu a porta. Em seu quadril estava agarrado um bebê de cara vermelha com uma torrada mordida na mão. Quando a mulher viu Andras e Mendel em trajes militares, as sobrancelhas se levantaram com medo.

"Jenő!", ela gritou. "Venha cá depressa!"

Um homem parrudo de macacão veio correndo do celeiro. "O que foi?", ele gritou. E quando chegou perto: "O que querem aqui?".

Andras piscou. O sol tinha acabado de sair de trás de uma nuvem; era difícil focalizar as feições do homem. "Sou o capitão Lévi", disse. "Esta é a casa de meus pais."

"*Era* a casa de seus pais", disse o homem, com um toque de orgulho. Estreitou os olhos para Andras. "Você não parece um oficial do Exército."

"Capitão de esquadrão Lévi da Companhia 112/30", disse Andras, mas o homem não estava mais olhando para Andras. Olhou para Mendel, cujo casaco não tinha as insígnias de oficial. Em seguida voltou os olhos para Klara e examinou-a por inteiro com um olhar lento e aprovador.

"E você não parece uma garota do campo", ele disse.

Andras sentiu o sangue subir ao seu rosto. "Onde estão meus pais?", perguntou.

"Como vou saber?", respondeu o homem. "Vocês vivem andando para um lado e para o outro."

"Não seja grosso, Jenő", disse a mulher e depois se voltou para Andras. "Estão em Debrecen. Venderam esta terra para nós um mês atrás. Não escreveram para você?"

Um mês. Era o tempo que uma carta levava para chegar a Andras, na fronteira. Na certa, estava lá agora, mofando na sala do correio, se não a tivessem usado para fazer fogo. Tentou olhar mais além da mulher, para dentro da cozinha; a velha mesa, da qual ele conhecia de cor cada nó e cada sulco, continuava ali. O bebê virou a cabeça para ver o que tanto interessava Andras, depois começou a mascar de novo sua torrada.

"Escute", disse a mulher. "Você não tem familiares em Debrecen? Não há ninguém que possa lhe dizer onde estão seus pais?"

"Faz anos que não vou lá", disse Andras. "Não sei."

"Bem, estou trabalhando", disse o homem. "Acho que você já terminou sua conversa com minha esposa."

"E acho que você já terminou de ficar olhando para a minha", disse Andras.

Mas o homem estendeu a mão naquele momento e beliscou a cintura de Klara; ela deu uma exclamação de susto. Sem pensar, Andras desferiu o punho contra a barriga do homem, que soltou um bufo e tombou para trás. Seu calcanhar esbarrou numa pedra e ele caiu na lama grossa do pátio. Quando tentou se levantar, escorregou para a frente e tombou apoiado nas mãos. A essa altura, Andras, Klara e Mendel já estavam correndo para a estação de trem, com as bolsas sacudindo atrás deles. Até aquele momento, Andras jamais avaliara a vantagem de morar tão perto da linha de trem; fez então uma coisa que tinha visto Mátyás fazer inúmeras vezes. Partiu na direção de um vagão de carga aberto e jogou sua bolsa lá dentro, depois ajudou Klara a subir. Ele e Mendel pularam para dentro do vagão bem na hora em que o trem começou a ranger e a sair da estação, rumo a Debrecen. Foi o tempo suficiente para verem o novo dono da serraria correndo para fora de sua casa com uma espingarda na mão, enquanto gritava para a mulher achar os malditos cartuchos.

Na friagem daquela tarde de abril, seguiram de trem rumo a Debrecen no vagão de carga aberto, tentando recuperar o fôlego. Andras tinha certeza de que Klara ficara horrorizada, mas ela estava rindo. Os sapatos e a bainha do vestido estavam pretos de lama.

"Nunca vou esquecer a cara dele", disse Klara. "Nem entendeu o que aconteceu."

"Nem eu", disse Andras.

"Ele merecia coisa bem pior", disse Mendel. "Gostaria de dar umas bordoadas nele."

"Não o aconselho a voltar lá para fazer uma nova tentativa", disse Klara.

Andras recostou-se na parede do vagão de carga e passou o braço em torno de Klara; Mendel pegou um cigarro no bolso de seu casaco e deitou-se de lado, fumando e rindo sozinho. A brisa era tão estimulante e o sol do meio-dia estava tão radioso que Andras teve uma espécie de sensação de triunfo. Só quando voltou a olhar para Klara — que agora tinha os olhos sérios, como que para transmitir um entendimento particular do que acabara de ocorrer naquele pátio lamacento — se deu conta de que tinha visto sua casa de infância pela última vez.

Não demoraram muito tempo para localizar o apartamento dos pais de Andras em Debrecen. Pararam numa padaria kosher perto da sinagoga e Andras soube pelo padeiro que sua mãe tinha acabado de passar por ali para comprar *matzoh*; a Páscoa começaria na sexta-feira.

Páscoa. No ano anterior, a festa chegara e fora embora muito depressa: uns poucos homens ortodoxos haviam encenado o *seder* no alojamento, pronunciaram as bênçãos como se tivessem vinho, verduras, *charoset*, *matzoh* e ervas amargas à sua frente, embora tudo o que tivessem fosse sopa de batata. Andras recordava vagamente que havia recusado o pão no jantar algumas vezes e depois ficou tão fraco que teve de voltar a comer pão. Não se dera ao luxo de imaginar que poderia estar na companhia dos pais na Páscoa daquele ano. Mas agora ele conduzia Klara e Mendel pela avenida que ia dar em Simonffy Utca, onde o padeiro disse que seus pais moravam. Lá, num prédio de apartamentos antigo, com duas cabras brancas no pátio e um vinhedo ainda sem folhas que pendia de uma sacada à outra, encontraram a mãe de Andras esfregando os ladrilhos da varanda do segundo andar. Um balde de água quente fumegava atrás dela; tinha um lenço azul estampado na cabeça e os braços rosados e reluzentes até o cotovelo. Quando viu Andras e Klara, ficou logo de pé e correu escada abaixo.

A sua mãezinha. Ela atravessou o pátio num piscar de olhos, ainda ágil, e abraçou Andras. Seus olhos castanhos e rápidos percorreram o filho dos pés à cabeça; apertou-o contra o peito e o manteve ali, bem seguro. Após um bom tempo, soltou-o e abraçou Klara, chamou-a de *kislányom*, minha filha. Por fim, abraçou Mendel, que suportou aquilo com um simpático olhar de lado para o amigo; ela conhecia Mendel dos tempos de escola de Andras e sempre o tratara como se fosse um de seus filhos.

"Pobres rapazes", ela disse. "Olhe só o que fizeram com vocês."

"Estamos bem, Anya. Temos duas semanas de licença."

"Duas semanas!" Ela balançou a cabeça. "Depois de um ano e meio, duas semanas. Mas pelo menos vocês vão passar a Páscoa conosco."

"Mas quem é aquela lesma de jardim que está morando em nossa casa em Konyár?"

A mãe pôs a mão na boca. "Espero que você não tenha discutido com ele."

"Discutir com ele?", disse Andras. "Nada disso! O homem foi uma simpatia só! Beijei a mão dele. Ficamos amigos para a vida toda."

"Ah, querido."

"Ele correu atrás da gente com uma espingarda", disse Mendel.

"Meu Deus, que homem terrível! Fico triste de pensar que ele está morando naquela casa."

"Pelo menos espero que vocês tenham conseguido vender por um bom preço", disse Andras.

"Seu pai tratou de tudo", disse a mãe e suspirou. "Ele disse que tivemos sorte de conseguir aquele preço. Aqui vivemos com conforto. Há tanta coisa para fazer. E ainda tenho Kicsi e Noni." Apontou com a cabeça para as duas cabras leiteiras que estavam em seu curral no pátio.

"Vocês deviam ter me telefonado", disse Klara. "Eu viria ajudar na mudança."

A mãe de Andras baixou os olhos. "Não queríamos incomodar. Sabíamos que estava ocupada com seus alunos."

"Vocês são da minha família."

"É bondade sua", disse a mãe de Andras, mas havia uma nota de reserva em sua voz, quase um toque de deferência. No instante seguinte, Andras se perguntou se não havia apenas imaginado aquilo, porque sua mãe pegou Klara pelo braço e a conduziu através do pátio.

O apartamento era claro e pequeno, com três cômodos e portas que abriam para a varanda. A mãe de Andras tinha plantado couve-flor em vasos de barro; cozinhou algumas delas para o almoço e serviu com batata, ovos e pimentões vermelhos. Andras e Mendel tomaram seus comprimidos de vitamina e comeram algumas maçãs que Klara havia comprado para eles, embaladas separadamente. Enquanto comiam, a mãe contou as novidades sobre Mátyás e Tibor: Mátyás estava com as tropas do Serviço de Trabalho perto de Abaszéplak, onde sua companhia construía uma ponte sobre o rio Torysa. Mas não era só isso: antes de ser convocado, ele fizera tamanho sucesso no Clube do Abacaxi, dançando em cima de um piano, de gravata branca e fraque, que o gerente lhe oferecera um contrato de dois anos. Em suas cartas, ele dizia que treinava o tempo todo — criava passos em pensamento, enquanto ele e seus colegas construíam a ponte do rio Torysa, e mantinha os pobres companheiros acordados à noite, enquanto executava os passos que havia imaginado de dia. Quando voltasse para casa, dizia, estaria sapateando tão rápido que seria necessário inventar um novo tipo de música para poder acompanhá-lo.

Tibor, contou-lhes a mãe de Andras, integrara-se a um destacamento do seu batalhão do Serviço de Trabalho na Transilvânia em novembro; seus estudos em Modena o credenciaram para o posto de médico da companhia. Suas cartas não traziam muitas notícias sobre o trabalho — a mãe de Andras desconfiava que ele não queria deixá-la horrorizada —, mas sempre contava o que estava lendo. No momento, era Miklós Radnóti, um jovem poeta judeu de Budapeste que fora convocado para o Serviço de Trabalho no outono. Assim como Andras, Radnóti tinha morado em Paris por um tempo. Alguns de seus poemas — um deles falava de ficar na companhia de um médico japonês num terraço na Rotonde, outro falava de tardes indolentes no Jardin de Luxembourg — trouxeram à memória de Tibor o tempo que ele havia passado em Paris. Corria o boato de que o batalhão de Radnóti estava servindo não longe do batalhão de Tibor; aquele pensamento ajudara-o a suportar o inverno.

Para Andras, parecia um luxo tremendo e surreal ficar sentado na cozinha daquele apartamento limpo e ensolarado enquanto a mãe contava as novidades sobre Mátyás e Tibor e seus afazeres no Serviço de Trabalho. Como poderia relaxar naquela cadeira familiar, como poderia comer maçãs com Klara e Mendel e ouvir os balidos das cabras brancas no pátio enquanto seus irmãos estavam construindo pontes e tratando de homens enfermos na Transcarpátia e na Transilvânia? Era terrível sentir aquela doce sonolência, era terrível ver-se ansioso para tirar um cochilo à tarde em sua própria cama de infância se de fato tivessem levado sua cama de infância de Konyár para lá. Até mesmo a mesa na sua frente — a pequena mesa amarela da cozinha externa, usada no verão — lhe dava uma pontada de saudade deslocada, como se ele tivesse virado o canal das saudades de seus irmãos. Aquela mesinha tinha sido construída pelo pai antes de Andras nascer: lembrava-se de ter ficado sentado embaixo dela numa tarde quente, enquanto a mãe descascava ervilhas para o jantar. Ele estava comendo um punhado de ervilhas enquanto olhava uma lagarta galgar um dos pés da mesa. Mesmo agora, podia ver a lagarta em pensamento, aquele toquinho elástico e verde com suas perninhas atarracadas, encolhendo-se e esticando-se a caminho do tampo da mesa, numa missão cuja natureza era um mistério. Sobrevivência, agora ele compreendia, era tudo. Contrair e esticar, o frenético movimento de erguer a cabeça e olhar em redor: tudo se resumia no premente esforço de continuar vivo.

"No que você está pensando?", perguntou a mãe, e apertou sua mão.

"Na cozinha externa que usávamos no verão."

Ela riu. "Reconheceu esta mesa, não é?"

"Claro."

"Andras me fazia companhia enquanto eu cozinhava", contou para Klara. "Ele ficava desenhando na terra com uma vareta. Todo dia eu varria o resto da cozinha, mas deixava os desenhos dele no chão."

De Mendel, veio o som rouco de uma inspiração profunda: ele não tinha esperado conseguir um lugar confortável para cochilar. Tinha adormecido na mesa da cozinha, a cabeça apoiada nos braços cruzados. Andras levou-o para o sofá e cobriu-o com uma colcha. Mendel não acordou, nem quando caminhava pela sala até o sofá nem quando ajeitava as pernas sobre o sofá. Era um talento que ele tinha. Às vezes dormia durante toda a marcha, de manhã, rumo ao local de trabalho.

"Você não vai dormir?", perguntou Klara para Andras. "Eu ajudo sua mãe."

Mas o sabor forte e ácido das maçãs o havia acordado; agora ele não sentia vontade de dormir. O que queria, aquilo que tinha de fazer e não podia esperar nem mais um minuto, era encontrar seu pai.

Foi um toque da bruta ironia húngara o fato de seu pai estar empregado numa companhia madeireira — quem sabe trabalhava com a madeira das árvores que Andras havia cortado nas florestas da Transilvânia e da Transcarpátia? A Madeireira Unida de Debrecen não tinha a menor semelhança com a serraria que Béla Sortudo vendera para o homem detestável em Konyár. Tratava-se de uma empresa de grande porte, financiada pelo governo, que processava centenas de árvores diariamente e produzia milhares de metros cúbicos de madeira cortada para ser usada na construção de alojamentos do Exército, instalações de armazenamento e estações de trem. Fazia meses que a Hungria se preparava para a guerra, prevendo que podia ser obrigada a entrar no conflito ao lado da Alemanha. Se aquilo acontecesse, enormes quantidades de madeira seriam necessárias para abastecer as atividades do Exército. Se tivesse opção, é claro, Béla Sortudo preferiria trabalhar numa empresa menor, cujos produtos fossem vendidos com fins pacíficos. Mas ele sabia que já era muita sorte ter conseguido um emprego quando tantos judeus estavam desempregados. E se a Hungria entrasse na guerra, mesmo as pequenas madeireiras seriam obrigadas a prestar serviço ao governo. Assim, ele assumiu a vaga de segundo capataz assistente quando o funcionário anterior morreu de pneumonia, um inverno antes. O primeiro capataz assistente, um colega de escola de Béla, ofereceu-lhe o emprego em caráter temporário, para que pudesse se virar durante os magros meses de inverno. Havia dois meses que Béla morava em Debrecen e só ia para casa nos fins de semana, deixando sua própria serraria aos cuidados de seu próprio capataz. Quando o colega de escola ofereceu o emprego em caráter permanente, Béla e Flóra resolveram que estava na hora de vender sua pequena empresa. Estavam ficando velhos. As tarefas ficavam mais árduas, as dívidas ficavam maiores. Com o dinheiro da venda, puderam pagar os credores e alugar um pequeno apartamento em Debrecen.

Para azar deles, o único interessado em comprar a serraria era membro do Partido Nacional Socialista da Hungria, a Cruz Flechada, e a proposta do homem era menos da metade do que a serraria valia. Béla não teve outra opção senão vender. Era um inverno difícil. Mal tinham o que comer e os trens pararam de ir para Konyár durante um mês inteiro. Havia um defeito nos trilhos que ninguém parecia interessado em consertar. Certos procedimentos normais — a entrega dos correios, o estoque das provisões, o transporte da madeira serrada — tinham sido paralisados por completo. Mas em Debrecen não havia falta de comida, não havia redução no ritmo de trabalho das serrarias. Ele ganharia duas vezes o que tirava de receita trabalhando em sua própria serraria. Foi uma terrível humilhação ter de vender a empresa por aquele preço, mas a mudança já rendera benefícios para os dois — Flóra recuperara o peso normal, o peso que havia perdido durante o inverno longo e de alimentação escassa, e a tosse e o reumatismo de Béla tinham melhorado. Sua voz e seus passos soavam vigorosos quando andava pelo depósito de madeira e contava a história para Andras.

"O que precisamos, eu e você", ele concluiu, enquanto pendurava seu capacete no vestiário dos capatazes, "é de um bom copo de cerveja gelada."

"Eu seria um tolo se negasse", disse Andras, e seguiram juntos rumo à cervejaria predileta de seu pai, um bar com aspecto de caverna, não distante da Rózsa Utca, com cabeças de lobo empalhadas e chifres de veados pendurados nas paredes, além de um gigantesco barril de cerveja à moda antiga sobre um estrado de madeira. Às mesas, homens fumavam cigarros da marca Raposa e conversavam sobre o destino da Europa. O garçom do bar era um bigodudo enorme que parecia alimentar-se só de rosquinhas fritas e cerveja.

"Como está a cerveja hoje, Rudolf?", perguntou o pai de Andras.

Rudolf lhe dirigiu um sorrisinho, mostrando os dentes miúdos. "Embriagante", respondeu.

Parecia uma rotina entre os dois. O garçom encheu dois copos, serviu-se ele mesmo de uma dose de uísque e os três brindaram à saúde de todos.

"Quem é esse magricela?", perguntou Rudolf.

"Meu filho do meio, o arquiteto."

"Arquiteto, é?" Rudolf ergueu uma sobrancelha. "Vai construir alguma coisa por aqui?"

"Ainda não", respondeu Andras.

"Está no serviço militar?"

"Munkaszolgálat."

"São eles que estão matando você de fome desse jeito?"

"Sim, senhor."

"Fui *huszár* na Grande Guerra, como seu pai. No front sérvio. Quase perdi uma perna em Varaždin. Mas o Serviço de Trabalho agora é uma outra história. Ficar cavando na lama o dia inteiro, nada de emocionante para fazer, nenhuma oportunidade de glória e ainda por cima uma dieta de fome." Balançou a cabeça. "Não é emprego para um jovem sabido feito você. Quanto falta para completar o tempo de serviço?"

"Seis meses", respondeu Andras.

"Seis meses! Não é tanto tempo assim. E com o clima bom de ponta a ponta. Você vai se sair bem. Mas tomem mais uma rodada por minha conta, por via das dúvidas. Vamos virar os copos. Que consigamos tapear a morte mil vezes!"

Beberam. Em seguida Andras e o pai recolheram-se à sua mesa no canto escuro da sala, abaixo de uma cabeça de lobo empalhada no meio de um uivo. A cabeça do lobo deu um calafrio em Andras na base da espinha. Naquele inverno na Transilvânia ele ouviu o uivo de lobos à noite e imaginou seus dentes amarelos e seu pelo prateado. Houve ocasiões em que ele se sentira tão desesperado que teve vontade de entregar-se aos lobos. Como que para recordar que estava em casa de licença, Andras enfiou a mão no bolso e tocou no relógio do pai; tinha deixado-o com Klara quando partiu para o Munkaszolgálat. Agora ele o apanhou para mostrá-lo.

"É um bom relógio", disse Béla, virando-o entre os dedos. "Um ótimo relógio."

"Em Paris", disse Andras, "toda vez que eu me via em apuros, tirava o relógio do bolso e pensava no que você faria se estivesse em meu lugar."

O pai lhe dirigiu um sorriso pesaroso. "Aposto que você nem sempre fez o que eu teria feito."

"Nem sempre", disse Andras.

"Você é um bom rapaz", disse o pai. "Um rapaz que pensa direito. Sempre se mostra animado e bem-disposto nas cartas que manda do Musz para levantar o moral de sua mãe. Mas eu sei que é muito pior do que dá a entender. Olhe só para você. Eles quase o mataram de fome."

"Não é tão ruim assim", disse Andras, sentindo, na hora em que falava, que aquilo de fato era a verdade. Afinal, era só trabalho e mais nada; e ele tinha trabalhado a vida inteira. "Somos bem alimentados", disse. "Fornecem botas e roupas. E temos um teto sobre nossas cabeças."

"Mas você teve de largar a faculdade. Penso nisso todos os dias."

"Eu vou voltar", ele disse.

"Para onde? A França não existe mais, não como um lugar para os judeus viverem. E este país..." Ele balançou a cabeça, com desalento e repulsa. "Mas você vai arranjar um jeito de terminar a faculdade. Tem de fazer isso. Não quero ver você abandonar seus estudos."

Andras compreendeu o que ele estava pensando. "Você não abandonou seus estudos, pai", ele disse. "Deixou Praga porque foi obrigado."

"Mas não voltei, não foi?"

"Você não teve escolha." Andras não via sentido em continuar a conversa naquela direção; não podia fazer qualquer coisa a respeito da faculdade e seu pai sabia disso tão bem quanto ele. A ideia de que fazia quase dois anos que deixara a École Spéciale dava em Andras a sensação de estar sob um peso grande e imóvel. Ergueu os olhos para um grupo de homens que estavam olhando a seção de esportes do *Pesti Hírlap* e discutiam sobre qual lutador venceria um torneio no Clube Esportivo Nacional naquela noite. Andras jamais ouvira falar daqueles lutadores.

"É bom ver Klara, tenho certeza disso", falou o pai. "É difícil ficar longe da esposa por tanto tempo. É uma jovem bonita, a sua Klara." Mas havia um eco do olhar que Andras percebera no rosto da mãe mais cedo, uma sombra de hesitação, de reserva.

"Eu gostaria que você tivesse escrito para contar que ia se mudar", disse Andras. "Ela viria ajudar vocês."

"A moça que trabalha na cozinha nos ajudou. Ficou bem contente de ter um trabalho extra."

"Klara é da nossa família, Apa."

O pai contraiu os lábios e encolheu os ombros. "Para que incomodá-la com nossos problemas?"

Andras não ia contar o que tinha passado pela sua cabeça enquanto o pai contava sua história: ele gostaria que Klara tivesse negociado a venda da serraria, porque tinha certeza de que ela teria insistido e conseguido um preço melhor. Mas tal negociação, que poderia ter ocorrido em Paris sem chamar a mínima atenção, seria algo impensável em Konyár; ali, nas planícies de Hajdú, mulheres não tratavam da compra e venda de imóveis com homens. "Klara está familiarizada com o trabalho pesado", disse Andras. "Teve de ganhar a vida por conta própria desde os dezesseis anos. Em todo caso, ela vê você e Anya como se fossem os pais dela."

"Ora, mas isso é uma ideia esquisita", disse Béla, e balançou a cabeça. "Não esqueça, meu filho, que celebramos seu casamento na casa da mãe dela. Conheci a senhora Hász. Conheci o irmão de Klara. Não acho que ela vá nos confundir com sua família."

"Não é isso o que estou dizendo. Você está fingindo que não me compreende."

"Em Paris, você e Klara talvez fossem apenas dois húngaros que tinham a companhia um do outro", disse Béla. "Aqui, as coisas são diferentes. Olhe à sua volta. Os ricos não se sentam à mesma mesa dos pobres."

"Ela não é *os ricos*, Apa. Ela é minha esposa."

"A família dela comprou a dispensa do sobrinho deles do serviço militar. *Ele* não teve de quebrar as costas no Serviço de Trabalho. Mas não fizeram a mesma coisa por você."

"Eu falei para o irmão dela que não ia aceitar."

"E ele não discutiu, não foi?"

Andras sentiu a nuca ficar quente; um jato de raiva o percorreu. "Não é justo de sua parte acusar Klara por causa disso."

"O que é injusto é que uns tenham de trabalhar e outros não."

"Não vim aqui para discutir com você."

"Então, não vamos discutir."

Mas já era tarde. Andras estava furioso. Não queria ficar na presença do pai nem por mais um minuto. Pôs na mesa o dinheiro para pagar a bebida, mas o pai empurrou-o de volta.

"Vou dar uma volta", disse Andras, ficando de pé. "Preciso tomar ar."

"Bem, deixe que seu pai vá com você."

Andras não conseguiu imaginar um jeito de dizer não. Seu pai saiu do bar a seu lado e os dois caminharam juntos sob a luz azul do anoitecer. Ao longo de toda a avenida, luzes amarelas dos postes iluminavam os prédios com sua pintura desbotada e seu emboço descascado. Andras nem sabia aonde estava indo; queria poder andar mais depressa, deixar o pai para trás, na penumbra, mas a verdade era que ele estava exausto, anêmico e com sono. Esforçou-se para prosseguir até o Aranybika Hotel — uma senhora nobre e envelhecida, com roupas de renda branca; Andras passou pelas duas torres da igreja luterana com seus pináculos impassíveis. Continuou andando, de cabeça baixa, por todo o caminho até o parque, na rua em frente ao museu Déri, uma construção atarracada em estilo barroco e revestida de estuque amarelo. O anoitecer de abril, suave nas extremidades, fez com que recordasse os milhares de fins de tarde que havia passado ali quando menino, com amigos ou sozinho, revirando as beiradas de seus problemas de adolescente como se fossem as páginas de seus livros prediletos. Naquele tempo, ele sempre se consolava com pensamentos sobre sua casa, aquele trecho de terra em Konyár com seu pomar e seu celeiro, o pátio para guardar madeira e o poço do moinho. Agora sua casa em Konyár nunca mais seria sua casa outra vez. Seu passado, o início de sua infância, fora roubado. E seu futuro, a vida que tinha imaginado quando era estudante ali, também tinha sido roubado. Sentou-se num banco e curvou-se na direção dos joelhos, a cabeça apoiada nas mãos; a dor e o deslocamento que havia sofrido durante dezoito meses pareceram cair sobre ele de uma vez só e Andras se viu sufocando soluços roucos no meio da noite.

Béla Sortudo fitou o filho, o rapaz cujos problemas sempre lhe importaram muito. Ele mesmo nunca tinha sido uma pessoa sujeita a ataques de choro, nem incentivara aquilo em seus filhos. Ensinara-os a transformar a dor em trabalho. Aquilo tinha salvado sua vida, afinal. Não havia criado os filhos com grandes demonstrações físicas de afeto; aquele era o domínio da mãe, não dele. Mas ao ver seu filho, aquele rapaz doente e abatido, soluçando ofegante com a cabeça apoiada nos joelhos, compreendeu o que tinha de fazer: sentou-se ao lado de Andras e abraçou-o. Seu amor sempre parecera significar alguma coisa particular para aquele menino. Béla esperava que ainda fosse assim.

Eles ficaram em Debrecen por uma semana. Sua mãe o alimentou, tratou de seus pés feridos e preparou banhos quentes para ele tomar na cozinha; ela riu das histórias de Mendel sobre os colegas do Serviço de Trabalho e limpou a casa, com a ajuda de Klara, para a Páscoa. A nova criada, uma solteirona de certa idade chamada Márika, criou um forte vínculo com Mendel, que ela dizia ser a imagem perfeita de seu irmão morto na Grande Guerra. Ela lhe deu presentes furtivos, roupas de baixo e meias de lã, que deviam custar uma boa parte de seu salário. Quando Mendel protestou que eram presentes caros demais, a mulher fingiu que não sabia nada do assunto. Para Andras, a banal familiaridade de Debrecen era uma espécie de alívio. Ele ficava feliz de andar com o amigo e a esposa pelos bairros antigos, comprar rosquinhas na mesma confeitaria em que gastava suas moedinhas quando menino, mostrar para Klara o *gimnázium* dos judeus e o rinque de patinação ao ar livre na Piac Utca. Seu corpo ficou mais forte, suas gengivas esponjosas ganharam firmeza outra vez. As manchas vermelhas de sangue embaixo da pele começaram a se desfazer.

Andras sentiu-se penosamente tímido com Klara nos primeiros dias. Não conseguia suportar a ideia de que ela visse seu corpo naquele estado de fraqueza e tinha dúvidas quanto à sua capacidade de satisfazer as exigências do ato de amor. Mas era um homem de vinte e cinco anos e ela era a mulher que ele amava; não demorou muito para que Andras se aproximasse de Klara de noite, no colchão fino que dividiam no minúsculo quarto extra que sua mãe usava para costurar. Em volta, por todos os lados, havia roupas que a mãe estava remendando, costurando para dar para Andras ou para mandar para os irmãos dele em suas companhias do Serviço de Trabalho. O quartinho tinha cheiro de algodão lavado e a doçura cáustica do ferro de passar. Naquele caramanchão, seu segundo leito de núpcias, ele a procurou e ela foi para seus braços. Andras mal conseguia acreditar que o ser corporal da esposa continuava a existir, que ele tinha permissão para revisitar as partes dela que levava na memória como talismãs ao longo de dezoito meses: seus seios pequenos e altos, a cicatriz branca e prateada em sua barriga, as pontas gêmeas de seus quadris. Enquanto fazia amor, ela mantinha os olhos abertos e fixos nos olhos dele. Andras não conseguia ver a cor dos olhos na luz fraca filtrada pela janela coberta, mas via a intensidade aguda que ele reconhecia e amava. Às vezes, os dois pareciam lutar como velhos inimigos; uma parte de Andras queria quase castigá-la pela força do desejo que ela o obrigava a sentir. Klara parecia compreender e respondia à raiva dele com a sua própria. Quando afinal desabou esgotado sobre ela, seu coração batendo contra o peito de Klara, Andras entendeu que os dois podiam encontrar o caminho de volta através da distância que a longa separação havia aberto entre ambos.

No final de sua semana em Debrecen, aconteceu uma mudança sutil entre a mãe de Andras e Klara. Trocavam olhares reveladores durante as refeições; a mãe fazia questão de ter Klara a seu lado quando ia ao mercado e pediu a ela que fizesse os bolinhos de *matzo* para o *seder* da Páscoa. Os bolinhos eram a glória da refeição, aguardados com mais ansiedade até do que os pedaços de frango frito, o *kugel* de batata ou o peixe *gefilte*, que ela sempre fazia com uma carpa fresca, mantida viva em Konyár numa grande banheira de latão na cozinha externa usada no verão, mas que em Debrecen era forçada a viver no pátio, em exposição pública. (Duas crianças, uma menina e seu irmão, ficaram amigos do peixe e davam-lhe pedacinhos de pão para comer quando voltavam da escola; quando a carpa desapareceu para se transformar no segundo prato do *seder*, Andras lhes disse que a tinham soltado no lago do parque, o que lhe rendeu a eterna inimizade de ambos — apesar de ele explicar com toda a ênfase que era aquilo que a carpa desejava, que tinha cochichado suas instruções em idioma cárpato, língua que Andras dizia ter aprendido no Munkaszolgálat.) A receita dos bolinhos de *matzo* da mãe de Andras estava escrita numa letra fina e rendilhada como teia de aranha, em tinta preta, numa folha de papel de aspecto sagrado que só podia ser um pergaminho. Tinha sido propriedade da bisavó de Flóra, Rifka, e fora dada a Flóra no dia de seu casamento numa caixinha de prata com a palavra iídiche *knaidlach* gravada na tampa.

Numa tarde, quando voltou para casa de uma caminhada com Mendel, Andras viu a mãe e Klara juntas na cozinha, a caixa de prata aberta sobre a mesa, a preciosa receita nas mãos de sua mulher. O cabelo dela estava amarrado com um lenço, e usava um avental bordado com figuras de morangos; sua pele brilhava com o calor da cozinha. Ela estreitava as pálpebras enquanto tentava ler as letras finíssimas da receita e depois examinou os ingredientes que a mãe de Andras colocara sobre a mesa.

"Mas quais as quantidades?", perguntou para Flóra. "Onde estão as medidas?"

"Não se preocupe com isso", respondeu a mãe de Andras. "Use sua intuição."

Klara dirigiu um sorriso de pânico para Andras.

"Posso ajudar?", ele perguntou.

"Sim, meu querido", disse Flóra. "Vá buscar seu pai no trabalho. Se eu o conheço, ele deve ter esquecido que tinha de vir mais cedo para casa."

"Está bem", respondeu Andras. "Mas primeiro eu queria trocar umas palavrinhas com minha esposa." Pegou a receita da mão dela e colocou-a com cuidado dentro da caixa de prata; em seguida agarrou a mão de Klara e puxou-a para o quartinho de costura. Fechou a porta. Klara levou as mãos ao rosto e riu.

"Ah, meu Deus!", ela disse. "Não vou conseguir fazer esses bolinhos de *matzo*."

"Você pode simplesmente renunciar, não é?"

“Mas que receita é aquela?! É como se estivesse escrita num código secreto!”

“Talvez seja uma espécie de magia. Talvez as quantidades não importem.”

“Se ao menos a senhora Apfel estivesse aqui. Ou Elisabet.” Uma sombra de tristeza escureceu suas feições, como ocorria toda vez que mencionava o nome da filha naquela semana. Suas expectativas acabaram se confirmando: os pais do marido, que moravam numa propriedade rural em Connecticut, não queriam ter nenhum contato com Elisabet e tinha cortado todas as relações com seu filho. Sem se deixar intimidar, os dois alugaram um apartamento em Manhattan e foram trabalhar — Paul como artista gráfico e Elisabet como aprendiz de confeiteira. Ela se saíra esplendidamente bem no trabalho e fora promovida a assistente do confeiteiro chefe; o fato de ser francesa lhe dava certo charme e, alguns meses antes, escrevera para contar que um bolo que havia decorado tinha sido a peça principal de um grande banquete de casamento no salão de baile do hotel Waldorf-Astoria. As mães das jovens ricas começaram a procurá-la para fazer encomendas. Mas agora havia uma criança a caminho. Aquela notícia chegara na carta mais recente, algumas semanas antes.

“Klara”, disse Andras, e tocou sua mão. “Elisabet vai ficar bem, você sabe disso.”

Ela suspirou. “É um consolo estar aqui”, ela disse. “Estar com você. E ficar na companhia de sua mãe. Ela ama os filhos assim como amo minha filha.”

“Você tem de me contar o que foi que você fez”, ele disse. “Você enfeitiçou minha mãe.”

“Do que está falando?”

“Ela está apaixonada por você, nada menos que isso.”

Klara encostou-se na parede e cruzou os tornozelos esguios. “Eu fiz confidências para ela.”

“Como assim?”

“Contei a ela a verdade. Tudo. Queria que soubesse o que aconteceu quando eu era menina e como vivi desde então. Tinha certeza de que isso produziria um efeito.”

“E produziu mesmo.”

“Pois é.”

“Mas agora você tem de fazer bolinhos de *matzo*.”

“Acho que isso é uma espécie de teste”, disse Klara, e sorriu.

"Espero que seja aprovada", ele disse.

"Você não parece muito confiante."

"É claro que estou."

"Vá buscar seu pai", disse Klara e empurrou-o na direção da porta.

Quando ele e Mendel voltaram em companhia de Béla Sortudo, havia bolinhos de *matzo* fervendo numa panela sobre o fogão. O peixe *gefilte* estava pronto, a mesa estava arrumada com uma toalha branca, os pratos e os talheres reluziam sob a luz de duas velas brancas e compridas. No centro da mesa, havia uma travessa de prata de *seder*, a mesma que usavam todos os anos até onde a memória de Andras alcançava, com ervas verdes e amargas, água salgada e *charoset*, ovos e coxinhas dispostas em seis pequenos potes de prata.

Béla Sortudo ficou de pé ao lado de sua cadeira na cabeceira da mesa, calado por causa das novidades que tinha acabado de receber pouco antes de os dois rapazes terem ido buscá-lo no trabalho. No escritório dos capatazes, ele ouvira a notícia no rádio: Horthy resolvera deixar Hitler invadir a Iugoslávia a partir do território húngaro — a Iugoslávia, com quem a Hungria havia assinado um acordo de paz e amizade um ano antes. Tropas nazistas tinham se reunido na cidade de Barcs e atravessaram o rio Drava em massa, enquanto bombardeiros da Luftwaffe dizimavam Belgrado. Béla sabia do que se tratava: Hitler estava punindo o país por causa do golpe militar e do levante popular que sucedeu a entrada na Iugoslávia no Pacto Tripartite. Menos de uma semana antes, a Alemanha tinha jurado defender as fronteiras da Iugoslávia por mil anos; agora Hitler lançara o Exército contra o país. A invasão tivera início naquela tarde. Tropas húngaras seriam enviadas para Belgrado mais adiante, naquela semana, a fim de dar apoio à investida alemã. Seria a primeira ação militar da Hungria no conflito europeu. Para Béla estava bem claro que aquilo era só o início, que a Hungria seria arrastada cada vez mais àquela guerra. Milhares de jovens perderiam a vida. Seus filhos seriam enviados para trabalhar na linha de frente. Béla tinha ouvido a notícia e deixou que ela penetrasse em seus ossos, mas quando Andras e Mendel chegaram resolveu guardar segredo. Também não falaria nada sobre o assunto naquele momento, na presença de uma mesa de aspecto sagrado. Ele não conseguia suportar a ideia de que a notícia podia arruinar o que sua esposa e a esposa de seu filho haviam feito. Béla deixou o *seder* transcorrer como de costume, sentindo a ausência de seu filho mais jovem e de seu filho mais velho como uma aguda pressão em seu peito. Recontou a história do êxodo e deixou que Mendel recitasse as Quatro Perguntas. Conseguiu comer a refeição de costume, com o ovo cozido, verduras, o peixe *gefilte* fresco e os bolinhos de *matzo* em seu caldo dourado. Em seguida entoou as bênçãos como sempre fazia e deu graças pela quarta taça de vinho cerimonial. Quando abriu a porta no final do *seder* a fim de dar as boas-vindas ao profeta Elias, viu portas abertas em redor do pátio inteiro. Era um consolo saber que estava rodeado por outros judeus. Mas não podia manter a notícia em segredo para sempre. Do pátio, veio o som roufenho do noticiário da estação nacional de rádio; alguém no térreo tinha colocado o rádio na janela para que todos ouvissem. Um homem fazia um discurso com uma voz grave e aristocrática: era Miklós Horthy, o governante deles, mobilizando o país rumo a seu destino glorioso no contexto da nova Europa. Béla pôde ver a compreensão estampada no rosto da esposa, e depois no rosto do filho. Agora a Hungria estava irremediavelmente envolvida na guerra. Quando todos se aglomeraram na sacada para ouvir a transmissão pelo rádio, Béla abriu a porta mais alguns centímetros. *Eliahu ha Navi*, ele entoou, em voz bem baixa. *Eliahu ha Tishbi*. Ficou parado com a mão na guarnição da porta, entoando o nome do homem santo; ele não renunciara à esperança em troca de outro tipo de profecia.

29. O acampamento de Bánhida

Quando Andras e Mendel se apresentaram no escritório do batalhão no final de sua licença, foram informados de que não voltariam à companhia 112/30 na Transilvânia. O major Kálozi, explicou-lhes o secretário do batalhão, já estava farto dos dois. Em vez disso, seriam transferidos para Bánhida, oitenta quilômetros a noroeste de Budapeste, onde se integrariam à companhia 101/18, numa mina de carvão e numa usina de eletricidade.

Ointenta quilômetros de Budapeste! Ele conseguiria ver Klara numa licença de fim de semana. E o correio não demoraria um mês para chegar ao destinatário. Ele e Mendel foram enviados ao encontro dos membros de sua nova companhia na estação de trem, onde foram divididos em dois grupos e encaminhados para um vagão de passageiros. Os homens que voltavam para Bánhida pareciam ter passado um inverno mais fácil do que o de Mendel e Andras. Suas roupas estavam intactas, os corpos tinham um aspecto vigoroso. Entre eles havia uma informalidade jovial, como se fossem colegas de escola de volta ao *gimnázium* depois de um feriado com a família. À medida que o trem se deslocava para o leste pelos montes ondulantes e verdes de Buda e depois entrava na zona rural de florestas e plantações, o vagão de passageiros foi se enchendo com o cheiro de terra da primavera. Mas a conversa entre os trabalhadores foi ficando mais silenciosa à medida que se aproximavam de

Bánhida. Os olhos pareceram adquirir um matiz mais sóbrio, os ombros, um peso invisível. O verde começou a desaparecer por trás das janelas, primeiro substituído pelas moradias baixas, de aspecto desolador, que sempre pareciam preceder a chegada de um trem a uma cidade, e depois pela cidade propriamente dita, com as nervuras tortuosas das ruas e suas casas de telhado vermelho, e depois ainda, quando deixaram para trás a estação de trem e seguiram para a usina de eletricidade, por uma paisagem cada vez mais desagradável, formada por estradas de terra batida, armazéns e oficinas. Por fim chegaram a um ponto de onde avistavam a usina propriamente dita, um navio de guerra com três chaminés que soltavam plumas de fumaça de cor ruiva no céu azul da primavera. O trem guinchou e parou numa estação atulhada de centenas de vagões de carga enferrujados. Do outro lado de um campo árido, havia fileiras de alojamentos feitos com blocos de concreto de cinzas atrás de uma cerca de tela de arame grosso. Mais adiante ainda, homens empurravam pequenos vagões de carvão rumo à usina de eletricidade. Nem uma única árvore ou arbusto interrompia a paisagem de lama pisada. Ao longe, como um escárnio dito em voz doce, erguiam-se os montes verdes e frescos das serras de Gerecse e de Vertes.

Guardas abriram bruscamente as portas dos vagões e gritaram para os homens desembarcarem. No campo árido, os recém-chegados separaram-se dos que estavam de regresso; estes foram mandados para o trabalho imediatamente. O resto dos homens recebeu ordens para deixar suas mochilas nos alojamentos a eles destinados e em seguida se apresentarem no pátio de formatura no centro do complexo. Os alojamentos de blocos de concreto de cinzas em Bánhida pareciam ter sido construídos sem nenhuma preocupação que não a economia; o material era barato, as janelas eram altas, pequenas e escassas. Assim que entrou, Andras teve a sensação de que estava sendo enterrado. Ele e Mendel ficaram com um beliche no fim de uma das fileiras, um local que concedia a privacidade de uma parede. Depois seguiram seus colegas para fora, rumo ao pátio de formatura, um amplo quadrado coberto de lama.

Dois sargentos puseram os homens em filas de dez; naquele dia, eram cinquenta os recém-chegados ao acampamento de Bánhida. Receberam ordem de ficar em posição de sentido e esperar o major Barna, o comandante da companhia, que faria uma inspeção. Em seguida seriam divididos em grupos de trabalho e seu novo serviço teria início. Ficaram de pé na lama durante quase uma hora, em silêncio, ouvindo ao longe as ordens dos capatazes e a palpitação elétrica da usina de energia, além dos sons das rodas de metal sobre os trilhos. Por fim o novo comandante surgiu, saindo de um prédio administrativo, o chapéu adornado com um cordão dourado, um par de botas lustrosas de cano alto. Caminhou diante das fileiras a passos bruscos, observando o rosto dos homens. Andras achou que ele parecia uma ilustração de Napoleão tirada de um livro escolar; tinha cabelo escuro, corpo compacto, postura ereta e olhar imperial. Na segunda vez que passou pela fileira de Andras, fez uma pausa diante dele e pediu-lhe para dizer seu posto.

Andras bateu continência. "Capitão de esquadrão, senhor."

"O que disse?"

"Capitão de esquadrão", repetiu Andras, dessa vez em volume mais alto. Às vezes os comandantes queriam que os homens gritassem suas respostas, como se aquela tropa fosse uma força militar de verdade e não apenas o Serviço de Trabalho. Andras achava aquelas situações particularmente deprimentes. O major Barna lhe deu ordem de sair das fileiras e marchar para a frente.

Andras detestava receber ordem para marchar. Detestava aquilo tudo. Algumas semanas em casa haviam revigorado nele a perigosa consciência de que era um ser humano. Quando chegou à frente dos homens em forma, ficou em posição de sentido, tenso e trêmulo, enquanto o major Barna o examinava. O homem parecia observá-lo com uma espécie de fascínio enojado, como se Andras fosse uma aberração exposta em feiras itinerantes. Em seguida sacou um canivete com cabo de madrepérola e segurou-o embaixo do nariz de Andras. Andras fungou. Teve a impressão de que ia espirrar. Sentia o cheiro da lâmina de metal. Não sabia o que Barna pretendia fazer. Os olhinhos escuros do major tinham um brilho de maldade, como se ele e Andras devessem ser parceiros de uma conspiração para algo que estava à beira de acontecer. Com um piscar de olhos ele afastou o canivete do rosto de Andras, apertou sua ponta embaixo da insígnia de oficial no casaco dele e com alguns poucos golpes arrancou o pedaço de pano de seu peito. O escudo caiu na lama; Barna apertou-o contra o chão com sua bota até ele desaparecer na lama. Depois pôs a mão na cabeça de Andras e no chapéu novo que Klara tinha lhe dado. Com mais alguns golpes rápidos do canivete o major arrancou a insígnia de oficial de lá também.

"Qual é seu posto agora, soldado?", gritou o major Barna, alto o bastante para que os homens de trás ouvissem.

Andras nunca tivera notícia de qualquer coisa parecida. Não sabia que era possível ser rebaixado de posto se não houvesse uma condenação por causa de um crime. Com um ímpeto de audácia, ele se pôs bem ereto — uns bons quinze centímetros mais alto do que o major Barna — e gritou: "Capitão de esquadrão, senhor!".

Barna fez um movimento relâmpago e Andras sentiu uma explosão de dor atrás do crânio. Caiu de quatro sobre a lama.

"Não em Bánhida", gritou o major. Em sua mão trêmula, segurava uma bengala branca feita de faia, manchada com o sangue de Andras. Apesar da dor, ele quase deu uma gargalhada. Tudo aquilo parecia um absurdo. Pouco antes não estava comendo maçãs na cozinha da casa da mãe? Pouco antes não estava fazendo amor com sua esposa? Pôs a mão atrás da cabeça: sangue quente, um calombo dolorido.

"Fique de pé, soldado do Serviço de Trabalho", gritou o major. "Retorne para as fileiras."

Ele não tinha escolha. Sem nenhuma palavra, obedeceu.

Suas boas-vindas a Bánhida foram um sinal do que estava por vir. Algo havia mudado durante o breve intervalo em que tinha ficado fora do Munkaszolgálat, ou talvez as coisas simplesmente fossem diferentes na companhia 101/18. Não havia oficiais judeus em nenhum escalão; não havia médicos, engenheiros, nem capatazes judeus. Os guardas eram mais cruéis e mais irritados, os oficiais aplicavam punições com mais presteza. Bánhida era um local implacavelmente feio. Tudo ali parecia planejado para o desconforto ou a infelicidade de seus habitantes. Dia e noite a usina de energia emitia suas três grandes ondas de fumaça marrom de carvão; o ar tinha um cheiro forte de súlfur e tudo ficava encoberto por uma película fina de cor laranja e marrom, que na chuva virava uma pasta parecida com giz. Os alojamentos tinham cheiro de mofo, as janelas preservavam o calor, mas deixavam entrar pouca luz e pouco ar, e os telhados tinham goteiras acima dos beliches. As trilhas e as estradas pareciam ter sido projetadas para atravessar as partes mais lamacentas do terreno. Caía um aguaceiro toda tarde, pontualmente às três horas, que transformava o local num traiçoeiro charco de lama escorregadia. Uma brisa quente e úmida espalhava o cheiro das latrinas por toda a área e os homens sufocavam com aquele cheiro enquanto trabalhavam. Mosquitos procriavam nas poças e atacavam os homens, enxameavam em suas testas, pescoços e braços. Mas as moscas eram piores; suas mordidas deixavam marcas vermelhas claras que demoravam muito para sarar.

Andras e Mendel foram escalados para carregar vagonetes de mina com linhito usando pás e depois empurrá-los sobre trilhos enferrujados até a usina de eletricidade. Os trilhos estavam colocados sobre a terra, mas não fixados, e logo ficou claro o motivo para aquilo: à medida que as chuvas ficavam mais intensas, tinham de ser erguidos e deslocados a fim de desviar de poças enormes. Quando não era mais possível desviar, era preciso pôr toras de madeira nas poças e colocar os trilhos por cima. Os vagonetes pesavam centenas de quilos com sua carga máxima. Os homens empurravam, puxavam e guinchavam os vagonetes, e, quando mesmo assim não conseguiam movê-los, praguejavam e os golpeavam com suas pás. Cada caminhão tinha o brasão com as letras brancas KMOF, Közérdekű Munkaszolgálat Országos Felügyellője, Administração Nacional do Sistema de Serviço de Trabalho; mas Mendel insistia em dizer que as letras significavam Királyi Marhák Ostobasági Földbirtoka, Fazenda da Estupidez dos Idiotas Reais.

Havia coisas pelas quais era preciso ser grato. Seria pior se tivessem de trabalhar na usina de energia, onde o pó de carvão e a fumaça química transformavam o ar num vapor espesso e irrespirável. Seria pior se tivessem sido enviados para trabalhar nas minas subterrâneas. Seria pior ficar lá sem a companhia um do outro. E seria pior estar a centenas de quilômetros de Budapeste, como era quando estavam na Transcarpátia e na Transilvânia. Em Bánhida o correio chegava depressa. As cartas dos pais chegavam em duas semanas e as de Klara em uma. Certa vez, ela incluiu no envelope uma carta de Rosen, cinco páginas em letras displicentes enviadas da Palestina. Ele e Shalhevet tinham escapado da França pouco antes de as fronteiras serem fechadas para a emigração de judeus e se casaram em Jerusalém, onde trabalhavam na Comunidade Judia Palestina — Rosen no departamento de planejamento de colonização e Shalhevet no escritório de advocacia de imigração. Estavam à espera de um filho para o mês de novembro. Havia até cartas dos irmãos de Andras: Tibor, em casa para passar a licença com Ilana, a levara ao topo do morro do castelo pela primeira vez; enviara uma fotografia que mostrava os dois junto a um parapeito, ela com um sorriso radiante, de mãos dadas com Tibor. Mátyás, ainda preso à sua companhia, porém com um ataque de febre de primavera, fizera uma incursão secreta num povoado vizinho, onde bebeu cerveja, dançou valsa com umas garotas na taverna local, sapateou no balcão do bar com suas botas e conseguiu voltar a seu batalhão sem que ninguém o apanhasse.

Em face da infelicidade reinante em Bánhida, Mendel imaginou uma nova publicação intitulada A *Mosca Picadora*. Embora a princípio parecesse a Andras um gesto de audácia beirando o temerário ressuscitar a ideia de um jornal depois do que havia acontecido na companhia 112/30, Mendel argumentou que tinham de fazer alguma coisa para não ficarem malucos. A nova publicação, disse, manteria um tom de protesto, ao mesmo tempo que evitaria ridicularizar de maneira frontal as autoridades do campo de trabalho. Se fossem apanhados, não haveria nada que afetasse pessoalmente o comandante. Haveria certo risco, claro, mas a alternativa seria aceitar serem silenciados pelo Munkaszolgálat. Depois da humilhação que Andras havia sofrido no pátio de formatura, como poderia recusar erguer a voz em protesto?

No final, Andras concordou em associar-se a Mendel na condição de coeditor. Sua decisão foi determinada em parte pela vaidade e em parte pelo desejo de preservar sua dignidade; um papel maior cabia à ideia de que ele e Mendel estavam conspirando em favor da liberdade de expressão e do moral de seus companheiros. Na companhia 112/30, Mendel tinha visto como O *Ganso Branco* tinha se transformado num emblema da luta dos homens. Eles sentiram certo alívio ao ver seus infortúnios diários registrados — ao vê-los reconhecidos como uma afronta que requeria a publicação de um jornal clandestino, mesmo que fosse algo tão absurdo como O *Ganso Branco*. Ali em Bánhida, pelo menos, seria mais fácil conseguir material para desenhar; havia um mercado negro de todo tipo de coisa. Além de salsichas de Debrecen, cigarros Raposa, fotos de Hedy Lamarr e Rita Hayworth, latas de ervilhas, meias de lã, pó para escovar os dentes e vodca, era possível comprar papel e lápis de desenhar. E havia muito o que ilustrar. O primeiro número de A *Mosca Picadora* continha um léxico que definia termos como "formatura matinal" (*um jogo de salão popular que envolvia a alternância de turnos de tédio, ginástica e humilhação*), "carregador de água" (*trabalhador com um balde vazio e a boca cheia*), e "dormir" (*raro fenômeno natural sobre o qual pouco se conhece*). Havia um horóscopo que prometia desgraça para todos os signos do zodíaco. Havia um anúncio para os serviços de um detetive particular que se oferecia para descobrir se a esposa ou namorada do cliente tinha sido infiel, com uma ressalva que estabelecia que o detetive estaria isento de toda a responsabilidade caso, inadvertidamente, surgisse um relacionamento entre ele e o objeto de sua investigação. Havia anúncios classificados (*Compro arsênico. Pago em prestações.*) e um romance de aventura em capítulos sobre uma expedição ao Polo Norte, cuja popularidade crescia à medida que o calor aumentava. Com a ajuda de um secretário judeu no setor de suprimentos, o jornal era impresso em edições semanais de cinquenta exemplares. Em pouco tempo, Andras e Mendel começaram a desfrutar uma secreta fama jornalística entre os residentes do campo.

Mas o que *A Mosca Picadora* não conseguia fornecer era exatamente aquilo que todos mais queriam de um jornal: notícias fidedignas de Budapeste e do mundo. Para aquilo, tinham de confiar nos poucos exemplares surrados de jornais enviados por parentes e jogados fora pelos guardas. Os jornais eram passados de mão em mão até ficarem ilegíveis e as notícias que continham já estarem velhas e caducas. Porém havia fatos de tamanha importância que se tornavam conhecidos pelos homens pouco depois de terem ocorrido. Na terceira semana de junho, pouco mais de um ano depois da queda da França, as tropas de Hitler invadiram a União Soviética num front de mil e duzentos quilômetros que ia do Báltico até o Mar Negro. O Kremlin pareceu tão chocado com a reviravolta dos acontecimentos quanto estavam os homens no campo de Bánhida. Parecia que Moscou acreditava que a Alemanha seria fiel ao seu pacto de não agressão com a União Soviética. Mas Hitler, Mendel sublinhou, devia estar planejando o ataque havia meses. De outro modo, como poderia reunir tropas de centenas de milhares de soldados, tantos aviões, tantas divisões de blindados? Menos de uma semana depois, Andras e Mendel souberam pelo agente do correio do campo que os aviões soviéticos — ou o que de início pareciam ser aviões soviéticos, mas podiam ser aviões alemães disfarçados — tinham bombardeado a cidade húngara da fronteira chamada Kassa. A mensagem era clara: a Hungria não tinha escolha senão enviar suas tropas para a Rússia. Se o primeiro-ministro Bárdossy recusasse, perderiam todos os territórios que a Alemanha devolvera. De fato, Bárdossy, que desde muito tempo se mostrava contrário à entrada da Hungria na guerra, agora parecia ver aquilo como algo inevitável. Logo as manchetes alardeavam uma declaração de guerra contra a União Soviética e unidades do Exército húngaro já estavam a caminho para unir-se à invasão do Eixo. Os homens da companhia 101/18 sabiam o que aquilo significava: para cada unidade húngara enviada para o front, uma unidade de Serviço de Trabalho seria enviada para lhe dar apoio.

Ninguém sabia quanto tempo a guerra podia durar ou o que os homens do Serviço de Trabalho teriam de fazer. Nos alojamentos corriam rumores de que eles seriam usados como escudos humanos ou enviados para além das linhas a fim de atrair o fogo inimigo. Mas em Bánhida não houve nenhuma mudança imediata; o carvão vinha do fundo da terra, os homens carregavam os vagonetes, a usina de eletricidade queimava o carvão, a poeira sulfúrica pairava no ar. Em julho, quando a lama secava e os insetos da primavera morriam de sede, o ritmo do trabalho pareceu se tornar mais premente, como se fosse necessário produzir mais energia a fim de abastecer os motores da guerra. O calor era tão intenso que todos os dias, ao meio-dia, os homens se despiam e ficavam em roupas de baixo. Não havia árvores que proporcionassem sombra, nenhum poço para mergulhar e refrescar a pele queimada pelo sol. Andras sabia que não muito longe dali havia água mineral com gás sabor framboesa, no povoado por onde passaram a caminho do campo, e nos dias mais quentes ele pensava que podia abandonar o vagonete de carvão — danem-se as consequências — e sair caminhando até achar o abrigo florestal refrescante de um café com mesas na calçada. Começava a ver palpitantes miragens de água para além dos trilhos; às vezes toda a área do campo flutuava acima de um mar prateado e cintilante. Quanto tempo passara desde que ele vira o mar de verdade, com suas ondulações azul-claras e suas cristas de espuma branca parecidas com gelo? Andras chegava a ver aquilo enquanto empurrava os vagonetes de carvão: o mar Mediterrâneo, um azul acobreado e batido que se estendia ao longe rumo ao inimaginável litoral da África. Lá estava Klara em seu traje de banho preto, sua touca de banho branca com listras onduladas, pondo os pés nas espumas na beira da água; Klara submergia até a coxa, as pernas ziguezagueavam na distorção líquida. Klara numa torre de madeira feita para mergulhar; Klara executava um mergulho de cisne ao estilo de Odette.

E então o capataz aparecia ao lado de Andras, berrando suas ordens. O carvão tinha de ser recolhido com a pá, os vagonetes tinham de ser postos em movimento, porque em algum local para o leste uma guerra tinha de ser travada.

A notícia mais chocante da vida de Andras chegou até ele num quente e parado final de tarde em julho, um mês depois de a Hungria entrar na guerra, na hora morta entre o trabalho e o jantar, na porta do alojamento 21. Ele e dois de seus companheiros de alojamento, um par de gêmeos magrelos de cabelo ruivo vindos de Sopron, tinham ido ao escritório depois do trabalho a fim de pegar sua correspondência. Os homens estavam com bolhas de queimaduras causadas pelo sol, os olhos ofuscados por causa do brilho do dia; seu suor transformara a poeira numa pasta fina, que secara em forma de uma película crepitante sobre a pele. Como sempre, havia uma fila interminável no correio. A correspondência estava sujeita à inspeção do encarregado e de sua equipe, o que significava que todo pacote tinha de ser aberto, inspecionado e roubado, quando continha cigarros, comida ou dinheiro, antes que seu destinatário pudesse receber o que sobrasse. Os gêmeos de Sopron davam risadas lendo um exemplar de *A Mosca Picadora* enquanto esperavam. A mente de Andras estava entorpecida pelo calor; mal conseguia lembrar-se de ter ilustrado aquele número do jornal. Desarrolhou seu cantil e bebeu as últimas gotas de água. Se tivessem de esperar naquela fila por muito mais, não teriam tempo para tomar banho antes do jantar. Será que tinha pedido a Klara para mandar sabão de barbear? Visualizava um bloco limpo de sabão embrulhado em papel impermeável estampado com a imagem de uma garota com um maiô antiquado. Ou talvez houvesse alguma outra coisa, algo menos necessário, mas igualmente bom: uma caixa de pastilhas de violeta, digamos, ou uma nova fotografia de Klara.

Quando chegaram por fim à janela do guichê, o agente do correio pôs dois pacotes idênticos nas mãos dos gêmeos. Tinham sido abertos e inspecionados, como de hábito, e embalagens de quatro barras de chocolate jaziam emboladas no fundo dos pacotes, como um escárnio. Mas naquele dia a correspondência trazia uma porção extra de doces: os pacotes ainda continham idênticas forminhas com *rugelach* de canela. Miku e Samu eram rapazes generosos e admiravam Andras por seu papel na criação de *A Mosca Picadora*; esperaram que ele recebesse sua correspondência, um único envelope fino enviado por Klara e, no caminho de volta para o alojamento, dividiram com ele sua recompensa. Apesar do consolo da canela e do açúcar, Andras não pôde deixar de se sentir decepcionado com seu envelope magro. Precisava de sabão de barbear, de vitaminas e de muitas outras coisas. Sua esposa devia pensar em suas necessidades. Devia ter lhe mandado um pacote pequeno. Quando os gêmeos entraram com seus embrulhos, sentou-se na porta de entrada do alojamento e abriu a carta com seu canivete.

Do outro lado do pátio quadrado, Mendel Horovitz avistou Andras sentado na escadinha da entrada do alojamento com uma carta na mão. Atravessou o pátio correndo, na esperança de alcançar o amigo antes de ele ir para a pia a fim de lavar-se para o jantar. Mendel tinha acabado de chegar do escritório de suprimentos, onde o secretário deixara que ele usasse a máquina de escrever; em apenas quarenta minutos, conseguiu datilografar todas as seis páginas do novo *A Mosca Picadora*. Achava que ainda daria tempo de Andras começar a fazer as ilustrações naquela noite. Ele assobiava uma melodia de *A vida é uma canção*, o filme que tinha visto quando estava de licença em Budapeste. Mas, quando encontrou Andras na porta do alojamento, ficou em silêncio. Andras ergueu os olhos para Mendel, com a carta tremendo em suas mãos.

"O que foi, Parisi?", perguntou.

Andras não conseguia falar; achava que nunca mais conseguiria falar. Talvez não tivesse entendido direito. Mas olhou para a carta de novo e lá estavam as palavras, na caligrafia limpa e inclinada de Klara.

Ela estava grávida. Ele, Andras Lévi, ia ser pai.

Que importância tinha quantas toneladas de carvão ele precisava remover com a pá? Quem ligava para quantas vezes o vagonete oscilava ao correr nos trilhos instáveis, quantas vezes suas bolhas estouravam e sangravam, ou com quanta brutalidade os guardas o maltratavam? Que importância tinha a fome e a sede que ele sentia ou quanto tempo tinha de ficar parado de pé no pátio de formatura? O que importava para Andras seu próprio corpo? A oitenta quilômetros dali, em Budapeste, Klara estava grávida de um filho seu. A única coisa que importava era que ele sobrevivesse aos meses entre aquele momento e a data que a esposa previa em sua carta — 29 de dezembro. Naquela altura Andras já teria completado seus dois anos de serviço militar. A guerra talvez tivesse terminado até lá, dependendo do resultado da campanha de Hitler na Rússia. Quem sabe como seria a vida para os judeus na Hungria àquela altura? Mas, se Horthy continuasse no poder, talvez a Hungria não fosse um lugar impossível de viver. Talvez eles emigrassem para os Estados Unidos, para a suja e glamorosa cidade de Nova York. No dia que recebeu a carta de Klara, Andras desenhou um calendário atrás de um exemplar de *A Mosca Picadora*. No fim de cada dia de trabalho, riscava um quadradinho e aos poucos os dias começaram a formar uma comprida fila de letras X. Cartas iam e vinham entre Budapeste e Bánhida: Klara continuava a dar aulas particulares de balé — continuaria a lecionar enquanto conseguisse demonstrar os passos e as posições para as alunas. Estava economizando dinheiro para poderem alugar um apartamento maior quando Andras voltasse para casa. Uma amiga de sua mãe era proprietária de um edifício na Nefelejcs Utca; o bairro não era chique, mas o prédio ficava perto da casa da Benczúr Utca e só a alguns quarteirões do parque municipal. *Nefelejcs* era o nome de uma florzinha azul que crescia no bosque e tinha um minúsculo anel amarelo no centro — também conhecida como não-me-esqueça. Ele não esqueceria, é claro: sua vida parecia equilibrar-se à beira de uma transformação inimaginável.

Em setembro, ocorreu um milagre: Andras ganhou uma licença de três dias. Não havia nenhuma razão particular para aquele lance de sorte, até onde ele podia enxergar. Em Bánhida, parecia que as licenças eram conferidas ao acaso, a não ser por morte na família. Ele soube da licença numa quinta-feira, recebeu seus documentos na sexta, pegou um trem para Budapeste no sábado de manhã. Era um dia luminoso, o ar doce com o último calor radiante do verão. O céu no alto ardia num azul claro e pálido, e, à medida que o trem se afastava de Bánhida, o cheiro de enxofre esmaecia num doce aroma verde de capim cortado. Ao longo das estradas de terra que corriam ao lado dos trilhos, fazendeiros conduziam carroças abarrotadas de feno e milho. As feiras em Budapeste ficariam cheias de abóboras, maçãs e repolhos roxos, pimentões e peras, uvas e batatas. Era espantoso lembrar que no mundo ainda existiam tais coisas — que elas haviam existido durante todo o tempo que ele havia sobrevivido com uma dieta diária de café, sopa rala e duzentos gramas de pão esfarelante.

Klara o esperava na estação Keleti. Andras jamais vira uma mulher tão bonita em toda a sua vida: usava um vestido de jérsei cor-de-rosa que delineava o inchaço de sua barriga e um chapéu apertado e elegante feito de lã cor de canela. Num contínuo desafio à moda vigente, tinha o cabelo comprido e sem cachos; ela o havia prendido num coque baixo na altura da nuca. Andras a envolveu em seus braços, inalou o aroma suave de sua pele. Teve medo de apertá-la com toda a força que tinha vontade de usar. Afastou-a um braço de distância e olhou para ela.

"É verdade?", perguntou.

"Como você pode ver."

"Mas é *mesmo*?"

"Suponho que vamos descobrir daqui a alguns meses." Tomou Andras pelo braço e guiou-o da estação para o Városliget. Ele mal conseguia acreditar que era possível estar passeando naquela tarde de setembro em companhia de Klara, com suas ferramentas de trabalho muito longe dali, em Bánhida, sem nada à sua frente senão a perspectiva do prazer e do repouso. Em seguida, quando dobraram a esquina da István Út e ficou visível que estavam andando para a casa da família dela, Andras tentou reunir forças para enfrentar a necessidade de interagir com o irmão e a cunhada de Klara, e talvez até com József, que havia alugado um ateliê na cidade para poder pintar outra vez. A ausência das insígnias de oficial no uniforme de Andras teria de ser explicada, sua magreza seria notada e lamentada, e durante todo o tempo ele teria de olhar para os semblantes bem nutridos e cheios de si dos parentes dela e sentir a dolorosa diferença entre a situação deles e a sua. Mas, quando chegaram à esquina da István com a Nefelejcs, Klara fez uma pausa na porta de um prédio cinzento, de pedra, e apanhou no bolso um chaveiro. Levantou uma chave toda enfeitada para Andras admirar. Em seguida introduziu a chave na fechadura da frente e a porta abriu para deixá-los entrar.

"Onde estamos?", perguntou Andras.

"Você vai ver."

O pátio estava cheio de coisas que se deixam num pátio: bicicletas, vasos de samambaia, fileiras de mudas de tomate em caixotes de madeira. No centro havia uma fonte coberta de musgos com folhas de lírio flutuantes e peixinhos dourados; uma menina de cabelo preto estava sentada na borda e passava a mão pela água. Ergueu os olhos para Andras e Klara com ar sério, depois enxugou a mão na saia e correu para um dos apartamentos do térreo. Klara levou Andras para uma escada cuja balaustrada tinha adornos que imitavam os ramos de uma parreira, e eles subiram os três andares de degraus rasos. Com outra chave, Klara abriu uma série de portas duplas e introduziu-o num apartamento que dava para a rua. O lugar cheirava a frango assado e batata frita. Havia quatro ganchos de pendurar casaco ao lado da porta; o velho chapéu de aba estreita de Andras estava pendurado num dos ganchos e o casaco cinzento de Klara em outro.

"Este não pode ser o nosso apartamento", disse Andras.

"De quem será então?"

"É impossível. É bom demais."

"Você ainda nem viu. Não julgue tão depressa. Pode achar que não é do seu gosto."

Mas é claro que o apartamento era exatamente do gosto de Andras. Klara conhecia muito bem aquilo de que ele gostava. Tinha uma cozinha com ladrilhos vermelhos, um quarto para Klara e Andras, outro quarto pequeno que podia ser do bebê, um banheiro privativo com uma banheira esmaltada. A sala estava cheia de estante, que ela começara a encher com livros novos sobre balé, música e arquitetura. Havia uma mesa de madeira para desenhar encostada num canto, um parente húngaro da que Klara dera a Andras em Paris. Havia um toca-discos em cima de uma mesinha de pernas finas em outro canto. Na extremidade da sala, um sofá baixo estava virado de frente para uma mesa de madeira embutida. Duas poltronas pretas com listras brancas ao lado das janelas altas que davam vista para o prédio de apartamentos em estilo neobarroco do outro lado da rua.

"É uma casa", ele disse. "Você construiu uma casa para nós." E envolveu-a em seus braços.

O que ele mais desejava durante o breve intervalo de sua licença, contou para Klara, era ficar livre para atender as necessidades de sua esposa grávida. De início, ela resistiu, fez ver que Andras não tinha ninguém para cuidar dele em Bánhida. Mas Andras retrucou que cuidar dela seria um luxo muito maior do que receber os cuidados de alguém. E assim, naquela primeira noite em casa, depois de comerem o frango assado com batatas, Klara deixou que ele preparasse um café e lesse as notícias do jornal para ela, depois preparasse um banho e a lavasse com uma esponja grande e amarela. O corpo grávido de Klara era algo milagroso para Andras. Uma coloração rosada havia brotado por baixo da superfície de sua pele pálida e seu cabelo parecia mais espesso e lustroso. O próprio Andras lavava aqueles cabelos e os puxava para a frente para que servissem de cortina para seus seios. As auréolas em torno dos mamilos tinham ficado maiores e mais escuras e uma linha vaga e fulva emergira entre seu umbigo e seu triângulo púbico, atravessado pela cicatriz prateada de sua gravidez anterior. Seus ossos já não se mostravam mais tão salientes embaixo da pele. O mais notável era um complexo olhar para dentro que se percebia em seus olhos — uma tão profunda mistura de tristeza e ansiedade que era quase um alívio quando ela os fechava. Quando Klara se deitava de costas na banheira, refrescando os braços na superfície de ferro esmaltado, Andras se admirava com o fato de que em Bánhida sua vida havia se reduzido às necessidades e emoções mais simples: a esperança de achar um pedaço de cenoura na sopa, o temor da raiva do capataz, o desejo de mais quinze minutos de sono. Para Klara, que vivera em maior segurança ali em Budapeste, continuara a existir a oportunidade de uma reflexão mais complicada. Aquilo estava acontecendo enquanto Andras olhava, enquanto a banhava com a esponja amarela.

"Conte-me o que você está pensando", ele disse. "Não consigo adivinhar."

Ela abriu os olhos cinzentos e voltou-os para Andras. "Como é estranho", disse. "Estar grávida enquanto você está na guerra. Se Hitler controlar toda a Europa e talvez a Rússia também, quem sabe o que pode acontecer com esta criança? Não faz sentido fingir que Horthy pode nos proteger."

"Você acha que devemos tentar emigrar?"

Ela suspirou. "Pensei nisso. Cheguei até a escrever para Elisabet. Mas a situação é aquela que eu já esperava. É quase impossível obter um visto de entrada agora. Mesmo se conseguíssemos, não tenho certeza de que eu ia querer ir. Nossas famílias estão aqui. Não consigo imaginar começar uma outra vida num país estrangeiro."

"E a viagem também", ele disse, afagando os ombros molhados de Klara. "É muito pouco seguro atravessar o oceano durante uma guerra."

Envolvendo os joelhos com os braços, ela disse: "Não foi só sobre a guerra que andei pensando. Tenho dúvidas de todo tipo".

"Que dúvidas?"

"Sobre que tipo de mãe eu vou ser para esta criança. Sobre as cem mil maneiras em que errei com Elisabet."

"Você não errou em nada com Elisabet. Ela se tornou uma mulher forte e linda. E sua situação era diferente naquele tempo. Estava sozinha, e você mesma não passava de uma criança."

"E agora sou quase uma velha."

"Isso é absurdo, Klara."

"Nem tanto." Ela franziu a testa com a cabeça encostada nos joelhos. "Tenho trinta e quatro anos, sabe? O parto, da última vez, foi quase um desastre. O obstetra diz que meu útero pode ter sofrido uma lesão. Minha mãe foi comigo na minha última consulta e agora eu preferia que ela não tivesse ido. Está ficando louca de tanta preocupação."

"Por quê, Klara? Existe algum risco para o bebê?" Segurou o queixo dela e a obrigou a erguer os olhos. "Você corre algum risco?"

"Mulheres dão à luz todos os dias", disse Klara e tentou sorrir.

"O que foi que o médico disse?"

"Ele disse que existe o risco de alguma complicação. Quer que eu tenha a criança no hospital."

"É claro que você vai ter a criança no hospital", disse Andras. "Não me importa quanto custe. Vamos encontrar um modo de pagar."

"Meu irmão vai ajudar", ela disse.

"Eu vou arranjar um emprego", disse Andras. "Vamos dar um jeito de juntar o dinheiro."

"György o faria de boa vontade", disse Klara. "Tanto quanto seus irmãos."

Andras não queria discutir, não durante o breve tempo que os dois tinham para ficar juntos. "Sei que ele ajudaria se precisássemos", disse. "Mas vamos torcer para que não tenhamos de pedir."

"Minha mãe quer que eu me mude para a Benczúr Utca", disse Klara, torcendo o cabelo molhado como uma corda. "Ela não compreende por que eu faço tanta questão de que você e eu tenhamos nosso próprio apartamento. Acha que é uma despesa desnecessária. E não gosta que eu fique sozinha. E se alguma coisa acontecer?, ela diz. Como se eu não tivesse vivido sozinha em Paris tantos e tantos anos."

"Justamente por isso ela quer proteger você mais ainda", disse Andras. "Deve ter sido uma tortura para ela não estar com você quando estava grávida de Elisabet."

"Eu compreendo, é claro. Mas não sou mais uma criança de quinze anos."

"Mesmo assim, talvez ela tenha razão. Se existe um perigo, não seria melhor você ficar em casa?"

"Essa não, você também, Andráska?!"

"Detesto pensar que você está sozinha."

"Não estou sozinha. Ilana está aqui comigo quase todos os dias. E posso ir a pé à casa de minha mãe em seis minutos. Mas não posso morar lá outra vez, e não só porque estou habituada a viver por conta própria. Já imaginou se as autoridades vierem a descobrir quem sou? Se eu estiver morando na casa de minha família, eles serão imediatamente incriminados."

"Ah, Klara! Como eu gostaria que você não tivesse de pensar em nada disso."

"E como eu gostaria que você também não tivesse", ela disse. E então se ergueu da banheira e a água escorreu de sua pele numa cortina cintilante. Andras acompanhou com as mãos as curvas novas de seu corpo.

Mais tarde naquela noite, quando viu que não conseguia dormir, Andras saiu da cama e foi para a sala, para a mesa de desenho que Klara tinha comprado para ele; deslizou as mãos pela superfície dura e lisa, sem nenhum papel nem outros instrumentos. Houve um tempo em que ele poderia ter se consolado com o trabalho, ainda que fosse só um projeto que ele mesmo tivesse concebido; a mera concentração necessária para desenhar uma série de belas linhas pretas e contínuas era capaz de desviar sua mente dos problemas mais sérios, mesmo que só por alguns momentos. Mas o fato era que ele nunca antes tivera de se preocupar com o destino de sua esposa grávida e de seu filho ainda por nascer, e com o destino de todo o mundo ocidental. Em todo caso, naquele momento ele não era capaz de imaginar nenhum projeto para desenhar; no que se referia ao estudo e à prática de arquitetura, sua mente estava tão vazia e sem planos quanto a mesa de desenho à sua frente. O trabalho que fizera ao longo daqueles dois anos, quando não estava cortando árvores, construindo estradas ou removendo carvão com a pá — rabiscando em cadernos, desenhando nas margens dos jornais de Mendel —, talvez tivesse evitado que suas mãos ficassem ociosas; talvez tivesse até evitado que ele ficasse louco. Mas também servira como uma distração do fato de que sua vida como estudante de arquitetura estava ficando cada vez mais distante, de que suas mãos estavam perdendo a memória de como traçar uma linha perfeita, de que sua mente estava perdendo a capacidade de resolver problemas de forma e função. Como se sentia longe agora daquele ateliê na École Spéciale onde ele e Polaner haviam suspendido uma pista de corrida no teto de um ginásio. Como era espantoso que uma ideia assim tivesse ocorrido a eles. Tinha a impressão de que havia passado uma eternidade desde o último dia em que ele olhara para um prédio com algum pensamento na cabeça além da esperança de que o telhado não tivesse goteiras e de que as janelas conseguissem barrar o vento. Andras mal havia prestado atenção ao aspecto da fachada daquele prédio de apartamentos.

Gostaria de poder conversar com Tibor. Ele saberia dizer o que Andras tinha de fazer, como podia proteger Klara e recuperar sua vida. Mas Tibor estava a trezentos quilômetros de distância, nos Cárpatos. Andras não podia imaginar quando se sentariam de novo um diante do outro para tentar entender quem eram eles agora ou pelo menos para se consolarem um pouco, mutuamente, em sua incerteza compartilhada.

Mas foi seu irmão caçula — aquele cuja função sempre tinha sido causar problemas e não trazer alívio — que apareceu em Budapeste durante a licença de Andras. Mátyás chegou à estação Nyugati com o restante de sua companhia, que ficara estacionada próximo dali enquanto aguardava o transporte para a baldeação, e saltou do trem a fim de desfrutar uma licença que concedeu a si mesmo. Sua companhia era comandada por um oficial jovem e complacente que permitia a seus homens comprarem de vez em quando uma dispensa do serviço. Mátyás, que havia acumulado dinheiro durante seus tempos de vitrinista, comprara alguns dias de folga para ver uma garota, vendedora de uma loja, que ele havia conhecido num trabalho. Ele não tinha a menor ideia de que Andras também estava em casa de licença e assim foi puramente por acaso que, na tarde de segunda-feira, saltou na parte traseira de um bonde e deu de cara com seu irmão. Ficou tão surpreso que teria caído para fora outra vez se Andras não tivesse agarrado seu braço.

"O que está fazendo por aqui?", gritou Mátyás. "Devia estar trabalhando feito um escravo numa mina de carvão."

"E você devia estar... fazendo o que mesmo?"

"Construindo pontes. Mas hoje não! Hoje vou me encontrar com uma garota chamada Serafina."

Uma senhora com a cabeça envolta num lenço dirigiu aos dois um olhar desaprovador, como se eles devessem saber que não convinha travar uma conversa tão animada e ruidosa num bonde. Mas Andras puxou o rosto de Mátyás bem perto do seu e disse para a mulher: "É meu irmão, está vendo? Meu irmão!".

"Pois devem ter burros como pais", disse a mulher.

"Perdoe-nos, vossa senhoria", disse Mátyás. Tocou o chapéu com a ponta dos dedos e executou um perfeito salto mortal para trás, pulando do estribo do bonde para a rua tão rapidamente que a mulher deu um gritinho. Enquanto os passageiros olhavam espantados, Mátyás sapateou ritmadamente com seus sapatos de solas macias contra as pedras do calçamento e depois voou de pés juntos para a calçada por cima do meio-fio, onde os pedestres abriram um espaço à sua volta; deu um duplo rodopio, tirou o chapéu com um gesto veloz e fez uma reverência para uma jovem de casaco azul com linhas diagonais. Todos que o viram aplaudiram. Andras desceu do bonde e esperou que seu irmão terminasse de agradecer aos aplausos.

"Uma bobagem desnecessária", disse Andras quando os aplausos cessaram.

"Eu devia estampar essas palavras numa bandeira e levá-la para toda parte."

"Devia mesmo. Assim todo mundo ficaria avisado."

"Aonde está indo com uma sacola de mercado cheia de batatas?", perguntou Mátyás.

"Vou para o meu apartamento, onde minha esposa está me esperando."

"*Seu* apartamento? Que apartamento?"

"Nefelejcs Utca número trinta e cinco, terceiro andar, apartamento B."

"Desde quando está morando lá? E por quanto tempo?"

"Desde a noite passada. Por mais um dia e meio, até eu ter de voltar para Bánhida."

Mátyás riu.

"Então peguei você no pulo!"

"Ou fui eu que peguei você. Por que não aparece para jantar com a gente?"

"Talvez eu tenha outro tipo de compromisso."

"E se essa Serafina perceber que você não passa de um pirralho brincalhão?"

"Nesse caso irei sem demora." Mátyás beijou as duas faces de Andras e saltou para pegar outro bonde, que naquele exato momento havia parado a seu lado.

Durante alguns quarteirões, Andras caminhou na direção de casa e sentiu-se com vontade de sapatear. O acaso às vezes o favorecia; concedera-lhe a licença inesperada e agora trazia Mátyás. Mas nem aquela surpresa bem-vinda era capaz de distrair sua mente de suas recentes preocupações. O jornal que havia comprado naquela tarde noticiava uma preocupante visão dos fatos no leste: Kiev havia caído em poder dos alemães e as tropas de Hitler estavam apenas a centenas de quilômetros de Leningrado e Moscou. Num discurso radiofônico no início daquela semana, o Führer proclamara a iminente capitulação da União Soviética. Andras temia que os britânicos, que haviam resistido duramente no Mediterrâneo, não tivessem mais forças para suportar a pressão; se suas defesas desmoronassem, Hitler governaria a Europa inteira. Pensou em Rosen no Pombo Azul três anos antes, declarando que Hitler queria fazer do mundo uma Alemanha. Nem mesmo Rosen podia ter previsto a que ponto aquela conjectura iria se revelar verdadeira. O território alemão se alastrara pelo mapa da Europa como tinta derramada. E o povo dos países conquistados era retirado de suas casas, deportado para terras distantes e ermas, enclausurado em guetos ou enviado para campos de trabalho. Andras queria acreditar que a Hungria permaneceria como um refúgio no centro daquela tempestade de fogo; era mais fácil acreditar naquilo ali em Budapeste, longe do calor e do mau cheiro do campo de Bánhida. Mas, se a Rússia caísse, nenhum país na Europa estaria a salvo, sobretudo para os judeus — sem dúvida, não a Hungria, onde a Cruz Flechada vinha ganhando força a cada nova eleição. Naquela incerteza desconcertante, nasceria o filho de Andras e Klara. Ele começou a compreender como seus próprios pais deviam ter se sentido quando sua mãe ficou grávida dele durante a Grande Guerra, embora a situação fosse diferente; seu pai era soldado húngaro, não um trabalhador forçado, e não existia nenhum Führer desvairado sonhando com uma Europa sem judeus.

Em casa, encontrou Klara e Ilana sentadas à mesa da cozinha rindo de alguma coisa, de mãos dadas. Ficou claro para ele, desde o primeiro olhar, que o vínculo entre as duas se tornara mais profundo durante sua ausência; em suas cartas, Klara muitas vezes dizia como se sentia grata pela companhia de Ilana, e Andras sentia-se aliviado em saber que as duas moravam a poucos quarteirões de distância e se encontravam muitas vezes. Se em Paris Klara tinha sido a confidente e a protetora de Ilana, em Budapeste Klara parecia ter se tornado uma espécie de irmã mais velha. Pouco depois de Ilana chegar à cidade, contou-lhe a esposa, as duas deram início a um ritual de irem juntas ao mercado todas as manhãs de segunda e quinta. Quando Tibor foi para o Munkaszolgálat, Klara cuidou para que Ilana não ficasse solitária; as duas cozinhavam juntas, passavam a noite ouvindo os discos de Klara ou lendo os livros de Ilana, passeavam pelos bulevares e pelos parques nas tardes de domingo. Naquela noite em particular, pouco antes de Andras chegar, Ilana transmitira uma notícia complicada e linda: ela estava grávida. Agora tentava repetir aquela informação em seu húngaro tateante. Aconteceu enquanto Tibor esteve em casa durante sua última licença. Se tudo corresse bem, os bebês nasceriam com dois meses de intervalo. Ela havia escrito para Tibor e recebera uma carta assegurando que ele estava bem, que sua companhia no Serviço de Trabalho estava longe das ações perigosas no leste, que o tempo de verão tornara tudo mais suportável e que a notícia de Ilana lhe deixara mais feliz do que imaginava ser possível.

Mas naquele outono de 1941 não havia nenhuma felicidade que não fosse complicada pelas preocupações. Andras podia perceber aquilo nas rugas estreitas que se haviam unido na testa de Ilana. Ele sabia o que aquela gravidez devia significar para ela depois de seu aborto espontâneo e como devia sentir-se apavorada com a segurança da criança, mesmo se não estivessem no meio de uma guerra. Andras teria lhe dado um abraço se o rigor religioso da cunhada permitisse. Por ora, ele tinha de se contentar em lhe dar os parabéns e exprimir seu desejo fervoroso de que tudo corresse bem. Então contou para as duas que tinha acabado de encontrar Mátyás num bonde.

"Puxa", disse Klara. "Ainda bem que comprei doces extras para a sobremesa. Do contrário aquele comilão nos deixaria passando fome."

Mátyás chegou na hora que Klara estava servindo os doces na sala depois do jantar. Ele lhe deu um beijo no rosto e fisgou um mil-folhas numa bandeja de prata. Para Ilana, fez uma reverência até o chão e um floreio com o chapéu.

"Seu encontro romântico deve ter corrido bem", disse Andras. "Seu rosto está vermelho de batom."

"Não é batom", disse Mátyás. "É o rubor da inocência violada. Serafina é mundana demais para mim. Ainda estou vermelho pelo que ela me disse quando nos despedimos."

“Não vamos perguntar o que foi”, disse Klara.

“Eu não contaria mesmo”, Mátyás disse, e piscou. Olhou em redor para a mobília da sala. “Que lugar”, disse. “Tudo isso só para vocês dois!”

“Para nós três, em breve”, emendou Klara.

“É claro. Quase esqueci. Andras vai ser papai.”

“E Tibor também”, disse Ilana.

“Meu Deus!”, exclamou Mátyás. “É verdade? As duas?”

“É verdade”, disse Ilana, e em seguida apontou o dedo zombeteiro para ele. “E agora Anya e Apa vão querer que você se case também, para completar o quadro.”

“Não há a menor chance”, respondeu Mátyás, e piscou de novo. Executou uma rápida combinação de passos sincopados através do soalho da sala, em seguida caiu por cima do espaldar do sofá, brincando, e aterrissou ereto ao lado da mesinha de centro. “Diga-me que não tenho talento”, exigiu, e se pôs de joelhos diante de Klara, com os braços abertos. “Você deve saber, mestra de dança.”

“No lugar de onde eu venho, não chamamos isso de dança”, disse Klara, e sorriu.

“Então que tal isto?” Mátyás ficou de pé e executou uma pirueta dupla com os braços acima da cabeça. Mas no final perdeu o equilíbrio e teve de se agarrar no consolo da lareira. Ficou parado um momento, com a respiração ofegante, balançando a cabeça como se quisesse desfazer o efeito giratório da pirueta, e pela primeira vez Andras percebeu como ele parecia exausto e esfomeado. Abraçou Mátyás pelo ombro e levou-o para uma das poltronas pretas com listras brancas.

“Sente-se aqui um pouco”, disse Andras. “Vai sentir-se melhor quando se levantar de novo.”

“Não gosta da minha dança?”

“No momento, não, irmão.”

Klara preparou um prato com doces para Mátyás e Andras lhe serviu um copo de *slivovitz*. Todos ficaram sentados por um tempo e conversaram como se não existisse nada parecido com uma guerra, preocupações ou o Serviço de Trabalho. Andras mantinha os pratos de sobremesa cheios, assim como as xícaras de café. Ilana ficou ruborizada com aquela atenção, protestou que não achava correto ser servida pelo irmão de seu marido. Andras achou que nunca tinha visto Ilana tão bela. Sua pele, como a de Klara, parecia iluminada por dentro. Seu cabelo estava escondido embaixo do lenço usado por mulheres casadas que seguem com rigor as normas religiosas, mas o xale que ela havia escolhido era feito de seda de cor lilás, com toques de prateado. Quando ria das piadas de Mátyás, as profundezas negras e castanhas de seus olhos pareciam refulgir com uma luz inteligente. Era assombroso pensar que aquela era a mesma garota que jazia pálida e aterrorizada num leito de hospital em Paris, com os lábios brancos de dor, quando despertou do efeito da anestesia.

Depois que terminaram de tomar o café, Andras e Mátyás saíram para dar uma volta na noite amena de setembro. A uns poucos quarteirões da Nefelejcs Utca ficava o parque municipal, onde refletores dourados iluminavam o castelo Vajdahunyad. As veredas estavam cheias de pedestres, mesmo àquela hora; nos recantos sombrios dos muros do castelo, eles podiam ver homens e mulheres movendo-se colados uns nos outros em completa privacidade. O eufórico estado de ânimo de Mátyás havia serenado agora, quando os dois se viram sozinhos. Cruzou os braços sobre o peito como se estivesse com frio na brisa quente. Seu tempo de serviço no Munkaszolgálat parecia ter deixado suas feições mais pronunciadas; as partes planas do rosto tinham ficado mais duras e definidas. A testa alta e os zigomas proeminentes, tão parecidos com os da mãe, tinham começado a lhe conferir um ar grave que parecia em desacordo com seu humor zombeteiro.

"Meus irmãos têm esposas lindas", disse. "Eu estaria mentindo se dissesse que não sinto ciúmes."

"Bem, eu ficaria muito decepcionado se não fosse assim."

"Você vai ser pai de verdade?"

"É o que parece."

Mátyás deu um assobio grave. "Está empolgado?"

"Apavorado."

"Besteira. Você vai se sair esplendidamente bem. E Klara já passou por tudo isso antes."

"A filha dela não nasceu durante uma guerra", disse Andras.

"Não, mas ela não tinha marido na época."

"Ela não parece ter sentido muito a falta de um marido. Conseguiu trabalho. Criou a filha. Elisabet poderia ser uma garota mais simpática se houvesse tido outro tipo de família, com um irmão ou uma irmã para brincar, um pai para lhe pôr um freio e não deixar que tratasse tão mal sua mãe. Mas no fim ela se saiu muito bem. Não estou muito acostumado com a condição de marido. Até agora não consegui ser nada mais do que um peso para Klara."

"Você foi convocado", disse Mátyás. "Teve de servir. Não teve escolha."

"Não terminei meus estudos. Não posso voltar para casa e começar a trabalhar como arquiteto."

"Então vai voltar para a faculdade."

"Se conseguir me matricular. Além do mais, há a questão do tempo e das despesas."

"O que você precisa", disse Mátyás, "é de um emprego que pague bem e não ocupe todo o seu tempo. Por que não vem trabalhar comigo?"

"Como sapateador? Acha que nós dois podemos formar uma dupla de dançarinos? Os Incríveis Irmãos Lévi?"

"Não, seu bobo. Vamos formar uma dupla de vitrinistas. O trabalho vai andar duas vezes mais rápido se trabalharmos juntos. Serei o estilista. Você será meu escravo. Vamos conseguir o dobro de clientes."

"Não sei se sou capaz de receber ordens de você", disse Andras. "Do jeito que é, vai acabar sugando todo o meu sangue."

"Então o que é que vai fazer para ganhar dinheiro? Sentar-se numa esquina e desenhar caricaturas?"

"Andei pensando", disse Andras. "Meu velho amigo Mendel Horovitz trabalhava no *Correio Vespertino de Budapeste* antes de entrar no Serviço de Trabalho. Ele diz que estão sempre à procura de diagramadores e ilustradores. E não pagam mal."

"Ah. Mas aí você vai ser apenas escravo de outra pessoa."

"Se tenho de ser escravo de alguém, é melhor trabalhar numa área na qual tenho alguma experiência."

"Que experiência?"

"Bem, falo do meu antigo emprego em *Passado e Futuro*. Além disso, eu e Mendel fizemos alguns jornais, aqueles de que falei nas cartas. Eu teria trazido um exemplar para você, se soubesse que iria encontrá-lo."

"Entendo", disse Mátyás. "Fazer vitrines não é um trabalho chique o bastante para você. Não depois de ter estudado em Paris." Ele estava brincando, mas sua fisionomia traía uma ponta de ressentimento. Andras lembrou-se das cartas furiosas que Mátyás escrevera de Debrecen enquanto ele estava em Paris — nas quais reclamava o direito a ter seu quinhão de instrução. Em seguida a guerra começou e Mátyás ficou sem poder sair da Hungria. Primeiro trabalhou como vitrinista, depois foi para o Munkaszolgálat. Andras se envergonhou ao se dar conta de que ele de fato sentia que devia ter um emprego mais qualificado do que o de vitrinista, o qual comportava uma aura de servidão comercial. Foi a sorte desvairada de seus últimos meses em Paris que o levou a pensar daquele modo, foi a bondade de seus professores e de seus orientadores que o levou a esperar algo diferente para si. Mas agora aquilo tinha ficado para trás. Ele precisava ganhar dinheiro. Dali a alguns meses seria pai.

"Desculpe", disse Andras. "Não queria sugerir que seu trabalho não é uma forma de arte. Sem dúvida, é uma arte mais elevada do que desenhar ilustrações em jornais."

A expressão de Mátyás pareceu ficar mais branda e ele pôs a mão no braço do irmão. "Está tudo bem", disse. "Eu também poderia me julgar bom demais para o trabalho de um vitrinista, se Le Corbusier e August Perret tivessem sido meus companheiros de bar."

"Nunca fomos companheiros de bar", disse Andras.

"Não tente se fazer de humilde agora."

"Ah, está bem. Éramos grandes amigos. Saíamos constantemente para beber." Andras ficou em silêncio, pensando em seus amigos de verdade, aqueles que agora estavam espalhados pelo hemisfério ocidental. Eles também eram seus irmãos. No entanto não recebera mais nenhuma notícia de Ben Yakov depois de seu telegrama de reconciliação, nem de Polaner depois que entrou para a Legião Estrangeira. Andras imaginava o que teria acontecido com a fotografia que tinham tirado dele e de Polaner quando ganharam o Prix du Amphithéâtre. Parecia estranho pensar que em algum lugar ainda podia existir aquela fotografia, o registro de uma vida que desaparecera.

"Você está com um ar melancólico, irmão", disse Mátyás. "A gente precisa tomar uma bebida."

"Não vai fazer mal nenhum", respondeu Andras.

Então foram para um café que dava para um lago artificial, aquele que virava um rinque de patinação no inverno. Sentaram-se numa mesa ao ar livre e pediram um *tokaji*. A guerra tornara o vinho uma bebida cara, mas Mátyás fez questão daquele luxo e também de pagar, pois não tinha esposa nem um futuro filho para sustentar. Prometeu que deixaria Andras pagar da próxima vez, depois que tivesse arranjado um emprego num jornal, embora nenhum dos dois, claro, soubesse quando aquilo poderia ocorrer ou quando estariam juntos em casa de novo.

"Agora me diga quem é essa tal de Serafina", perguntou Andras, olhando para o irmão através do âmbar de sua taça de *tokaji*. "E quando vamos conhecê-la?"

"Ela é costureira numa loja de roupas na Váci Utca."

"E?"

"*E* eu a conheci quando estava fazendo uma vitrine. Ela usava um vestido branco com cerejas bordadas. Mandei que tirasse o vestido para que eu o pusesse na vitrine."

"Você mandou a moça tirar o vestido?"

"Está vendo como esse trabalho pode ser atraente?"

"Ela voltou nua para a máquina de costura?"

"Não. Infelizmente, a chefe das costureiras tinha outra coisa para ela vestir."

"Que pena."

"Pois é. Desde então algo me atormenta. Por isso decidi vir atrás dela. Queria ver o que foi que perdi quando ela fechou a cortina do provador para trocar de roupa."

"Mas você deve ter visto o suficiente para achar que valia a pena insistir."

"Sem a menor dúvida. Ela é do tipo que eu gosto. Só um pouquinho mais alta do que eu. Cabelo preto curtinho como se fosse uma linda touca apertada na cabeça. E uma verruga na bochecha igual a um pingo de tinta marrom."

"Puxa, não vejo a hora de conhecê-la."

De novo a cintilação de júbilo nos olhos de Mátyás se apagou; as sombras suaves embaixo dos olhos pareceram ficar mais profundas quando mirou a taça de vinho. "Amanhã vou partir com minha companhia", disse. "Caminhamos para a grande festa."

"Que grande festa?"

"Belgorod, na Rússia. O front."

Andras sentiu um choque terrível no peito, como se o sino de sua caixa torácica tivesse vibrado com o golpe de um martelo de ferro. "Ah, Mátyás. Não pode ser."

"Pois é a verdade", respondeu Mátyás. Ergueu os olhos para o irmão e sorriu, mas sua expressão era de medo. "Portanto está vendo como foi bom que nos encontramos hoje?"

"Não pode conseguir uma transferência? Já tentou?"

"Dinheiro é o único modo, e só tenho o bastante para pequenas propinas."

"Quanto custaria?"

"Ah, não sei. A esta altura, centenas. Talvez milhares."

Andras pensou de novo em György Hász em sua mansão na Benczúr Utca, onde provavelmente estaria sentado perto da lareira num roupão de casimira lendo um dos jornais de negócios. Sua vontade era pegá-lo e virá-lo de cabeça para baixo, sacudi-lo até que as moedas de ouro chovessem de seus bolsos, como de um banco arrombado. Não conseguia imaginar nenhum motivo para que o filho daquele homem tivesse um ateliê de pintura e uma larga temporada de descanso à sua frente enquanto Mátyás Lévi, filho de Béla Sortudo, de Konyár, tinha de partir para o front oriental e pôr a vida em risco nos campos minados. Ele, Andras, seria um tolo, pior do que um tolo, se permitisse que seu orgulho o impedisse de pedir a ajuda de György. Não era uma questão de saber se Andras podia ou não sustentar Klara e seu filho; a vida de Mátyás estava em jogo.

"Vou fazer uma visita a Hász", disse Andras. "Eles devem ter uma arca cheia de *kroners* escondida em algum lugar ou possuem algo que possam vender."

Mátyás fez que sim com a cabeça. "Suponho que József Hász não tenha de ir para o front."

"Não, de fato. Ele conseguiu para si um belo ateliê em Buda."

"Que oportuno", disse Mátyás. "A destruição do mundo ocidental deve fornecer um tema bem interessante."

"Sim. Todavia, por mais estranho que pareça, não senti nenhuma vontade de visitá-lo e verificar o progresso de seu trabalho."

"Isso parece estranho mesmo."

"Mas, falando sério, não tenho certeza de que o pai dele possua dinheiro à mão. Acho que tudo o que conseguem bancar é aquela casa na Benczúr Utca, além de sustentar os casacos de pele da madame e seu camarote na ópera. Tiveram de vender o carro para livrar József da segunda convocação."

"Pelo menos ainda têm o camarote na ópera", disse Mátyás. "A música pode ser um grande consolo quando os outros estão morrendo." Piscou para Andras, depois ergueu a taça e esvaziou-a.

* * *

No dia seguinte, depois que Andras se despediu do irmão na estação Nyugati, foi à casa de György Hász para falar com ele. Sabia que ia almoçar em casa com a esposa e a mãe todo dia e que depois gostava de passar meia hora lendo o jornal antes de voltar ao escritório. Mesmo em tempos incertos, era um homem de hábitos regulares. Em desafio à transformação de suas circunstâncias profissionais, ele conservara a rotina cavalheiresca de seus tempos de diretor do banco; seus serviços eram valiosos demais para que o novo presidente da empresa o impedisse de manter suas regalias. Como Andras esperava, encontrou seu cunhado na biblioteca da casa na Benczúr Utca, com os óculos de leitura e o jornal aberto nas mãos. Quando o criado anunciou a chegada de Andras, György largou o jornal e ficou de pé.

"Está tudo bem com Klara?", ele disse.

"Está tudo bem", respondeu Andras. "Nós dois estamos bem."

As sobrancelhas de Hász relaxaram e ele deu um suspiro profundo. "Desculpe", disse. "Não esperava ver você. Não sabia que estava aqui."

"Tive uma licença de alguns dias. Vou voltar amanhã."

"Por favor, sente-se", disse Hász. Para o homem que havia acompanhado Andras até a biblioteca, disse: "Peça à Kati que nos sirva um chá". O homem saiu em silêncio e György Hász dirigiu a Andras um olhar demorado e penetrante. Andras resolvera vestir naquele dia seu uniforme do Munkaszolgálat, com o M verde no bolso do peito e os remendos nos locais onde o major Berna havia rasgado suas insígnias de oficial. Hász olhou bem para o uniforme, depois colocou a mão na sua gravata de seda azul com uma estreita faixa branca. "Bem", disse. "Você tem só mais três meses de serviço, pelos meus cálculos."

"Isso mesmo", respondeu Andras. "E depois a criança vai nascer."

"E você está bem? Parece bem."

"Estou tão bem quanto se poderia esperar."

Hász concordou com a cabeça e recostou-se em sua poltrona, com as mãos cruzadas sobre o peito. Além da gravata de seda azul, vestia uma camisa italiana de popeline e um terno de lã cinza-escuro. Tinha as mãos macias de um homem que sempre trabalhara sob um teto, protegido do ar livre, com as unhas rosadas e lisas. Mas olhou para Andras com uma preocupação tão sincera e sem reservas que era impossível sentir rancor. Quando o chá chegou, ele mesmo serviu a xícara de Andras e entregou-lhe por cima da mesa.

"Como posso ajudá-lo?", perguntou. "O que o trouxe aqui?"

"Meu irmão Mátyás foi transferido para o front oriental", disse Andras. "Sua companhia partiu esta tarde para reunir-se ao restante do batalhão em Debrecen e de lá seguirá para Belgorod."

Hász baixou sua xícara e olhou para Andras. "Belgorod", disse. "Os campos minados."

"Sim. Vão limpar o terreno para o avanço do Exército húngaro."

"Mas o que posso fazer?", perguntou Hász. "Como posso ajudá-lo?"

"Sei que já fez muito por nós", disse Andras. "O senhor cuidou de Klara enquanto estive longe. É o melhor serviço que poderia ter me prestado. Acredite, jamais pediria mais se não achasse que se trata de uma questão de vida ou morte. Mas imaginei que talvez o senhor pudesse fazer por Mátyás algo como o que fez por József. Se não dispensá-lo inteiramente do Serviço de Trabalho, pelo menos transferi-lo para outra companhia. Alguma que não se encontre tão próxima dos combates. Ele ainda tem de prestar onze meses de serviço."

György Hász ergueu a sobrancelha, depois afundou na poltrona. "Você quer que eu compre a liberdade dele", disse.

"Pelo menos a liberdade do trabalho na linha de frente."

"Compreendo." Uniu as mãos com os dedos entrelaçados e olhou para Andras por cima da mesa.

"Sei que o preço não é o mesmo para todo mundo", disse Andras. Colocou a xícara no pires e girou-a com cuidado. "Imagino que vá custar muito menos para meu irmão do que custou para seu filho. Tenho o nome do comandante do batalhão de Mátyás. Se conseguirmos que certa soma seja transferida para ele por intermédio de um agente independente, um advogado que o senhor conheça, digamos, poderemos concluir a questão sem revelar às autoridades a ligação que existe entre sua família e a minha. Quer dizer, sem comprometer a segurança de Klara. Estou seguro de que podemos comprar a liberdade de meu irmão por uma soma que, para o senhor, parecerá desprezível."

Hász comprimiu os lábios e levou as mãos com os dedos entrecruzados para junto dos lábios, em seguida bateu com os dedos na boca enquanto olhava para o fogo na lareira. Andras ficou à espera de sua resposta, como se György fosse um juiz e Mátyás estivesse sentado no banco dos réus à sua frente. Porém, o irmão não estava à sua frente, é claro; já estava num trem que seguia para o front oriental. De súbito, pareceu uma tolice imaginar que György Hász tivesse o poder de impedir aquilo que já estava em andamento.

"Klara sabe que você veio falar comigo?"

"Não", respondeu Andras. "Mas ela não teria me desencorajado a vir. Confia na sua ajuda em todos os aspectos. É o meu orgulho que em geral me impede de pedir."

György Hász ergueu-se da poltrona de couro e foi avivar o fogo da lareira. O calor brando do dia anterior tinha passado após a noite; um vento cortante crepitava nos caixilhos das janelas. Hász remexeu a lenha com o atiçador e um jato de fagulhas se ergueu no fundo da lareira. Em seguida recolocou-o no lugar e voltou-se para encarar Andras.

"Tenho de lhe pedir desculpas antes de continuar a falar", disse. "Espero que compreenda as decisões que tomei."

"Desculpas pelo quê?", perguntou Andras. "Que decisões?"

"Faz algum tempo que tenho trabalhado sob uma pressão financeira e emocional bastante pesada", disse. "É algo completamente independente da situação de meu filho e receio que vá continuar assim por algum tempo. Na verdade, não consigo imaginar como tudo isso vai terminar. Não falei com você sobre o assunto porque sabia que seria uma fonte de preocupação num momento em que seu maior esforço está concentrado em manter-se vivo. Porém vou lhe contar agora. É muito sério o que você veio me pedir e acho impossível lhe dar uma resposta sem que compreenda minha situação. Nossa situação, devo dizer." Sentou-se de novo de frente para Andras e puxou sua poltrona para mais perto da mesa. "Diz respeito a alguém que é caro a nós dois", disse. "Trata-se de Klara, é óbvio. Dos problemas dela. Do que aconteceu com ela quando era menina."

A pele de Andras ficou toda fria no mesmo instante. "O que o senhor quer dizer?"

"Pouco depois de ingressar no Munkaszolgálat, uma mulher se apresentou às autoridades e comunicou que a Claire Morgenstern que havia entrado no país pouco tempo antes era a mesma Klara Hász que tinha fugido dezoito anos antes."

Os ouvidos de Andras zuniram com o choque da notícia. "Quem?", perguntou. "Que mulher?"

"Certa madame Novak, que também tinha voltado de Paris pouco antes."

"Madame Novak", repetiu Andras. Em sua mente, ela apareceu como naquela noite na festa de Marcelle Gérard, silenciosamente triunfante em seu vestido de veludo e com seu perfume de jasmim — prestes a conseguir uma separação de mil e duzentos quilômetros entre seu marido e a mulher que ele amava, a mulher que durante onze anos tinha sido sua amante.

"Portanto você conhece a situação e sabe por que ela deve ter feito uma coisa como essa."

"Sei o que aconteceu em Paris", disse Andras. "Sei por que ela tem motivos para odiar Klara... ou por que *tinha* motivos para isso, pelo menos."

"Parece que é um ódio duradouro", disse György.

"O senhor está me dizendo que as autoridades sabem. Sabem que ela está aqui e quem ela é. Está me dizendo que faz meses que sabem."

"Infelizmente é isso mesmo. Reuniram um vasto dossiê sobre o caso todo. Sabem tudo a respeito de sua fuga de Budapeste e o que ela fez desde então. Sabem que está casada com você e sabem tudo sobre sua família — onde moram seus pais, onde seu pai trabalha, o que seus irmãos fizeram antes de entrar no serviço militar, onde estão servindo agora. Receio que não exista a menor possibilidade de conseguirmos uma dispensa para seu irmão ao custo normal. Nossas famílias estão ligadas e a ligação é do conhecimento daqueles que detêm o poder nessa matéria. Mas ainda que pudéssemos convencer o comandante do batalhão de seu irmão a indicar um preço — e isso em si mesmo já é de todo incerto, em vista do grande número de antissemitas que existem entre esses homens — talvez seja impossível conseguir o dinheiro. Veja, tive de fazer determinados acertos financeiros a fim de preservar também a liberdade de Klara. O juiz encarregado de seu processo, por acaso, é um velho conhecido meu — e acontece também de estar muito bem informado sobre minhas condições financeiras, devido a meu afastamento do posto de presidente do banco e de meus esforços para contestar isso. Quando a informação sobre Klara veio à tona, foi ele que sugeriu uma espécie de solução — ou o que se poderia chamar de solução, na ausência de qualquer outra fonte de esperança. Uma espécie de transação, como ele definiu para mim. Eu pagaria determinado percentual de minha receita todo mês, em caráter perpétuo, e o Ministério da Justiça deixaria Klara em paz. Também tomariam providências para que o Escritório Central de Controle de Estrangeiros renovasse seu visto de permanência todos os anos. Não querem que ela seja deportada, é claro, agora que eles a têm de volta ao país e podem usá-la em benefício próprio."

Andras respirou fundo nos contraídos dutos de seus pulmões. "Então é isso que o senhor tem feito", ele disse. "É para lá que seu dinheiro tem ido."

"Receio que sim."

"E ela não sabe nada sobre isso?"

"Nada. Quero que ela tenha a ilusão de segurança, pelo menos. Acho que é melhor não dizer nada a ela, a menos que a situação se altere de modo significativo, para melhor ou para pior. Se Klara souber, tenho certeza de que vai tentar me deter. Não sei de que forma pode tentar fazer isso, nem as consequências que seu esforço pode trazer. Comuniquei minha esposa sobre a transação, claro — tive de explicar para ela por que foi necessário me desfazer de tantos bens —, e ela concorda que é melhor manter tudo em segredo, por enquanto. Minha mãe discorda, mas até agora consegui que ela compreendesse meu ponto de vista."

"Mas por quanto tempo isso pode continuar?", perguntou Andras. "Eles vão sugá-lo até o fim."

"Parece ser esse o plano deles. Já tive de pôr esta casa numa segunda hipoteca e pouco tempo atrás tive de pedir à minha esposa que vendesse uma parte de suas joias. Vendemos o carro, o piano e algumas pinturas valiosas. Há outras coisas que podem ser vendidas, mas o estoque não é infinito. E à medida que meus bens diminuem, a percentagem aumenta — é uma forma de manter o acordo lucrativo para aquele juiz e seus colegas do Ministério da Justiça. Creio que em breve teremos de vender a casa e alugar um apartamento mais perto do centro. Temo muito isso — vai ser cada vez mais difícil explicar para Klara por que somos obrigados a fazer todas essas coisas. Não é possível usar a dispensa de József do serviço militar para explicar um gasto contínuo de tal magnitude. Mas a liberdade de Klara pode ser infinitamente preciosa. Agora que o governo encontrou um meio de drenar nosso patrimônio, tenho certeza de que não vão parar até que não sobre mais nada."

"Mas o governo é o culpado! Sándor Goldstein foi morto. Klara foi estuprada. A filha dela é a prova. O governo é o responsável. São eles que deveriam estar pagando para ela."

"Num mundo justo, seria possível provar a culpa deles", disse Hász. "Porém, meus advogados me garantem que as acusações de estupro agora não teriam nenhum significado, sobretudo levando em conta que Klara é fugitiva da justiça. Não que tivessem grande importância na época tampouco, se quer saber. A situação dela era desesperadora desde o início. Se Klara tivesse ficado no país, as autoridades teriam feito todas as manobras sujas possíveis para provar que ela era culpada e esconder os verdadeiros criminosos. Foi por isso que meu pai e o advogado resolveram que ela devia deixar o país e foi por isso que eles não puderam trazê-la de volta. Meu pai nunca parou de tentar, porém — até o dia em que morreu, ele continuava a ter esperança de que conseguiria."

Andras levantou-se e andou até a lareira, onde a lenha se reduzira a pedaços de brasa ardente. O seu calor pareceu penetrar em Andras e disparar uma radiante onda de raiva que atravessou seu peito. Virou-se para fitar os olhos de seu cunhado. "Klara está em perigo há meses e o senhor não me contou", ele disse. "Achou que eu não suportaria essa informação. Talvez achasse que eu não sabia o que tinha ocorrido entre Klara e Novak, em Paris. Talvez temesse que algo tivesse ocorrido entre eles aqui em Budapeste. O senhor planejava continuar a fazer esses pagamentos até o problema desaparecer? Ia me deixar no escuro para sempre?"

As sobrancelhas de Hász se contraíram de novo. "Você tem direito de ficar zangado", disse. "De fato, mantive tudo escondido de você. Tive a impressão de que não podia confiar em você no que diz respeito a não contar para Klara. Tem um relacionamento fora do comum com sua esposa. Os dois parecem contar tudo um para o outro. Mas talvez também consiga compreender minha situação. Eu queria proteger Klara e não vi como um tal conhecimento poderia ser de alguma ajuda para vocês dois. Imaginei que isso só lhes traria sofrimento."

"Eu preferia me preocupar", disse Andras. "Preferia o sofrimento a ficar na ignorância de qualquer problema relativo à minha esposa."

"Sei como Klara ama você", disse György. "Gostaria que nós dois tivéssemos nos conhecido melhor antes de você ser convocado para o Serviço de Trabalho. Assim talvez compreendesse por que achei correto agir da forma que agi."

Andras só foi capaz de concordar com a cabeça, em silêncio.

"Quanto à questão da fidelidade de Klara, posso assegurar que nunca senti a mínima incerteza. Até onde pude vislumbrar, minha irmã ama você e só você. Ela nunca me deu motivo para pensar de outro modo durante o tempo em que você esteve fora." Pegou o atiçador e olhou para o fogo na lareira outra vez, e seus ombros subiram e baixaram num suspiro. "Se eu tivesse algo próximo à minha antiga capacidade de influência, talvez estivesse mais seguro de ser capaz de fazer algo por seu irmão. O meio militar tem se mostrado cada vez mais ganancioso no que se refere a propinas e favores. Mas vou ver se consigo falar com uma pessoa que conheço."

"E quanto a Klara?", perguntou Andras. "Como podemos ter certeza de que está em segurança?"

"Por enquanto, aparentemente, os pagamentos a protegem. Podemos torcer para que as autoridades percam o interesse antes de meu patrimônio se esgotar. Se a guerra prosseguir, terão coisas mais importantes com que se preocupar. Quanto a tomar o rumo que tomamos no passado — em 1920, quero dizer —, Klara não conseguiria sair da Hungria, sobretudo em sua condição atual. Seus deslocamentos são vigiados bem de perto. De todo modo, agora é impossível obter vistos de entrada nos países onde ela poderia estar a salvo. Vamos ter de insistir e pronto."

"Klara é uma mulher inteligente", disse Andras. "Talvez pudesse nos ajudar a encontrar uma saída para essa situação."

"Tenho a mais profunda admiração pela inteligência de minha irmã", disse Hász. "Ela se saiu de forma brilhante em circunstâncias muito adversas. Mas não quero que essas preocupações pesem sobre ela. Quero que se sinta segura durante o maior tempo possível."

"Eu também", disse Andras. "Porém, como o senhor observou, não tenho o costume de ter segredos com minha esposa."

"Você precisa me prometer que não vai contar nada disso para ela. Não quero deixar você numa posição de honestidade incompleta, mas nesta situação não tenho outra escolha."

"O senhor quer dizer que *eu* não tenho outra escolha."

"Entenda-me, Andras. Já investimos muito na segurança de Klara. Se você contar para ela agora, talvez tudo tenha sido em vão."

"E se o desejo de minha esposa for o de não levar sua família à ruína?"

"O que mais podemos fazer? Você prefere que ela se entregue à polícia? Ou que ponha em risco a própria vida e a de seu filho numa tentativa de fugir do país?" Hász ficou de pé e caminhou devagar diante da lareira. "Garanto a você que refleti sobre esse problema de todos os ângulos. Não vejo nenhum outro caminho. Imploro a você que respeite meu julgamento, Andras. Tem de acreditar que também possuo algum discernimento sobre o caráter íntimo de Klara."

Embora continuasse a parecer uma traição, Andras concordou em ficar em silêncio. De fato, não tinha outra escolha; não possuía dinheiro, nenhum conhecido importante, nenhum modo de se interpor entre Klara e a justiça. E teria de partir de novo para Bánhida na manhã seguinte. Pelo menos a transação em curso manteria Klara protegida enquanto ele estivesse longe de casa. Andras agradeceu a Hász por sua promessa de verificar o que era possível fazer por Mátyás e separaram-se com um aperto de mão e olhares sérios, que sugeriam que os dois atravessariam aquele apuro com o estoicismo de homens húngaros. Mas quando Andras saiu da casa na Benczúr Utca, a novidade abalou-o de novo com toda a sua força original. Teve a impressão de que estava caminhando por uma cidade diferente, que, durante todo aquele tempo, estivera logo atrás da cidade que ele conhecera; a sensação lhe trouxe à mente os cenários teatrais de monsieur Forestier, aquelas arquiteturas em palimpsesto nas quais o familiar ocultava o estranho e o aterrador. Naquela realidade pelo avesso, o segredo da identidade de Klara se tornara um segredo para ela, em vez de um segredo que ela escondesse dos outros; agora Andras, sem ilusões, concordara em se tornar aquele que enganava sua esposa.

Pensou que poderia acalmar os nervos se descesse até o rio e ficasse parado um tempo na ponte Széchenyi. Precisava de um tempo para organizar a situação em sua cabeça antes de ir para casa e encontrar Klara. Quanto tempo depois de ele entrar no Serviço de Trabalho madame Novak procurou as autoridades? Seria só a lembrança das faltas antigas que a levara até aquele gesto ou teria ocorrido algum desgosto mais recente? O que de fato ele sabia acerca da situação atual entre Klara e Novak? Seria possível que, a despeito das garantias de György, Andras tinha sido traído? Um rasgo de náusea atravessou-o e Andras teve de parar no meio-fio e sentar-se. Um vira-lata desgarrado farejou suas canelas; quando ele estendeu a mão para o cachorro, o vira-lata recuou e fugiu. Andras levantou-se, fechou mais o casaco e apertou-o junto ao corpo; também apertou o cachecol mais um pouco em torno do pescoço. Da Benczúr Utca, ele caminhou até a Bajza Utca, e de lá seguiu para o trecho margeado de árvores da Andrássy Út, onde os pedestres se encolhiam contra o vento gélido e o bonde fazia soar sua campainha familiar. Porém, enquanto andava pela Andrássy Út, ele se viu cada vez mais aflito e se deu conta de que era porque se aproximava da Ópera, onde, pelo que sabia, Zoltán Novak ainda era o diretor. Fazia mais de dois anos que não o via; a última vez tinha sido na festa na casa de Marcelle.

Andras se perguntou se os desgostos que Novak havia sofrido naquela noite poderiam levá-lo a um gesto cruel e sutil — se ele poderia ter chamado a atenção da esposa para o risco que Klara corria, se poderia trair Klara por intermédio de seu conhecimento de que Edith iria querer livrar-se dela. Andras se deteve na rua diante da Operaház e pensou no que diria para Novak naquele exato momento se pudesse entrar em seu gabinete e ficar cara a cara com ele. Que acusação poderia fazer com que Novak confessasse? O nó que interligava os três, ele, Klara e Novak, estava tão emaranhado que puxar qualquer fio só serviria para deixá-lo ainda mais apertado. Seria possível que, se Andras entrasse naquele prédio, saísse de lá com o conhecimento de que Klara o havia traído, de que tinha sido infiel a ele durante meses? E até de que o filho que ela estava esperando não era dele? Mas não seria pior ainda ficar na ignorância, não seria pior voltar para Bánhida sem saber? As portas da Operaház estavam abertas para a tarde animada; Andras podia ver homens e mulheres dentro do teatro, esperando numa fila no guichê da bilheteria. Ele respirou fundo e entrou.

Quantos meses haviam passado, perguntou-se, desde a última vez que entrara num teatro? Tinha sido no verão em Paris — ele e Klara foram ver um ensaio geral de *La fille mal gardée*. Agora ele atravessava um dos portões em estilo românico da sala de espetáculos e seguia pelo corredor atapetado entre as fileiras de poltronas. No palco, as cortinas tinham sido puxadas para o lado a fim de revelar a praça de uma cidadezinha italiana com uma fonte de mármore no centro. Os prédios em redor eram feitos de imitação de pedra com papelão pintado de amarelo e tinham toldos de lona listrada de verde e branco. Um carpinteiro estava debruçado sobre uma escada que dava para um dos prédios do cenário; o som de seu martelo no espaço vazio da plateia despertou em Andras uma nostalgia. Como gostaria de estar chegando ali para montar um cenário, servir café para os atores, entregar seus recados, ir buscá-los quando estivesse na hora de entrarem em cena. Como gostaria de ter uma mesa cheia de desenhos inacabados à sua espera em casa, de ter um prazo próximo para entregar um trabalho.

Correu até a frente da sala de espetáculos e subiu os degraus da escadinha no canto do palco. O carpinteiro nem levantou os olhos para ele. Nos bastidores, um homem que devia ser o contrarregra estava organizando em suas prateleiras os objetos utilizados em cena; o zunido de uma serra elétrica vinha da oficina dos cenários e o cheiro de madeira recém-cortada alcançou Andras com suas alusões sobrepostas, da serraria de seu pai, do teatro Sarah-Bernhardt, da oficina de monsieur Forestier e do campo de trabalho na Transcarpátia. Ele continuou a andar para os corredores dos fundos do teatro, subiu uma escada até os camarins; as portas caiadas, com seus nomes grafados em placas de cobre, ocultavam com pudor as desgraças dos estojos de maquiagem, dos vestidos manchados e dos chapéus emplumados, das meias rasgadas e das falas dos personagens escritas em folhas de papel amarfanhadas, das poltronas surradas, dos espelhos rachados e dos buquês de flores murchas que ele sabia que deviam estar do outro lado das portas. Quando Klara era menina, Andras se deu conta, deve ter se trocado num daqueles camarins para suas apresentações no teatro. Lembrou-se de uma fotografia daquela época, dela vestindo uma saia de folhas desbotadas, seu cabelo emaranhado com gravetinhos, como uma fada do bosque. Ele conseguia ver sua sombra de sílfide deslizando pelo corredor, de uma sala para outra.

Andras seguiu pelo corredor e subiu um lance de escada; no topo, outro corredor conduzia a uma outra série de camarins. Terminava numa porta de madeira com uma placa branca esmaltada com um nome, a mesma que Novak usava no teatro Sarah-Bernhardt, em Paris. Lá estavam as palavras familiares gravadas em tinta preta, seus realces e arabescos dourados escurecidos por causa da viagem de Paris para Budapeste: *Zoltán Novak, Directeur.* De trás da porta, veio o som de uma tosse profunda. Andras levantou a mão para bater, em seguida a baixou. Agora que havia chegado àquele limiar, a coragem se fora. Ele não tinha a menor ideia do que ia dizer para Zoltán Novak. De dentro veio o som de mais uma tosse profunda, e depois outra, mais próxima. A porta abriu e Andras se viu cara a cara com o próprio Novak. Estava pálido, debilitado, os olhos luzidios com algo que parecia ser uma febre; seu bigode estava arqueado para baixo e seu terno pendia folgado em seu corpo. Quando viu Andras à sua frente, seus ombros afrouxaram.

"Lévi", disse. "O que está fazendo aqui?"

"Não sei", disse Andras. "Acho que eu queria falar com você."

Novak ficou parado por um longo tempo diante de Andras, observando o uniforme do Munkaszolgálat e as outras mudanças que o acompanhavam. Deu um suspiro prolongado e estudado, em seguida ergueu os olhos.

"Devo confessar que você era a última pessoa que eu esperava encontrar na minha porta", disse. "E, para ser totalmente franco, uma das últimas pessoas que eu gostaria de ver. Mas, como já está aqui, é melhor entrar."

Andras se viu seguindo Novak para o reduto sombrio do gabinete particular e parou de pé diante da grande escrivaninha forrada em couro. Novak acenou com a mão na direção de uma cadeira e Andras tirou o chapéu e sentou-se. Lançou um olhar em redor para as estantes com libretos de ópera, livros de contabilidade, fotografias dos astros da ópera em roupas de cena. Era o gabinete do teatro Sarah-Bernhardt reconfigurado num formato menor e mais escuro.

"Pois bem", disse Novak. "É melhor você me dizer o que o traz aqui, Lévi."

Andras dobrou e desdobrou seu chapéu do uniforme do Munkaszolgálat. "Soube de uma coisa esta tarde", ele disse. "Acabei de ser informado de que sua esposa revelou a identidade de Klara para a polícia húngara."

"Você soube disso só esta tarde?", disse Novak. "Mas isso aconteceu dois anos atrás."

O rosto de Andras se incendiou, mas ele manteve o olhar fixo nos olhos de Novak. "György Hász cuidou para que eu não soubesse de nada. Fui falar com ele hoje para ver se podia conseguir a dispensa de meu irmão do Serviço de Trabalho do front oriental e então ele me contou que seus fundos estão comprometidos em manter minha esposa livre da prisão."

Novak levantou-se para servir-se uma bebida no licoreiro que estava numa mesinha num canto. Olhou para trás sobre o ombro. Andras balançou a cabeça.

"É só chá", disse Novak. "Não posso mais tomar bebida alcoólica."

"Não, obrigado", disse Andras.

Novak voltou para a escrivaninha com seu copo de chá. Estava pálido e abatido, mas seus olhos ardiam com um brilho feroz e terrível, cuja fonte Andras temia até imaginar qual podia ser. "O governo é muito bom em extorsão", disse Novak.

"Graças a Edith, a vida de Klara está em perigo", disse Andras. "E meu irmão se encontra num trem a caminho de Belgorod, enquanto estamos aqui conversando. Amanhã de manhã vou voltar para minha companhia em Bánhida e não posso fazer nada por nenhum dos dois."

"Todos nós temos nossas tragédias", disse Novak. "Essas são as suas. Eu tenho as minhas."

"Como pode falar desse modo?", perguntou Andras. "Foi sua própria esposa quem fez isso. E eu não ficaria surpreso se houvesse alguma participação sua nisso tudo."

"Edith fez o que enfiou na cabeça que tinha de fazer", disse Novak em tom sucinto. "Soube por meio de uma amiga que Klara tinha voltado a Budapeste. Ouviu dizer que tinham casado e que você partira para o Serviço de Trabalho. Suponho que achou que eu tinha ido à procura de Klara ou que ela tinha procurado por mim." Falou as últimas palavras num tom de ironia amarga. "Edith queria dar a Klara aquilo que achava que ela merecia. Achou que seria uma coisa muito simples, mas não imaginava que o Ministério da Justiça estivesse tão disposto a ser corrompido. Quando soube da transação que tinha sido combinada com seu cunhado, ela ficou furiosa."

"E agora? Como vou saber se não fará algo ainda pior?"

"Edith morreu de câncer no ovário na primavera passada", disse Novak. Dirigiu a Andras um olhar provocador, como se o desafiasse a demonstrar compaixão.

"Lamento", disse Andras.

"Poupe-me de suas condolências. Se você lamenta é só porque perdeu sua chance de culpá-la pelo que fez. Mas ela já foi bastante castigada enquanto viveu. Sua morte foi terrível. Meu filho e eu tivemos de ficar a seu lado até o final. Leve isso de volta com você para o Serviço de Trabalho, se quer alguma coisa para aliviar sua raiva."

Andras torceu seu chapéu em silêncio entre os dedos. Não tinha nada para dizer. Vendo que deixara Andras emudecido, Novak pareceu relaxar um pouco. "Sinto falta dela", disse. "Nunca fui bom como ela merecia. Acho que é minha própria culpa que me leva a ser cruel com você."

"Eu não devia ter vindo aqui", disse Andras.

"Estou feliz que tenha vindo. Estou feliz em saber que Klara continua a salvo, pelo menos. Tentei não saber mais nada a respeito dela, mas fico feliz de saber disso." Começou a tossir bem fundo e teve de enxugar os olhos e tomar um gole de chá. "Não vou mais ter notícias dela por um bom tempo, se não para sempre. Vou partir daqui a um mês. Também fui convocado."

"Convocado para onde?"

"Para o Serviço de Trabalho."

"Mas isso é impossível", disse Andras. "Você não está em idade de servir o Exército. Tem um emprego aqui na Ópera. Você nem é judeu."

"Para eles, sou judeu o bastante", disse Novak. "Minha mãe era judia. Eu me converti quando jovem, mas agora ninguém liga para isso. Eu não deveria nem ter recebido autorização para ocupar este posto depois que as leis raciais foram alteradas, mas alguns amigos meus no Ministério da Cultura preferiram fazer vista grossa. Agora eles também perderam seus cargos. Quanto à minha posição na comunidade, isso é uma parte do problema. Querem me afastar da comunidade. Aparentemente existe uma nova cota secreta para os batalhões de trabalho. Uma porcentagem dos convocados deve ser formada por assim chamados "judeus de destaque". Estarei em companhia ilustre. Meu colega na orquestra sinfônica foi convocado para o mesmo batalhão e soubemos que o ex-diretor da faculdade de engenharia vai se unir a nós também. Idade não conta. Nem, infelizmente, a condição física apta para o trabalho. Nunca me livrei de todo da tuberculose que me trouxe de volta para cá em 1937. Você já está no Serviço de Trabalho; sabe tão bem quanto eu que é muito pouco provável que eu volte vivo."

"Sem dúvida não vão mandar você fazer trabalhos pesados", disse Andras. "Certamente darão um trabalho de escritório, pelo menos."

"Ora, Andras", disse Novak, com uma ponta de censura. "Nós dois sabemos que isso não é verdade."

"E quanto ao seu filho?", perguntou Andras.

"Pois é, e quanto ao meu filho?", disse Novak. "O que será dele?" Sua voz se arrastou até morrer no silêncio e os dois ficaram sentados um diante do outro, sem dizer nenhuma palavra. Na mente de Andras, veio a imagem de seu próprio filho, o menino ou a menina sentado de pernas encolhidas dentro do útero de Klara — aquela criança que talvez jamais nascesse e que, se viesse a nascer, talvez nunca fosse além da idade de um bebê ou sobrevivesse apenas o suficiente para ver o mundo ser consumido pelas chamas. Olhando para Andras, Novak pareceu captar uma nova dor em si mesmo.

"Pois é", ele disse. "Você compreende. Também é pai."

"Serei em breve", disse Andras. "Daqui a alguns meses."

"E a essa altura já terá terminado seu tempo no Serviço de Trabalho?"

"Quem sabe? Tudo pode acontecer."

"Tudo vai dar certo", ele disse. "Você vai conseguir voltar para casa. Vai morar com Klara e seu filho. György vai conseguir manter de pé o pacto com as autoridades. Não é Klara que eles querem, você sabe disso; é o dinheiro dele. Se levarem Klara a julgamento, só servirá para expor a culpa que é deles mesmos."

Andras fez que sim com a cabeça, tentando acreditar. Ficou surpreso ao sentir-se tranquilizado e depois sentiu vergonha que tivesse sido Novak quem o tranquilizara — logo Novak, que perdera tudo, menos seu próprio filho. "Quem vai cuidar de seu filho?", perguntou Andras de novo.

"Os pais de Edith. E minha irmã. Foi uma sorte termos voltado no momento em que voltamos", respondeu Novak. "Se tivéssemos ficado na França, a esta altura poderíamos estar todos num campo de prisioneiros. O menino também. Eles não estão poupando nem as crianças."

"Meu Deus", disse Andras, e segurou a cabeça com as mãos. "O que será de nós? De todos nós?"

Novak ergueu os olhos para ele, por baixo de suas sobrancelhas grisalhas; o último traço de raiva havia sumido de seus olhos. "No final, só uma coisa", ele disse. "Uns pelo fogo, outros pela água. Uns pela espada, outros pelas feras selvagens. Uns pela fome, outros pela sede. Você sabe como continua a prece, Andras."

"Desculpe", disse Andras. "Desculpe por dizer que você não é judeu." Novak fazia referência aos versos da liturgia da Rosh Hashaná, a prece que prefigurava todos os fins. Em breve ele mesmo haveria de dizer aquela prece, no campo em Bánhida, entre seus colegas de Serviço de Trabalho.

"Eu sou um judeu", disse Novak. "Foi por isso que dei um emprego para você em Paris. Você era meu irmão."

"Desculpe, Novak-úr", disse Andras. "Desculpe. Nunca tive intenção de fazer nenhum mal a você. Você sempre foi bom comigo."

"Não é culpa sua", disse Novak. "Estou feliz que tenha vindo aqui. Pelo menos desta forma podemos nos despedir um do outro."

Andras levantou-se e pôs na cabeça seu chapéu militar. Novak lhe estendeu a mão por cima da escrivaninha e Andras apertou-a. Nada mais havia a fazer senão despedirem-se um do outro. Disseram poucas palavras e depois Andras saiu do gabinete e puxou a porta atrás de si.

30. Barna e o general

Naquele fim de tarde, quando voltou para o apartamento na Nefelejcs Utca, Andras não contou para Klara nada do que havia ocorrido entre ele e o irmão dela; nem contou que havia se encontrado com Novak. Disse apenas que tinha feito uma longa caminhada pela cidade e pensara no que poderia fazer quando voltasse do serviço obrigatório. Ele sabia que Klara tinha percebido sua perturbação e aflição, mas ela não pediu que explicasse seu estado de ânimo. O fato de ter de voltar para Bánhida no dia seguinte provavelmente lhe parecia justificativa suficiente. Jantaram em silêncio na cozinha, as cadeiras bem juntas uma da outra na mesinha. Mais tarde, na sala, ouviram Sibelius na vitrola e ficaram olhando para o fogo aceso na lareira. Andras vestia um roupão de flanela que Klara tinha comprado para ele e um par de chinelos de lã de carneiro. Não poderia imaginar um cenário mais repleto de conforto, no entanto dali a pouco teria ido embora e sua mulher ficaria sozinha de novo para encarar tudo o que pudesse acontecer. Quanto mais confortável ele se sentia, quanto mais satisfeita e sonolenta Klara parecia, reclinada nas almofadas do sofá, mais penoso era imaginar o que os aguardava do outro lado. György tinha razão, pensou Andras, ao proteger Klara e evitar que ela soubesse o que tinha ocorrido. A tranquilidade dela parecia valer o preço da honestidade de Andras. Klara estava absolutamente serena enquanto falava sobre as alterações que a gravidez causara em seu corpo e o consolo que era poder conversar com a mãe sobre tudo aquilo. Klara estava sendo carinhosa com Andras, fisicamente afetuosa; queria fazer amor e ele ficou contente com aquela distração. Mas, quando estavam na cama, com o corpo de Klara em um novo equilíbrio, Andras teve de virar o rosto para o lado. Teve receio de dar a impressão de que estava escondendo alguma coisa dela e de que lhe perguntasse o que era.

Quando voltasse para Bánhida, pelo menos seria poupado daquele perigo. Ele nunca se sentira tão contente de ter de fazer trabalhos pesados. Podia entorpecer a mente com os intermináveis carregamentos de linhito nos vagonetes poeirentos, o esforço de empurrar e puxar os vagonetes sobre os trilhos. Podia deixar dormentes seus braços e suas pernas com os exercícios na formatura do fim da tarde, podia submeter-se à droga das tarefas diárias — fazer faxina nos alojamentos, cortar lenha, jogar fora o lixo da cozinha — na esperança de que a exaustão o levasse a pegar no sono imediatamente, antes de sua mente abrir o baú de preocupações e começar a expor todas elas em detalhes bem nítidos, uma após a outra. Mesmo se conseguisse evitar aquele desfile sinistro, Andras estava à mercê de seus sonhos. Naquele que se repetia com mais frequência, ele encontrava Ilana num leito de hospital, à beira da morte, num lugar que não era Paris, mas também não era Budapeste; em seguida não era Ilana, mas sim Klara, e Andras sabia que tinha de doar sangue para ela, mas não conseguia imaginar um jeito de transferi-lo de suas veias para as de Klara. Ficou parado, de pé, com um bisturi na mão, junto ao leito onde Klara jazia pálida e aterrorizada, e ele pensava que primeiro tinha de apertar o bisturi no próprio pulso e depois pensar numa solução. Noite após noite ele acordava no escuro em meio às tosses e aos roncos de seus companheiros de esquadrão, seguro de que Klara havia morrido e ele nada fizera para salvá-la. Seu único consolo era que seu tempo de serviço militar terminaria no dia 15 de dezembro, duas semanas antes da data prevista para ela dar à luz. Andras sabia que era tolice depositar todas as suas esperanças naquela data de dispensa, quando o Munkaszolgálat demonstrava ter muito pouco respeito às promessas feitas a seus recrutas; ele tentava lembrar-se das duras lições de desilusão que tinha recebido em seu primeiro ano no Serviço de Trabalho. Mas aquela data era tudo o que tinha e se aferrava a ela como se fosse um talismã. Dia 15 de dezembro, dia 15 de dezembro: ele falava baixinho e com voz ofegante enquanto trabalhava, como se a repetição pudesse apressar a chegada daquele dia.

Certa manhã, quando estava se sentindo especialmente desesperado, Andras compareceu à cerimônia de oração que se realizava antes do trabalho. Um grupo de homens se reunia num armazém vazio todos os dias ao nascer do sol; alguns tinham livros pequeninos, com os cantos das folhas já enrugados pelo manuseio, e havia também uma Torá em miniatura que eles liam nas segundas, nas quintas e no sabá. Por baixo de seu *talit*, Andras se apanhava pensando não nas preces, mas sim em seus pais, como acontecia muitas vezes quando estava participando de alguma cerimônia religiosa. Quando lhes escreveu para contar que Klara estava grávida, seu pai respondera dizendo que iam fazer imediatamente uma viagem até Budapeste. Andras não acreditava nisso. Seus pais detestavam viajar. Detestavam o barulho, as despesas, a multidão, e detestavam a aglomeração nas ruas de Budapeste. Mas algumas semanas depois foram visitar Klara e ficaram lá por três dias. Anya prometeu voltar antes de o bebê nascer e ficar por todo o tempo que Klara precisasse dela.

Sua mãe devia saber que aquilo seria um consolo para Andras. Era uma especialista em consolá-lo, em fazê-lo sentir-se seguro; ela fizera aquilo de forma infalível durante toda a sua infância. Durante a silenciosa *amidá*, o que veio ao pensamento de Andras foi a lembrança de Konyár: em seu sexto aniversário, sua mãe lhe deu uma caravana de circo feita de lata, com animaizinhos que chacoalhavam atrás das grades de suas jaulas em suas carroças. Era possível abrir as jaulas e tirar os elefantes, os leões e os ursos, que então podiam ser colocados num picadeiro traçado na terra para executar seus números. O brinquedo viera de Budapeste dentro de uma caixa de papelão vermelho. Aquilo ultrapassava de tal modo qualquer brinquedo que uma criança de Konyár era capaz de imaginar que transformou Andras no objeto da inveja raivosa de seus colegas de escola — em especial de dois meninos louros que numa tarde o perseguiram desde a escola até em casa, tentando apanhá-lo e tomar dele a caravana de circo. Andras correu com a caixa de papelão vermelho apertada contra o peito, rumo à imagem de sua mãe, que ele podia ver lá adiante, no quintal: estava batendo tapetes com uma vara de madeira no limite de seu pomar. Ela se virou ao ouvir os passos do filho que se aproximava. Naquele momento, Andras não podia estar a mais de três metros de distância. Mas, antes que pudesse chegar à mãe, seu pé esbarrou numa raiz de macieira e ele voou para a frente, a caixa vermelha saltou de suas mãos num arco ascendente enquanto ele abria os braços na tentativa de segurar-se. Com um movimento gracioso, a mãe deixou cair o bastão com que estava batendo o tapete e apanhou a caixa ainda no ar. As passadas dos perseguidores de Andras se detiveram. Ele ergueu a cabeça para ver a mãe acomodar a caixa com a caravana de circo embaixo do braço e, com a outra mão, levantar o bastão de bater no tapete. Não fez nenhum gesto, apenas ficou parada com o instrumento erguido. Era um galho robusto com uma espécie de cestinha redonda e lisa presa na ponta. Deu um só passo na direção dos dois meninos louros. Embora Andras soubesse que a mãe era uma pessoa dócil — nunca batera em nenhum de seus filhos —, sua atitude parecia sugerir que estava pronta para atingir os perseguidores de Andras com o mesmo vigor que empregara ao bater no tapete. Andras levantou-se a tempo de ver os meninos louros fugindo pela estrada: os pés descalços levantavam nuvenzinhas de poeira. A mãe entregou-lhe a caixa vermelha de papelão e sugeriu que deixasse a caravana em casa por um tempo. Andras entrou em casa com a sensação de que a mãe era uma criatura sobre-humana, pronta para voar em seu socorro nos momentos de perigo. A sensação se apagou em pouco tempo; não demorou muito para ele deixar a casa dos pais a fim de ir estudar em Debrecen, onde ela não poderia protegê-lo. Mas o incidente deixou uma forte impressão nele. Mesmo agora Andras podia sentir a força de sua mãe, como se tudo aquilo estivesse acontecendo outra vez: a caixa vermelha de papelão de sua vida estava no ar e sua mãe estendia as mãos para apanhá-la em pleno voo.

Quando não se encontrava consumido por pensamentos a respeito de Klara, Andras pensava em seus irmãos. O centro de distribuição da correspondência tornara-se uma fonte de apreensão constante. Toda vez que passava por ali, ele imaginava que receberia um telegrama com notícias horríveis sobre o destino de Mátyás. Não recebera mais nenhuma notícia desde que o irmão fora transferido para o leste e os esforços de György para ajudá-lo só geraram frustração. O irmão de Klara mandara uma série de cartas para altos oficiais do Munkaszolgálat, mas recebera a resposta de que ninguém poderia perder tempo com um problema daquela escala quando havia uma guerra para ser travada. Se ele queria conseguir a dispensa de Mátyás do Serviço de Trabalho, teria de entrar em contato com o comandante do batalhão do rapaz em Belgorod. Uma investigação posterior descobriu que o batalhão de Mátyás havia concluído sua missão em Belgorod e fora enviado mais para leste; o quartel-general do comando do batalhão estava situado em algum local perto de Rostóv, à margem do rio Don. György mandou uma saraivada de telegramas para o comandante, mas não recebeu nenhuma resposta durante semanas. Então, um dia, chegou um bilhete conciso, escrito à mão, de um secretário do batalhão, que lhe informou que a companhia de Mátyás havia penetrado mais fundo na brancura ofuscante do inverno russo e desaparecera. Algumas semanas antes, pelo telégrafo, haviam registrado a localização da companhia, mas desde então as linhas de comunicação tinham sido cortadas e o paradeiro daqueles homens não podia ser determinado com nenhum grau de certeza.

Portanto, era nisso que Andras pensava: seu irmão Mátyás estava em algum lugar distante no meio da neve, as linhas de contato com o centro de comando de seu batalhão tinham sido cortadas e sua companhia, junto com um grupo do Exército, enveredava cada vez mais fundo no frio e no perigo. O que ele estaria comendo? O que estaria vestindo? Onde estaria dormindo? Como Andras poderia dormir num beliche à noite e comer pão toda manhã, quando seu irmão estava perdido na Ucrânia? Será que Mátyás imaginava que Andras não havia tentado ajudá-lo ou que György havia negado sua ajuda? Quem era o responsável pelos perigos que Mátyás enfrentava agora? Era Edith Novak, que havia revelado o segredo de Klara? Eram os agressores de Klara, tantos anos atrás? Era o próprio Andras, cuja relação com Klara tornara tão alto o preço da liberdade do irmão? Era Miklós Horthy, cujo desejo de recuperar os territórios da Hungria o levara a travar a guerra? Ou era o próprio Hitler, cuja loucura o levara à Rússia? Quantos outros homens além de Mátyás se viam à beira da morte naquele inverno e quantos mais ainda haviam de morrer antes que a guerra chegasse ao fim?

Era um consolo saber que pelo menos Tibor continuava longe das linhas de frente. Suas cartas continuavam a chegar da Transilvânia conforme os caprichos do serviço postal do Exército. Passavam três semanas sem chegar nenhuma notícia e então aparecia um maço de cinco cartas, depois um cartão-postal isolado no dia seguinte e nada mais por duas semanas. Durante sua temporada nos Cárpatos, o tom das palavras de Tibor passara do gracejo descontraído para uma rigorosa monotonia: *Caro Andras, mais um dia construindo pontes. Sinto uma falta terrível de Ilana. Todo momento me preocupo com ela. Há muitos desastres por aqui: hoje meu colega de trabalho Roszenzweig quebrou o braço. Uma fratura exposta complicada. Não tenho talas, gesso ou antibióticos, claro. Tive de corrigir a fratura com pedaços de tábua retiradas do piso do alojamento.* Ou: *Oito recrutas do Serviço de Trabalho ficaram com pneumonia na semana passada. Três morreram. Como sofro pensando nisso! Sei que poderia mantê-los hidratados se não tivessem me mandado partir com a equipe que está trabalhando na estrada.* E em outra carta, em sua integridade: *Caro Andráska, não consigo dormir. Ilana está em sua vigésima primeira semana. Na última gravidez, o aborto espontâneo ocorreu na vigésima segunda.* Andras gostaria de poder escrever para Tibor sobre o que ele havia descoberto em Budapeste, mas não queria acrescentar seus próprios temores aos de Tibor. Porém ele não estava sozinho em suas aflições; toda semana chegava de Benczúr Utca um par de envelopes de cor marfim com notícias tranquilizadoras. Um de György Hász — *Nenhuma novidade, nenhuma ameaça nova. Tudo segue como antes.* — e o outro trazia o selo da mãe de Klara — *Caro Andras, saiba que estamos todos pensando em você e desejando seu rápido regresso. Como Klara sente saudades suas, meu caro rapaz! E como vai ficar feliz quando você voltar para casa! O médico acha que ela está se comportando muito bem.* Certa vez mandou para Andras um pequeno embrulho, cujo conteúdo era tão atraente que nada havia sobrado dentro da caixa, exceto um bilhete: *Andráska, aqui estão uns doces para você. Se gostar, mandarei mais.* Andras levou a caixa para o alojamento a fim de mostrá-la a Mendel, que deu uma tremenda gargalhada e sugeriu que a expusessem numa prateleira como se fosse uma imagem simbólica da vida em Bánhida. Era um consolo tê-lo por perto; os dois terminariam o tempo de serviço juntos e fariam juntos a viagem de volta para Budapeste, no mesmo trem. Pelo menos era o que planejavam, enquanto riscavam os quadradinhos de seu calendário desenhado à mão, enquanto os dias ficavam mais frios e os montes distantes se apagavam no marrom geral do inverno.

Mas em 25 de novembro, um dia em que a desolação cinzenta rendeu-se ao entardecer a uma tempestade de confetes de neve, havia um telegrama de György à espera de Andras no escritório central do correio. Ele abriu o envelope com as mãos trêmulas e leu que Klara tinha dado à luz na noite anterior, cinco semanas antes da data prevista. Eles tinham um filho, mas o bebê estava muito doente. Andras tinha de ir para casa imediatamente.

Passou muito tempo antes que ele conseguisse andar ou falar. Outros recrutas do Serviço de Trabalho tentaram empurrá-lo para o lado a fim de alcançar o balcão do correio; ficaria parado ali o dia inteiro? Andras conseguiu andar até a porta e saiu trôpego sob a neve. As lâmpadas do campo tinham sido acesas mais cedo naquela noite. Formavam um halo luminoso em redor do quadrado, rompido apenas por uma série de luzes mais altas e mais brilhantes dos dois lados do escritório da administração. Andras caminhou para aquela faixa de luzes como se fosse para um portão através do qual ele poderia ser levado para Budapeste. Tinha um filho, mas ele estava muito doente. Um filho. Um menino. Seu menino, e de Klara. A oitenta quilômetros dali. Duas horas de trem.

Os guardas que em geral flanqueavam a porta tinham ido jantar. Andras entrou sem ser incomodado. Passou por escritórios providos de aquecedores elétricos, telefones, mimeógrafos. Não sabia onde ficava o gabinete do major Barna, mas avançou rumo ao coração do prédio, seguindo as linhas de força da arquitetura. Onde ele mesmo o teria situado, caso tivesse feito o projeto daquele prédio, ficava o gabinete do major. Mas a porta estava trancada. Barna também tinha ido jantar. Andras voltou para fora, para a neve que caía.

Todo mundo sabia onde ficava o refeitório dos oficiais. Era o único lugar em Bánhida de onde saía cheiro de comida de verdade. Nada de sopa rala, nada de pão duro; em vez disso comiam frango com batata e sopa de cogumelo, vitela com páprica, repolho recheado, e tudo com pão branco. Recrutas escalados para entregar carvão ou remover o lixo do refeitório dos oficiais tinham de padecer sentindo o aroma de todos aqueles pratos. Nenhum recruta do Serviço de Trabalho, exceto aqueles que serviam os oficiais no refeitório, podia entrar ali; era vigiado por soldados armados. Mas Andras aproximou-se do prédio sem temor. Ele tinha um filho. O primeiro ímpeto de sua alegria se misturara com a necessidade física de protegê-lo, de interpor o próprio corpo entre o filho e o que quer que pudesse lhe causar algum mal. E Klara: se o filho deles estava doente e em perigo, ela também precisava de Andras. Soldados armados não tinham nenhuma importância. A única coisa que importava era sair de Bánhida.

Os guardas na porta não eram aqueles que Andras conhecia; deviam ter acabado de chegar de Budapeste. Era uma vantagem para ele. Aproximou-se da porta e se dirigiu ao guarda mais baixo e mais atarracado, um sujeito para quem parecia que o cheiro de carne e pimentão assado representava um tormento.

"Telegrama para o major Barna", disse Andras, erguendo o envelope azul na mão.

O guarda estreitou os olhos sob o brilho das luzes elétricas. A neve rodopiava entre os dois. "Onde está o ordenança?", perguntou.

"Está jantando, senhor", respondeu Andras. "Kovács do centro de comunicações me ordenou que trouxesse o telegrama."

"Deixe comigo", disse o guarda. "Vou mandar entregar para ele."

"A ordem é entregar pessoalmente e esperar uma resposta."

O guarda baixo e atarracado lançou um olhar para seu parceiro, um jovem soldado com cara de tapado que estava meio adormecido em seu posto. Em seguida chamou Andras mais para perto e inclinou a cabeça na sua direção. "O que é que você quer de verdade?", perguntou. "Recrutas do Serviço de Trabalho não entregam telegramas para os comandantes do campo. Posso ser novato aqui, mas não sou idiota." Fitou Andras nos olhos com firmeza e o instinto de Andras levou-o a dizer a verdade.

"Minha esposa acabou de ter um filho, cinco semanas antes da data prevista", ele disse. "O bebê está doente. Tenho de ir para casa. Quero pedir uma licença especial."

O guarda riu. "No meio do jantar? Você deve estar maluco."

"Não posso esperar", respondeu Andras. "Tenho de ir já para casa."

O guarda pareceu refletir sobre o que poderia fazer. Olhou por cima do ombro para dentro do refeitório e em seguida para o jovem soldado com cara de tapado. "Ei, Mohács", ele disse. "Cubra-me por um instante, está bem? Tenho de levar esse cara lá dentro."

O homem com cara de tapado encolheu os ombros e deu um grunhido em concordância. Logo depois recaiu em seu estado de semi-inconsciência.

"Muito bem", disse o primeiro soldado. "Entre. Vou ter de revistar você."

Emudecido de gratidão, Andras seguiu o soldado para o vestíbulo e se submeteu a uma revista. Quando o guarda concluiu que não estava levando nenhuma arma, pôs a mão em seu braço e disse: "Venha comigo. E não fale com ninguém, entendeu?".

Andras fez que sim com a cabeça e os dois entraram no ambiente ruidoso da sala de jantar dos oficiais. As mesas compridas estavam dispostas em fileiras, os oficiais sentavam-se conforme seus postos. Barna jantava com seus tenentes numa mesa situada num patamar mais alto, de onde se avistavam todas as demais. A seu lado estava um oficial de alto escalão que Andras nunca tinha visto antes, um homem socado e de cabelo prateado, num casaco que reluzia com os galões e com os ombros cintilantes de condecorações. Tinha uma barba fina e pontuda, cortada num estilo antiquado, e com um monóculo de aro dourado. Parecia um antigo general da Grande Guerra.

“Quem é ele?”, perguntou Andras ao guarda.

“Não tenho a menor ideia”, respondeu o guarda. “Não contam nada para nós. Mas parece que você escolheu uma boa noite para fazer sua estreia no salão.” Levou Andras para um soldado que estava em posição de sentido perto da mesa, inclinou a cabeça na direção do ouvido dele e falou algumas poucas palavras. O soldado concordou com a cabeça e dirigiu-se a um ordenança que estava sentado a uma das mesas perto da frente. Inclinou-se para ele e falou; o ordenança ergueu a cabeça de seu prato e fitou Andras com uma expressão de pena e perplexidade. Lentamente se levantou do banco e foi até a mesa principal, onde prestou continência ao major Barna e repetiu a mensagem, olhando por cima do ombro na direção de Andras. As sobrancelhas de Barna se contraíram e sua boca endureceu num risco branco. Baixou o garfo e a faca na mesa e se pôs de pé. Os homens ficaram em silêncio. O majestoso oficial de mais idade ergueu os olhos com ar interrogativo.

Barna se esticou até alcançar toda a sua estatura. “Onde está esse Lévi?”, perguntou.

Andras nunca tinha ouvido seu nome soar de forma tão semelhante a uma maldição. Lutou para manter os ombros eretos enquanto respondia: “Estou aqui, senhor”.

“Um passo à frente, Lévi”, disse o major.

Era a segunda vez que Barna lhe dava aquela mesma ordem. Andras lembrava-se muito bem do que havia acontecido da primeira. Deu alguns passos para a frente e baixou o olhar para o chão.

“Veja, senhor”, disse Barna, dirigindo-se ao cavalheiro condecorado a seu lado. “Eis o motivo por que não podemos nunca nos descuidar, por pouco que seja, com as liberdades que damos a nossos trabalhadores. O senhor está vendo essa barata?” Apontou para Andras com a mão. “Eu já o castiguei antes. Ele se atreveu a se mostrar insolente comigo numa ocasião anterior. E aqui está ele outra vez.”

“Qual foi essa ocasião anterior?”, perguntou o general — com uma ponta de zombaria, Andras teve a impressão, quase como se ele pudesse se comprazer em ouvir o relato de uma insolência contra Barna.

Mas Barna pareceu não perceber aquela sutileza. "Foi quando ele chegou aqui, no primeiro dia", respondeu, e fitou Andras com os olhos semicerrados. "Você acha que esqueci, Andras? Tive de rebaixá-lo de posto e rasgar suas insígnias." Barna sorriu para o oficial idoso. "Ele tentou tirar partido de seu posto e por isso eu o castiguei."

"Por que ele foi rebaixado?"

"Porque perdeu seu prepúcio", respondeu Barna.

A sala irrompeu numa gargalhada, mas o general franziu a testa, com o rosto voltado para seu prato. Barna também pareceu não perceber aquilo. "Agora ele nos procura com um pedido importante", prosseguiu. "Por que não se adianta um pouco e apresenta seu pedido, Lévi?"

Andras deu um passo à frente. Recusava-se a ficar amedrontado com Barna, embora seu sangue latejasse nas têmporas de modo ensurdecedor. Segurava o telegrama na mão fechada. "Peço permissão para uma licença especial por motivos de família, senhor", disse.

"O que há de tão urgente?", perguntou Barna. "Sua esposa precisa dar uma trepada?"

Mais risadas dos homens.

"Pode ter certeza de que esse problema vai se resolver por si mesmo", disse Barna. "Sempre acontece."

"Com sua permissão, senhor", recomeçou Andras, a voz tensa de raiva.

"O que é isso em sua mão, Lévi? Ordenança, traga-me esse pedaço de papel."

O ordenança aproximou-se de Andras e tomou o telegrama de sua mão. Ele jamais sentira uma humilhação ou uma fúria tão profunda. Estava a menos de dois metros e meio do major Barna; num piscar de olhos, poderia cravar as mãos no pescoço dele e apertá-lo. O pensamento serviu de algum consolo enquanto olhava Barna ler rapidamente o telegrama. O major ergueu uma sobrancelha numa surpresa divertida.

"Sabem de uma coisa?", disse para os homens ali reunidos. "A senhora Lévi acabou de ter um filho. Lévi é pai."

Os homens aplaudiram e deram assobios e gritos de viva.

"Mas o bebê está muito doente. *Venha para casa imediatamente.* Isso parece ruim."

Andras resistiu ao impulso de atirar-se contra Barna. Mordeu o lábio e cravou os olhos de novo no chão. Ele não queria ser fuzilado.

"Bem, de nada adianta dar para você uma licença especial agora, não é?", disse Barna. "Se o menino está mesmo doente, você pode muito bem ir para casa quando ele tiver morrido."

Um pesado silêncio encheu os ouvidos de Andras, como um trem em movimento acelerado. Barna olhou em redor da sala, as mãos sobre a mesa; os homens pareceram compreender que ele queria que rissem de novo, e houve uma onda de riso desconfortável.

"Você está dispensado, Lévi", disse Barna. "Agora eu gostaria de desfrutar meu café."

Antes que qualquer pessoa pudesse se mover, o general idoso bateu a mão sobre a mesa. "Isto é uma vergonha", ele disse, pondo-se de pé, a voz grave de raiva. Voltou-se para Barna com o rosto fechado e a sobrancelha franzida. "*Você* é uma vergonha."

Barna deu um sorriso meio torto, como se aquilo ainda fizesse parte da piada.

"Não me dirija esse sorriso forçado, major", disse o general. "Peça desculpa imediatamente a esse recruta."

Barna hesitou um momento, em seguida acenou com a cabeça para o guarda que havia trazido Andras. "Retire de minha presença esse monte de lama."

"Você não me ouviu?", disse o general. "Ordenei que pedisse desculpa."

Os olhos de Barna saltaram de Andras para o general e para os oficiais em suas mesas. "Já terminamos este assunto, senhor", ele disse, num tom de voz baixo que Andras quase não conseguiu ouvir.

"Para o senhor o assunto ainda não terminou, major", disse o general. "Desça deste estrado e peça desculpa para esse homem."

"Como disse?"

"O senhor ouviu muito bem o que eu disse."

Os homens ficaram em silêncio, observando. Barna ficou parado por muito tempo, parecendo travar uma batalha interior; sua cor mudou de vermelho para roxo e depois para branco. O general estava de pé a seu lado, de braços cruzados sobre o peito. Não havia como ele desobedecer. O homem mais velho detinha uma superioridade militar inquestionável. Barna desceu do estrado e andou na direção de Andras. Fez uma pausa na frente dele e, com uma careta de quem engole um remédio horrível, estendeu-lhe a mão. Andras dirigiu para o general um olhar de gratidão e fez um gesto para apertar a mão de Barna. Porém, assim que tocou a mão de Barna, o major lhe deu uma cusparada no rosto e esbofeteou-o com a mão que Andras havia tocado. Sem mais nenhuma palavra, o major atravessou as fileiras de mesas e saiu para a noite. Andras esfregou o rosto com a manga, entorpecido pela dor.

O general continuou no centro do estrado, olhando para baixo, para os oficiais em seus bancos. Tudo havia parado: os recrutas que serviam os oficiais estavam parados nas margens da sala com os pratos sujos nas mãos; o cozinheiro cessara de fazer barulho com as panelas na cozinha; os oficiais ficaram em silêncio, seus garfos e colheres de estanho jaziam ao lado dos pratos.

"O Exército Real da Hungria foi insultado pelo que aconteceu aqui", disse o general. "Quando entrei no Exército, meu primeiro comandante era um judeu. Era um homem corajoso que perdeu a vida em Lemberg a serviço de seu país. Seja a Hungria o que for hoje, sem dúvida não é o país em cuja defesa ele morreu." Apanhou o telegrama amarrotado e entregou-o para Andras. Em seguida jogou o guardanapo na mesa e ordenou ao guarda que levasse Andras aos seus aposentos imediatamente.

O general Martón estava alojado nos aposentos mais amplos e confortáveis de Bánhida, o que significava que tinha um quarto e uma sala de estar, se é que o cubículo frio e nada convidativo onde Andras se viu podia ser chamado de sala de estar; não continha nada além de uma mesa com um cinzeiro e um par de cadeiras de madeira surradas, tão estreitas e de espaldar tão reto que desestimulava qualquer um a ficar sentado nelas, senão por um brevíssimo intervalo. Luzes elétricas brilhavam. A lareira estava escura. Um ordenança estava arrumando as malas do general no quarto contíguo. Enquanto Andras ficou parado na porta, esperando para ouvir o que o velho oficial diria, o general dava ordens para que trouxessem sua viatura.

"Não vou ficar neste lugar nem mais uma noite", disse para o secretário assustado que aguardava a seu lado. "Minha inspeção deste campo está concluída, no que me diz respeito. Mande avisar ao major Barna que fui embora."

"Sim, senhor", respondeu o secretário.

"Vá ao escritório pegar o dossiê deste homem", disse. "E trate de fazer isso depressa."

"Sim, senhor", respondeu o secretário, e saiu apressado.

O general voltou-se para Andras. "Agora me diga", falou. "Quanto tempo falta para terminar seu serviço?"

"Duas semanas, senhor", respondeu Andras.

"Duas semanas. E, em relação ao tempo que você já passou no Serviço de Trabalho, acha que duas semanas representam um período longo?"

"Nas circunstâncias, senhor, são uma eternidade."

"O que você diria, então, se deixasse este inferno de uma vez por todas?"

"Não sei se compreendi bem, senhor."

"Vou providenciar sua dispensa de Bánhida", disse o general. "Você já serviu aqui por tempo de sobra. Não posso garantir que não vá ser convocado de novo, ainda mais com a situação tão instável como se encontra agora. Mas posso mandar você para Budapeste esta noite. Pode ir no meu carro. Vou para lá agora. Fui enviado para fazer uma inspeção minuciosa da maneira como Barna comanda este campo, pois ele está sendo cogitado para uma promoção, mas já vi tudo o que me interessava." Pegou uma caixinha de cigarros no bolso do peito do casaco e, com uma batida da ponta dos dedos, fez sair a ponta de um cigarro, mas em seguida guardou a caixinha outra vez, como se não tivesse ânimo de fumar. "Quanto rancor tem aquele homem", disse. "Ele não está apto sequer para comandar um jumento, muito menos um batalhão de trabalho. O problema não são os judeus, mas sim os homens como ele. Quem você acha que nos meteu nesta confusão? Em guerra contra a Rússia e a Inglaterra ao mesmo tempo! Como você acha que isso vai terminar?"

Andras não conseguia se concentrar para analisar a questão. Havia um outro problema que, no momento, parecia de magnitude ainda maior. "Eu entendi bem, senhor?", perguntou Andras. "Vou poder ir para Budapeste esta noite?"

O general fez que sim com a cabeça num gesto brusco. "É melhor fazer suas malas. Vamos partir daqui a uma hora."

Nos alojamentos houve uma incredulidade generalizada e depois, quando Andras contou a história toda, soaram aplausos estrondosos. Mendel beijou Andras nas duas faces, prometendo ir ao seu apartamento na Nefelejcs Utca assim que voltasse para Budapeste. Quando passou meia hora, todos saíram para ver o carro preto parar e o motorista saiu para ajudar Andras, levantando sua mochila e colocando-a no porta-malas inclinado. Quando tinha sido a última vez que alguém havia ajudado qualquer um deles, trabalhadores, a levantar um objeto pesado? Quando tinha sido a última vez que algum deles tinha andado de carro? Os homens se aglomeraram na entrada do alojamento, o vento levantava as lapelas de seus casacos surrados e Andras sentiu uma pontada de culpa ao pensar que estava deixando seus companheiros. Ficou parado diante de Mendel e pôs a mão em seu braço.

"Eu gostaria que você estivesse vindo comigo", disse.

"Só faltam duas semanas", respondeu Mendel.

"O que você vai fazer com A *Mosca Picadora*?"

Mendel sorriu. "Talvez esteja na hora de fechar as portas dessa empresa. De todo modo, todas as nossas fontes secaram."

"Então, duas semanas", disse Andras, e apertou o ombro de Mendel.

"Boa sorte, Parisi."

"Vamos", chamou o motorista. "O general está esperando."

Andras entrou no banco da frente do carro e fechou a porta. O motor rugiu e eles partiram rumo ao alojamento dos oficiais. Quando chegaram, ficou evidente que tinha havido mais uma discussão entre Barna e o general; via-se que o major andava enfurecido, para um lado e para o outro, dentro dos aposentos do general, quando este saiu com sua mala de viagem. O motorista jogou-a no porta-malas e o general deslizou para o banco de trás, sem dizer nenhuma palavra.

Antes que Andras pudesse apreender a ideia de que estava de fato indo embora dali, de que nunca mais teria de retornar para as sulfúricas minas de carvão de Bánhida, o carro tinha atravessado o portão e tomado a estrada. Ao longo de todo aquele demorado percurso no escuro, os únicos sons eram o rugido do motor e o chiado dos pneus ao rolar sobre a neve. Enquanto os faróis atravessavam as intermináveis revoadas de flocos de neve, Andras pensava mais uma vez naquele dia de Ano-Novo em que ele e Klara tinham ido à praça Barye para ver o sol nascer sobre o gelado rio Sena. Naquela remota manhã de janeiro, ele jamais acreditaria que um dia seria pai de um filho de Klara, que um dia estaria atravessando a noite em alta velocidade dentro de uma limusine do Exército da Hungria para ver seu filho recém-nascido. Lembrou-se da música de Schubert que Klara havia tocado para ele num entardecer de inverno, *Der Erlkönig*, sobre um pai que levava o filho na garupa do cavalo no meio da noite, enquanto o rei dos elfos os seguia, tentando se apoderar da criança. Lembrou-se do desespero do pai, do inexorável resvalar do filho rumo à morte. Andras imaginara aquela perseguição numa noite como a que estava atravessando. Suas mãos ficaram frias dentro do carro aquecido. Virou-se para ver o que estava atrás dele. Tudo o que pôde ver era o general, que cochilava e roncava de leve no banco de trás e, através do vidro oval do pequeno para-brisa traseiro, um enxame de flocos de neve que esvoaçava vermelho no reflexo das luzes das lanternas traseiras.

Levaram uma hora e meia para chegar ao hospital Gróf Apponyi Albert. Quando o carro parou, o general acordou e pigarreou. Colocou o chapéu na cabeça e ajeitou seu casaco cheio de condecorações.

"Muito bem", ele disse. "Vamos."

"O senhor pretende entrar comigo?", disse Andras.

"Pretendo terminar aquilo que comecei. Dê seu endereço ao motorista para que ele deixe sua bagagem com o zelador de lá."

Andras deu para o motorista o endereço na Nefelejcs Utca. O motorista saiu do carro com um salto a fim de abrir a porta para o general, que esperou até que Andras se juntasse a ele no meio-fio. O general virou-se e andou para o hospital, com Andras a seu lado.

Na mesa de recepção da noite, um homem de ombros estreitos e de tapa-olho na cara estava sentado, com os pés apoiados numa lata de lixo de metal, lendo uma tradução para o húngaro do livro *Mein Kampf*. Quando ergueu os olhos e viu o general se aproximando, largou o livro e ficou de pé. Seu olho sadio ia e vinha de Andras para o general; parecia perplexo com a visão daquele líder condecorado do Exército húngaro na companhia de um esquelético e amarfanhado recruta do Serviço de Trabalho. Gaguejou uma pergunta para saber como poderia ser útil ao general.

"Este homem precisa ver a esposa e o filho."

O recepcionista lançou um olhar para o fundo do corredor, como se dali pudesse vir alguma forma de ajuda ou esclarecimento. O corredor continuou vazio. O recepcionista retorceu as mãos. "O horário de visita é de quatro às seis, senhor", respondeu.

"Este homem vai fazer uma visita agora", disse o general. "O sobrenome dele é Lévi."

O recepcionista folheou um livro de registro que estava em sua mesa. "A senhora Lévi está no terceiro andar", respondeu. "Na maternidade. Mas, senhor, eu não devo permitir que ninguém suba. Vou ser demitido."

O general tirou um cartão pessoal de um estojo de couro. "Se alguém criar algum problema com você, mande tratar comigo."

"Sim, senhor", respondeu o recepcionista e afundou de novo em sua cadeira.

O general virou-se para Andras e entregou-lhe outro cartão pessoal. "Se houver mais alguma coisa que eu puder fazer, mande me avisar."

"Não sei como agradecer ao senhor", disse Andras.

"Seja um bom pai", disse o general e pôs a mão no ombro de Andras. "Que ele viva para ver um tempo mais iluminado do que o nosso." Fitou Andras nos olhos por um momento mais demorado e depois deu meia-volta e saiu para a neve. A porta fechou-se atrás dele com uma lufada de ar frio.

O recepcionista ficou olhando perplexo na direção por onde o general tinha saído. "Como foi que você arranjou um amigo feito esse?", perguntou.

"Sorte, suponho", respondeu Andras. "É uma coisa que acompanha minha família."

"Bem, vá em frente", disse o recepcionista, apontando o polegar para a escada. "Se alguém perguntar quem deixou você entrar, não fui eu."

Andras subiu a escada correndo até o terceiro andar, depois seguiu as placas que indicavam a direção da ala de Klara. Lá, na penumbra que reinava no hospital à noite, novas mães jaziam numa fileira dupla de leitos, com um berço no pé de cada cama. Alguns berços continham bebês enfaixados; outras crianças eram amamentadas ou cochilavam nos braços das mães. Mas onde estava Klara? Onde ficava seu leito e qual daquelas crianças era o filho dele? Andras percorreu a fileira duas vezes antes de vê-la: Klara Lévi, sua esposa, pálida e de cabelos úmidos, boca inchada, olhos rodeados por uma sombra escura, deitada num sono profundo sob o brilho de uma lâmpada protegido por um quebra-luz verde. Ele chegou mais perto, andando de leve, com o coração martelando, para ver o que Klara segurava nos braços. Mas quando chegou à beira do leito, viu que era um cobertor vazio, nada mais. O berço no pé da cama também estava vazio.

O chão pareceu afundar na frente de Andras. Então ele chegara tarde demais, apesar de tudo. O mundo não comportava nenhuma possibilidade de felicidade; sua vida e a de Klara eram um desastre, um sofrimento. Andras cobriu a boca, com medo de gritar. Alguém pôs a mão fria em seu braço; ele se virou e ficou de frente para uma enfermeira de avental branco.

"Como foi que entrou?", perguntou, mais espantada do que aborrecida. "É sua esposa?"

"A criança", ele disse, num sussurro. "Onde está?"

A enfermeira contraiu as sobrancelhas e as uniu. "Você é o pai?"

Andras fez que sim com a cabeça, em silêncio.

A enfermeira conduziu-o para o corredor, rumo a um aposento muito iluminado, cheio de mesas acolchoadas, balanças de bebê, fraldas de pano, mamadeiras e chupetas. Duas enfermeiras estavam de pé junto às mesas, trocando as fraldas das crianças.

"Krisztina", disse a enfermeira. "Mostre para o senhor Lévi o filho dele."

A enfermeira na mesa de trocar fraldas ergueu uma rãzinha cor-de-rosa e nua, a não ser por um gorro azul e pelas meias brancas, além de uma atadura que envolvia seu umbigo. Enquanto Andras olhava, o bebê ergueu um punho na direção da boca aberta e pôs para fora a língua.

"Meu Deus", disse Andras. "Meu filho."

"Dois quilos", disse a enfermeira. "Nada mal para um bebê que nasceu tão prematuro. Está com uma pequena infecção no pulmão, coitadinho, mas já melhorou um pouco."

"Ah, meu Deus. Deixe-me olhar para ele."

"Pode segurá-lo, se quiser", disse a enfermeira chamada Krisztina. Prendeu a fralda do bebê com um alfinete, enrolou-o num cobertor e colocou-o nos braços de Andras. Ele mal se atrevia a respirar. O bebê parecia não pesar quase nada. Seus olhos estavam fechados, a pele transparente, o cabelo era uma espiral escura na cabeça. Ali estava seu filho, seu filho. Ele era o pai daquela pessoa. Encostou a bochecha na curva da cabeça do bebê.

"Pode levá-lo de volta para sua esposa", disse Krisztina. "Já que apareceu aqui no meio da noite, pode ser de alguma utilidade."

Andras fez que sim com a cabeça, incapaz de se mexer ou de falar. Em seus braços, segurava o que lhe parecia a síntese de sua existência. O bebê se debateu envolto no cobertor, abriu a boca e proferiu um forte grito de uma nota só.

"Está com fome", disse a enfermeira. "É melhor levá-lo logo para a mãe."

E assim, pela primeira vez, Andras atendeu uma necessidade de seu filho: levou-o pela enfermaria até o leito de Klara. Ao som do grito seguinte da criança, Klara abriu os olhos e levantou-se um pouco no leito, apoiada nos cotovelos. Andras curvou-se para ela e acomodou a criança em seus braços.

"Andráska", disse, com os olhos cheios de lágrimas. "Será que estou sonhando?"

Ele se debruçou para beijá-la. Andras estava tremendo tanto que teve de sentar-se na beira da cama. Abraçou ambos de uma só vez, Klara e o bebê, e segurou-os tão junto a si quanto sua coragem lhe permitia.

"Como pode ser?", disse Klara. "Como foi que chegou aqui?"

Andras afastou-se apenas o suficiente para olhar para ela. "Um general me deu uma carona em seu carro."

"Não brinque comigo, querido! Acabei de fazer uma cesariana."

"Estou falando muito sério. Depois vou lhe contar a história toda."

"Tive um medo terrível de que alguma coisa havia acontecido com você", disse Klara.

"Agora não há nada mais a temer", ele disse, e acariciou o cabelo úmido da esposa.

"Olhe só para este menino", ela disse. "Nosso filhinho." Abaixou um pouco o cobertor para que Andras pudesse ver o rosto do bebê, as mãos de dedos recurvados, os punhos delicados.

"Nosso filho." Andras balançou a cabeça, ainda incapaz de acreditar. "Eu o vi. Ele estava *au naturel* quando entrei."

O bebê voltou o rosto para o seio de Klara e abriu a boca de encontro ao pano de sua camisola. Ela desabotoou a roupa e acomodou-o para amamentá-lo, acariciando seu cabelo, semelhante a uma penugem. "Parece com você", ela disse, e seus olhos se encheram de lágrimas outra vez.

"*Életem.*" *Minha vida*. "Cinco semanas antes do tempo! Você deve estar apreensiva."

"Minha mãe estava comigo. Ela mesma me trouxe para o hospital. E agora você está comigo aqui também, embora seja por pouco tempo!"

"Não vou mais voltar para Bánhida", ele disse. "Meu tempo de serviço acabou." Ele mesmo mal conseguia acreditar, mas havia acontecido. Nada poderia fazê-lo voltar. "Estou em casa com você agora", disse para Klara. E aos poucos aquela verdade começou a parecer real para Andras, enquanto ele e a mulher ficavam sentados no leito dela no hospital Gróf Apponyi Albert, rindo e chorando sobre a cabeça lisa e penugenta de seu pequeno filho.

31. Tamás Lévi

Deram ao bebê o nome do pai de Klara. As primeiras semanas de vida da criança foram, para Andras, um nevoeiro azul: ficaram dez dias no hospital, durante os quais o bebê perdeu peso, lutou contra uma infecção pulmonar, quase morreu e recuperou-se de novo; chegaram a seu apartamento na Nefelejcs Utca, que não pareceu de maneira nenhuma ser a casa deles de verdade, de tão cheia de flores e presentes e de tantas visitas que iam ver a criança; havia a mãe de Klara, sempre solícita, mas incapaz de fazer qualquer coisa prática para ajudar, pois seus filhos tinham sido totalmente servidos e cuidados por babás; havia a mãe de Andras, que sabia como atender as necessidades do bebê, mas que também achava importante mostrar para Klara a maneira *correta* de prender a fralda com um alfinete ou de conter os arrotos da criança; havia Ilana, grávida de sete meses, que preparava intermináveis refeições italianas para Andras, Klara e as visitas; havia Mendel Horovitz, dispensado do Munkaszolgálat, sentado na cozinha até o meio da noite, bebericando vodca e convidando Andras a lhe descrever em minúcias as vicissitudes de sua nova condição de pai; além disso, havia a tarefa simples e implacável de cuidar de uma criança recém-nascida: alimentá-la de duas em duas horas, trocar a fralda, o sono curto e cheio de interrupções, os momentos de alegria incrédula e de temor insondável. Toda vez que o menino chorava, parecia a Andras que talvez não fosse mais parar, que seu choro iria esgotar suas forças e deixá-lo enfermo outra vez. Mas Klara, que já havia criado uma filha, compreendia que o bebê estava chorando porque tinha uma necessidade bem simples e sabia que podia determinar qual era ela e satisfazê-la. Em pouco tempo, o bebê pararia de chorar e a casa cairia num estado de sossego delicado. Andras e Klara ficariam juntos, sentados, olhando para o bebê, seu Tamás, admirando as sobrancelhas que eram parecidas com as da mãe, a boca que era parecida com a do pai, o queixo com sua covinha igual à de Elisabet.

Ao longo daqueles dias que pareciam um sonho Andras se deu conta de pouca coisa além do ir e vir das necessidades de Tamás Lévi. A guerra parecia distante e irrelevante, o Munkaszolgálat parecia um sonho ruim. Mas na noite de 7 de dezembro, véspera do dia em que Tamás seria circuncidado, o pai de Andras chegou com a notícia de que os japoneses haviam bombardeado uma base naval americana no Havaí. Pearl Harbor — o nome evocava uma imagem tranquila, um céu cinzento e desbotado acima de uma vastidão de água nacarada. Mas o ataque tinha sido um banho de sangue. Os japoneses haviam destruído ou danificado quatro navios de guerra americanos e quase duzentos aviões, e mataram mais de dois mil e quatrocentos homens, além de ferir mais mil e duzentos. Andras sabia que os Estados Unidos declarariam guerra ao Japão, fechando o arco em redor do mundo. E de fato a declaração veio na manhã seguinte, enquanto Tamás Lévi era circuncidado. Três dias depois, a Alemanha e a Itália declararam guerra aos Estados Unidos e a Hungria declarou guerra aos Aliados.

Enquanto Andras estava parado junto à janela de seu quarto naquela noite, ouvindo uma torrente de vozes que vinha da Bethlen Gábor Tér, viu-se pensando no que a declaração de guerra poderia significar para sua pequenina família e para seus irmãos e seus pais e para Mendel Horovitz. A cidade poderia ser bombardeada. O que já era escasso ficaria ainda mais escasso. Mais tropas seriam convocadas, mais recrutas para o Serviço de Trabalho seriam mobilizados. Ele acabara de dizer para Klara que ficaria em casa para sempre, mas quanto tempo duraria aquele período de liberdade? O KMOF não daria nenhuma importância para o fato de ele estar apenas começando a recuperar sua saúde e seu vigor, perdidos durante os meses que vivera no Munkaszolgálat. Eles o usariam assim como o usaram todo o tempo, como uma mera ferramenta numa guerra cujo propósito era destruí-lo. Mas eles ainda não o haviam apanhado, pensou Andras. Ainda não. Por ora, estava em casa, naquele quarto sossegado com sua esposa e seu filho, que dormiam. Ele podia procurar um trabalho, podia começar a sustentar Klara e o bebê. E podia dar alguma coisa para György Hász, uma pequena parte da larga quantia que ele pagava todos os meses para manter Klara a salvo das mãos das autoridades. Tinha esperança de conseguir aproximar-se do editor de Mendel Horovitz no *Correio da Noite* e falar com ele sobre uma vaga de diagramador ou ilustrador, mas Mendel tinha deixado o jornal quando foi recrutado para o Serviço de Trabalho; sua vaga tinha sido preenchida havia muito tempo, o próprio editor tinha sido demitido e acabou recrutado para o Munkaszolgálat. Desde seu regresso, Mendel batia perna pela rua todos os dias, com seu currículo debaixo do braço. De tarde, podia ser encontrado no Café Europa, na Hunyadi Tér, com uma xícara de café preto na sua frente e um caderno aberto sobre a mesa. Andras iria à Hunyadi Tér no dia seguinte e faria uma proposta para Mendel: os dois podiam se apresentar no escritório de Frigyes Eppler, seu antigo editor na revista *Passado e Futuro*, e pediriam para ser contratados juntos, como escritor e ilustrador. Agora Frigyes Eppler trabalhava no *Jornal Judaico Magiar*. O escritório ficava na Wesselényi Utca, a poucos quarteirões do Café Europa.

Às três horas da tarde seguinte, Andras atravessou as portas do café, com ornamentos de arabescos dourados, para encontrar Mendel na mesa de costume, com o caderno à sua frente. Sentou-se na frente do amigo, pediu uma xícara de café preto e apresentou sua proposta.

Mendel contraiu a boca. "Tem que ser no *Jornal Judaico Magiar*?"

"Qual é o problema com o jornal?"

"Você tem lido ultimamente?"

"Tenho prestado serviços a Tamás e Klara Lévi em horário integral."

"O jornal tem seguido uma rigorosa dieta de baboseiras assimilacionistas. Pelo visto, temos apenas de depositar nossa fé nos aristocratas cristãos do governo e tudo vai correr bem. Temos de continuar a saudar a bandeira e cantar o hino, como se as leis antijudaicas não existissem. Ser magiar primeiro, e depois judeu."

"Bem, estaremos mais seguros se o governo nos considerar magiares primeiro."

"Mas o governo não nos considera magiares! Não preciso dizer isso para você. Afinal, acabou de cumprir seu tempo de serviço no Munkaszolgálat. O governo nos considera simplesmente judeus."

"Pelo menos ele nos considera necessários."

"Por quanto tempo mais?", perguntou Mendel. "Não podemos trabalhar para esse periódico, Parisi. Temos de procurar trabalho num jornaleco de esquerda."

"Não tenho nenhum contato com esse meio. E não tenho tempo a perder. Preciso começar a sustentar meu filho, antes que eu seja recrutado outra vez."

"O que leva você a acreditar que Eppler possa contratar nós dois?"

"Ele reconhece um bom trabalho quando encontra. Depois que ler seus textos, vai querer contratá-lo."

Mendel quase sorriu. "O *Jornal Judaico*!", ele disse. "Você vai me arrastar até lá e conseguir um emprego para mim, não é mesmo?"

"Frigyes Eppler não é nenhum conservador, ou pelo menos não era quando o conheci. *Passado e Futuro* era uma empresa sionista por excelência. Todo número trazia um texto romântico sobre a Palestina e sobre as aventuras da emigração. E talvez você se lembre da matéria de capa da revista de maio de 1936. Dizia respeito a certo recordista em corridas de curta distância que não foi autorizado a integrar a equipe olímpica da Hungria porque era judeu. Foi Eppler quem deu força para a matéria ser publicada. Se ele trabalha hoje no *Jornal Judaico*, deve ser porque quer agitar alguma coisa."

"Ah, pelo amor de Deus", disse Mendel. "Está bem. Vamos falar com o sujeito." Fechou o caderno, pagou a conta e os dois seguiram juntos pela rua, rumo à Wesselényi Utca.

No editorial do *Jornal Judaico*, encontraram Frigyes Eppler envolvido numa disputa de berros com o editor geral dentro de uma salinha envidraçada; através da janela que dava para a sala de reportagem, podia-se ver os dois homens brandindo as mãos no ar numa série de ênfases enquanto discutiam. Desde a última vez em que Andras vira o ex-editor, Eppler ficara totalmente careca e passara a usar óculos de aro. Tinha os ombros arredondados e era corpulento; a bainha da camisa estava quase solta da cintura da calça e sua gravata muitas vezes mostrava o vestígio de um almoço apressado. Parecia que jamais conseguia encontrar o chapéu, as chaves ou o maço de cigarros. Mas, em seu trabalho editorial, não deixava escapar nenhum detalhe. *Passado e Futuro* ganhou prêmios internacionais todos os anos durante o período em que Frigyes Eppler foi seu editor. Seu maior triunfo era a seleção de jovens homens e mulheres que trabalhavam para ele; seus esforços em favor de Andras estavam entre os inúmeros gestos generosos que praticara a fim de promover a carreira de seus escritores, preparadores de originais e artistas gráficos. Não demonstrou a menor surpresa quando Andras recebeu a notícia de que havia uma vaga para ele na École Spéciale. Como dissera na ocasião, seu objetivo sempre foi o de contratar pessoas que iriam deixá-lo para assumir um emprego melhor antes que ele tivesse a chance de demiti-las.

Andras não conseguiu captar o conteúdo da discussão com o editor geral, mas estava bem claro que Eppler estava perdendo. Sua gesticulação ficava mais enérgica, mais larga, seus gritos aumentavam de volume, à medida que a alteração prosseguia; o editor geral, embora exibisse um ar de triunfo, recuou rumo à porta de seu próprio gabinete, como se quisesse escapar dali, assim que sua vitória fosse completa. Por fim a porta se abriu e o editor geral saiu para a sala de reportagem. Gritou uma ordem para sua secretária, atravessou a sala atabalhoadamente e escapuliu pela escada, como se tivesse medo de que Eppler partisse em seu encalço. O derrotado e fumegante Eppler ficou parado sozinho no gabinete vazio, esfregando o topo da cabeça com as duas mãos. Andras acenou para cumprimentá-lo.

"O que foi agora?", disse Eppler, sem olhar para Andras; mas então, ao reconhecê-lo, deu um grito e bateu as mãos espalmadas contra o peito, como se quisesse impedir que o coração caísse. "Lévi!", gritou. "Andras Lévi! Meu Deus, o que é que você está fazendo por aqui?"

"Vim ver você, Eppler-úr."

"Quanto tempo faz, agora? Cem anos? Mil anos? Mas eu conseguiria reconhecer esse rosto em qualquer lugar. No que é que anda desperdiçando seu tempo hoje em dia?"

"Muito pouca coisa", respondeu Andras. "E esse é o problema."

"Bem, espero que não tenham vindo aqui em busca de um emprego. Soltei você no mundo muito tempo atrás. Já não virou arquiteto a esta altura?"

Andras balançou a cabeça. "Acabei de terminar meus dois anos de serviço no Munkaszolgálat. Este sujeito alto aqui é um amigo de infância e um companheiro de trabalho nas minas, Mendel Horovitz."

Mendel acenou de leve com a cabeça e tocou o chapéu num gesto de saudação. Frigyes Eppler observou-o de cima abaixo. "Horovitz", falou. "Vi sua foto em algum lugar."

"Mendel foi o recordista húngaro nos cem metros rasos", disse Andras.

"Isso mesmo! Não houve um escândalo com você alguns anos atrás?"

"Escândalo?" Mendel exibiu seu sorriso zombeteiro. "Espero que não."

"Não deixaram que ele integrasse a equipe olímpica em 1936", disse Andras. "Saiu uma matéria sobre o caso em *Passado e Futuro*. Você mesmo a preparou."

"É claro! Como sou tolo! Você é aquele Horovitz. O que tem feito da vida, de lá para cá?"

"Eu me meti no jornalismo, infelizmente."

"Puxa, entre tanta coisa ridícula foi escolher logo essa! Quer dizer que também veio aqui suplicar, não é?"

"Parisi e eu trabalhamos em equipe."

"Você se refere ao Lévi? Ah, chama Lévi de Parisi por causa daquela temporada na École Spéciale. Eu fui o responsável por aquilo, sabia? Não que ele tenha me dado o devido crédito, nada disso. Acha que foi tudo por causa do talento dele e mais nada."

"Bem, até que ele não é um desenhista tão ruim assim. Eu o contratei para o jornal que editava."

"E que jornal era esse?"

De sua mochila, Mendel retirou alguns exemplares amarrotados de *A Mosca Picadora*. "Este é o jornal que fizemos no campo de Bánhida. Não é tão engraçado quanto o que fizemos quando estávamos na Transcarpátia e na Transilvânia, mas aquele causou nossa expulsão da companhia. Obrigaram-nos a engolir nossas palavras, literalmente. Vinte páginas cada um."

Pela primeira vez a expressão de Frigyes Eppler ficou séria; fitou cuidadosamente Andras e Mendel e em seguida sentou-se diante da escrivaninha de seu editor geral para folhear os exemplares de *A Mosca Picadora*. Depois de ficar lendo algum tempo em silêncio, lançou um olhar para Mendel e deu uma risadinha baixa. "Identifico seu trabalho", ele disse. "Era você que andava escrevendo aquela coluna social no *Correio da Noite*. Um instrumento político inteligente sob o disfarce de um excêntrico inútil, o mais inútil dos inúteis. Mas você era um bocado contundente, não era?"

Mendel sorriu. "Em meus piores momentos."

"Diga uma coisa", falou Eppler em voz baixa. "O que exatamente estão fazendo aqui? Este periódico não representa a vertente dominante do pensamento moderno, sabiam?"

"Com todo o respeito, senhor, podemos lhe fazer a mesma pergunta", disse Mendel.

Eppler massageou a cúpula amarelada de sua cabeça. "Um homem nem sempre se encontra no lugar onde gostaria de estar", falou. "Trabalhei no *Pesti Napló* por um tempo, mas eles deixaram alguns de nós irem embora. Vocês entendem o que quero dizer." Deu uma risada triste que era um meio chiado; ele era um fumante inveterado. "Pelo menos escapei do Munkaszolgálat. Tive sorte de não ser enviado para o front oriental e de não fazerem de mim um exemplo. De todo modo, para simplificar as coisas, tive de manter o corpo e a alma unidos — um antigo hábito, podemos dizer assim —, e aí surgiu uma vaga aqui e eu assumi. Melhor do que ficar cantando na calçada para ganhar o pão de cada dia."

"É o que nós dois vamos acabar fazendo daqui a pouco tempo", disse Mendel. "A menos que encontremos algum trabalho."

"Bem, não posso dizer que recomendo este lugar", disse Eppler. "Como devem ter percebido, nem sempre concordo com o resto da equipe editorial. Eu deveria ser o chefe, mas, como acabaram de presenciar, muitas vezes é o editor geral que acaba me editando."

"Talvez você pudesse usar alguém para tomar seu partido", disse Andras.

"Se eu contratasse você, Lévi, não seria para tomar partido nenhum. Seria para fazer um trabalho, como no tempo em que você tinha acabado de terminar o *gimnázium*."

"De lá para cá, aprendi algumas coisinhas."

"Aposto que aprendeu mesmo. E esse seu amigo parece um sujeito interessante. Horovitz, não posso dizer que contrataria você com base em seu trabalho em A *Mosca Picadora*, mas a verdade é que, por um tempo, li todos os dias sua coluna."

"Fico lisonjeado."

"Não fique. Acontece que leio todos os jornalecos desta cidade. Considero que faz parte de meu trabalho."

"Acha que pode conseguir alguma coisa para nós?", perguntou Mendel. "Detesto ser tão direto, mas alguém tem de ser. Lévi tem um filho para cuidar."

"Um filho! Meu Deus. Se você tem um filho, Lévi, eu já sou um homem velho." Deu um suspiro e ajeitou a calça na cintura. "Que diabo, rapazes. Se querem tanto trabalhar, venham trabalhar aqui. Vou cavar alguma coisa para vocês."

Naquela noite, Andras se viu na mesa da cozinha, em casa, sentado em companhia de sua mãe e do bebê, enquanto Klara dormia no sofá da sala. A mãe de Andras tirou um alfinete da camisola que estava costurando e enfiou na almofadinha cinzenta de veludo, a mesma que usara até onde a memória de Andras podia alcançar. Tinha trazido sua antiga caixinha de costura para Budapeste e Andras ficou surpreso ao ver que sua memória conservava uma lembrança abrangente do seu conteúdo; a fita métrica desbotada, a latinha azul e redonda que continha uma salada de botões, a tesoura de cabo preto com lâminas reluzentes, uma carretilha, carretéis e mais carretéis de seda e algodão de várias cores. Seus chuleados eram tão precisos e bem unidos como os que margeavam os colarinhos de Andras quando menino. Quando terminou da fazer a bainha, ela deu um nó na linha e cortou-a com os dentes.

"Quando era pequeno, você gostava de ficar olhando para mim enquanto eu costurava", disse.

"Eu lembro. Parecia mágica."

Ela ergueu a sobrancelha. "Se fosse mágica, ficaria pronto mais depressa."

"A velocidade é inimiga da precisão", disse Andras. "É o que meu professor de desenho em Paris nos dizia."

Sua mãe deu um nó na ponta da linha e ergueu os olhos para Andras de novo. "Faz muito tempo que você largou a faculdade, não é?", perguntou.

"Uma eternidade."

"Vai voltar a estudar quando tudo isso tiver terminado."

"Sim, é o que Apa diz também. Mas eu não sei o que vai acontecer. Agora tenho esposa e filho."

"Bem, esse emprego já é uma boa notícia", disse a mãe. "Você teve uma ideia muito boa quando pensou no Eppler."

"Sim, é uma boa notícia", concordou Andras, mas ele não tinha uma sensação tão agradável quanto achava que deveria ter com uma boa notícia. Embora se sentisse aliviado por saber que tinha um meio de ganhar dinheiro, a ideia de voltar a trabalhar para Eppler parecia apagar completamente o tempo que vivera em Paris. Andras sabia que aquilo não fazia nenhum sentido; tinha conhecido Klara em Paris, afinal, e ali na mesa na sua frente, adormecido num cesto de palha, estava Tamás Lévi, a prova milagrosa de sua vida em comum com ela. Mas chegar ao trabalho na manhã seguinte e receber as tarefas designadas por Eppler era o mesmo que havia feito aos dezenove ou vinte anos de idade. Aquilo parecia negar a possibilidade de que Andras algum dia completaria sua formação, dava a impressão de que ele jamais trabalharia naquilo que tanto almejava. Tudo no mundo agia contra sua volta para a faculdade. A França na qual ele fora estudante universitário não existia mais. Seus amigos tinham se dispersado. Seus professores tinham fugido. Nenhuma faculdade na Hungria abriria as portas para ele. A guerra se agravava a cada dia. Agora a vida deles estava em perigo. Andras desconfiava que não faltava muito para Budapeste ser bombardeada.

"Não me olhe desse jeito sombrio", falou a mãe. "Não sou responsável pela situação. Sou só sua mãe."

O bebê começou a se mexer dentro do cesto. Virava a cabeça para um lado e para o outro de encontro ao cobertor; contraiu o rosto na forma de um asterisco cor-de-rosa e soltou um grito. Andras debruçou-se sobre o cesto e ergueu-o junto ao peito.

"Vou dar uma volta com ele pelo pátio", falou.

"Não pode levar a criança para fora", disse a mãe. "Vai pegar um resfriado e morrer."

"Não vou deixar que ele acorde Klara. Ela não dorme direito há semanas."

"Bem, então pelo amor de Deus ponha um cobertor por cima dele. E também ponha um casaco nos seus ombros. Olhe, assim, segure o bebê deste jeito, e deixe-me pôr a touca nele. Mantenha o cobertor por cima da cabeça dele para que fique bem aquecido."

Andras deixou sua mãe envolver ambos para protegê-los do frio. "Não fique muito tempo do lado de fora", ela disse, dando palmadinhas nas costas do bebê. "Ele vai pegar no sono depois que você andar por um ou dois minutos."

Foi um alívio sair do calor do apartamento fechado. A noite estava clara e fria, com uma fatia de lua gelada suspensa no céu por um fio invisível. Para além da névoa das luzes da cidade, Andras conseguiu distinguir os pálidos cristais de gelo das estrelas. O bebê estava todo encolhido e sossegado junto a seu corpo. Andras podia sentir os rápidos movimentos do peito da criança, que subia e baixava junto ao seu peito. Andras caminhou em redor do pátio e cantarolou uma cantiga de ninar, rodeando o chafariz onde ele e Klara tinham visto uma garotinha morena que deslizava a mão na água. Agora a bacia de pedra estava cristalizada de gelo. A luz de segurança do pátio iluminava o fundo da água e Andras debruçou-se para ver se conseguia enxergar as faíscas ardentes dos peixes dourados embaixo da superfície. Lá, por baixo da camada de gelo, a vida cintilante dos peixes prosseguia. Ele queria saber como os peixes conseguiam, como resistiam à desaceleração das batidas de seu coração, ao resfriamento de seu sangue, através da longa escuridão do inverno.

Andras teve a impressão de que havia alguma coisa fora do mundo nos anúncios publicados no *Jornal Judaico Magiar*. Como assistente de diagramação, era seu trabalho organizar aquelas caixas primorosamente ilustradas nas margens que flanqueavam as matérias; dentro dos retângulos cercados por uma linha que retratavam roupas, sapatos, sabonetes, perfumes e chapéus de senhoras, a guerra parecia não existir. Era impossível reconciliar um anúncio de sapatos de noite feitos de couro com a ideia de que Mátyás passava o inverno ao ar livre na Ucrânia, talvez sem um bom par de botas e até sem um adequado conjunto de trapos para enrolar os pés. Era impossível ler o anúncio de um farmacêutico com uma lista dos méritos de sua joelheira corretora patenteada sem depois pensar em Tibor, que tinha de corrigir a fratura múltipla de um recruta do Serviço de Trabalho com um pedaço de madeira arrancado do piso do alojamento. Os sinais da guerra — a falta de meias de seda, a escassez de produtos de metal, o desaparecimento das mercadorias americanas e inglesas — eram mais negações que acréscimos; os espaços vazios onde deveriam ficar os anúncios daqueles produtos tinham sido ocupados por outras imagens, outras distrações. A loja de artigos esportivos na Szerb Utca era a única cujo anúncio fazia alguma referência à guerra, embora de forma indireta; proclamava as qualidades de um produto chamado Equipamento do Excursionista, uma mochila que continha tudo o que era necessário para uma temporada no Munkaszolgálat: um copo retrátil, um jogo de talheres, uma marmita de metal, um cantil com isolamento térmico, um grosso cobertor de lã, botas resistentes, uma faca de acampamento, uma capa impermeável, um lampião a gás, um estojo de primeiros socorros. O anúncio não se referia de fato ao Munkaszolgálat, mas o que mais os habitantes de Budapeste estariam fazendo ao ar livre, numa excursão, em pleno mês de janeiro?

Quanto às matérias que ocupavam o espaço entre os anúncios, Andras não podia deixar de ficar boquiaberto diante do otimismo míope e inflexível que via ali refletido. Aquele periódico deveria ser o porta-voz da comunidade judaica; como podia proclamar no editorial que o judeu húngaro estava *unido à nação magiar no idioma, no espírito, na cultura e no sentimento*, quando o judeu húngaro na verdade estava sendo enviado para a linha de batalha a fim de remover minas para que o Exército pudesse avançar e dar seu apoio às tropas de seus aliados nazistas? Mendel tinha razão acerca do conteúdo do periódico. Se o jornal divulgava notícias, fazia isso com o único e aparente propósito de evitar que os judeus húngaros entrassem em pânico. Na segunda semana de Andras no jornal, noticiou-se com grande satisfação que o marechal Horthy havia demitido o mais intransigente partidário dos alemães que integrava sua equipe de governo; ali estava uma prova concreta da solidariedade do líder húngaro com o povo judeu.

Mas o *Jornal* não era o único periódico na cidade e as publicações independentes de esquerda traziam notícias que refletiam o mundo que Andras tinha vislumbrado em seu tempo no Serviço de Trabalho. Havia matérias sobre um massacre cometido em Kamenets-Podolsk pouco depois da entrada da Hungria na guerra contra a União Soviética; um jornal publicou uma entrevista anônima com um membro do pelotão de sapadores, um homem que estivera presente no massacre e fora consumido pela culpa desde seu regresso. Depois que o Escritório Central Húngaro de Controle de Estrangeiros recolheu os judeus de cidadania suspeita, relatou o homem, eles foram entregues às autoridades alemãs na Galícia, levados de caminhão para Kolomyya e depois marcharam dezesseis quilômetros para uma fileira de crateras abertas pela explosão de bombas perto de Kamenets-Podolsk, sob a guarda de unidades da SS com o apoio do pelotão de sapadores húngaros. Lá todos eles foram fuzilados e mortos, juntamente com a população judaica original de Kamenets-Podolsk — vinte e três mil judeus ao todo. A ideia era livrar a Hungria de judeus estrangeiros, mas muitos dos judeus mortos eram húngaros que não conseguiram apresentar seus documentos de cidadania com a rapidez necessária. Parece que era aquilo o que perturbava o húngaro que deu a entrevista: ele havia matado a sangue-frio seus próprios compatriotas. Assim parecia que os húngaros sentiam de fato certa solidariedade em relação a seus irmãos judeus, embora naquele caso a solidariedade não tivesse chegado ao ponto de impedir que o soldado puxasse o gatilho.

Então, na última semana de fevereiro, houve uma reportagem publicada no *Voz do Povo* sobre um outro massacre de judeus, dessa vez em Délvidék, a faixa da Iugoslávia que Hitler tinha devolvido à Hungria dez meses antes. Certo general Feketehalmy-Czeydner, dizia o jornal, ordenara a execução de milhares de judeus sob o pretexto de que estava perseguindo partidários de Tito. Refugiados da região começaram a retornar para Budapeste, com histórias medonhas dos massacres — pessoas foram arrastadas para as praias do rio Danúbio, despidas no frio, dispostas em fileiras de quatro num trampolim sobre um buraco aberto por um tiro de canhão na superfície gelada do rio e ali foram metralhadas para caírem mortas dentro da água. Andras chegou cedo certa manhã no *Jornal Judaico Magiar* e encontrou seu patrão sentado no meio da sala de reportagem num emudecido paroxismo de horror, um exemplar de *Voz do Povo* aberto na escrivaninha à sua frente. Entregou-o para Andras e recolheu-se ao seu escritório sem dizer nenhuma palavra. Quando o editor geral chegou, ocorreu mais uma discussão por trás dos vidros do gabinete, mas não saiu nenhuma palavra sobre o massacre no *Jornal Judaico*.

Mais tarde, na mesma semana, Ilana Lévi foi ao hospital Gróf Apponyi Albert e deu à luz um menino. Uma carta de Tibor havia chegado apenas três dias antes: ele esperava ser dispensado de sua companhia de Serviço de Trabalho na noite de quarta-feira e não perdera a esperança de estar em casa a tempo de acompanhar o nascimento de seu filho. Mas o parto acontecera sem nenhum sinal da chegada de Tibor. Na primeira noite de Ilana em casa, ao voltar do hospital, Andras e Klara levaram-lhe seu jantar do sabá. Embora ainda estivesse exausta por causa da perda de sangue, ela fez questão de pôr a mesa; lá estavam os castiçais que havia ganhado de presente de Béla e de Flóra, e os pratos de Florença que sua mãe lhe dera para levar para a Hungria. Ilana e Klara acenderam as velas, Andras abençoou o vinho e todos se sentaram para comer, enquanto os bebês dormiam em seus braços. Na sala havia uma tranquilidade profunda e penetrante que parecia emanar da própria arquitetura. O apartamento ficava no térreo, três cômodos estreitos que se tornavam ainda menores por causa das grossas vigas de madeira que os escoravam. As portas duplas da sala de jantar davam para o pátio do prédio, onde um mecânico de bicicleta havia cultivado um ferro-velho de quadros e guidãos enferrujados, montes de raios de rodas emaranhados e de correntes petrificadas. Aquela coleção, polvilhada de neve, parecia a Andras um campo de batalha coalhado de cadáveres. Ele se viu olhando fixamente para aquilo enquanto a luz lá fora se tornava mais azul e mais mortiça, e seus olhos se moviam em meio às sombras. Foi ele que viu a figura através do vidro embaçado: uma forma estreita e escura abrindo caminho devagar no meio das bicicletas, como um fantasma que volta para procurar seus companheiros tombados. De início, Andras pensou que não era nada mais do que a imagem congelada de seus próprios temores; depois, quando assumiu uma feição familiar, achou que era apenas uma manifestação de seu desejo. Ele hesitou em chamar a atenção de Ilana, porque de início pensou que estava apenas imaginando aquilo. Mas a figura se aproximou da janela e olhou fixamente para a cena no interior da cozinha — Andras na cabeceira da mesa com Klara a seu lado, um bebê junto ao seio dela; Ilana de costas para a janela, o braço envolvendo algo enrolado num cobertor. A mão do fantasma subiu ligeiro para a boca e suas pernas se dobraram. Era Tibor, de volta para casa, vindo de sua companhia no Serviço de Trabalho. Andras empurrou sua cadeira para trás, afastou-a da mesa e correu para a porta. Num instante estava no pátio com seu irmão, os dois sentados na neve no meio dos detritos formados por pedaços de bicicletas desmanteladas, e em seguida as mulheres estavam junto deles, e Tibor segurou nos braços seu filho e sua esposa.

Tibor. Tibor.

Gritaram seu nome num frenesi de insistência, como se tentassem convencer a si mesmos de que ele era real, e levaram-no para dentro de casa. Tibor estava com uma palidez mortal na luz mortiça da sala. Seus pequenos óculos de aro prateado não existiam mais, os ossos de seu rosto eram um andaime anguloso por baixo da pele. Seu casaco estava em farrapos, sua calça estava enrijecida pelo gelo e por sangue seco, as botas eram uma calamidade de couro estraçalhado. Seu quepe militar tinha sumido. Em seu lugar, Tibor usava um gorro de motociclista tricotado com lã, do qual um dos protetores de orelha tinha sido rasgado e arrancado. A orelha exposta estava roxa de frio. Tibor puxou o gorro da cabeça e deixou-o cair no chão. Seu cabelo parecia ter sido cortado até o escalpo algumas semanas antes, com uma tesoura cega. Tinha o cheiro do Munkaszolgálat, o fedor de homens que viviam juntos, sem água, sem sabão e sem pó para escovar os dentes. Aquele cheiro se misturava com o odor sulfúrico de fumaça e de linhito e com o fedor de excrementos e serragem dos vagões de carga dos trens.

"Deixe-me ver meu menino", ele disse, a voz quase um sussurro, como se não falasse havia vários dias.

Ilana entregou-lhe o bebê enrolado em cobertores brancos. Tibor colocou-o deitado no sofá e ajoelhou-se a seu lado. Retirou o cobertor, a touca que recobria o cabelo fino e escuro do menino, a camisa de manga comprida, as calças curtas, as meias, a fralda; durante toda aquela operação, o bebê ficou em silêncio e de olhos muito abertos, as mãos com os dedos fechados. Tibor tocou no vestígio do cordão umbilical do menino. Segurou os pés da criança, suas mãos. Encostou o rosto na dobrinha do pescoço do bebê. O nome do menino era Ádám. Foi o que Ilana e Tibor resolveram nas cartas que trocaram. Tibor pronunciou aquele nome como se tentasse articular a ideia daquele bebê com a criança nua e concreta deitada no sofá. Em seguida lançou um olhar para Ilana.

"Ilana", ele disse. "Desculpe-me. Eu queria muito ter chegado a tempo."

"Não", ela disse, curvando-se para Tibor. "Por favor, não chore."

Mas ele estava chorando. Não havia nada que ninguém pudesse fazer para impedi-lo. Tibor chorou e todos ficaram sentados no chão da sala com ele, como se estivessem de luto. Mas não estavam, não naquele momento; estavam juntos, os seis, no que ainda era uma cidade sem guetos, sem incêndios, sem bombardeios. Ficaram sentados no chão juntos até Tibor parar de chorar, até ele conseguir respirar direito, a plenos pulmões. Respirava fundo e com um som rouco, até por fim inspirar lenta e prolongadamente pelo nariz.

"Ah, meu Deus", ele disse, com um olhar horrorizado para Andras. "Estou cheirando mal. Deixe-me tirar estas roupas." Começou a puxar pela gola seu casaco esfarrapado. "Eu não devia ter tocado no bebê antes de me lavar. Estou imundo!" Levantou-se do chão e foi para a cozinha, deixando atrás de si um rastro de roupas endurecidas. Ouviram o estalo de uma tina de lavar roupa jogada nos ladrilhos da cozinha e o rumor de água na pia.

"Vou ajudá-lo", disse Ilana. "Podem tomar conta do bebê?"

"Dê-me a criança", disse Klara, e entregou Tamás para Andras. Andras, Klara e os dois bebês sentaram-se juntos no sofá, enquanto Ilana esquentava a água para o banho de Tibor. Nesse meio-tempo, Tibor jantou com sua camiseta de baixo esfarrapada e com a calça do Munkaszolgálat. Em seguida Ilana despiu-o e lavou-o dos pés à cabeça com um sabonete novo. Um cheiro de amêndoas vinha da cozinha. Quando aquilo chegou ao fim, ela vestiu o marido com um pijama de flanela e ele seguiu para o quarto, como se caminhasse num sonho. Andras seguiu-o até a cama e sentou-se a seu lado, com Tamás nos braços. Klara ia logo atrás, segurando o filho de Tibor. Ilana pôs um par de tijolos aquecidos e envoltos em toalhas na cama, perto dos pés de Tibor, e puxou o edredom até o queixo dele. Todos ficaram sentados ali, ainda tentando acreditar que Tibor tinha voltado.

Mas ele, ou uma parte de Tibor, ainda não tinha voltado; quando pegava no sono, emitiu um som assustado, como se uma pedra tivesse caído sobre seu peito e tirado seu fôlego. Encarou todos eles, com os olhos arregalados, e disse: "Desculpe". Seus olhos fecharam de novo e ele emitiu aquele som assustado — *Hum!* — e acordou com um tranco. "Desculpe", falou de novo, e quase dormiu, e acordou. Pediu desculpa. Suas pálpebras fecharam; respirou fundo; emitiu seu som e acordou com um tranco, acossado por alguma coisa que o aguardava do outro lado da consciência. Ficaram a seu lado durante uma hora inteira, até que afinal ele adormeceu profundamente.

A cafeteria predileta de Tibor, a Jókai, tinha dado lugar a uma barbearia com seis cadeiras novas e reluzentes e dois barbeiros bigodudos. Naquela manhã, os barbeiros exercitavam sua arte nas cabeças de dois rapazes de uniforme militar. Eles pareciam mal ter saído do colégio e terminado o ensino médio. Tinham queixos proeminentes e sobrancelhas pontudas idênticos; os pés de ambos, nos descansos para as pernas presos às cadeiras de barbeiro, eram virados para dentro da mesma maneira. Deviam ser irmãos, talvez até gêmeos. Andras olhou para Tibor, cuja fisionomia parecia perguntar o que aqueles dois irmãos pretendiam ao procurar os serviços dos dois barbeiros que, com sua navalha, haviam raspado da rua até a raiz, e com tamanho esmero, a cafeteria Jókai Káveház e posto em seu lugar aquela loja estéril, feita de ladrilhos brancos e pretos. Não fazia o menor sentido Andras e Tibor entrarem ali para fazer a barba. A barbearia Jókai era uma traidora.

Em vez disso, voltaram pela Andrassy Út até o Café dos Artistas, um bar da belle époque com mesas de ferro forjado, luminárias com quebra-luz de cor âmbar e uma vitrine de vidro repleta de bolos. Andras fez questão de pedir uma fatia de *sachertorte*, contra as objeções de Tibor — era caro demais, gorduroso demais, e ele não conseguiria comer mais do que um pedacinho.

"Você precisa de algo mais pesado", disse Andras. "Alguma coisa feita com manteiga."

Tibor conseguiu dar um sorriso apagado. "Você está parecendo a mamãe."

"Se é assim, você devia me obedecer."

Aquele sorriso de novo — uma versão pálida, com ar de coisa conservada, do antigo sorriso de Tibor, como algo guardado atrás de um vidro num museu. Quando a torta chegou, Tibor cortou um pedaço com o garfo e deixou-o no canto do prato.

"A esta altura, você já deve ter ouvido as notícias sobre Délvidék", falou.

Andras mexeu seu café e tirou a colher. "Vi uma reportagem e ouvi uns boatos medonhos."

Tibor concordou com a cabeça, num gesto quase imperceptível. "Eu estava lá", ele disse.

Andras levantou os olhos e fitou os do irmão. Era desconcertante ver Tibor sem seus óculos, que em geral refratavam os olhos invulgarmente grandes e os equilibravam com as demais características do rosto. Sem óculos, ele parecia inexperiente e vulnerável. A dieta de repolho, pão preto e café tinha reduzido Tibor a seu estado elementar; ele era apenas uma essência, uma redução, o ingrediente indispensável que podia ser recombinado com a vida comum a fim de produzir o Tibor que Andras conhecia. Andras não tinha certeza de que queria ouvir o que havia acontecido com o irmão em Délvidék. Preferiu curvar-se para seu café em vez de fitá-lo nos olhos.

"Eu estive lá um mês e meio atrás", começou Tibor, e contou a história. Tinha acontecido no final de janeiro. Sua companhia do Munkaszolgálat fora associada ao Quinto Exército; eles trabalharam como escravos para uma companhia de infantaria em Szeged, construindo pontes em plataformas flutuantes no rio Tisza para que a companhia pudesse avançar e transportar seu equipamento para o outro lado do rio. Certa manhã, o sargento chamou-os para que largassem aquele trabalho e lhes disse que eram necessários para um projeto de escavação de valas. Foram transportados de caminhão para uma cidade chamada Mošorin, postos para marchar em fileiras até um campo onde receberam ordem de escavar uma trincheira. "Lembro bem as dimensões", disse Tibor. "Vinte metros de comprimento, dois e meio de largura, dois de profundidade. Tivemos de cavar ao cair da noite."

Na mesa ao lado deles, uma jovem sentada com duas filhas pequenas dirigiu a Tibor um olhar demorado e depois desviou os olhos. Ele tocou o arabesco que enfeitava a ponta de seu garfo e prosseguiu com a voz um pouco mais baixa.

"Escavamos a trincheira", ele disse. "Pensávamos que era para uma batalha. Depois que escureceu, conduziram um grupo de pessoas para o campo. Homens e mulheres. Cento e vinte e três pessoas. Estávamos sentados nas beiradas da trincheira tomando nossa sopa."

A jovem virou-se ligeiramente em sua cadeira. Talvez tivesse uns trinta anos de idade; os dois notaram que ela usava uma estrela de davi de prata pendurada numa correntinha no pescoço. Ela ergueu os olhos para as filhas, que dividiam uma xícara de chocolate quente e davam cabo das últimas migalhas de uma fatia de strudel com sementes de papoula.

Quando Tibor voltou a falar, sua voz era pouco mais do que um sussurro. "Havia crianças também", disse. "Adolescentes. Alguns não podiam ter mais de doze ou treze anos."

"Zsuzsi, Anni", disse a mulher. "Por que não vão escolher mais uns docinhos para levar para sua avó?"

"Ainda não terminei o chocolate", disse a menor.

"Tibor", falou Andras, pondo a mão sobre o braço do irmão. "Conte-me mais tarde."

"Não", disse a mulher em voz baixa, fitando Andras nos olhos. "Está tudo bem." Para as meninas, falou: "Vão indo, vou logo depois". A menina mais velha vestiu o casaco e ajudou a menor a virar as mangas do avesso para o direito. Em seguida foram as duas para o balcão dos doces e ficaram olhando para o mostruário, com os dedos encostados no vidro. A mulher cruzou as mãos no colo e olhou para baixo, para a xícara vazia.

"Puseram aquelas pessoas em fila na frente da vala", disse Tibor. "Húngaros. Judeus, todos eles. Fizeram com que ficassem nus e parados no frio durante meia hora. E aí fuzilaram todos", disse Tibor. "Até as crianças. Depois tivemos de sepultá-los. Alguns nem estavam mortos ainda. Os soldados ficavam com as armas apontadas para nós enquanto trabalhávamos."

Andras lançou um olhar para a mulher, que havia coberto a boca com a mão. No balcão dos doces mais adiante, suas duas filhas pequenas discutiam sobre os méritos dos doces e bolos.

"O que vai impedir que façam isso conosco?", disse Tibor. "Não estamos a salvo aqui. Você compreende?"

"Compreendo", disse Andras. É claro que não estavam a salvo. Não se passava um minuto sem que ele pensasse no assunto. E o perigo era mais profundo do que Tibor imaginava: Andras ainda não lhe contara sobre a situação de Klara e do Ministério da Justiça.

"A ameaça está aqui, dentro do país", disse Tibor. "Mentimos para nós mesmos se achamos que estaremos bem enquanto Horthy conseguir conter uma ocupação alemã. E a Cruz Flechada? E a tradicional intolerância húngara?"

"O que sugere que façamos?", perguntou Andras.

"Deixe-me dizer uma coisa para você", falou Tibor. "Quero deixar o continente. Quero pegar minha esposa e meu filho e levá-los embora. Se ficarmos na Europa, vamos morrer."

"E como é que vamos poder sair? As fronteiras estão fechadas. É impossível obter documentos para viajar. Ninguém vai nos deixar entrar. Além do mais, há os bebês. Já é bastante ruim imaginar fazer isso sozinhos, quanto mais com eles." Olhou por cima do ombro; até falar daquelas coisas em público lhe parecia perigoso. "Agora não podemos ir embora", disse. "É impossível."

A mulher na mesa ao lado lançou um olhar para Andras e para Tibor, seus olhos castanhos passavam de um para o outro. No balcão, as duas meninas tinham feito sua seleção; a mais velha se virou e chamou a mãe. Ela se levantou, vestiu o casaco e pôs o chapéu na cabeça. Enquanto se esgueirava pelo estreito espaço entre as mesas, deu um ligeiro aceno de cabeça para Andras e Tibor. Só depois que ela e as meninas tinham desaparecido atrás das portas de vidros biselados do café, Andras percebeu que ela havia deixado seu lenço na mesa. Era um lenço de linho fino com as beiradas rendadas e a letra B bordada. Andras levantou o lenço que revelou um pedacinho de papel dobrado, o canhoto de uma passagem de bonde, no qual havia algo rabiscado a lápis: *K talvez possa ajudar vocês.* E um endereço em Angyaföld, perto do ponto final da linha de bonde.

"Olhe só isto", disse Andras, e entregou o canhoto da passagem de bonde para seu irmão.

Sem óculos, Tibor estreitou as pálpebras para enxergar as letras miúdas da mulher. "K talvez possa ajudar vocês", ele disse. "Quem é K?"

Eles seguiram de bonde pelos quarteirões de prédios do centro de Peste, saíram para o subúrbio industrial onde fábricas têxteis e motores de máquinas exalavam uma fumaça cinzenta no céu verde-azulado. Caminhões com suprimento militar passavam pelas ruas com estrondo, suas plataformas atulhadas de canos de aço e vigas de ferro, calhas de concreto, tijolos de cimento e gigantescas parábolas de ferro, semelhantes às costelas de um Leviatã. Desembarcaram do bonde no ponto final e passaram por um antigo manicômio e por uma fábrica de lavagem de lã e por três blocos de prédios de apartamentos em péssimo estado, tomaram uma ruazinha transversal chamada Frangepán Köz, onde uma porção de chalés parecia ter sobrevivido desde os tempos em que Angyalföld era uma região de pastos e vinhedos; de trás das casas, vinha o barulho e o cheiro de cabras. O número 18 era um chalé de toras de madeira e argamassa com um telhado muito inclinado, feito com telhas de madeira e com as venezianas descascadas. As esquadrias das janelas estavam descamadas, a porta estava gasta e lascada nas beiradas. Restos de hera do inverno desenhavam um mapa ininteligível na frente da casa. Quando Andras e Tibor atravessavam o jardim, um portão alto no lado da casa se abriu para deixar sair uma carrocinha verde puxada por dois bodes brancos e fortes, com chifres recurvados. A carrocinha estava carregada com latas de leite e caixotes de queijo. No portão, havia uma mulher de pé, com uma varinha de aveleira na mão, que usava como um chicote. Estava de saia bordada e botas de camponesa, e seus olhos fundos eram duros e reluzentes como pedras polidas. Dirigiu para Andras um olhar tão penetrante que pareceu tocar o fundo de seu crânio.

"Mora alguém aqui com o nome começado pela letra K?", perguntou Andras.

"Iniciado pela letra K?" Ela devia ter oitenta anos, mas estava ereta contra o vento. "Por que querem saber?"

Andras olhou para o pedacinho do bilhete de bonde em que a mulher na cafeteria havia rabiscado aquele endereço. "Aqui é o número dezoito da Frangepán Köz, não é?"

"E o que vocês querem com K?"

"Uma amiga me mandou vir aqui."

"Que amiga?"

"Uma mulher com duas filhas pequenas."

"Vocês são judeus", disse a velha; era uma observação, não uma pergunta. E algo se alterou nas feições dela na hora em que falou aquilo, uma suavização dos traços em redor dos olhos, um relaxamento quase imperceptível nos ombros.

"Isso mesmo", respondeu Andras. "Somos judeus."

"E são irmãos. Ele é mais velho." Apontou o chicotinho para Tibor.

Os dois fizeram que sim com a cabeça.

A mulher baixou o chicote e examinou Tibor como se tentasse enxergar por baixo de sua pele. "Você acabou de voltar do Munkaszolgálat", ela disse.

"Sim."

Ela enfiou a mão num cesto para pegar um queijo redondo embrulhado em papel e apertou-o na mão de Tibor. Quando ele protestou, deu-lhe outro queijo.

"K é meu neto", ela disse. "Miklós Klein. É um bom garoto, mas não é mágico. Não posso prometer que consiga ajudar vocês. Mas conversem com ele, se quiserem. Vão até aquela porta. Meu marido vai deixar vocês entrarem." Ela fechou e trancou o portão do pátio depois de passar. Em seguida tocou as costas dos bodes castrados com seu chicote de ramo de aveleira; eles menearam as cabeças brancas e puxaram a carroça para a rua.

Assim que ela se foi, um bando de cabras e bodes foram até o portão e ficaram balindo para Andras e Tibor. As cabras pareciam estar esperando algum tipo de presente. Andras lhes mostrou os bolsos vazios, mas nem assim elas recuaram. Queriam dar cabeçadas nas mãos dos irmãos. Os filhotes queriam farejar seus pés. Na outra ponta do pátio, um estábulo tinha sido transformado num abrigo de cabras, protegido do vento e com feno fresco empilhado. Quatro cabras adultas se alimentavam numa tina de lata, com seu pelo espesso e lustroso.

"É um lugar bom para um bode viver", disse Andras. "Mesmo no meio do inverno."

"É um lugar melhor para um bode viver do que para os homens", disse Tibor, olhando de relance para as chaminés das fábricas ao longe.

Mas Andras pensou que não acharia ruim se, um dia, fosse morar longe da cidade. De preferência, não à sombra de uma fábrica de tecidos, mas talvez num lugar onde pudessem ter uma casa, um terreno grande o suficiente para cabras, galinhas e algumas árvores frutíferas. Ele queria voltar ali com seu caderno e seu material de desenho e estudar a construção daquele chalé, o desenho daquele terreno. Era a primeira vez em meses que sentia o desejo de fazer um desenho arquitetônico. Enquanto caminhava acompanhando o irmão, Andras experimentava uma estranha sensação no peito, um sentimento de ascensão, como se seus pulmões estivessem cheios de fermento.

Quando Tibor bateu na porta, um pó amarelo de tinta caiu, como se fosse pólen. Soaram passos arrastados no lado de dentro; a porta abriu para revelar um homem seco e miúdo, com dois tufos de cabelo grisalho levantados. Estava de camiseta branca e roupão de lã carmim desbotada. De trás dele vinha uma melodia arranhada de Bartók e o cheiro de panquecas.

"Senhor Klein?", perguntou Tibor.

"O próprio."

"Miklós Klein mora aqui?"

"Quem quer saber?"

"Tibor e Andras Lévi. Disseram-nos para vir falar com ele. Sua esposa disse que ele estava em casa."

O homem abriu mais a porta e acenou para que os dois entrassem num cômodo pequeno e muito claro, com chão de concreto pintado de vermelho. Sobre uma mesa perto da janela, os restos de um café da manhã ao lado de um jornal dobrado e amarrotado. "Esperem aqui", disse o Klein mais velho. Foi até o fim de um corredor curto, decorado com retratos de homens e mulheres em trajes antigos, os homens em uniformes militares, as mulheres em vestidos apertados na cintura, como se usava no século XIX. Uma porta foi aberta e fechada no fim do corredor. Na parede, um cuco deu as horas, cantando onze vezes. Um conjunto de fotografias numa mesinha de canto mostrava um menino de olhos brilhantes, de seis ou sete anos, segurando as mãos de uma linda jovem de cabelos castanhos e um homem de aspecto inteligente e melancólico; havia fotos dos três na praia, em bicicletas, num parque, na escada de uma sinagoga. O conjunto de fotografias transmitia a sensação de uma capela ou de um memorial.

Após alguns minutos, a porta foi aberta no fim do corredor. O Klein mais velho foi arrastando os pés na direção deles e acenou com a mão para que entrassem. "Por favor", disse. "Por aqui."

Andras foi atrás do irmão pelo corredor, passou pelos retratos dos militares e das mulheres em vestidos com rendas e de cintura apertada. Na porta, o velho deu um passo para o lado, abrindo passagem, em seguida retirou-se para a sala de estar.

A porta dava para um outro mundo. De um lado havia o universo que eles tinham acabado de deixar para trás, onde os apetrechos do café da manhã jaziam sobre uma mesa de madeira sob o sol, o balir das cabras entrava do pátio e uma dúzia de fotografias sugeria aquilo que havia desaparecido; do outro lado, naquele quarto, estava aquilo que pareciam ser os aparatos de uma operação de espionagem. As paredes eram cobertas por mapas da Europa e do Mediterrâneo marcados por alfinetes, fluxogramas complicados, recortes de jornal e fotos de homens e mulheres que trabalhavam numa terra seca em acampamentos no deserto. Sobre a escrivaninha, espremidas no meio de enormes pilhas de documentos de aspecto oficial, havia duas máquinas de escrever, uma com teclado húngaro e outra com teclado hebraico. Um rádio Orion zumbia e estalava sobre uma mesinha de centro e um conjunto de despertadores a seu lado indicava a hora em Constanţa, Istambul, Cairo e Jerusalém. Em volta do quarto, documentos e dossiês se erguiam em pilhas que chegavam à cintura de um homem, atulhando a escrivaninha, a cama e cada centímetro do parapeito da janela e da mesa. No centro de tudo, estava uma pessoa pálida e jovem, num suéter roído por traças; seu cabelo preto curto parecia uma coroa esfarrapada, seus olhos eram pesados e vermelhos, fosse por bebida ou do desgosto. Parecia ter a idade de Andras e era inequivocamente o menino que aparecia nas fotografias, já crescido e convertido naquele homem jovem e intratável. Ele empurrou a cadeira da escrivaninha, deslocou uma pilha de dossiês para o chão e sentou-se de frente para os dois irmãos.

"Está tudo acabado", ele disse à guisa de cumprimento. "Não estou mais fazendo isso."

"Disseram-nos que você poderia ajudar", falou Tibor.

"Quem falou isso para vocês?"

"Uma mulher com duas filhas pequenas. O nome começa com a letra B. Ela me ouviu quando eu conversava com meu irmão numa cafeteria."

"Conversava sobre o que com seu irmão?"

"Sobre ir embora da Hungria", disse Tibor. "De um jeito ou de outro."

"Em primeiro lugar", disse Klein, apontando o dedo fino para Tibor, "você não devia falar com seu irmão sobre um assunto como esse numa cafeteria, onde qualquer pessoa pode ouvi-lo. Em segundo lugar, eu devia estrangular essa mulher, quem quer que ela seja, por lhe dar meu endereço! Um nome que começa com a letra B? Duas meninas?" Pôs o dedo na testa e pareceu ficar pensando. "Bruner", disse. "Magdolna. Deve ser. Consegui fazer o irmão dela sair. Mas isso foi dois anos atrás."

"É isso o que você faz?", perguntou Andras. "Providencia imigrações?"

"Era o que eu fazia", respondeu Klein. "Não faço mais."

"Então para que todo esse material?"

"Tenho projetos em andamento", respondeu Klein. "Mas não estou pegando novos trabalhos."

"Temos de deixar o país", disse Tibor. "Acabei de chegar de Délvidék. Estão matando judeus húngaros lá. Não vai demorar muito para que venham atrás de nós. Sabemos que pode nos ajudar a sair do país."

"Vocês não sabem nada", disse Klein. "É impossível saber. Olhe só isto aqui." Apanhou um recorte de um jornal romeno. "Aconteceu algumas semanas atrás. Esse navio partiu de Constanţa em dezembro. O *Struma*. Setecentos e sessenta e nove passageiros, todos judeus romenos. Disseram a eles que iriam obter vistos de entrada na Palestina assim que o navio ancorasse na Turquia. Mas o navio era uma ruína. No rigor da palavra. Seu motor tinha sido recuperado de um naufrágio no fundo do rio Danúbio. Não havia nem sombra de vistos de entrada no país. Era tudo uma fraude. Talvez em outra época eles tivessem conseguido entrar sem vistos — os ingleses antigamente permitiam algumas imigrações sem documentos. Não mais! A Inglaterra não quis aceitar o navio. Não aceitariam ninguém, nem as crianças. Um barco da guarda costeira da Turquia escoltou o navio até o Mar Negro. Sem combustível, sem água, sem comida para os passageiros. Foram deixados lá. O que você imagina que aconteceu? Foi torpedeado. Bum. Final da história. Acham que foram os soviéticos que fizeram isso."

Andras e Tibor ficaram em silêncio, assimilando as informações. Setecentas e sessenta e nove vidas — um navio cheio de judeus, homens, mulheres e crianças. Uma explosão na noite — como deve ter soado, como deve ter parecido aquilo para quem estava num berço no fundo do navio? O choque e o tremor, o pânico repentino. E depois a invasão da água escura.

"Mas e quanto ao irmão de Magdolna Bruner?", perguntou Tibor. "Como conseguiu fazê-lo sair do país?"

"Na época as condições eram diferentes", respondeu Klein. "As pessoas saíam pelo rio Danúbio. Eu as contrabandeava em barcaças de carga e em pequenos barcos fluviais. Tínhamos contatos na Palestina. Recebíamos ajuda do Escritório Palestino aqui na Hungria. Fiz uma porção de gente sair do país, cento e sessenta e oito pessoas. Se tivesse sido esperto, teria ido embora também. Mas meus avós estavam sozinhos. Eles não conseguiriam fazer uma viagem como aquela e eu não podia abandoná-los. Achei que podia ser mais útil ficando aqui. Mas não vou mais fazer isso, portanto vocês podem voltar para casa."

"Mas isso é uma desgraça para a Palestina, esse navio *Struma*", disse Andras. "Agora eles terão de relaxar as restrições da imigração."

"Não sei o que vai acontecer", disse Klein. "Agora eles têm um novo secretário colonial, um homem chamado Cranborne. Teoricamente, tem uma atitude mais liberal. Mas não sei se é capaz de convencer o Ministério das Relações Exteriores a relaxar suas cotas. Mesmo se pudesse, agora isso ficou perigoso demais."

"Se for uma questão de dinheiro, damos um jeito de arranjar", disse Tibor.

Andras voltou um olhar penetrante para o irmão. Onde Tibor esperava que conseguissem dinheiro? Mas Tibor nem olhou para ele. Manteve os olhos cravados em Klein, que passou as mãos pelos cabelos eletrificados e inclinou-se para a frente, na direção deles.

"O problema não é o dinheiro", disse Klein. "É pura loucura tentar."

"Talvez seja uma loucura maior ainda ficar aqui", disse Tibor.

"Budapeste é um dos lugares mais seguros para os judeus na Europa", disse Klein.

"Budapeste vive à sombra de Berlim."

Klein empurrou sua cadeira para trás e ficou de pé a fim de dar alguns passos pelo seu quadrilátero de chão. "O horrível é que eu sei que você tem razão. É loucura nossa acreditar que existe qualquer segurança aqui. Se esteve no Serviço de Trabalho, sabe muito bem disso. Mas não posso ter nas minhas mãos a vida de dois jovens. Não agora."

"Não somos só nós", disse Tibor. "São também nossas esposas. E dois bebês. E nosso irmão caçula, quando ele voltar da Ucrânia. E nossos pais em Debrecen. Todos queremos ir embora."

"Você está louco!", disse Klein. "Completamente louco. Não posso contrabandear bebês pelo rio Danúbio enquanto o país está em guerra. Não posso me responsabilizar por pais idosos. Eu me recuso a discutir esse assunto. Desculpe. Vocês dois parecem boas pessoas. Talvez nos encontremos de novo numa situação mais feliz e tomemos uma bebida juntos." Ele andou na direção da porta e abriu-a.

Tibor não se moveu. Examinou com os olhos as pilhas de documentos, as máquinas de escrever, o rádio, os móveis atulhados de dossiês, como se eles pudessem oferecer uma resposta diferente. Porém foi Andras quem falou.

"Shalhevet Rosen", ele disse. "Já ouviu esse nome?"

"Não."

"Ela está na Palestina, trabalhando para retirar judeus da Europa. É a esposa de um amigo meu da faculdade."

"Bem, talvez ela possa ajudar você. Desejo boa sorte."

"Você pode ter trocado alguma correspondência com ela."

"Não que eu me lembre."

"Talvez ela possa conseguir vistos para nós."

"Um visto não significa nada", disse Klein. "Além disso ainda é preciso arranjar um jeito de chegar lá."

Tibor lançou mais um olhar em redor do quarto. Fitou Klein de forma penetrante. "É isso o que você faz", ele disse. "Você quer dizer que agora parou de trabalhar?"

"Não vou mandar pessoas para um outro *Struma*", respondeu Klein. "Isso vocês podem compreender. E tenho de zelar pelos meus avós. Se eu for apanhado e mandado para a prisão, eles vão ficar completamente sozinhos."

Tibor fez uma pausa na porta, com o chapéu nas mãos. "Você vai mudar de ideia", ele disse.

"Espero que não."

"Pelo menos nos informe onde poderemos encontrá-lo."

"Já disse, não adianta nada. Adeus, senhores. Boa sorte. *Adieu*." Conduziu-os para o corredor escuro e voltou a se recolher em seu quarto, passando o ferrolho na porta depois de fechá-la.

Na sala principal, Andras e Tibor viram que os restos do café da manhã tinham sido removidos da mesa e o Klein mais velho estava acomodado no sofá com um jornal na mão. Quando tomou consciência da presença dos dois irmãos parados atrás do sofá, ele baixou o jornal e disse: "E então?".

"Então", disse Tibor. "Agora estamos de saída. Por favor, diga à sua esposa que somos muito gratos por sua gentileza." Ergueu um dos queijos de cabra redondos embrulhados em papel.

"Um dos melhores queijos que ela já fez", disse o Klein mais velho. "Ela deve ter gostado muito de você. Não costuma dar esses queijos para qualquer um."

"Ela me deu dois", disse Tibor, e sorriu.

"Ah! Agora você já está me deixando com inveja."

"Quem sabe ela consiga convencer seu neto a nos ajudar. Receio que ele tenha nos despachado sem nenhuma esperança."

"Miklós é um garoto instável", disse Klein. "Seu trabalho é muito difícil. Ele muda de ideia diariamente. Ele sabe como entrar em contato com vocês?"

Tibor pegou um toco de lápis no bolso do peito e pediu um pedaço de papel ao avô de Klein, desculpando-se por não ter um cartão. Anotou seu endereço no pedaço de papel e deixou-o sobre a mesa do café da manhã.

"Aí está", disse Tibor. "Para o caso de ele mudar de ideia."

O avô de Klein emitiu um som de concordância. Do pátio, as vozes das cabras fizeram um contraponto pessimista. O vento sacudia as venezianas que estalavam de encontro à parede da casa, um som que vinha diretamente da mais remota infância de Andras. Ele tinha a sensação de ter escapado de um fluxo de tempo — como se ele e Tibor, quando atravessaram a porta daquela casa, tivessem entrado de novo numa Budapeste completamente diferente, onde os carros tinham sido substituídos por carroças, as luzes elétricas das ruas tinham sido substituídas por lampiões a gás, as saias das mulheres na altura dos joelhos tinham sido substituídas por saias até as canelas, o sistema de metrô não existia, as notícias da guerra tinham sido suprimidas das páginas do *Pesti Napló*. O século XX tinha sido eliminado da tessitura do tempo, como que pelo efeito de uma cirurgia divina.

Mas, quando abriram a porta da casa, tudo continuava lá: no fim do quarteirão, os caminhões passavam roncando pela larga rua transversal, as colunas de fumaça muito altas da fábrica de tecidos, os anúncios de filmes colados no tapume de madeira de uma construção. Ele e o irmão caminharam em silêncio de volta, rumo ao ponto final do bonde, e pegaram um vagão quase vazio de volta ao centro da cidade. O bonde levou-os pela Kárpát Utca, com suas oficinas de motores, depois passou pela ponte atrás da estação Nyugati, e por fim chegou à Andrássy Út, onde os dois desembarcaram e caminharam para casa. Mas quando chegaram à esquina da Hársfa Utca, Tibor virou-se. Com as mãos nos bolsos, andou na direção do prédio cinzento onde haviam morado antes de Andras ir para Paris. No terceiro andar estavam as janelas deles, agora sem cortinas e escuras. Havia uma fileira de vasos de flores quebrados na sacada; um comedor para passarinhos vazio estava pendurado no parapeito. Tibor olhou para o alto, na direção da sacada, enquanto o vento levantava seu colarinho.

"Vai me condenar por isso?", ele disse. "Você compreende por que eu quero ir embora?"

"Compreendo", respondeu Andras.

"Pense naquilo que eu lhe contei na cafeteria. Aquilo aconteceu aqui, na Hungria. Agora pense no que deve estar acontecendo na Alemanha e na Polônia. Você nem acreditaria nas coisas que ouvi dizer. As pessoas estão morrendo de fome e são aglomeradas em guetos para morrer. Estão fuzilando pessoas aos milhares. Horthy não pode conter isso para sempre. E os Aliados não se importam com os judeus, não o bastante para mudar o rumo das coisas. Temos de cuidar de nós mesmos."

"Mas de que adianta, se vamos morrer tentando fazer isso?"

"Se tivermos vistos, temos certa medida de proteção. Escreva para Shalhevet. Veja se há alguma coisa que a organização dela pode fazer."

"Vai levar muito tempo. Meses, talvez, só para algumas cartas irem e virem."

"Então é melhor começar agora mesmo", disse Tibor.

32. Pátio ferroviário de Szentendre

Naquela tarde, ele contou para Klara a respeito do chalé em Frangepán Köz e sobre Klein em seu quarto, rodeado por arquivos de envelopes de papel pardo, com documentos de milhares de candidatos a imigrantes. Eles estavam na sala, o bebê no peito dela, com as mãozinhas abrindo e fechando nos cabelos de Klara.

"O que você acha?", ela disse em voz baixa. "Acha que devíamos tentar fugir?"

"Parece loucura, não é? Mas não vi as coisas que Tibor viu."

"E quanto a seus pais? E a minha mãe?"

"Eu sei", ele disse. "É uma coisa desesperadora de se pensar. Talvez não seja o momento certo. Se esperarmos, talvez as coisas melhorem. Mas talvez eu deva escrever para Shalhevet, de todo modo. Só para o caso de haver alguma coisa que ela possa fazer."

"Pode escrever", disse Klara. "Mas se houvesse alguma coisa que ela pudesse fazer, já não teria nos avisado?" O bebê mexeu a cabeça e soltou os cabelos de Klara. Ela passou-o para o outro lado, cobrindo-se com a manta.

"Escrevi para Rosen quando eu estava no Serviço de Trabalho", disse Andras. "Ele sabia que eu não podia ir embora naquela ocasião, mesmo se eu quisesse."

"E agora temos o bebê", disse Klara.

Andras tentou imaginá-la amamentando seu filho no porão de carga de um barco no rio Danúbio, embaixo de um encerado. Será que alguém tentava fugir com bebês, perguntou-se. Será que davam láudano para a criança dormir e rezavam para que não começasse a chorar? O bebê puxou a manta que cobria o peito de Klara e ela ajeitou-a de novo.

"Não há nenhuma necessidade de fazer isso", disse Andras. "Deixe-me ver você."

Ela sorriu. "Acho que me acostumei a me cobrir na casa da minha mãe. Elza não suporta ver essas coisas. Acha insalubre. Ficou escandalizada quando soube que eu fazia isso na sua presença."

"É perfeitamente natural. E olhe só para *ele*. Não parece que está feliz?"

Os dedos dos pés do bebê se dobravam e se esticavam. Ele sacudiu uma mecha de cabelo escuro de Klara presa no punho fechado. Os olhos moviam-se fixos nos olhos da mãe e ele piscou; piscou de novo, mais devagar, e suas pálpebras se fecharam de leve. Bêbado de leite, o bebê soltou o cabelo de Klara e deixou as pernas tombarem frouxas contra o braço dela. Suas mãozinhas abriram em forma de estrela-do-mar. Sua boca tombou para o lado, largando o peito.

Klara levantou os olhos para Andras e fitou-o demoradamente. "E que tal se você saísse do país?", ela perguntou. "Você e Tibor. Que tal se ficassem a salvo e depois providenciassem para nos tirar daqui, quando possível? Pelo menos vocês ficariam livres do Munkaszolgálat."

"Nunca", respondeu Andras. "Preferia morrer a partir sem vocês dois."

"Que coisa mais dramática de se dizer, querido."

"Não me importo se for dramático. É como me sinto."

"Tome, segure seu filhinho. Minha perna ficou dormente." Ela ergueu a criança e entregou-a para Andras, em seguida abotoou a blusa. Com uma careta de dor, ficou de pé e caminhou por toda a extensão da sala. "Escreva para Shalhevet", ela disse. "Só para ver o que acontece. Pelo menos vamos saber se existe um outro caminho para se pensar. Do contrário, ficamos só especulando."

"Não vou a parte alguma sem você."

"Espero que não", ela disse. "Mas parece o momento errado para decisões abrangentes."

"Você não vai deixar que eu persista na ilusão de que tenho uma opção?"

"Também é um momento inadequado para ter ilusões", ela disse, e voltou a sentar ao lado de Andras, no sofá, descansando a cabeça no ombro dele. Enquanto os dois ficavam juntos, olhando seu filho dormir, Andras sentiu uma renovada pontada de culpa: na verdade, ele estava permitindo que ela vivesse numa ilusão — de que estava segura, de que o passado estava encerrado em segurança no passado, de que seus temores de pôr em risco sua família por ter voltado para a Hungria tinham sido infundados.

A ilusão continuou durante toda a primavera. Uma reestruturação do Ministério da Justiça refreou os mecanismos de extorsão e a necessidade de abrir mão da casa na Benczúr Utca foi temporariamente mitigada. Andras continuou a trabalhar como diagramador e ilustrador, e Mendel escrevia matérias na sala de reportagem, perto dele. De início, parecia irreal ter como emprego legítimo aquilo que meses antes tinha sido uma atividade clandestina e criminosa, mas a sensação foi rapidamente substituída pelo ritmo e pela pressão rotineira do trabalho. Tibor, depois de recuperar a saúde e o vigor, também achou um emprego. Tornou-se assistente de cirurgião num hospital judeu em Erzébetváros. Em março, chegaram notícias de Elisabet: Paul tinha sido integrado à Marinha de guerra e ia embarcar para o Pacífico Sul no final de abril. Seus pais, num acesso de remorso provocado pelo alistamento militar de seu filho e pelo nascimento de seu primeiro neto no verão anterior, tinham abrandado sua atitude inteiramente e fizeram questão de que Elisabet e o pequeno Alfie fossem morar com eles em Connecticut. Elisabet tinha anexado uma fotografia da família num trenó, ela com um casaco escuro de capuz, o agasalhado Alfie em seus braços, Paul de pé ao lado deles, segurando as cordas de um trenó comprido, feito para deslizar nas rampas de neve. Outra fotografia mostrava Alfie sozinho, apoiado numa cadeira, com almofadas ao redor, vestindo um casaco de veludo e calça curta. A testa alta e arredondada e a boca zombeteira eram todas de Paul, mas o gelo penetrante do olhar do bebê só podia ser de Elisabet. Ela prometeu que o pai de Paul falaria com seus contatos no governo para ver se algo podia ser feito para garantir vistos de entrada para Andras, Klara e o bebê.

Andras escreveu para Shalhevet e a resposta chegou quatro semanas depois. Ela prometeu falar com as pessoas que conhecia na Imigração.

Embora não pudesse prever quanto tempo o processo levaria nem se teria sucesso, achava que podia apresentar fortes argumentos em favor de Andras e Tibor em sua pretensão de obter vistos de entrada. Como Andras devia saber, a principal preocupação do departamento naquela ocasião era retirar judeus dos territórios ocupados pela Alemanha. Mas futuros médicos e arquitetos seriam de grande valia para a comunidade judaica na Palestina. Ela talvez pudesse até fazer algo em favor do amigo de Andras, o jornalista político e atleta recordista; ele também era o tipo de jovem excepcional que a Imigração gostava de ajudar. E se Andras e Tibor fossem, é claro que suas família iriam também. Que pena que não tivessem todos eles emigrado juntos antes da guerra! Rosen sentia saudades desesperadoras de seus amigos de Paris. Andras tinha notícias de Polaner e Ben Yakov? Rosen tentara obter informações por todos os meios, sem sucesso.

Andras sentou-se na beirada do chafariz no pátio e releu a carta. Não tinha notícias de Polaner nem de Ben Yakov desde as cartas que havia recebido durante sua primeira temporada no Munkaszolgálat. Se Ben Yakov ainda estava com os pais em Rouen, vivia na França ocupada sob o domínio dos nazistas. E Polaner, que estivera tão ansioso para lutar em defesa de seu país de adoção — para onde teria sido mandado depois de ser desligado das Forças Armadas francesas? Onde estaria agora? Que agruras, que humilhações ele teve de encarar desde a última vez que Andras o vira? Como Andras poderia descobrir o que fora feito dele? Andras correu a mão pela água fria do chafariz, agora livre da camada de gelo do inverno. Por baixo da superfície, as formas dos peixes se moviam como fantasmas delgados. No outono havia moedas no fundo do chafariz, moedas de cinco e de dez *fillér* que brilhavam contra o fundo dos ladrilhos azuis. Na certa, alguém tinha retirado as moedas quando o gelo derreteu. Agora, ninguém jogaria moedas na água de um chafariz. Ninguém dispensaria dez *fillér* para fazer um desejo.

No escuro dos alojamentos na Transcarpátia, na Transilvânia e em Bánhida, Andras se obrigava a considerar a possibilidade de que Polaner tivesse morrido, de que tivesse sido espancado, de que tivesse morrido de fome, pegado uma infecção ou levado um tiro; mas Andras jamais se permitiu pensar que ele não *saberia*, um dia, o que aconteceu com seu amigo — não saber com certeza se devia procurá-lo, ter esperanças ou chorar sua morte. Não podia chorar sua morte apenas pela falta de outra explicação. Era contra sua natureza. Mas vinte e três meses tinham passado desde que tivera alguma notícia sobre Polaner — Eli Polaner, de voz suave, escondido em algum lugar no emaranhado explosivo da Europa. Ele não se atreveu a acompanhar a linha do pensamento até a outra extremidade, onde a imagem de seu irmão Mátyás esperava, uma forma branca vista de relance através de um véu de neblina. Mátyás, ainda perdido. Não havia nenhuma notícia sobre sua companhia do Munkaszolgálat desde o mês de novembro. Já era abril. Na Ucrânia, o frio constante estava apenas começando a diminuir. Em breve seria possível enterrar os mortos do inverno.

Andras tinha deixado Klara com o bebê; o resto da correspondência estava amontoado sobre sua escrivaninha. Ele veria se podia ajudá-la; afinal, ficar sentado ali na beirada do chafariz pensando em todas as coisas sobre as quais ele não podia saber nada só serviria para Andras se sentir pior. Subiu a escada e abriu a porta do apartamento, pronto para escutar a voz alta do bebê. Mas uma tela de silêncio havia baixado sobre os cômodos. A chaleira parara de trepidar no fogão. A água para o banho do bebê estava fria na sua banheirinha de lata. A toalha do bebê jazia dobrada sobre a mesa da cozinha, com seu paletozinho e sua calça ao lado.

Andras ouviu o bebê fazer um barulho, um breve lamento de duas notas; o som vinha da sala de estar. Andras entrou e viu Klara no sofá, com o bebê nos braços. Uma carta aberta estava sobre a mesinha de centro à sua frente. Ela ergueu os olhos para Andras.

"O que foi?", ele perguntou. "O que aconteceu?"

"Você foi convocado de novo", ela disse. "Foi convocado de novo para prestar serviço militar."

Ele examinou a carta, um reduzido retângulo de papel branco e fino carimbado com o escudo da KMOF. Devia apresentar-se no Comando da Munkaszolgálat de Budapeste dali a duas manhãs; seria integrado a um novo batalhão e a uma nova companhia e receberia ordens para seis meses de Serviço de Trabalho.

"Não pode ser", falou. "Não posso deixar você outra vez, não com o bebê."

"Mas o que podemos fazer?"

"Ainda tenho o cartão do general Martón. Vou ao gabinete dele. Quem sabe pode nos ajudar?"

O bebê revirou-se nos braços de Klara e emitiu outro som de protesto.

"Olhe só para ele", disse Klara. "Nu como quando nasceu. Esqueci tudo a respeito do banho. Deve estar morrendo de frio." Klara levantou-se e levou-o para a cozinha, segurando a criança junto ao peito. Esvaziou a chaleira dentro da banheirinha e mexeu a água com a mão.

"Vou amanhã de manhã", disse Andras. "Vou ver o que ele pode fazer."

"Sim", ela disse, e baixou o bebê dentro da banheirinha. Deitou-o escorado em seu braço e esfregou sabão na penugem fina e castanha de seu cabelo. "E se ele não puder ajudar, vou escrever para meu advogado em Paris. Talvez esteja na hora de vender a casa."

"Não", disse Andras. "Não vou aceitar que você faça isso."

"E eu não vou aceitar que você volte para o Serviço de Trabalho", respondeu Klara. Não olhava para ele, mas sua voz era grave e determinada. "Você sabe o que está acontecendo lá agora. Estão mandando homens para varrer campos minados no front. Estão deixando que morram de fome."

"Sobrevivi por dois anos. Posso sobreviver mais seis meses."

"As coisas eram diferentes naquele tempo."

"Não vou deixar que venda sua casa."

"O que me importa aquela casa?", gritou Klara. O bebê olhou para ela, espantado.

"Vou falar com Martón", disse Andras, pondo a mão no ombro dela.

"E Shalhevet?", perguntou Klara. "O que foi que ela escreveu?"

"Ela conhece algumas pessoas na Imigração. Vai tentar defender nosso pedido de visto."

O bebê chutou um arco de água no cabelo de Klara e ela soltou uma risada triste. "Talvez devêssemos rezar", disse, e cobriu os olhos com a mão, como se estivesse recitando o *shemá*. Andras queria acreditar que alguém podia estar olhando com piedade e com horror, que alguém podia mudar o rumo da situação se quisesse. Queria acreditar que não eram os homens que estavam no comando. Porém, no centro de seu osso esterno, sentiu uma fria certeza que lhe dizia algo bem diferente. Andras acreditava em Deus, sim, o Deus de seus pais, o Deus a quem ele rezava em Konyár, em Debrecen, em Paris e durante o Serviço de Trabalho, mas aquele Deus, o Único, não intervinha da maneira como eles precisavam que interviesse naquele momento. Ele havia projetado o cosmos e aberto as portas para os homens, mas os homens tinham entrado e começado uma vida lá. Porém, Deus não podia entrar e reordenar aquela vida, assim como um arquiteto não podia reordenar a vida dos moradores de um prédio que ele mesmo projetara. Agora o mundo era o lugar dos homens. E eles o usariam à sua maneira, viveriam ou morreriam por efeito das próprias ações. Andras tocou a mão de Klara e ela abriu os olhos.

O poder do general Martón, embora considerável, não era suficiente para dispensar Andras do Serviço de Trabalho. Não podia sequer adiar sua convocação. Mas conseguiu evitar que ele fosse enviado para o front oriental e conquistou o mesmo alívio para Mendel Horovitz, que tinha sido convocado na mesma ocasião. Andras e Mendel foram designados para a companhia 79/6 do Batalhão de Serviço de Trabalho de Budapeste. A companhia tinha sido encaminhada para trabalhar num pátio ferroviário de carga tão perto da cidade que os homens que moravam ali podiam dormir em suas casas em vez de ficar nos alojamentos no campo de trabalho. Todo dia de manhã, Andras acordava às quatro horas e tomava seu café na cozinha escura, sob a luz que vinha do fogão à lenha; pendurava sua bolsa no ombro, pegava a marmita de lata que Klara havia preparado para ele na noite anterior e se esgueirava para fora, rumo ao frio antes da alvorada a fim de encontrar-se com Mendel Horovitz. Agora, em vez de se apresentarem na redação do *Jornal Judaico Magiar*, eles caminhavam até o rio e atravessavam a ponte Széchenyi, onde os leões de pedra jaziam deitados em seus pedestais e as mulheres ciganas, com lenços de cabeça e mantos pretos, dormiam com os braços em volta de seus filhos de pernas e braços finos. Naquela hora azul, uma névoa pairava acima da superfície do Danúbio, subindo das correntes entrecruzadas da água. De vez em quando uma barcaça deslizava pela água, seu casco baixo e chato ia rompendo o vapor e os dois podiam ver de relance a esposa do condutor da barcaça junto a um fogareiro cintilante pegando um bule de café. Do outro lado do rio, Andras e Mendel pegavam o bonde para Óbuda, onde podiam pegar o ônibus que os levaria para Szentendre. O ônibus seguia junto à margem do rio e eles gostavam de sentar-se no lado do Danúbio e ver os barcos deslizando para o sul. Muitas vezes passavam o tempo calados; o assunto que tinham no pensamento não podia ser discutido em público. Andras recebera de Shalhevet a notícia de que o Departamento de Imigração tinha respondido favoravelmente às primeiras consultas e que o processo estava andando mais depressa do que o esperado. Havia motivo para terem esperança de que eles pudessem ter os documentos em mãos em meados do verão. Mas e depois? Ele não sabia se podia se atrever a ter esperança de que Klein pudesse ajudá-los, nem sabia quanto ia custar fazer aquela viagem, ou quantos vistos Shalhevet conseguiria reunir. E, embora a primavera tivesse chegado com força total, não havia nenhuma notícia de Mátyás. As investigações mais recentes de György revelaram-se infrutíferas. Parecia impossível pensar em deixar a Hungria enquanto seu irmão se encontrava perdido na Ucrânia, talvez morto, talvez feito prisioneiro pelos soviéticos. Mas, agora que a primavera havia chegado, Mátyás podia materializar-se a qualquer momento. Não era nenhum despropósito esperar que dali a três meses todos eles conseguissem emigrar juntos. Um ano depois, Andras e seus irmãos poderiam estar saindo para trabalhar num laranjal na Palestina, talvez num dos kibutz que Rosen havia descrito, Degania ou Ein Harod. Ou poderiam estar combatendo junto com os britânicos — Mendel ouvira dizer que havia um batalhão de soldados formados com membros do Yishuv, a comunidade judaica da Palestina.

Quando o ônibus chegava a Szentendre, eles desembarcavam junto com os outros homens — seus colegas de trabalho que haviam embarcado em Óbuda, em Rómaifürdő ou em Csillaghegy — e caminhavam oitocentos metros até o pátio ferroviário onde os trens eram carregados. Os primeiros caminhões paravam ali às sete horas. Os motoristas enrolavam os encerados para deixar à mostra grandes cubos amarrados com cordas, formados por cobertores, caixotes de batatas, rolos de lona militar, caixas de munição ou o que mais tivessem de embarcar rumo ao front naquele dia. Andras, Mendel e seus colegas tinham de transportar os produtos dos caminhões para os vagões de carga que aguardavam nos trilhos, as portas abertas como num bocejo sob a luz cada vez mais clara. Quando terminavam de carregar um vagão, passavam para outro, e depois outro, sem parar. Mas a operação não era tão simples como parecia. Os vagões, depois de cheios, não eram fechados; ficavam abertos para serem empurrados até um galpão onde eram inspecionados por um grupo de soldados especialmente treinados para aquilo. Se algo estivesse faltando, os homens do Serviço de Trabalho seriam responsabilizados e punidos. Só quando cada item tinha sido conferido, os trens eram fechados e seguiam para o front.

Os inspetores iam e vinham em caminhões cobertos. Soldados os dirigiam diretamente para o galpão de inspeção e os estacionavam ao lado do trem. Através das largas portas retangulares, Andras podia ver os soldados se movimentando ligeiros entre o trem e os caminhões. Os inspetores não se davam ao trabalho de esconder o que estava acontecendo; supervisionavam a operação com a confiança de seu posto privilegiado na cadeia de comando. Sobretudos, cobertores, batatas, latas de feijão, armas; todo dia, um dízimo era desviado dos vagões de carga para os caminhões. Quando os soldados terminavam de trabalhar num vagão de carga, os inspetores fechavam a porta e o trem seguia em frente, para que os soldados pudessem trabalhar no vagão seguinte. Tinham de trabalhar depressa para que os trens partissem no horário previsto; a programação da estrada de ferro não fazia concessões para o escoamento de mercadorias destinadas ao mercado negro. Depois que os soldados terminavam seu trabalho, os inspetores declaravam que a carga do trem estava completa e assinavam os documentos de liberação. E então despachavam o trem para o front. Os caminhões cobertos por encerados eram conduzidos para fora, os produtos desviados eram levados sorrateiramente para o mercado negro e os inspetores dividiam os ganhos entre si. Era um negócio lucrativo e organizado. Em seu galpão, os inspetores fumavam charutos caros, comparavam relógios de bolso feitos de ouro e jogavam cartas apostando pilhas de *pengő*. Os guardas deviam pegar também sua parcela dos lucros — na hora do almoço, em vez de ficarem perfilados na barraca do refeitório, tomavam cerveja e assavam na brasa rolos de linguiça de Debrecen, fumavam cigarros Mirjam e pagavam aos homens do Serviço de Trabalho para engraxarem suas botas, que pareciam muito novas.

Andras sabia o que aquela falcatrua significava para os soldados e os trabalhadores do front. Haveria falta de cobertores nas noites frias, haveria poucas batatas na sopa. Alguém podia ficar sem botas novas quando as suas se desfizessem em pedaços. Os recrutas do Serviço de Trabalho ficariam com a pior parte: seriam obrigados a assinar notas promissórias de centenas de *pengő* a fim de comprarem os suprimentos mais elementares. Mais tarde, quando os guardas e os oficiais fossem para casa de licença, apresentariam as notas promissórias para as famílias dos recrutas do Serviço de Trabalho e ameaçariam matar os homens se suas esposas ou mães não arranjassem o dinheiro. Mas os recrutas do Serviço de Trabalho no pátio ferroviário de carga de Szentendre pareciam encarar aquela prática como algo já estabelecido e aceito. O que poderiam fazer para impedir aquilo? Dia após dia, carregavam os trens e os soldados os descarregavam.

Como que para lembrá-los de sua impotência, todos os trabalhadores judeus tinham de usar braçadeiras distintivas, feios anéis amarelos-canário feitos de pano que escorregavam pelas suas mangas. Klara tinha de costurar as braçadeiras no uniforme de Andras quando ele ia se apresentar para o trabalho. Mesmo judeus que tinham se convertido à religião cristã havia muito tempo tinham de usar as braçadeiras, embora as suas fossem brancas. Eram de uso obrigatório durante todo o tempo. Ainda que a temperatura estivesse quente, nos meses de verão, quando o sol se refletia nas pedras partidas do pátio de manobras dos trens como se fossem um milhão de espelhos e os trabalhadores tiravam a camisa para trabalhar, eles tinham de ficar com as braçadeiras por cima dos braços nus. Na primeira vez em que Andras recebeu ordem de arrancá-la da camisa que havia despido e pôr no braço, ficou olhando para o guarda sem acreditar.

"Você continua a ser judeu, sem camisa ou com camisa", disse o homem, e esperou que Andras pusesse a braçadeira antes de lhe dar as costas.

O comandante em Szentendre era um homem chamado Varsádi, alto e barrigudo, oriundo das planícies, com um temperamento equilibrado e um gosto pelo ócio. Os principais vícios dele eram brandos: seu cachimbo, sua garrafa, seu apetite por doces. Era um fumante inveterado e bom de copo. Deixava a questão da disciplina por conta de seus homens, que eram menos tolerantes e não se entretiam tão facilmente com uma latinha de tabaco egípcio ou um uísque aromático. O próprio Varsádi gostava de ficar sentado na sombra do escritório de administração, localizado num morro artificial e baixo que dava para o rio, e observar os trabalhos no pátio de trabalho da ferrovia, enquanto entretinha comandantes de outras companhias que vinham visitá-lo ou desfrutava seu quinhão dos produtos destinados ao front. Andras sabia que devia ser grato por ele não ser um Barna nem mesmo um Kálozi, mas a visão de Varsádi com os calcanhares apoiados num caixote de madeira, os braços cruzados sobre o peito, num contentamento, e com uma lemniscata de fumaça subindo de seu cachimbo constituía, à sua maneira, um tipo de tortura.

No final de sua primeira semana, Andras e Mendel começaram a conversar sobre o jornal que poderiam publicar no pátio ferroviário de Szentendre —

O Trilho Torcido, assim se chamaria a publicação. "À *la mode* em Szentendre", improvisou Mendel para Andras certa manhã, no ônibus. Apontando para a braçadeira em seu braço. "A cor amarela, sempre popular na primavera, ascendeu ao ponto culminante da moda." Andras riu e Mendel pegou seu caderninho e começou a escrever. *Os jovens que lançam moda na companhia 79/6 fizeram uma aposta audaciosa no amarelo*, leu em voz alta alguns minutos depois: *O segredo está nos acessórios!* O au courant *revela forte preferência por uma faixa ornamental de dez centímetros usada na altura do bíceps, feita de uma sarja egípcia própria para todas as ocasiões. Semana que vem, nosso correspondente de moda investiga uma onda de nudismo que se alastra entre os soldados do front oriental.*

"Não está mal", disse Andras.

"O pátio de carga é um alvo fácil. Fico surpreso por ainda não existir nenhum jornal."

"Eu não fico surpreso", disse Andras. "Os outros homens parecem quase adormecidos."

"Pois é isso mesmo. Todos os dias veem aqueles patetas do Exército roubarem os homens do front e pegam tudo como se fosse a coisa mais natural do mundo!"

"Só porque não são *eles* que estão passando fome ou são deixados à beira da morte."

"Bem, então vamos acordá-los", disse Mendel. "Vamos deixá-los um pouquinho irritados com o que está acontecendo. Primeiro vamos fazê-los rir da maneira de costume. Depois de um tempo, introduzimos uma ou duas matérias sobre o que é viver de verdade no campo de trabalho. Sobretudo quando a comida é escassa e não se tem um sobretudo para vestir. Talvez a gente consiga induzi-los a reduzir um pouco o ritmo da operação. Se todos retardarmos um pouco o trabalho de carregar os vagões, os soldados não terão tanto tempo para descarregar. Os trens continuam tendo de partir no horário, você sabe."

"Mas como fazer isso sem pôr em risco nosso pescoço?"

"Talvez não precisemos esconder o jornal de Varsádi e dos guardas. Se o invólucro for bastante doce, eles nunca vão sentir o gosto que está dentro da pílula. Vamos enaltecer Szentendre até as alturas em comparação com outros lugares horríveis onde já estivemos e assim os dois lados vão ouvir aquilo que queremos que ouçam."

Andras concordou e foi assim que começou. *O Trilho Torcido* devia ser uma operação mais elaborada do que os dois jornais anteriores; a residência deles em Budapeste proporcionava o acesso a uma máquina de escrever, a uma mesa de desenho e aos suprimentos para fazer o jornal. A viagem de ida e volta para Szentendre proporcionava o tempo necessário para duas reuniões editoriais diárias. Começariam devagar, preenchendo os dois primeiros números com piadas e mais nada. Haveria o noticiário fabricado de costume, as notícias esportivas, a seção de moda e de previsão do tempo; haveria uma seção de arte especial e completa, com comentários sobre eventos artísticos. *Esta semana o balé de Szentendre estreou* Vagão de carga, escreveu Mendel para o primeiro número do jornal, *uma formidável composição para um conjunto coreografado por Varsádi Varsádius, o* enfant terrible *da dança em Budapeste. Certo elemento de repetição foi contrabalançado com uma variação encantadora nas idades e na constituição física dos dançarinos.* E então viria uma nova seção intitulada "Pergunte a Hitler". Em sua segunda semana em Szentendre, Mendel apresentou um manuscrito para Andras:

CARO HITLER: Por favor, explique seu plano para o desdobramento da guerra no leste. Com afeição, Soldado.

CARO SOLDADO: Fico muito satisfeito por ter me perguntado! Meu plano é construir um grande moedor de carne nos arredores de Leningrado, enchê-lo com jovens rapazes e girar a manivela o mais depressa que eu puder. Com afeição redobrada, Hitler.

CARO HITLER: Como o senhor sugere combater a frota inglesa no Mediterrâneo? Atenciosamente, marinheiro Popeye.

CARO POPEYE: Antes de tudo, sou seu fã! Eu o perdoo por ser americano. Espero que nos faça uma visita aqui no Reich, quando essa história desagradável tiver terminado. Em segundo lugar, aqui está meu plano: demitir meus almirantes até encontrar um que aceite as ordens de um Führer que jamais esteve no mar. Com admiração, Hitler.

CARO HITLER: Qual é sua posição na Hungria? Cordialmente, M. Horthy.

CARO HORTHY: Gosto de ficar por cima, mas às vezes prefiro montá-la, só para variar. Com amor, Hitler.

"Talvez devêssemos falar com Frigyes Eppler", disse Andras, depois de ler a matéria. "Ele pode nos deixar imprimir *O Trilho Torcido* na gráfica do *Jornal Judaico Magiar*. Detestaria ter de submeter a um mimeógrafo uma matéria tão boa como esta."

"Você me lisonjeia, Parisi", disse Mendel. "Mas acha que ele vai aceitar?"

"Podemos perguntar", respondeu Andras. "Não creio que vá ser pão-duro por um pouco de tinta e papel."

"Faça suas ilustrações", disse Mendel. "Isso só reforçará nosso pedido."

Andras desenhou, consumindo uma noite sem dormir diante da mesa de desenho. Fez um título elaborado para o jornal, dois vagões de carga vazios flanqueando as palavras gravadas em letras góticas. A seção de moda tinha um desenho de um jovem dândi com o uniforme completo do Munkaszolgálat, a braçadeira irradiando luz. O comentário sobre balé mostrava uma fila de trabalhadores, gordos e magros, jovens e velhos, lutando para manter caixotes de munição erguidos nos braços. Para a seção de Hitler, austeridade e sobriedade pareciam o melhor caminho; Andras fez um minucioso desenho a lápis do Führer a partir de um número antigo do *Pesti Napló*. Às duas da madrugada, Klara acordou para amamentar Tamás, que ainda não havia aprendido a dormir a noite inteira. Depois de pôr o bebê para dormir outra vez, foi à sala de estar e se aproximou de Andras, apertando seu corpo nas costas do marido.

"O que está fazendo acordado tão tarde?", perguntou. "Não vem para a cama?"

"Estou quase terminando. Vou daqui a pouco."

Ela se inclinou sobre a mesa de desenho para ver o que ele havia prendido na superfície inclinada da mesa. "*O Trilho Torcido*", leu. "O que é isso? Mais um jornal?"

"O melhor que já fizemos até hoje."

"Não pode estar falando sério, Andras! Pense no que aconteceu na Transilvânia."

"Já pensei", respondeu. "Mas lá não é a Transilvânia. Varsádi não é Kálozi."

"Varsádi, Kálozi. São todos a mesma coisa. Esses homens têm a sua vida nas mãos. Já não foi ruim o bastante ter sido convocado de novo? 'Pergunte a Hitler'?"

"A situação é diferente em Szentendre", ele disse. "A estrutura de comando dificilmente merece esse nome. Nem vamos publicar o jornal clandestinamente."

"Como não vão publicar clandestinamente? Planeja oferecer uma assinatura para Varsádi?"

"Assim que tiver o primeiro número impresso."

Klara balançou a cabeça. "Não pode fazer isso", falou. "É perigoso demais."

"Conheço os riscos", ele disse. "Talvez até melhor do que você. Este jornal não é só uma brincadeira, uma diversão, Klara. Queremos fazer os homens pensarem sobre o que está ocorrendo em Szentendre. Estamos perdendo nossos irmãos no front todos os dias. No meu caso, talvez literalmente."

"E o que leva você a acreditar que Varsádi não vá fazer objeção?"

"Ele é um sibarita, um velho tolo e de coração mole. O jornal vai elogiar sua liderança. Varsádi não vai perceber mais nada além disso. É leal apenas a seus prazeres. Eu ficaria surpreso se ele tivesse alguma posição política, qualquer que fosse."

"E se você estiver enganado?"

"Então paramos de publicar o jornal." Levantou-se e pôs os braços em volta de Klara, mas ela se manteve ereta, com os olhos cravados nos dele.

"Não consigo suportar a ideia de que alguma coisa pode acontecer com você", ela disse.

"Sou marido e pai", disse Andras, seguindo com a palma da mão a linha da coluna vertebral de Klara. "Vou parar imediatamente se achar que existe qualquer perigo real."

Naquele momento, Tamás começou a chorar de novo, Klara se desvencilhou de Andras e foi acalmar o bebê. Andras ficou acordado a noite inteira a fim de terminar seu trabalho. Klara entenderia mais tarde suas razões, pensou Andras, mesmo aquelas que ele não havia pronunciado em voz alta — as razões mais pessoais e ligadas à diferença entre sentir-se à mercê de seu destino e, em certa medida, ainda que pequena, ser o senhor dele.

Naquela noite de sábado, ele soube que Eppler estaria na redação do *Jornal Judaico Magiar* às voltas com a edição final da publicação de domingo.

Depois de jantar, Andras e Mendel levaram suas páginas para a redação do jornal e apresentaram seu pedido. Queriam sua permissão para datilografar e imprimir cem exemplares do jornal por semana. Iriam para lá depois do horário de trabalho e usariam a antiquada prensa manual que o *Jornal Judaico* conservava apenas em caso de emergência.

"Querem que eu lhe dê de presente o papel e a tinta?", perguntou Eppler.

"Pense que se trata da contribuição do *Jornal Judaico Magiar* para o bem-estar dos que estão nos trabalhos forçados", disse Mendel.

"E quanto ao meu bem-estar?", perguntou Eppler. "Meu editor geral só sabe ficar se lamentando da situação financeira do jornal. O que ele vai dizer quando o material começar a sumir?"

"Diga a ele que está com dificuldades por causa da escassez de estoques, devido à guerra."

"Mas já estamos com dificuldade por causa disso mesmo!"

"Vamos, faça isso pelo Parisi", disse Mendel. "O mimeógrafo borra os desenhos dele."

Eppler examinou as ilustrações de Andras através da refração de seus óculos. "Esse Hitler não está ruim", disse. "Eu devia ter feito melhor uso de vocês quando trabalhavam comigo."

"Fará bom uso de mim quando eu trabalhar para você outra vez", disse Andras.

"Se nos deixar imprimir *O Trilho Torcido*, Parisi jura que vai trabalhar para você quando terminar o tempo dele no Munkaszolgálat", disse Mendel.

"Espero que volte à faculdade quando terminar de servir no Munkaszolgálat."

"Vou precisar de algum dinheiro para pagar meus estudos", disse Andras.

Eppler soltou um sopro gaguejante, tirou do bolso um lenço grande e enxugou a testa, em seguida deu uma olhada no relógio na parede. "Tenho de voltar ao trabalho", disse. "Vocês podem imprimir cinquenta exemplares de seu jornaleco, e nada mais que isso. Nas noites de segunda-feira. Não deixem ninguém pegar vocês fazendo isso."

"Beijamos sua mão, Eppler-úr", disse Mendel. "Você é um bom homem."

"Sou um homem amargo e desiludido", disse Eppler. "Mas gosto da ideia de que uma de nossas prensas possa imprimir uma palavra verdadeira sobre as condições em que vivemos."

* * *

Quando Andras e Mendel mostraram ao major Varsádi o exemplar inaugural de *O Trilho Torcido*, ele os brindou com uma risada tão forte que foi obrigado a pegar o lenço no bolso e enxugar os olhos. Elogiou-os por saber como tornar leve sua situação e opinou que os demais homens talvez tivessem algo a aprender com a atitude deles. O estado mental correto, ele disse, apontando a extremidade acesa de seu charuto para os dois a fim de frisar seu argumento, é capaz de tornar qualquer fardo mais leve. Naquela noite, Andras foi para casa e deu a Klara a notícia de que haviam recebido autorização para publicar *O Trilho Torcido*; ela lhe deu sua bênção relutante. No dia seguinte, Andras e Mendel distribuíram cinquenta exemplares do primeiro número, que se espalharam tão rapidamente e foram consumidos com tanto apetite quanto os primeiros exemplares de *O Ganso Branco* e *A Mosca Picadora*. Em pouco tempo, Varsádi passou a ler o jornal em voz alta para os oficiais do Munkaszolgálat que iam almoçar em Szentendre; Andras e Mendel podiam ouvir suas risadas descendo do morro artificial onde faziam seus demorados almoços.

Todos em Szentendre queriam aparecer no jornal, até os capatazes e os guardas que pareciam severos em comparação com Varsádi. O capataz do esquadrão de Andras e Mendel, Faragó, homem temperamental que gostava de assobiar canções de espetáculos musicais americanos, mas tinha o costume de chutar seus homens por trás quando estava de mau humor, passou a piscar para Mendel e Andras de um jeito amistoso quando estavam trabalhando. A fim de agradá-lo e evitar seus pontapés, eles prepararam uma matéria intitulada "Canto de passarinho em Szentendre", um comentário musical em que se elogiava a habilidade de Faragó para reproduzir qualquer melodia da Broadway até a trigésima segunda nota. A terceira semana no campo de trabalho lhes proporcionou mais um tema acidental: um grande e misterioso carregamento de roupas íntimas de mulheres chegou e os homens transportaram metade de tudo aquilo para o trem antes de alguém se perguntar para que os soldados no front precisariam de cento e quarenta grosas de sutiãs alemães reforçados. Os inspetores, estonteados com a perspectiva da demanda daquelas peças de roupa no mercado negro, apropriaram-se de três esquadrões de recrutas do Serviço de Trabalho para retirar os sutiãs do trem e passar para os caminhões cobertos com encerados; ao meio-dia, a pausa para o almoço transformou-se num desfile de moda dos últimos lançamentos de sutiãs do Reich. Recrutas do Serviço de Trabalho e guardas desfilavam igualmente com os sutiãs duros e armados em feitio de taça, fazendo uma pausa diante de Andras para que ele pudesse gravar suas feições. Embora o restante da tarde tivesse sido consumido por uma variante mais árdua do trabalho — alguns caminhões carregados de munição chegaram e a carga tinha de ser transportada para os vagões de trem —, Andras quase não sentiu a pressão nas costas nem as farpas dos caixotes de madeira espetando as mãos. Imaginava os desenhos de moda que ele poderia fazer — *O mundo chique de Berlim se volta para Budapeste!* — e calculava quanto tempo passaria antes que ele e Mendel começassem a desviar o jornal para seu autêntico objetivo. Aconteceu que os carregamentos da semana seguinte proporcionaram o tema ideal para aquela virada. Durante três dias, os caminhões de suprimento continham nada mais do que material médico, como se fosse para estancar um grande fluxo de sangue no leste. Enquanto os soldados transportavam caixotes de morfina e de suturas para os caminhões do mercado negro, Andras pensou nas cartas de Tibor na última correspondência que chegara da companhia onde servia — *Não temos talas, material para imobilização ou antibióticos, é claro* — e começou a criar em pensamento uma nova seção do jornal. "Queixas do front", seria esse o título, uma série de cartas de recrutas do Munkaszolgálat em vários graus de enfermidade, fome e frio, às quais os representantes da KMOF responderiam com admoestações para não perderem a coragem e o ânimo e aceitarem as agruras da guerra: quem aqueles sonhadores delicados pensavam que eram? Tinham de se comportar como homens, caramba, e entender que seu sofrimento servia à causa magiar. Andras apresentou a ideia para Mendel naquela noite, no ônibus de volta para casa e na semana seguinte os dois compuseram a série de cartas num pequeno retângulo na página de trás do jornal.

No fim do mês, verificou-se uma alteração quase imperceptível nas fileiras da companhia 79/6. Alguns homens pareciam prestar um tipo diferente de atenção ao que se passava todos os dias no galpão de inspeção. Em pequenos grupos dispersos, eles observavam os soldados trabalhando depressa para descarregar caixotes de comida e de roupas que tinham o escudo do KMOF estampado. Acompanhavam os movimentos das caixas do trem para os caminhões cobertos por encerados, depois observavam os caminhões que partiam pelos portões do pátio de carga. Andras e Mendel, que haviam alcançado certo status graças a sua condição de editores de *O Trilho Torcido*, começaram a se aproximar dos grupos e a falar com alguns homens. Em voz baixa, mostraram como era curto o tempo que os soldados tinham para transportar os produtos; alguns poucos ajustes no andamento do serviço, da parte dos trabalhadores, poderiam atrasar um pouco o desvio de material, apenas pelo tempo suficiente para garantir que mais algumas ataduras e mais alguns caixotes de casacos chegassem às mãos dos homens no front.

Na semana seguinte, de forma quase imperceptível, a companhia 79/6 começou a arrastar os pés enquanto carregava o material para os vagões de carga. A mudança se passou de modo tão lento e sutil que os capatazes não conseguiram perceber uma tendência generalizada. Mas Andras e Mendel puderam ver aquilo muito bem, com uma espécie de triunfo silencioso, e comparavam suas impressões em conversas sussurradas no ônibus. Tudo indicava que a pequena mudança que tanto haviam esperado tinha ocorrido afinal. Suas conversas com os outros homens comprovaram aquilo. Não havia como saber, claro, se faria alguma diferença para os homens que estavam no front, mas pelo menos já era alguma coisa: um minúsculo ato de protesto, uma discreta obstrução introduzida na vasta engrenagem que era o Serviço de Trabalho. Na semana seguinte, quando levaram a notícia para Frigyes Eppler no jornal, ele deu uma palmadinha no ombro dos dois, ofereceu-lhes uma dose do uísque de centeio que guardava em seu gabinete e assumiu o crédito por tudo aquilo.

Nos domingos, quando Andras ficava livre do pátio de carga de Szentendre, ele e Klara iam almoçar na casa da Benczúr Utca, que naquela altura já estava privada de tudo, exceto de seu mobiliário mais essencial. Enquanto comiam no jardim numa mesa comprida coberta por uma toalha de linho, Andras tinha a sensação de que havia escapado para uma vida completamente distinta. Não compreendia como era possível que tivesse passado o sábado carregando sacos de farinha e caixotes de armamentos para vagões de carga e agora passava o domingo bebendo vinho *tokaji* e comendo filés de *fogas* Balatoni em molho de limão. József Hász às vezes aparecia naqueles almoços dominicais em família, muitas vezes com sua namorada, a filha de um magnata do setor imobiliário, jovem de pernas e braços muito esguios. Tinham sido amigos na infância, colegas de brincadeiras no lago Balaton, onde suas famílias possuíam casas de veraneio vizinhas. Os dois sentavam-se num banco no canto do jardim e fumavam cigarros finos e escuros, com as cabeças inclinadas e juntas enquanto conversavam. György Hász detestava cigarro. Teria mandado József fumar na rua se a moça não estivesse com ele. Nas circunstâncias, fingia não ver os dois. Era um dos muitos fingimentos que complicavam as tardes que passavam na Benczúr Utca. Às vezes era até difícil acompanhar todos os fingimentos, de tão numerosos que eram. Havia o fingimento de que Andras não tinha passado o resto da semana carregando vagões de carga em Szentendre enquanto József pintava em seu ateliê em Buda; o fingimento de que nunca existira o longo exílio de Klara na França; o fingimento de que ela estava segura agora e de que o propósito do gradual mas contínuo desaparecimento dos quadros, ornamentos e tapetes da família, das joias da sra. Hász mais jovem e de todos os criados, exceto os mais necessários, além do carro e do motorista, do piano e de seu banco com ornatos dourados, dos livros antigos e inestimáveis e da mobília decorada com mosaicos não era para manter Klara livre das mãos das autoridades, mas sim para manter József livre do Munkaszolgálat.

Era um testemunho da vaidade de József o fato de ele julgar que valia o sacrifício de sua família. Seus próprios luxos não se reduziam. Em seu amplo e claro apartamento em Buda, ele vivia entre itens compilados da casa dos pais: tapetes antigos, móveis e cristais que tinha retirado de casa antes de começar a lenta e contínua drenagem dos bens da família. Andras vira o apartamento uma vez, alguns meses depois do nascimento do filho, quando foram fazer uma visita à tarde. József lhes ofereceu um jantar encomendado no Gundel, o antigo e famoso restaurante no parque da cidade; segurou o bebê sobre os joelhos enquanto Andras e Klara comiam frango assado e salada de aspargos brancos, além de uma *galette* de cogumelos. József elogiou a forma da cabeça e das mãos de seu primo e declarou que ele era igualzinho à mãe. A maneira como József tratava Andras era descuidada e jovial, embora jamais perdesse de todo o toque de ressentimento que havia adquirido quando o antigo amigo dera a notícia de seu relacionamento com Klara. József tinha o hábito de mascarar com humor qualquer desconforto social; toda vez que tinha a oportunidade de pronunciar o nome de Andras, chamava-o de "tio". Depois do jantar, levou Klara e o marido para a sala voltada para o norte, que ele usava como ateliê, onde telas grandes estavam escoradas na parede. Quatro obras suas tinham sido vendidas havia pouco tempo, ele disse; por intermédio de uma pessoa conhecida da família, começara a trabalhar com Móric Papp, o empresário de arte da Váci Utca que supria a elite húngara com obras contemporâneas. Andras notou com mágoa que a obra de József havia evoluído bastante desde seus tempos de estudante em Paris. Suas colagens — redes de cor escura contra fundos de cascalho negro miúdo e lascas de antigas placas de estrada e pedaços de trilho de trem — podiam ser consideradas boas, podiam até ser consideradas evocativas da incerteza e do terror em que a Europa havia mergulhado. Quando Andras fez elogios à obra, József reagiu como se recebesse aquilo que lhe era devido. Andras teve de fazer o máximo esforço para se manter cordial durante o entardecer.

Nas tardes de domingo na Benczúr Utca, quando József e sua namorada Zsófia uniam-se ao grupo na mesa, o que ele tinha para falar em geral era como Budapeste era maçante durante os meses quentes — como seria muito mais agradável estar no lago Balaton e o que estariam fazendo naquele exato momento se estivessem lá. Ele e Zsófia então passariam a falar de alguma recordação de lá, do tempo em que eram crianças — como o irmão dela tinha levado os dois num bote furado a um local bem distante da margem do lago, como ficaram enjoados de tanto comer melões ainda verdes, como József tentou montar no pônei de Zsófia e foi atirado em cima de um arbusto de amoras-pretas. Zsófia ria, a sra. Hász mais velha sorria e concordava com a cabeça ao recordar tudo aquilo, e György e sua esposa trocavam um olhar, porque tinha sido a casa de veraneio que mantivera József livre do Serviço de Trabalho.

Num domingo no início de junho, Andras e Klara chegaram para o almoço e encontraram desocupado o banco onde József costumava ficar. Para Andras, a perspectiva de uma tarde sem ele era um alívio. Tibor e Ilana tinham chegado um pouco antes e ela brincava na grama com o jovem Ádám, enquanto o marido estava sentado ao lado dos dois, numa cadeira reclinada feita de vime, consertando a aba do chapéu de Ilana. Andras deixou-se cair numa cadeira ao lado do irmão. Era um dia quente e sem nuvens, um em uma série de dias assim; a grama nova havia murchado por falta de chuva. A semana em Szentendre fora extraordinariamente cansativa, suportável apenas porque Andras sabia que no domingo estaria sentado ali naquele jardim sombreado, bebendo água com gás gelada com xarope de framboesa. Klara estava sentada na grama com Ilana, segurando Tamás no colo. Os bebês olhavam um para o outro de seu jeito habitual, como que espantados ante a revelação de que existia outro bebê no mundo. A sra. Hász mais jovem saiu da casa com uma garrafa de água com gás, uma jarrinha em miniatura cheia de um xarope rubi e meia dúzia de copos. Andras deu um suspiro e fechou os olhos, à espera de que um copo de refresco se materializasse na mesinha a seu lado.

"Onde está seu filho hoje?", perguntou Tibor a Elza Hász.

"No ateliê com o pai dele."

Andras percebeu um toque de tensão na voz da sra. Hász e emergiu de seu torpor para fitá-la com atenção, enquanto entregava os copos de refresco para todos. Os cinco anos anteriores a haviam envelhecido. Seu cabelo escuro, ainda curto e no rigor da moda, tinha riscos grisalhos; as débeis rugas embaixo dos olhos tinham ficado mais fundas. Ela perdera peso desde a última vez em que Andras a vira — por preocupação ou por comer menos, Andras não sabia. Com certa ansiedade, perguntava-se o que György e József estariam conversando no ateliê. Andras podia ouvir suas vozes saindo pelas janelas abertas — o tom baixo e grave de György, as notas mais agudas de József, indignado. Alguns minutos depois, József irrompeu através das portas duplas e atravessou as pedras de terracota que pavimentavam o pátio, em seguida marchou através do gramado rumo à sua mãe, que havia sentado numa cadeira baixa de jardim. Quando a alcançou, dirigiu-lhe um olhar tão carregado de fúria que ela se levantou.

"Diga que você não concorda com isso", exigiu József.

"Não vamos discutir agora", disse Elza Hász, pondo a mão no braço dele.

"Por que não? Estamos todos aqui."

Ela lançou um olhar de pânico na direção do marido, que havia saído para o pátio e corria para o gramado. "György!", ela disse. "Diga para ele que esse assunto não deve ser tratado aqui."

"József, pare de falar disso imediatamente", disse o pai quando os alcançou.

"Não vou deixar que vendam esta casa. É a *minha* casa. No futuro será minha propriedade. Minha intenção é trazer minha esposa para morar aqui um dia."

"Vender a casa?", perguntou Klara. "Como assim?"

"Conte para ela, pai", disse József.

György Hász cravou seu olhar frio e grave no filho. "Venha aqui dentro", ele disse.

"Não." Foi a sra. Hász mais velha que falou, suas mãos firmes nos braços de sua cadeira de vime. "Klara merece saber o que está acontecendo. Já é hora de contar para ela."

Klara olhava de József para a mãe dela e para György, tentando compreender o que aquilo significava. "A casa pertence a você, György", disse Klara. "Se está pensando em vendê-la, estou certa de que deve ter um bom motivo. Mas é mesmo verdade? Vai vender a casa?"

"Você não precisa se preocupar, Klara", disse György. "Não há nada certo ainda. Podemos conversar sobre esse assunto depois do jantar, se não se importa."

"Não", disse de novo a sra. Hász mais velha. "Temos de discutir isso agora. Klara deve participar da decisão."

"Mas não existe decisão nenhuma", disse a sra. Hász mais jovem. "Não temos escolha. Não há o que discutir."

"É culpa de Lévi", disse József, voltando-se para Andras. "Se não fosse por ele, nada disso teria acontecido. Foi Lévi que a convenceu a voltar para a Hungria."

Andras encarou o olhar interrogativo de Klara e depois o olhar furioso de József, enquanto seu coração martelava com força no peito. Andras ficou de pé e parou na frente de József. "Obedeça ao seu pai", ele disse. "Volte para dentro de casa."

A boca de József se torceu com despeito. "Não me diga o que eu tenho de fazer, titio."

Agora Tibor estava de pé atrás de Andras, olhando fixamente para József. "Cuidado com suas palavras", ele disse.

"Por que não posso chamá-lo de tio? É o que ele é. É casado com minha tia." E cuspiu nos pés de Andras.

Se Klara não tivesse puxado o braço de Andras naquele momento, ele teria dado um soco em József. Andras levantou um pouco os calcanhares do chão e cerrou os punhos. Odiava József Hász. Nunca soubera disso até aquele momento. Odiava tudo o que ele era, tudo o que ele representava. Pôde sentir a frágil estrutura de sua própria vida perdendo seu centro, começando a desmoronar. József fizera aquilo. Andras queria arrancar o cabelo da cabeça daquele sujeito, rasgar sua camisa de algodão fino.

"Sentem-se, vocês dois", disse a sra. Hász mais velha. "Está calor demais. Vocês estão muito exaltados."

"Quem está exaltado?", gritou József. "Não se trata só da perda da minha casa, o problema é tudo. Mamãe tem razão: não há o que decidir. Já está terminado e ninguém me consultou. Vocês me mantiveram no escuro. Pior ainda, fizeram com que eu tivesse a impressão de que tivemos de vender a mobília, as pinturas, o carro e entregar Deus sabe quanto dinheiro por minha causa! E durante todo esse tempo estávamos pagando pelos erros *dela* e do marido!"

"Do que está falando?", perguntou Klara. "Como isso tem a ver comigo e com Andras?"

"*Ele* trouxe você de volta para cá. *Você* voltou. As autoridades sabem disso há quase três anos. Achou que conseguiria se manter escondida para sempre atrás de seu nome francês ou de seu nome de casada? Não sabia que colocaria a família toda em perigo?"

"Diga-me o que isso significa, György", pediu Klara, virando-se para o irmão. Segurou o bebê na altura do quadril e aproximou-se de Andras.

Não havia mais como evitar a revelação. Da maneira mais breve e clara que pôde, György explicou tudo: como madame Novak tinha denunciado a identidade verdadeira de Klara; como e quando ele tinha sido pressionado; como arranjara uma solução; como esperava que as autoridades fossem saciar sua ganância ou se cansar de toda aquela história antes que fosse obrigado a abrir mão da casa; como eles persistiram até levar a família ao estágio em que se encontravam.

Klara empalideceu enquanto seu irmão falava. Cobriu a boca com a mão, olhava de György para o marido. "Andras", ela disse, quando o irmão dela terminou. "Há quanto tempo você sabe disso?"

"Desde o outono passado", respondeu, obrigando-se a olhar para a esposa.

Klara deu um passo para trás e sentou-se numa das cadeiras de vime. "Meu Deus", exclamou. "Você sabia e não me contou. Todo esse tempo."

"Andras queria contar para você", disse György. "Eu o obriguei a me prometer que não o faria. Não me parecia sensato deixar você preocupada, na condição em que estava."

"E você concordou?", perguntou para Andras. "Achou que não seria sensato me deixar preocupada na situação em que eu estava?"

"Tivemos uma discussão sobre isso", disse György. "Ele achava que você preferiria saber. Mamãe também, ela sempre achou que você devia saber. Mas Elza e eu discordamos."

Klara estava chorando de frustração. Ficou de pé e começou a caminhar para um lado e para o outro pelo gramado, com o bebê nos braços. "É uma catástrofe", ela disse. "Eu podia ter feito alguma coisa. Podíamos ter chegado a uma solução. Mas ninguém me disse nada! Nada! Nem meu marido. Nem minha mãe!" Klara virou-se e entrou na casa. Andras foi atrás dela; antes que ele pudesse alcançá-la, a mulher agarrou um casaco de algodão e saiu atravessando a pesada porta da frente, levando Tamás consigo. Andras abriu a porta e a seguiu até a calçada, do lado de fora. Ela andava quase correndo pela Benczúr Utca na direção da Bajza Utca, seu casaco cor de melão ondulava atrás dela como uma bandeira. O cabelo escuro do bebê brilhava no sol da tarde, sua mãozinha nas costas da mãe tinha exatamente o formato do prendedor de cabelo de estrela-do-mar que Klara havia usado no sul da França. Andras foi no encalço de Klara assim como ela, naquela ocasião, correra no encalço dele. Andras iria atrás dela através do continente inteiro se fosse necessário. Mas o trânsito na esquina da Bajza Utca com a Városliget Fasor obrigou Klara a parar, e ela ficou olhando para os carros que passavam, recusando-se a reconhecer a presença de Andras a seu lado. Ele a alcançou e levantou seu casaco, cujas mangas se arrastavam pela calçada desde que havia escorregado dos ombros dela. Quando ele o ajeitou nos ombros da esposa, pôde sentir como ela tremia de raiva.

"Não consegue compreender?", ele disse. "György tinha razão. Você teria posto em risco sua vida e a do bebê."

O sinal fechou para os carros e ela atravessou a rua rumo à Nefelejcs Utca no mesmo passo acelerado de antes. Ele a seguiu bem de perto.

"Tive medo de que você tentasse ir embora", ele disse. "Eu tinha de voltar para o Serviço de Trabalho. Não poderia partir com você."

"Deixe-me", ela disse. "Não quero falar com você."

Andras acompanhou o ritmo das passadas dela andando acelerada para casa. "Eu respeito György", ele disse. "Ele confiou em mim. Não podia traí-lo."

"Não quero falar disso."

"Você precisa escutar, Klara. Não pode apenas fugir assim."

Ela se virou para encarar Andras. O bebê choramingou no ombro da mãe. "Você permitiu que eu empobrecesse minha família", ela disse. "Tomou uma decisão em meu lugar."

"Foi György quem tomou a decisão", disse Andras. "E cuidado na escolha de suas palavras. Seu irmão não é pobre. Se ele tiver de mudar-se para um apartamento de oito cômodos no primeiro andar, ele vai sobreviver."

"É a minha *casa*", ela disse, começando a chorar novamente. "A casa de minha infância."

"Eu também perdi a minha, caso tenha esquecido", disse Andras.

Ela lhe deu as costas de novo e andou rumo ao apartamento. Na portaria, remexeu o bolso em busca da chave. Andras pegou a dele e abriu a porta da rua. De dentro, veio o barulho do esguicho de água do chafariz e o som de crianças brincando de amarelinha. Klara atravessou o pátio correndo e começou a subir a escada; as crianças pararam de brincar, com cacos de vaso na mão. Os passos rápidos de Klara estalaram nos degraus de cima, ressoando numa espiral à medida que ela subia. Quando Andras alcançou o último andar, ela tinha sumido pela porta do apartamento. A porta da frente estava aberta; o ar do corredor vibrava com o silêncio. Klara tinha se trancado no quarto. O bebê começara a chorar e Andras podia ouvi-la tentando acalmar a criança, seu Tamás — Klara falava com o bebê, perguntando-se em voz alta se ele não estaria com fome ou molhado, e caminhava com ele nos braços para um lado e para o outro dentro do quarto. Andras foi à cozinha e encostou a cabeça na lateral fria da geladeira. Seu instinto lhe dizia para contar a ela a verdade de imediato. Por que não tinha feito aquilo?

Sentou-se na cozinha e esperou que Klara saísse do quarto. Esperou enquanto as sombras da mobília se alongavam no piso da cozinha e galgavam a parede oriental. Ele fez café e bebeu. Tentou passar os olhos pelo jornal, mas não conseguia se concentrar. Esperou com as mãos cruzadas sobre as pernas e, quando se cansou de esperar, percorreu o corredor e ficou parado diante da porta fechada. Pôs a mão na maçaneta. Ela girou sob a pressão de seus dedos e lá estava Klara do outro lado. O bebê dormia sobre a cama, os braços estendidos acima da cabeça, como num gesto de rendição. Os olhos de Klara estavam vermelhos, o cabelo desfeito sobre os ombros. Ela estava exatamente igual a Elisabet quando Andras tentou convencê-la a sair de seu quarto na Rue de Sévigné. Klara tinha um braço sobre o peito, com a mão fechada em torno do ombro, como se estivesse ferida. Seus passos haviam ressoado no piso do quarto durante horas; aquele tempo todo ela devia ter andando com o bebê no colo.

"Venha sentar comigo", disse Andras, segurando sua mão. Ele a conduziu para a sala e acomodou-a no sofá; em seguida sentou a seu lado, sem soltar a mão dela.

"Desculpe", ele disse. "Devia ter contado para você."

Klara baixou os olhos para a mão de Andras, fechada em torno da dela, e ergueu as costas da sua mão até os olhos para enxugá-los. "Eu me permiti pensar que tudo estava terminado", disse. "Voltamos para cá e construímos outra vida, uma vida diferente. Eu não tinha mais medo. Ou pelo menos não temia as mesmas coisas de quando fui embora daqui."

"Era isso que eu não queria", disse Andras. "Não queria que tivesse medo."

"Devia ter confiado em mim para decidir o que era certo fazer", ela disse. "Não poria nosso filho em risco. Não tentaria sair do país enquanto você estivesse no Munkaszolgálat."

"Mas o que teria feito? O que vamos fazer agora?"

"Vamos partir", respondeu Klara. "Vamos todos partir, antes que György perca o que restou. Mesmo que não consiga manter a casa, ainda não estará totalmente desamparado. Há muita coisa que pode ser salva. Vamos conversar com aquele tal de Klein, você e eu, e vamos pedir a ele que organize nossa viagem. Temos de tentar chegar à Palestina. De lá pode ser mais fácil chegar aos Estados Unidos."

"Você vai abrir mão de sua casa em Paris."

"É claro", ela disse. "Pense em quanto meu irmão já perdeu."

"Mas como vamos fazer com que parem de extorquir dinheiro de seu irmão? Se você fugir, acha que não vão pressioná-lo para contar onde está?"

"Ele também tem de ir embora. Tem de vender tudo o que tiver restado e sair do país o mais depressa possível."

"E sua mãe? E meus pais? E Mátyás? Não podemos ir embora sem saber o que aconteceu com ele. Já conversamos sobre isso antes, Klara. Não podemos."

"Vamos levar nossos pais. Vamos providenciar para que Mátyás também consiga sair, se ele voltar a tempo."

"E se não conseguir?"

"Então vamos combinar com Klein para que consiga que Mátyás se junte a nós quando voltar para cá."

"Escute. Centenas de pessoas morreram tentando chegar à Palestina."

"Eu sei. Mas temos de tentar. Se ficarmos, sangrarão nossa família até o último bem. E no final podem não se contentar com o dinheiro."

Andras ficou em silêncio por um longo intervalo. "Você sabe como Tibor se sente a respeito da situação", ele disse. "Faz muito tempo que quer ir embora conosco."

"E o que você acha?"

"Não sei. Não sei."

O peito de Klara subiu e desceu sob sua blusa. "Você tem de compreender", ela disse. "Não posso ficar aqui e deixar que nós dois e minha família sejamos *massacrados* dessa maneira. Não fiz isso no passado. E não vou fazer agora."

Andras não compreendia. É claro que ele sabia que a reação de Klara seria aquela: era a natureza dela. Por isso György não tinha contado nada à irmã. Eles tinham de sair da Hungria. Venderiam a propriedade em Paris; falariam com Klein e implorariam que organizasse uma última viagem. Naquela noite começariam a planejar o que poderiam fazer. Mas por ora não tinha mais nada a dizer. Andras segurou a mão de Klara de novo e ela fitou seus olhos. Ele soube que ela entendia por que mantivera segredo por tantos meses.

33. Travessia para o leste

Nas semanas que se seguiram, Andras tentou não pensar no caso do navio *Struma*. Tentou não pensar nos passageiros ludibriados que se viram à deriva num navio imprestável, mal abastecido e mal equipado para aquela viagem. Tentou não pensar na perspectiva da travessia deles mesmos, descendo pelo rio Danúbio, o constante medo de serem descobertos, enquanto a esposa e o filho padeciam com a falta de comida e de água; tentou não pensar que estava abandonando o irmão e os pais na Europa. Tentou pensar apenas na necessidade de ir embora e nos meios para conseguir realizar a viagem. Telegrafou para Rosen contando a mudança da situação deles, a nova premência que surgira em sua vida. Duas semanas depois, chegou uma resposta pelo correio aéreo com a notícia de que Shalhevet conseguira seis vistos de emergência — seis! —, o bastante para Andras, Klara, Tibor, Ilana e os bebês. Quando chegassem à Palestina, ele escreveu, seria mais fácil conseguir vistos para os outros — Mendel Horovitz, que seria muito útil ao Yishuv, para György, Elza e os pais de Andras, assim como para o resto da família. Não havia tempo para comemorar a boa notícia; tinham coisas demais para fazer. Klara precisava escrever a seu advogado em Paris para apressar a venda da propriedade. Andras tinha de escrever aos pais e explicar o que estava acontecendo e por quê. E eles tinham de falar com Klein.

Klara queria que os seis fossem juntos. Ela achava que Klein se sentiria mais propenso a ajudar se conhecesse as pessoas que salvaria. Combinaram de ir numa tarde de domingo; vestiram roupas sociais e levaram os filhos em seus carrinhos de bebê. Klara e Ilana caminhavam na frente, seus chapéus de verão inclinados um na direção do outro como duas campânulas. Andras e Tibor iam logo atrás. Podiam ser qualquer família húngara comum num passeio de domingo. Ninguém poderia supor que faltava uma sétima pessoa, um irmão perdido na Ucrânia. Ninguém poderia supor que estavam tentando organizar uma fuga ilegal da Europa. Em sua carteira, Klara levava um telegrama de seu advogado afirmando que sua propriedade na Rue de Sévigné seria vendida por noventa mil francos e que a transferência do dinheiro da venda, embora difícil, poderia ser realizada por intermédio dos contatos do advogado em Viena, que por sua vez tinham contatos em Budapeste.

Na casa na Frangepán Köz, onde o tempo continuava parado e a própria luz do sol, que passava pelas nuvens elevadas, parecia muito antiga, eles encontraram as cabras leiteiras balindo e arrastando uma meda de feno. Tamás, de sete meses de idade, observava fascinado. Olhava para Klara como se lhe perguntasse se devia ficar com medo. Quando viu que a mãe estava sorrindo, virou-se para as cabras e apontou o dedo para elas.

"Nossos filhos são meninos urbanos", disse Tibor. "Com essa idade, eu já tinha visto milhares de cabras."

"Talvez não sejam meninos urbanos por muito tempo", disse Klara.

Desviaram das cabras e caminharam pela trilha de pedras rumo à porta. Tibor bateu e a avó de Klein atendeu, o cabelo branco oculto embaixo de um lenço, o vestido coberto por um avental vermelho bordado. Da cozinha vinha o cheiro de repolho recheado. Andras, esgotado pela semana de trabalho, de repente sentiu uma fome furiosa. A avó de Klein conduziu-os para o interior da sala iluminada, onde o velho sr. Klein estava sentado numa poltrona com os pés mergulhados numa bacia de metal. Usava o mesmo roupão vermelho desbotado de quando Tibor e Andras tinham ido lá pela primeira vez; seu cabelo estava levantado no mesmo estilo de antes, com duas asas laterais, como se sua cabeça tivesse a intenção de alçar voo. Uma névoa de vapor com aroma de chá envolvia suas pernas. Ele ergueu a mão em sinal de saudação.

"Os joanetes estão incomodando meu marido hoje", disse a mulher. "Se não fosse por isso, ele se levantaria para cumprimentar vocês."

"Bem-vindos", disse o velho, e fez uma cordial inclinação de cabeça. "Sentem por favor."

A sra. Klein saiu pelo corredor flanqueado por retratos a fim de chamar o neto. Nenhum deles sentou, apesar do convite do velho sr. Klein. Ficaram esperando num grupo bem coeso, olhando a sala em redor, com sua mobília antiga e sua profusão de fotografias. Andras viu os olhos de Klara moverem-se pelas imagens da família — o menino que devia ser Klein, a mulher linda e misteriosa, o homem de olhos tristonhos — e outra vez teve a sensação de que a casa continha o fantasma de uma perda muito antiga. Klara também deve ter tido a mesma sensação; segurou Tamás mais perto do corpo e passou o polegar pela boquinha dele, como se retirasse uma invisível película de leite.

Klein foi atrás da avó pelo corredor até a sala de estar. Ela entrou na cozinha, e ele prosseguiu em frente, piscando ante a luz da tarde. Andras teve de se perguntar quanto tempo fazia desde a última vez que Klein havia emergido de sua caverna de mapas, dossiês e rádios. Havia sombras escuras embaixo de seus olhos, o cabelo estava duro por falta de banho. Vestia uma camiseta de algodão e uma calça manchada de tinta. Os pés estavam descalços. Tinha a barba por fazer. Examinou com atenção o grupo na sala e balançou a cabeça.

"Não", ele disse. "Não, eu já disse a vocês. Em nenhuma hipótese."

"Deixe-me fazer um chá enquanto vocês conversam", disse a avó.

"Nada de chá", respondeu Klein para a avó. "Não vamos conversar. Eles já estão indo. Entenderam?" Mas todos ouviram a porta de um armário da cozinha abrir e fechar e a água rolar no oco metálico de uma chaleira.

Klein ergueu as mãos para o teto.

"Seja cordial", disse o velho sr. Klein para o neto. "Eles fizeram a viagem toda até aqui."

"O que vocês estão pedindo é impossível", disse Klein, falando para Andras e Tibor. "Impossível e ilegal. Vocês podem acabar na cadeia, ou mortos."

"Já pensamos nisso", disse Klara, e seu tom de voz exigia que Klein olhasse para ela. "Mesmo assim queremos partir."

"Impossível!", ele repetiu.

"Mas é o que você faz", disse Andras. "Já fez isso antes. Podemos pagar. Temos o dinheiro, ou teremos em breve."

"Baixe o tom de voz", disse Klein. "As janelas estão abertas. Você não sabe quem está ouvindo."

Andras baixou a voz. “Nossa situação se tornou premente”, ele disse. “Queremos que providencie nosso transporte e depois nos ajude a levar o resto da família para fora do país.”

Klein sentou-se no sofá e pôs a cabeça entre as mãos. “Arranje outra pessoa para ajudar vocês”, disse.

“Por que deveriam procurar outra pessoa?”, perguntou o avô. “Você é o melhor.”

Klein emitiu um som de frustração no fundo da garganta. A avó, depois de terminar os preparativos na cozinha, foi para a sala empurrando um carrinho de chá, estacionou-o ao lado do sofá e começou a encher as xícaras de aspecto antiquado feitas em Herend.

“Se você não os ajudar, vão procurar outra pessoa”, ela disse, com um toque discreto de censura. Inclinou a cabeça, interrompendo no ar o gesto de servir o chá a fim de examinar Klara com atenção, como se o futuro estivesse escrito na musselina pontilhada do seu vestido. “Eles vão procurar Pál Behrenbohm e ele vai decepcioná-los. Vão procurar Szászon. Vão procurar Blum. E se isso não der certo, vão procurar János Speitzer. E então você sabe o que vai acontecer.” Distribuiu as xícaras de chá para todos, ofereceu açúcar e creme, e serviu uma última xícara para si.

Klein voltava os olhos para a avó, Klara, Andras, Tibor, Ilana e os bebês. Esfregou as palmas das mãos na camiseta. Era um homem sozinho contra todos eles. Ergueu as mãos num gesto de defesa. “É o enterro de vocês”, disse.

“Por favor, sentem-se e bebam o chá”, disse a avó de Klein. “E Miklós, não precisa usar esse linguajar mórbido.”

Eles tomaram seus lugares em redor da mesa e beberam o estranho chá fumegante que ela havia preparado. Tinha um gosto parecido com o de lenha em chamas e fez Andras pensar no outono. Em vozes baixas, conversaram sobre os detalhes; como Klein arranjaria o transporte pelo rio Danúbio com um amigo que tinha uma barcaça, como as famílias ficariam escondidas em dois compartimentos habilmente embutidos na área destinada à carga, como podiam preparar leite narcotizado para que os bebês não chorassem, como teriam de levar comida de emergência suficiente para duas semanas de viagem, porque uma viagem que normalmente levava poucos dias podia demorar muito mais tempo durante uma guerra. Klein teria de investigar que navios partiriam da Romênia e onde e como poderiam embarcar num dos navios.

Talvez demorasse um ou dois meses para organizar a viagem, se tudo corresse bem. Klein não era um trapaceiro, não era como János Speitzer. Não arranjaria uma passagem para eles num navio insalubre, não lhes diria para levar menos comida do que o necessário para que tivessem de comprá-la de seus amigos a preços cruéis. Não os deixaria sob os cuidados de uma tripulação que roubaria sua bagagem ou os impediria de descer a fim de consultar um médico caso fosse necessário. Nem faria promessas falsas sobre a segurança ou o sucesso da viagem. O plano podia fracassar a qualquer momento. Eles tinham de compreender isso.

Quando Klein terminou de falar, encostou-se no espaldar do sofá e coçou o peito por baixo da camiseta. "É assim que funciona", concluiu. "Uma viagem árdua e arriscada. Sem nenhuma garantia."

Em sua cadeira, Klara inclinou-se para a frente e colocou a xícara sobre a mesinha. "Sem nenhuma garantia", ela repetiu. "Mas pelo menos vamos ter uma chance."

"Não vou especular sobre suas chances", disse Klein. "Mas se continuam interessados em meus serviços, estou disposto a fazer o trabalho."

Eles trocaram um olhar — Andras e Klara, Tibor e Ilana. Estavam prontos. Era aquilo que estavam esperando. "É claro que sim", disse Tibor. "Vamos assumir todos os riscos que tivermos de assumir."

Os homens apertaram as mãos e combinaram de se encontrar de novo dali a uma semana. Klein cumprimentou as mulheres com uma inclinação de cabeça e retirou-se de novo pelo corredor, onde eles ouviram a porta de seu quarto abrir e fechar. Andras imaginou Klein pegando um novo envelope de papel pardo numa caixa e escrevendo o nome da família deles na aba. O pensamento encheu-o de um pânico repentino. Eram muitas pastas, pilhas e pilhas, todas em cima da cama, da escrivaninha e da estante. O que havia acontecido com aquelas pessoas? Quantas delas tinham conseguido chegar à Palestina?

Na noite seguinte, Klara foi à casa do irmão pedir seu perdão. Ela e Andras caminharam até a casa na Benczúr Utca levando o filho em seu carrinho de bebê. No escritório, Klara segurou as mãos de György e pediu que a desculpasse, que compreendesse como ficara surpresa e como, no calor do momento, fora incapaz de avaliar o que o irmão fizera por ela. Disse que detestava a ideia de que ele já tivesse perdido uma parte tão grande de seu patrimônio. Ela tinha autorizado a venda de sua propriedade em Paris, contou, e começaria a pagar sua dívida assim que tivesse acesso ao dinheiro.

"Você não está em dívida comigo", disse György. "O que é meu é seu. Afinal de contas, boa parte do que possuo veio do patrimônio de nosso pai. E não há vantagem em pôr dinheiro nas minhas mãos agora. Só vai servir para dar àqueles que estão nos extorquindo motivos para prosseguir."

"Mas o que posso fazer?", ela disse, à beira das lágrimas. "Como posso recompensá-lo?"

"Pode me perdoar por agir em seu favor sem seu conhecimento. E talvez possa convencer seu marido a me perdoar também por ter exigido que mantivesse tudo isso em segredo para você."

"Eu perdoo, é claro", disse Klara; e Andras disse que também o perdoava. Todos concordavam que György havia agido pelo bem de Klara e ele exprimiu a esperança de que seu filho procurasse os dois para pedir desculpas também. Mas ao dizer aquilo sua voz vacilou e se desfez.

"O que foi?", disse Klara. "O que aconteceu?"

"Ele recebeu mais uma carta de convocação para o Serviço de Trabalho", disse György. "Desta vez, terá de ir. Não há mais nada que possamos fazer a respeito. Oferecemos uma porcentagem da receita da venda da casa, mas não é dinheiro que eles querem. Sua intenção é dar um exemplo para jovens como József."

"Ah, György", disse Klara.

Andras se viu sem palavras. Não conseguia imaginar József Hász no Munkaszolgálat assim como não conseguia imaginar Miklós Horthy em pessoa pegando o ônibus de manhã de Óbuda para Szentendre, com um casaco surrado nas costas e uma marmita na mão. Sua primeira sensação foi de satisfação. Por que József não deveria servir quando ele, Andras, já servira por dois anos e continuava servindo? Mas a fisionomia penalizada do cunhado o trouxe de volta a si mesmo. Fosse József o que fosse, ainda era o filho de György.

"Não me saí muito bem na tarefa de criar meu filho", disse György, voltando o olhar para a janela. "Eu lhe dei tudo o que ele queria e tentei mantê-lo a salvo do que poderia magoá-lo. Mas dei demais a ele. Eu o protegi demais. Ele acabou acreditando que o mundo iria se jogar a seus pés. Está morando confortavelmente em Buda enquanto outros homens estão no Serviço de Trabalho em seu lugar. Agora terá de se virar com sua própria força e inteligência, como todos os demais. Espero que tenha o bastante das duas coisas."

"Talvez ele possa ser designado para uma das companhias situadas mais perto de casa", disse Andras.

"Não é isso o que estão tramando para ele", respondeu György. "Vão mandá-lo para onde quiserem."

"Posso escrever para o general Martón."

"Você não deve nada ao József", disse György.

"Ele me ajudou em Paris. Mais de uma vez."

György concordou com a cabeça, devagar. "Ele pode ser generoso quando quer."

"Andras vai escrever para o general", disse Klara. "E depois talvez József vá para a Palestina, com todos nós."

"Para a Palestina?", perguntou György. "Vocês não vão para a Palestina."

"Vamos", disse Klara. "Não temos escolha."

"Mas, querida, não existem meios de chegar lá."

Klara explicou o trabalho que Klein fazia. Os olhos de György se tornaram severos à medida que ela falava.

"Você não compreende?", ele disse. "É por isso que estou pagando ao Ministério da Justiça. É por isso que vendi as pinturas, os tapetes, os móveis. É por isso que estou vendendo a casa! Para evitar que corra riscos tolos como esse!"

"Seria tolice perder aquilo que nos resta", disse Klara.

György voltou-se para Andras. "Por favor, diga-me que não concorda com esse plano desvairado."

"Meu irmão presenciou o massacre em Délvidék. Ele acha que o mesmo pode acontecer aqui, ou algo ainda pior."

György afundou em sua cadeira, o rosto branco. De fora, vinha o som de tambores e cornetas de uma banda militar; na certa estavam desfilando pela Andrássy Út rumo à praça dos Heróis. "E quanto a nós?", ele disse, com voz fraca. "O que vão fazer quando descobrirem que vocês foram embora? Quem acham que eles vão interrogar? Quem vai levar a culpa por esconder a fuga de vocês?"

"Vocês têm de se juntar a nós na Palestina", disse Klara.

Ele balançou a cabeça. "Impossível. Sou velho demais para começar uma vida nova."

"Que escolha você tem?", perguntou Klara. "Tomaram seu cargo no banco, sua fortuna, sua casa. Agora vão tomar seu filho."

"Vocês estão sonhando", ele disse.

"Eu gostaria que conversasse com Elza sobre isso. No fim do ano, vão convocar você também para o Serviço de Trabalho. Elza e mamãe vão ficar sozinhas."

Ele tocou a ponta do mata-borrão com os polegares. Havia uma pilha de documentos à sua frente, grossos maços de folhas de papel marfim da Justiça. "Estão vendo isto aqui?", ele disse, e empurrou os papéis. "São os documentos que transferem a propriedade da casa para o novo dono."

"Quem é ele?", perguntou Klara.

"O filho do ministro da Justiça. A mulher dele acabou de dar à luz o sexto filho, pelo que soube."

"Deus nos ajude", disse Klara. "A casa vai se transformar num pardieiro."

"Onde vocês vão morar?", perguntou Andras.

"Encontrei um apartamento para nós num edifício na extremidade da Andrássy Út — na verdade, é bem luxuoso, ou foi no passado. Conforme estes documentos, temos permissão para levar toda a mobília que restou." E, com um gesto do braço, acenou para o cômodo despojado.

"Por favor, converse com Elza", disse Klara.

"Seis filhos nesta casa", ele disse, e suspirou. "Que desastre."

A reação do general Martón foi rápida e solidária, mas ele tinha limitações. Sua solução foi garantir uma vaga para József também na companhia 79/6. Quando a notícia chegou, Andras teve a sensação de que estava sendo pessoalmente castigado. Ali estava a retaliação pelo momento de satisfação que havia experimentado quando soube que József fora convocado para o Serviço de Trabalho. Agora, toda manhã, József estava no ponto do ônibus de Óbuda, com ar de oficial em seu uniforme limpíssimo e com seu quepe militar perfeito. Ele foi escalado para o grupo de trabalho de Andras e Mendel, e tinha de carregar vagões de trem, como todos os demais recrutas. No decorrer da primeira semana, olhava fixamente para Andras sempre que tinha uma chance, como se tudo aquilo fosse culpa dele, como se fosse pessoalmente responsável pelas bolhas nos pés e nas mãos de József, pela dor em suas costas, pelos trechos de pele descascada por queimaduras causadas pelo sol. József sofria insultos constantes do capataz por sua fraqueza, por sua indolência; quando protestou, Faragó lhe deu um chute que o jogou no chão e em seguida cuspiu em seu rosto. Depois disso, József passou a fazer seu trabalho sem dizer nenhuma palavra.

Junho terminou, julho começou e teve fim um período de seca. Toda tarde o céu se abria para despejar uma chuva adocicada sobre o tédio do pátio de carga de Szentendre. Os tijolos amarelados dos prédios do pátio de carga escureceram até se tornarem pardacentos. Nos morros do outro lado do rio, as árvores que antes ficavam imóveis na poeira sacudiam suas folhas e brandiam seus galhos no vento. Ervas daninhas e flores silvestres se aglomeravam entre os dormentes da ferrovia e, uma manhã, uma praga de sapos bem miúdos atacou Szentendre. Os bichos estavam em toda parte pelo chão, vindos ninguém sabia de onde, do tamanho de moedas, da cor de aipo, numa disparada louca rumo ao rio. Os sapos fizeram os recrutas praguejarem e dançarem por dois dias, em seguida desapareceram de forma tão misteriosa quanto haviam chegado. Era a época do ano que Andras amava quando menino, a época de nadar no poço do moinho, de comer morangos aquecidos pelo sol, colhidos diretamente do pé, de esconder-se na sombra do capim alto e fresco e ficar vendo as formigas de patas ligeiras realizarem seu trabalho. Agora havia apenas a vagarosa labuta do pátio de carga e a perspectiva da fuga. De noite, durante as poucas horas que passava em casa, ele segurava seu filho adormecido, enquanto Klara lia para ele trechos de Bialik, Brenner ou Herzl, descrições da Palestina e da milagrosa transformação que os colonos estavam realizando lá. Em pensamento, Andras começara a visualizar sua família reinstalada entre laranjeiras e abelhas, com o escudo bronze do mar rebrilhando ao longe; mais abaixo, seu menino crescia e ficava cada vez mais alto no ar de sabor salgado. Andras tentava não se deter nas inevitáveis dificuldades da viagem. Ele não era um novato no que dizia respeito a agruras, nem Klara era. Mesmo os pais de Andras, cuja recente mudança para Debrecen representava o deslocamento geográfico mais importante de toda a sua vida de casados, concordaram em fazer a viagem, se fosse possível e se obtivessem vistos de entrada; recusaram-se a ficar separados de seus filhos e netos por um continente, por um mar.

Depois que a estiagem passou, a viagem começou a ganhar forma. Klein havia localizado um capitão de barbaça chamado Szabó que os levaria até a fronteira com a Romênia, e outro, Ivanescu, que os conduziria até Constanţa; Klein agendara passagens para eles sob o sobrenome geral de Gedalya a bordo do navio *Trasnet*, que em outra época tinha sido um barco pesqueiro, mas agora fora transformado numa embarcação para transportar clandestinamente refugiados. Eles deviam estar preparados para enfrentar a superlotação e a fome, o calor excessivo, a desidratação, o enjoo com as ondas, os dias de atraso nos portos da Turquia, onde não poderiam correr o risco de desembarcar; só levariam consigo o que fosse estritamente indispensável. Deviam se considerar felizes por fazer a viagem no verão, quando o mar ficava mais calmo. Atravessariam o Bósforo e passariam por Istambul, atravessariam Marmara Denizi e entrariam no Egeu; de lá seguiriam para o Mediterrâneo e, se conseguissem se esquivar dos barcos de patrulha e dos submarinos, três dias depois ancorariam em Haifa. Do início até o fim, a viagem levaria duas semanas, se tudo corresse bem. Partiriam no dia 2 de agosto.

Klara tinha um calendário de parede, feito de madeira e em estilo antiquado, com a pintura de um azulão pousado num ramo de cerejeira. Três janelas diminutas deixavam à mostra o dia da semana, a data e o mês; toda manhã, Andras girava as rodinhas para a frente antes de sair de casa rumo ao pátio de carga de Szentendre. Ele foi desdobrando no calendário o mês de julho, ao longo de seus dias encharcados por tempestades, passou dos dígitos individuais para as dezenas, enquanto os planos da viagem avançavam. Reuniram roupas, botas, chapéus; fizeram e refizeram as malas, tentando determinar o método de arrumar seus pertences da maneira mais compacta possível. Nas tardes de domingo, caminhavam juntos pela cidade, abastecendo a mente com as coisas que desejavam guardar na memória; a neblina esverdeada formada pelo ar frio do rio em redor da ilha Margaret; a vibração trepidante dos carros que atravessavam a ponte Széchenyi; o cheiro de capim cortado e das fontes de água quente e sulfurosa no Városliget; a bacia seca de concreto do poço de patinação; o comprido dique cinzento do Danúbio onde Andras caminhara ao lado do irmão numa época que agora parecia a uma vida inteira de distância, quando os dois tinham acabado de terminar os estudos no *gimnázium* e moravam num quarto na Hársfa Utca. Lá estava a sinagoga onde ele e Klara tinham se casado, o hospital onde seu filho tinha nascido, a pequena e bem iluminada sala de balé onde Klara lecionava para suas alunas particulares. Lá estava o apartamento onde moravam na Nefelejcs Utca, o primeiro onde viveram juntos. Além disso, havia os lugares assombrados que eles não visitariam em sua despedida da cidade: a casa na Benczúr Utca, que agora estava vazia, preparando-se para a chegada do filho do ministro da Justiça; a Ópera, com seus corredores ecoantes; o trecho de calçada de um beco onde havia ocorrido aquilo que ocorrera muito tempo antes.

Certo domingo, quando faltavam duas semanas para o dia 2 de agosto, Andras foi sozinho conversar com Klein. O lote de vistos de entrada tinha chegado da Palestina. Era a última coisa de que precisavam para completar seu dossiê, aquele conjunto de documentos brancos estalando de novos, estampados com o carimbo do Ministério do Interior britânico e com o selo da estrela de davi do Yishuv. Klein faria fotocópias e guardaria, para se alguma coisa acontecesse com os originais. Quando Andras chegou, o avô de Klein estava no pátio, dando comida para as cabras. Pôs a mão no chapéu.

"Em breve vocês estarão fora do país", ele disse.

"Daqui a catorze dias."

"Eu sabia que o garoto daria conta do recado."

"Ele parece ter talento para isso."

"É o nosso garoto. Parecido com o pai, sempre fazendo planos, planos, trabalhando com aparelhos, fazendo as coisas acontecerem. O pai dele foi um inventor, um homem cujo nome todos teriam conhecido se ainda estivesse vivo." E contou para Andras que os pais de Klein tinham morrido de gripe quando Klein ainda usava calças curtas; eram eles as duas pessoas retratadas na fotografia, como Andras havia presumido. "Outro menino talvez fosse destruído por aquela perda, mas não Miklós. Tirava as melhores notas, especialmente em ciências sociais, e se formou para ser uma espécie de inventor autossuficiente — um criador de possibilidades onde não existiam possibilidades."

"Que golpe de sorte termos encontrado seu neto", disse Andras.

"Tomara que sua sorte continue", disse o avô. Cuspiu três vezes e bateu na madeira da porta do abrigo das cabras. "E tomara que sua viagem para a Palestina seja excepcional apenas pelo tédio."

Andras cumprimentou o velho Klein com um toque do dedo no chapéu e caminhou pela trilha de pedra até a porta. A avó estava na sala, sentada na poltrona com um arco de bordar no colo. O desenho, em diminutas letras X douradas, mostrava um *challá* trançado e a palavra sabá em caracteres hebraicos.

"É para a mesa de vocês na terra santa", ela disse.

"Ah, não", disse Andras. "É bom demais." E pensou em suas malas feitas e refeitas tantas vezes, dentro das quais não havia a menor possibilidade de encaixar nada.

Mas era difícil esconder algo da avó de Klein. "Sua esposa pode costurar no forro do casaco", explicou. "Ele contém um sortilégio que traz boa sorte."

"Onde?"

Ela lhe mostrou dois minúsculos caracteres hebraicos bordados em pontos de cruz no final da *challá*. "É o número dezoito. *Chai*. Vida."

Andras fez que sim com a cabeça, em sinal de agradecimento. "É muita bondade da senhora", disse. "Tem sido de grande ajuda para nós, desde o início."

"O garoto está à sua espera no quarto. Vá."

Em sua gruta atulhada de pastas, Klein estava sentado na cama com o cabelo em desordem, sem camisa, um rádio com as entranhas de fora sobre uma toalha aberta à sua frente. Se ele estava desgrenhado e com cheiro de ranço na primeira vez em que Andras o encontrou, agora, depois de um mês planejando a fuga deles, parecia a meio caminho de um estado de existência pré-histórico. Uma barba preta e desarvorada tinha crescido nele. Andras não conseguia se lembrar da última vez em que o vira usando pelo menos uma camiseta. Seu cheiro trazia lembranças dos alojamentos na Transcarpátia. Não fosse a janela aberta e a brisa que farfalhava os papéis no topo das pilhas, ninguém conseguiria permanecer dentro daquele quarto por muito tempo. E, no entanto, ali sobre a escrivaninha estava um espaço livre em que jazia aberta uma pasta de papel liso, com um itinerário de viagem indicado em código grampeado de um lado e um gordo feixe de instruções do outro lado. Gedalya, o nome que eles passariam a usar, estava inscrito na aba da pasta. E, na mão de Andras, estava o último item, um maço de documentos que completavam o quebra-cabeças, o componente legal de sua fuga ilegal. Até o planejamento daquela viagem, ele nunca havia imaginado que entre a emigração e a imigração pudesse se estender um labirinto bizantino. Klein enfiou uma pequenina chave de fenda por trás do cinto e ergueu as sobrancelhas para o cliente. Andras colocou os documentos novos no colo dele.

"Genuínos", disse Klein, tocando nas letras salientes do carimbo britânico. Seus olhos rodeados por sombras escuras encararam os de Andras. "Bem, aí está. Tudo pronto."

"Não falamos sobre o dinheiro."

"Sim, falamos." Klein estendeu a mão para a pasta e retirou um caderno de contabilidade, uma lista de números traçados à caneta na sua caligrafia fina e inclinada para a esquerda. O custo de documentos falsos, para o caso de serem descobertos. A tarifa para os capitães das barcaças e para os capitães do navio pesqueiro, e também a parte deles do combustível para a viagem, o custo da comida e da água, o dinheiro extra reservado para propinas, as taxas e os tributos do porto e o custo do seguro adicional, porque nos meses anteriores muitas embarcações tinham sido torpedeadas por acidente no Mediterrâneo. Tudo devia ser pago pessoalmente, em valores cada vez mais altos, à medida que a viagem fosse avançando. "Já examinamos tudo isso", disse Klein.

"Eu me refiro à sua remuneração", disse Andras. "Não conversamos sobre isso."

Klein fez uma cara feia. "Não me insulte."

"Não estou insultando você."

"Acha que pareço estar precisando de alguma coisa?"

"De uma camisa", respondeu Andras. "De um banho. Talvez de um rádio novo."

"Não vou aceitar dinheiro de vocês."

"Isso é um absurdo."

"Mas é assim mesmo."

"Talvez você não aceite dinheiro para si. Mas aceite pelos seus avós."

"Eles têm tudo de que precisam."

"Não seja idiota", disse Andras. "Podemos pagar dois mil *pengő*. Pense no que pode representar."

"Dois mil, cinco mil, cem mil, eu não ligo! Isto não é trabalho pago, compreende? Se queria pagar, deveria ter procurado Behrenbohm ou Speitzer. Meus serviços não estão à venda."

"Se não quer dinheiro, o que deseja?"

Klein deu de ombros. "Quero que isto aqui dê certo. E depois quero fazer o mesmo para outras pessoas, depois para outras ainda, até que eles me impeçam de continuar."

"Não foi o que me disse na primeira vez em que nos vimos."

"Eu estava apavorado por causa do *Struma*", disse Klein. "Não estou mais."

"Por que não?"

Ele deu de ombros. "A situação piorou. Agora, o medo paralisante parece um luxo."

"E se *você* quiser ir embora? Meu amigo pode ajudá-lo a conseguir um visto."

"Eu sei. Seria uma boa. Vou me lembrar disso."

"Vai se lembrar disso? Só? Mais nada?"

Ele concordou com a cabeça e pegou de novo sua chave de fenda que estava enfiada por trás do cinto. "Agora, desculpe, tenho um trabalho para fazer hoje. Terminamos nosso assunto, a menos que eu o procure por algum motivo. Vocês vão embora daqui a duas semanas." Curvou-se sobre o rádio e começou a retirar um parafuso que prendia em sua base um fio de cobre encapado.

"E então?", disse Andras. "Isso é tudo?"

"Isso é tudo", respondeu Klein. "Não sou uma pessoa sentimental. Se quiser uma despedida prolongada, fale com minha avó."

Mas a avó de Klein tinha pegado no sono em sua poltrona. Terminara de bordar a cobertura para o *challá* e a embrulhara num pedaço de papel de seda, com os nomes de Andras e Klara escritos num cartãozinho, preso ao papel por um alfinete. Ele se curvou no ouvido da sra. Klein e sussurrou seus agradecimentos, mas ela não acordou. As cabras fizeram seus comentários no pátio. Do quarto de Klein ressoou um palavrão em tom baixo e o barulho de uma ferramenta jogada no chão. Andras colocou o embrulho embaixo do braço e se retirou sem fazer nenhum som.

E então começou a última semana antes de sua viagem. Andras e Mendel publicaram um derradeiro número ilustrado de *O Trilho Torcido*, mas Andras fez Mendel prometer que continuaria a publicar o jornal até que o visto de saída para ele chegasse. O número do jornal apresentava uma entrevista fictícia com um astro da pornografia húngara, um jogo de palavras cruzadas cujas letras circuladas soletravam o nome do próprio major Károly Varsádi e uma coluna de economia otimista intitulada "Panorama do Mercado Negro", na qual todos os indicadores apontavam para uma série interminável de carregamentos lucrativos. "Pergunte a Hitler", que se tornara uma peça permanente no jornal, tinha só uma carta naquela semana:

CARO HITLER: Quando terminará este verão escaldante? Atenciosamente, Soldado com insolação.

CARO SOLDADO COM INSOLAÇÃO: O verão terminará na hora que eu mandar que termine, e nem um segundo antes disso! *Heil* para mim, Hitler.

Meia semana depois, os pais de Andras foram a Budapeste para ver os filhos e os netos mais uma vez, antes de sua partida. Foram jantar na nova residência da família Hász, um apartamento de teto alto com sancas de gesso mofadas se esfarelando e com um piso de parquê num desenho de espinha de peixe chamado de *points de Hongrie*. Andras se deu conta de que fazia quase cinco anos que estudara a arte dos parquês na École Spéciale; cinco anos desde que estudara o tipo de madeira que melhor se prestava a cada desenho e desde que reproduzira os desenhos em seu caderno de rascunho. Agora ali estava Andras, naquele apartamento, com seus pais espantados, sua esposa adorável e impetuosa, seu filho ainda bebê, preparando-se para dar adeus à Europa inteira. A arquitetura daquele apartamento só importava na medida em que fazia lembrar o que Andras deixaria para trás.

Seu irmão e Ilana chegaram, com o filho deles dormindo nos braços dela. Sentaram-se bem perto um do outro no sofá, enquanto József se aboletara atrás deles, numa cadeira dourada, fumando um dos cigarros de sua mãe. O pai de Andras lia com atenção um livreto de salmos, assinalando alguns versos para que os filhos os repetissem durante a viagem. A sra. Hász mais velha conversava com a mãe de Andras, que tomara conhecimento de que sua própria irmã conhecia a parte da família Hász que havia permanecido em Kaba, não muito distante de Konyár. György chegou do trabalho, com a parte da frente da camisa molhada de suor, beijou a mãe de Andras e apertou a mão de Béla. Elza Hász conduziu todos para a sala de jantar e pediu que tomassem seus lugares à mesa.

A sala estava decorada como que para uma festa. Havia velas compridas em candelabros de prata, buquês de rosas em jarras de vidro azul, cântaros de vinho do Porto, pratos com frisos dourados enfeitados com desenhos de pássaros. O pai de Andras proferiu as bênçãos para o pão e o costumeiro criado soturno adiantou-se um passo para servir os pratos de todos. De início, a conversa tratou de assuntos triviais: a flutuação dos preços da madeira, as previsões do almanaque de um outono precoce, o relacionamento escandaloso entre um membro do parlamento e uma antiga estrela do cinema mudo. Porém, inevitavelmente, desviou-se para a guerra. Os jornais matutinos tinham informado que os submarinos alemães afundaram um milhão de toneladas de cargas em navios americanos e britânicos naquele verão, setecentas mil toneladas só em junho. E as notícias que chegavam da Rússia não eram melhores: após uma sangrenta batalha em Vorónej no início de julho, o Segundo Exército húngaro estava avançando na esteira do Sexto Exército alemão rumo a Stalingrado. O Segundo Exército húngaro já pagara um pesado tributo para apoiar seu aliado. György tinha lido que aquele Exército perdera mais de novecentos oficiais e 20 mil soldados. Ninguém mencionava o que todos eles estavam pensando: que havia 50 mil recrutas do Serviço de Trabalho ligados ao Segundo Exército húngaro, quase todos judeus, e que, se o Segundo Exército húngaro tinha sofrido perdas pesadas, os batalhões do Serviço de Trabalho certamente sofreram perdas ainda piores. Da rua lá embaixo, como um sinal de pontuação, chegou o familiar estalo metálico da campainha dourada do bonde. Era um som peculiar de Budapeste, um som que era amplificado e se tornava ressoante por causa das paredes dos prédios que margeavam as ruas. Andras não pôde deixar de pensar naquela outra despedida, de cinco anos antes, aquela que o levara de Budapeste para Paris e para Klara. A viagem que agora se estendia à sua frente era mais desesperada, porém estranhamente menos assustadora; entre ele mesmo e o terror do desconhecido havia o consolo da presença de Klara e de Tibor. E na outra ponta do percurso da viagem estariam Rosen e Shalhevet e a perspectiva do trabalho árduo que ele almejava realizar, além da promessa de uma modalidade invulgar de liberdade. Mendel Horovitz talvez fosse ao encontro deles em poucos meses; os pais de Andras poderiam ir pouco depois. Na Palestina, seu filho jamais teria de usar uma braçadeira amarela nem viver com medo de seus vizinhos. Andras poderia terminar seus estudos de arquitetura. Ele não pôde evitar a sensação de certa pena de József Hász, que permaneceria ali em Budapeste e continuaria batalhando sozinho na companhia 79/6 do Munkaszolgálat.

"Você devia partir para a Palestina, Hász", disse Andras. A viagem para o Oriente Médio faria de Andras uma pessoa mais viajada do que József, um fato que ele percebia com alguma satisfação.

"Você não iria me querer lá", respondeu József de forma direta. "Eu seria uma péssima companhia de viagem. Fico enjoado à toa. Reclamo o tempo todo. E isso seria só o início. Eu não teria utilidade na Palestina. Não sei plantar árvores nem construir casas. Em todo caso, minha mãe não pode ficar sem mim, não é, mãe?"

A sra. Hász olhou primeiro para a mãe de Andras e depois para seu próprio prato. "Talvez você mude de ideia", ela disse. "Talvez vá conosco quando formos."

"Por favor, mamãe", disse József. "Por quanto tempo vai manter esse fingimento? *Você* não vai para a Palestina. Não queria nem entrar num bote no lago Balaton."

"Ninguém está fingindo nada", respondeu a mulher. "Seu pai e eu planejamos partir assim que chegarem nossos vistos. Não há dúvida de que não podemos ficar aqui."

"Vovó", disse József. "Diga para mamãe que ela está confundindo tudo."

"Não farei isso de maneira nenhuma", respondeu a sra. Hász mais velha. "Eu mesma pretendo ir também. Sempre quis ver a Terra Santa."

"Então vá e veja. Mas não fique morando lá. Somos húngaros, e não beduínos do deserto."

"Fomos um povo tribal antes de sermos húngaros", disse Tibor. "Não esqueça isso."

"Desculpe, doutor", disse József. Ele gostava de chamar Tibor de "doutor", assim como gostava de chamar Andras de "titio". "E antes disso fomos caçadores e coletores na África. Então talvez devamos ir além da Terra Santa de uma vez e seguirmos direto para o mais negro recesso do Congo."

"József", disse György.

"Mil perdões, papai. Tenho certeza de que o senhor prefere que eu fique calado. Mas é difícil, sabe, ser a única pessoa mentalmente sadia num manicômio."

Béla moveu sua requintada cadeira, sentindo nos ombros a pressão incômoda de seu terno social. Estava pensando que gostaria de agarrar o jovem Hász pelos ombros e sacudi-lo. Perguntava-se como o rapaz se atrevia a falar de modo tão leviano a respeito do que estava prestes a se abater sobre Andras e Tibor, suas esposas e seus filhos. Se um filho seu falasse daquela forma, Béla se levantaria da cadeira e lhe repreenderia, mesmo na frente das visitas. Mas ele jamais criaria um filho que falasse daquela maneira. Nem ele nem Flóra. Ela pousou a mão no pulso de Béla naquele instante, como se pudesse enxergar o que ele estava pensando; ele não se surpreendeu com o fato de ela compreendê-lo. Todos viam perfeitamente que o rapaz era intolerável. Pelo menos a mãe de Klara havia falado com ele de modo severo. Béla olhou para o outro lado da mesa, na direção da velha, aquela mulher de olhos cinzentos que já perdera e recuperara sua filha uma vez e que agora se mostrava estoica ante a perspectiva de perdê-la novamente. Eles tinham criado bons filhos, aquela mulher, Béla e Flóra. Ele não se questionava mais sobre a união entre Andras e Klara; agora sabia que os dois eram feitos da mesma matéria, a despeito dos luxos que a garota desfrutara quando criança. Lá estava ela, sentada, calma, com o bebê em seus braços, parecendo que estava prestes a começar uma viagem para a zona rural e não uma navegação perigosa por um rio e através de um mar salpicado de torpedos. Ele disse a si mesmo para deixar bem registrada no pensamento aquela imagem tranquila de Klara, aquela calma radiante; nos dias e semanas à frente, iria querer recordar aquilo.

A última semana que passariam em Budapeste foi a mais quente registrada até então naquele verão. Na quinta-feira o ônibus para Szentendre estava sufocante mesmo às seis horas da manhã; era o tipo de dia que a mãe de Andras chamava de *gombás-idő* — tempo bom para os cogumelos crescerem. Um vento úmido soprava através do canal do Danúbio. Pássaros se atropelavam em meio à turbulência úmida do ar e as árvores do outro lado da água refletiam com força a parte branca embaixo das folhas. Durante toda aquela semana, as fileiras do comando de Szentendre pareciam estar de péssimo humor. Os mesmos capatazes que antes não percebiam a sutil diminuição do ritmo de trabalho agora passaram a pressionar os trabalhadores de forma implacável. O mau humor parecia ter se espalhado como uma febre por todo o campo de trabalho. Houve uma série de discussões no quartel-general dos oficiais entre o major Varsádi e os inspetores do mercado negro e o resultado foi que Varsádi desatou uma rara onda de fúria contra seus tenentes; os tenentes se comportaram de maneira torpe com os guardas e os capatazes, e os capatazes por sua vez xingaram os recrutas, davam pontapés e retalharam suas costas e suas pernas com golpes de cordas usadas para fazer embrulhos e de comprimento duplicado.

Naquela manhã, seria feita uma inspeção com as tropas perfiladas antes de o trabalho começar. Os homens foram instruídos de antemão a apresentar seus uniformes e seu equipamento em perfeitas condições. A partir das sete horas, ficaram em posição de sentido ao lado dos trilhos de trem durante o que pareceu um tempo interminável. A chuva começou a cair, um bombardeio de gotas gordas e duras que penetrava as roupas. A espera não terminava nunca; os guardas andavam para um lado e para o outro entre as filas de recrutas do Serviço de Trabalho, tão aborrecidos quanto os alvos de sua vigilância.

"Que desperdício de tempo", disse József. "Por que não nos mandam para casa de uma vez?"

"Apoiado, apoiado", disse Mendel. "Era melhor nos soltar."

"Calados aí, vocês dois", ordenou um guarda.

Os olhos de Andras estavam voltados para o prédio baixo de tijolos que abrigava o quartel-general de Varsádi. Através de uma janela embaçada de vapor, ele conseguia distinguir o comandante segurando um telefone no ouvido. Andras balançava o corpo para trás e para a frente, apoiado nos calcanhares; observava o pontilhado da chuva nas costas do homem parado na sua frente. Em pensamento, revia as tarefas que o aguardavam nos próximos dias: terminar de fazer as malas, conferir mais uma vez a lista de roupas e suprimentos, amarrar e trancar as malas, sair do apartamento em que moravam na Nefelejcs Utca, encontrar Tibor à meia-noite na casa dele, caminhar até o ponto marcado ao norte da ponte Erzsébet, onde uma barcaça estaria à espera, instalarem-se todos eles no esconderijo úmido e escuro onde teriam de se encolher bem juntos, enquanto a barcaça deslizava na correnteza do rio. Andras estava lá em seu pensamento, escondido tão bem no porão da barcaça no rio Danúbio que, de início, não percebeu o trepidar dos caminhões na estrada. Sentiu uma vibração grave em seu osso esterno e pensou: *Mais trovões*. No entanto, o rumor continuou e aumentou; quando ele ergueu os olhos, viu um comboio de seis caminhões com soldados húngaros. Os veículos atravessaram com um fragor os portões do pátio de carga de Szentendre, com seus pneus levantando a poeira seca que estava por baixo da superfície molhada de chuva da estrada. Estacionaram no terreno deserto que se estendia entre os trilhos e o prédio dos oficiais. Os soldados na traseira dos caminhões carregavam fuzis com baionetas; Andras pôde ver as lâminas que cintilavam na penumbra cor de oliva das coberturas de lona dos caminhões. Quando os veículos pararam, os soldados pularam sobre o cascalho lamacento e seguraram as armas com displicência ao lado do corpo. Os oficiais do primeiro caminhão entraram no prédio baixo de tijolos e a porta se fechou atrás deles.

Os recrutas do Serviço de Trabalho olharam para os soldados. Devia haver pelo menos cinquenta ou sessenta deles. Com os oficiais atarefados dentro do quartel-general, os soldados encostaram os fuzis na lateral dos caminhões e começaram a fumar. Um deles pegou um baralho e começou a jogar pôquer. Outro grupo de homens se amontoou em redor de um jornal, enquanto um dos soldados lia as manchetes em voz alta.

"O que está acontecendo?", sussurrou a pessoa ao lado de Andras, um homem alto e sem cabelo, que tinha sido apelidado de Torre de Marfim. Tinha sido professor de história na universidade; a exemplo de Zoltán Novak, fora recrutado para o Munkaszolgálat a fim de completar a cota de judeus eminentes. Era um novato no Serviço de Trabalho e ainda não aprendera a aceitar seus mistérios e suas contradições sem protestar.

"Não sei", disse Andras. "Vamos descobrir logo."

"Silêncio nas fileiras!", gritou um guarda.

A espera prosseguiu. Alguns guardas se esgueiraram na direção dos soldados a fim de trocar cigarros e notícias. Alguns pareciam já se conhecer. Davam palmadinhas nas costas uns dos outros e apertavam as mãos. Passou mais meia hora e ainda não havia saído ninguém do quartel-general. Finalmente o capitão da guarda deu ordem para os recrutas do Serviço de Trabalho relaxarem. Podiam comer ou fumar se quisessem. Andras e Mendel sentaram-se num úmido entroncamento de trilhos e abriram suas marmitas para almoçar; József puxou do bolso do peito uma caixa fina de couro e dela extraiu um cigarro.

Um instante depois a porta do bojudo prédio de tijolos abriu e os oficiais saíram — primeiro os do Exército em seus uniformes lisos, com botões de cobre, depois os conhecidos oficiais do Munkaszolgálat que os comandavam desde o início de sua temporada em Szentendre. O primeiro-tenente de Varsádi deu um assobio e ordenou aos recrutas do Serviço de Trabalho que ficassem em posição de sentido. Houve um momento de confusão rumorosa, enquanto os homens punham de lado seu almoço. Depois o sargento gritou suas ordens: os homens deviam formar fileiras junto aos caminhões de suprimento e transportar os produtos para os vagões de carga dos trens, o mais depressa possível.

Não fosse a presença dos soldados, com suas baionetas apontando afiadas para o céu, como que para perfurar o baixo-ventre das nuvens baixas, pareceria mais uma tarde comum, como tantas outras no pátio de carga de Szentendre. A companhia 79/6 carregava caixotes de munição pelo mesmo trecho de cascalho que os recrutas haviam cruzado tantas e tantas vezes antes. Se os guardas mantinham um controle mais rigoroso sobre os homens, se os oficiais gritavam suas ordens de modo mais estridente, aquilo parecia apenas uma extensão do ânimo que havia permeado as fileiras de comando durante toda aquela semana. Faragó, o capataz deles, não conseguia assobiar nenhuma canção de espetáculo musical; em vez disso gritava *Siessetek!*, com sua voz fina de tenor, e se perguntava em voz alta o que tinha feito para merecer a maldição que era comandar aquelas lesmas preguiçosas.

Já na metade do serviço de descarregamento, quando ainda havia a carga de cinco caminhões de suprimentos para ser transferida para os vagões do trem, um ajudante de ordens de Varsádi aproximou-se do grupo de trabalho de Andras e puxou Faragó para o lado. Pouco depois, Faragó chamou Andras e Mendel para que deixassem suas tarefas. O comandante da companhia, pelo visto, queria ter uma palavrinha com eles em seu gabinete.

Mendel e Andras trocaram um olhar: *Não é nada. Não entre em pânico.*

"O homem falou do que se trata, senhor?", perguntou Mendel, embora só houvesse um assunto possível, uma única razão para o comandante convocar os dois ao seu gabinete.

"Vocês vão descobrir logo", respondeu Faragó. E, depois, disse para o ajudante de ordens: "Trate de trazer os dois de volta para cá assim que Varsádi terminar de falar com eles. Não posso poupá-los por muito tempo".

O jovem ajudante de ordens do major levou-os através do pátio de carga rumo ao prédio baixo feito de tijolos. Um grupo de soldados armados estava em posição de sentido na antessala, os fuzis apoiados sobre os ombros. Os olhos se voltaram para Andras e Mendel quando os dois entraram, mas a não ser por isso todos continuaram imóveis como esculturas. Um ordenança conduziu Andras e Mendel para o interior do gabinete de Varsádi, fechou a porta às suas costas e os dois se viram sozinhos diante do comandante. A camisa do uniforme de Varsádi estava perfeita, a despeito do calor, seus olhos semicerrados atrás de um par de óculos em forma de meia-lua. Sobre a escrivaninha, como Andras imaginava, estava uma coleção completa de *O Trilho Torcido*.

"Pois bem", disse Varsádi, ajeitando as folhas de papel na sua frente. "Serei breve. Vocês sabem como gosto de seu jornal. Faz o pessoal dar boas risadas. Mas receio que não é... hã... oportuno que ele continue a circular no momento."

Andras experimentou um momento de confusão. Achou que aquela conversa trataria da resistência que ele e Mendel haviam despertado entre os recrutas. O ritmo acelerado do trabalho e a mudança de atitude dos capatazes haviam apontado naquela direção. Mas Varsádi não os estava acusando de agitação. Parecia estar apenas pedindo que parassem de publicar o jornal.

"O jornal na verdade não está circulando, senhor", disse Mendel. "Não fora da companhia 79/6."

"Vocês fizeram cinquenta exemplares de cada número", disse Varsádi. "Os homens os levaram para casa. Alguns desses exemplares podem ter chegado à cidade. E depois tem a questão da prensa, das matrizes de impressão e dos originais. Esse é um jornal muito bem acabado. Eu sei que vocês não estão imprimindo exemplares numa prensa de manivela."

Andras e Mendel trocaram um olhar muito rápido e Mendel disse: "Destruímos as matrizes de impressão toda semana, senhor. Os exemplares que circulam são os únicos que existem".

"Eu soube que estiveram trabalhando pouco tempo atrás no *Jornal Judaico de Budapeste*. Se fôssemos lá investigar ou dar uma olhada no local, não aconteceria por acaso de encontrarmos...?"

"Pode procurar onde quiser, senhor", disse Mendel. "Não há nada para descobrir."

Andras observou com uma espécie de alheamento quando o comandante abriu a gaveta da escrivaninha, tirou um pequeno revólver e segurou-o com indolência na mão. O corpo da arma era de um preto aveludado, o cano era muito curto. "Não pode haver engano sobre isso", disse Varsádi. "Cinquenta exemplares de cada jornal. Há incerteza demais nessa equação. Preciso de seus originais e de suas matrizes de impressão. Preciso saber onde estão guardados."

"Destruímos...", começou Mendel de novo, mas seus olhos desviaram-se para o revólver.

"Está mentindo", disse Varsádi, sem rodeios. "Não gosto disso, depois da leniência que demonstrei com vocês." Virou a arma e passou o dedo na trava de segurança. "Preciso da verdade e então seguirão seu caminho. Vocês imprimiram tudo no *Jornal Judaico de Budapeste*. Poderemos encontrar os originais lá? Pergunto, cavalheiros, porque o único outro lugar que me ocorre procurar é na casa de vocês. E eu prefiro não incomodar seus familiares." As palavras ficaram pairando no ar entre eles, enquanto Varsádi esfregava o polegar no revólver, para dar brilho no metal.

Andras viu tudo: o apartamento na rua Nefelejcs saqueado, todos os papéis e livros atirados no chão, todos os armários esvaziados, o sofá rasgado e com o estofo à mostra, as paredes e as tábuas do assoalho arrebentadas e abertas. Todos os preparativos para sua viagem à Palestina expostos ao escrutínio das autoridades. E Klara, encolhida num canto ou sendo segurada pelos pulsos — Como? Por quem? —, enquanto o bebê chorava. Andras fitou Mendel nos olhos de novo e compreendeu que ele via a mesma coisa e tinha tomado sua decisão. Se Andras não contasse a verdade, Mendel contaria. E de fato, um instante depois, Mendel falou:

"Os originais estão no *Jornal Judaico*", ele disse. "Um exemplar de cada número, dentro de um arquivo no gabinete do editor chefe. Não é preciso incomodar a família de ninguém. Não guardamos nada em casa."

"Muito bem", disse Varsádi. Repôs o revólver na gaveta da escrivaninha. "É só disso que eu preciso por enquanto. Dispensados", ele disse, e acenou com a mão para a porta.

Eles caminharam como se pisassem num líquido viscoso, sem olhar um para o outro. Haviam comprometido Frigyes Eppler, sua pessoa, seu emprego; os dois estavam cientes disso. Não havia como saber quais poderiam ser as consequências ou que preço Eppler teria de pagar. Do lado de fora, viram que a companhia inteira tinha sido reunida no pátio de formatura, onde agora todos estavam postados numa desconfortável posição de sentido. Quando Andras tomou sua posição na fileira, József lançou-lhe um olhar de franca curiosidade. Mas não houve tempo para esclarecê-lo; parecia que a prometida inspeção seria realizada. Os soldados que tinham chegado naquela manhã tinham se dispersado ao longo da margem do pátio de formatura e os oficiais que tinham se reunido com Varsádi estavam postados à frente das tropas perfiladas. Quando Andras olhou para o outro lado da área coberta de cascalho, para a extremidade do campo, viu que havia soldados perfilados ali também. Na frente do quartel-general de Varsádi, havia soldados. Ao longo dos trilhos atrás deles, mais soldados. De repente, compreendeu: a companhia 79/6 tinha sido cercada, encurralada. Os soldados que fumavam e riam com os guardas agora estavam em posição de sentido, com as mãos nos fuzis, os olhos cravados naquela perigosa meia distância militar, o lugar de onde era impossível reconhecer outro ser humano.

Varsádi saiu do prédio baixo de tijolos, as costas eretas, suas medalhas cintilantes no sol da tarde. "Em posição nas fileiras", gritou. "Formação de marcha."

Andras disse a si mesmo para manter a calma. Estavam a meia hora de Budapeste. Ali não era Délvidék. Provavelmente Varsádi tinha apenas a intenção de assustá-los, exibir seu poder e controle, corrigir a frouxidão de seu comando. Sob suas ordens, a companhia 79/6 marchou para fora do pátio de formatura e seguiu pelos trilhos rumo ao portão sul do pátio de carga. Os soldados se mantiveram firmes em suas fileiras em torno do grupo de recrutas do Serviço de Trabalho. Todos pararam quando chegaram ao final da fila de vagões de carga do trem.

Três vagões vazios tinham sido engatados ao final da composição, e suas laterais tinham o escudo com as iniciais do Munkaszolgálat. Por cima das pequeninas e altas janelas dos vagões de carga, tinham instalado barras de ferro. As portas estavam abertas, em expectativa. Bem mais adiante, além dos vagões que tinham sido carregados com suprimentos, uma locomotiva exalava fumaça marrom.

"Posição de sentido", gritou Varsádi. "Suas ordens foram mudadas. Seus serviços são necessários em outro local. Vão partir imediatamente. Suas novas atribuições são secretas. Não podemos dar mais nenhuma informação."

Houve um rumor de protesto incrédulo entre os homens, um súbito estrondo de gritos.

"Silêncio", gritou o comandante. "Silêncio! Silêncio, já!" Ergueu a pistola e disparou para o ar. Os homens ficaram em silêncio.

"Desculpe, senhor", disse József. Estava a poucos metros de Andras, perto o bastante para que Andras visse uma estreita veia latejando em sua têmpora. "Se bem me lembro, as regras do manual das obrigações do KMOF diz que temos de ser avisados com uma semana de antecedência antes de uma transferência. E, se o senhor não se ofende por eu mencionar isso, não temos conosco nenhum suprimento."

O major Varsádi avançou em largas passadas na direção de József, com a pistola na mão. Segurou a arma pelo cano curto e desferiu dois golpes rápidos com o punho contra o rosto dele. Um trêmulo jato de sangue brilhante apareceu no ombro do uniforme de Andras.

"Ouçam meu conselho e fiquem de bico calado", disse Varsádi. "No lugar para onde estão indo, serão fuzilados por muito menos que isso."

O major deu mais uma ordem; os soldados cerraram suas fileiras em torno dos recrutas do Serviço de Trabalho e os empurraram na direção dos vagões de trem. Andras viu-se espremido entre Mendel e József. Atrás deles, um aglomerado de homens. Não tiveram outra escolha senão subir para as bocas abertas dos vagões de trem. Através da única janela alta do vagão, Andras pôde ver os soldados perfilados em torno dos vagões, o brilho fosco de suas baionetas contra o fundo do céu mármore. Cada vez mais recrutas do Serviço de Trabalho eram empurrados para dentro dos vagões, até que o próprio ar pareceu ser formado por aqueles homens. Andras inalava lona molhada, óleo de cabelo e suor, o cheiro do trabalho matinal cortado por uma pontada de pânico. Seu coração martelava por trás das costelas e sua garganta se apertava de terror. Klara estaria em casa naquela hora, arrumando as últimas coisas para a viagem. Dali a uma hora ela começaria a olhar para o relógio. Andras tinha de sair daquele trem. Diria que estava doente; ofereceria propina. Empurrou e acotovelou os homens à sua frente na tentativa de alcançar a porta de novo, mas antes que conseguisse chegar naquele retângulo de luz houve um grito bem nítido. Em seguida, o crepitar ruidoso da porta, que deslizou e fechou; a escuridão desceu sobre o vagão, e o som de uma corrente em atrito com o metal, o inconfundível estalo de um cadeado, pôde ser ouvido.

Logo depois o apito do trem ressoou com um zunido indiferente. Através das tábuas de madeira do piso, através das solas das botas de verão e dos ossos das pernas, subiu uma trepidação mecânica e profunda, o primeiro rangido e o primeiro tranco do movimento. Os homens tombaram, chocando-se uns contra os outros, e contra Andras; o peso deles parecia grande o bastante para espremer seu coração até fazê-lo parar de bater e imobilizar-se dentro do peito. E depois o trem sacudiu, tomou seu ritmo e levou-os para a frente através dos portões norte do pátio de carga de Szentendre, rumo a um destino que nenhum deles podia saber qual era.

PARTE V
Em chamas

34. Turka

Nos dias e noites que ele passou no trem, depois de ter ficado rouco de tanto gritar em protesto e de ter esgotado todas as esperanças de fugir, uma espécie de torpor pareceu dominá-lo. Ficava com Mendel durante horas junto à janela alta, vendo o mundo passar lá fora como um catálogo de coisas impossíveis. Aquela motocicleta, sugerindo uma fuga rápida. Aquela estrada e a liberdade para seguir por ela para casa, ao encontro de Klara. Aquele caminhão do correio, que podia levar uma carta para sua mulher. Pela direção da luz, Andras sabia que estavam seguindo para o nordeste. Ele perceberia isso de qualquer maneira, porque o trem estava subindo. Ascenderam às terras altas do norte através de Gyöngyös e Füzesabony; às vezes o trem se arrastava, e outras ficava parado durante horas. Toda vez que parava, Andras pensava que seriam retirados dos vagões para seu novo local de trabalho. Na segunda noite, receberam ordens para desembarcar; foram arrebanhados dentro de um armazém vazio que talvez algum dia tivesse sido usado como depósito para o vinho tinto que se produzia na região, Egri Bikavér, sangue de boi. O cheiro do ar tinha um teor adocicado de carvalho igual ao aroma dos barris de vinho; o chão de terra tinha manchas roxas desbotadas em forma de arco. Dois cozinheiros do Exército lhes deram para comer uma sopa rala de repolho e nacos de pão escuro e duro, a comida do Munkaszolgálat. Eles ficaram em fila para se lavar numa torneira num canto do armazém. Não tinham permissão para falar uns com os outros, para se aventurar do lado de fora nem mesmo para urinar — para isso, tinham de usar um barril. A porta do armazém estava trancada, o prédio era vigiado por soldados. De manhã, os recrutas foram levados de volta para dentro dos vagões do trem e partiram de novo para o leste.

Era o terceiro dia de viagem. A manhã seguinte era o dia marcado para Andras partir rumo à Palestina. O que Klara estaria fazendo naquela hora? Ele sabia que era inútil esperar que partisse sem ele. O que ela teria pensado duas noites antes, quando o tempo foi passando, ficando cada vez mais tarde, e Andras não chegava em casa? Ele imaginou Klara curvando-se diante das malas, guardando os objetos do bebê, olhando as horas no relógio sobre a penteadeira; Andras imaginou a suave preocupação dela quando passou a hora em que ele costumava chegar — teria ele parado em Budapeste para tomar um último drinque com Mendel ou para dar um último passeio a pé pelas ruas familiares? O jantar que Klara tinha feito provavelmente esfriara na cozinha. Ela poria Tamás para dormir, enquanto sua preocupação se avolumava até se tornar medo, à medida que as oito horas se tornaram nove, e as nove horas se tornaram dez.

O que Klara imaginaria que acontecera com ele? Pensaria que tinha sido jogado na prisão, ou que tinha sido morto? Será que a administração do Serviço de Trabalho lhe diria alguma coisa? A probabilidade maior era de Klara ainda não saber de nada. E quanto à ameaça de Varsádi? Ele se contentaria quando seus homens encontrassem os originais de *O Trilho Torcido* no gabinete de Eppler ou faria questão de fazer uma busca no apartamento?

No trem, havia especulações constantes sobre o local para onde estavam indo e o que os aguardava no final da viagem. A opinião dominante era de que tinha ocorrido algum engano a respeito da transferência da companhia. O previsto era que fossem para noroeste, para Esztergom, no final do mês, para trabalhar num outro pátio de carga de ferrovia. As ordens tinham se embaralhado, provavelmente. A confusão logo seria descoberta e eles seriam transferidos para um trem a caminho do oeste. Mas aquilo não explicava por que haviam mandado tantos soldados para Szentendre, a fim de vigiar o embarque dos homens nos vagões de trem nem o motivo por que foram embarcados com tanta afobação. Torre de Marfim, o ex-professor de história, propôs outra teoria: acreditava que estavam sendo enviados para o leste porque todos tinham testemunhado um crime, o lento e sistemático desvio de milhões de *pengő* em produtos para o mercado negro. O governo começara uma campanha para rastrear os desfalques praticados no âmbito militar, ele disse. O roubo de produtos destinados ao uso na frente de batalha passou a ser considerado um ato de traição que podia ser punido com a morte. Uma onda de pânico se espalhou entre os comandantes de companhia do Serviço de Trabalho, que eram os piores transgressores de todos. Os recrutas judeus não podiam ser encarados como testemunhas confiáveis para atestar a inocência de oficiais que os agrediam diariamente; em vez disso, tinham de ser despachados para algum local fora de vista, talvez até para o front oriental.

József ficou aterrorizado. Andras percebeu. Ele mal conseguia falar. Ficava isolado, tocando cautelosamente no rosto, no ponto onde Varsádi o havia golpeado. József nunca dormia, pelo menos não que Andras visse; ficava sentado a noite inteira, conferindo e arrumando repetidas vezes seus poucos pertences dentro da bolsa. Não dizia nada que fosse jocoso. Não comia a comida do Munkaszolgálat, preferindo em troca pegar um naco de pão *challá* guardado do último almoço que levara para Szentendre. De início, recusava-se a usar o banheiro coletivo no canto do trem; quando a necessidade obrigou-o afinal a usá-lo, voltou de lá como se tivesse levado uma surra.

O dia virou noite de novo e o trem seguiu em frente. Não houve nenhuma parada para pegar comida ou água. Não havia nenhum alívio para o calor. Os homens não podiam se deitar; não havia espaço. Podiam revezar-se para sentar no chão do vagão de carga ou para levantar a cara até a janelinha. Havia algum alívio naqueles momentos em que conseguiam respirar um pouco de ar fresco. Mas no quarto dia não foi mais possível ignorar o agravamento do mau cheiro nem a sede torturante que se abatera sobre eles, e Andras passou a se perguntar se o propósito verdadeiro da viagem não seria mantê-los dentro do trem até morrerem de sede. Em meio à névoa da desidratação, Andras se deu conta de que estavam presos naquele trem que seguia rumo ao leste por culpa sua. *O Trilho Torcido*, por mais que adotasse um tom de brincadeira, a rigor havia documentado o envolvimento de Szentendre com o mercado negro; tornara a situação conhecida para qualquer recruta do Serviço de Trabalho que fosse cego ou ingênuo demais para conseguir enxergá-la por conta própria, e podia muito bem ter divulgado a operação para além do âmbito do campo. Klara tinha razão: ele havia corrido um risco absurdo e desnecessário. O jornal podia ser uma árvore pequena numa floresta de provas incriminadoras, mas mesmo assim tinha seu peso. Varsádi considerou-o importante o suficiente para convocar uma reunião particular com Andras e Mendel, importante o suficiente para ameaçá-los com um revólver na mão. Se cinquenta exemplares não tivessem se difundido todas as semanas entre os homens e circulado talvez por toda a cidade, Varsádi teria se transformado de um moleirão leniente num homem disposto a mandar uma companhia inteira para o front só para salvar a própria pele?

Naquela tarde, Andras ficou de pé junto à janelinha enquanto o trem subia sob uma tempestade e penetrava numa região de montes coalhados de rochas. Uma forma negra imensa emergiu de trás da cortina da cerração: a ruína de uma fortaleza medieval, um castelo de muralhas denteadas que projetava seu torreão negro rumo ao céu. Andras cutucou o ombro de Mendel e obrigou-o a olhar. Seu próprio peito contraiu-se com a sensação de que havia sonhado com aquele momento muito tempo antes. Tudo naquela cena parecia familiar: o som das rodas nos trilhos, a escuridão no interior do vagão de carga, o fedor dos homens amontoados, a forma negra e remoída da fortaleza. Um gosto metálico surgiu na boca de Andras e sua pele formigou com uma sensação semelhante à vergonha. Como se permitiu pensar que ele, Klara, Tamás, Tibor, Ilana e Ádám estariam, naquela hora, ocultos no porão de uma barcaça no rio Danúbio, a caminho da Romênia, onde embarcariam num navio que os levaria para a Palestina? Como se permitiu acreditar que atravessariam em segurança um mar cheio de submarinos, que chegariam a Haifa incólumes e lá começariam uma vida nova numa das colônias, que depois levariam seus pais para lá e que ele mesmo ajudaria a montar o esqueleto de uma pátria judaica? Andras chegara ao ponto de se permitir acreditar que Mátyás ia voltar vivo do Serviço de Trabalho, ileso, e unir-se a eles na Palestina. Mas o castelo no topo do morro, a neblina, aquele trem: de algum modo, durante todo o tempo, Andras sabia que aquilo estava chegando. De algum modo, sabia que jamais conseguiriam sair juntos de Budapeste, que nunca deixariam a Hungria e atravessariam o Mediterrâneo. Andras se perguntava se Klara também soubera daquilo desde o início. Se fora assim, como um deles havia permitido que o outro persistisse em sua ilusão recíproca?

Andras compreendeu afinal que, havia muitos anos, ele cultivava o hábito da esperança cega. Tornara-se algo natural para ele, como respirar. Aquilo o levara de Konyár para Budapeste e para Paris, da friagem solitária de seu quarto na Rue des Écoles ao calor aconchegante da Rue de Sévigné, do desespero do inverno nos Cárpatos à rua cheia de miosótis em Erzsébetváros. Era o inevitável subproduto do amor, o cristalino e poderoso destilado da condição de ser pai. Aquilo havia impedido que ele pensasse por tempo o bastante ou com um rigor excessivo a respeito do que podia ter acontecido com Polaner, com Ben Yakov, com seu próprio irmão caçula. Aquilo o impedira de se deter nas possíveis consequências de publicar um jornal como *O Trilho Torcido*. Aquilo o havia impedido de se imaginar a bordo de um trem para o leste, rumo à boca do campo de batalha. Mas ali estava ele, e ali estava Mendel Horovitz, vendo o castelo que desaparecia no meio da neblina.

O trem avançava sem parar, sempre subindo, movendo-se lentamente no ar cada vez mais seco e rarefeito. O calor brutal começou a amainar e um aroma de pinheiros se esgueirou através das janelinhas altas. Os homens estavam em silêncio, murchos, debilitados pela fome e pela falta de sono. Revezavam-se para alguns poderem sentar, enquanto outros ficavam de pé. Oscilavam entre o sono e a vigília, as pernas balançavam com o movimento do trem, os pés dormentes com a vibração das rodas sobre os trilhos intermináveis. Quando o trem parou numa estação no quinto dia, Andras só pôde pensar em como seria bom poder se esticar sobre a terra e dormir. De fora, veio o rumor ruidoso da porta ao ser destrancada e empurrada para o lado; uma onda de ar fresco moveu-se para o interior do vagão fedorento e os homens se empurraram para fora, rumo à plataforma. Em meio à neblina da exaustão, Andras leu a placa na estação de trem. Typka. Um estalo na parte frontal do palato, uma contração dos lábios em torno do *ka*, o diminutivo em húngaro. Um choque de alívio desceu sobre Andras: afinal, não estavam no front oriental. Ainda estavam dentro das fronteiras da Hungria.

Typka. Andras não se deu conta de que havia pronunciado a palavra em voz alta, até que Torre de Marfim, parado a seu lado, balançou a cabeça e corrigiu-o: "Turka", ele disse. "Está escrito em cirílico."

E era verdade. Eles haviam chegado à Ucrânia.

O campo de trabalho onde deveriam ficar tinha sido bombardeado uma semana antes. Cento e setenta homens foram mortos, os alojamentos foram destruídos. Os remanescentes tiveram de escavar vastas sepulturas a fim de enterrar seus companheiros; a terra revirada tinha desabado dentro dos fossos por causa da chuva da semana. Aquela companhia não deixara nada para trás senão os ossos de seus mortos — nenhuma placa ou ferramenta, nenhum conforto para os homens da companhia 79/6. Andras e os demais acamparam na lama do pátio de formatura e no dia seguinte se instalaram na casa principal e nos anexos de um orfanato judeu abandonado, situado a meio quilômetro de distância.

O lugar era construído de tijolos feitos de cinzas, sua caiação estava esverdeada pelo mofo. Tudo no interior da casa principal era destinado ao uso por crianças. Os beliches eram absurdamente pequenos. A única maneira de deitar sobre eles era encolher as pernas até o peito. As pias tinham água corrente, o que representava nada menos do que um milagre, mas eram construídas numa altura tão baixa que quase era necessário ficar de joelhos para lavar o rosto. O refeitório era mobiliado por bancos e mesas muito baixos; os corredores continuavam com as marcas dos calcanhares e das pegadas sujas de lama das crianças. Não havia nenhum outro sinal da presença das crianças no local. Todas as peças de roupa, todos os sapatos, livros e colheres tinham sido retirados, como se as crianças nunca tivessem existido.

O novo comandante era um magiar musculoso e de cabelo preto cujo rosto era atravessado ao meio por uma espetacular cicatriz de queloide. A cicatriz traçava um arco que ia do meio da testa até a ponta do queixo, bloqueando a pálpebra direita, desviando-se do nariz por um milímetro e partindo os lábios em quatro partes desiguais. O olho direito sem pálpebra dava a suas feições uma fisionomia de surpresa e horror perpétuos, como se o choque inicial do ferimento nunca o houvesse deixado. Seu nome era Kozma. Vinha de Győr. Tinha um cão de caça grande e cinzento que ele ora chutava, ora afagava, e um tenente chamado Horvath a quem tratava da mesma forma. Em sua primeira manhã no orfanato, Kozma reuniu a companhia em forma no pátio e os fez marchar cinco quilômetros pela estrada, em marcha acelerada, até um terreno encharcado onde o capim havia crescido de modo desigual à beira de uma trincheira comprida e coberta de terra. Ali as crianças do orfanato tinham sido postas em fila e fuziladas. Foi o que o novo comandante lhes contou, e era ali também que eles seriam fuzilados, quando não fossem mais úteis para o Exército húngaro. Suas plaquinhas de identificação poderiam voltar para casa, mas *eles* não; eram mais imundos do que porcos, mais vis do que vermes, quase tão bons quanto os mortos. Por enquanto, porém, sua companhia ia se unir aos quinhentos recrutas do Serviço de Trabalho que estavam reconstruindo a estrada entre Turka e Stryj. O velho caminho alagava toda vez que o rio Stryj transbordava. A estrada nova ficaria num nível mais alto. Campos minados representavam um obstáculo menor ao trabalho; às vezes, os recrutas do Serviço de Trabalho tinham de limpá-los a fim de permitir que a estrada avançasse. A estrada tinha de estar terminada na época em que começasse a temporada da neve. Em seguida seriam responsáveis por manter a estrada limpa. O contador, Orbán, cuidaria da caderneta de pagamentos dos recrutas. Tolnay, o oficial médico, cuidaria deles se ficassem doentes. Mas não havia tolerância com preguiçosos. Tolnay tinha ordens rigorosas para fazer tudo o que estivesse a seu alcance para evitar que os recrutas faltassem ao trabalho. Eles tinham de obedecer aos guardas e aos oficiais em todos os assuntos; os criadores de caso seriam punidos, os desertores seriam fuzilados.

Quando terminou seu discurso, Kozma estalou os calcanhares um contra o outro, fez um rodopio com a massa volumosa de seu corpo numa rapidez surpreendente e deu um passo para o lado a fim de deixar que seu tenente falasse para a companhia. O tenente Horvath parecia uma espécie de maquete à beira de desmoronar, seu arcabouço e suas feições eram sanfonados, numa versão mais delgada de um homem comum. Equilibrou um par de óculos na ponta do nariz e tirou uma caderneta do bolso do peito. Não podiam acender nenhuma luz elétrica depois que escurecia, disse para os recrutas em sua voz fina e monótona, não podiam escrever cartas, não havia nenhuma cantina onde pudessem refazer seus suprimentos, não havia uniformes de reserva para o caso de os seus rasgarem ou furarem, não podiam formar grupos, não podiam confraternizar com os guardas, não podiam ter canivetes, fumar, esconder objetos de valor, não podiam fazer compras nas lojas da cidade nem fazer negócios com os camponeses do local. Suas famílias logo seriam informadas de sua transferência, mas não podia haver nenhuma comunicação postal entre a companhia 79/6 e o mundo exterior — nenhuma remessa, nenhuma carta, nenhum telegrama. Em prol da segurança, eles tinham de usar suas braçadeiras o tempo todo. Sem a identificação apropriada, qualquer pessoa podia ser confundida com um inimigo e levar um tiro.

Horvath gritou uma ordem para que formassem cinco colunas e marchassem de novo para a estrada; tinham de partir para seu trabalho imediatamente. A estrada estava encharcada de lama funda e pegajosa. Quando a luz começou a aumentar, Andras viu que estavam num amplo vale onde um rio se estendia ao pé de morros e uma densa vegetação de sempre-vivas crescia. Ao longe se erguiam os picos cinzentos e denteados dos Cárpatos. Nuvens pairavam nas encostas, sangrando neblina para o interior do vale. O Stryj inchado pela chuva fluía depressa entre as margens íngremes e marrons. Pouco depois, Andras pôde sentir nas costas e nas coxas a subida da ladeira da estrada. A lista das proibições continuava a rodar dentro de sua cabeça; não podiam acender nenhuma luz elétrica depois de escurecer, não podiam escrever cartas, não podia haver nenhuma comunicação postal. Não havia meios de entrar em contato com Klara. Não havia como saber o que havia acontecido com ela, com Tibor, Ilana, Ádám ou Mátyás, caso chegasse alguma notícia sobre ele. Durante as outras temporadas de Andras no Serviço de Trabalho, foram as cartas de Klara que o impediram de entrar em desespero; era a necessidade de escrever *estou bem* que o mantinha bem, relativamente falando. Como poderia suportar a ausência de qualquer comunicação com a família, sobretudo depois de tudo o que havia acontecido? Ele teria de encontrar um meio de mandar alguma notícia para Klara, não importava quais fossem as consequências. Subornaria alguém, assinaria notas promissórias se fosse necessário. Escreveria cartas e suas cartas chegariam até ela. Na vasta incerteza que o rodeava, aquilo ele sabia com segurança.

O local de trabalho ficava a dez quilômetros de distância; lá, receberam pás e picaretas e foram divididos em vinte grupos de seis. Cada grupo tinha dois homens que empurravam os carrinhos de mão e quatro encarregados de escavar. Era possível avistar centenas de grupos escavando a terra e empurrando os carrinhos de mão cheios, nivelando o leito da estrada para que pusessem as camadas de cascalho e asfalto. Um trecho de estrada nivelada estendia-se para trás, rumo a Turka; uma trilha de marcas vermelhas dos topógrafos pontilhava o verde infinito entre o local de trabalho e Skhidnítsia. Supervisores circulavam entre os grupos de trabalho, batendo com força nas costas e nas pernas dos recrutas com varetas finas de madeira.

Os recrutas trabalhavam durante cinco horas sem pausa. Ao meio-dia recebiam alguns decigramas de um pão tão arenoso que poderia ser usado como serragem, e também uma concha de sopa de nabo muito aguada. Em seguida trabalhavam até o cair da noite e marchavam para casa no escuro. No orfanato, o cozinheiro da companhia dava para cada um deles um copo de sopa de cebola.

Permaneciam em forma no pátio, recebiam ordem para ficar em posição de sentido durante três horas, antes de Kozma mandá-los para a cama em seus beliches de criança. E aquela seria a estrutura de suas novas vidas.

Andras ficava na parte de cima de um beliche perto de uma janela, e Mendel ocupava o beliche a seu lado, em cima de Torre de Marfim. József ocupava o beliche embaixo de Andras. Na primeira semana no orfanato, Andras pôde ouvir József se virando e mudando de posição durante horas sobre as tábuas duras. Toda vez que se virava, acordava Andras, que estava quase adormecido. Na quinta noite, teve vontade de estrangular József. Tudo o que ele queria era dormir, mais nada, para não ter de ficar pensando sobre o local onde estava e por quê. Mas József não deixava. Rolava para um lado e para o outro, mudava de posição, durante horas e horas.

"Pare com isso!", chiou Andras. "Durma."

"Vá para o inferno", sussurrou József.

"Vá você para o inferno."

"Já estou no inferno", respondeu József. "Vou morrer aqui. Eu sei."

"Alguma coisa vai matar todos nós mais cedo ou mais tarde", propôs Mendel do beliche vizinho.

"Tenho uma constituição fraca e uma paciência limitada", disse József. "Tomo decisões ruins. Sou capaz de reagir diante de alguém com uma arma na mão."

"Já faz dois meses que você está no Serviço de Trabalho", disse Andras. "E ainda não morreu."

"Aqui não é Szentendre", respondeu József.

"Pense que é Szentendre com uma comida pior e um comandante mais feio."

"Pelo amor de Deus, Lévi, você não está escutando? Preciso de ajuda."

"Falem mais baixo!", disse alguém.

Andras desceu de seu beliche e sentou-se na beira da cama de József. Encontrou os olhos dele no escuro. "O que é?", sussurrou. "O que você quer?"

"Não quero morrer antes dos trinta anos", sussurrou József em resposta, e sua voz se desfez como a de um menino. Esfregou o nariz com a mão. "Não estou preparado para isso. Durante os últimos cinco anos, não fiz outra coisa senão comer, beber, trepar e fazer pinturas. Não consigo sobreviver a um campo de trabalho."

"Consegue, sim. Você é jovem e saudável. Vai sair desta."

Ficaram calados por um bom tempo, ouvindo a respiração dos homens em redor. O som de cinquenta homens respirando enquanto dormiam: era como a seção de cordas de uma orquestra tocando em violinos, violas e violoncelos sem cordas, um interminável *psiu* de silêncio emitido por fios de crina de cavalo em atrito com a madeira. De quando em quando, um espirro da seção dos sopros ou uma tosse dos metais rompia o fluxo da respiração, mas a música sem cordas prosseguia, um suspirar constante no escuro.

"Quer dizer, isso é tudo?", disse József, por fim. "É isso o que reservaram para mim?"

"A verdade", disse Andras, "é que não tenho forças para lhe dizer palavras animadoras."

"Não quero palavras animadoras", sussurrou József. "Quero saber como sobreviver. Você tem feito isso há quase três anos. Não tem nenhum conselho para me dar?"

"Bem, para começar, não publique nenhum jornal subversivo", disse Andras. "De uma hora para outra, pode ver seu comandante sentado à escrivaninha na sua frente, apontando um revólver para você."

"Foi isso que aconteceu?", perguntou József. "O que ele queria?"

"Nossas matrizes de impressão e nossos originais. Ameaçou fazer uma busca em nossas casas se não entregássemos tudo."

"Ah, meu Deus. E o que vocês disseram para ele?"

"A verdade. Os originais estão no gabinete de nosso editor no *Notícias Judaicas*. Ou estavam. Sem dúvida, Varsádi já tem tudo a esta hora."

József exalou um sopro demorado. "Vai ser um dia de trabalho bastante ruim para o seu editor."

"Eu sei. Eu me senti muito mal por causa disso. Mas o que podíamos fazer? Era impossível deixar que os homens de Varsádi fossem à Nefelejcs Utca."

"Está bem", sussurrou József. "Pode deixar que não vou publicar nenhum jornal subversivo. E o que mais?"

Andras contou para József aquilo que sabia: Fique calado. Torne-se invisível. Não faça inimigos entre os outros recrutas do Serviço de Trabalho. Não responda aos guardas. Coma o que lhe derem, por pior que seja a comida, e sempre guarde um pouco para depois. Mantenha-se o mais limpo possível. Mantenha os pés secos. Tome cuidado com a roupa para que ela não se desfaça. Identifique os guardas simpáticos. Obedeça a todas as regras que conseguir; quando violá-las, não se deixe apanhar. Não se permita esquecer como era a vida em sua casa. Não esqueça que o tempo de serviço é finito.

Ele ficou em silêncio, lembrando-se de uma lista que ele e Mendel tinham feito anos antes: os dez mandamentos do Munkaszolgálat. Seria mesmo possível que fizesse apenas três anos que fora enviado para a Transcarpátia? Do ponto de vista de quem o tempo de serviço podia ser de fato considerado finito? De repente, ele não se sentiu mais capaz de pensar nem de falar sobre o assunto, nem por um momento. "Tenho de dormir", disse.

"Muito bem", disse József. "Mas escute... Obrigado."

"Calem a boca, seus idiotas", sussurrou Mendel, no beliche vizinho.

"Não tem de quê", disse Andras. "Agora durma."

Andras subiu em seu beliche e enrolou-se no cobertor. József não fez mais nenhum barulho; seus movimentos para um lado e para o outro na cama cessaram. Mas Andras ficou acordado e ouvia a respiração dos outros homens. Lembrou-se das noites silenciosas como aquela, no início de seus tempos de recruta do Serviço de Trabalho. Dentro de pouco tempo, não seria fácil para nenhum deles dormir; sempre haveria alguém tossindo, gemendo ou correndo para a latrina, e o tormento dos piolhos e a dor surda e nauseante da fome. Além das formaturas à meia-noite, se Kozma quisesse. O Munkaszolgálat era como uma doença crônica, pensou Andras — às vezes seus sintomas amainavam, mas sempre acabavam se manifestando de novo. Quando começou a servir na Transilvânia, sentira exatamente aquilo que József sentia naquele momento, a profunda injustiça de tudo. Aquelas coisas não podiam, de forma nenhuma, acontecer com ele, não com ele e Klara, não com sua mente, não com seu corpo, aquela máquina robusta e leal. Ele não podia acreditar que todas as grandes premências de seu tempo em Paris — tudo o que havia parecido importante, todos os seus estudos, todos os seus projetos, todos os momentos com Klara, todo segredo, todas as preocupações com dinheiro, com a faculdade, com o trabalho e a comida — tinham sido esvaziadas, privadas de todo contexto, transformadas num absurdo, tornadas pequenas, destinadas à impossibilidade, comprimidas num espaço diminuto demais para admitir alguma vida. Mas hoje, enquanto ele marchava para o trabalho, escavava a terra, comia a refeição detestável e se arrastava para casa no meio da lama, Andras não se sentira revoltado; mal sentira o que quer que fosse, na verdade. Era apenas um animal sobre a terra, um entre bilhões. O fato de ter vivido uma infância feliz em Konyár, ter ido à escola, ter aprendido a desenhar, ter ido a Paris, ter se apaixonado, estudado, trabalhado, sido pai — nada indicava o que podia acontecer no futuro; em grande parte, era uma questão de sorte. Nada daquilo constituía uma premiação, assim como o Munkaszolgálat não constituía uma punição; nada daquilo lhe dava o direito à felicidade ou ao conforto futuros. Homens e mulheres sofriam em todo o mundo. Centenas de milhares já tinham morrido naquela guerra e ele mesmo podia morrer ali em Turka. Desconfiava que as probabilidades eram muito grandes. As coisas que podia controlar eram poucas e pequenas; ele era uma partícula de vida, um cisco de pó humano perdido no extremo oriente da Europa. Sabia que viria um tempo, talvez não muito distante, em que acharia difícil seguir as regras que havia acabado de formular para József.

Tinha de pensar em Klara, disse Andras a si mesmo. Tinha de pensar em Tamás. Em seus pais, Tibor e Mátyás. Tinha de fingir que a situação não era desesperadora; tinha de se deixar enganar e acreditar que continuaria vivo. Tinha de se converter num dócil comparsa do traiçoeiro artifício do amor.

No final da segunda semana de Andras em Turka, o assistente do topógrafo da estrada morreu por causa de uma mina terrestre. Aconteceu na extremidade da estrada nova, a alguns quilômetros do local de trabalho de Andras, mas a notícia correu rapidamente pelos grupos de operários. O assistente do topógrafo era um deles, um recruta do Serviço de Trabalho. Estava ajudando o topógrafo a mapear a estrada que passava por um campo minado soviético. O campo supostamente tinha sido varrido meses antes por outra companhia, mas pelo visto aquele grupo devia ter ficado ansioso para dar o trabalho por encerrado. A mina disparou quando armava o tripé. A explosão matou-o instantaneamente.

O topógrafo também era um recruta do Serviço de Trabalho, um engenheiro de Szeged. Andras o vira passar mais cedo, a caminho do lugar onde ia trabalhar. Era um homem baixo e pálido, com óculos sem aro e bigode cinzento e duro; o paletó de seu uniforme estava tão puído quanto o de qualquer outro recruta, as botas estavam amarradas com trapos para que não se desfizessem em pedaços. Porém, como sua função era muito importante para o Exército, ele usava um chapéu parecido com o de um oficial e uma insígnia no bolso do sobretudo. Tinha permissão para comprar coisas na cidade e para fumar cigarro. E toda hora era chamado a fim de servir de intérprete para alguém: sabia polonês, russo e até um pouco de ucraniano e conseguia conversar com qualquer camponês da Galícia em seu idioma natal. Seu assistente, um rapaz esguio, de olhos escuros, que não podia ter mais de vinte anos, era uma sombra silenciosa nos seus calcanhares. Depois que o rapaz morreu, o topógrafo rasgou a manga em sinal de luto e esfregou o rosto com cinzas. Arrastava seu equipamento, indo e vindo do canteiro de obras, com uma expressão de desespero concentrado. O rapaz era como um filho para ele, todos diziam; na realidade, Andras soube mais tarde, ele era o filho do melhor amigo do topógrafo em Szeged.

À medida que o mês de agosto avançava, ficou claro que o topógrafo teria de escolher outro assistente em breve. Ele era velho demais para carregar o equipamento sozinho; alguém teria de ajudá-lo, para que a estrada até Skhidnítsia estivesse demarcada quando os inspetores alemães chegassem em novembro. O topógrafo começou a perguntar enquanto passava pelos grupos de recrutas do Serviço de Trabalho. Alguém sabia matemática? Alguém estudou engenharia? Não haveria entre eles um desenhista, um arquiteto? No almoço, viram-no examinando listas dos nomes dos recrutas do Serviço de Trabalho e suas ocupações anteriores em busca de alguém que pudesse ser útil.

Certa manhã, quando Andras e Mendel, com o resto de seu grupo, trabalhavam para limpar uma massa de asfalto rachado, o topógrafo chegou subindo pela beira da estrada, arrastando os pés atrás do major Kozma. Quando alcançaram o grupo, o major parou e curvou o dedo apontado para Andras.

"É aquele ali", disse. "Lévi, Andras. Não parece, mas ele estudou um pouco."

O topógrafo examinou a lista. "Você foi estudante de arquitetura", ele disse.

Andras encolheu os ombros. Àquela altura, nem parecia mais ser verdade.

"Por quanto tempo estudou?"

"Dois anos. Um ano no curso de engenharia."

"Muito bem", disse o topógrafo, e suspirou. "Dá para o gasto."

Mendel, que estava escutando, aproximou-se de Andras; cravou os olhos no topógrafo e disse: "Ele não quer esse serviço".

Num instante, a mão do major Kozma moveu-se para o chicote de montaria enfiado por trás do cinto. Voltou-se para Mendel e estreitou seu olho bom. "Alguém perguntou alguma coisa para você, seu rato?"

Por um instante, Mendel hesitou, mas em seguida prosseguiu, como se o major não fosse uma pessoa a temer. "O serviço é perigoso, senhor. Lévi é marido e pai. Leve outra pessoa, que tenha menos a perder."

A cicatriz do major brilhou muito vermelha. Puxou o chicote do cinto e golpeou a cara de Mendel. "Não tente me ensinar como devo comandar minha companhia, seu rato", ele disse. E depois, para Andras: "Deixe-me ver seus documentos de serviço, Lévi".

Andras fez o que pediram.

Kozma retirou um lápis de cera do bolso do uniforme e fez uma anotação nos documentos, indicando que agora Andras estava sob o comando imediato do topógrafo. Enquanto ele escrevia, Andras tirou do bolso um lenço amarrotado e ofereceu para Mendel, cuja bochecha tinha um risco de sangue; Mendel apertou o lenço no rosto. O topógrafo os observava, parecia compreender a relação entre ambos. Pigarreou e fez um sinal para Kozma.

"Tive uma ideia", disse o topógrafo. "Pode fazer a bondade, major?"

"O que é agora?"

"Por que o senhor não me concede este homem também?" Apontou o dedo curvado para Mendel. "Ele é alto e forte. Pode carregar o equipamento. E se houver algum trabalho arriscado, posso escalar o mais alto. Não gostaria de perder um bom assistente."

Kozma torceu os lábios estragados. "Você quer os dois?"

"É uma ideia, senhor."

"Você é um judeuzinho ganancioso, Szolomon."

"A estrada tem de ser mapeada. O trabalho vai andar mais rápido com dois homens."

Naquela altura, outro oficial tinha aberto caminho até o grupo de trabalho. Era o capataz geral, um coronel da reserva do corpo de engenharia do Exército Real húngaro. Ele queria saber o motivo do atraso.

"Szolomon quer esses dois homens para ajudá-lo no trabalho de topografia."

"Pois bem, registre os dois e retire-os do grupo. Não podemos ficar com homens parados."

E assim Andras e Mendel tornaram-se os novos assistentes do topógrafo, herdeiros da vaga do rapaz morto pela explosão da mina.

Durante o dia, eles mapeavam o trajeto da estrada entre Turka e Iávora, entre Iávora e Nóvii Kropívnik, entre Nóvii Kropívnik e Skhidnítsia. Aprenderam os mistérios do binóculo do topógrafo, o teodolito; o topógrafo ensinou-lhes como armar o binóculo no tripé e como calibrá-lo com o prumo e o nível de bolha de ar. Ensinou-lhes a orientá-lo na direção do norte verdadeiro, como alinhar o eixo de visão e o eixo horizontal. Ensinou-lhes a pensar na paisagem na linguagem das formas geométricas: planos cortados ao meio por outros planos que se cruzavam em ângulos oblíquos ou agudos, e tudo aquilo era compreensível, quantificável, são. Os morros denteados não eram nada mais do que complexos poliedros, o Stryj era um semicilindro tortuoso que se estendia da fronteira da província de Lvivska até a vala mais funda e mais comprida do Dniester. Mas eles achavam impossível ver apenas a geometria do solo; os sinais da guerra estavam evidentes por toda parte e exigiam que fossem reconhecidos. Fazendas tinham sido incendiadas, algumas pelos alemães em sua invasão, outras pelos russos em retirada. Safras por fazer tinham apodrecido nos campos. Nas cidades, os estabelecimentos comerciais de judeus tinham sido depredados, saqueados e agora estavam vazios. Não havia muitos judeus à vista, nem homens nem mulheres. Os poloneses também tinham ido embora. Os ucranianos que permaneciam tinham os olhos opacos, como se os horrores que haviam testemunhado tivessem fechado uma cortina sobre suas almas. Embora o capim continuasse alto e as amoras silvestres azedas tivessem brotado nas moitas ao longo da margem da estrada, o campo em si parecia morto, um animal inerte e estripado sobre o solo da floresta. Agora os alemães tentavam empalhar aquele animal com órgãos novos e obrigá-lo a rastejar de novo. Um coração novo, um sangue novo, um fígado novo, entranhas novas — e um novo centro nervoso, o quartel-general de Hitler em Vinnitsa. A estrada propriamente dita era uma veia. Soldados, trabalhadores forçados, munição e suprimentos fluíam por ela rumo ao front.

O topógrafo era um homem esperto e sabia que seu teodolito podia ter outras utilidades além de ajudar no serviço de mapear a estrada. Pouco depois de começar sua estadia na Ucrânia, ele se deu conta de que o instrumento podia servir como um poderoso objeto de persuasão. Quando chegavam a uma casa de fazenda ou estalagem de aspecto próspero, ele deixava o teodolito bem à vista dos proprietários do local; alguém saía da casa de fazenda ou da estalagem para perguntar o que o topógrafo estava fazendo e ele respondia que a estrada devia passar pela propriedade, talvez exatamente no lugar onde estava a casa. Seguia-se uma negociação: será que o topógrafo não podia deslocar o rumo da estrada só um pouco para o leste, só um pouco para o lado? O topógrafo podia fazer isso, por um preço bastante módico. Daquele modo, ele coletava pão e queijo, ovos frescos, frutos tardios do verão, sobretudos velhos, cobertores, velas. Andras e Mendel levavam comida e suprimentos para o orfanato quase todas as noites e distribuíam entre os homens.

O topógrafo também tinha contatos valiosos, entre eles um amigo na escola de treinamento de oficiais do Exército Real húngaro em Turka — um oficial que no passado, em Szeged, tinha sido um ator famoso. Aquele homem, Pál Erdo˝, tinha a incumbência de montar um célebre drama de Károly Kisfaludy intitulado *Os tártaros na Hungria*. Quando ele e o topógrafo se encontraram na cidade, Erdő reclamou da dificuldade e do absurdo que era montar uma peça de teatro ao mesmo tempo que preparavam jovens para a guerra. O topógrafo começou a fazer campanha para que ele usasse a peça como desculpa para realizar algo de bom — por exemplo, requisitar a ajuda de recrutas do Serviço de Trabalho, que poderiam se beneficiar bastante ao passar algumas de suas horas noturnas na relativa calma e segurança do auditório da escola de oficiais. Em especial, mencionou a formação de Andras na montagem de cenários teatrais e os dons literários de Mendel. O capitão Erdő, um liberal da velha guarda, estava ansioso para fazer o que pudesse a fim de aliviar a situação dos recrutas do Serviço de Trabalho; além de Andras e Mendel, ele requisitou a ajuda de mais seis recrutas da companhia 79/6, entre os quais József Hász, com seu talento para a pintura, bem como um alfaiate, um carpinteiro e um eletricista. Três noites por semana, aquele grupo marchava diretamente do canteiro de obras para a escola de treinamento de oficiais, onde ajudavam na montagem de um drama militar menor, embutido no drama maior. A título de pagamento, recebiam uma dose extra de sopa da cozinha da escola de treinamento de oficiais.

Nos dias em que o topógrafo não precisava deles — dias em que ele tinha de ficar no escritório e fazer cálculos, corrigir mapas topográficos e redigir relatórios —, Andras e Mendel trabalhavam com os outros na estrada. Naqueles dias, Kozma os obrigava a pagar pelo tempo que passavam com o topógrafo e pelas noites que passavam na escola de treinamento de oficiais. De modo infalível, ele os designava para o trabalho mais pesado. Se o trabalho requeria ferramentas, ele tomava as ferramentas e os obrigava a fazer o trabalho com as próprias mãos envoltas em trapos. Quando seu grupo de trabalho tinha de transportar pilhas de tábuas para escorar as margens dos dois lados da estrada, ele mandava um guarda sentar-se no meio da pilha de tábuas que Andras e Mendel estavam carregando, cada um segurando numa extremidade. Quando tinham de empurrar carrinhos de mão cheios de areia, ele retirava as rodinhas e os obrigava a arrastar o carrinho de mão sobre a lama. Eles pagavam aquele preço sem nenhuma palavra de queixa. Sabiam que sua função com o topógrafo e seu trabalho na escola de treinamento de oficiais poderiam mantê-los vivos quando começasse a temporada do frio.

Não havia entre Andras e Mendel nenhuma conversa a respeito de publicar um jornal para a companhia 79/6, claro; mesmo que tivessem tempo, não seria seguro. Só uma vez o tema de O *Trilho Torcido* ressurgiu entre eles. Foi numa terça-feira chuvosa no início de setembro, quando estavam no campo com o topógrafo, na extremidade da estrada, mapeando o trajeto rumo a uma ponte que tinha de ser reconstruída. Szolomon deixou-os num estábulo de vacas leiteiras abandonado, enquanto ele foi falar com um fazendeiro cujos chiqueiros estavam situados perto demais do futuro leito da estrada. Fora do estábulo, caía uma garoa incessante. Dentro, Andras e Mendel estavam sentados sobre baldes de leite virados de cabeça para baixo e comiam o pão preto e o queijo macio que o topógrafo havia surrupiado para eles naquela manhã.

"Nada mal para um almoço do Munkaszolgálat", disse Mendel.

"Já tivemos piores."

"Mas também não chega a ser leite e mel." A costumeira fisionomia sarcástica de Mendel havia sumido. "Penso nisso todos os dias", falou. "Você podia estar na Palestina agora. Em vez disso, por minha causa, estamos fazendo turismo pela aprazível região rural da Ucrânia." A velha piada deles publicada em O *Ganso Branco*.

"Por sua causa?", disse Andras. "Isso é ridículo, você sabe muito bem."

"Não, é sério", respondeu Mendel, e suas sobrancelhas, semelhantes a antenas de mariposa, se contraíram e se aproximaram. "*O Ganso Branco* foi ideia minha. Também foi ideia minha *A Mosca Picadora*. *O Trilho Torcido* veio naturalmente, é claro. Fui eu quem redigiu a primeira matéria. E fui eu quem sugeriu que usássemos o jornal para deixar os homens indignados e os induzir a promover operações tartaruga."

"E o que isso tem a ver com o assunto?"

"Eu não paro de pensar nisso, Andras. Talvez o comando de Varsádi tenha se tornado alvo de suspeitas porque fizemos os trens atrasarem. Talvez tenhamos atrasado o andamento das coisas o suficiente para a bandeira vermelha ser erguida."

"Se os trens atrasaram foi porque os encarregados da operação eram gananciosos demais para mandar os maquinistas partirem no horário. Você não pode se julgar culpado disso."

"Não podemos ignorar a ligação entre os fatos", disse Mendel.

"Não é por culpa sua que estamos aqui. Há uma guerra em andamento, se não está informado."

"Não consigo parar de pensar que talvez tenhamos forçado demais os limites. Para dizer a verdade, fico acordado de noite pensando nisso. Não consigo evitar a sensação de que a culpa é nossa."

A mesma ideia havia ocorrido a Andras, no trem e muitas outras vezes desde então. Quando ouviu Mendel dizer as palavras em voz alta, elas pareceram refletir um tipo novo de desespero, uma modalidade de desejo que Andras jamais levara em consideração até aquele dia. Ali estava Mendel Horovitz insistindo, mesmo ao preço de uma culpa terrível e lancinante, que ele tinha certo controle sobre o próprio destino e o de Andras, uma ingerência sobre os fatos que haviam varrido os dois de seu país e os haviam transportado para o front oriental. É claro, pensou Andras. É claro. Por que um homem não afirmaria a própria culpa vergonhosa, por que não atribuiria a si a responsabilidade pela desgraça quando a alternativa era sentir-se nada mais do que um cisco de poeira humana?

Todo comandante do Munkaszolgálat, como Andras já havia aprendido àquela altura, possuía seu próprio pacote de neuroses, seus próprios machados para amolar. Uma forma de sobreviver num campo de trabalho era determinar o que podia suscitar a raiva do comandante e moldar o próprio comportamento a fim de evitá-la. Mas os estopins de Kozma eram sutis e misteriosos, seu humor era volátil, as raízes de suas neuroses estavam ocultas nas trevas. O que o fazia ser tão cruel com o tenente Horvath? O que o fazia dar pontapés em seu cão cinzento? Onde e como ganhara a cicatriz que dividia seu rosto ao meio? Ninguém sabia, nem mesmo os guardas. A raiva de Kozma, uma vez suscitada, não podia ser impedida. Tampouco estava destinada a homens como Andras e Mendel, que recebiam privilégios especiais. Toda forma de fraqueza atraía sua atenção. Um homem que dava sinais de fadiga podia ser espancado ou torturado: era obrigado a ficar em posição de sentido segurando baldes cheios de água nos braços esticados, fazer exercícios depois de terminar uma jornada de trabalho ou dormir do lado de fora, debaixo de chuva. Em meados de setembro, os homens começaram a morrer, apesar do tempo ainda ameno e das atenções de Tolnay, o médico da companhia. Um dos mais velhos contraiu uma infecção pulmonar que evoluiu para uma pneumonia fatal; outro sucumbiu a uma parada cardíaca durante o trabalho. Ondas de disenteria iam e vinham, às vezes levando um dos homens consigo. Ferimentos muitas vezes ficavam sem tratamento; mesmo um corte superficial podia levar a um envenenamento do sangue ou resultar na amputação de um membro do corpo. Tolnay fazia frequentes e alarmantes relatórios para Kozma, mas era preciso que um homem estivesse à beira da morte para que o comandante o mandasse para a enfermaria do Munkaszolgálat, no povoado.

As noites no orfanato continham horrores imprevisíveis. Às duas horas da madrugada, Kozma podia acordar todos os recrutas e ordenar que ficassem em posição de sentido até a alvorada. Os guardas os espancariam se adormecessem ou se caíssem de joelhos. Outras noites, quando Kozma e Horvath bebiam com seus colegas oficiais no quartel-general, quatro recrutas do Serviço de Trabalho podiam ser chamados para ficar na frente deles e participar de uma brincadeira sinistra: dois homens tinham de sentar-se nos ombros dos outros dois e tentar derrubar um ao outro. Kozma batia neles com seu chicote de montaria se o combate não fosse violento o bastante. A brincadeira só terminava quando um dos homens tombava inconsciente.

Porém a forma de tortura mais cruel do comandante e aquela praticada com mais frequência era a restrição das rações. Parecia que adorava saber que seus homens estavam famintos, que só ele controlava o suprimento de comida dos recrutas; parecia desfrutar o fato de estarem à sua mercê e desesperados para terem aquilo que só ele podia lhes dar. Se não fosse pela comida extra que Andras e Mendel levavam em segredo de suas viagens para fazer mapeamentos topográficos, a companhia 79/6 teria pura e simplesmente morrido de fome. De todo modo, os mais jovens estavam sempre esfomeados. Mesmo a ração completa não seria o suficiente para repor a energia que perdiam durante o trabalho. Eles não entendiam como as outras companhias de trabalho em Turka conseguiram suportar a fome durante meses sem fim: o que os mantinha vivos? Começaram a perguntar pelas fileiras de recrutas do Serviço de Trabalho que trabalhavam na estrada o que era preciso fazer para não morrer de fome. Logo se obteve a informação de que havia um efervescente mercado negro no povoado e que todos os tipos de provisão eram acessíveis, se os homens tivessem algo para negociar. Parecia uma ironia amarga o fato de que os homens de uma companhia enviada para longe por causa dos negócios de seus oficiais no mercado negro agora fossem obrigados a comprar eles mesmos produtos no mercado negro, mas o fato era que não existia nenhuma outra opção.

Certa noite, na sala dos beliches, os homens da companhia 79/6 reuniram alguns poucos objetos de valor — dois relógios de pulso, algum dinheiro, um isqueiro de prata, um canivete com um enfeite incrustado no cabo de ébano — e fizeram uma reunião em sussurros para decidir quem se arriscaria a fazer uma viagem até o povoado. Os perigos eram bem conhecidos. Quantas vezes Horvath tinha avisado que recrutas do Serviço de Trabalho pegos desacompanhados seriam fuzilados? Torre de Marfim, na função de moderador do debate, começou traçando uma série de parâmetros para a decisão que tomariam: ninguém que estivesse doente teria permissão para ir, e ninguém com mais de quarenta anos nem menos de vinte. Ninguém que tivesse sido obrigado a participar do sinistro jogo de Kozma naquela semana e ninguém que recentemente tivesse sido forçado a ficar ao relento no pátio. Ninguém que tivesse filhos. Ninguém que fosse casado. Os homens se entreolharam, tentando definir quem havia sobrado.

“Eu ainda sou elegível”, disse Mendel. “Mais alguém?”

“Eu também”, disse um homem chamado Goldfarb, um ruivo parrudo de cabelo arrepiado cujo nariz parecia ter sido quebrado numa série de lutas que remontavam aos primeiros anos da adolescência. Era confeiteiro chefe no sexto distrito de Budapeste, muito querido entre eles.

"Só os dois?", perguntou Torre de Marfim.

Andras sabia quem mais havia escapado dos critérios de eliminação: József Hász. Mas József estava se esgueirando rumo à porta da sala dos beliches, como se tivesse a intenção de escapulir. Pouco antes de conseguir, Torre de Marfim chamou:

"E você, Hász?"

"Acho que estou com febre."

Os homens da companhia 79/6 que estavam sujeitos às reclamações de József desde sua convocação três meses antes tinham agora pouca paciência com suas desculpas. Alguns foram puxá-lo de volta para a sala e o colocaram de pé no meio do círculo de recrutas. Seguiu-se um silêncio tenso e József pareceu ter compreendido rapidamente qual era sua situação: ninguém se importaria de vê-lo arriscar a pele em benefício do grupo. Era demasiado frequente que ele fizesse corpo mole, o que fazia a raiva de Kozma recair sobre todos eles. József Hász pareceu encolher-se dentro de si mesmo. Seus ombros se curvaram.

"Não sou bom para me esgueirar pela mata", disse. "Sou tão fácil de ver como a própria luz do dia."

"Está na hora de você dar a sua cota", disse Zilber, o eletricista que trabalhava com eles na escola de treinamento de oficiais. "A gente não ouve Horovitz reclamar, e já faz semanas que ele vive surrupiando comida extra para todos nós."

"E por que ele reclamaria?", disse József. "Fica andando pelo campo com Szolomon enquanto o resto de nós está escavando asfalto."

"Você deve lembrar o que aconteceu com o último assistente de Szolomon", disse o eletricista. "Eu aceitaria esse trabalho se viesse acompanhado por um quarto privativo e um par de garotas da fazenda com peitos do tamanho de melões."

Vários homens exprimiram sua disposição de aceitar o trabalho de Mendel sob tais condições. O rapaz garantiu que seu posto não comportava tais benefícios. Mas József Hász não estava achando graça; olhava as pessoas em redor com toda a atenção e sua expressão ficava cada vez mais sombria, tendendo ao pânico, pois não conseguia achar nenhum aliado. Andras o observava com uma pontada de compaixão — e, tinha de admitir, uma satisfação culpada. Lá estava Hász aprendendo mais uma vez que não estava a salvo dos efeitos das forças que determinavam a existência dos pobres mortais. Naquele orfanato na Ucrânia, ninguém ligava se ele era herdeiro de fulano ou sicrano, nem se possuía isso ou aquilo, tampouco ficavam impressionados com sua boa aparência e seu sorriso enviesado. Estavam famintos, precisavam de alguém que fosse ao povoado e conseguisse trazer comida: ele se enquadrava em seus critérios. Em poucos instantes, seria obrigado a capitular.

Mais do que qualquer outra coisa, József Hász detestava ser encurralado. Num tom de voz frio e racional que mascarava seu pânico, falou: "Não faz nenhum sentido optarem por mim em vez de Horovitz".

"E por que não?", perguntou o eletricista.

"Se não fosse por causa dele, eu não estaria aqui."

Zilber riu e outros riram também. "Parece que foi ele em pessoa que nos colocou no trem!", disse Zilber. "Aposto que foi ele quem começou a guerra."

"Não, mas foi ele quem publicou aquele jornal cheio de textos sobre o mercado negro. Ele deixou Varsádi ciente de que todos sabíamos o que estava acontecendo."

Andras não podia acreditar no que estava acontecendo, no que estava ouvindo. Entre os homens, houve um momento de silêncio palpitante, em seguida um rumor de discussão. Torre de Marfim pediu que mantivessem a ordem. "Silêncio, todos vocês", sussurrou. "Se os guardas ouvirem, nosso projeto está acabado."

"Vocês me entenderam", disse József, olhando para os homens em redor, na penumbra. "Se não fosse aquele jornal, Varsádi talvez não tivesse perdido o controle." Olhou para Andras, mas não chamou a atenção para seu papel como ilustrador; ele talvez estivesse oferecendo aquela omissão como uma forma de agradecimento pelo conselho dele.

"Isso é pura idiotice", disse o eletricista. "Ninguém nos despachou de lá por causa de *O Trilho Torcido*. Estávamos todos fazendo uma operação tartaruga em favor de pobres coitados que estavam numa situação como esta em que nós mesmos estamos agora. Talvez tenha sido por isso que Varsádi ficou com medo de ser descoberto." Mas alguns homens tinham começado a sussurrar entre si e a olhar para Mendel, depois para Andras. Mendel baixou os olhos com vergonha; József Hász tinha apenas dado voz àquilo que ele mesmo sentia.

József, sentindo uma alteração na simpatia do grupo, aferrou-se à sua vantagem. "No dia em que fomos mandados embora de lá", ele disse, "vocês sabem o que aconteceu? Varsádi chamou Horovitz ao escritório para uma reunião. O que acham que ele queria? Não era dar os parabéns ao nosso colega por seus talentos como escritor, infelizmente."

"Já chega, Hász", disse Andras, dando um passo na direção dele.

"Qual é o problema, titio?", disse o garoto, fitando Andras com ar ameaçador. "Estou só contando para eles aquilo que você mesmo me contou."

"E o que é que ele queria?", perguntou um dos homens.

"Segundo Lévi, queria todos os originais e as matrizes de impressão de *O Trilho Torcido*. Estava tão desesperado que chegou a apontar um revólver para os coeditores. Tenho certeza de que podemos compreender, em vista das circunstâncias, por que Horovitz delatou o editor do *Jornal Judaico* que o estava ajudando com a impressão. Em todo caso, meia hora depois, fomos todos embarcados no trem."

Os homens olharam para Mendel, que não contestou nenhuma das palavras de József. Andras só queria voar no pescoço dele e derrubá-lo a socos; o que o detinha era a consciência de que uma briga atrairia os guardas.

"Escutem, homens", falou Torre de Marfim. "Esta reunião não é para tratar de *O Trilho Torcido*, nem é um julgamento. Não estamos aqui para resolver quem é o responsável por termos sido mandados embora do país. Estamos famintos e há um meio de conseguir comida, se alguém estiver disposto a isso. Talvez seja melhor tirarmos a sorte."

Um rumor de vozes entre os homens; cabeças balançaram. Eles não deixariam mais aquela questão por conta da sorte.

"Eu vou ao povoado sozinho", disse Mendel, com seus olhos voltados para Torre de Marfim. "Sou rápido, vocês sabem. Se for sozinho, estarei de volta num piscar de olhos."

Torre de Marfim protestou. Havia cinquenta homens no esquadrão, todos famintos; a esperança era de que a carga de mantimentos que poderiam obter no mercado negro seria grande demais para que um homem conseguisse carregar tudo sozinho.

O resto dos homens olhou para Goldfarb, para József Hász e por fim para Andras. Ele e Mendel eram encarados como uma equipe; tudo o que faziam, faziam juntos. Uma sensação de expectativa pareceu se avolumar na penumbra da sala. O olhar de Andras cruzou com o de Mendel. Ele estava prestes a se apresentar como voluntário quando o amigo, muito discreto, de forma quase imperceptível, fez que não com a cabeça. *Aguente*.

Mais um momento de silêncio se prolongou antes que alguém falasse. József ficou parado, com os braços cruzados sobre o peito, confiante em que seu argumento produziria o efeito desejado. E por fim foi Goldfarb que deu um passo à frente. "Eu vou", disse. "Não será a última vez que teremos de fazer isso. Da próxima, mandamos Lévi e Hász, ou qualquer outro em quem a gente estiver a fim de pôr a culpa."

A companhia 79/6 respirou aliviada. Haviam chegado a uma decisão: Horovitz e Goldfarb fariam a viagem. Já tinham perdido tempo demais; a noite estava escoando rapidamente e os homens tinham de se separar sem mais demora. Mendel e seu parceiro reuniram os objetos de valor dentro dos bolsos da calça, envolveram-se em panos contra o frio e se esgueiraram para fora, no escuro. E a companhia 79/6 subiu para seus beliches a fim de esperar — todos menos Andras Lévi e József Hász, que podiam ser ouvidos enquanto discutiam aos sussurros na latrina. Antes que József pudesse subir ao seu beliche, Andras agarrou-o pelo colarinho e arrastou-o para o sanitário, com suas minúsculas pias retráteis, suas privadas de tamanho infantil. Andras empurrou Hász contra a parede e torceu seu colarinho, até ele começar a se debater, com falta de ar.

"Pare", ofegou József. "Solte-me."

"Vou parar quando estiver a fim de parar, seu verme egoísta!"

"Não falei nada que não fosse verdade", disse József, e arrancou a mão de Andras de seu colarinho. "Você publicou aquele jornaleco com Horovitz. É tão culpado quanto ele. Eu podia ter defendido esse argumento também, mas não fiz isso."

"O que você quer que eu faça? Diga muito obrigado? Beije sua mão imunda?"

"O que você faz não me importa. Por mim, pode ir para o inferno, titio."

"Você tinha razão na outra noite", disse Andras. "Não é mesmo talhado para o campo de trabalho. Isto aqui vai acabar matando você, e espero que não demore muito."

"Não tenho tanta certeza assim", disse József, cortando Andras com seu sorriso enviesado. "Afinal, estou aqui, e não lá fora, no meio da mata."

E por fim Andras fez aquilo que havia meses desejava fazer; puxou o punho para trás e deu um murro em cheio bem no meio da cara de Hász, com força suficiente para jogá-lo no chão. József caiu de joelhos sobre o concreto, segurando o queixo com a mão, e cuspiu sangue num ralo de metal. Andras esfregou os nós dos dedos machucados pelo impacto. Esperava sentir o choque familiar do remorso que sempre matizava seu ódio contra József, mas o choque não veio. Tudo o que sentia era fome, exaustão e o desejo de golpear József de novo, com a mesma força do primeiro soco. Com certo esforço ele abandonou József no chão do banheiro e voltou a seu beliche para esperar Mendel.

O povoado ficava a cinco quilômetros. Era preciso atravessar a mata no escuro. Andras imaginou que eles deviam levar uma hora para chegar lá. Quando chegassem, teriam de encontrar seu contato e fazer a negociação — o tempo todo teriam de evitar as patrulhas noturnas, que atirariam contra eles assim que os vissem. Se encontrassem o contato, ele estivesse disposto a negociar e tivesse alguma coisa que valesse a pena negociar, podiam levar mais uma hora até voltarem; talvez não chegassem antes do toque de alvorada. Andras ficou acordado imaginando os dois homens abrindo caminho no meio do mato, as pernas compridas de Mendel cobrindo o percurso rapidamente, enquanto Goldfarb quase corria atrás, para manter o ritmo do parceiro. A noite estava clara, fria o bastante para que o hálito dos homens ficasse visível à sua frente. A lua e as estrelas tinham aparecido; haveria luz até na floresta. Um vento sacudiria as folhas caídas e esconderia suas pegadas. Mendel e Goldfarb enxergariam de longe o brilho do povoado, deslizariam entre as árvores rumo àquele borrão âmbar no céu. Àquela altura, podiam estar na metade do caminho.

Mas então Andras começou a ouvir um latido frenético vindo do mato atrás do orfanato. Ele conhecia aquele som; todos conheciam. Era o cão feroz do major Kozma, o cinzento cão de caça que eles odiavam e que também os odiava. Um rumor de gritos se ergueu da mata. Os recrutas caíram da cama e correram na direção das janelas. A mata estava repleta de fachos de lanternas que oscilavam e também do barulho de galhos que quebravam; gritos ininteligíveis soavam cada vez mais próximos até que se definiram numa torrente de um húngaro brutal. Sombras escuras se debatiam rumo à luz, relampejaram visíveis por um instante e desapareceram antes que qualquer um deles conseguisse identificar quem eram. Formas humanas se aproximaram do muro do orfanato e abriram o portão. Cinco minutos depois, Kozma em pessoa ordenou aos berros que todos os homens saíssem da sala dos beliches e ficassem em forma no pátio.

Eles saíram afobados, sem nada na cabeças e sem casaco, no frio. A lua brilhava o suficiente para que a meia-noite parecesse dia; as sombras dos homens tombavam bem definidas contra o muro de tijolos do pátio. No canto noroeste, havia uma agitação entre os guardas, o rosnado do cachorro, uma luta, gritos de dor. Kozma ordenou aos homens que ficassem em posição de sentido e mantivessem os olhos voltados para ele. Subiu numa cadeirinha de escola para poder ver todos. Andras e József estavam perto da frente. Fazia frio no pátio, o vento era uma lâmina de patim cortando a nuca de Andras. Kozma latiu uma ordem; dois guardas puxaram Lászlo Goldfarb e Mendel Horovitz de seu canto e marcharam na direção do comandante. Estavam cobertos de feridas ensanguentadas, como se tivessem rolado no meio de roseiras. A perna esquerda da calça de Goldfarb tinha sido rasgada e arrancada do joelho para baixo. Sob a dura luz da lua, eles puderam ver as marcas dos dentes do cachorro em sua canela. Mendel segurava o braço junto ao peito. Seu rosto tingido de sangue estava contraído de dor e, em seu pé direito, ele tinha uma pequena armadilha para animais. Os dentes de aço tinham perfurado sua bota.

“Olhem só o que Erzsi achou na mata esta noite”, disse Kozma, e para demonstrar seu afeto bateu com tanta brutalidade na cabeça do animal que ele deu um ganido. “O tenente Horvath fez a gentileza de ir até lá para ver o motivo de tanta comoção e acabou encontrando esses dois belos espécimes dentro de uma vala. Não era bem isso o que pretendíamos capturar em nossa armadilha, não é mesmo, Erzsi?” Esfregou o dorso do cachorro com sua mão enluvada. Em seguida deu ordem para que Mendel e Goldfarb ficassem nus.

Quando Goldfarb fez menção de protestar, o tenente Horvath silenciou-o com um golpe da coronha de sua pistola. Os dois homens se esforçaram para se livrar das roupas, enquanto Horvath berrava com eles sem parar; Mendel não conseguia tirar a perna esquerda da calça que prendia na bota e na armadilha, então ficou de pé com a calça embolada nos pés, até que Horvath cortou a calça com uma faca. Quando ficaram nus, os homens se encolheram junto à parede e tremeram violentamente, com as mãos cruzadas por cima das virilhas. Goldfarb olhou na direção de seus companheiros numa espécie de deslumbramento atônito, como se as fileiras de homens fizessem parte de um espetáculo incompreensível a que ele era obrigado a assistir. O olhar de Mendel cruzou com o de Andras por um só momento torturante, e ele piscou. O gesto tinha a intenção de tranquilizá-lo, Andras sabia, mas fez suas entranhas contraírem de tanta dor: aquele homem nu e coberto de sangue era *Mendel Horovitz*, seu amigo de infância e coeditor. Não era nenhum simulacro engenhoso concebido como mais uma forma de tortura do Munkaszolgálat. Kozma ordenou a um dos guardas que vendasse os olhos dos dois homens com as próprias camisas. O guarda se tornara conhecido de Andras, era um ex-ajudante de encanador chamado Lukás, que os acompanhava até a escola de treinamento de oficiais toda noite e arranjava cigarros para eles sempre que podia. Sua fisionomia também era de incredulidade e medo. Mas vendou os olhos dos homens, conforme fora ordenado. Goldfarb pôs a mão embaixo da venda para deixá-la um pouco mais folgada. Andras não conseguia suportar ver Mendel de cabeça baixa, os braços trêmulos. Baixou o olhar para os pés do amigo, só que ali estava presa a armadilha de caça, cujos dentes penetravam na bota. Goldfarb estava descalço; tinha cruzado os pés a fim de mantê-los aquecidos. O silêncio do pátio zumbia com a respiração dos homens.

Durante um longo tempo, nada aconteceu — um tempo longo o bastante para Andras acreditar que aquela humilhação nua e fria seria todo o castigo. Dali a pouco, Mendel e Goldfarb teriam permissão para vestir-se e procurar Tolnay, o oficial médico, que trataria de suas feridas. Mas então aconteceu algo que Andras de início não conseguiu compreender: uma fileira de cinco guardas marchou para o espaço que separava a companhia 79/6 dos dois homens que tremiam junto ao muro. Os guardas preencheram aquele espaço como que numa barreira de proteção, como se sua função fosse ocultar a nudez de Mendel e Goldfarb dos olhos de seus companheiros. Kozma deu uma ordem e os guardas apoiaram os fuzis nos ombros e apontaram para os homens de olhos vendados. Um murmúrio de descrédito se ergueu nas fileiras; uma furiosa onda de protesto subiu no peito de Andras. O som dos fuzis sendo engatilhados.

De Kozma, veio uma só palavra: *Fogo*.

Uma explosão de pólvora disparou através do pátio, reverberou de encontro aos muros de pedra e jorrou rumo ao céu. Por trás de uma neblina de fumaça, Mendel Horovitz e László Goldfarb haviam desabado contra o muro.

Andras apertou os punhos contra os olhos. O barulho das explosões pareceu continuar dentro de sua cabeça. Os dois homens que um momento antes estavam de pé agora estavam sentados no chão, os joelhos dobrados contra o peito. Estavam parados e brancos, não tremiam mais, não faziam o menor movimento, as cabeças bem juntas uma da outra, como se conversassem em segredo.

"Desertores", disse Kozma, assim que a fumaça clareou. "Ladrões. Os bolsos estavam cheios de coisas bonitas. Agora estão avisados do que vai acontecer se quiserem seguir o exemplo deles. Deserção é traição. A pena é a morte." Desceu de sua cadeirinha, virou-se e marchou para dentro do orfanato com o cachorro em seus calcanhares e o tenente Horvath logo atrás.

Assim que a porta fechou, Andras correu para Mendel junto ao muro, ajoelhou-se a seu lado, pôs a mão em seu pescoço, em seu peito. Nenhuma palpitação de vida; nada. No pátio, silêncio. Nem mesmo os guardas se mexiam. Torre de Marfim adiantou-se e curvou-se sobre László Goldfarb; ninguém o deteve. Em seguida levantou-se e falou em voz baixa com o guarda chamado Lukás. Quando terminou de falar, o guarda concordou com a cabeça e foi até o canto do pátio. Pegou uma argola de chaves presa ao cinto e abriu o barracão de tábuas onde ficavam guardadas as pás. Torre de Marfim pegou uma pá e começou a cavar um buraco perto do muro do pátio. Andras olhava em meio à neblina daquele pesadelo. Viu outros homens unirem-se a Torre de Marfim naquele trabalho incompreensível. József ficou parado, num silêncio boquiaberto, até que alguém o cutucou pelas costas; então também ele pegou uma pá e começou a cavar. Alguém deve ter ajudado Andras a ficar de pé. Ele se viu andando aos tropeções rumo ao barracão, pegando uma pá que Lukás lhe entregou e curvando-se ao lado de József. Como que num sonho, mirou a pá na direção do chão e afundou-a com toda a força. A terra era dura, compacta; o choque da lâmina irradiou pelo cabo e penetrou em seus ossos. Em voz muito baixa, começou a murmurar uma sequência de palavras em hebraico: *Tu nos libertas da cilada do caçador e da pestilência da destruição, tu nos ocultas sob tua asa, nos resguardas da praga que espreita nas trevas e da enfermidade que assola ao meio-dia. Tu és nossa proteção. Nenhum mal cairá sobre nós. Os anjos nos protegem em nosso caminho e nos transportam em suas mãos.* Ele sabia que as palavras provinham do salmo noventa e um, que era recitado nos enterros. Sabia que estava cavando uma sepultura. Mas não conseguia obrigar-se a acreditar que o corpo junto ao muro pertencia a Mendel Horovitz, não conseguia acreditar que aquele homem que ele amara desde os tempos de menino tinha sido morto. Não conseguia assimilar aquele fato absoluto e chocante. Não conseguia respirar, não conseguia pensar. Em sua cabeça, havia apenas o salmo noventa e um, o lampejo, o estampido dos tiros, o barulho das pás contra a terra.

35. *Os tártaros na Hungria*

Os dois homens foram enterrados ao raiar do dia. Não houve tempo para o *shivá*, não houve tempo para lavar os corpos. Kozma considerou uma gentileza ter deixado a companhia 79/6 enterrar seus companheiros tombados. Em compensação, suspendeu a ração de sopa pelo resto da semana. Os dias passaram numa espécie de silêncio aturdido, numa palpitante incredulidade. Era terrível ver homens mais velhos morrerem de tanto trabalhar ou por doenças; mas era uma coisa completamente diferente ver homens jovens serem fuzilados. József Hász pareceu reagir com o choque mais profundo de todos, como se fosse uma informação completamente nova o fato de que um ato seu, um exercício de sua vontade, pudesse produzir consequências desastrosas para outro ser humano. Depois daquela primeira semana, durante a qual comeu pouco e dormiu ainda menos, ele surpreendeu a companhia se apresentando como voluntário para o posto de Mendel como segundo auxiliar do topógrafo. Àquela altura, todos julgavam que a vaga era amaldiçoada; ninguém queria se aproximar dela. Mas József parecia acreditar que era uma espécie de penitência. Nas excursões do topógrafo, ele agia como se fosse um auxiliar de Andras. Se havia equipamento pesado, tratava de carregá-lo. Juntava lenha, fazia a fogueira para cozinhar, abria mão de sua parte da comida que o topógrafo conseguia surrupiar. O topógrafo, que ouvira o que tinha acontecido com Mendel Horovitz e László Goldfarb, aceitou os serviços de József com um silêncio circunspecto. O que tinha ocorrido era apenas mais uma das atrocidades do Munkaszolgálat, que agora punha em cena seu segundo ato na tortura emocional daquele jovem inexperiente. Mas Andras, duas décadas mais jovem do que o topógrafo e ainda capaz de ficar chocado com o egoísmo e a crueldade das pessoas, recusava-se a perdoar József, recusava-se até a olhar para ele. Toda vez que József passava pelo campo de visão de Andras, a mesma cadeia de pensamentos se desenrolava em sua mente. Por que tinha sido Mendel e não József? Por que József não tinha ido para a mata naquela noite? Por que não tinha sido o pé de József que se prendera na armadilha? Por que os dois não podiam trocar de lugar? Por que não era József quem estava irrevogavelmente excluído do mundo? Andras achava que tinha provado a frustração e a futilidade; achava que era uma pessoa próxima do sofrimento. Mas o que sentia agora era algo mais incisivo do que qualquer frustração ou sofrimento que havia conhecido até então. Parecia dizer respeito não só a Mendel, mas também ao próprio Andras; não se tratava apenas do horror da morte de Mendel, do fato incontestável de que ele tinha partido, mas também do conhecimento de que o próprio Andras e a companhia 79/6 tinham ingressado num outro plano do inferno, que suas vidas não valiam nada para os oficiais que os comandavam, que era provável que Andras nunca mais voltaria a ver sua esposa e seu filho. József era também responsável por aquilo, levara Andras àquele perigoso estado de desespero. Ele descobriu que podia habitar aquele local e ainda sentir um ódio fervoroso de József por tê-lo conduzido até lá. Quando uma missão do topógrafo levou Andras e József às proximidades de um campo minado, ele se viu com o desejo de que József desaparecesse numa ensurdecedora explosão de fogo. Parecia que ele não merecia nada melhor do que aquilo. Por duas vezes naquele ano — uma em Budapeste, outra na Ucrânia — József tinha traído Andras a um preço atroz. O fato de ele ter um vínculo sanguíneo com Klara, a pessoa que Andras mais amava no mundo, era uma agonia adicional; se ele pudesse apagar József da memória de sua mulher, suprimi-lo por completo da família Hász, faria aquilo num instante. Mas József teimosamente recusava-se a ser suprimido. Recusava-se a pisar em falso num campo minado. Ele se mantinha na periferia do campo de visão de Andras, uma lembrança de que o que havia acontecido não era uma ilusão e não mudaria.

As noites na escola de treinamento de oficiais não forneciam nenhum alívio. Andras e József também tinham de ser parceiros ali: Andras era o cenógrafo e József o diretor de arte. A peça *Os tártaros na Hungria* de Kisfaludy era mais do que familiar para Andras; ele a havia estudado *ad nauseam* em sua escola rural em Konyár. Um professor rigoroso tinha inscrito a história de forma indelével em seu cérebro: antes de ser dramaturgo, Kisfaludy fora soldado nas guerras napoleônicas. Quando voltou para casa, quis transportar para o palco sua experiência da guerra, mas as últimas batalhas pareciam muito recentes; em vez disso, voltou seu olhar para o passado remoto da Hungria. Andras tinha escrito um longo trabalho de conclusão de curso sobre Kisfaludy para se formar no ensino fundamental. Agora, lá estava ele projetando cenários para *Os tártaros na Hungria* numa escola de treinamento de oficiais na Ucrânia, no meio de uma guerra mundial, e seu parceiro de projeto era o homem responsável, em certa medida, pela morte de Mendel Horovitz. Mas não havia tempo para se deter naquela fatia de realidade. O capitão Erdő, diretor da montagem, estava trabalhando numa situação de grande premência. O novo ministro da Defesa logo faria uma visita à escola de treinamento de oficiais; a estreia da peça seria em sua homenagem.

Numa noite de quinta-feira no início de outubro, Andras e József se viram em posição de sentido no cavernoso auditório da escola de treinamento de oficiais, enquanto Erdő recapitulava seus planos. O capitão era um homem alto, com peito em forma de barril e uma crista de cabelo grisalho aparada bem rente ao crânio. Ele cultivava um esmerado cavanhaque e ostentava um monóculo, mas seu ar de autozombaria sugeria que era tudo uma farsa, uma fantasia: considerava-se ridículo e queria que todos participassem da piada. Enquanto criticava os planos, falava como se ele fosse três pessoas, e não só uma. Em vez dessas árvores pintadas, ele dizia, não poderíamos trazer algumas árvores de verdade para sugerir uma mata? Era impraticável? Terrivelmente impraticável! Árvores de verdade? Quem teria a disposição de arrancar árvores inteiras? Mas não era importante alcançar um clima de realismo? Claro que sim. Então, árvores de verdade; árvores de verdade. Também poderíamos usar tendas de verdade para representar o acampamento. Aquela era uma ótima ideia. Havia uma porção de tendas por ali, não custaria nada. Aquela caverna em tamanho natural que planejavam construir com tela de arame e *papier mâché*, será que não podia ser feita em duas partes, de modo que pudesse ser transportada com mais facilidade? Claro que podia, se fosse projetada de maneira adequada, e foi para isso que haviam contratado Andras e József, não foi? Tudo tinha de ser projetado e executado com o máximo de profissionalismo. Ele não dispunha de um orçamento enorme, mas a escola de treinamento de oficiais queria causar uma boa impressão no novo ministro da Defesa. Ele pediu a Andras e József que fizessem uma lista do material de construção necessário: madeira, tela de arame, papel de jornal, lona, tudo de que eles precisavam. Então, inclinando-se mais para perto, passou a falar num tom de voz diferente.

"Escutem, rapazes", ele disse. "Szolomon me contou o que está acontecendo naquela companhia de vocês. Kozma é uma criatura horrorosa. Isso é abominável. Digam-me o que eu posso fazer por vocês. Qualquer coisa. Precisam de comida? Roupas? Têm cobertores suficientes?

Andras mal conseguia começar a responder. Do que precisavam na companhia 79/6? De tudo. Morfina, penicilina, ataduras, comida, cobertores, sobretudos, botas, roupas de baixo feitas de lã, calças e uma semana de sono. "Suprimentos médicos", Andras conseguiu falar. "De qualquer tipo. E comprimidos de vitamina. Cobertores. Seremos gratos por qualquer coisa."

Mas József teve outra ideia. "O senhor pode mandar cartas, não pode?", perguntou. "Pode avisar às nossas famílias que estamos vivos."

Erdő fez que sim com a cabeça, devagar.

"E o senhor poderia receber as cartas também, se fossem enviadas para o seu endereço."

"Posso, sim. Mas é perigoso. O que sugere vai contra o regulamento, é claro, além do mais, tudo é censurado. Vocês terão de garantir que suas famílias compreendam bem isso. Uma carta do tipo errado pode acabar comprometendo todos nós."

"Vamos deixar isso bem claro para eles", respondeu József. E depois: "Pode nos arranjar canetas e tinta? E algum tipo de papel para escrever?".

"Claro. Isso é bem fácil."

"Se trouxermos as cartas amanhã, o senhor poderá colocá-las no correio do dia seguinte?"

Erdő fez que sim com a cabeça outra vez, com ar sombrio e compenetrado.

"Posso, rapazes", disse. "Farei isso."

Naquela noite, enquanto o guarda chamado Lukás conduzia Andras e József de volta ao orfanato junto com os outros recrutas requisitados para trabalhar na montagem da peça *Os tártaros na Hungria*, Andras foi obrigado a admitir que a ideia de József tinha sido boa. Chegou a ficar tonto ao imaginar o que podia contar para Klara naquela noite. *Agora você sabe por que não voltei para casa na véspera de nossa viagem; fui raptado com o resto de minha companhia e embarcado num trem para a Ucrânia. Desde que chegamos aqui, vivemos com fome, somos espancados, adoecemos de tanto trabalhar; alguns de nós morreram doentes sem receber tratamento, outros foram mortos a sangue-frio. Mendel Horovitz morreu. Vendaram seus olhos, tiraram sua roupa na frente de um pelotão de fuzilamento, em parte graças a seu sobrinho. Quanto a mim, mal sou capaz de lhe dizer se estou vivo ou morto.* Nada daquilo podia ser escrito, é claro; a verdade jamais passaria incólume pelas mãos dos censores. Mas ele podia suplicar que Klara fosse para a Palestina — podia dar um jeito de introduzir aquilo na carta, por mais que a mensagem fosse codificada de algum modo. Andras se atrevia a ter esperança até de que Klara já estivesse na Palestina — que uma resposta de Elza Hász desse a notícia de que Klara e Tamás haviam descido pelo rio Danúbio com Tibor, Ilana e Ádám, tinham atravessado o Mar Negro e cruzado o Bósforo conforme haviam planejado, tinham começado uma vida nova na Palestina, onde ela e Tamás estavam relativamente a salvo da guerra. Se soubesse que ia ser embarcado para a Ucrânia, Andras teria implorado que Klara partisse para a Palestina. Teria pedido a ela que pusesse a vida dela e de Tamás num prato da balança e a vida dele no outro, e assim faria com que entendesse o que era preciso fazer. Mas Andras não estava lá para persuadi-la. Em vez disso, foi deportado e a incerteza de sua situação teria pesado a favor da opção por ficar — o amor de Klara por ele era uma cilada, uma armadilha, mas não do tipo capaz de mantê-la viva.

Cara K, escreveu Andras. *Seu sobrinho e eu mandamos saudações da cidade de T. Escrevo com a esperança de que esta carta não a encontre em Budapeste e que você já tenha deixado o país. Se adiou a viagem, imploro para que não o faça mais por minha causa. Você precisa partir imediatamente, se tiver oportunidade. Estou bem, mas estaria melhor se soubesse que você seguiu adiante com nossos planos.* E então as notícias terríveis: *Nosso amigo M. H., lamento contar, foi obrigado a partir para Lachaise há um mês.* Uma referência ao cemitério de Paris. Será que entenderia? *Você pode imaginar como me sinto.*

Tenho saudades tremendas de você e de Tamás e penso nos dois todos os dias e noites. Vou escrever de novo assim que possível. Com amor, seu A.

Dobrou a carta, escondeu-a no bolso interno do casaco e no dia seguinte colocou-a nas mãos de Erdő. Não tinha como saber quando ou como a carta chegaria a Klara, nem se chegaria, mas o pensamento de que sua mensagem pudesse estar com ela, mais cedo ou mais tarde, era o primeiro consolo que ele conseguia lembrar em sua memória recente.

Se Andras ficou surpreso quando os jovens oficiais em treinamento que formavam sua equipe de montagem dos cenários aceitavam sua direção com uma deferência respeitosa, a surpresa se desfez rapidamente. Após algumas semanas de trabalho noturno na escola de treinamento de oficiais, tornou-se algo corriqueiro caminhar entre eles como uma espécie de capataz, verificando se seguiam suas orientações com precisão. Entre eles, havia pouca consciência das diferenças e pouca formalidade. Os oficiais em treinamento e os recrutas do Serviço de Trabalho chamavam-se pelo primeiro nome, depois passaram a usar diminutivos — Sanyi, Józska, Bandi. Eles não tinham permissão para comer juntos no refeitório dos oficiais, mas muitas vezes a equipe ia para a porta dos fundos da cozinha na hora do jantar e levava comida para todos eles. Comiam no palco mesmo, de pernas cruzadas no meio das peças incompletas do cenário e de panos de fundo pintados só pela metade. Trancados numa luta sem palavras, Andras e József ganhavam peso e conseguiam pôr o cenário de pé. Aguardavam respostas de suas cartas; toda vez que Erdő entrava no auditório dos oficiais tinham esperança de que ele os chamaria ao seu gabinete e tiraria um envelope escondido no bolso do peito do paletó. Porém, as semanas se arrastavam uma após a outra e nenhuma resposta chegava. Erdő lhes disse para ter paciência; o correio era sabidamente lento, e mais lento ainda quando as cartas tinham de cruzar a fronteira.

À medida que se aproximava o dia da estreia de *Os tártaros na Hungria* e não chegava nenhuma resposta, Andras foi ficando quase louco de preocupação. Tinha certeza de que Klara, György e Elza tinham sido presos e jogados numa cadeia, que Tamás tinha sido deixado sob o cuidado de estranhos. Klara seria processada e julgada, condenada e morta. E ele estava aprisionado ali na Ucrânia, onde não podia fazer nada, absolutamente nada; depois que a peça terminasse, ele talvez perdesse todo contato com Erdő e qualquer possibilidade de enviar e receber notícias de casa.

No dia 29 de outubro, o novo ministro da Defesa da Hungria chegou a Turka. Estava planejado um desfile oficial pelo povoado. Todas as companhias dos arredores iam se apresentar. Naquela manhã, o major Kozma mandou que os homens da companhia 79/6 marchassem rumo à praça central do povoado e ordenou que ficassem em posição de sentido ao longo do lado oeste da praça. Tinham recebido ordens de lavar e remendar seus uniformes rasgados, num preparativo para a visita do general Vilmos Nagy; linhas e retalhos de pano foram providenciados e distribuídos. Eles fizeram o que podiam, mas mesmo assim pareciam espantalhos. O trabalho na estrada havia destruído seus paletós e suas calças. Eles podiam mendigar algumas peças de roupas civis com um ucraniano que vendia roupas de segunda mão no mercado negro, mas não puderam substituir seus uniformes por novos; o Exército já não fornecia roupas para os recrutas do Serviço de Trabalho. Andras tinha observado a degradação de seu próprio uniforme durante o tempo que passara na escola de treinamento de oficiais. Seu paletó e sua calça tinham adquirido, cada vez mais, o aspecto das roupas de um mendigo andarilho, em contraste com os uniformes cáqui engomados dos jovens oficiais.

À frente da companhia de oficiais de aspecto muito asseado, no lado oposto da praça, Andras pôde avistar a postura ereta de Erdő e seu monóculo cintilante. Os botões brilhavam em chamas douradas na luz da manhã. Para ele, aquilo, tudo aquilo, era um drama elevado. Estava contente com o trabalho que Andras e József tinham feito. Quando apresentaram o cenário completo e os panos de fundo pouco antes do ensaio geral, Erdő se mostrou tão entusiasmado em seus elogios que chegou a romper um vaso capilar no olho esquerdo. O ensaio geral em si foi perfeito, a não ser por algumas falas saltadas, mas tudo tinha sido corrigido, tudo tinha sido lustrado até ganhar um brilho militar. Os cenários, os figurinos e até uma grande cortina de lona pintada de vermelho e dourado aguardavam a postos a chegada do general. A peça faria sua estreia naquela noite.

O comboio do general foi precedido por um desfile da banda militar da escola de treinamento de oficiais: alguns trompetistas desesperadamente circunspectos, um trombonista fleugmático, um flautista gordo, um tamboreiro de cara vermelha. Atrás deles iam dois caminhões blindados ostentando a bandeira da Hungria, depois uma fileira de policiais em motocicletas e por fim o general Vilmos Nagybaczoni Nagy num carro aberto, um Lada preto e lustroso com pneus de banda branca. O general era mais jovem do que Andras esperava, ainda não estava muito grisalho e parecia vigoroso mesmo na meia-idade. Seu uniforme estava coalhado de condecorações de todos os formatos e de todas as cores, inclusive a cruz azul-turquesa e dourada que representava a mais alta distinção por bravura em combate da Honvédség. Atrás dele vinha um homem mais jovem num uniforme menos resplandecente, aparentemente um ajudante de ordens ou um secretário. De quando em quando, o general desviava o olhar das fileiras de homens para sussurrar algo no ouvido do oficial mais jovem, que rabiscava furiosamente num caderninho de estenografia. O olhar do general parecia demorar-se em especial nas companhias de recrutas do Serviço de Trabalho. Andras não se atrevia a olhar diretamente para o general, mas deixou os olhos de Nagy passarem por ele enquanto o comboio avançava. O general curvou a cabeça e falou com o ajudante de ordens. O jovem fez anotações. Depois que o comboio virou no fim da praça, a banda afastou-se para o lado abrindo caminho e os carros seguiram rugindo os motores na direção da escola de treinamento de oficiais.

Quando Andras e József chegaram ao auditório para os últimos preparativos antes do espetáculo, viram que tudo se tornara uma grande confusão. Os cenários do palco tinham sido empurrados para um canto a fim de que o oficial comandante pudesse fazer seu discurso de boas-vindas e, com isso, dois dos panos de fundo tinham sido rasgados e um lado da caverna de *papier mâché* fora esmagado. Erdő andava de um lado para o outro sobre o palco, num desalento de pânico, declarando em altos brados que os reparos jamais seriam terminados a tempo, enquanto Andras, József e os outros corriam na tentativa de consertar tudo. Andras recobriu a caverna com um balde de gesso e um pouco de papel pardo; József remendou uma ruína romana com um rolo de fita de algodão. Os outros homens alinharam e penduraram de novo o segundo pano de fundo rasgado. Quando a hora do jantar chegou ao fim, tudo estava em ordem. Os atores chegaram para envergar seus trajes de tártaros e de magiares e fazer seus exercícios vocais. Eles zumbiram e murmuraram suas falas nas coxias, com a mesma seriedade e compenetração dos atores do teatro Sarah-Bernhardt.

Às oito e meia, o auditório estava repleto de oficiais da escola de treinamento. Havia um clima festivo e tenso em seu clamor, um crescente burburinho de expectativa. Andras achou um canto escuro nas coxias de onde poderia ouvir as falas e ver a representação. Viu de relance a cintilação marcial do casaco de general quando ele avançou pelo corredor entre os bancos do auditório e tomou seu assento na primeira fila. O comandante da escola de treinamento de oficiais subiu ao palco e fez seu discurso, um *pas de deux* retórico de deferência e pompa, pontuado por gestos que Andras identificou com as imagens de Hitler vistas nos cinejornais; o punho cerrado como um martelo que batia no leitoril, o dedo indicador apontado para cima, a palma da mão do líder que conduz. A gritaria do comandante rendeu-lhe seis segundos de aplausos protocolares dos oficiais em treinamento. Mas quando o general Nagy se ergueu para subir ao palco, os homens ficaram de pé e deram gritos de entusiasmo. Ele os havia escolhido, os havia premiado com sua primeira parada em sua viagem oficial; ao sair dali, iria direto para o quartel-general de Hitler em Vinnitsa. Levantou a mão para agradecer os aplausos e todos sentaram de novo e ficaram num silêncio cheio de expectativa.

"Soldados", ele começou. "Jovens. Não farei um discurso longo. Não tenho de lhes dizer que a guerra é uma coisa terrível. Vocês estão longe de suas casas e de suas famílias e ainda terão de ir mais longe antes de poderem voltar. Vocês são rapazes corajosos, todos vocês." Vilmos Nagy não tinha nada da arrogância nem do fogo dramático do comandante da escola de treinamento de oficiais; falava com as vogais abertas de um camponês de Hajdú, enquanto segurava o leitoril com as mãos grandes e vermelhas. "Vou falar com franqueza", ele disse. "Os soviéticos são mais fortes do que pensávamos. Vocês estão aqui porque não ocupamos a Rússia na primavera. Muitos de seus companheiros já morreram. Vocês estão sendo treinados para guiar mais homens para as batalhas. Mas vocês são magiares, rapazes. Sobreviveram a mil anos de batalhas. Nenhum inimigo pode se equiparar a vocês. Nenhum adversário pode derrotá-los. Vocês venceram os tártaros e a peste. Vocês desbarataram oitenta mil turcos no castelo Eger. Vocês foram os melhores guerreiros e os melhores líderes."

Uma onda de aplausos frenéticos irrompeu dos oficiais em treinamento; o general esperou o barulho amainar. "Lembrem", ele disse, "vocês estão lutando pela Hungria. Pela Hungria e por mais ninguém. Os alemães podem ser nossos aliados, mas não são nossos senhores. A maneira deles não é a nossa. Os magiares não são arianos. Os alemães nos encaram como uma nação ignorante. Temos sangue bárbaro, ideias selvagens. Nós nos recusamos a abraçar o totalitarismo. Nós não deportaremos nossos judeus e nossos ciganos. Nós nos aferramos à nossa estranha língua. Lutamos para vencer, não para morrer."

Mais uma onda de aplausos dos homens, esta mais hesitante. Os jovens oficiais em treinamento tinham sido adestrados a ter uma reverência absoluta pela autoridade dos alemães; tinham sido ensinados a falar com um respeito incondicional do importantíssimo e todo-poderoso aliado da Hungria.

"Recordem-se do que aconteceu neste verão nas margens do rio Don", disse Nagy. "As dez divisões de nosso general Jány foram dispersas em cem quilômetros entre Vorónej e Pavlovsk. Apenas com essas dez divisões, o Generalfeldmarschall Von Weichs esperava que conseguíssemos manter os russos na margem oriental. Mas vocês conhecem a história; nossos tanques ficaram indefesos contra os T-34 dos soviéticos. Nosso armamento estava em desvantagem. Nossa cadeia de fornecimento de suprimentos falhou. Nossos homens estavam morrendo. Então Jány recuou suas divisões e tomou posições defensivas. Ele viu a situação em que estava e tomou a decisão que salvou a vida de milhares de homens. Por causa disso, Von Weichs e o general Halder nos acusaram de covardia! Talvez nos admirassem mais se deixássemos quarenta ou sessenta mil soldados nossos morrerem, em vez de só vinte mil. Talvez eles gostassem de nos ver derramar a última gota de nosso sangue bárbaro." Fez uma pausa e correu os olhos pelas fileiras de homens em silêncio, parecendo fitá-los no escuro. "A Alemanha é nossa aliada. Sua vitória nos dará força. Mas nunca acreditem que a Alemanha tem outro objetivo que não a sobrevivência do Reich. *Nosso* objetivo é a sobrevivência da Hungria — e isso implica não só a preservação de nossa soberania e de nossos territórios, mas também das vidas de nossos jovens."

Os homens tinham caído num silêncio extasiado. Ninguém aplaudiu; estavam esperando que Nagy prosseguisse. Era tão raro que lhes dissessem a verdade, pensou Andras, que ficaram mudos de choque.

"Vocês foram treinados para lutar com inteligência e minimizar nossas perdas", continuou Nagy. "Queremos que voltem vivos para casa. Precisaremos muito de vocês quando a guerra tiver terminado." Fez uma pausa e deu um suspiro profundo; suas mãos estavam trêmulas, como se o esforço de fazer aquele discurso o tivesse esgotado. Olhou de relance para as coxias do palco, para o escuro de onde Andras estava assistindo. Seus olhos se detiveram nele por um longo momento e depois se voltou outra vez para os jovens oficias em treinamento. "E mais uma coisa", ele disse. "Tenham respeito pelos recrutas do Serviço de Trabalho. Eles estão sujando as mãos por vocês. Eles são seus irmãos nesta guerra. Alguns oficiais decidiram tratá-los como cães, mas isso vai mudar. Sejam bons homens, é o que estou dizendo. Sejam respeitosos com quem merece respeito." Baixou a cabeça como se estivesse refletindo e depois encolheu os ombros. "É só isso", falou. "Vocês são bravos soldados, todos vocês. Agradeço a todos por seu trabalho."

Desceu do palanque sob o acompanhamento de um aplauso perplexo e sombrio. Ninguém parecia saber com exatidão o que pensar daquele novo ministro da Defesa; algumas coisas que o general tinha acabado de falar pareciam palavras que não deveria usar em público e muito menos numa escola de treinamento de oficiais. Mas houve pouca oportunidade para reagir. Estava na hora de a peça começar. Os magiares se reuniram no palco para a primeira cena e os recrutas do Serviço de Trabalho empurraram as ruínas romanas até ficarem em seu lugar e depois baixaram um pano de fundo que representava um céu azul acima dos montes cor de musgo de Buda. Quando içaram a cortina, uma torrente de luz encheu o palco, iluminando os húngaros de aspecto marcial em suas armaduras pintadas. O chefe dos magiares sacou a espada e ergueu-a bem alto. Em seguida, antes que ele pudesse proferir sua primeira fala, o próprio ar pareceu romper-se num lamento profundo. O auditório reverberou num gemido de dor que ora subia, ora baixava. Andras conhecia aquele som: era a sirene que dava o aviso de um ataque aéreo. Todos haviam feito treinamentos simulando ataques aéreos, tanto ali como no orfanato. Mas naquela noite não havia nenhum treinamento previsto, tampouco aquilo fazia parte da peça. Era um ataque real. Eles sofreriam um bombardeio.

De súbito, o público ficou de pé e as pessoas começaram a se empurrar na direção das saídas. Um aglomerado de oficiais rodeou o general Nagy, que perdeu o chapéu no tumulto. Segurou a cabeça nua e olhou em redor, enquanto sua equipe o empurrava rumo à porta lateral. Os atores fugiram do palco, largaram suas armas de papelão e começaram a se aglomerar na direção da escada nos fundos do auditório. Andras e József bem como os outros recrutas do Serviço de Trabalho seguiram os atores que desciam um lance de escada que conduzia a um abrigo no subsolo do prédio. O abrigo era uma colmeia de cubículos de concreto unidos por corredores de teto baixo. Os homens se empurraram para o interior de um recinto escuro, na curva de um dos corredores; atrás deles, mais oficiais em treinamento se derramaram para dentro do recinto. No alto, distante, as sirenes gemiam.

Quando as primeiras bombas explodiram, o abrigo sacudiu como se a própria lua tivesse tombado de sua órbita e se chocado com a Terra exatamente acima da cabeça deles. Poeira de concreto chovia do teto e as lâmpadas piscavam em suas gaiolinhas de arame. Alguns homens soltaram palavrões. Outros fecharam os olhos como se rezassem. József pediu um cigarro a um oficial em treinamento e começou a fumar.

"Apague isso", disse Andras num sussurro. "Se houver um vazamento de gás aqui em baixo todos morreremos."

"Se estou à beira da morte, vou fumar", disse József.

Andras balançou a cabeça. A seu lado, József exalou uma complexa e suntuosa nuvem de fumaça através das narinas, como se quisesse aproveitar seu tempo com toda a calma. Mas outra explosão violenta empurrou-o contra Andras e ele deixou o cigarro cair. Uma série de choques trepidantes percorreram os alicerces do prédio como pequenos terremotos; aquilo era o fogo antiaéreo, os coices das armas de artilharia abrigadas num local não muito distante do auditório. Lá em cima, vidro espatifava e gritos fracos chegaram aos ouvidos dos homens através das paredes do abrigo.

"Posição de sentido, homens!", ordenou um dos oficiais. Eles ficaram em posição. Aquilo exigiu certa dose de concentração, ali na escuridão cintilante; ficaram naquela posição até as bombas seguintes explodirem. Quando os alicerces tremeram, Andras pensou no peso dos materiais do prédio acumulados acima dele: as vigas pesadas, o piso, as paredes, as toneladas de cinzas de cimento e os tijolos, os caibros e as ripas do telhado, os milhares e milhares de ladrilhos de ardósia. Andras pensou em todos aqueles materiais desabando sobre a arquitetura de seu próprio corpo. Pele frágil, músculo frágil, osso frágil, as estruturas engenhosas dos órgãos, a intrincada organização de suas células — todas as coisas que Tibor havia apontado no livro de anatomia de Klara, em Paris, havia tanto tempo que parecia ter passado uma vida inteira. De súbito, Andras não conseguia respirar. Outra detonação derrubou a lateral daquele cômodo e surgiu uma rachadura no teto.

Então veio uma calmaria. Os homens ficaram em silêncio, à espera. A artilharia antiaérea devia ter sido atingida, ou os artilheiros estavam à espera da próxima leva de aviões. E isso era o pior — não saber quando viria o próximo bombardeio. Os lábios de József se moveram pronunciando algum sortilégio. Andras inclinou-se, tentando imaginar que salmo ou prece era capaz de dar ao rosto de József tamanho ar de serenidade; quando afinal as palavras se desvendaram numa sequência inteligível, ele quase riu alto. Era uma canção de Cole Porter que József muitas vezes tocava na sua vitrola nas festas em sua casa. *I'm with you once more under the stars/ And down by the shore an orchestra's playing/ And even the palms seem to be swaying/ When they begin the beguine.* A calma terminou com o renovado *stacatto* do fogo antiaéreo, depois soou um acorde percussivo de explosões, como se um trio de bombas tivesse explodido ao mesmo tempo. Todos os homens caíram de joelhos e as luzes apagaram. József emitiu um som animal de pânico. Então era assim que aconteceria, pensou Andras: József receberia sua retribuição ali, naquela sepultura embaixo do auditório dos oficiais. Como aquilo se parecia com um conto de fadas, nos quais muitas vezes desejos egoístas tinham de pagar um preço caro: József morreria, mas Andras morreria com ele. Enquanto as bombas continuavam a cair, József baixou a testa até tocar a clavícula de Andras e disse: "Desculpe, desculpe". A fumaça do cigarro em seu cabelo era o cheiro das noites em Paris. Sem pensar, Andras pôs a mão na cabeça de József.

Em seguida, de repente, as luzes piscaram e acenderam de novo. Os homens ficaram de pé. Bateram a poeira de seus uniformes e fingiram que não estavam se agarrando nos braços uns dos outros, apertando o rosto no peito uns dos outros, rezando, chorando e pedindo perdão. Olharam em redor rapidamente como que para confirmar que nenhum deles tinha sentido medo de verdade. Agora a terra estava parada; o bombardeio cessara. Lá em cima, tudo estava em silêncio.

"Muito bem, homens", disse o oficial que dera a ordem para ficarem em posição de sentido. "Vamos esperar o sinal de que está tudo bem."

Passou muito tempo antes de o sinal soar. Quando afinal o ouviram, houve uma grande pressão na direção dos corredores, uma aglomeração de homens que falavam com vozes abafadas pelo choque. Ninguém sabia o que encontrariam quando subissem. Andras pensou no campo de trabalho onde deveriam estar tal como o vira na hora em que chegaram a Turka — a cova coletiva, a terra molhada derramada sobre a vala, como um cobertor encharcado. Ele e József abriram caminho empurrando com os ombros, no meio de uma torrente de homens, de volta à escada por onde haviam descido. O ar no abrigo parecia saturado, sufocante, escasso de oxigênio.

Havia um gargalo no pé da escada. Enquanto Andras avançava arrastando os pés na direção da escada, alguém esbarrou nele e colocou uma coisa em sua mão. Era Erdő, com o rosto vermelho e molhado, sem seu monóculo. "Não pensei nisso mais cedo", falou no ouvido de Andras. "Estava muito preocupado com a peça. Eu podia ter morrido e nunca entregaria a carta, ou você podia ter morrido e nunca a receberia."

Andras olhou para baixo a fim de ver o que segurava na mão. Era uma folha de papel embrulhada num lenço.

Ele não podia esperar. Tinha de ver. Desembrulhou a ponta do lenço e lá estava a caligrafia de Klara num envelope azul e fino. Seu coração vacilou no peito.

"Esconda isso", disse Erdő. Andras escondeu.

De volta ao orfanato, ele só queria ficar sozinho — arranjar um lugar mais isolado, onde pudesse ler a carta de Klara. Mas os homens da companhia 79/6 o encontraram e cobriram Andras e os outros com uma enxurrada de perguntas. O que tinha acontecido? Eles viram os aviões? Alguém morreu? Tinham se ferido? Qual era o sentido de um ataque aéreo tão distante da linha de frente? Os guardas ficaram escutando o rádio nos aposentos particulares de Kozma, mas não contaram nada para eles, claro; o bombardeio durou tanto tempo que pensavam que todo mundo na escola de treinamento de oficiais tinha morrido.

Houve mortes. Aquilo era verdade. Quando saíram do auditório — das três paredes que haviam sobrado, pelo menos — foram arrastados numa torrente de homens correndo para um dos abrigos, que havia desmoronado em cima dos oficiais em treinamento que tinham se abrigado lá. Durante três horas os homens do Serviço de Trabalho e os soldados trabalharam com pás e picaretas, cordas e jipes, a fim de remover a massa de madeira e concreto que tinha aprisionado os homens lá. Dezessete deles tinham morrido na mesma hora por causa do desmoronamento. Muitos outros estavam feridos. Havia outras mortes: o refeitório viera abaixo antes que os cozinheiros e os lavadores de pratos conseguissem chegar a um abrigo e onze homens morreram. Deduziram que a presença do general Vilmos Nagy fora o motivo do ataque aéreo; a informação de sua visita devia ter chegado à NKVD e tropas da Força Aérea Soviética foram enviadas para uma tentativa de assassinato por meio de um bombardeio. Mas o general Nagy sobreviveu. Ele tinha supervisionado pessoalmente a tentativa de resgatar os homens do abrigo desmoronado, para desalento de seu próprio ajudante de ordens, que ficou perto dele, olhando alerta para a camada de nuvens iluminada pelo fogo, como se outra chuva de YAK-1 soviéticos pudesse cair do céu a qualquer momento.

Durante todo aquele tempo, Andras levou a carta de Klara dentro do bolso, sem se atrever a ler. Finalmente, ele estava livre para subir no beliche e tentar decifrar as linhas no escuro. József parecia quase tão ansioso quanto Andras; sentou-se de pernas cruzadas no beliche debaixo, à espera das notícias. Andras abriu o envelope cuidadosamente com sua navalha, em seguida acomodou-se numa posição que lhe permitiria usar o luar como abajur. Puxou a carta de dentro do envelope e desdobrou-a com as mãos trêmulas.

15 de outubro de 1942
Budapeste

Querido A,

Imagine meu alívio, e do seu irmão também, quando recebemos sua carta! Decidimos adiar a viagem para o campo até o seu regresso. Tamás está bem e eu estou tão bem quanto possível. Seus pais estão com boa saúde. Por favor, mande um abraço para meu sobrinho. Os pais dele estão bem. Quanto ao que você me escreveu sobre M. H. ter ido para Lachaise, espero que eu não tenha entendido o que você quis dizer. Por favor, escreva de novo em breve.

Como sempre
Sua K.

Decidimos adiar a viagem. Era aquilo que ele temia, só que pior. Não só Klara, mas também Tibor e Ilana. Ele teria feito a mesma coisa, claro — nunca deixaria Ilana e Ádám sozinhos em Budapeste três dias depois de Tibor desaparecer —, mas mesmo assim era algo triste, revoltante. De um só golpe, o

Exército húngaro tinha arrasado todo o clã dos Lévi. Em razão de um comércio clandestino com botas militares, carne enlatada, munição e pneus de jipe, todos eles ficaram amarrados a um continente que se concentrava no propósito de varrer os judeus da face da Terra. Aquela horrível verdade se alojara sob seu diafragma e tornava impossível, para Andras, respirar fundo. Ele baixou a mão e passou a carta para József, que reagiu com um gemido grave de desalento — József, que por tanto tempo afirmara que a viagem para a Palestina era um disparate. Agora, após três meses na Ucrânia, depois do que haviam acabado de experimentar e presenciar na escola de treinamento de oficiais, József sabia o que significava sentir a própria vulnerabilidade, sentir o gosto da própria mortalidade. Ele compreendeu o que significava para Klara, Tamás, Tibor, Ilana e Ádám ficar ilhado na Hungria, enquanto a guerra se aproximava mais e mais, vinda de todos os lados. József devia saber o que sua própria deportação tinha significado para seus pais; por baixo da palavra *bem* na única linha que Klara tinha escrito sobre eles, József devia perceber a verdade.

Pelo menos ele e Andras tinham aquela carta, aquela prova de que em casa a vida prosseguia. Andras podia ouvir a voz de Klara lendo em voz alta as linhas cifradas da carta; por um momento, foi como se ela estivesse a seu lado, encolhida e pequenina, junto dele, naquele seu beliche minúsculo. A pele quente de Klara embaixo do vestido justo. O cheiro quente e preto de seu cabelo. Sua boca formava uma cadeia de palavras, e ela gotejava-as em seu ouvido, como frias contas de vidro. *Decidimos adiar nossa viagem para o campo.* Alguns instantes depois ele responderia, contaria para Klara tudo o que tinha acontecido. Então a ilusão se dissolvia e ele se via de novo sozinho em seu beliche. Rolou para o lado e olhou fixamente para o quadrado lamacento do pátio, onde as pegadas de seus companheiros substituíram as pegadas das crianças que passaram por ali antes que eles chegassem. No luar, Andras conseguiu distinguir os pequenos montes de terra gêmeos das sepulturas de Mendel e de Goldfarb, depois delas o alto muro de tijolos, acima dele a copa das árvores, e mais além ainda a malha das estrelas contra o vazio azul e preto do céu.

36. Um incêndio na neve

Um dia depois do ataque aéreo, o trabalho na estrada Turka-Skhidnítsia teve uma interrupção temporária. Todas as companhias do Serviço de Trabalho húngaro na região foram enviadas para a escola de treinamento de oficiais a fim de reparar os danos. Os prédios bombardeados tinham de ser reconstruídos, as estradas destroçadas tinham de ser refeitas. O general Vilmos Nagy continuava ali; não podia ir ao encontro de Hitler em Vinnitsa até verificarem se o trajeto para lá era seguro. O major Kozma, que ainda não tinha se acostumado às posições políticas pouco convencionais do general Nagy, mas estava empolgado com sua presença, aproveitou a oportunidade para promover um espetáculo de circo para seu entretenimento. Os tijolos quebrados e as tábuas lascadas da sala de refeições dos oficiais deveriam ser levados por carroças puxadas por cavalos, porém havia mais carroças do que cavalos para pôr nos arreios; os estábulos também tinham sofrido com o bombardeio. Assim Kozma atrelou seus homens às carroças. Oito trabalhadores forçados, entre eles Andras e József, foram amarrados com arreios de couro e foram obrigados a puxar carroças cheias de detritos e entulho do refeitório destruído para o pátio de formatura, que se tornara um louco depósito a céu aberto para materiais de construção. A distância não podia ser mais do que duzentos metros, mas sempre enchiam a carroça até quase transbordar. Os homens se moviam como se andassem dentro de um lago de cimento que começava a endurecer. Quando caíam de joelhos, por exaustão, os guardas desciam da boleia e os chicoteavam. Um grupo de oficiais em treinamento interrompeu o próprio trabalho a fim de assistir ao espetáculo. Vaiavam quando os homens caíam de joelhos e aplaudiam quando Andras, József e os demais lutavam para ficar de pé outra vez e puxavam a carroça mais alguns metros à frente rumo à área de descarregamento.

No meio da manhã, o espetáculo tinha gerado conversas suficientes para atrair a atenção do próprio general Nagy. Contra os protestos de seu jovem ajudante de ordens, ele saiu do bunker onde tinha se abrigado e marchou através do pátio de formatura até a ruína do refeitório. Com os polegares enganchados no cinto, fez uma pausa para ver os recrutas do Serviço de Trabalho jogarem o entulho dentro da carroça e puxá-la. O general caminhava da carroça até as correias dos arreios, passando a mão pelas tiras de couro que atrelavam os homens às carroças. Kozma chegou correndo pelas ruínas do refeitório e postou-se ao lado do general. Ficou todo empertigado, bem ereto, e levou a mão até a testa num gesto de continência.

O general não respondeu à saudação. "Por que esses homens estão atrelados à carroça?", perguntou para Kozma.

"São os melhores cavalos que conseguimos", respondeu Kozma, e piscou o olho bom.

O general tirou os óculos. Ficou muito tempo limpando as lentes com o lenço, depois os recolocou no lugar e fitou Kozma com um olhar frio. "Solte seus homens", ele disse. "Todos eles."

Kozma pareceu decepcionado, mas levantou a mão para chamar um dos guardas.

"Ele não", disse o general. "Você vai fazer isso."

As palavras dispararam um choque de energia na fila de homens atrelados, um arrepio que Andras sentiu através das correias de couro em seu peito e em seus ombros.

"Imediatamente, major", disse Nagy. "Não gosto de repetir uma ordem."

Kozma teve de ir até cada homem cortar as tiras de couro com seu canivete, o que exigiu que chegasse mais perto deles do que chegara desde que ficaram sob seu comando — perto o bastante para sentir seu cheiro, pensou Andras, perto o bastante para correr o risco de se contagiar com sua tosse crônica, com seus piolhos. As mãos do major tremiam enquanto ele mexia nas tiras de couro embaraçadas. Levou quinze minutos para soltar oito homens. Os oficiais em treinamento que haviam parado para olhar tinham sumido.

"Mande seus guardas trazerem um lote de carrinhos de mão do armazém de suprimentos", ordenou o general para Kozma. Para os recrutas, disse: "Vocês vão descansar aqui até a chegada dos carrinhos de mão. Depois vão remover o entulho enchendo os carrinhos". Observou os capatazes separarem os homens em seus grupos, enquanto esperavam os carrinhos de mão. Kozma ficou em silêncio ao lado do general, torcendo e retorcendo as mãos, como se quisesse arrancá-las da pele. O general parecia ter esquecido que sua vida estava em perigo, que a NKVD estava ciente de sua presença no local. Não prestava atenção às prementes advertências de seu ajudante de ordens de que era preciso voltar para o interior do bunker. Na hora do almoço, Nagy e o ajudante de ordens acompanharam os homens até a nova tenda que servia como refeitório e cuidou para que recebessem vinte decigramas extras de pão e dez gramas de margarina. O general fez seu ajudante arrastar um banco até a área de terra batida onde os recrutas do Serviço de Trabalho estavam comendo; o general almoçou com eles, fez perguntas sobre suas vidas antes da guerra e o que planejavam fazer quando tudo terminasse. De início, os homens reagiram com hesitação, em dúvida se podiam confiar naquela pessoa eminente, com seu casaco coberto de condecorações, mas em pouco tempo começaram a falar com mais liberdade. Andras não falou; permaneceu à margem do grupo, ciente de que estava testemunhando algo extraordinário.

Depois do almoço, o general ordenou que tirassem os piolhos dos homens da companhia 79/6, que eles fossem banhados e recebessem uniformes limpos dos armazéns da escola de treinamento de oficiais. Deveriam ser examinados pelos médicos da enfermaria da escola e seus ferimentos e suas doenças deveriam ser tratados. Em seguida seriam reencaminhados para funções que lhes permitissem recobrar a saúde. Estava claro que se encontravam fracos e doentes demais para executar trabalhos pesados. Durante o resto do dia, ele os encaminhou para trabalhar no calor úmido da barraca que servia de refeitório, onde o cozinheiro os colocou para descascar batatas e cortar cebolas para o jantar dos oficiais.

Na hora do jantar, os homens receberam outra ração suplementar: mais vinte decigramas de pão e dez gramas de margarina. Um oficial desconhecido, um homem alto e com um aspecto de urso, apresentou-se como o major

Bálint e anunciou que o suplemento da ração seria permanente; o general ordenara que a dieta dos homens fosse modificada. Por ora, continuariam a servir na barraca do refeitório em vez de voltar para o trabalho na estrada. E haveria outra mudança: o próprio Bálint seria o novo comandante. O major Kozma não teria mais nada a ver com a companhia 79/6 e, no que dependesse do general Nagy, com nenhuma outra companhia do Munkaszolgálat, exceto talvez com aquela em que ele seria obrigado a servir.

Desde a chegada a Turka, nunca tinha havido no orfanato uma noite que pudesse ser chamada de festiva. Mesmo quando cumpriram as obrigações devidas nos dias santos, eles o fizeram com uma sensação de dever lamentoso e com a consciência de como estavam distantes de tudo e de todos que amavam. Naquela noite nos alojamentos, na hora em que Kozma, em geral, os obrigaria a ficar em forma ao ar livre e em posição de sentido até caírem de joelhos, os homens se reuniram numa das salas de aula do térreo para jogar cartas, cantar coisas sem sentido e ler as notícias em voz alta em pedaços de jornal surrupiados da escola de treinamento de oficiais. Os soviéticos, leu Torre de Marfim, continuavam a conter a ofensiva nazista em Stalingrado, enquanto a batalha entrava na décima primeira semana; combates ferozes prosseguiam nas ruas da cidade e nos subúrbios do norte, suscitando especulações de que os nazistas continuariam entrincheirados naqueles combates quando o inverno russo chegasse. "Tomara que congelem!", gritou Torre de Marfim, e coroou-se com um chapéu de marinheiro que Andras fizera dobrando uma página de publicidade. Ele agarrou Andras pelos braços e obrigou-o a dançar uma canção camponesa. "Estamos livres, meus queridos, livres", cantou, enquanto rodopiava com Andras em redor da sala. Não era verdade, claro; Lukás e os outros guardas ainda estavam de vigia na porta e qualquer membro da companhia 79/6 poderia ser fuzilado se saísse pela estrada desacompanhado. Mas de fato eles estavam livres do major Kozma. E como se isso não fosse o bastante, também estavam limpos e sem piolhos. O general chegara ao ponto de ordenar que seus cobertores e colchões fossem levados para o ar livre, queimados e substituídos imediatamente por novos.

Naquela noite, no conforto de um colchão novo cheiroso forrado com feno, Andras escreveu para Klara. *Querida K, Houve uma surpreendente reviravolta por aqui. Nossas condições em T. mudaram para melhor. Estamos bem e acabamos de ganhar uniformes novos e um trabalho razoável. Você não deve se preocupar conosco. Se surgir uma nova oportunidade de viajar para o campo, deve ir. Irei também assim que puder. Infelizmente tenho de confirmar o que você parece ter entendido a respeito de M. H. Por favor, mande meu amor para meu irmão e Ilana. Beije Tamás por mim. Como sempre, seu dedicado A.*

No dia seguinte, quando servia o almoço para os oficiais em treinamento e para seus superiores, Andras esperou ansiosamente que Erdő aparecesse na fila. Quando afinal ele apareceu — de rosto carrancudo e sem seu monóculo, ainda abatido com a perda da montagem de *Os tártaros na Hungria*, entre tantas outras perdas no campo —, Andras passou a carta para ele por baixo de seu prato. Sem nenhum sinal, sem nenhum piscar de olho ou outro gesto de compreensão, Erdő seguiu adiante na fila; Andras entreviu um clarão branco na hora em que ele transferiu o bilhete da mão para o bolso da calça. Contanto que o correio continuasse a funcionar entre a Ucrânia e a Hungria, Klara saberia que Andras estava bem e que desejava que ela fosse para a Palestina, se possível.

O plano do general Nagy para a reabilitação da companhia 79/6 prosseguiu durante os meados do mês de novembro. Os doentes eram tratados na enfermaria e aqueles que ainda podiam trabalhar ganhavam peso com as rações extras. Ajudava bastante o fato de terem sido escalados para a cozinha. Embora os cozinheiros mantivessem uma vigilância rigorosa sobre os alimentos, muitas vezes era possível surrupiar uma cenoura, uma batata desgarrada ou uma dose extra de sopa. Se Andras sentia saudades de suas longas caminhadas até a ponta da estrada com o topógrafo, tinha o prazer das visitas semanais de Szolomon à escola de treinamento de oficiais. O topógrafo levava notícias da guerra e, quando podia, passava às escondidas para Andras e József alguma iguaria ucraniana e uma peça de roupa quente. Numa tarde fria, Andras viu József rasgar um embrulho de papel que continha uns rolinhos chamados *holushky* — em formato de orelhas — e teve a impressão de que estava olhando para si mesmo, em Paris, desembrulhando um rolinho com sementes de papoula enviado pela sra. Hász mais velha. O que eram eles agora, József e Andras, senão um par de homens esfomeados nos confins degradados de um país em guerra, à mercê de forças que estavam fora de seu controle? Todas as barreiras entre eles, ou pelo menos todas as marcas de classe que pareciam separá-los quando moravam em Paris, eram agora arbitrárias a ponto de se mostrarem absurdas. Quando József lhe ofereceu o pacote de *holushky*, Andras pegou-o e disse *köszönöm*. József dirigiu a ele um olhar de alívio surpreso, uma reação que deixou Andras confuso, até lhe ocorrer que era a primeira vez que dizia uma palavra gentil para József desde a morte de Mendel. Que estranho, pensou Andras, que a guerra levasse alguém involuntariamente a perdoar uma pessoa que não merecia perdão, assim como podia levar alguém a matar um homem de quem não tinha nenhum ódio. Podia ser o efeito de amnésia da situação crítica, pensou, aquela poção amarga que ele havia ingerido todos os dias na Ucrânia, com sua ração de sopa e de pão seco e esfarelante.

Certa manhã, mais adiante naquela semana, os homens acordaram para deparar com o pátio do orfanato toldado por nuvens de neve acinzentadas. As nuvens pareciam ter a intenção de despejar seu conteúdo inteiro de uma só vez. Os flocos caíam em alta velocidade, em aglomerados do tamanho de bolotas de carvalho. Ali estava o inverno que eles tanto temiam, fazendo sua inequívoca entrada em cena; a temperatura tinha caído vinte graus da noite para o dia. Na hora da formatura, a neve rodopiava e entrava nos ouvidos, nas bocas e nos narizes. A neve abria caminho entre as brechas dos sobretudos e de seus cachecóis, penetrava no vão estreito da boca de suas botas. O major Bálint tomou seu lugar à frente do pátio de formatura e declarou em tom de lástima que os homens tinham sido afastados de suas funções na escola de treinamento de oficiais e designados para o trabalho de remoção da neve. Os guardas abriram os barracões, entregaram as ferramentas aos homens — as mesmas pás pontudas que usavam na construção da estrada, não as pás retangulares e curvadas que seriam mais adequadas àquele trabalho — e marcharam com eles rumo ao povoado a fim de começarem sua tarefa de inverno.

Naquela tarde, quando Szolomon encontrou Andras e József entre as equipes que removiam a neve com pás, deu-lhes a notícia de que ele tinha sido designado para trabalhar num gabinete de mapeamento em Vorónej e partiria num trem militar naquela mesma tarde. Szolomon lhes desejava uma travessia segura até o fim daquele inverno, recitou uma bênção sobre suas cabeças e entupiu seus bolsos com uma variedade de comida que não viam fazia muito tempo — latinhas de carne e de sardinha, vidros de arenque em conserva, sacos de nozes, biscoitos massudos de centeio. Em seguida, sem dizer nenhuma palavra de despedida, seu reticente protetor e benfeitor desceu depressa pela estrada e desapareceu atrás de uma cortina de neve.

Durante a semana inteira, a temperatura não parou de cair, ficando muito abaixo de zero. As costas de Andras queimavam de tanto trabalhar; suas mãos estavam cheias de novas bolhas. Nada que ele fizera no Munkaszolgálat fora tão difícil como remover aquela neve, dia após dia, enquanto o frio aumentava. Mas era impossível abandonar a esperança quando havia sempre uma chance de a qualquer hora chegar uma carta de Budapeste. Toda vez que iam remover a neve das estradas na escola de treinamento de oficiais, Andras e József procuravam o capitão Erdő; toda vez que Erdő tinha algum correio para entregar, encontrava um jeito de, sorrateiramente, introduzir a carta no bolso deles. No início de dezembro, chegou uma carta de György Hász: a fortuna da família tinha se reduzido mais ainda e György, Elza e a sra. Hász mais velha tinham sido forçados a deixar o apartamento na Andrássy Út e mudar-se para a casa de Klara. Mas Andras e József não deviam ficar preocupados. K. estava a salvo. Todos estavam bem. Os dois deviam se preocupar apenas consigo mesmos e com a própria sobrevivência.

A carta seguinte de Klara trouxe a notícia de que Tibor tinha sido convocado de novo para o Munkaszolgálat e seguira para o front oriental. Ilana e Ádám foram morar na Nefelejcs Utca com todos os outros. Agora os sete viviam com o dinheiro antes destinado a pagar a viagem para a Palestina, que o advogado de Klara enviava em pequenas parcelas todos os meses. Andras tentou imaginar a situação: os cômodos claros do seu apartamento repletos com todas as coisas que a família Hász levara da Andrássy Út, os tapetes, os armários e as quinquilharias remanescentes de sua antiga vida principesca; Elza Hász, uma pomba desgarrada em sua indumentária matinal, com as asas encolhidas nos flancos do corpo; Klara e Ilana tentando manter os bebês limpos, calmos e bem alimentados em meio a uma multidão; a mãe de Klara, estoica e silenciosa em seu canto; o cheiro constante de batatas e de páprica; a luz chapada e amarela do inverno de Budapeste, descendo com indiferença através das janelas altas. Estava ausente das cartas qualquer menção a Mátyás, enquanto as nevascas varriam os montes e os campos da Ucrânia.

Em meados de dezembro, chegou um bilhete da mãe de József: György fora internado no hospital com uma dor causticante no peito e febre alta. O diagnóstico era infecção no pericárdio, a membrana que envolve o coração. O médico queria que ele fosse tratado com colquicina e pericardiocentese, e ficasse três semanas de repouso numa enfermaria para pacientes cardíacos. O custo dessa calamidade médica, aproximadamente cinco mil *pengő*, ameaçava despejá-los de casa. Klara estava tentando dar um jeito de seu advogado mandar mais dinheiro.

József ficou abatido e silencioso o dia inteiro depois que receberam a carta. Naquela noite no orfanato ele não foi para a cama na hora de sempre. Em vez disso, ficou de pé junto à janela e contemplou a escuridão nevada do pátio, com um cobertor puído enrolado no corpo, como um roupão.

Andras rolou de lado em seu beliche e ergueu o tronco, apoiando-se no cotovelo. "O que foi?", perguntou. "É o seu pai?"

József fez que sim com a cabeça. "Ele detesta ficar doente", falou. "Detesta ser um fardo para qualquer pessoa. Fica arrasado se tem de faltar um dia de trabalho." Enrolou mais o cobertor em volta do corpo e olhou para o pátio. "Enquanto isso não fiz absolutamente nada na vida. Nada de útil para ninguém, sem dúvida nada de bom para meus pais. Nunca tive um emprego. Nunca me apaixonei nem fui amado por ninguém. Por nenhuma daquelas garotas de Paris. Nem por alguém de Budapeste. Nem mesmo Zsófia, que estava grávida de um filho meu."

"Zsófia estava grávida?", perguntou Andras.

"Não está mais. Na primavera passada, livrou-se do filho de algum jeito. Não o queria, e eu também não; isso mostra que ela pouco se importava comigo." Deu um suspiro profundo e prolongado. "Não consigo imaginar que você tenha a menor compaixão por mim, Andras. Mas é duro ter de encarar claramente o próprio rosto de repente. Você deve entender do que estou falando."

Andras disse acreditar que entendia.

"Sei que você não acha que minhas pinturas são grande coisa", disse József. "Pude ver isso quando você foi me visitar no ano passado, quando você e Klara levaram o bebê ao meu apartamento."

"Pelo contrário, achei suas novas obras boas. Falei sobre isso com Klara."

"E se eu tentasse entrar em contato com meu vendedor de quadros em Budapeste?", disse József, dando as costas para a janela e virando para Andras. "E se eu pedisse para ele vender alguma coisa? Nunca julguei que as novas obras estivessem terminadas, mas um colecionador pode encarar as coisas de outro modo. Eu podia pedir a Papp para apurar o que ele pode conseguir se vender aqueles nove quadros grandes."

"Você vai vender seus quadros inacabados?"

"Não consigo imaginar mais nada que possa fazer", respondeu József, afastando-se da janela. Por um momento, a curva de sua testa e o lado escuro de seu cabelo ficaram iguais aos de Klara, e Andras experimentou uma indesejada onda de afeição por ele. Deitou-se de novo na cama e fitou o teto escuro e plano.

"Os quadros que vi eram bons", falou para József. "Não pareciam inacabados. Podem ter um preço bastante elevado. Mas talvez não seja necessário vendê-los. Talvez Klara consiga dar um jeito de o dinheiro chegar de Viena."

"Mesmo que ela consiga fazer isso, e depois?", perguntou József. "Acha que não vão precisar de dinheiro para as despesas do mês seguinte? E se uma das crianças ficar doente, ou minha avó? E se acontecer alguma coisa que não possa esperar que Klara entre em contato com o advogado?" A pergunta ficou pairando no ar durante muito tempo, enquanto os dois refletiam sobre aquela possibilidade ameaçadora.

"O que posso lhe dizer?", perguntou Andras. "Acho que é uma boa ideia. Se eu tivesse alguma obra para vender, venderia agora mesmo."

"Dê-me sua caneta", pediu József. "Vou escrever para minha mãe. Depois vou escrever para Papp."

Andras remexeu no interior de sua mochila em busca da caneta e do último e precioso vidro de tinta que sobrara de seus suprimentos de desenho. Usando o parapeito da janela como mesa e o luar como abajur, József começou a escrever. Mas logo depois falou de novo no escuro.

"Nunca dei absolutamente nada para meu pai", ele disse. "Nada."

"Ele vai entender o que significa para você vender aquelas pinturas."

"E se ele morrer antes de minha mãe receber esta carta?"

"Então pelo menos sua mãe vai saber o que você tinha intenção de fazer", respondeu Andras. "E Klara também."

Na manhã seguinte, acordaram e removeram a neve. Fizeram o mesmo por mais um dia; no outro encontraram o capitão Erdő enquanto comandava a marcha de seus cadetes pela estrada, e József conseguiu passar as cartas sorrateiramente para sua mão. Todos os dias depois disso, os dois removeram a neve, até que no dia 20 de dezembro o major Bálint anunciou que eles tinham de fazer as malas e limpar o orfanato de cima abaixo; a unidade seria deslocada para o leste no dia seguinte.

Por mais que detestassem o orfanato, por mais que todos os homens tivessem abominado aqueles beliches curtos demais e rogado pragas quando tinham de se abaixar diante das pias instaladas numa altura própria para crianças no frio das manhãs de inverno, por mais que tivessem vivido em meio à terrível consciência dos massacres ocorridos nos arredores e do assassinato de crianças que havia precedido sua chegada, além da execução de Mendel Horovitz e de László Goldfarb, por mais que tivessem desejado fervorosamente deixar aqueles alojamentos quando passavam fome, eram espancados e humilhados, apesar de tudo isso sentiam uma estranha resistência à ideia de deixar aquele local para uma outra companhia, um grupo de desconhecidos. A companhia 79/6 se tornara a zeladora dos túmulos de todos os seus mortos, os montinhos de terra assinalados com pedras retiradas do leito da estrada. Eles tinham de conservar aquela terra varrida, as pedras limpas; tinham colocado pedras menores em cima das maiores em tributo aos homens fuzilados ou mortos por doença ou exaustão causada pelo excesso de trabalho. Tinham se tornado os zeladores também dos fantasmas dos órfãos judeus de Turka; a companhia 79/6 era a única que tinha visto aquelas pegadas diminutas nos corredores e no pátio. Os homens da companhia tinham comido nas mesas infantis abandonadas, tinham memorizado a forma das letras cirílicas arranhadas no tampo das carteiras das salas de aula, foram picados à noite pelos mesmos percevejos que tinham picado as crianças, tinham dado topadas com os dedões nas mesmas traves das camas em que as crianças tinham dado topadas. Agora teriam de abandonar também as crianças, que já tinham sido abandonadas três vezes: primeiro pelos próprios pais, depois pelo Estado e por fim pela própria vida. Mas os homens da companhia 79/6 — os que sobreviveram ao inverno — rezariam o kadish pelos órfãos judeus de Turka todo mês de agosto, enquanto vivessem.

Partiram para o leste a pé, rumo ao perigo. A terra em redor tinha o mesmo aspecto que em Turka: morros cobertos de neve, pinheiros carregados de neve, os restos secos de pés de milho eriçados nos campos brancos, abrigos para vacas acumulando montes de neve em seu telhadinho, no ar enregelante. Os vilarejos não passavam de casas de fazendas espalhadas nas concavidades entre os morros. O vento penetrava nos sobretudos dos recrutas e alcançava os ossos. Eles tinham de se alojar em estábulos com os cavalos usados nos trabalhos agrícolas ou tinham de dormir no chão de casebres, onde ficavam deitados de olhos abertos a noite inteira com medo dos camponeses, que por sua vez ficavam também de olhos abertos a noite inteira com medo deles. Às vezes não havia nenhum estábulo ou vilarejo e eles tinham de acampar no frio enregelante sob o céu iluminado pela aurora boreal. À noite a temperatura caía a vinte graus abaixo de zero. Os recrutas sempre acendiam uma fogueira, mas o próprio fogo era perigoso; podia hipnotizá-los, podia fazê-los ficar imóveis, podia distraí-los da difícil tarefa de continuarem vivos. Se eles adormecessem junto ao fogo durante a vigília noturna, iludidos por seu calor e induzidos a deixar o cobertor cair dos ombros, a manta poderia pegar fogo e eles ficariam expostos ao frio. Certa manhã, Andras surpreendeu Torre de Marfim naquela situação, os braços em volta dos joelhos, a cabeça grande inclinada para a frente, numa posição que parecia a de alguém que dorme. Na sua frente estava o anel preto e morto onde o fogo tinha se extinguido na neve e sobre os ombros dele jazia um gelo pulverizado. Andras tocou o pescoço de Torre de Marfim, mas sua pele estava fria e enrijecida, como o próprio solo. Tiveram de carregar seu corpo durante três dias, antes de encontrarem um trecho de terra fofa o bastante para poder recebê-lo. Ficava ao lado de um estábulo, onde o calor dos cavalos evitava que a terra endurecesse de frio. Enterraram Torre de Marfim no meio da noite e riscaram seu nome e a data de sua morte na parede de madeira do estábulo. Recitaram de novo o salmo noventa e um. Àquela altura, todos já o sabiam de cor.

O frio estava com eles dia e noite. Mesmo no interior dos estábulos ou das casas dos camponeses, era impossível se aquecer. Costuraram luvas grosseiras com o forro de seus sobretudos, mas as luvas eram finas e o frio vazava através das emendas costuradas. Os pés congelavam dentro das botas rachadas. Os homens rasgavam mantas de cavalo para fazer trapos com que enrolavam os pés, da maneira como faziam os camponeses ucranianos. Sua dieta continha muito pouco daquilo que poderia mantê-los aquecidos, embora o major Bálint tentasse manter as rações prescritas pelo general Nagy. De vez em quando os camponeses tinham pena deles e lhes davam algo extra para comer: uma colher de sopa de banha de ganso para pôr no pão, tutano, um pouco de geleia. Andras pensava no topógrafo e desejava que ele também estivesse comendo — desejava que o Exército estivesse fornecendo comida para ele em Vorónej.

De dia, removiam neve das estradas usando pás. Muitas vezes não conseguiam retirar a neve mais depressa do que ela caía. Suas costas ficaram arqueadas com aquele trabalho, as mãos doíam de tanto empunhar as pás. Ao longo das estradas limpas só até a metade, passavam caminhões, jipes, artilharia, homens, tanques, partes de aviões, munição. Às vezes um inspetor alemão gritava com eles e os ofendia com sua língua de consoantes guturais e vogais sufocadas. As notícias chegavam voando como cinzas de um incêndio: a batalha continuava a se arrastar em Stalingrado, matando dezenas de milhares todas as semanas; uma parte do Segundo Exército húngaro lutava para salvar a própria vida em Vorónej, combatido por forças soviéticas superiores. Os homens da companhia 79/6 abriam caminho na neve a golpes de pá rumo àquela batalha, embora parecesse muito distante, como tudo o mais. Às vezes passavam a noite inteira trabalhando com as pás enquanto o céu do norte clamava uma torrente de pragas radiantes. Os recrutas pensavam em suas esposas e namoradas deitadas em camas quentes em Budapeste, as pernas nuas e lisas, seus seios adormecidos no escuro de meados do inverno, as mãos cruzadas e cheirosas, como cartas de amor. Repetiam em sua mente os nomes daquelas mulheres distantes; as pontadas do desejo nunca amainavam, mesmo quando os nomes se tornavam abstrações e os recrutas tinham de se perguntar se tais mulheres de fato existiam ainda, e se era possível dizer que elas existiam quando sua vida se passava num lugar tão remoto, para além dos dentes de granito arreganhados dos Cárpatos, do outro lado das planícies frias do inverno húngaro. *Klara* era o som que a pá fazia quando batia na neve gelada, era o estalido e o chiado da lâmina da pá ao chocar-se com a terra congelada. Andras dizia para si mesmo que seria bom se ele pudesse limpar aquela estrada, se pudesse abrir caminho para que os caminhões avançassem correndo rumo ao front oriental, pois então a guerra fluiria naquela direção e lá formaria uma represa, bem longe da Hungria, de Klara e de Tamás.

Mas, em meados de janeiro, algo deu errado. O trânsito, que até então fluíra na direção da Rússia, passou a correr no sentido contrário. De início, foi só um movimento a conta-gotas: uns poucos caminhões de provisão, algumas companhias de soldados de infantaria em jipes. Após um tempo, formou-se um fluxo constante de homens, veículos e armas. Depois, no final de janeiro, formou-se um dilúvio e aquele rio ficou vermelho de sangue. Havia ambulâncias da Cruz Vermelha cheias de mortos e de homens com ferimentos horríveis, baixas da batalha que assolava Stalingrado durante cinco meses, desde agosto de 1942. Certa noite, chegou a notícia de que o Segundo Exército húngaro, junto com milhares de recrutas do Serviço de Trabalho que estavam integrados a ele, tinha sofrido uma derrota brutal e definitiva em Vorónej. A notícia chegou na hora em que Andras recebia sua ração de pão com um borrão de margarina. Por mais faminto que estivesse, ele deu sua ração para József e sentou-se num canto do estábulo onde se achavam abrigados naquela noite. Dividiam o estábulo com uma dúzia de ovelhas de cara preta cuja lã os camponeses tinham deixado crescer até ficar bem comprida para o inverno. As ovelhas foram farejar a baia onde Andras tinha se recolhido; deitaram seus corpos cheios de lã sobre o feno, deram seus balidos trêmulos, cheiraram umas às outras com os focinhos pretos e aveludados. Não era só no topógrafo Szolomon que Andras estava pensando; era também em Mátyás, que a certa altura fora designado para trabalhar com o Segundo Exército húngaro. Se ele tinha sobrevivido ao inverno do ano anterior, podia ser um dos cinquenta mil recrutas escalados para ficar em Vorónej. Andras imaginou seus pais recebendo, enfim, a notícia, a mãe parada na cozinha de seu apartamento em Debrecen, com o telegrama nas mãos, o pai encolhido e murcho na cadeira, como se fosse uma luva vazia. Andras era pai havia apenas catorze meses, mas já sabia o que representava perder um filho. Pensou em Tamás, nos cachinhos tão familiares de seu cabelo, na velocidade das batidas de seu coração, na paisagem ondulada de seu corpo. Em seguida encostou o rosto nos joelhos e viu Mátyás de pé no estribo de um bonde de Budapeste, a camisa azul esvoaçante.

Andras engoliu o nó áspero que tinha se alojado em sua garganta e estendeu o braço atravessado por cima dos olhos. Ele não choraria em luto, disse para si mesmo. Não até saber com certeza.

O rio de sangue continuou e, em pouco tempo, arrastou consigo Andras, József e o resto da companhia 79/6 e levou-os para o oeste, de volta na direção da Hungria. Fragmentos das companhias de Serviço de Trabalho passavam ligeiramente, homens que tinham alcançado um estado de emagrecimento imaginável apenas num pesadelo. A companhia 79/6, cujas rações se mantiveram regulares, levava comida todas as noites para trabalhadores forçados à beira da morte, que tinham sido abandonados por seus comandantes e que não tinham mais nenhum trabalho a fazer senão fugir na direção de casa. Chegaram mais notícias do que acontecera em Stalingrado — o bombardeio que reduziria a escombros todos os quarteirões da cidade e transformara os prédios numa floresta de tijolos e concreto espatifados, o Sexto Exército alemão cercado no centro da cidade, seu comandante, o general Paulus, escondido num porão enquanto a batalha grassava à sua volta; a derrubada dos últimos e escassos aviões de suprimento da Luftwaffe; em seguida o Exército soviético atacou de todos os lados a fim de retomar o controle da curva do rio Don e evitar que o Quarto Exército alemão avançasse para socorrer o Sexto Exército cercado. Ninguém sabia quantos haviam morrido — Duzentos mil? Quinhentos mil? Um milhão? — ou quantos ainda estavam morrendo, de frio, de fome, de ferimentos que não tinham recebido tratamento médico, no meio do inverno mortal, nas estepes escuras e descampadas. Diziam que os soviéticos estavam perseguindo os remanescentes do Exército húngaro pelas planícies. Em seu próprio medo, em sua própria fuga, Andras sentiu uma furiosa satisfação. O Sexto Exército alemão não conseguira tomar os campos de petróleo em redor de Grózni; eles não conseguiram tomar a cidade que tinha o nome de Stálin. Aquelas derrotas podiam engendrar outras. O que tinha fracassado podia continuar fracassando. Era uma coisa terrível para se pensar com prazer, Andras sabia — o destino das companhias húngaras e das companhias de Serviço de Trabalho estava ligado ao destino da Wehrmacht e, em todo caso, eram seres humanos que estavam morrendo, a despeito de sua nacionalidade. Mas a Alemanha tinha de ser derrotada. E se ela pudesse ser derrotada enquanto a Hungria se mantivesse um Estado soberano, então os judeus húngaros talvez nunca tivessem de viver sob o jugo nazista.

A confusão da retirada para a Hungria engendrou estranhas convergências, cruzamentos de destinos que emergiram da mistura de dúzias de companhias de Serviço de Trabalho. Muitas e muitas vezes, cruzavam com homens que conheciam de tempos muito anteriores à guerra. Certa noite, acamparam com um grupo de Debrecen, no qual havia vários colegas de escola de Tibor.

Outra noite, encontraram um grupo de Konyár, no qual estava o filho do padeiro, o irmão mais velho de Orsolya Korcsolya. Numa terceira noite, perdidos em meio a uma nevasca, Andras se viu dividindo um canto de celeiro convertido em enfermaria com o editor chefe do *Jornal Judaico Magiar*, o homem que fora colega e adversário de Frigyes Eppler. De tão devastado pelo frio e pela fome, ele estava quase irreconhecível, a ponto de parecer apenas a estrutura de arame sobre a qual seu ser anterior fora construído; ninguém podia imaginar que aquele homem de braços finos, esfomeado, com os olhos brilhando de febre, um dia tinha sido um combativo editor que vestia um paletó de tweed irlandês.

O editor chefe tinha notícias de Frigyes Eppler. Contou que ele perdeu o emprego depois que a polícia militar descobriu um arquivo com documentos incriminadores em seu gabinete, uma série de documentos que, segundo os boatos, relacionavam Eppler com uma operação de mercado negro que se passava justamente em Szentendre. Pouco depois, ele foi convocado para o Munkaszolgálat; desde então, ninguém teve notícias dele, pelo menos até onde sabia o editor chefe. Ele mesmo fora convocado para servir em outra companhia algumas semanas depois. Agora o editor chefe fazia parte de um grupo de homens doentes e feridos cujo comandante os abandonara no celeiro para morrerem de fome ou sucumbirem de febre. O major Bálint ordenara aos homens da companhia 79/6 que cuidassem dos recrutas doentes — que lhes dessem comida, água e trocassem as ataduras improvisadas e sujas em seus ferimentos. Enquanto cumpria aquelas tarefas no caso do editor chefe, Andras soube do destino de outro membro de seu círculo de conhecidos, um homem cuja história era tão sinistra que o levara a merecer o apelido de Tio Jó. Aquele homem, contou-lhe o editor, certa época fora casado com uma linda mulher, uma ex-atriz, com quem teve um filho; diziam que ele tinha vivido em Paris, onde fora diretor de um teatro importante no centro da cidade. Antes da guerra, fora obrigado a voltar para Budapeste, onde, por um breve período, assumira o cargo de diretor da Ópera. Foi em Budapeste que sua esposa ficou doente e morreu. Pouco depois, o homem, que já sofria de tuberculose, foi convocado para o Serviço de Trabalho — sem dúvida, a fim de servir de exemplo para os demais — e foi designado para servir na companhia para a qual o editor chefe iria. No último outono, eles tiveram de passar por uma triagem na Real Gendarmaria de

Campo Húngara, em Stári Oskol, onde foram interrogados e espancados, e onde roubaram tudo o que levavam consigo. A Gendarmaria de Campo Húngara sabia quem era aquele homem importante, aquele antigo luminar do mundo teatral; puseram-no parado na frente dos outros e o espancaram com seus fuzis; depois lhe mostraram um telegrama que dizia que seu filho tinha morrido de sarampo. O telegrama foi enviado por uma tia do menino para um parente em Szeged; foi interceptado em Budapeste e dali reenviado até Stári Oskol, pelo visto com o propósito expresso de atormentar aquele nobre cavalheiro. O homem suplicou que o matassem também, mas o deixaram com o resto do batalhão e no dia seguinte todos foram encaminhados para o leste de novo.

"Mas o que aconteceu com ele?", perguntou Andras, com as mãos nos joelhos, fitando os olhos ocos do editor chefe. "Morreu em Vorónej?"

"Essa é a parte mais triste", disse o editor chefe. "Ele não morreu, embora tivesse sempre tentado. Apresentou-se como voluntário para varrer campos minados. Corria para a linha de fogo sempre que podia. Sobreviveu a tudo. Nem a tuberculose conseguiu matá-lo."

"Como estava quando você o deixou? Onde o viu pela última vez?"

"Está lá no canto, onde seu amigo está sentado agora."

Andras olhou por cima do ombro. József tinha se ajoelhado para dar água a um homem que jazia escorado num monte de sacos de cereais dobrados; o homem tinha a cabeça virada para o outro lado e, através do véu de doença e magreza, Andras reconheceu Zoltán Novak.

"Eu o conheço", disse Andras ao editor chefe.

"É claro. Quem não conhece? Ele era muito conhecido."

"Quero dizer que eu o conheço pessoalmente."

"Então vá lhe dar seus cumprimentos." Pôs a mão no peito de Andras e lhe deu um empurrão na direção do homem. O gesto parecia um pálido fantasma de seu antigo vigor, de sua antiga veemência.

Andras se aproximou de József e do homem escorado na pilha de sacos de cereal. Seus olhos cruzaram com os de József e, com o olhar, chamou-o para um canto.

"Aquele é Zoltán Novak", sussurrou Andras.

József franziu a testa e lançou mais um olhar para o homem. "Novak?", perguntou. "Tem certeza?"

Andras fez que sim com a cabeça.

"Deus nos ajude", disse József. "Ele está quase morto."

Mas o homem ergueu a cabeça do meio dos sacos de cereal e olhou para Andras e József.

"Melhor eu voltar logo", disse József.

"Dê-me água", pediu Novak. Sua voz era um sussurro áspero na garganta.

"Eu cuido dele", disse Andras.

"Por quê?"

"Ele me conhece."

"Algo me diz que isso não vai servir de consolo para ele", disse József.

Mas Andras foi se ajoelhar no chão ao lado de Novak, que se levantou alguns centímetros, apoiado nos sacos dobrados, de olhos fechados, enquanto sua respiração chocalhava como os dentes de um pente raspado na beira de uma superfície áspera.

"Aqui, dê-me água", ele disse outra vez.

Andras ergueu o cantil e Novak bebeu. Quando ficou saciado, tossiu e olhou para Andras. Um calor vagaroso subiu por seu rosto, um rubor débil surgiu na pele em redor dos olhos. Ele se ergueu um pouco, apoiado nos cotovelos.

"Lévi", ele disse, e balançou a cabeça. Emitiu três sons velados que podiam exprimir consternação ou riso. O esforço pareceu deixá-lo esgotado. Deitou-se de novo de costas e fechou os olhos. Passou muito tempo antes que conseguisse falar e quando o fez as palavras saíram lentamente e com esforço. "Lévi", ele disse. "Devo ter morrido, graças a Deus. Eu morri e fui para a geena. E aqui está você comigo, também morto, espero."

"Não", disse Andras. "Ainda estamos vivos, os dois, e na Ucrânia."

Novak abriu os olhos de novo. Havia brandura em seu olhar, uma complexa piedade, que não excluía o próprio Novak, mas que não estava concentrada só nele mesmo; parecia abarcar a todos, Andras, József, o editor chefe, os outros homens doentes e moribundos e os trabalhadores que lhes traziam água ou cuidavam de seus ferimentos.

"Veja o que aconteceu comigo", disse Novak. "Talvez lhe dê alguma satisfação me ver neste estado."

"Claro que não, Novak-úr. Diga o que posso fazer por você."

"Só há uma coisa que eu quero", disse Novak. "Mas não posso pedir isso sem transformar você num assassino." Deu um meio sorriso e fez mais uma pausa para recobrar o fôlego. Depois tossiu dolorosamente e virou-se de lado. "Há meses que quero morrer. Mas sou muito forte, pelo que estou vendo. Não é uma coisa linda? E sou covarde demais para tirar minha própria vida."

"Está com fome?", perguntou Andras. "Tenho um pouco de pão na minha mochila."

"E você acha que eu quero pão?"

Andras desviou os olhos.

"Aquele outro rapaz é sobrinho dela, não é?", perguntou Novak. "Parece com ela."

"Eu gostaria de imaginar que ela está com uma aparência bem melhor do que essa", respondeu Andras.

Novak tossiu uma risada. "Nisso você tem razão", disse, e depois balançou a cabeça. "Andras Lévi. Eu esperava nunca mais ver você, depois daquele dia na Ópera."

"Se quiser, vou embora."

Novak balançou a cabeça outra vez e Andras esperou que ele falasse mais alguma coisa. Porém o antigo diretor estava esgotado de tanto falar; caiu num sono superficial e de boca aberta. Andras sentou-se a seu lado, enquanto ele lutava para respirar. Do lado de fora, o vento batia cortante, com a força da nevasca. Andras apoiou a cabeça sobre o braço e caiu no sono. Quando acordou, estava escuro dentro do celeiro. Ninguém tinha uma vela; aqueles que ainda possuíam lanternas não tinham pilhas havia muitos meses. O barulho e o cheiro de homens doentes se fechava em redor dele, como um véu de trama muito cerrada. Novak estava inteiramente acordado e fitava Andras com atenção, respirando com mais esforço do que antes. Cada inspiração fazia parecer que ele estava construindo uma estrutura complicada com materiais inadequados e ferramentas quebradas; cada expiração era o desmoronamento derrotado daquela estrutura feia e sem equilíbrio. Ele falou de novo, tão baixo que Andras teve de se curvar e chegar bem perto para ouvir.

"Agora está tudo bem", ele dizia. "Está tudo bem."

Não estava claro se ele pretendia tranquilizar Andras, a si mesmo ou os dois ao mesmo tempo; dava quase a impressão de que se dirigia a alguém que não estava presente, embora tivesse os olhos cravados em Andras. Dali a pouco ficou quieto e pegou no sono outra vez. Andras permaneceu a seu lado a noite inteira, enquanto ele acordava e adormecia seguidas vezes. No dia seguinte, Andras lhe deu sua ração de pão. Novak não conseguiu comer o alimento seco, mas Andras o esfarelou e misturou as migalhas com um punhado de neve derretida. Viveram três dias daquela maneira, enquanto Novak acordava e dormia, dormia e acordava. Andras lhe dava suas pequenas cotas de comida e água, até que o tempo limpou e a neve derreteu o suficiente para que a companhia 79/6 retomasse o caminho rumo à fronteira. Quando Bálint anunciou que os homens partiriam na manhã seguinte, o alívio de Andras foi cortado pelo desalento. Implorou ao major que lhe concedesse um minuto para conversar; eles não podiam abandonar os outros homens ali para morrer.

"Como você sugere que eles se locomovam, recruta?", perguntou Bálint, em tom severo, mas não rude. "Não temos ambulâncias. Não temos material para fazer padiolas. E não podemos de maneira nenhuma ficar aqui."

"Podemos improvisar alguma coisa, senhor."

Bálint balançou sua cabeça desgrenhada. "Esses homens ficarão melhor se estiverem abrigados. O corpo médico vai chegar daqui a alguns dias. Os que puderem ser transportados serão removidos."

"Nessa altura, alguns já estarão mortos", disse Andras.

"Nesse caso, Lévi, arrastá-los sob o frio e a neve não vai salvá-los."

"Um daqueles homens salvou minha esposa quando eu era estudante em Paris. Não posso abandoná-lo."

"Escute aqui", disse Bálint, com seus olhos grandes e cor de terra cravados nos olhos de Andras. "Tenho um filho e uma filha em casa. Os outros são maridos e pais também, muitos deles. Somos homens jovens. Temos de chegar vivos em casa. Foi sob esse princípio que comandei esta companhia desde que demos meia-volta. Ainda estamos a cem quilômetros da fronteira, ou seja, no mínimo cinco dias de marcha. Se carregarmos homens doentes conosco, vamos retardar a companhia inteira. Podemos perder nossas vidas por causa disso."

"Então me deixe ficar aqui, senhor."

"Essa não foi a minha ordem."

"Deixe-me ficar."

"Não!", exclamou Bálint, agora irritado. "Vou levar você sob a mira de armas, se necessário."

Mas no final não houve nenhuma necessidade de demonstrações de força. Zoltán Novak, ex-marido e ex-pai, ex-diretor do Théâtre Sarah-Bernhardt e da Operaház de Budapeste, o homem que Klara Morgenstern amara por onze anos e que, em certa medida, ainda devia amar, adormeceu naquela noite e não acordou mais.

37. Uma fuga

Quando seu trem chegou a Budapeste, as flores que carregava já tinham desabrochado. Tudo o mais estava cinzento ou vagamente esverdeado; algumas poucas árvores ao longo da estrada do anel viário externo exibiam botões prestes a desabrochar, embora a cidade conservasse a rudeza molhada da neve recentemente derretida. O ano de 1943 ainda parecia irreal para Andras. Ele tinha perdido inteiramente a noção do tempo durante a última etapa de sua viagem para casa. Mas sabia a data: era 21 de março, tinham passado sete meses e três semanas desde que fora deslocado para a Ucrânia. Klara foi esperar a chegada do trem na estação Keleti. Andras quase desmaiou ao vê-la na plataforma com uma criança a seu lado — de pé! Seu filho, Tamás, num casaco que batia no joelho e com robustos sapatinhos de menino. Tamás, agora com quase um ano e meio de idade; Tamás, que era um bebê nos braços de Klara na última vez que Andras o tinha visto. A testa de Klara exibia um vinco estreito de preocupação, mas afora isso nada havia mudado; o cabelo castanho estava preso num nó frouxo na altura da nuca, a superfície plana de suas adoradas clavículas estava exposta pelo decote de seu vestido cinza. Klara não fez a menor tentativa de esconder seu desalento diante da condição física de Andras. Ela pôs a mão sobre a boca e seus olhos se encheram de lágrimas. Ele sabia qual era sua aparência, sabia que parecia um homem com o corpo quase completamente debulhado e descascado. Tinha a cabeça raspada para se livrar dos piolhos; suas roupas, ou o que restava delas, pendiam frouxas do arcabouço de seu corpo. As mãos estavam calejadas e recurvadas, a face tinha três cicatrizes, havia riscos brancos onde os cacos de vidro da janela de um estábulo que se espatifara o cortaram. Quando Klara o abraçou, Andras notou como se mostrava cuidadosa com ele, como se pudesse machucá-lo com um simples abraço. József não estava ali para presenciar seu encontro; continuava em Debrecen, recuperando-se num hospital militar. Tinha ferido o joelho durante a travessia da fronteira e estava sendo tratado por causa de uma infecção. Estaria de volta dali a uma ou duas semanas. De uma agência do correio perto do hospital, Andras conseguira mandar um telegrama para Klara, dando as notícias e avisando de seu regresso.

Querido. Querida. Os dois teriam ficado ali parados, falando aquilo um para o outro a noite inteira, olhando um para o outro e beijando as mãos um do outro, tocando o rosto um do outro, se Tamás não tivesse protestado e não implorasse para que o pegassem no colo. Andras ergueu-o nos braços e fitou seu rosto redondo com sobrancelhas interrogadoras e olhos grandes e expressivos.

"Apa", Klara ensinou o menino a falar, e apontou para o peito de Andras. Mas Tamás virou-se e estendeu os braços para Klara, com medo daquele homem desconhecido.

Andras curvou-se para pegar sua mochila e a abriu. Dentro, achou a bola de borracha que tinha comprado por três *fillér* de um vendedor de rua em Debrecen. A bola tinha uma estrela branca em cada um dos polos e era dividida ao meio por uma faixa de tinta verde. Tamás estendeu as mãos para pegá-la. Mas Andras jogou-a bem alto no ar e depois a pegou nas costas, segurando-a entre as escápulas. Tinha aprendido aquele truque com um de seus colegas de escola em Konyár. Então retirou a bola das costas e entregou-a para Tamás, que abriu a boca e soltou uma risada.

"Mais", disse.

Foi a primeira palavra que Andras ouviu o filho falar. O truque revelou-se engraçado também uma segunda e uma terceira vez. Por fim, Andras entregou a bola para Tamás e ele a segurou avidamente, enquanto Klara o carregava pela Erzsébetváros rumo à sua casa. Andras caminhava ao lado deles, com a mão na cintura de Klara. Não havia mais nele o sentimento que experimentara na primeira vez em que voltou do Munkaszolgálat para casa: aquela continuação da vida comum em Budapeste era impossível depois de tudo o que havia passado; o tormento físico e mental tinha necessariamente de modificar o resto do mundo. Havia certo embotamento onde antes ele experimentara incredulidade. Aquela imobilidade quase o assustava. Era uma prova incontestável de que tinha ficado mais velho.

Enquanto caminhavam, Klara lhe deu as notícias da família: o dinheiro da venda das pinturas de József tinha permitido que György se recuperasse no hospital; a mãe de Klara, que tivera pneumonia no inverno, estava bem o bastante para fazer compras no mercado todas as manhãs, levar o pão e as verduras do dia; Ilana aprendera a falar húngaro e se revelara um verdadeiro gênio com sua capacidade de economizar as rações de todos; Elza Hász, que antes do último mês de dezembro nunca soubera como cozinhar um ovo, aprendera a fazer *paprikás* de batata e canja. Havia até notícias de Elisabet; tivera mais um filho, uma menina. Continuava a morar na propriedade rural da família em Connecticut, enquanto Paul servia na Marinha, mas eles tinham planos de mudar-se para um apartamento mais amplo em Nova York quando ele voltasse. Não havia nenhuma palavra sobre a possibilidade de emigrarem para os Estados Unidos. Outras possibilidades de fugir tinham evaporado. Quando pararam numa esquina, Klara revelou num sussurro que Klein tinha sido preso por organizar emigrações ilegais. Estava na cadeia desde novembro, à espera do julgamento. Klara fora algumas vezes visitar os avós dele, que não deram nenhum sinal de estarem passando necessidade. Continuavam a cuidar de seu pequeno rebanho de cabras no antigo sítio em Frangepán Köz; talvez as autoridades considerassem que eram velhos demais para valer a pena persegui-los. Os nomes dos clientes de Klein — os emigrantes antigos, os atuais e os candidatos — estavam escondidos num labirinto de códigos, mas não havia como saber por quanto tempo a polícia continuaria perdida nele.

"E os seus pais?", ela perguntou. "Estão bem?"

"Sim", respondeu Andras. "Mas ainda estão muito preocupados com Mátyás. Não tiveram nenhuma notícia dele. E não gostaram nada de me ver deste jeito. Não contei para eles nem metade do que aconteceu."

"Tibor está ansioso para ver você", disse Klara. "Ilana teve de recorrer a ameaças para impedir que ele fosse à estação. Mas o médico diz que ele precisa repousar."

"Como ele vai? Como está?"

Klara suspirou. "Magro e esgotado. Calado. Às vezes parece ver coisas terríveis no ar, entre ele e nós. Desde que voltou, quer ficar com Ádám nos braços o tempo todo. O garoto agora está tão apegado a ele que Ilana mal consegue alimentá-lo."

"E você?" Andras pôs a mão no cabelo de Klara, em sua face. "Klárika."

Ela ergueu o queixo para ele e beijou-o, ali, em plena rua, com seu filho nos braços.

"Suas cartas", disse Klara. "Se eu não tivesse suas cartas, nem sei o que seria de mim."

"Não é possível que tenham sido sempre um consolo."

De novo, lágrimas vieram aos olhos de Klara. "Eu queria pensar que tinha entendido errado a respeito de Mendel. Li e reli aquela carta, torcendo para estar enganada. Mas é verdade, não é?"

"Sim, querida. É verdade."

"Um dia, daqui a algum tempo, você vai me contar tudo", ela disse, e pegou a mão de Andras.

Seguiram caminhando juntos até chegarem à porta do prédio. Ele olhou para cima, na direção da janela que sabia pertencer ao seu quarto; Klara tinha instalado uma jardineira com açafrão.

"Há mais uma novidade", ela disse, em tom tão sério que a princípio Andras teve certeza de que se tratava da notícia de alguma morte. "Agora há mais uma pessoa morando conosco. Alguém que viajou muito para chegar até aqui."

"*Quem?*"

"Vamos subir", ela disse. "Você vai ver."

Andras a seguiu para dentro do pátio, com o coração batendo acelerado. Não tinha certeza de que era capaz de encarar um hóspede surpresa. Queria sentar-se na beirada do chafariz, ficar ali e preparar-se melhor por alguns dias. Enquanto subiam a escada, ele pôde ver a cintilação do peixe dourado na profundeza verde do chafariz.

Pararam diante da porta, que abriu. Lá estava Tibor, abatido e pálido, os olhos cheios de lágrimas por trás dos óculos de aro prateado. Abraçou o irmão e os dois ficaram assim no corredor. Andras inalou o débil cheiro dele, de sabonete e algodão limpo, sem vontade de falar nem de se mexer. Mas Tibor conduziu-o para a sala de estar, onde a família o esperava. Lá estava seu sobrinho Ádám, de pé ao lado da mãe, Ilana, que tinha o cabelo coberto por um lenço bordado; György Hász, mais grisalho e mais velho; Elza Hász, austera num vestido simples de algodão; a mãe de Klara, menor do que nunca, com olhos profundos e reluzentes. E atrás deles, erguendo-se do sofá, um homem de rosto pálido e oval, num suéter escuro que pertencia a Andras, com um lenço amarrotado na mão.

Andras experimentou uma pontada de vertigem. Pôs a mão no encosto do sofá para se apoiar, enquanto aquela sensação passava por ele. "É mesmo verdade?", perguntou em francês.

"É verdade", respondeu Polaner com sua voz familiar, perdida muito tempo atrás.

Era a versão de um conto de fadas em forma de pesadelo, uma história assustadora o bastante para ensinar a Andras novos horrores depois do que ele havia presenciado na Ucrânia. Andras quase preferia nunca ter sabido o que tinha acontecido com Polaner no campo de concentração para onde fora enviado depois de seu afastamento da Legião Estrangeira em 1940 — tinha sido espancado, ficara sem comer e fora deportado já quase morto para Buchenwald, onde passara dois anos fazendo trabalhos forçados e como escravo sexual. Tinha um número tatuado no braço, seu peito tinha um triângulo cor-de-rosa invertido, sobreposto num triângulo azul. A homossexualidade de Polaner permanecera um segredo até que um de seus colegas de trabalho entregou uma lista de nomes em troca de um posto de *capo*; depois, Polaner se viu no nível mais baixo da hierarquia do campo, marcado com um símbolo que o transformava num alvo dos guardas e impedia que os outros prisioneiros se aproximassem demais dele. Foi escalado para trabalhar na pedreira, onde erguia sacos de pedras esmigalhadas, trabalhando catorze horas por dia. Quando terminava seu turno de trabalho na pedreira, tinha de limpar as latrinas de seu alojamento — para lembrar, disse-lhe o sargento, que naquele campo ele era pior do que merda, um servente da merda. Às vezes, tarde da noite, ele e alguns outros eram levados para uma entrada nos fundos do alojamento, onde eram amarrados e estuprados, primeiro por um dos oficiais e depois por seus secretários e por seu ordenança.

Certa noite, como um presente secreto, foram apresentados a um visitante ilustre vindo do Gabinete Administrativo e Econômico Central da SS, um inspetor de alto escalão do campo de concentração, conhecido por apreciar a companhia de rapazes. Mas as enaltecidas preferências do oficial não eram o que eles supunham; tratava-se de um amante de rapazes, não de um estuprador. Mandou desamarrar os prisioneiros, dar banho, fazer a barba e vesti-los em trajes civis. O que desejava era conversar com eles, como se estivessem todos numa festa. Pôs todos sentados em sofás, em seu alojamento particular, e dividiu com eles iguarias refinadas — chá com biscoitos, quando nos três anos anteriores eles tinham sobrevivido à base de sopa rala e pão roído por traças. O inspetor ficou encantado com o francês de Polaner e seu conhecimento de arte e arquitetura contemporâneas. Verificou-se que o homem tinha conhecido o falecido Vom Rath, de quem ele fora uma espécie de mentor político. No final da noite, o oficial resolveu transferir Polaner sem demora para seus serviços pessoais. Levou-o para seu apartamento particular, em outro campo, a cem quilômetros de lá, e registrou-o como uma espécie de criado do mais baixo escalão: carregador de sacos de carvão e engraxate de botas; na verdade Polaner era tratado como um paciente: era mantido na cama e atendido pelos empregados domésticos do inspetor do campo de concentração.

Ao fim de dois meses, quando Polaner recuperou a saúde, o inspetor executou uma espécie de alquimia de identidade: tinha documentos falsos prontos para comprovar que Eli Polaner, o jovem judeu que tinha sido transferido para seus serviços particulares, contraíra meningite e morrera; em seguida providenciou para Polaner uma série de documentos falsos que atestavam ser ele um jovem membro do partido nazista, de nome Teobald Kreizel, secretário de primeiro grau no Gabinete Econômico e Administrativo Central da ss. Com Polaner vestido como um membro da equipe particular do inspetor, os dois viajaram para Berlim, onde ele instalou Polaner num apartamento pequeno e claro em Behrenstrasse. Deixou com Polaner cinquenta mil marcos alemães em cédulas, além da promessa de que voltaria assim que possível, levando livros, guloseimas obtidas no mercado negro, tudo o que Polaner quisesse. Ele pediu apenas notícias de sua família; não recebia nenhuma notícia dos pais nem das irmãs desde o tempo em que entrara na Legião Estrangeira.

O inspetor de alto escalão voltava sempre que podia, levando os prometidos materiais de desenho, discos e guloseimas, mas demorava a conseguir notícias da família de Polaner. Ele esperava, raramente se aventurando a sair do apartamento; quase não pensava em mais nada, senão que em breve talvez recebesse informações sobre o destino dos pais e das irmãs. Nutria a esperança de que eles pudessem ter encontrado um modo de emigrar, que contra todas as probabilidades tinham conseguido encontrar um lugar benfazejo e distante, como a Argentina, a Austrália ou os Estados Unidos; ou ainda, caso aquilo não desse certo, que o inspetor fosse capaz de resgatá-los do inferno onde porventura tivessem caído e pudesse reunir todos eles outra vez numa cidade neutra onde ficariam a salvo. Não era uma esperança completamente infundada; o inspetor muitas vezes usava sua posição influente para conseguir favores para seus amantes e protegidos. De fato, durante os seis meses em que Polaner morou em Behrenstrasse, aqueles favores passados cobraram seu preço: uma série de irregularidades chamaram a atenção dos superiores do inspetor e ele acabou sendo investigado. Receoso de perder seu posto e temendo pela vida de Polaner, ele concluiu que o rapaz devia deixar o país sem mais demora. Prometeu conseguir para ele um visto que lhe permitisse viajar para onde quisesse na área de influência do Reich. Mas o que Polaner devia fazer? Para onde devia ir? Não tinha recebido nenhuma notícia de seus pais; como escolheria um destino?

Mais tarde, naquela mesma semana, a primeira de janeiro de 1943, as sondagens do inspetor sobre a família de Polaner afinal conseguiram alcançar algum resultado. Os pais e as irmãs de Polaner tinham morrido num campo de trabalho em Plaszow — sua mãe e seu pai morreram em fevereiro de 1941 e suas irmãs, oito ou dez meses depois. Os nazistas tinham se apropriado da casa da família e de sua fábrica de tecidos em Cracóvia. Não restava mais nada.

Na noite em que recebeu aquelas notícias, Polaner retirou a arma da gaveta da mesinha de cabeceira — o inspetor fazia questão de que ele tivesse uma pistola à mão para se proteger —, foi até a sacada e ficou parado ali, de pé, em trajes de dormir, sob uma catarata de vento enregelante. Encostou o cano da arma na têmpora e debruçou-se no parapeito da sacada. A neve lá embaixo era como um edredom, contou Polaner para Andras — tinha um aspecto macio, formava pequenas ondulações azuis e brancas; Polaner imaginou-se caindo naquela brancura limpa e desaparecendo embaixo de uma camada de neve fresca. A pistola em sua mão era uma Walther P-38, usada por oficiais da SS, uma pistola automática com um projétil na câmara. Polaner destravou a pistola e pôs o dedo na curva do gatilho, visualizou a bala esmigalhando a engenhosa arquitetura de seu crânio. Contaria até três e daria o tiro: *eins*, *tsvey, dray.* Mas, à medida que os números em iídiche ressoavam em sua mente, Polaner experimentou um momento de lucidez: se ele se matasse com aquela arma, aquela Walther P-38, se ele fizesse aquilo porque os nazistas tinham matado seus pais e suas irmãs, então *eles*, os nazistas, o matariam também, teriam sido eles que silenciariam o iídiche dentro de sua cabeça. Os nazistas teriam sido bem-sucedidos na missão de liquidar sua família inteira. Polaner afastou o dedo do gatilho, travou de novo a pistola e retirou o projétil da câmara. Foi a bala, e não o próprio Polaner, que caiu no edredom de neve, três andares abaixo.

Na manhã seguinte, definiu Budapeste como seu destino, na esperança de lá encontrar Andras. O inspetor de alto escalão forneceu a ele as cartas e os documentos necessários para obter o direito de residência na Hungria; chegou a conseguir um atestado médico declarando que Polaner era inapto para o serviço militar, devido a uma doença crônica nos pulmões. Deu para ele vinte mil marcos alemães e deixou-o num compartimento privativo num vagão de trem. Quando Polaner chegou, foi até a grande sinagoga na Dohány Utca, onde encontrou um antigo secretário que falava iídiche; explicou que estava procurando Andras Lévi e o secretário o encaminhou para a Hitközség israelita de Budapeste, que lhe forneceu o endereço de Andras na Nefelejcs Utca. Klara acolheu-o e ali ele morava desde então. Uma semana antes, Polaner tinha recebido seus documentos húngaros oficiais, que mostrou numa pasta marrom, como se quisesse provar para o amigo que tudo aquilo era mesmo verdade. Andras abriu o passaporte de Polaner. *Teobald Kreizel. Residente permanente.* A fotografia mostrava um Polaner magro e de olhos fundos, ainda mais pálido e chocado pelo horror do que o jovem que estava sentado agora na ponta da mesa da cozinha, de frente para Andras. Aquele passaporte estava tão novinho quanto o de Andras no dia em que havia partido para Paris; só não tinha os denunciadores "zês" de *Zsidó.* A pasta marrom continha também uma carteira de identidade do partido, carimbada com o fantasma de uma suástica, declarando que Teobald Kreizel era membro do Partido Nacional Socialista da Alemanha.

"Esses documentos vão ser muito úteis para você", disse Andras. "Seu amigo alemão sabia o que estava fazendo."

Polaner mudou de posição na cadeira. "É uma coisa vergonhosa, um judeu que se faz passar por nazista."

"Meu Deus, Polaner! Ninguém vai condenar você por usar essa forma de proteção. Vai mantê-lo a salvo do Munkaszolgálat, no mínimo, e eu sei muito bem o quanto isso vale."

"Mas você teve de servir durante anos. E, se a guerra continuar, vai ter de servir de novo."

"Você já fez a sua parte", disse Andras. "E foi muito pior do que a minha."

"É impossível comparar", disse Polaner.

Mas havia ocasiões em que era possível avaliar e comparar o sofrimento, Andras sabia. Ele, Andras, não tinha sido estuprado. Não tinha perdido seu país nem sua família. Klara estava dormindo no quarto, seu filho estava ao lado dela. Tibor e Ilana estavam deitados nos braços um do outro sobre um colchão, no chão da sala de estar. Seus pais estavam em Debrecen. Mátyás ainda podia estar vivo, em algum lugar para além das fronteiras da Hungria. Mas Polaner tinha perdido tudo e todos. Andras pensou no Rosh Hashaná em que haviam comido juntos no refeitório dos estudantes cinco anos e meio antes — como tinha ficado encantado com o fato de a mãe de Polaner ter deixado que ele voltasse a frequentar a faculdade depois de sofrer aquela agressão e também com o que Polaner tinha dito em resposta: *Ela nunca ficou contente de me ver fugir. Ela é minha mãe.* Aquela mulher que havia amado seu filho não existia mais. E os jovens Andras Lévi e Eli Polaner — aqueles rapazes que tinham passado dois anos em Paris discutindo sobre uma guerra que podia acontecer ou não, tomando chá no Pombo Azul, desenhando as plantas de um ginásio de esportes no centro do Quartier Latin — também não existiam mais, tinham crescido e se transformado naqueles homens cheios de cicatrizes e esfoladuras. Andras apoiou a cabeça na manga da camisa de Polaner e chorou por aquilo que nunca mais poderia voltar.

Durante toda aquela primavera, esperaram por notícias de Mátyás. Quando comemoraram o Pessach, a mãe de Andras insistiu em reservar um lugar na mesa para ele; quando abriram a porta para dar as boas-vindas a Eliás, também o chamaram para casa. Durante o tempo em que Andras tinha ficado na Ucrânia, seu pai e sua mãe pareciam ter ficado mais velhos. O cabelo do pai passara do grisalho para o branco. As costas da mãe ganharam uma curva. Ela se encolhia na tenda de seu suéter tricotado como se fosse um pé de capim seco. Nem a visão de Tamás e Ádám conseguia alegrá-la; não eram os netos que ela desejava ver, mas seu filho perdido.

Polaner, que sabia o que significava esperar notícias dos parentes, mantinha o próprio luto em caráter privado. Nunca falava de seus pais nem de suas irmãs, como se uma referência de sua perda pudesse suscitar a lembrança da tragédia que a família de Andras tanto temia. Polaner fazia questão de ir sozinho à sinagoga de Dohány toda tarde para recitar o kadish. A tradição exigia que ele fizesse aquilo durante um ano. Mas, à medida que as notícias continuavam a chegar da Polônia, começou a parecer que ninguém podia ficar isento daquele luto que nunca seria longo o bastante. Em abril, os judeus do gueto de Varsóvia opuseram uma resistência armada contra a deportação de seus últimos sessenta mil residentes; ninguém esperava que a resistência suportasse mais do que uns poucos dias, mas os combatentes do gueto resistiram durante quatro semanas. O *Pesti Napló* publicou fotografias de mulheres jogando coquetéis molotov contra os tanques alemães, fotos de tropas da Waffen-SS e de policiais poloneses pondo fogo em prédios. A batalha durou até meados de maio e terminou, como todos sabiam que ia terminar, com o esvaziamento completo do gueto: o massacre dos combatentes judeus e a deportação dos que tinham sobrevivido. No dia seguinte, o *Pesti Napló* informou que um milhão e meio de judeus poloneses tinham sido mortos durante a guerra, segundo as estimativas do governo polonês no exílio. Andras, que tinha traduzido para Polaner todas as matérias de jornal e os programas de rádio sobre o levante, não conseguiu reunir coragem para traduzir aquele número e transmitir aquela estatística desnorteante para um amigo que já estava de luto. Um milhão e meio de homens, mulheres e crianças judeus: como alguém podia compreender um número como aquele? Andras sabia que eram necessárias três mil pessoas para lotar os bancos da sinagoga da Dohány. Para acomodar um milhão e meio, era preciso reproduzir aquele prédio, seus arcos e suas abóbadas, seu interior mourisco, suas sacadas, seus bancos de madeira escura e sua arca dourada *quinhentas vezes*. E depois Andras visualizou cada uma daquelas quinhentas sinagogas lotadas em capacidade máxima, e cada homem, mulher e criança dentro delas era um ser humano único e insubstituível, da mesma forma como ele imaginava Mendel Horovitz, Torre de Marfim ou seu irmão, Mátyás, cada um deles com seus próprios desejos e temores, com seu pai e sua mãe, com sua terra natal, sua cama, seu primeiro amor, uma teia de recordações, um esconderijo de segredos, uma pele, um coração, um cérebro infinitamente complicado. Imaginá-los daquela maneira e depois imaginá-los todos mortos, extintos para sempre — como alguém podia sequer começar a compreender aquilo? A ideia podia deixar uma pessoa louca. Ele, Andras, ainda estava vivo e pessoas dependiam dele; não podia se dar ao luxo de enlouquecer, então se obrigou a não pensar naquilo.

Em troca, mergulhou a fundo no trabalho que tinha de ser feito todos os dias. Aquele apartamento, que já estava cheio mesmo quando os homens estavam fora, no Munkaszolgálat, revelou-se impraticável e inabitável agora que eles estavam em casa. Tibor e Ilana alugaram um apartamento no outro lado da rua e József mudou-se com os pais para um lugar pequeno no prédio ao lado. Polaner continuou morando com Klara e Andras, dividindo um quarto com Tamás. Era preciso pagar o aluguel de todas aquelas moradias. Andras recomeçou a trabalhar como ilustrador e diagramador de um jornal, não mais o *Jornal Judaico Magiar*, mas o *Correio da Noite*, onde Mendel tinha trabalhado e onde uma nova leva de convocações militares tinha dizimado a equipe de artistas gráficos. Andras convenceu seu editor a contratar Polaner também, alegando que ele sempre fora o verdadeiro talento por trás dos trabalhos que faziam juntos na faculdade de arquitetura. Tibor, por sua vez, achou um emprego de assistente de cirurgião num hospital militar, onde os feridos de Vorónej ainda estavam sendo tratados. József, que até então nunca tivera de trabalhar para ganhar a vida, pôs um anúncio no *Correio da Noite* e tornou-se um pintor de casas muito bem pago. E Klara dava aulas particulares na sala da Király Utca. Poucos pais tinham condições de pagar o preço cheio das aulas, mas ela deixava que pagassem o que podiam.

Em julho, enquanto os exércitos de Eisenhower bombardeavam Roma, Budapeste desceu em peso para as margens do Danúbio sob um excesso de beleza de verão, com seus palácios e hotéis antigos ainda irradiando um ar de permanência. Os bombardeios soviéticos do mês de setembro anterior não tinham tocado aqueles prédios espiralados e dourados; os bombardeios aliados não se concretizaram naquela primavera e os aviões do Exército Vermelho não voltaram. Os punhos cerrados das dálias se abriam na Városliget, onde Andras caminhava com Tibor, József e Polaner nas tardes de domingo, conjecturando quanto tempo ainda faltaria para que a Alemanha capitulasse e a guerra enfim terminasse. Mussolini tinha caído e o fascismo na Itália desmoronara. No front oriental, os problemas da Alemanha tinham aumentado e se aprofundado: o ataque da Wehrmacht contra um baluarte soviético perto de Kursk terminara numa derrota desastrosa, e as quedas em Orel e em Kharkov vieram logo a seguir. Mesmo Tibor, que um ano antes encarava com cautela as opiniões otimistas, manifestava agora a esperança de que a guerra terminasse antes que ele, Andras e József fossem convocados de novo para o Munkaszolgálat e de que os prisioneiros de guerra húngaros pudessem começar a regressar.

Os judeus da Hungria tiveram sorte, Andras sabia. Milhares de homens tinham morrido no Munkaszolgálat, mas não um milhão e meio. O restante da população judia sobrevivera intacta aos rigores da guerra. Embora dezenas de milhares tivessem perdido seus empregos e embora quase todos estivessem lutando com unhas e dentes para ganhar a vida, pelo menos ainda se aceitava legalmente que um judeu fosse dono de seu negócio, possuísse um apartamento, fosse à sinagoga rezar pelos mortos. Durante mais de um ano e meio, o primeiro-ministro Kállay conseguira protelar as exigências de Hitler para que fossem tomadas medidas mais rigorosas contra os judeus húngaros; mais ainda, seu governo começara a tentar fazer justiça contra os crimes cometidos no início da guerra. Ele tinha pedido uma investigação sobre os massacres de Délvidék e tinha jurado punir os culpados com todo o rigor que mereciam. E o general Vilmos Nagybaczoni Nagy, antes de renunciar ao controle do Ministério da Defesa, pedira o indiciamento dos oficiais envolvidos no mercado negro no âmbito militar.

Porém, Andras tinha aprendido que era bom adotar certo ceticismo, e aprendera aquilo não só com Tibor, mas também com os acontecimentos do ano anterior; a despeito das notícias que traziam alguma esperança, parecia-lhe impossível rechaçar sua sensação de alarme. Outros acontecimentos recrudesceram aquela sensação. Ao acompanhar o andamento dos processos contra os oficiais envolvidos no mercado negro pelas notícias no jornal naquele outono, ficou cada vez mais claro que os oficiais acusados, caso fossem condenados, teriam sentenças meramente formais. E Hitler, cuja Wehrmacht parecera tão vulnerável durante os meses de verão, tinha barrado o ataque aliado em Roma e garantido as fronteiras alemãs no sul. Na Rússia, ele continuava a lançar suas tropas contra o Exército Vermelho, como se uma derrota total fosse impossível.

Além disso, havia a ausência de notícias a respeito de Mátyás, que àquela altura estava desaparecido já fazia vinte e dois meses. Como alguém podia continuar a acreditar que ele tinha sobrevivido? Mas Tibor insistia em crer naquilo, e sua mãe também, e, embora seu pai nada falasse a respeito, Andras sabia que ele também acreditava; enquanto um deles acreditasse, nenhum dos outros podia reclamar para si nem mesmo o mero consolo da dor.

O ato final de justiça abortada daquele ano estava relacionado à família Hász e à extorsão que tinha drenado sua fortuna até não restar quase nada. Quando os pagamentos mensais de György minguaram a poucas centenas de *forint*, aqueles que o extorquiam resolveram que os ganhos com aquele trato já não compensavam mais o risco. O governo de Kállay parecia decidido a denunciar a corrupção em todos os níveis e em todos os setores do governo; dezessete membros do Ministério da Justiça já tinham sido processados por improbidade financeira e aqueles que extorquiam György temiam ser os próximos da lista. No dia 25 de outubro, chamaram György para uma reunião à meia-noite no porão do Ministério da Justiça. Naquela noite, Andras e Klara ficaram acordados, junto com a mãe dela, Elza e József na pequenina sala do apartamento dos Hász. József fumou sem parar um maço de cigarros Mirjam; Elza ficou sentada com um cesto de remendos a seu lado, abrindo caminho com sua agulha na desoladora pobreza das roupas, algo desconhecido para ela. A sra. Hász mais velha leu em voz alta páginas de Radnóti, o jovem poeta judeu que Tibor admirava e cujo destino no Munkaszolgálat era ignorado. Klara, com as mãos presas entre os joelhos, ficou sentada ao lado de Andras, como se ela mesma estivesse sendo julgada. Se seu irmão sofresse alguma coisa, Andras sabia que ela iria se considerar responsável.

Às quinze para as três da madrugada, ouviu-se um barulho de chave na porta. Lá estava György, com manchas de fuligem na roupa e sem fôlego, mas de resto ileso. Tirou o paletó e pendurou-o no encosto do sofá, alisou sua gravata dourada e passou a mão pelo cabelo prateado. Sentou-se numa cadeira e esvaziou o copo de conhaque de ameixa que a esposa lhe ofereceu. Em seguida colocou o copo vazio na mesinha de centro à sua frente e cravou os olhos em Klara, que estava sentada perto, a seu lado.

"Acabou", ele disse, cobrindo a mão dela com a sua. "Você pode respirar."

"O que foi que acabou?", perguntou a mãe. "O que aconteceu?"

Houve uma grande queima de documentos, contou-lhes György. Os homens que o extorquiam levaram-no ao escritório e o obrigaram a reunir todas as provas do relacionamento ilegal entre o ministério e a família Hász — todas as cartas, todos os telegramas e registros de pagamento, todos os recibos de compras e de depósitos bancários — e a jogar tudo no incinerador do prédio, o que tornava impossível que a família Hász apresentasse uma acusação contra o Ministério da Justiça. Em troca, os funcionários do ministério forneceram um novo conjunto de documentos para Klara, restaurando a cidadania que ela tinha perdido quando menina. Em seguida pegaram a pasta que continha todos os documentos relativos ao suposto crime dela — as fotografias do local do assassinato e das vítimas, o testemunho juramentado do estuprador que revelava a identidade de Klara, os depoimentos que a ligavam à organização sionista Gesher Zahav, os relatórios da polícia que davam conta do desaparecimento de Klara e o depoimento de Edith Novak sobre seu regresso para a Hungria — e jogaram tudo no incinerador central do prédio do ministério.

"Você viu todas essas coisas queimarem?", perguntou Klara. "O dossiê, as fotografias... tudo?"

"Tudo", respondeu György.

"Como você sabe que eles não têm cópias guardadas?", perguntou József. "Como sabe que não têm outros documentos?"

"Suponho que seja possível, mas não é provável. É preciso ter em mente que qualquer prova que eles possam ter guardado será também uma prova contra eles mesmos. É por isso que se mostraram tão ansiosos em destruir tudo."

"Mas as provas sempre representaram essa ameaça contra eles", disse József, levantando-se da cadeira. "E isso nunca os perturbou antes."

"Aqueles homens estão assustados", disse Hász. "Não tiveram o cuidado de esconder nada. O governo não está do lado deles. Viram dezessete colegas serem fuzilados e outros serem presos ou enviados para o Serviço de Trabalho por coisas muito menos graves do que aquilo que fizeram conosco."

"E você destruiu tudo?", perguntou József. "Tudo mesmo? Não guardou nenhuma cópia? Nada que possamos vir a usar mais tarde?"

György dirigiu ao filho um olhar firme e duro. "Eles apontaram uma arma contra a minha cabeça enquanto eu esvaziava minhas pastas", ele disse. "Eu gostaria de poder dizer que tenho cópias em algum lugar, mas já foi arriscado demais ter guardado comigo tudo aquilo. Seja como for, agora acabou. Não podem reabrir o processo contra Klara. Vi os documentos no fogo."

József ficou de pé, com as mãos cruzadas, junto à cadeira onde o pai estava sentado. Parecia prestes a segurar o pai pelos ombros e sacudi-lo. Seus olhos piscaram voltados para a avó, para a mãe; em seguida seu olhar pousou em Andras e ali se demorou. Entre os dois havia uma história tão terrível que era capaz de lançar uma luz diferente sobre aquele momento de frustração; olhar um para o outro equivalia a lembrar o que significava conseguir escapar vivo. József sentou-se de novo e falou para o pai:

"Graças a Deus que acabou", ele disse. "Graças a Deus que não mataram o senhor."

Em seu quarto, naquela noite, Andras abraçou Klara e os dois ficaram deitados e acordados no escuro. Quantas vezes ao longo dos quatro anos anteriores imaginara sua mulher detida, espancada e aprisionada num local fora de seu alcance? Ele mal conseguia crer que a ameaça sempre presente tinha desaparecido. A própria Klara jazia a seu lado em silêncio com os olhos secos; Andras sabia como ela sentia de modo incisivo o preço da própria liberação. Seu regresso para a Hungria, um risco que ela tinha corrido por Andras, levara sua família à ruína. Agora ela estava livre, mas sua liberdade jamais permitiria que ela pedisse à justiça que seu caso fosse revisto ou que uma indenização fosse paga pelos prejuízos sofridos por sua família. O silêncio de Klara não era dirigido a Andras, ele compreendia aquilo, porém mesmo assim se estendia entre ambos. Ele se perguntou se alguma vez estivera próximo de Klara como em geral estão as pessoas casadas. Durante os quarenta e oito meses em que viveram casados, ele só passara doze em casa. Para sobreviver à separação, cada um teve de manter o outro a certa distância. Toda vez em que esteve em casa, incluindo aquela, havia o medo de ser convocado de novo para o Serviço de Trabalho; por mais que tentassem ignorar aquilo, o fato estava sempre presente. E encobrindo toda a intimidade deles, lançando uma sombra como um par de asas escuras, havia aquilo que eles sabiam que estava acontecendo na Europa e que os dois temiam que pudesse acontecer com eles.

Todavia lá estavam os dois juntos, na mesma cama, livres das garras do perigo pelo momento. Estavam vivos, e ele a amava. Era uma *folie*, uma tolice, no sentido da palavra francesa — uma loucura —, mantê-la a certa distância. Era a última coisa que Andras desejava. Ele tocou o ombro nu de Klara, em seu rosto, empurrou um cacho de seu cabelo para o lado da testa e chegou mais perto dele outra vez. Cientes de que Polaner dormia do outro lado da parede — do outro lado do muro de suas perdas e de sua solidão —, os dois fizeram amor num silêncio tenso e cerrado. Depois ficaram deitados juntos, a mão de Andras sobre a barriga de Klara, seus dedos se mexendo sobre as cicatrizes familiares de seus dois partos. Não tomando nenhuma precaução contra o risco de Klara engravidar outra vez, embora nenhum dos dois quisesse imaginar o que aconteceria se ela estivesse com um filho no útero quando os soviéticos atravessassem a fronteira da Hungria. Enquanto deslizavam para o sono, Andras descrevia num sussurro a casinha que construiria perto do rio Danúbio quando a guerra terminasse. Era o local que ele tinha conhecido quando estivera pela primeira vez em Angyalföld, uma casa de tijolos caiada com telhas no telhado, um terreno amplo o bastante para criar duas cabras leiteiras, um forno de pão externo, um pátio sombreado, um caramanchão coberto por videiras. Klara adormeceu afinal, mas Andras ficou acordado a seu lado, bem longe de qualquer consolo. De novo, pensou, fizera o projeto de uma casa imaginária, mais uma na longa série de casas imaginárias que tinha construído desde que os dois se uniram; em sua mente, Andras podia folhear o grosso maço de folhas de papel que continham os projetos daquelas casas, aqueles esboços espectrais de uma vida que eles ainda não tinham vivido e que talvez nunca chegariam a viver.

Nas tardes de sábado, quando o tempo estava bom, Andras e Klara faziam questão de passear sozinhos na ilha Margaret durante uma ou duas horas, enquanto Polaner ia ao parque brincar com Tamás. Era durante aquelas caminhadas que falavam sobre as coisas que Andras não pudera contar nas cartas breves e censuradas que mandara da Ucrânia: as razões de sua deportação e o papel que *O Trilho Torcido* talvez tivesse desempenhado; as circunstâncias que envolveram a morte de Mendel; a longa desavença com József que se seguiu; e as estranhas ocorrências em sua viagem de volta para casa. Sobre o primeiro assunto, o temor principal de Andras era de que a própria Klara julgasse ser ele o responsável pelo que havia acontecido, que ela pudesse culpá-lo por impedir que a família fugisse do país. Klara o tinha prevenido; Andras não se esquecera daquilo nem por um segundo. Mas ela fez um grande esforço para tranquilizá-lo e garantir que ninguém o julgava responsável pelo que tinha acontecido. Tal ideia, disse, era um sintoma da perda de perspectiva causada pelo Munkaszolgálat e pela guerra. A viagem para a Palestina poderia muito facilmente redundar em desastre. A deportação de Andras talvez tivesse salvado todos eles. Agora que ele estava de volta, Klara estava livre para sentir-se agradecida por terem sido poupados das incertezas dela. Quanto ao segundo assunto, Klara reagiu com desalento e tristeza, e Andras lembrou-se de que ela também estivera presente na morte de seu amigo e aliado mais próximo; Klara também presenciara o frio assassinato de um homem que tinha amado desde a infância. Em relação ao terceiro assunto, Klara disse apenas que compreendia o esforço que Andras devia ter feito para manter-se sob controle e não praticar nenhuma violência maior contra József. Mas o tempo em que vivera na Ucrânia e com Andras o havia modificado de um modo profundo, pensava Klara; József parecia um homem diferente desde seu regresso, talvez finalmente parecesse um homem de fato.

Por razões que Andras achava difícil exprimir, o assunto mais complicado era o da morte de Zoltán Novak. Passaram-se meses de caminhadas nas tardes de sábado antes que ele fosse capaz de contar para Klara que estivera com Novak nos últimos dias de sua vida e que ele mesmo tinha enterrado seu corpo. Klara soubera da morte de Novak pelo jornal e lamentara sua sorte antes do regresso de Andras, mas chorou novamente ao ouvir aquela história. Klara pediu que lhe contasse tudo o que havia ocorrido: como encontrara Novak, o que os dois falaram um para o outro, como ele tinha morrido. Quando Andras terminou, apresentando o assunto da maneira mais delicada possível e omitindo muitos detalhes penosos, Klara fez uma confissão: ela e Novak tinham trocado quase uma dúzia de cartas durante os longos meses que ele passara no Serviço de Trabalho.

Os dois fizeram uma pausa em sua caminhada diante da ruína da igreja franciscana, na metade do caminho para o lado leste da ilha: pedras que pareciam ter se levantado da terra, uma janela de vitral em forma de rosácea sem os vidros, janelas góticas em que faltava a parte mais alta, na ponta. Era dezembro, mas o dia estava estranhamente ameno; na sombra das ruínas, havia um banco onde uma mulher e um marido podiam fazer confissões, ainda que fossem judeus e não houvesse nenhum confessor presente além deles mesmos.

"Como ele conseguiu mandar cartas para você?", perguntou Andras.

"Por intermédio de oficiais que vinham de licença e depois voltavam."

"E você respondia."

Ela dobrou o lenço molhado e olhou para a rosácea sem vidros. "Ele estava sozinho e de luto. Não tinha ninguém. Àquela altura, até seu filho pequeno tinha morrido."

"Suas cartas devem ter sido um consolo para ele", disse Andras com algum esforço, e seguiu o olhar de Klara na direção das ruínas da igreja. Numa das pontas da rosácea, um passarinho tinha feito um ninho, que estava abandonado havia muito tempo, os raminhos secos balançavam com o vento.

"Tentei não dar a ele falsas esperanças", disse Klara. "Ele sabia das limitações de meu sentimento."

Andras tinha de acreditar em Klara. O homem que ele tinha visto no celeiro na Ucrânia não poderia estar agindo sob a ilusão de que alguém nutria um amor secreto por ele. Era um homem que tinha sido abandonado por tudo o que havia de importante, um homem que sobrevivera para assistir à ruína de tudo o que tinha criado no mundo. "Não tenho ciúmes dele por suas cartas", disse Andras. "Não posso censurar você por nada que tenha escrito para Novak. Ele sempre foi bom para você. Foi bom para nós dois."

Klara pôs a mão no joelho de Andras. "Ele nunca se arrependeu do que fez por você", disse Klara. "Ele me contou como foi a conversa de vocês na Operaház. Disse que você se mostrou muito mais gentil do que se poderia esperar. Na verdade, disse que se eu tinha mesmo de casar com alguém ele estava contente de ter sido com você."

Andras cobriu a mão de Klara com a sua e ergueu os olhos de novo para o ninho que tremulava na rosácea. Tinha visto desenhos arquitetônicos daquela igreja em seu estado original, antes de se tornar uma ruína, as linhas góticas elegantes, porém sem brilho, indistinguíveis das linhas de milhares de outras capelas góticas. Como ruína, tinha ganhado algo de extraordinário. A perfeita alvenaria do muro externo posto a nu; o muro interno desgastado com as intempéries se transformara numa escada com as beiradas lascadas e as bordas das pedras lisas como veludo. A rosácea ficara mais elegante por causa da falta dos vidros, o esqueleto de sua corola varrido e gasto pelo vento e alvejado pelo sol. O ninho com seus ramos e gravetos era um retoque final e não previsto; era aquilo que as mãos humanas não tinham acrescentado ao prédio nem podiam remover.

Aquela capela esboroada era como o amor, pensou Andras. Tinha sido complicada e depois aperfeiçoada pelo que o tempo fizera com ela.

Os momentos de maior melancolia para Andras, naquele ano, eram aqueles que passava a sós com Tibor. Toda vez que caminhavam, o que quer que fizessem — ocupassem sua mesa de costume no Café dos Artistas, percorressem as veredas do Városliget, ficassem parados junto ao parapeito da ponte de Széchenyi e olhassem para dentro da água que passava ondulante — quando estava com Tibor, Andras compreendia de maneira aguda que eles estavam à mercê de acontecimentos fora de seu controle. O Danúbio, que outrora parecera um duto mágico pelo qual poderiam escapar da Hungria, tornara-se de novo um rio comum; Klein estava na cadeia, o prazo de seus vistos tinha expirado, o navio *Transnet* não era nada mais do que a recordação de um nome. Antes, a vontade de Tibor parecia a Andras uma força inexorável. Tibor sempre tivera um talento sobrenatural para tornar o impossível viável. A fuga não ocorreu e agora eles não tinham nenhum plano de ação secreto para contrapor a seus temores. O próprio Tibor tinha sofrido uma transformação; ficara no Munkaszolgálat durante três anos e, como Andras, fora obrigado a aprender difíceis lições. Andras tinha a impressão de que o irmão suportava um pesado fardo desde seu regresso do front oriental — o peso de dúzias de corpos humanos, vivos e mortos, de todos os feridos e doentes de que ele havia tratado no Serviço de Trabalho e no hospital onde trabalhava em Budapeste. "Não conseguimos salvá-lo" — muitas vezes suas histórias terminavam assim. Tibor contava em detalhes para Andras os sangramentos que não podiam ser estancados, as disenterias que viravam os homens pelo avesso, as pneumonias que rompiam as costelas e asfixiavam suas vítimas.

E os corpos continuaram a se acumular, mesmo em Budapeste, longe da linha de frente da guerra. Certa noite, Tibor surgiu na redação do *Correio da Noite* e perguntou se Andras não podia sair do trabalho um pouco mais cedo; um menino de quem Tibor havia tratado morrera algumas horas antes, na mesa de cirurgia, e ele precisava beber um pouco. Andras levou o irmão para um bar de que sempre haviam gostado, um lugar apertado, com luz âmbar, chamado Sino do Bonde. Lá, diante dos copos de cerveja Aquincum, Tibor contou a história para Andras. O menino tinha sido ferido meses antes na batalha de Vorónej; fragmentos de granada penetraram os dois pulmões e desde então ele não tinha sido mais capaz de respirar direito. Uma cirurgia arriscada para remover os fragmentos tinha cortado a artéria pulmonar e o menino morrera na mesa de operações. Tibor estava na sala de espera quando o médico, um cirurgião experiente e talentoso chamado Keresztes, transmitiu a notícia para os pais do jovem. Tibor esperava gritos, protestos, desmaios, mas a jovem mãe do menino se ergueu de sua cadeira e explicou muito calmamente que seu filho não podia estar morto. Mostrou para Keresztes o suéter que tinha acabado de tricotar para o menino. Era feito com uma lã que tinha sido mergulhada numa fonte em Szentgotthárd onde o rosto da Virgem Santa tinha aparecido três vezes. Ela tinha acabado de dar o último ponto de tricô quando o cirurgião entrou na sala de espera. Queria autorização para vestir o suéter em seu filho; ele não estava morto, mas apenas num estado de sono profundo, sob o olhar zeloso da Virgem. Quando Keresztes começou a explicar as circunstâncias da morte do menino e a impossibilidade de recuperação, o jovem pai ameaçou cortar a garganta do médico com seu próprio bisturi se a mãe não tivesse a permissão de fazer aquilo que desejava. O cirurgião, esgotado com a longa operação, acompanhou os pais até o leito do filho num quarto vizinho à sala de cirurgia e deixou Tibor para vigiar a visita ao corpo do menino. A mãe estendeu o suéter por cima da malha de ataduras no peito do filho e começou a rezar o terço. Mas as bênçãos da Virgem não conseguiram reviver seu filho. O menino jazia inerte e, quando ela chegou ao final de seu cordão de contas, pareceu compreender a situação. O filho tinha partido, morrera em Budapeste, depois de ter sobrevivido à batalha de Vorónej; nada mais poderia trazê-lo de volta. Quando entrou uma enfermeira para remover o corpo de modo que a sala pudesse ser usada para cuidar de outro paciente, Tibor pediu que ela deixasse os pais ficarem com o filho pelo tempo que desejassem. A enfermeira insistiu, disse que a sala tinha de ser limpa; o novo paciente sairia da sala de cirurgia em quinze minutos. Os pais do menino, compreendendo que não tinham opção, arrastaram os pés na direção da porta. No limiar, a mãe apertou o suéter nas mãos de Tibor. Devia ficar com ele, disse a mãe do menino, pois já não teria nenhuma utilidade para seu filho.

Tibor abriu a mochila de couro e tirou o suéter de fios cinzentos, tricotados em pontos bem cerrados e regulares. Colocou-o sobre os joelhos e alisou a lã. "Sabe o que foi o pior de tudo?", perguntou. "Quando Keresztes saiu da sala, voltou os olhos para mim. *Que tolos, esses fanáticos.* E eu sei que a mãe viu como ele olhou para mim." Tibor descansou o queixo na mão, fitando Andras com uma expressão tão pressionada pela dor que a garganta do irmão chegou a se contrair. "O pior de tudo foi que todos os meus sentimentos, naquele momento, estavam do lado de Keresztes. Eu devia ter sentido vontade de trucidá-lo por me fazer tamanha careta num momento como aquele, mas a única coisa que consegui pensar foi: *Meu Deus, quanto tempo vai demorar? Quanto tempo mais vamos ter de aguentar essa gente por aqui?*"

Andras só pôde concordar com a cabeça em sinal de compreensão. Sabia que Tibor não precisava de uma confirmação de que era um homem bom, de que em circunstâncias diferentes seus sentimentos teriam ficado por completo com os pais do menino em vez de ficarem com o cirurgião exausto; ele e seu irmão tinham a perfeita compreensão do pensamento um do outro e de sua vida interior. Ter ouvido a história já era o bastante. Um demorado silêncio se estabeleceu entre os dois enquanto tomavam cerveja. Depois, por fim, Tibor falou de novo.

"Tive uma boa notícia no caminho do hospital para cá", disse. "Uma das enfermeiras ouviu no rádio. Os generais dos massacres de Délvidék, Feketehalmy-Czeydner e os outros, vão para a prisão nesta segunda-feira. Feketehalmy-Czeydner pegou uma pena de quinze anos, pelo que eu soube, e os outros, um pouco menos. Tomara que apodreçam na prisão."

Andras não teve coragem de contar para Tibor o resto da história, que ele tinha acabado de ouvir pouco antes de Tibor chegar à redação do jornal: Feketehalmy-Czeydner e os outros três oficiais condenados no processo sobre Délvidék, em face do início de sua longa sentença de prisão, tinham fugido no mesmo dia para Viena, onde foram vistos jantando numa famosa cervejaria na companhia de seis oficiais da *Gestapo*. O correspondente do *Correio da Noite* em Viena estava perto o suficiente para observar que os homens comiam salsicha de carne de vitela com pimentões e brindaram à saúde do Comandante Supremo do Terceiro Reich. O próprio Führer, pelo que diziam, tinha fornecido aos oficiais a garantia de asilo político. Mas Tibor logo leria sobre aquilo nos jornais. Por ora, pensou Andras, era melhor que tivesse um momento de paz, se era mesmo aquela a palavra.

"Que apodreçam na prisão", ele disse, e ergueu seu copo.

38. Ocupação

Em março de 1944, pouco depois de Klara descobrir que estava grávida de novo, os jornais noticiaram que Horthy fora chamado a Schloss Klessheim para uma reunião com Hitler. Com ele, seguiram o novo ministro da Defesa, Lajos Csatay, que tinha substituído Vilmos Nagy, e Ferenc Szombathelyi, chefe do Estado-Maior. O primeiro-ministro Kállay declarou aos jornais que a nação magiar tinha motivos para ter esperanças: o que Hitler queria discutir era a retirada das tropas húngaras do front oriental. Tibor especulava que aquela reviravolta talvez trouxesse Mátyás para casa, depois que tudo o mais que podia obter tal resultado já tinha fracassado.

Na noite da reunião em Klessheim, Andras e József estavam no Clube do Abacaxi, o cabaré subterrâneo perto de Vörösmarty Tér onde certa vez Mátyás dançara sobre o tampo de um piano. O piano continuava lá; diante do teclado, estava Berta Türk, uma artista de vaudeville da velha escola, cujo penteado fazia lembrar uma Medusa das ilustrações de Beardsley. József ganhara ingressos para o espetáculo como pagamento por um serviço de pintura. Berta Türk tinha sido um ídolo de sua adolescência e József não conseguiu resistir à oportunidade de vê-la e insistiu para que Andras lhe fizesse companhia. Alugou para ele um paletó social e vestiu um smoking que tinha comprado em Paris, cinco anos antes. Para a madame Türk, levou um buquê de rosas vermelhas de estufa, que devia custar metade de sua remuneração semanal. Ele e Andras sentaram-se perto do palco e beberam taças altas e estreitas da poção especial servida no clube, um coquetel de rum condimentado com coco. Berta formulava seus trocadilhos com alusões picantes em voz baixa, de uma doçura rústica, as sobrancelhas se erguiam e baixavam como uma mulher malandra num desenho animado. Andras gostava do fato de József, quando adolescente, ter se fixado naquele estranho objeto de obsessão em vez de alguma beldade fria e sem voz do cinema. Mas descobriu que achava pouca graça nas piadas de Berta Türk; ficou pensando em Mátyás, sentia sua presença em toda parte naquele salão — sapateando no balcão ao ritmo do jazz, estirando-se sobre o tampo do piano ou cruzando o palco de ponta a ponta como um azougue, a exemplo de Fred Astaire. No intervalo, Andras saiu um pouco a fim de esvaziar a cabeça. A noite estava fria e úmida, as ruas estavam cheias de gente em busca de distração. Um trio de moças perfumadas passou roçando por ele; os saltos estalavam, os casacos ondulavam; de um clube de jazz do outro lado da rua, "Bei Mir Bist du Schön" escoava através da entrada, encoberta por uma cortina de veludo. Andras ergueu os olhos para além das cornijas espiraladas do prédio, na direção de um céu iluminado por uma lua em forma de ovo; fios de nuvem escreviam linhas de um texto ilegível na frente de seu rosto. Pareciam perto o bastante para que ele estendesse a mão e as apanhasse.

"Tem fogo?", perguntou um homem.

Andras piscou, desviando o olhar da lua, e balançou a cabeça. O homem, um soldado jovem, de cabelo escuro, num uniforme do Exército húngaro, pedia um fósforo para um passante. Acendeu o cigarro de um amigo e depois seu próprio cigarro.

"É verdade, estou lhe dizendo", disse o tal amigo. "Se Markus diz que vai haver uma ocupação, então é verdade."

"Seu primo é um fascista. Não há nada que ele mais deseje do que uma ocupação alemã. Mas ele não sabe do que está falando. Horthy e Hitler estão negociando, enquanto estamos aqui conversando."

"Exatamente! É uma tática diversionista."

Todo mundo tinha uma teoria; todo homem que havia retornado vivo do front oriental pensava saber como a guerra ia se desdobrar, em linhas gerais e também em seus pormenores. Cada nova teoria parecia tão plausível quanto a anterior ou tão implausível quanto ela; cada teórico militar amador acreditava com a mesma ferocidade dos demais que *só ele* era capaz de extrair alguma ordem do caos da guerra. Andras e Tibor, József e Polaner, todos eram culpados de ter aquela ilusão. Cada um tinha sua própria coleção de teorias e acreditava que o outro estava inapelavelmente enganado. Andras se perguntava por quanto tempo eles continuariam a construir argumentos baseados na razão, quando a guerra desacatava a razão a cada passo. Quanto tempo ainda ia passar antes que todos se calassem? Talvez fosse até verdade que os alemães estivessem planejando uma ocupação da Hungria naquele exato momento; qualquer coisa podia ser verdade, absolutamente qualquer coisa. O próprio Mátyás podia pular da porta de um vagão de carga na estação Keleti naquele exato momento, jogar sua mochila por cima do ombro e tomar o rumo do apartamento na Nefelejcs.

Através de uma nuvem de rum temperado com coco, Andras esgueirou-se de volta para dentro do clube e seguiu rumo à sua mesa perto do palco, onde József tinha chamado a atenção de madame Türk e lhe oferecia seus cumprimentos. Madame Türk, pelo visto, estava se despedindo; uma notícia urgente que acabara de receber tornava necessário que fosse embora imediatamente. Suportou o beijo que József lhe deu na mão, prendeu uma de suas rosas atrás da orelha e desapareceu por trás do palco.

"Que notícia é essa?", perguntou Andras quando ela foi embora.

"Não tenho a mínima ideia", respondeu József, ébrio de satisfação. Insistiu para tomarem mais uma rodada de bebidas antes de irem embora e sugeriu que fossem para casa de táxi. Mas quando Andras lembrou-lhe quanto dinheiro já tinha gastado naquela noite, József deixou-se levar até o ponto de bonde na Vámház Körút, onde uma multidão ruidosa tinha se reunido à espera do próximo.

Àquela altura, todos pareciam ter ouvido os mesmos rumores: um comboio com tropas da SS, algo entre quinhentos e mil soldados, tinha chegado a uma estação de trem nas proximidades da capital, marchava na direção leste e em breve penetraria os limites da cidade. Diziam que divisões alemãs motorizadas e blindadas tinham penetrado o território da Hungria vindas de todas as direções; os aeroportos de Ferihegy e Debrecen tinham sido ocupados. Quando o bonde chegou, a moça dos bilhetes declarou em voz bem alta que se algum soldado alemão tentasse embarcar em *seu* bonde, ela cuspiria na sua cara e diria para onde ele tinha de ir. Uma saudação rude ressoou entre os passageiros. Alguém começou a cantar "*Isten, áld meg a Magyart*", e depois todos bradaram o hino nacional, enquanto o bonde andava pela Vámház Körút.

Andras e József ficaram ouvindo em silêncio. Se os rumores eram verdadeiros, se uma ocupação alemã estava em curso, o governo de Kállay não sobreviveria àquela noite; Andras podia imaginar perfeitamente o tipo de regime que substituiria o governo atual. Fazia seis anos que ele e o resto do mundo recebiam lições bem claras sobre o que era uma ocupação alemã e seus efeitos. Mas qual podia ser o propósito de uma ocupação alemã àquela altura? A guerra estava praticamente perdida para a Alemanha. Todos sabiam disso. Em todas as frentes, as tropas de Hitler estavam perto de desmoronar. Onde ele encontraria as tropas necessárias para realizar uma ocupação? Os militares húngaros não receberiam nada bem a ideia de um comando alemão. Podia haver resistência armada, um levante patriótico. Os generais de Honvédség jamais se renderiam sem lutar, não depois de Hitler ter malbaratado tantas vidas húngaras no front oriental.

Em seu ponto, Andras e József desceram do bonde e ficaram parados na calçada, olhando para os dois lados da rua como se procurassem algum sinal da Wehrmacht. A noite de sábado parecia estar correndo como sempre. Táxis passavam rasgando pelo bulevar, com sua carga de pessoas que iam para festas, e as calçadas estavam cheias de homens e mulheres em roupas de noite.

"Será que devemos acreditar nisso?", disse Andras. "Será que devo dar essa notícia para Klara, lá em casa?"

"Se for verdade, aposto que o Exército vai lutar."

"Eu também estava pensando nisso. Mas, ainda que lutem contra os alemães, quanto tempo pode durar?"

József pegou o maço de cigarros e, vendo que estava vazio, puxou uma garrafinha prateada do bolso do peito do paletó. Tomou um gole demorado e depois ofereceu para Andras.

Andras fez que não com a cabeça. "Já bebi demais", ele disse, e virou-se na direção de sua casa. Os dois caminharam pela Wesselényi até a Nefelejcs Utca, depois se viraram e trocaram um "boa-noite" lúgubre na porta, prometendo encontrar-se de novo pela manhã.

No primeiro andar, no apartamento escurecido, Tamás estava junto com Klara na cama, as costas da criança apoiadas na barriga da mãe. Quando

Andras foi para a cama e juntou-se aos dois, Tamás virou-se e deu as costas para o pai, suas nádegas se aninharam na barriga de Andras, seus pés tocaram quentes na coxa dele. Klara deu um suspiro em pleno sono. Andras passou o braço em volta dos dois, bem acordado, e ficou deitado durante horas ouvindo a respiração de Klara e de Tamás.

Às sete horas da manhã seguinte, eles acordaram com batidas na porta. Era József, sem chapéu e sem casaco, as mangas da camisa manchadas de sangue. Seu pai tinha acabado de ser preso pela Gestapo. A mãe de Klara tinha caído sem sentidos momentos depois de György ser levado e batera com a cabeça no guarda-fogo de ferro da lareira; Elza estava à beira de um colapso nervoso. Andras tinha de chamar Tibor imediatamente e Klara tinha de acompanhar József até sua casa.

Nos momentos confusos que seguiram, Klara insistiu em dizer que não podia ser a Gestapo, que József devia estar enganado. Enquanto calçava as botas, Andras teve de dizer para Klara que podia ter sido realmente a Gestapo, que a cidade estava fervendo com boatos de uma ocupação alemã na noite anterior. Andras correu ao apartamento de Tibor e Klara, para o apartamento dos Hász; quinze minutos depois, eles estavam reunidos em redor da cama da sra. Hász mais velha, que havia recobrado a consciência e fez questão de contar o que tinha acontecido antes de cair. Dois homens da Gestapo chegaram às seis e meia daquela manhã, arrancaram György da cama, em trajes de dormir, gritaram para ele em alemão, empurraram-no para dentro de um veículo blindado e o levaram embora. Foi então que ela perdeu o equilíbrio e caiu. Pôs a mão na cabeça, onde um retângulo de gaze cobria o ferimento causado pelo guarda-fogo da lareira.

"Por que o György?", ela disse. "Por que prendê-lo? O que foi que ele fez?"

Ninguém podia responder. E dali a algumas poucas horas eles começaram a ouvir notícias de outras prisões: um ex-colega de György no banco; o vice-presidente judeu de uma corretora de ações; um destacado escritor esquerdista, que não era judeu e tinha escrito um panfleto virulento contra os nazistas; três dos conselheiros mais íntimos de Miklós Kállay; um membro liberal do parlamento, Endre Bajcsy-Zsilinszky, que recebera a Gestapo de pistola em punho e travara com eles um tiroteio, antes de ser ferido e levado embora, arrastado. Naquela noite, József assumiu o risco de ir indagar na prisão da Margit Körút, onde ficavam os presos políticos, mas lhe disseram apenas que seu pai estava sob a custódia dos alemães e continuaria assim até que se pudesse comprovar que ele não constituía uma ameaça à ocupação.

Isso foi no domingo. Na segunda-feira, chegou a ordem para que todos os cidadãos judeus de Budapeste entregassem seus rádios e telefones — *voluntariamente* foi a palavra usada pelos nazistas — para um departamento do Ministério da Defesa na Szabadság Tér. Na quarta-feira, decretou-se que toda pessoa judia que possuísse um carro ou uma bicicleta tinha de vendê-los ao governo para serem usados na guerra — *vender* foi a palavra usada pelos nazistas, mas não havia dinheiro nenhum envolvido na operação; os nazistas entregaram vales, mas logo se verificou que não eram resgatáveis em moeda corrente. Na sexta-feira os judeus da cidade inteira receberam notificações avisando que no dia 5 de abril teriam de passar a usar uma estrela amarela. Pouco depois, começou a circular o rumor de que os judeus proeminentes que tinham sido presos seriam deportados para campos de trabalho na Alemanha. Klara foi ao banco a fim de retirar o que restara de suas economias, na esperança de conseguir subornar alguém e obter a libertação de György. Mas descobriu que não podia sacar mais do que mil *pengő*; todas as contas bancárias de judeus tinham sido congeladas. No dia seguinte, uma nova ordem dos alemães exigiu que os judeus entregassem todas as joias e objetos de ouro. Klara, sua mãe e Elza entregaram alguns objetos baratos, esconderam as alianças de casamento e os anéis de noivado dentro de uma fronha no fundo do pote de farinha e embalaram o resto em sacos de veludo que József levou à prisão em Margit Körút para pedir a soltura de seu pai. Os guardas confiscaram as joias, bateram em József e o deixaram cheio de hematomas, depois o jogaram de volta na rua.

No dia 20 de abril, Tibor perdeu seu emprego no hospital. Andras e Polaner foram demitidos do *Correio da Noite* e informados de que não encontrariam emprego em nenhum jornal da cidade. József, empregado informalmente e pago por baixo dos panos, continuou com seu trabalho de pintar paredes, mas sua lista de clientes começou a encolher. Na primeira semana de maio, surgiram cartazes nas vitrines das lojas e nos restaurantes, cafés, cinemas e banhos públicos avisando que judeus não seriam recebidos. Andras, ao voltar para casa numa tarde, vindo do parque com Tamás, parou na calçada em frente à confeitaria do bairro. Na vitrine estava um cartaz quase idêntico ao que ele tinha visto na confeitaria em Stuttgart, sete anos antes. Mas aquele cartaz estava escrito em húngaro, seu próprio idioma, e aquela era a sua rua, a rua onde ele morava com a esposa e o filho. Tonto pelo choque, sentou-se no meio-fio com Tamás e olhou fixamente para o outro lado da rua, na direção da vitrine iluminada da confeitaria. Tudo lá parecia comum: a garota com o chapéu branco, os pães e tortas lustrosos no mostruário de vidro, os arabescos dourados do nome da confeitaria. Tamás apontou e disse o nome do doce de que gostava, *mákos keksz*. Andras teve de lhe dizer que não haveria nenhum *mákos keksz* aquele dia. Muita coisa tinha sido proibida, e em muito pouco tempo. Até andar na rua se tornou perigoso. Havia um novo toque de recolher às cinco horas para os judeus; os que não cumpriam o toque podiam ser presos ou fuzilados. Andras tirou do bolso o relógio do pai, agora tão familiar como se fosse uma parte de seu corpo. Faltavam dez para as cinco. Ficou de pé, levantou o filho nos braços e, quando chegou em casa, Klara o recebeu na porta com o bilhete de sua convocação na mão.

39. Adeus

Dessa vez eles estavam juntos: Andras, József e Tibor; Polaner ficara isento, graças aos documentos de identidade falsos e aos atestados médicos. Os batalhões de trabalho tinham sido refeitos. Às antigas companhias, acrescentaram trezentas e sessenta e cinco novas. Como Andras, Tibor e József residiam no mesmo distrito, foram todos designados para a 55/10. Sua partida foi semelhante a um enterro, e os mortos, os três jovens, foram cobertos de mantimentos para serem levados ao outro mundo. O máximo de comida que podiam levar. Roupas quentes. Cobertores de lã. Pílulas de vitaminas e rolos de ataduras. Na bolsa de Tibor, remédios surrupiados do hospital onde ele tinha trabalhado. Prevendo sua convocação, Tibor tivera o impulso de ir separando ampolas de antibióticos e de morfina, pacotes de suturas, agulhas, tesouras e pinças esterilizadas: um jogo de instrumentos que ele rezava para nunca ter de usar.

Klara não estava com eles na estação na hora da partida. Andras se despedira dela naquela manhã, em casa, em seu quarto, na Nefelejcs Utca. As primeiras nove semanas de sua gravidez transcorreram sem sobressaltos, mas na décima semana ela foi acometida por uma náusea forte, que começava toda madrugada, às três horas, e durava quase até o meio-dia. Naquela manhã, sentiu-se enjoada durante várias horas; Andras ficou a seu lado enquanto ela se curvou sobre o vaso sanitário e vomitou até seu rosto ficar coberto de lágrimas. Ela implorou que Andras voltasse para a cama e dormisse um pouco mais antes de ter de encarar a provação que seria sua viagem, mas ele não fez aquilo, não sairia de seu lado por nada no mundo. Às seis horas da manhã, as forças de Klara chegaram ao fim. Tremendo de esgotamento, gritou e gritou até perder a voz. Era insuportável, sussurrou Klara, era impossível que Andras pudesse estar ali com ela um dia, intacto e a salvo, e no dia seguinte fosse levado embora para o mesmo inferno de onde havia retornado na primavera anterior. Devolvido a ela e levado embora. Devolvido e levado embora. Quando tanta coisa que amava já tinha sido tomada de Klara. Andras não se lembrava de outra ocasião em que ela tivesse exprimido seu medo e seu sentimento de desolação de forma tão direta. Mesmo nos piores momentos que viveram em Paris, ela sempre mantivera algo fora de vista; alguma coisa ficara escondida de Andras, uma parte essencial de Klara, que ela tivera de guardar a fim de sobreviver às provações de sua adolescência, de sua maternidade precoce, de sua solitária condição feminina. Desde que se casaram, tinha havido a necessária reserva, imposta pelas circunstâncias em que viviam. Agora, porém, na vulnerabilidade de sua gravidez, com Andras prestes a partir e com a Hungria nas mãos dos nazistas, Klara perdera a força para mantê-la.

Ela chorava e chorava, era impossível consolá-la, não importava mais que os outros a ouvissem; enquanto a embalava em seus braços, Andras tinha a sensação de que estava vendo a mulher chorar pela perda dele, de luto por causa dele — teve a impressão de que já tinha morrido e estava testemunhando o sofrimento de Klara. Ele acariciou seu cabelo úmido e disse seu nome repetidas vezes, ali no chão do banheiro, sentindo estranhamente como se os dois estivessem, afinal, casados, como se aquilo que existia antes entre os dois tivesse sido apenas uma preparação para um vínculo mais profundo e doloroso. Andras beijou a têmpora de Klara, sua face, a beirada molhada de sua orelha. E depois chorou também, ao pensar que ia deixá-la sozinha para encarar o que aconteceria.

Ao nascer do sol, pouco antes de Andras ter de se vestir, levou-a para a cama e deitou-se a seu lado. "Não farei isso", disse Andras. "Terão de me arrastar à força para me separar de você."

"Vou ficar bem, não se preocupe", ela disse. "Minha mãe vai ficar comigo. E também Ilana, Elza. E Polaner."

"Diga ao meu filho que o pai dele o ama", disse Andras. "Diga isso para ele toda noite." Pegou o relógio de bolso do pai na mesinha de cabeceira e apertou-o contra a palma da mão de Klara. "Quero que ele fique com isto aqui, quando chegar a hora."

"Não", ela disse. "Não faça isso. Você mesmo dará o relógio para ele." Klara colocou-o na mão de Andras e fechou-a. E então já havia amanhecido e Andras teve de ir embora.

De novo os vagões de trem de carga. De novo a escuridão e a pressão dos homens espremidos uns contra os outros. Ali estava József a seu lado, inevitável; e Tibor, seu irmão, seu cheiro tão familiar como o da cama de infância de Andras. Daquela vez, seguiam rumo a Debrecen, como se fossem para o passado. Andras sabia exatamente o que estava passando do lado de fora do trem: os morros se dissolviam nas planícies, nos campos, nas fazendas. Mas agora os campos, se cultivados, eram cultivados por companhias de trabalhadores forçados; os lavradores e seus filhos estavam todos na guerra. Os pacientes cavalos se esquivavam temerosos ao ouvir as vozes desconhecidas de seus cocheiros. Os cães latiam para os estranhos, não se acostumavam nunca ao seu cheiro. As mulheres olhavam para os trabalhadores com desconfiança e escondiam as filhas dentro de casa. Maglód, Tápiogyörgy, Ujszász, aqueles vilarejos de uma rua só, cujas estações ferroviárias ainda tinham gerânios nas jardineiras: todos os homens cristãos em idade de prestar serviço militar tinham sido levados dos vilarejos, bem como os judeus em idade de ir para o Serviço de Trabalho, e em pouco tempo o resto dos judeus também seria levado embora. As deportações e as concentrações tinham começado — as deportações, quando Horthy tinha jurado que nunca deportaria ninguém. Döme Sztójay era agora o primeiro-ministro e estava fazendo aquilo que os alemães diziam para ele fazer. Concentrar em guetos, nas cidades grandes, os judeus das cidades pequenas. Contá-los com cuidado. Fazer listas. Dizer-lhes que eram necessários para um grande projeto de trabalho no leste; insistir na promessa de reassentamento, de uma vida melhor em outro local. Instruí-los a levar apenas uma mala. Levá-los ao pátio de carga ferroviário. Embarcá-los nos trens. Os trens partiam diariamente rumo ao oeste, voltavam vazios e ficavam cheios de novo; um terror indescritível se estabelecia entre aqueles que ficavam e esperavam. Os poucos que, como Polaner, já tinham ficado em campos alemães e sobrevivido para contar como era, sabiam que não aconteceria nenhum reassentamento. Eles sabiam o propósito daqueles campos; conheciam o produto do grande projeto de trabalho. Contavam histórias e os outros não acreditavam.

Para Andras, Tibor e József, a viagem de quatro horas para Debrecen levou três dias. O trem ficava parado nas plataformas de cidades pequenas; em certos lugares, eles podiam ouvir que outros vagões de carga eram engatados à sua composição, mais recrutas do Serviço de Trabalho eram lançados ao motor de combustão da guerra. Nenhuma comida ou água, senão a que tinham levado. Nenhum lugar para se aliviarem, senão uma lata no fundo do vagão. Muito antes de descerem na estação de Debrecen, Andras reconheceu o desenho dos desvios nos trilhos que indicavam a aproximação da cidade. Na penumbra, os olhos de Tibor cruzaram com os de Andras e se fixaram neles. Andras sabia que ele estava pensando nos pais, que tinham suportado tantas partidas, que já tinham perdido um filho e cujos dois remanescentes rumavam agora de novo para a luta. Duas semanas antes, Béla e Flóra foram enclausurados num gueto que continha, por acaso, seu prédio na Simonffy Utca. Não houve maneira, não houve tempo de se despedirem. Agora Andras e Tibor estavam na estação de Debrecen, a menos de quinze minutos daquele gueto se fossem a pé e se houvesse algum modo de sair do trem e andar pela cidade sem levar um tiro.

O vagão de carga ficou parado no trilho em Debrecen a noite inteira. Estava escuro demais para Andras enxergar a hora no relógio de bolso de seu pai; não havia como determinar se era muito tarde ou não, quantas horas faltavam para o amanhecer. Eles não podiam saber se seriam retirados do trem naquele dia ou se seriam obrigados a permanecer naquela escuridão fétida, enquanto mais vagões eram engatados à sua composição e mais homens embarcavam. Sentavam-se um de cada vez, revezando; cochilavam e acordavam. E então, na hora mais morta da noite, ouviram passos no cascalho do lado de fora do vagão. Não eram os passos pesados dos guardas, mas passos hesitantes; depois uma batida de leve na lateral do vagão.

"Fredi Paszternak?"

"Geza Mohr?"

"Semyon Kovács?"

Ninguém respondia. Agora, todos estavam acordados, todos estavam paralisados de medo. Se aqueles visitantes fossem apanhados, seriam mortos. Todos sabiam quais eram as consequências.

Após um intervalo, os passos seguiram em frente. Mais visitantes chegavam. Rubin Gold? György Toronyi? Os nomes passavam num fluxo incessante; vozes brandas e nervosas foram ouvidas num vagão próximo, onde alguém achou a pessoa que procurava. E então, na próxima leva de visitantes: Andras Lévi? Tibor Lévi?

Andras e Tibor correram para a lateral do vagão e falaram com seus pais em sussurros: Anyu, Apu. As formas diminutivas que não usavam desde a infância. Andras e Tibor transformados em crianças outra vez, naquela situação extrema, pela impossível proximidade e pelo caráter intocável de sua mãe, Flóra, e de seu pai, Béla. Dentro do vagão de carga, os homens se empurraram para os lados a fim de lhes dar espaço, uma forma de privacidade naquele ambiente tão fechado e apertado.

"Andi! Tibi!" Era a voz da mãe, desesperada de dor e de alívio.

"Mas como vocês chegaram aqui?", perguntou Tibor.

"Seu pai subornou um policial. Tivemos uma escolta oficial."

"Vocês estão bem, garotos?" Era a voz do pai outra vez, fazendo uma pergunta cuja resposta já era conhecida e à qual Andras e Tibor só podiam responder com uma mentira. "Vocês sabem para onde estão sendo mandados?"

Não sabiam.

O tempo para conversar era pouco. Béla e Flóra tinham poucos minutos para fazer aquilo que tinham ido fazer ali. Apareceu um embrulho entre as barras da única janela no alto, erguido num gancho de metal e preso por um barbante marrom. O embrulho, grande demais para passar entre as barras da janela, teve de ser baixado de novo e desmontado em seus diversos componentes. Dois suéteres de lã. Dois cachecóis. Embrulhinhos bem amarrados cheios de comida. Um embrulhinho contendo dinheiro: dois mil *pengő*. Como tinham conseguido economizar aquilo? Como tinham conseguido manter aquilo escondido? E mais dois pares de botas resistentes, que tiveram de ser deixadas para trás; não havia como passá-las entre as barras da janela.

Depois, a voz do pai outra vez, dizendo uma prece para a viagem.

Flóra e Béla seguiram às pressas pelas ruas escuras na direção de casa, cada um levando um par de botas. Atrás deles, com a mão sobre seus ombros, como se ambos estivessem sendo presos, ia andando o policial subornado, um ex-membro do clube de xadrez de Béla, que conseguira que eles escapulissem através da janela de um porão anexo a dois prédios, um deles situado dentro do gueto e o outro, fora. Outros tinham escapulido da mesma forma e voltaram a salvo; alguns não conseguiram voltar e ninguém mais teve qualquer notícia deles. Os dois estavam inteiramente à mercê daquele policial com quem Béla jogara algumas partidas de xadrez e tomara algumas garrafas de cerveja. Mas naquela noite tiveram pouco medo do que poderia acontecer, pouco medo de serem denunciados a um membro menos simpático da polícia de Debrecen; agora que já tinham entregado a comida, os suéteres, o dinheiro, tinham trocado algumas palavras com os filhos, tinham dado sua bênção aos dois, o que mais importava? Seria um grande desperdício serem presos com o embrulho na mão, mas tiveram sorte; as ruas estavam quase desertas quando saíram do gueto. As fontes de informação secretas de Béla, um capataz do pátio de cargas da ferrovia que ele conhecia havia muito tempo e um garçom chamado Rudolf, revelaram-se pessoas de confiança. O trem de fato estava lá, onde disseram que estaria, e os guardas do trem estavam ocupados numa festinha de bebidas para a qual Rudolf fornecera as cervejas. Ele lembrava-se de Andras, de sua visita à cervejaria, na noite em que Andras tinha discutido com o pai por ter escolhido Klara como esposa. Que luxo, pensou Béla Sortudo, ter tempo e disposição para uma discussão como aquela. Ele tinha admirado a defesa que o filho fizera de sua mulher. No final, constatou-se que ele tinha razão: Klara era uma boa parceira para Andras — pelo visto, tão boa como Flóra tinha sido para Béla. Sortudo. Sim, ele era sortudo, mesmo agora. Flóra estava a seu lado, com a mão do policial sobre seu ombro — sua esposa, a mãe de seus filhos, disposta a pôr a vida em risco pelo bem deles, no meio da noite, apesar dos protestos de Béla; Flóra não deixou que ele fosse sozinho.

Por fim o policial deixou-os no pátio que os levava para o porão. Com uma cordialidade antiquada e incongruente, segurou a porta enquanto os dois entravam naquele túnel de volta para suas vidas enclausuradas. Em pouco tempo chegaram ao seu prédio e subiram a escada para o apartamento, onde trocaram de roupa no escuro sem dizer nenhuma palavra. Só teriam algumas horas de sono antes de acordar para tratar dos negócios muito restritos de seu dia a dia. Na cama, Flóra puxou a colcha até o queixo e deu um suspiro. Não havia mais nada que pudessem dizer um para o outro, mais nada que pudessem fazer. Seus meninos, suas crianças. Os três pequeninos, como eles sempre os tinham chamado. Os três pequeninos à deriva pelo continente, sem rumo, como botes de madeira. Flóra virou-se e pôs a cabeça no peito de Béla Sortudo; ele afagou o comprido cabelo prateado da esposa.

Durante mais algumas semanas, os dois compartilharam aquela cama, enquanto os judeus do condado de Hajdú iam sendo concentrados em Debrecen. Então, certa manhã do final de junho, enquanto as trepadeiras de capuchinha abriam suas flores em forma de trompetes na varanda e as cabras brancas baliam no quintal, eles desceram a escada, cada um levando só uma mala, e com os vizinhos saíram pelos portões do gueto, seguiram pelas ruas familiares da cidade até a olaria Serly, na zona oeste da cidade, onde foram embarcados num trem quase idêntico àquele que levara seus filhos para ninguém sabia onde. O trem rodou para oeste, passou por estações onde as jardineiras estavam cheias de gerânios; seguiu para o oeste passando por Budapeste. Depois seguiu para o norte, cada vez mais para o norte, sempre para o norte, até que suas portas se abriram em Auschwitz.

O trem que levava Andras, Tibor e József andou para leste, rumo à fronteira do país. Lá, numa cidade da Transcarpátia cujo nome mudaria duas vezes, quando voltou a fazer parte da Tchecoslováquia e depois passou a fazer parte da União Soviética, eles foram escoltados por guardas armados até um campo situado a três quilômetros do rio Tisza. Seu trabalho seria levar madeira para barcaças, que fariam o transporte através da Hungria até a Áustria. Foram levados para um dormitório com beliches, onde havia cinco fileiras de beliches de três leitos; do lado de fora, ao longo da lateral do prédio, havia uma fila de pias descobertas onde eles podiam se lavar. Naquela noite, na hora do jantar, tomaram um café que não era café, tomaram uma sopa que não era sopa e receberam decigramas de um pão duro, esfarelante, que Tibor os obrigou a guardar para o dia seguinte. Era o dia 5 de junho, uma noite amena e com cheiro de chuva e de capim fresco. Os combates ainda não tinham alcançado a fronteira. Eles tiveram permissão de ficar sentado ao ar livre depois do jantar; um homem que tinha levado um violino tocou canções ciganas, enquanto outro cantava. Andras não sabia — e nenhum deles soube, durante meses — que naquela mesma noite, mais tarde, uma frota de navios aliados tinha chegado à costa da Normandia e milhares de soldados combateram na praia, sob uma chuva de tiros de artilharia. E, mesmo se soubessem, não se atreveriam a ter esperança de que a invasão da França pelos Aliados pudesse salvar uma companhia de Serviço de Trabalho húngara dos terrores da ocupação alemã ou pudesse evitar que a margem do rio Tisza onde estavam fosse bombardeada, enquanto punham a carga dentro das barcaças. Mesmo que tivessem sabido da invasão, saberiam também que não era possível relacionar de forma direta uma situação com a outra, acreditar que existia uma linha de causalidade contínua entre uma praia em Vierville-sur-Mer e um campo de trabalhos forçados na Transcarpátia. Eles conheciam sua situação; sabiam por que deviam ser agradecidos. Quando Andras deitou-se naquela noite em seu beliche de madeira, com Tibor em cima e József embaixo, só pensou numa coisa: hoje pelo menos estamos juntos. Hoje estamos vivos.

40. Pesadelo

No final, o que mais o impressionava não era a vastidão de tudo aquilo — uma vastidão impossível de assimilar, as centenas de milhares de mortos só da Hungria, e os milhões de toda a Europa —, mas a aflitiva pequenez, semelhante à ponta de uma agulha, do ponto em que cada uma daquelas vidas estava equilibrada. A balança podia ser desequilibrada por qualquer coisa ínfima: um piolho que tinha tifo, algumas poucas gotas de água que restassem num cantil, as migalhas de pão seco que houvesse no fundo do bolso. No dia 10 de janeiro, no frio e desorganizado início do ano de 1945, Andras estava deitado no chão de um vagão de carga num campo húngaro de quarentena situado a poucos quilômetros da fronteira com a Áustria. A cidade mais próxima era Sopron, com sua famosa Igreja da Cabra. Uma vaga recordação de infância — uma aula de história da arte, um professor de cabelos brancos com um bigode semelhante às asas de um pombo separadas do corpo, a imagem de uma grande capela feita de pedras lavradas, onde Ferdinando III foi coroado rei da Hungria. Segundo a lenda, uma cabra tinha desenterrado um tesouro muito antigo naquele local; o tesouro foi enterrado outra vez quando a igreja foi construída, como um tributo à Virgem Maria. E assim, em algum ponto morro acima, embaixo da igreja cuja torre enegrecida era visível do lugar onde ele estava deitado, um tesouro antigo apodrecia; e ali no campo de quarentena três mil homens estavam morrendo de tifo. Andras subia no redemoinho de uma febre cada vez mais alta, com seus pensamentos desfilando como que em fantasias de carnaval. Recordou vagamente que alguém lhe disse que os homens em quarentena deviam se considerar pessoas de sorte. Os não contaminados tinham sido embarcados para o outro lado da fronteira da Áustria, rumo aos campos de trabalho.

Alguns fatos, Andras ainda conseguia apreender. Contava uma a uma aquelas certezas como se fossem bolas de gude num saco, cada uma com sua listra torcida no vidro cor de mar ou de sangue. A margem do rio Tisza onde estavam tinha sido bombardeada. Acontecera numa noite de calor fora de época, no final de outubro, quase cinco meses depois de terem chegado ao campo. Andras lembrava que tinha rastejado pelo chão no escuro com Tibor e József, enquanto as paredes tremiam e as ondas de choque vibravam através do solo; apenas por uma bênção, ao que parecia, o prédio deles continuou intacto. Trinta e três homens foram esmagados em outro alojamento, que desabou. Seis condutores de barcaças e metade de uma companhia de soldados húngaros, naquela noite acampados na margem do rio, foram mortos. A companhia 55/10, em farrapos, fugira para o oeste, ante o avanço do Exército soviético. Durante semanas, os guardas os arrastaram de uma cidade para outra, alojando-os em choupanas de camponeses, em estábulos, no campo ao ar livre, enquanto a guerra rugia e explodia, sempre a poucos quilômetros de distância. Àquela altura, a Hungria tinha caído nas mãos da Cruz Flechada. Horthy se revelara uma pessoa difícil de a Alemanha controlar; sob a pressão dos Aliados, ele tinha interrompido as deportações de judeus e no dia 11 de outubro negociou em segredo uma paz em separado com o Kremlin. Quando anunciou o armistício alguns dias depois, Hitler obrigou-o a renunciar e o exilou na Alemanha com sua família. O armistício foi anulado. Ferenc Szálasi, o líder da Cruz Flechada, tornou-se o primeiro-ministro. A notícia chegou aos recrutas do Serviço de Trabalho na forma de novos regulamentos: eles não seriam mais tratados como trabalhadores forçados, mas como prisioneiros de guerra.

Aquilo Andras recordava com detalhes. Mais confuso era o que se passara desde então. No meio da neblina de sua febre, ele tentava sem cessar lembrar-se do que havia ocorrido com Tibor e József numa estrada a oeste de Trebišov, num dia muito claro, perseguidos pelo som dos tanques russos e da artilharia russa. Eles foram separados de sua companhia; József estava doente e não conseguia acompanhar o ritmo da marcha. Os jipes e os veículos blindados alemães passavam em disparada pela estrada ao lado deles. Aproximando-se por trás, um terremoto: russos em suas fortalezas móveis, armas que chamejavam. Quando fugiam pela estrada, József tropeçou no sulco deixado por um veículo blindado alemão. Foi projetado dentro de uma vala, sua perna torceu num ângulo *irrealista* — em sua febre, Andras agarrou aquela palavra no escuro. Era irrealista; não representava a vida. Uma perna não se curva daquela forma, nem naquela direção, em relação ao corpo de um homem. Quando Andras alcançou-o, József estava de olhos abertos, com a respiração acelerada e curta; parecia num estado de estranha exultação, como se, de um só golpe muito rápido, tivesse conseguido demonstrar a tese que durante anos tinha inutilmente defendido. Tibor curvou-se a seu lado e pôs a mão cuidadosa sobre a perna dele. József emitiu um som inesquecível: um grito rangente de três notas que pareceu romper a abóbada celeste. Tibor recuou e lançou um olhar desesperado para Andras: não tinha morfina, os suprimentos que levara de Budapeste já tinham terminado àquela altura. Momentos depois, pelo visto, uma caminhonete verde-oliva apareceu, bandeiras da Wehrmacht austríaca tremulando em seus para-choques dianteiros, uma cruz vermelha pintada na lateral. Andras rasgou a braçadeira amarela de sua manga, da manga de József e de Tibor também; agora eles eram apenas homens caídos numa vala, sem identidade. Médicos austríacos chegaram, acharam que todos três precisavam de cuidados médicos imediatos e puseram-nos na caminhonete. Em pouco tempo seguiam pela estrada numa velocidade incrível — ainda fugindo do avanço dos russos, imaginou Andras. Então houve uma explosão ensurdecedora, um clarão ofuscante. A cobertura de lona da caminhonete foi rasgada, o chão virou teto, uma roda descreveu um arco contra o pano de fundo formado por nuvens. Um forte impacto. Um silêncio palpitante. De algum local próximo, József chamou pelo pai — logo ele, o pai. Tibor levantou-se ileso em meio às espigas de milho, tirando neve das mangas da camisa. Andras, com uma dor desvairada desabrochando no flanco do corpo, jazia estirado num sulco da plantação e fitava o céu, um azul leitoso, alto e inconcebível que se estendia para sempre acima dele. Em sua memória, uma nuvem tomou a forma do Panteão, uma sugestão de colunas e de uma cúpula. Um momento depois, aquele azul leitoso, aquela cúpula sumiram numa escuridão que se fechou.

Mais tarde, ele abriu os olhos para uma visão tão ofuscante, tão cega, que teve certeza de que tinha morrido. Paredes brancas como neve, uma mesinha de cabeceira branca como neve, cortinas brancas como neve, um céu branco como neve na janela. Compreendeu que estava deitado num leito de hospital, sob o peso esmagador de uma colcha de algodão fina. Um médico de nome iugoslavo, Dobek, retirou uma atadura do flanco de Andras e examinou o ferimento de marcas vermelhas denteadas que se estendia de sua última costela inferior até pouco acima do umbigo. Aquela visão provocou uma onda de náusea tão profunda que Andras olhou em redor, em pânico, em busca de um urinol, e o movimento provocou uma dor lancinante por dentro do ferimento. O médico implorou que Andras não se mexesse. Ele compreendeu, embora a advertência tivesse vindo num idioma que não conhecia. Ficou deitado de costas e caiu num sono sem sonhos. Quando acordou, Tibor estava sentado numa cadeira ao lado do leito de hospital, os óculos inteiros, o cabelo limpo, o rosto lavado, os trapos do Serviço de Trabalho substituídos por pijamas de algodão. Andras tinha se ferido, explicou Tibor; a caminhonete dos médicos tinha esbarrado numa mina terrestre. Tiveram de fazer uma cirurgia de emergência em Andras. O baço tinha sofrido uma lesão, o intestino delgado fora cortado até quase o íleo; mas tudo fora reparado e ele estava se recuperando bem. Onde estavam? Em Kassa, na Eslováquia, num hospital católico, o Santa Elisabete, aos cuidados de freiras eslovacas. E onde estava József? Recuperando-se numa enfermaria próxima dali; sua perna fora esmagada e tiveram que fazer uma cirurgia complicada.

Andras e József ficaram naquele hospital por um número de semanas indeterminado; Andras ficou se recuperando de seu terrível ferimento e József, de sua complexa fratura, enquanto uma guerra rugia em redor. Tibor aparecia e desaparecia. Estava ajudando as freiras, os médicos, trabalhava ao lado deles, ajudava nas cirurgias, fazia a triagem dos pacientes novos que chegavam. Estava esgotado, abatido com a visão de corpos destroçados por balas e bombas, mas havia em sua fisionomia um sentimento de calma: estava fazendo aquilo que estudara. Os russos estavam avançando, ele contou para Andras, avançavam devagar, mas com constância. Se o hospital conseguisse sobreviver aos efeitos da batalha, em breve talvez todos eles estariam salvos.

Mas então os nazistas chegaram para esvaziar o hospital. *Evacuar* foi a palavra que usaram, embora o significado não fosse o mesmo para todos.

Naquele lugar onde ninguém perguntava qual era a religião dos pacientes, onde não se fazia nenhuma distinção entre judeus e gentios, os judeus não eram identificados e amontoados num corredor. Andras e Tibor ampararam József, um de cada lado, a perna inútil em sua imobilização de gesso, e os três foram conduzidos para um trem e embarcados num vagão de carga. De novo partiram rumo ao desconhecido, dessa vez para o sudoeste, na direção da Hungria.

Durante quase uma semana, viajaram através do país. Tibor ia deduzindo o que podia a respeito de sua localização, com base nos gritos que entreouvia quando o trem parava ou no pouco que conseguia enxergar através da única janelinha que havia na porta trancada com ferrolho. Estavam em Alsózsolca, depois em Mezökövesd, depois em Hatvan; houve um momento de esperança desvairada de que pudessem fazer uma curva para o sul, na direção de Budapeste, mas em vez disso o trem seguiu rumo a Vác. Margearam a linha da fronteira perto de Esztergom e viajaram ao longo do rio Danúbio, com as águas sufocadas pelo gelo, depois passaram por Komárom, Győr e Kapuvár, rumo à fronteira ocidental. Durante todo o percurso, Tibor cuidava de Andras e József, a fim de zelar por sua delicada recuperação. Quando Andras vomitava no chão do vagão de carga, Tibor o limpava, e quando József tinha de fazer uso da lata que ficava no fundo do vagão, Tibor o amparava até lá e o ajudava. Também atendia outros pacientes, muitos dos quais estavam tão doentes que não conseguiam entender o que se passava. Mas havia muito pouco que ele pudesse fazer. Não havia comida, não havia água, não havia ataduras limpas ou medicamento. De noite, Tibor ficava deitado ao lado de Andras para aquecê-lo e sussurrava no ouvido dele como se, com aquilo, quisesse impedir que os dois ficassem loucos. *Vou contar uma história*, dizia, como se Andras fosse o filho que ele tinha deixado para trás. *Era uma vez um homem que sabia falar com os animais. O homem disse o seguinte.* Uma grande e profunda comichão se espalhava por cada centímetro do corpo de Andras, mesmo dentro do ferimento: as picadas dos piolhos. Alguns dias depois, vieram os primeiros acessos de febre.

Quando o trem parou, entenderam que tinham chegado à fronteira do país. De novo foram separados em dois grupos: os que podiam atravessar a fronteira e aqueles que não podiam. Os que tinham tifo não podiam. Foram instalados num campo de quarentena na linha fronteiriça do país.

“Escute o que vou dizer, Andras”, disse Tibor, pouco antes da seleção. “Vou fingir que estou doente. Não quero que me mandem para o outro lado da fronteira. Vou ficar com você aqui, no campo de quarentena. Entendeu?”

“Não faça isso, Tibor. Se permanecer, vai ficar doente também, com toda a certeza.” Andras pensava em Mátyás, na doença de muito tempo atrás, em sua noite de desespero no pomar.

“E se eu for em frente?”

“Você tem uma profissão. Eles vão precisar de você. Vão mantê-lo vivo.”

“Eles não se importam com minha profissão. Vou ficar aqui com você, com József e os outros.”

“Não, Tibor.”

“Vou ficar.”

Os vagões de carga tornaram-se os alojamentos do campo de quarentena. Na estação, os vagões foram deixados nos trilhos usados para as manobras, filas e mais filas deles, cada um com sua carga de homens mortos ou moribundos. Todos os dias os mortos eram puxados para fora e estirados em fileiras embaixo dos vagões, sobre a terra congelada; era impossível enterrá-los naquela época do ano. Andras ficava deitado no chão com febre cada vez mais alta, poucos centímetros acima de seus companheiros mortos. Havia meses que não tinha notícias de Klara e não tinha como escrever para ela. Seu segundo filho já devia ter nascido, ou talvez nunca chegasse a nascer. Tamás já teria quase três anos de idade. Eles podiam ter sido deportados ou não. O pensamento de Andras ia e vinha, à deriva, sabendo e não sabendo, pensando e incapaz de pensar, enquanto seu irmão se esgueirava e fugia do campo de quarentena, andava até Sopron em busca de comida, de remédios, de notícias. Todo dia Tibor voltava com o pouco que conseguia escamotear; fez amizade com um farmacêutico que lhe fornecia diminutas quantidades de antibióticos, aspirina e morfina, e cujo rádio captava o noticiário da BBC. Budapeste estava sob grave ameaça desde o início de novembro. Os tanques soviéticos se aproximavam pelo sudoeste. Hitler jurara detê-los a qualquer custo. As estradas estavam bloqueadas. Os suprimentos de comida e combustível tornavam-se escassos. A capital começara a sentir os efeitos da fome. Tibor jamais transmitiria aquelas notícias sombrias para Andras, mas Andras entreouviu o irmão falando com alguém do lado de fora, junto ao vagão de carga; sua audição, mais aguda por efeito da febre, captou todas as palavras.

Andras compreendeu que ele e József estavam morrendo. *Flecktyphus*, ele ouvia a todo instante, e *dizentéria*. Certo dia, Tibor voltou da cidade e viu os dois com uma tigela de feijões entre ambos; tinham comido metade do que receberam. Tibor repreendeu os dois severamente e jogou os feijões pela porta do vagão de carga. *Vocês ficaram malucos?* Para disenteria, nada podia ser pior do que feijões pouco cozidos. Homens morriam por ter comido aquilo; no entanto, no campo de quarentena não havia mais nada para comer. Tibor alimentava Andras e József com o caldo do cozimento dos feijões e às vezes com pedacinhos de pão. Uma vez, deu pão com uma boa camada de geleia, que tinha um leve cheiro de petróleo. Tibor explicou: em suas andanças, por acaso topou com uma fazendola que tinha sido alvejada por um avião; achou um pote de barro com compotas no quintal. Andras e József perguntaram onde estava o pote de barro. Espatifado. Tibor levou a geleia na palma da mão por vinte quilômetros.

Enquanto József melhorava com a comida que Tibor levava, a febre de Andras ficava cada vez mais forte. O fluxo da disenteria percorria seu corpo inteiro e o esvaziava. O esqueleto da realidade se desmembrava, o tecido conjuntivo ia se descascando dos ossos.

Andras sentia um cheiro podre e constante, que sabia vir dele mesmo.

Frio.

Tibor chorando.

Tibor falando com alguém — József? — que Andras estava perto do fim.

Tibor de joelhos a seu lado, lembrando Andras de que era o dia do aniversário de Tamás.

A decisão de que não morreria aquele dia, não no aniversário de seu filho.

Subindo por seus órgãos internos dilacerados, um fio de vigor.

Na manhã seguinte, uma comoção no campo de quarentena. O som de um megafone. Um anúncio: todos aqueles capazes de trabalhar seriam levados para Mürzzuschlag, na Áustria. Soldados vasculharam os vagões de carga e arrastaram os vivos para um clarão de luz fria. Um homem de uniforme nazista arrastou Andras para fora e jogou-o nos trilhos da ferrovia. Onde estava Tibor? Onde estava József? Andras ficou deitado com a bochecha encostada no trilho muito gelado, o metal queimava sua bochecha, estava fraco demais para se mexer, olhava para o cascalho coberto pela geada, para os pés dos homens que se moviam em volta dele. De algum local próximo veio o barulho de metal na terra: homens cavavam. Pareceu demorar várias horas. Ele compreendeu. Por fim, o enterro dos mortos. E ali estava ele, à espera para ser enterrado. Tinha morrido, tinha deixado este mundo. Não sabia quando tinha acontecido. Estava surpreso de ver como era simples. Não existia nenhum *vivo*, nenhum *morto*; apenas aquele pesadelo, sempre, e quando a terra o cobrisse, ele continuaria a sentir frio e dor, sufocaria para sempre. Um momento depois, foi apanhado pelos pulsos e pelos tornozelos e jogado pelo ar. Um momento de leveza, depois a queda. Um impacto que sentiu em todas as articulações, em seu intestino devastado. Um fedor. Embaixo dele, corpos de homens. Em volta, paredes de terra. Uma pá de terra em seu rosto. O gosto de terra como algo que vinha da infância. Ele retirava a terra do rosto a todo momento, mas a terra continuava a cair. O homem com a pá, uma forma negra e vigorosa na beirada da vala, a enchia num monte de terra. Então, sem nenhum motivo que Andras pudesse enxergar, ele parou. Um momento depois, foi embora, abandonou sua tarefa. E Andras ficou lá estirado, nem vivo nem morto.

Uma noite inteira numa sepultura aberta, com a terra como cobertor.

De manhã, alguém o puxou para fora.

De novo, o vagão de carga. E agora.

Agora.

A seu lado, havia uma tigela de feijão. Andras estava sôfrego para comer. Mas levou a tigela até a boca e só bebeu o caldo. Com aquela porção que encheu a boca, sentiu as tripas se afrouxarem e, por baixo dele, um calor.

Passou mais um dia e escureceu. Mais uma noite. Alguém — Tibor? — verteu um pouquinho de água em sua boca; ele engasgou, engoliu. De manhã, rastejou para fora do vagão de carga, tentando escapar do cheiro que vinha dele mesmo. Inexplicavelmente, sentia sua cabeça mais clara. Fez uma pausa, ficou de joelhos, enfiou a mão no bolso do sobretudo, onde costumava levar pão, quando havia. O bolso continha migalhas. Jogou-se para perto de uma poça onde o sol tinha derretido a neve. Em uma mão, segurava as migalhas. Em outra, apanhou água da poça. Fez uma pasta fria, pôs a mão na boca, comeu. Foi seu primeiro alimento sólido em vinte dias, embora ele mesmo não soubesse disso.

Um tempo depois, Andras acordou dentro do vagão de carga. József Hász estava curvado sobre ele, pedia para sentar-se. "Tente, vamos", dizia József, e ergueu-o, segurando-o por baixo dos ombros.

Andras se sentou. Ondas de um oceano negro pareceram quebrar sobre sua cabeça. Depois, como um milagre, recuaram. Ali estava o interior familiar do vagão de carga. Ali estava József ajoelhado junto dele, amparando-o pelas costas com as duas mãos.

"Agora você vai ter de ficar de pé", disse József.

"Por quê?"

"Vai vir alguém juntar homens para formar um destacamento de trabalho. Todos que não forem capazes de trabalhar serão fuzilados."

Ele sabia que não seria escolhido para um destacamento de trabalho. Mal conseguia erguer a cabeça. Então se recordou: "E Tibor?".

József balançou a cabeça. "Só eu."

"Onde está meu irmão, József? *Onde está meu irmão?*"

"Eles estavam desesperados atrás de trabalhadores", respondeu József. "Se um homem conseguia ficar de pé, eles o levavam."

"Quem?"

"Os alemães."

"Levaram Tibor?"

"Não sei, Andráska", respondeu József, e sua voz vacilou. "Não sei onde ele está. Faz dias que não o vejo."

Do lado de fora do vagão de carga, uma voz alemã deu ordem para que todos ficassem em posição de sentido.

"Agora vamos ter de andar", disse József.

Lágrimas encheram os olhos de Andras: morrer agora, depois de tudo. Mas József amparou-o por baixo dos braços e colocou-o de pé. Andras tombou de encontro a ele, que oscilou e deu um grito de dor; sua perna esmagada, já livre do gesso, devia ter sido mal costurada. Mesmo assim ele amparou Andras pelas costas e conduziu-o para a porta do vagão de carga. Empurrou a porta para o lado. Levou Andras para baixo, por uma rampa, até a terra fria e nua do pátio ferroviário. Lâminas finas de dor dispararam a partir dos pés de Andras e percorreram suas pernas. No flanco do corpo, ao longo da cicatriz da cirurgia, uma sensação de queimadura, opaca e laranja.

Um oficial nazista estava parado junto a uma fileira de recrutas do Serviço de Trabalho. Inspecionava seus casacos imundos, esfarrapados, seus pés envoltos em trapos. Os pés de Andras e de József estavam descalços.

O oficial pigarreou. "Todos os que quiserem trabalhar, deem um passo à frente."

Todos os homens deram um passo à frente. József empurrou Andras, cujas pernas se dobraram. Andras tombou para a frente, apoiado nas mãos e nos joelhos, sobre a terra nua. O oficial foi na direção dele e ajoelhou-se; pôs a mão na nuca de Andras e enfiou a mão no bolso de seu próprio sobretudo. Andras imaginou o cano de uma pistola, um barulho, uma explosão de luz. Para sua vergonha, sentiu a bexiga esvaziar.

O oficial tirou um lenço. Enxugou a testa de Andras e ajudou-o a ficar de pé.

"Eu quero trabalhar", disse Andras. Conseguiu falar as palavras em alemão: *Ich möchte arbeiten.*

"Como pode trabalhar?", pergunto o oficial. "Nem consegue andar."

Andras fitou o rosto do homem. Parecia quase tão esfomeado e esfarrapado quanto os recrutas do Serviço de Trabalho; era impossível determinar sua idade. Suas bochechas, moles e maltratadas pelas intempéries, exibiam uma barba por fazer, sem cor. Uma cicatriz pequena e ovalada assinalava sua mandíbula. Esfregou-a com o polegar enquanto olhava para Andras com ar contemplativo.

"Uma carroça vai passar daqui a alguns minutos", ele disse afinal. "Você vai conosco."

"Para onde vamos?", Andras se atreveu a perguntar. *Wohin geben wir?*

"Para a Áustria. Para um campo de trabalho. Há um médico lá que pode ajudar você."

Tudo parecia ter um sentido oculto terrível. Áustria. Um campo de trabalho. Um médico que podia ajudá-lo. Andras pôs a mão no braço de József para se apoiar, levantou-se sobre os pés descalços e obrigou-se a fitar os olhos do nazista. O homem fitou-o também, em seguida virou-se bruscamente e marchou para longe, entre as fileiras de vagões de carga. Exausto, Andras ficou apoiado em József até a chegada da carroça. O oficial nazista foi andando ligeiro ao lado da carroça, segurando um par de botas. Ajudou Andras e József a subirem na carroça, depois colocou as botas no colo de Andras.

"*Heil* Hitler", disse o oficial, numa saudação, enquanto a carroça partia.

Por cem vezes, podia ter sido o fim. Podia ter sido o fim quando a carroça chegou ao campo de trabalho e os homens foram inspecionados, se o inspetor não tivesse sido um *kapo* judeu que ficou com pena de Andras e József — designou-os para uma brigada de trabalho, em vez de encaminhá-los para a enfermaria, embora mal conseguissem caminhar. Podia ter sido o fim, outra vez, no dia em que seu grupo de cem homens não conseguiu cumprir sua cota de trabalho: tinham de carregar cinquenta paletas de tijolos para caminhões de carroceria aberta, mas só conseguiram carregar quarenta e nove; como castigo, os guardas escolheram dois homens, um químico de cabelos brancos de Budapeste e um sapateiro de Kaposvár, e executaram os dois atrás da olaria. Podia ter sido o fim quando a comida do campo de trabalho terminou, se Andras e József, ao escavarem uma vala para servir de latrina, não tivessem achado quatro potes de barro enterrados no chão: uma provisão de banha de ganso, relíquia de um tempo em que o campo tinha sido uma fazenda e a esposa do fazendeiro previra dias de escassez no futuro. Podia ter sido o fim se os homens do campo tivessem conseguido concluir seu projeto, um vasto crematório em que seus corpos seriam queimados depois de serem envenenados com gás ou fuzilados. Mas não foi o fim. No dia 1º de abril, quando os homens exaustos e esfomeados esperavam para ser conduzidos do pátio de formatura para a olaria a fim de dar início ao dia de trabalho, József tocou o ombro de Andras e apontou para uma fila de veículos que passavam depressa pela estrada militar, do outro lado da cerca de arame farpado.

"Está vendo?", disse József. "Acho que hoje não vamos trabalhar."

Andras ergueu os olhos. "Por que não?"

"Olhe." Apontou para a curva da estrada, no ponto onde virava para o leste. Uma confusão de veículos blindados alemães e húngaros sacolejava pela trilha cortada por sulcos, alguns desviavam do leito da estrada a fim de seguir em frente, outros atolavam na lama profunda da estrada ou rodopiavam e derrapavam fora de controle e caíam dentro das valas. Atrás deles, até onde Andras podia enxergar, uma fila de tanques mais ágeis, mais estáveis, que avançavam em velocidade em sua direção: os T-34 soviéticos, do mesmo tipo que tinham visto na Ucrânia e na Transcarpátia. Aquilo explicava por que seu capataz ainda não tinha aparecido, embora já fossem sete e meia da manhã: os russos tinham chegado, afinal, e os alemães e os húngaros estavam fugindo para salvar suas vidas. Naquele momento o alto-falante do campo transmitiu uma ordem para todos os prisioneiros voltarem a seus alojamentos, juntarem seus pertences e se reunirem nos portões do campo onde deviam esperar as ordens para sua remoção. Mas József ficou sentado onde estava e cruzou as pernas na sua frente.

"Não vou a lugar nenhum", ele disse. "Não vou dar um passo. Se os russos estão chegando, vou ficar aqui e esperar."

O anúncio provocou gritos entre os outros homens, alguns jogaram seus bonés para o alto. Ficaram parados no pátio de formatura e viram os guardas nazistas e seus capatazes fugirem do campo; uns iam a pé, outros, em jipes ou caminhões. Ninguém parecia notar os poucos homens que se reuniram com seus pertences junto aos portões. O alto-falante não transmitiu mais nenhuma ordem; quem quer que pudesse dar ordens já tinham ido embora. Alguns prisioneiros esconderam-se nos alojamentos, mas Andras, József e muitos outros subiram num outeiro e observaram uma batalha se desenrolar nos campos vizinhos. Um batalhão de tanques alemães deu meia-volta para combater os soviéticos e os canhões rugiram e ladraram durante horas. O dia inteiro e parte da noite, eles ficaram vendo o Exército Vermelho e torcendo por ele. No escuro, o fogo dos tiros criou uma aurora no céu oriental. Em algum lugar para além daquela luz cor de peônia ficava a fronteira da Hungria, e para além dali ficava a estrada que levava a Budapeste.

No raiar do dia seguinte, um destacamento soviético chegou para assumir o controle do campo. Os soldados vestiam casacos cinzentos e calças azuis manchadas de lama. Suas botas estavam miraculosamente intactas e seus cintos e tiras de couro brilhavam, muito bem lustrados. Pararam diante dos portões e o capitão fez um anúncio em russo com um megafone. Os homens do campo tinham aguardado aquele momento. Tinham feito bandeiras brancas com sacos de lona que continham pó de cimento e amarraram as bandeiras em galhos finos de tília. Um grupo de prisioneiros que falavam russo, nativos dos Cárpatos, de um vilarejo eslovaco da fronteira, aproximou-se dos soviéticos com os galhos erguidos bem alto. O absurdo da cena, pensou Andras — aqueles homens esqueléticos, em estado de choque por todo o sofrimento, levando bandeiras de rendição, como se pudessem ser confundidos com seus captores. Os soviéticos tinham levado uma carga de pão preto, que distribuíram entre os homens do campo. Arrombaram os ferrolhos dos armazéns onde os oficiais se abasteciam; depois de pegarem tudo o que conseguiram carregar, disseram que os prisioneiros podiam pegar o que quisessem. Os homens caminharam pelo armazém como se fosse um museu de eras passadas. Nas prateleiras, havia artigos de luxo que não viam fazia meses — salsichas ou peras em lata, maços de cigarros finos, embalagens de pilhas e barras de sabão. Eles embrulharam aquelas coisas em trouxas de lona ou em sacos de cimento vazios, na esperança de que pudessem vendê-las ou trocá-las no caminho de casa. Então os soviéticos marcharam com os homens rumo a um campo de triagem a trinta quilômetros da fronteira da Hungria, onde viveram durante três semanas em alojamentos superlotados e sórdidos antes de receberem os documentos de liberação e serem soltos. Estavam a duzentos e quinze quilômetros de Budapeste. A única maneira de chegar lá era caminhando.

Eles não confiavam em ninguém; viajavam à noite, esquivavam-se dos poucos nazistas em fuga que restavam — que não atiravam nos judeus que encontravam — e dos libertadores soviéticos — que, segundo os boatos que corriam, podiam tomar os documentos de liberação e enviá-los para campos de trabalho na Sibéria sem nenhum motivo. A perna ferida de József os obrigava a caminhar devagar; não tinha chegado a andar dez quilômetros quando a dor o deteve. Da direção de onde ficava a cidade, relatos de horrores chegavam, vindos do outro lado dos morros ondulantes da Transdanúbia: Budapeste bombardeada até virar escombros. Centenas de milhares de deportados. Um inverno de privação e fome. A parte do pensamento de Andras que ele costumava dirigir a Klara tinha se encolhido até tomar a forma de um nó bem apertado, como a pele de uma cicatriz. Ele não se permitia pensar em nada além do trabalho necessário daquele momento; fixava o pensamento na própria sobrevivência. Não se permitia recordar as primeiras semanas daquele ano, o borrão azul e cinzento de horror que fora o mês de janeiro de 1945. O ferimento da cirurgia no seu flanco tinha se curado e tomara a forma de uma costura rosada; o baço ferido e o intestino rasgado tinham retomado seu funcionamento invisível. Ele não pensava nos pais, em Mátyás; não pensava em Tibor, que desaparecera em algum lugar para além da fronteira da Áustria. Com József a seu lado, dormia nas ruínas de celeiros ou abria espaços em montes de feno e se acomodava no escuro, envolto por um cheiro doce, para depois acordar em meio a pesadelos nos quais estava sendo enterrado vivo. De noite, caminhavam no mato denso ao lado de uma estrada larga que levava a Budapeste. No início de uma noite, quando pararam na porta dos fundos de uma grande casa de campo para trocar cigarros alemães e pilhas por ovos e pão, souberam pela cozinheira que os tanques russos tinham entrado em Berlim. Mostrou-lhes onde podiam se esconder, num canteiro de lilases junto a uma janela aberta, e dali puderam ouvir o noticiário daquela noite. Em meio aos ramos de lilases, ouviram o locutor da BBC descrever as informações que tinham chegado da capital alemã. Para Andras, as palavras inglesas eram um nevoeiro de vogais estridentes e consoantes de disparo rápido, mas József conhecia o idioma. Os russos, traduziu, tinham cercado o Reichstag, onde Hitler resolvera estabelecer sua última fortaleza; ninguém sabia o que estava acontecendo lá dentro.

Certa manhã, alguns dias depois, quando dormiam num galpão onde guardavam barcos, no lago Balaton, embaixo de uma vela de lona mofada, foram acordados com o som de sinos. Todos os sinos da cidade vizinha, Siófok, tocavam em tom sinistro, como que para avisar uma grave emergência. Andras e József saíram às pressas do galpão e viram o povo da cidade correndo pelas ruas, rumo ao centro da cidade, numa procissão atordoada. Os dois seguiram a multidão até a praça central da cidade, onde o prefeito — um avô esfomeado pela guerra, num casaco soviético que não cabia direito nele — subiu a escada da prefeitura e anunciou que a guerra na Europa tinha terminado. Hitler estava morto. A Alemanha tinha assinado um tratado de rendição incondicional em Reims. Um cessar-fogo entraria em vigor à meia-noite.

Da multidão, veio um breve silêncio; em seguida gritaram em comemoração e jogaram os bonés para o alto. Naquele momento, parecia não importar que a Hungria estivesse do lado perdedor, que sua capital esplendorosa à margem do rio Danúbio tivesse sido bombardeada até virar escombros, que o país tivesse caído sob o controle soviético, que seu povo não tivesse o que comer, que seus prisioneiros ainda não tivessem voltado, que seus mortos não fossem voltar nunca mais. O que importava era que a guerra na Europa tinha terminado. Andras e József se abraçaram e choraram.

Os morros a leste de Buda se cobriram de folhas tenras, indiferentes aos mortos e ao sofrimento. As tílias e os plátanos em flor pareciam quase obscenos aos olhos de Andras, inconvenientes, como garotas em roupas de cambraia fina num velório. Ele e József percorreram as ruas arruinadas no lado leste do Morro do Castelo; no alto, pararam e ficaram olhando para a cidade, em silêncio. As lindas pontes do Danúbio — a ponte Margaret, a ponte da Corrente, a ponte Elizabeth, todas aquelas pontes das quais Andras conhecia de cor cada centímetro, todas elas, até onde sua vista conseguia alcançar — estavam em ruínas, seus cabos de aço e seus pilares de concreto se desmanchavam na correnteza do rio cor de areia. O Palácio Real tinha sido bombardeado até tomar a forma de um pente destroçado, do adorno de cabelo de uma dama romana escavado das ruínas de uma cidade da antiguidade. Os hotéis do outro lado do rio tinham tombado em ruínas; pareciam estar de joelhos na margem do rio, numa súplica tardia.

Evitando olhar um para o outro, num estado de choque mudo, Andras e József desceram aos tropeções pelas ruas da antiga cidade rumo ao rio sem pontes. Sabiam que tinham de atravessar, sabiam que o que quer que os esperasse estava do outro lado do rio, no meio do que restava de Peste. Perto da Ybl Miklós Tér, a praça que levava o nome do arquiteto que projetara a Operaház, acharam um barranco desmoronado onde uma fila de barqueiros esperavam para levar passageiros para o outro lado do rio. Como não tinham dinheiro para pagar a passagem, entregaram os últimos seis maços de cigarro e uma dúzia de pilhas grandes. O barqueiro, um rapaz de cara vermelha e chapéu de palha, parecia excepcionalmente bem alimentado. Enquanto o barco avançava rumo à margem oposta, Andras tinha no peito a sensação de uma mão que puxava e arranhava os tecidos de seus pulmões; seu diafragma se contraiu com um espasmo tão doloroso que ele não conseguia respirar. O barco, um bote a remo, avançava rio abaixo, sacudindo muito na direção da margem oposta, e por duas vezes ameaçou virar antes de deixá-los a salvo e trêmulos na margem de Peste. Desceram na areia molhada ao lado do bote, a água entrou em seus sapatos. Em seguida, subiram a escada de pedra e olharam para um corredor de prédios em ruínas. Dos dois lados, um ou outro prédio continuava intacto; alguns conservavam até os ladrilhos coloridos de seus mosaicos decorativos, as folhas e as flores de sua ornamentação barroca. Mas o caminho de Andras e József rumo ao centro da cidade os conduzia através de um museu de destruição: pilhas intermináveis de tijolos, vigas estilhaçadas, ladrilhos espatifados, concreto rachado. Os mortos tinham sido removidos das ruas muito tempo antes, mas havia cruzes em todas as esquinas. Surgiam sinais da vida comum, como que numa completa ignorância daquela calamidade: a limpa vitrine de uma confeitaria cheia de rosquinhas curvava-se em seu formato habitual; uma bicicleta vermelha estava encostada nos degraus da entrada de um prédio; de longe, vinha o implausível tilintar da campainha de um bonde. De mais longe ainda, o esqueleto de um avião alemão sobressaía do terraço de um prédio. Um pedaço de asa queimada tinha caído no chão; a ferrugem em suas beiradas sugeria que estava caído naquele lugar havia meses. Um cachorro farejou as costelas de aço enegrecidas da asa e desceu correndo até a rua.

Andras e József caminharam juntos rumo a Nefelejcs Utca, rumo aos prédios onde moravam seus familiares — o prédio onde József se despedira da mãe e da avó; o prédio para onde Tibor e Ilana tinham mudado após o regresso de Andras; o prédio onde Andras e Klara ficaram agachados juntos no chão do banheiro na noite anterior à partida dele. Os dois dobraram a esquina com a Thököly Út e passaram pela quitanda que conheciam tão bem, sem verduras nem legumes, e pela confeitaria que também conheciam bem, sem doce nenhum. Na esquina da Nefelejcs Utca com a István Út, havia um monte de escombros, um monte de entulho, pedras, madeira, tijolos e ladrilhos. Do outro lado da rua, onde a família de József, Tibor e Ilana tinham morado, não havia absolutamente nada. Nem sequer uma ruína. Andras parou e ficou olhando.

Mais tarde, ele diria ao falar sobre si: "Foi então que enlouqueci". Foi essa a maneira mais exata que conseguiu encontrar para descrever sua sensação: sua cabeça desprendeu-se de seu corpo, foi enviada, como as crianças evacuadas da Europa, para algum lugar distante, enfadonho e seguro. Seu corpo se pôs de joelhos no meio da rua. Ele queria rasgar as roupas, mas descobriu que não conseguia se mexer. Não ouvia o que József dizia, não queria pensar que sua esposa, seu filho — ou filhos — podiam ter abandonado o prédio antes de ele ter sido destruído. Andras não enxergava ninguém, nada. Os passantes se reuniram em volta dele, de joelhos na calçada.

Talvez Andras tenha ficado ali durante uma, duas ou cinco horas. József sentou-se num bloco de concreto tombado e esperou. Andras tinha consciência da presença dele, como uma espécie de cordão fino, um monofilamento que o ligava, contra sua vontade, ao que havia restado do mundo. Seus olhos, fora de foco, voltados para as ruínas do prédio, enchiam-se e secavam, e enchiam-se de novo. E então um barulho familiar se definiu na nebulosa de seus sentidos embotados: o som de sinetas delicadas na calçada, o tilintar de sinos geminados. O som se aproximou até alcançá-lo, depois parou. Andras ergueu os olhos.

Era a pequenina avó de Klein e sua carroça puxada por bodes, recém-pintada de branco.

"Meu Deus", ela disse, e fitou-o. "É Andras? É Andras Lévi?"

Ele pegou a mão dela e beijou. "A senhora se lembra de mim", ele disse. "Graças a Deus. A senhora não sabe alguma coisa a respeito de minha esposa, Klara Lévi? A senhora também se lembra dela, não é?"

"Levante", ela disse. "Vou levar você para minha casa."

A casa em Frangepán Köz continuava de pé, em seu antigo silêncio, numa névoa de poeira suspensa na luz viscosa do final da tarde. No pátio, quatro cabras pequenas fuçavam um balde com cascas de pão. Andras correu na trilha de pedras até a porta, que estava aberta como se para receber a brisa. Lá dentro, no sofá onde Andras tinha esperado para falar com Klein, estava deitada sua esposa, Klara Lévi, adormecida, viva. Na outra ponta do sofá, estava seu filho, Tamás, num cochilo profundo, de boca aberta. Andras ajoelhou-se ao lado deles, como se fosse rezar. A pele de Tamás estava ruborizada pelo sono, a testa rosada, os olhos trêmulos por trás das pálpebras. Klara parecia mais distante, mal respirava, sua pele era uma película branca e luminosa por cima de sua vida debilmente palpitante. O cabelo dela tinha se desprendido do laço e jazia por cima do ombro na forma de uma corda torcida. Seu braço estava estendido por cima de um bebê adormecido, num cobertor branco, a mão do bebê estava aberta sobre o seio nu de Klara.

Minha estrela polar, pensou Andras. Meu verdadeiro norte.

Klara estremeceu, abriu os olhos, olhou para baixo, na direção do bebê, e sorriu. Então tomou consciência da presença de outra pessoa na sala, uma forma não familiar. Instintivamente, puxou a blusa por cima do seio, cobrindo aquela faixa nua de pele branca e úmida.

Ela ergueu o olhar para Andras e piscou, como se ele estivesse morto. Apertou os olhos com o polegar e o indicador e depois olhou de novo.

Andras.

Klara.

Os dois gemeram os nomes um do outro no espaço antigo daquela sala, numa tempestade de poeira da antiga luz do sol; seu menino, seu filho, acordou com um sobressalto e começou a chorar, em pânico, incapaz de distinguir a alegria da angústia. E talvez naquele momento alegria e angústia fossem a mesma coisa, uma torrente que enchia o peito e dilatava a garganta: foi a isso que sobrevivi sem você, é isso o que perdemos, é isso o que restou, aí está o que temos de viver daqui em diante. O bebê ergueu uma voz aguda e molhada. Estavam juntos, Klara, Andras, Tamás e aquela menina pequena cujo nome seu pai não sabia.

41. Os mortos

Klara tinha sobrevivido ao cerco de Budapeste num abrigo para mulheres em Szabadság Tér, sob a proteção da Cruz Vermelha Internacional. Os Aliados não bombardeariam aquele abrigo; os alemães tinham pouco interesse nele. Os habitantes, mães jovens e seus bebês, não tinham nenhuma utilidade para eles. Klara foi para lá no início de dezembro, algumas semanas depois de os russos terem chegado ao lado leste da capital. Àquela altura, Horthy tinha sido deposto, a Cruz Flechada tinha tomado o poder e setenta mil judeus tinham sido deportados de Budapeste. Os que escaparam à deportação tiveram de se mudar duas vezes: primeiro de seus lares originais para prédios marcados com uma estrela amarela, edifícios exclusivos para judeus espalhados por toda a cidade; depois, para um pequeno gueto no sétimo distrito, nas ruas em redor da sinagoga.

Na primeira leva de remoções, Klara, Ilana, os filhos, a mãe de Klara e Elza Hász foram encaminhados para um prédio na Balzac Utca, no sexto distrito. Polaner foi com eles. A pequenina sra. Klein, avó de Miklós Klein, ofereceu sua carroça puxada por bodes para ajudar no transporte dos pertences. Klara tinha visto a mulher numa última e desesperada visita à prisão em Margit Körút, onde György supostamente estaria preso; a sra. Klein tinha ido perguntar a respeito de Miklós Klein. Não havia nenhuma notícia sobre nenhum dos dois homens aquele dia, mas depois, quando as duas mulheres saíram caminhando juntas ao longo da margem do Danúbio, tentando distrair uma à outra de seus temores e de seu sofrimento, conversaram sobre problemas práticos relativos à mudança iminente. No dia marcado para sua partida da Nefelejcs Utca, Klara acordou com batidas na porta ainda muito cedo. Era a avó de Miklós Klein com saia de camponesa e botas pretas. Sua carrocinha puxada por bodes estava pronta e a postos no pátio. Klara olhou por cima do parapeito da sacada e lá estava a carroça junto ao chafariz, com dois bodes brancos farejando a água. A avó de Miklós Klein, como logo ficou esclarecido, tinha sido designada para ocupar um prédio perto de Klara e já tinha transportado o que ela e o marido puderam conservar de seu diminuto patrimônio doméstico em Angyalföld. Sete cabras e bodes os acompanharam para aquele bairro situado numa área mais central da cidade: aqueles dois bodes castrados, duas cabras leiteiras, três cabritos. Klara poderia ver todos os animais na mesma tarde, disse a avó de Klein; ela tinha escondido as cabras num abrigo de carruagens atrás do prédio marcado com uma estrela amarela na Csanády Utca.

Mesmo com a ajuda da carroça puxada por bodes, eles tiveram de deixar quase tudo para trás. Estavam se mudando para um só quarto num apartamento de três cômodos, onde dividiriam o banheiro com os outros residentes; uma família já morava lá e uma terceira ia se unir a eles. Klara e Ilana, as crianças, a sra. Hász mais jovem e a mais velha, além de Polaner, que levava consigo uma arma carregada — os sete tinham atravessado a cidade a pé, no meio de uma multidão de milhares de judeus, homens, mulheres e crianças, empurrando seus pertences em carrinhos de mãos, carregando-os nas costas ou ainda conduzindo carroças puxadas a cavalo. Levaram quatro horas para fazer a viagem de dois quilômetros. Quando levaram seus pertences para o primeiro andar, descobriram que todos os quartos já estavam ocupados; na última hora, uma quarta família tinha sido designada para ocupar aquele apartamento. Não havia mais nenhum lugar para eles irem, então teriam de dividir o cômodo. E assim começaram os cinco meses em que moraram naquele apartamento na Balzac Utca. Em pouco tempo, Klara teve a impressão de que sempre tinha dormido num estrado sobre o chão entre a mãe e os filhos, sempre tinha dividido um banheiro com outras dezesseis pessoas, sempre tinha acordado ao som de sua cunhada chorando. A avó de Miklós Klein ia lá de poucos em poucos dias, com leite de cabra para as crianças e para Klara, relembrando a mulher de que precisava conservar suas energias pelo bem do bebê que tinha no ventre. Mas a gravidez de

Klara parecia uma ironia terrível, o escárnio de uma promessa. Quando aguardava na fila do pão, certo dia, duas mulheres velhas falaram sobre ela como se não estivesse ali ou não pudesse ouvir: *Olhe só aquela pobre judia grávida. Que pena que ela não tem nenhum futuro.*

De fato, a abertura para qualquer futuro para além da guerra parecia estreitar-se dia a dia. Eles viviam sob o constante medo da deportação; das cidades mais distantes, chegavam notícias de milhares de pessoas enviadas para longe em trens fechados. Na própria capital, já havia horrores de sobra: os ataques da Cruz Flechada contra os prédios assinalados com uma estrela amarela eram frequentes, os pertences das famílias removidas eram roubados, homens e mulheres eram levados embora sem nenhum motivo, só porque tiveram o azar de estar em casa na hora em que chegavam os homens de Nyilas. Às vezes surgiam motivos para ter esperança, motivos para achar que o pesadelo podia terminar em breve; em julho, Horthy suspendeu todas as deportações de judeus da Hungria. Os judeus de Budapeste acharam que estavam salvos. Klara ouviu na rua boatos de conversas entre a Hungria e os Aliados, planos de um armistício. Então, em meados de outubro, Horthy anunciou que a Hungria tinha assinado um acordo de paz em separado com os russos. Durante algumas horas houve comemorações enlouquecidas pelas ruas. Homens arrancaram as placas com uma estrela amarela na porta de suas residências e mulheres rasgaram as estrelas costuradas nos casacos dos filhos. Mas em seguida chegaram duas más notícias: o golpe de Estado da Cruz Flechada e a nomeação de Szálasi para o cargo de primeiro-ministro. As deportações começaram outra vez, agora em Budapeste: dezenas de milhares de homens e mulheres foram retirados de suas casas e tiveram de marchar até as olarias de Óbuda, depois seguiram rumo à Áustria. As ações da Cruz Flechada pareciam ditadas exclusivamente por um capricho cruel. Uma gangue de homens de Nyilas tinha atacado o edifício em frente ao prédio deles, do outro lado da rua, e tinham deportado quase uma dúzia de homens e mulheres, muitos deles velhos demais para o trabalho; Klara esperava que seu prédio fosse atacado a qualquer momento, mas os homens nunca voltaram.

O tempo todo, as linhas de frente da guerra se aproximavam cada vez mais. Hitler, decidido a impedir que os russos chegassem a Viena, resolveu retardar seu avanço em Budapeste pelo maior tempo possível; à medida que o inverno se aproximava, forças húngaras e nazistas se aferraram no que todo mundo já sabia ser uma luta inútil. As forças do Exército Vermelho cercaram a cidade num anel cada vez mais estreito. Ataques aéreos levavam os civis aterrorizados a procurar abrigos subterrâneos todas as noites. Às vezes Klara tinha a impressão de estar morando num abrigo antiaéreo e de que eles tinham passado a vida inteira espremidos no escuro. Havia horas em que Klara quase chegava a desejar que acontecesse de uma vez a explosão esmagadora que tinha experimentado mil vezes em pensamento, as trevas sufocantes depois das quais não haveria absolutamente mais nada. Porém, certa manhã, quando a avó de Klein foi entregar o leite de cabra, levou também um fio de esperança: algumas mulheres e crianças do prédio onde ela morava tinham se mudado para um abrigo da Cruz Vermelha Internacional em Szabadság Tér, bem no centro da cidade. Klara e Ilana deviam ir para lá assim que fosse possível, tinham que tentar entrar enquanto ainda havia espaço. Se Klara tivesse sorte, conseguiria ter seu filho lá mesmo. Sem dúvida haveria uma chance melhor de conseguir ajuda médica se estivesse sob a proteção da Cruz Vermelha Internacional.

No dia seguinte, chegou a ordem que dizia que os judeus tinham de se mudar outra vez, no final de novembro, para o gueto situado no sétimo distrito. Estava claro que não havia tempo a perder. Klara e Ilana foram naquela tarde ao escritório da Cruz Vermelha Internacional, na Vadász Utca, verificar o que precisavam fazer e viram que a avó de Klein tinha razão: havia um abrigo para mulheres e bebês em Szabadság Tér. Klara e Ilana receberam documentos que permitiam que levassem os filhos para lá naquele mesmo dia. Elas foram para casa e juntaram o que restava de seu dinheiro e de seus pertences de valor, as fraldas e as roupas dos bebês, alguns lençóis e cobertores; puseram as trouxas nos carrinhos de bebê de Tamás e de Ádám e vestiram nas crianças os casacos mais quentes que possuíam. Depois, pela última vez, Klara despediu-se de Elza Hász e da própria mãe — embora não soubesse que seria a última vez. A mãe apertou sua aliança de casamento e seu anel de noivado na palma da mão de Klara.

"Não seja sentimental", disse, com os olhos calmos e seguros nos de Klara. "Troque isso por pão, se for necessário." Fez Klara enfiar os anéis no dedo, deu-lhe um beijo brusco, do tipo que sempre dava nela de manhã antes que a menina saísse para a escola, e depois entrou para fazer a mala com o pouco que podia levar para o gueto.

Polaner se dispôs, voluntariamente, a acompanhar Klara e Ilana pelos catorze quarteirões que teriam de percorrer a pé até chegar ao abrigo. No bolso, levava a pistola Walther P-38 que recebera do oficial que conseguira seu salvo-conduto para a Hungria e nos braços carregava Tamás, que se tornara inseparável dele ao longo da confusão dos últimos meses. Na porta do prédio da Cruz Vermelha na Perczel Mór Utca, Tamás, em face da despedida de Polaner, levantou tamanho alarido que a diretora do abrigo disse que ele podia ficar durante a noite para ajudar as mulheres e as crianças a se instalar. A diretora era mãe de uma menina pequena a quem Klara tinha dado aulas de balé alguns anos antes. A menina, que tinha morrido de febre escarlatina, era uma das alunas prediletas de Klara e a mãe queria fazer todo o possível para ajudá-la. Em sinal de gratidão por sua bondade, Polaner explicou que seus documentos falsos e sua carteira de identidade do partido nazista podiam permitir que ele fosse de alguma utilidade às mulheres e às crianças do abrigo; pelo menos até que os russos chegassem, ele teria certa liberdade de movimento na cidade. Pela manhã, Polaner fez um inventário das muitas coisas de que as pessoas no abrigo precisavam. Leite para os bebês era o primeiro item da lista. Desse modo, o primeiro presente dele foi meia dúzia de cabras: os bodes castrados, as cabras leiteiras e os cabritos que estavam vivendo na garagem de carruagens atrás do prédio marcado com uma estrela amarela na Csanády Utca. A avó de Klein confiara os animais aos cuidados de Polaner na manhã em que ela e seu marido foram transferidos para o gueto no sétimo distrito, levando consigo o último cabrito.

O abrigo da Cruz Vermelha ficava no segundo andar do prédio, em três cômodos do que antes fora o escritório de uma empresa de seguros. Mães que tinham chegado com casacos de pele e sapatos feitos sob medida estavam sentadas em cadeiras de escritório ou no chão, cuidando de seus bebês, ao lado das que tinham chegado com os pés envoltos em jornal. Dia e noite, as mulheres enchiam o abrigo com conversas aflitas, choros e risos baixos e raros. Acalmavam os bebês com cantigas, tentavam distrair os filhos de dois ou três anos de idade com brincadeiras feitas com as mãos e brinquedos improvisados. Caixinhas de comprimidos viravam chocalhos; trapos sujos viravam bonecas de pano. As mães se revezavam na lavagem das fraldas num tanque situado no térreo, a única fonte de água corrente. Quando as bombas quebraram os vidros das janelas e o prédio ficou tão frio que as fraldas recém-lavadas congelavam, elas enrolaram as fraldas no próprio corpo de noite e as secavam com o calor da pele. Dez vezes por dia, era essa a impressão, desciam correndo para o abrigo subterrâneo, embaixo do prédio, e ali ficavam amontoadas e encolhidas, enquanto as bombas caíam em volta da Szabadság Tér.

Polaner trabalhava de forma incessante para as mulheres e as crianças. Catava trapos para fazer fraldas; roubava roupas de inverno dos apartamentos que as mulheres do abrigo tinham sido obrigadas a abandonar. De noite, violando o toque de recolher a que toda a cidade estava submetida, surrupiava comida para as cabras e os bodes em estábulos abandonados e no lixo que começava a se acumular na beira das ruas. Em suas viagens pelo bairro, descobriu o hospital secreto de judeus na Zichy Jenő Utca, a poucos quarteirões do abrigo, onde um médico armênio chamado Ara Jerezian reunira quarenta médicos judeus e suas famílias. A bandeira da Cruz Flechada estava desfraldada acima da porta do abrigo e Jerezian vestia o uniforme oficial de Nyilas. Tinha renunciado à sua condição de membro do partido anos antes, em protesto contra a orientação política antijudaica da Cruz Flechada, mas reassumiu-a quando se deu conta de que podia trabalhar em segredo em favor dos judeus de dentro do partido. Sob o pretexto de organizar um hospital para os feridos da Cruz Flechada, reunira médicos judeus e suas famílias e montara um depósito de comida e de medicamentos. Agora, naqueles aposentos espremidos que tinham se convertido num hospital, os médicos atendiam os terríveis ferimentos causados pelo cerco da cidade. Polaner levava para aquele hospital mulheres e bebês doentes do abrigo da Cruz Vermelha e trazia-os de volta quando melhoravam. Em recompensa pela atenção dos médicos, dava para as crianças famintas de lá o pouco leite de cabra que conseguia salvar.

Em toda a cidade, as pessoas começaram a passar fome. Nas primeiras semanas de dezembro, o abrigo da Cruz Vermelha recebia uma sopa que tinha de ser transportada numa carroça que vinha de uma cozinha na outra ponta da Szabadság Tér. Quando a sopa acabou, cozinharam grãos de soja e batatas em suas próprias panelas; depois, só grãos de soja; por fim, nada além do que aquilo que as cabras conseguiam produzir, em uma dieta de fome. As mulheres do abrigo reuniram suas joias e entregaram a Polaner para que ele trocasse por alimento; Klara retirou o anel de noivado da mãe e também a aliança de casamento e pôs no saco junto com o resto. Mas Polaner voltou de mãos vazias. As joias das mulheres não tinham nenhum valor. Não havia nenhuma comida. Até a escassa água corrente terminara. Agora a única água que tinham vinha da neve derretida que traziam do pátio. As mulheres ficavam doentes, com fome e com sede, e começou a faltar leite no abrigo. No início as crianças choravam, mas no começo de janeiro elas ficaram debilitadas demais para reclamar. Uma a uma, as crianças silenciaram, sua respiração tornou-se um fraco oscilar de asas embaixo do osso esterno. Foi então que Polaner fez aquilo que a avó de Klein dissera para ele fazer, caso a situação se tornasse crítica. Aquele delicado filho de um fabricante de tecidos, um jovem semelhante a um pombo, hábil com a caneta e com o transferidor, matou os bodes, as cabras e os cabritos com sua pistola Walther P-38, depois os entregou para uma das mulheres alojadas no abrigo, cujo marido tinha sido açougueiro e que sabia o que fazer com a faca.

Uma semana depois, no dia 8 de janeiro, começou o trabalho de parto de Klara. Ilana insistiu que ela devia ir para o hospital na Zichy Jenő Utca; depois de duas cesarianas, Klara não podia correr o risco de um parto natural no abrigo. A própria Ilana cuidaria de Tamás. Deu um beijo em Klara e garantiu que tudo ficaria bem, tudo daria certo. Então Klara e Polaner caminharam com esforço através de um emaranhado de becos e vielas até o hospital de Ara Jerezian. À medida que os combates se aproximavam, os corredores do hospital foram ficando apinhados de soldados horrivelmente feridos; homens jaziam estirados, gritavam, suavam, arquejavam em macas estendidas junto às paredes, e os corredores estavam pegajosos de sangue. Os médicos mal conseguiam fazer uma pausa para pensar no caso de uma mulher saudável, em trabalho de parto, a despeito de seu histórico. Klara e Polaner aguardaram por três horas numa cozinha improvisada, até que uma série de contrações a deixou de quatro no chão. Por fim, Polaner implorou ajuda ao próprio Ara Jerezian, que levou Klara ao seu consultório e armou um estrado para ela no chão. Polaner pegou água, passou uma esponja na testa de Klara, mudou seus lençóis encharcados durante o trabalho de parto. Quando ficou claro que o bebê estava em posição invertida e que ela não podia dar à luz sem uma cesariana, o doutor Jerezian levou-a para uma sala de cirurgia improvisada — três mesas de metal iluminadas apenas pela luz de uma fileira de janelas altas — e anestesiou-a com morfina, enquanto o inabalável Polaner desviava os olhos. Klara acordou para ser informada de que dera à luz uma menina, a quem chamou de Április, na esperança de que sobrevivesse para ver a primavera. Polaner observou que o bebê se parecia com o pai.

Durante cinco dias, Klara se recuperou no gabinete de Jerezian. Toda comida que Polaner conseguia obter no hospital, ele levava para ela. Tratava seu ferimento, resfriava sua testa com panos molhados, segurava o bebê no colo enquanto ela dormia. O bebê, pequenino ao nascer, ganhou peso com o leite de Klara. Quando afinal levaram Klara para casa, para o abrigo da Cruz Vermelha, encontraram Tamás calado e com os olhos vidrados, nos braços da diretora do abrigo. Perguntaram onde estava Ilana. Onde estava a tia do menino, que devia estar cuidando dele? A diretora fitou-os em silêncio por um momento, a boca trêmula, e então contou.

Ádám Lévi morrera de febre no dia 20 de janeiro. Num delírio de dor, sua mãe correra para a rua, onde uma bomba russa matou-a.

Os combates continuaram em Peste durante mais seis dias. As forças russas agora se aproximavam do centro da cidade, pareciam convergir justamente na direção de Szabadság Tér; o fogo de artilharia sacudia o prédio dia e noite. Klara, em estado de choque por causa da dor e do medo, encolhia-se no abrigo subterrâneo com o bebê, enquanto Tamás se agarrava a Polaner. Ela morreria sem rever o marido; se estivesse vivo, como ele saberia da morte dela e de seus filhos? Era possível que jamais chegasse a saber que tivera uma filha. *Que pena que ela não tem nenhum futuro.* Que tipo de futuro se podia imaginar num tempo assim? Naquela noite, quando Polaner se atreveu a sair para conseguir água na boca de um cano do outro lado da rua, voltou com a notícia de que a estação de Nyugati estava em chamas e que os soldados húngaros fugiam na direção das pontes do Danúbio. Aquele clarão infernal ao longo do rio era o incêndio dos grandes hotéis. As chamas galgavam a cúpula e a torre do prédio do Parlamento. Civis corriam rumo ao rio, com seus cães, suas bolsas e suas crianças, mas as pontes estavam sob bombardeio. Em toda a cidade, nada restara para comer. Klara recebeu as últimas notícias com a compreensão de que veria seus filhos morrerem. Mais tarde, naquela noite, quando um sono superficial e em pânico dominou-a, Klara sonhou que dava a própria mão direita para os filhos morderem; não sentia dor nenhuma, apenas um alívio por ter chegado àquela solução engenhosa.

De manhã, Klara acordou diante de um silêncio fora do comum. Em lugar do tiroteio, havia uma quietude ressonante. De vez em quando, o estampido de tiros cortava o ar da manhã e, da margem oeste do Danúbio, onde os combates prosseguiam, vinha o eco fraco da batalha. Mas a batalha de Peste havia terminado. As pontes tinham sido todas destruídas; os soviéticos dominavam a cidade. Os últimos nazistas em Peste foram feitos prisioneiros de guerra ou estavam escondidos em prédios onde antes eles tinham obrigado outras pessoas a se esconderem. No abrigo da Cruz Vermelha, as mulheres esperavam algum sinal do que deviam fazer. Estavam debilitadas pela sede e pela fome, doentes por efeito do sofrimento; embora o prédio tivesse resistido ao bombardeio da noite, mais dois bebês tinham morrido. As crianças que sobreviveram estavam mais silenciosas naquele dia, como se soubessem que alguma coisa tinha mudado. Ao meio-dia os residentes do abrigo saíram do prédio para a luz cinzenta e fria de Szabadság Tér. O que viram parecia a imagem de um noticiário de cinema, ou então um sonho: a bandeira americana tremulava destemidamente acima da embaixada de janelas fechadas. Dois soldados da Cruz Flechada jaziam mortos na escada da porta da embaixada, o peito de seus casacos rasgado por furos de bala. Dois guardas militares russos estavam parados na beira da praça e fitavam a cúpula fumegante do Parlamento. A diretora do abrigo atravessou a praça na direção dos russos e ajoelhou-se diante deles; os dois não conseguiam entender nada do que ela dizia, mas lhe ofereceram seus cantis.

Naquela tarde, os residentes do abrigo começaram a sair em busca de água e comida. Klara e Polaner forraram os carrinhos de bebê com cobertores extras e os encheram com o que restava daquilo que tinham. No carrinho vazio de Ádám, puseram Tamás, que na semana anterior não tivera nada para comer senão as escassas gotas do leite de Klara. No outro carrinho, puseram o bebê menor. Cega de exaustão, Klara mal conseguia andar. Caminharam com dificuldade em meio aos escombros da cidade, sem saber para onde estavam indo; com os carrinhos de bebê, contornavam aviões caídos, carcaças de cavalos, tanques alemães explodidos, chaminés tombadas, pilhas de entulho, corpos de soldados, de mulheres. Na esquina da Király e da Kazinczy Utca, toparam com um grupo de soldados russos que escavavam escombros e punham na caçamba de um caminhão. O comandante deles, um oficial condecorado, deteve Klara e Polaner e fez uma exigência em russo, em voz alta. Eles sabiam que o oficial queria ver seus documentos, mas os de Polaner só o levariam a ser preso ou fuzilado; ele respondeu em húngaro que Klara era sua esposa e que estavam levando os filhos para casa. Durante um longo tempo o oficial ficou olhando para os dois, esqueléticos e de olhos fundos, e espiou as crianças silenciosas dentro dos carrinhos de bebê. Por fim enfiou a mão no bolso do casaco e tirou uma fotografia de uma mulher de cara redonda, com uma criança também de cara redonda sentada em seus joelhos. Enquanto Klara segurava a fotografia, o soldado foi até a cabine do caminhão e pegou uma mochila de lona. De joelhos, tirou um saco de papel estufado, como se contivesse pedras, depois enfiou a mão nele e pegou um punhado de avelãs. Entregou-as para Klara. Um segundo punhado de avelãs, ele entregou para Polaner.

Com aqueles dois punhados de comida, Klara alimentaria os filhos durante uma semana.

Como não havia nenhum lugar para ir, foram para o gueto, que tinha sido libertado pelos russos mais cedo, naquele dia. Lá, nos portões da grande sinagoga da Dohány Utca, encontraram a avó de Klein segurando o único cabrito que conseguira conservar durante o cerco da cidade. O avô de Klein, aquele homem miúdo de olhos brilhantes, com seu cabelo aberto na forma de duas asas erguidas, morrera de enfarte na primeira semana de janeiro. Ele foi levado para o pátio da sinagoga onde jaziam centenas de judeus mortos à espera de um enterro.

"E a minha mãe?", perguntou Klara. "E a esposa de meu irmão?"

Com a mesma voz varrida pela dor, a avó de Klein deu a notícia de que Elza Hász e a mãe de Klara tinham sido fuziladas com mais quarenta pessoas no pátio de um prédio na Wesselényi Utca. Ela pronunciou as palavras com os olhos voltados para baixo, enquanto afagava a cabeça do último cabrito sobrevivente, o remanescente do rebanho urbano que tinha salvado as vidas de trinta mulheres e crianças em Szabadság Tér.

No pátio da sinagoga em Bethlen Gábor Tér, onde os sobreviventes dos campos de concentração deveriam se registrar quando voltassem, aqueles que tinham ficado em Budapeste suplicavam aos sobreviventes dos campos de concentração que lhes dessem notícias dos que não tinham voltado. Quase todo dia até o regresso de Andras, Klara foi àquela sinagoga. Embora tivesse medo da resposta que podia ouvir para suas perguntas, ela perguntava sem parar. Certa semana, encontrou um homem que estivera num campo na Alemanha com seu irmão; foram companheiros de trabalho numa fábrica de armas. Aquele homem levou-a para o interior do santuário da sinagoga, onde se sentou a seu lado num dos compridos bancos de madeira, segurou sua mão e contou que seu irmão tinha morrido. Fora fuzilado na véspera do Ano-Novo com mais vinte pessoas.

Durante uma semana, Klara observou o *shivá* pelo irmão, na casa da Frangepán Kóz; até onde sabia, ela era agora o único membro da família que estava vivo. Em seguida voltou mais uma vez à sinagoga, na esperança de conseguir notícias de Andras. Em vez disso, soube de uma coisa que precisava contar para ele naquele instante. Uma mulher de Debrecen fora a Bethlen Gábor Tér procurar seus filhos. Pouco antes, aquela mesma mulher estivera num campo; ficara em Óswięcim, na Polônia. Tinha visto os pais de Andras na beira dos trilhos de uma ferrovia ali, antes que ela mesma fosse destacada para um grupo de pessoas ainda aptas para trabalhar. Do outro grupo, os velhos, os doentes e os muito pequenos, nada mais se viu nem se soube.

Enquanto Klara transmitia aquela notícia, Andras começou a tremer numa dor silenciosa. József estava sentado a seu lado num estado de choque, com os olhos inexpressivos. Num único dia, naquela casa estranha e pequena, cheia de fotografias dos mortos, os dois tinham ficado órfãos.

Durante meses, após a volta de Andras para casa, eles foram à sinagoga em Bethlen Gábor Tér todos os dias. Judeus húngaros estavam sendo exumados de sepulturas em toda a Áustria, Alemanha, Ucrânia e Iugoslávia e, em toda parte onde era possível, eram identificados por seus documentos ou por sua plaquinha de identificação. Havia milhares. Todo dia, no muro do lado de fora do prédio, havia listas intermináveis de nomes. Abraham. Almasy. Arany. Banki. Böhm. Braun. Breuer. Budai. Csato. Czitrom. Dániel. Diamant. Einstein. Eisenberger. Engel. Fischer. Goldman. Goldner. Goldstein. Hart. Hauszmann. Heller. Hirsch. Honig. Horovitz. Idesz. János. Jáskiseri. Kemény. Kepecs. Kertész. Klein. Kovacs. Langer. Lázár. Lindenfeld. Markovitz. Martón. Nussbaum. Ócsai. Paley. Pollák. Róna. Rosenthal. Roth. Rubiczek. Rubin. Schoenfeld. Sebestyen. Sebök. Steiner. Szanto. Toronyi.

Ungar. Vadas. Vámos. Vertes. Vida. Weisz. Wolf. Zeller. Zindler. Zucker. Um alfabeto inteiro de perdas, um catálogo de dor. Quase toda vez que eles iam à sinagoga, presenciavam o momento em que alguém descobria que a pessoa amada tinha morrido. Às vezes a notícia era recebida em silêncio e o único sinal era um empalidecimento da pele em redor da boca, ou um tremor das mãos que seguravam com força um chapéu. Outras vezes havia gritos, protestos, choro. Eles procurariam, dia após dia, todos os dias, durante tanto tempo que quase se esqueciam do que estavam procurando; após um tempo, parecia que estavam apenas tentando memorizar um kadish novo, composto inteiramente por nomes próprios.

Então, certa tarde no início de agosto — oito horas antes do voo do *Enola Gay* sobre Hiroshima, e oito dias antes do final da Segunda Guerra Mundial —, enquanto estavam conferindo as listas dos mortos, a mão de Klara subiu depressa até a boca e seus ombros se curvaram. Naquele primeiro momento, Andras se perguntou apenas quem havia sobrado para ela perder; não lhe ocorreu que a reação de Klara pudesse ter algo a ver com ele. Porém deve ter sentido, de forma inconsciente, o que havia acontecido. Quando foi olhar na lista, descobriu que não conseguia focalizar os nomes.

Klara segurou o braço de Andras, tremendo. "Ah, Andras", ela disse. "Tibor. Ah, meu Deus."

Ele se afastou de Klara, sem querer entender. Olhou para a lista outra vez, mas não conseguiu enxergar nada que fizesse algum sentido. As pessoas já estavam se afastando dos dois, dando-lhes um espaço respeitoso, algo que costumavam fazer quando alguém encontrava um conhecido na lista. Andras adiantou-se um passo e tocou na lista no ponto em que ela passava da letra K para a letra L. Katz, Adolf. Kovály, Sarah. László, Béla. Lebowitz, Kati. Lévi, Tibor.

Não podia ser o seu Tibor. Andras falou aquilo, em voz alta: Não é ele. É outra pessoa. Não é o nosso Tibor. Um engano. Andras abriu caminho no meio da multidão em torno da lista, rumo à porta da sinagoga, e subiu a escada que levava para o escritório da administração, onde encontraria uma explicação. Deixou aterrorizada uma mulher sentada a uma escrivaninha, gritando que queria falar com a pessoa encarregada. Ela o conduziu até uma antessala onde, de forma inacreditável, fizeram-no esperar. Klara encontrou-o ali; os olhos dela estavam vermelhos e ele pensou: *Ridículo. Não é o nosso Tibor.* E no escritório da pessoa encarregada, Andras sentou-se numa velha poltrona de couro, enquanto o homem folheava uma pilha de envelopes de papel pardo. Entregou um deles para Andras, etiquetado com o nome Lévi. O envelope continha um breve bilhete datilografado e uma plaquinha numerada, de pendurar no pescoço, usada como identificação, com o fecho torcido. Quando Andras abriu o fecho que havia por trás da plaquinha, encontrou lá dentro um documento ainda intacto: o nome de Tibor, a data e o local de seu nascimento, sua altura e a cor de seus olhos, seu peso, o nome de seu oficial comandante, o endereço de sua casa, seu número no Munkaszolgálat. *Suas plaquinhas de identificação podiam voltar para casa, mas eles não.* O breve bilhete datilografado declarava que a plaquinha tinha sido encontrada no corpo de Tibor, numa vala comum em Hidegség, perto da fronteira da Áustria.

Naquela noite, Andras trancou-se no quarto do apartamento novo que dividia com Klara, Polaner e os filhos. Ficou sentado no chão, chorou em voz alta, bateu a cabeça contra o ladrilho frio e vermelho. Nunca mais sairia daquele quarto, resolveu; permaneceria ali até ficar velho e deixaria que o mundo pegasse fogo à sua volta, ao longo dos anos.

Em algum momento da noite, Klara e Polaner entraram e o ajudaram a ir para a cama. Da maneira mais vaga possível, Andras teve consciência de que Klara desabotoou sua camisa, de que Polaner enfiou seus braços em outra; confusamente, através de um véu, Andras viu Klara lavar o rosto na pia e deitar-se na cama a seu lado. O braço dela sobre seu peito era algo vivo e quente e Andras estava morto embaixo dele. Andras não conseguiu se mexer para tocar Klara nem para responder a nada que ela falasse. Ficou deitado, consumido, exausto, acordado, ouvindo a respiração de Klara recair em seu ritmo de costume quando dormia. Viu Tibor naquelas últimas semanas, o pesadelo de sua vida em Sopron: Tibor indo à cidade procurar comida. Tibor jogando fora a tigela de feijões de Andras e József. Tibor lavando a testa de Andras com um pano frio. Tibor cobrindo-o com seu próprio casaco. Tibor andando vinte quilômetros com um punhado de geleia de morango nas mãos. Tibor chamando sua atenção para o fato de que era o dia de aniversário de Tamás. Então pensou em Tibor em Budapeste, seus olhos escuros por trás dos óculos de aro prateado. Tibor em Paris, deitado no chão da casa de Andras, desesperado de amor por Ilana. Tibor carregando as bolsas de Andras até a estação Keleti numa manhã de setembro. Fazia tanto tempo que parecia ter passado uma vida inteira. Tibor na Ópera, na noite anterior à partida de Andras. Tibor arrastando um colchão extra escada acima, até seu quartinho na Hársfa Utca. Tibor no colégio, um livro de biologia aberto sobre a mesa à sua frente. Tibor como um menino alto, correndo atrás de Andras pelo pomar e o derrubando no chão. Tibor puxando Andras de dentro do poço do moinho. Tibor debruçando-se sobre Andras, que estava sentado no chão da cozinha e pondo em sua boca uma colher de leite adoçado.

Andras virou-se e puxou Klara para junto de si, chorou e chorou na névoa úmida de seus cabelos.

Houve um enterro no cemitério judeu nos arredores da cidade, um ressepultamento dos restos mortais de Tibor e de centenas de outros, um campo de sepulturas abertas, mil pessoas de luto. Depois, pela segunda vez naquele ano, Andras observou uma semana de *shivá*. Ele e Klara acenderam uma vela fúnebre e comeram ovos cozidos, ficaram sentados no chão em silêncio, receberam uma enxurrada de visitas. De acordo com o ritual, Andras ficou sem fazer a barba durante trinta dias. Escondia-se atrás da barba, esquecia-se de trocar de roupa, só tomava banho quando Klara insistia. Ele tinha de trabalhar; sabia que não podia se dar ao luxo de perder seu novo emprego de demolidor de prédios bombardeados. Mas cumpria o trabalho sem falar com os outros homens, sem ver as casas que estava pondo abaixo, sem pensar nas pessoas que tinham morado ali. Depois do trabalho, ficava sentado na sala do apartamento que eles tinham ocupado em Pozsonyi Út, ou num canto escuro do quarto, às vezes com um dos filhos no colo, afagando o cabelo da criança ou ouvindo Tamás, que contava o que havia acontecido no parque naquela manhã. Ele comia pouco, não conseguia concentrar-se num livro ou num jornal, não queria sair para passear com József e Polaner. Rezava o kadish todos os dias. Tinha a impressão de que poderia viver assim para sempre, poderia transformar a dor num emprego vitalício. Klara, cuja condição de mãe tinha impedido que afundasse num lamento devastador pela perda da própria mãe, de György e de Elza, compreendia Andras e lhe perdoava; e Polaner, cujo sofrimento tinha sido tão profundo quanto o de Andras, sabia que mesmo aquele abismo tinha um fundo e que o amigo chegaria lá em breve.

Ele não podia prever como nem quando. Aconteceu num domingo, exatamente um mês após o enterro, dia em que Andras raspou sua barba do luto.

Estavam sentados diante da mesa do café da manhã, comendo mingau de cevada com leite de cabra; a comida continuava escassa e, à medida que o tempo ia esfriando, eles eram obrigados a se perguntar se, tendo sobrevivido à guerra propriamente dita, não acabariam morrendo por suas consequências. Klara dava colheradas de seu mingau na boca dos filhos. Andras, que não conseguia comer, dava seu mingau para ela. József e Polaner ficavam sentados com o jornal aberto entre ambos, Polaner lia em voz alta sobre a luta do Partido Comunista para recrutar membros antes da iminente eleição geral.

Foi Andras quem se levantou quando ouviram batidas na porta. Atravessou a sala, apertando-se em seu roupão para se proteger do frio da manhã; destrancou a porta e abriu. Um rapaz de cara vermelha estava parado diante da porta, uma mochila nas costas. Seu boné tinha a insígnia militar soviética. Enfiou a mão no bolso da calça e pegou uma carta.

"Fui encarregado de entregar isto para Andras ou Tibor Lévi", disse o homem.

"Encarregado por quem?", perguntou Andras. Com uma impassibilidade embotada, percebeu como era estranho ouvir o nome do irmão na boca daquele soldado. *Tibor Lévi*. Como se ainda estivesse vivo.

"Por Mátyás Lévi", disse o homem. "Estive com ele num campo de prisioneiros de guerra na Sibéria."

Pronto, pensou Andras. A notícia que daria o toque final. Mátyás morto, e aquela era sua última carta. Andras sentia-se num lugar tão distante do sentimento humano, tão afastado da capacidade de experimentar dor, esperança ou amor, que não hesitou em pegar a carta. Abriu-a, enquanto o rapaz ficava parado, olhando, e enquanto a família de Andras olhava para ele, à espera de uma notícia. E soube que seu irmão Mátyás estava vivo e ia para casa na terça-feira seguinte.

No inverno de 1942, só um mês após ter sido enviado para a Ucrânia, Mátyás Lévi foi feito prisioneiro pelos soviéticos e, com o resto de sua companhia do Serviço de Trabalho, foi enviado para um campo de mineração na Sibéria. Ficava localizado na região de Kolyma, delimitado pelo oceano Ártico ao norte e pelo mar de Okhótsk ao sul. Foram para lá pela ferrovia transiberiana, até a extremidade oriental de seu trajeto, em Vladivostok, e de lá foram transportados por mar num navio de escravos chamado *Dekabrist*. O campo tinha dois mil reclusos, alemães, ucranianos, húngaros, sérvios, poloneses e franceses simpatizantes do nazismo, juntamente com criminosos soviéticos, dissidentes políticos, escritores, compositores e artistas. No campo, ele foi espancado com pás, porretes e picaretas. Foi perseguido por percevejos, moscas e piolhos. Quase morreu de frio. Trabalhava dezessete horas por dia a uma temperatura de vinte graus abaixo de zero, ganhava uma ração diária de vinte decigramas de pão, foi jogado na solitária por desobediência, quase morreu de disenteria, ganhou o respeito dos guardas e dos oficiais por pintar arrojados cartazes comunistas para enfeitar as paredes dos alojamentos, foi nomeado desenhista oficial de cartazes de propaganda e escultor oficial de estátuas de neve do campo (fez bustos de Lênin e Stálin com três metros de altura para ornamentar o pátio de formatura), aprendeu a falar russo e se apresentou como voluntário para servir de tradutor, foi convocado para interrogar nazistas húngaros, viu centenas de membros da Cruz Flechada serem julgados, condenados e, em alguns casos, executados, foi atacado por membros de uma organização secreta da Cruz Flechada que quebraram suas duas pernas, ficou seis meses numa enfermaria até se curar, e por fim, certa manhã, foi informado de que seu tempo no campo de prisioneiros tinha terminado e, quando perguntou por que merecia o privilégio da libertação, disseram que era porque sua designação oficial, bem como a de quinhentos e vinte outros prisioneiros, mudara de húngaro judeu para judeu húngaro e que o campo de prisioneiros não se destinava a prender judeus, depois do que os nazistas tinham feito com eles.

Mas nada do que havia acontecido com Mátyás durante aqueles três anos gelados o preparara para o que o aguardava em casa. Nada o preparara para a notícia de que quatrocentos mil judeus húngaros tinham sido enviados para campos de extermínio na Polônia; nada o preparara para a visão de Budapeste bombardeada e em ruínas, com suas pontes cortadas. E nada o preparara para a notícia de que a mãe, o pai, o irmão, a cunhada e o sobrinho tinham todos morrido. Foi Andras quem lhe deu a notícia. Mátyás, transformado num homem magro, de olhos duros, barba curta, ao saber daquilo ficou sentado na frente dele, no sofá, sem emitir nenhum som; o único sinal de que tinha compreendido tudo foi um ligeiro tremor na mandíbula. Levantou-se e alisou as pernas da calça, como se, depois de ouvir um relatório militar, agora estivesse pronto para incorporar aquela informação em seus planos e seguir adiante.

Mas então algo pareceu mudar por baixo da pele de seu rosto, como se os músculos tivessem recebido a notícia por meio de um telefonema interurbano atrasado. Mátyás caiu de joelhos no chão, suas feições torcidas pela dor. "Não é verdade", gritou, e agitou os braços em volta da cabeça, como se pássaros voassem por cima dele. Eram as notícias, pensou Andras, as implacáveis notícias, um bando de corvos rodando, suas asas com cheiro de cinzas.

Andras ajoelhou-se ao lado do irmão e pôs os braços em volta dele, apertou-o contra o próprio peito, enquanto Mátyás gemia. Falou o nome de seu irmão em voz alta, como que para recordá-lo do fato assombroso de que pelo menos ele, Mátyás, ainda estava vivo. Não o soltou, até que Mátyás se desvencilhou e olhou em redor, para a sala desconhecida; quando seus olhos pousaram em Andras outra vez, estavam lúcidos e desesperados. *É verdade?*, ele parecia perguntar, embora não tivesse pronunciado nenhuma palavra. *Fale-me com franqueza. É verdade?*

Andras sustentou o olhar de Mátyás com o seu. Não havia necessidade de falar nem de fazer qualquer sinal. Pôs o braço sobre o ombro do irmão outra vez, puxou-o para perto de si e o amparou enquanto ele chorava.

Andras ficou sentado com ele naquela noite, na noite seguinte e na terceira noite também; ele o incentivava a comer e mudava as roupas de cama úmidas no sofá onde dormia. Enquanto fazia aquilo, percebeu o primeiro sinal de que estava se dissolvendo a neblina que o envolvia, desde quando soubera que Tibor tinha morrido. Ao longo do mês anterior, ele quase esquecera como ser um homem no mundo, como respirar, comer, dormir e falar com as outras pessoas. Andras se permitira esquivar-se, embora Klara e os filhos tivessem sobrevivido à guerra, ao cerco da cidade; embora Polaner estivesse ali com ele todos os dias. Na terceira noite após o regresso de Mátyás, quando o irmão adormeceu e Andras e Klara se retiraram para seu quarto, ele segurou as mãos dela e implorou seu perdão.

"Você sabe que não há nada para perdoar", ela disse.

"Eu jurei cuidar de você. Quero voltar a ser seu marido."

"Você nunca deixou de ser meu marido", ela respondeu.

Andras se curvou para beijá-la; Klara estava viva, sua Klara, e estava ali em seus braços. Ninho de meus filhos, pensou, pondo a mão sobre o ventre dela. Berço de minha alegria. E lembrou-se dela com uma dália vermelha atrás da orelha, e lembrou como era a sensação de tocar sua pele por baixo da película formada pela água do banho, e como era olhar nos olhos dela e saber que os dois estavam pensando a mesma coisa. Andras acreditou, pela primeira vez desde que vira o nome de Tibor na lista em Bethlen Gábor Tér, que ainda era possível viver depois daquele ano terrível; que ele podia fitar o rosto de Klara, cujas superfícies e curvas conhecia mais intimamente do que qualquer paisagem do mundo, e sentir algo semelhante à paz. Levou-a para a cama e fez amor com ela como se fosse a primeira vez em sua vida.

42. Um nome

A manhã estava limpa e azul, no início de dezembro. Da janela de seu prédio em Pozsonyi Út, Andras podia ver uma fila de pequenos alunos sendo conduzida para o parque Szent István — casacos de lã cinzentos, cachecóis roxos, botas pretas que deixavam pegadas em forma de zigue-zague sobre a neve. Para além do parque, ficava a vastidão de mármore do Danúbio. Mais além ainda, estava a proa branca da ilha Margaret, onde no verão Tamás e Április nadavam no parque aquático Palatinus. Quando, numa caminhada pelo parque naquela primavera, ele contou para os filhos que houvera um tempo em que os judeus eram proibidos de nadar naquelas piscinas, Április olhou para ele com as sobrancelhas franzidas.

"Não entendo o que ser judeu tem a ver com nadar", ela disse.

"Nem eu", respondeu Andras, e pôs a mão na nuca da menina, onde sua correntinha de ouro se fechava. Mas Tamás olhou através da cerca para o complexo de piscinas. Com as mãos nas barras pintadas de verde, voltou-se para fitar os olhos do pai. Àquela altura, ele sabia o que tinha acontecido com sua família durante a guerra, o que tinha acontecido com seus tios e avós. Ele tinha ido a Debrecen e Konyár com o pai para conhecer o lugar onde Andras tinha morado quando era criança e onde seus avós tinham vivido; Tamás tinha visto o pai colocar uma pedra na entrada da casa em Konyár, como se fosse um túmulo.

"Vou treinar para as Olimpíadas aqui", ele disse. "Vou quebrar o recorde mundial."

"Eu também", disse Április. "Vou quebrar o recorde em estilo livre *e* costas."

"Não tenho a menor dúvida de que vão conseguir", disse Andras.

Isso foi antes de a fuga começar a parecer uma realidade, antes de as crianças começarem a visualizar suas vidas futuras se passando no outro lado do oceano Atlântico. Agora, não faltava muito tempo; só restavam uns poucos detalhes, inclusive o negócio que Andras concluiria naquela manhã, no Ministério do Interior. Tamás quis ir junto com ele, Klara e Mátyás apanhar suas novas carteiras de identidade. Na noite anterior, ficara parado na frente de Andras, na sala, com uma fisionomia muito séria no rosto e com os braços cruzados no peito. Já tinha feito o dever de casa dos dois dias seguintes, declarou. Não perderia nada se fosse com eles.

"Você tem de ir à escola", disse Andras. Levantou-se da cadeira e pôs o braço em volta dos ombros de Tamás. "Não quer que os alunos nos Estados Unidos fiquem mais adiantados do que você, não é?"

"Não estou preocupado com *isso*", respondeu Tamás. "Não importa se eu perder só uma tarde de aula. Eles têm sábados e domingos de folga *todas as semanas*."

"Vou deixar seus novos documentos na sua escrivaninha", disse Andras. "Vão estar esperando por você quando voltar da escola."

Tamás lançou um olhar para Klara, que estava sentada diante de sua escrivaninha, perto da janela; ela balançou a cabeça e disse: "Você ouviu o que seu pai disse".

Sacudindo-se, suspirando, afirmando que aquilo não era justo, Tamás desistiu de discutir e correu pelo corredor, batendo os pés no chão, rumo a seu quarto. "Como se eu fosse atrasá-los", ouviram-no falar quando fechou a porta do quarto.

Klara ergueu os olhos para Andras, tentando conter o riso. "Há anos ele virou um homem adulto, não é?", ela disse. "O que vai fazer nos Estados Unidos junto daquelas crianças, com banana split e rock and roll?"

"Vai comer banana split e ouvir rock and roll", previu Andras, o que mais tarde se verificou ser verdade.

Andras e Mátyás tiraram um dia de folga no trabalho para ir ao Ministério do Interior. Trabalhavam no *Nação Magiar*, um dos jornais comunistas secundários, onde eram diretores do departamento de arte; ficaram acordados até tarde na noite anterior, julgando os trabalhos de um concurso de desenhos para alunos do ginásio com temas de inverno. O desenho vencedor retratara uma corrida de patins, pois o atletismo era um tema seguro, em vista das regras do julgamento, que desqualificava qualquer desenho que fizesse referência ao Natal. Aquele feriado pertencia à Hungria antiga, pelo menos oficialmente. É claro, as pessoas ainda comemoravam o Natal; eles contavam com aquilo, todos eles — Andras, Mátyás, Klara, Tamás e Április. Dali a poucas semanas, na véspera do Natal, pegariam o trem para Sopron e depois andariam nove quilômetros e meio sobre a neve até um local onde poderiam atravessar a fronteira com a Áustria sem que ninguém notasse; escapariam enquanto a patrulha da fronteira tomava vodca e ouvia canções natalinas em seus alojamentos aquecidos. Na Áustria, pegariam um trem que os levaria até Viena, onde Polaner estava morando desde novembro, quando tinha atravessado a fronteira. De lá, viajariam juntos para Salzburgo e depois para Marselha. No dia 10 de janeiro, se tudo corresse bem, embarcariam num navio transatlântico para Nova York, onde József Hász já tinha conseguido um apartamento para eles.

Mas primeiro tinham de resolver a questão da troca dos nomes e das novas carteiras de identidade. Tinham apresentado o requerimento oito semanas antes, em outubro; um atraso ocorrera, como em todos os procedimentos do governo, em meio à confusão que cercava a revolução abortada naquele outono. Ainda agora, menos de um mês após a revolução ter sido sufocada, Andras achava difícil acreditar que a revolução tinha de fato acontecido — que os debates públicos da Sociedade Petőfi, um pequeno grupo de intelectuais de Budapeste, tivessem desabrochado em grandes demonstrações estudantis; que os estudantes e seus adeptos tivessem derrubado Ernő Gerő, um títere de Moscou, e tivessem posto o reformista Imre Nagy no cargo de primeiro-ministro; que tivessem derrubado a estátua de Stálin, de vinte metros de altura, perto da Praça dos Heróis, e fincado bandeiras húngaras em suas botas vazias. Os manifestantes clamaram por eleições livres, um sistema multipartidário, imprensa livre. Queriam que a Hungria se dissociasse do Pacto de Varsóvia e, acima de tudo, queriam que o Exército Vermelho fosse embora. Queriam ser húngaros outra vez, mesmo depois do que significara ser húngaro durante a guerra. De início, Khruchov consentiu. Reconheceu Nagy como primeiro-ministro e começou a chamar as tropas de ocupação de volta para a Rússia. Durante alguns dias, no final de outubro, Andras teve a impressão de que a Revolução Húngara seria a mais rápida, a mais limpa, a mais bem-sucedida revolução que a Europa já conhecera. Então, certa tarde, Polaner chegou em casa e contou ter ouvido rumores de que tanques soviéticos estavam cruzando as fronteiras com a Romênia e a Transcarpátia. Naquela noite, no café Erzsébetváros, onde Andras e Polaner iam ouvir artistas e escritores judeus discutirem até tarde da noite, o tema de debate mais candente era se as nações ocidentais iriam em socorro da Hungria. A rádio Europa Livre tinha levado muitos a acreditar que seria assim, mas outros insistiam em afirmar que nenhuma nação ocidental se arriscaria por um Estado do bloco soviético. Verificou-se que os céticos tinham razão. A França e a Inglaterra, preocupadas com a crise do canal de Suez, mal dirigiam os olhos para a Europa central; os Estados Unidos estavam envolvidos na eleição presidencial e cuidavam da própria vida.

Mais de duas mil e quinhentas pessoas foram mortas e mil e novecentas ficaram feridas quando os tanques e os aviões de Khruchov chegaram para sufocar o levante. Imre Nagy escondeu-se na embaixada da Iugoslávia e foi preso assim que saiu de lá. Em poucos dias, os combates tinham terminado. Nas semanas que se seguiram, quase duzentas mil pessoas fugiram para o ocidente — entre elas Polaner, cuja imagem tinha aparecido em um dos muitos jornais que foram lançados na quinzena de liberdade da Hungria. Ele foi fotografado socorrendo uma jovem que levara um tiro na perna, na Praça dos Heróis; soube-se que a jovem era uma líder estudantil e Polaner foi classificado como revolucionário. Histórias sinistras de tortura emergiram do centro de detenção da Polícia Secreta, no número 60 da Andrássy Út; em vez de conferir se os rumores eram verdadeiros, Polaner decidiu arriscar-se a atravessar a fronteira. Para sua sorte, e para sorte de duzentos mil refugiados, o breve conflito deixara a Cortina de Ferro coalhada de furos: muitos guardas da fronteira tinham sido chamados para combater insurreições menores, nas cidades e vilas do interior.

Aqueles conflitos também tinham sido extintos, desde então, mas a fronteira continuava mais permeável do que tinha sido durante anos. Ficou decidido que o resto da família iria depois, seguindo os passos de Polaner. Agora, quanto tempo fazia que aguardavam uma oportunidade de ir embora? Não havia futuro para eles na Hungria. Já sabiam daquilo antes da revolução, e agora se tornara ainda mais evidente. József Hász, que fizera sua própria fuga para Nova York cinco anos antes, tivera muita dificuldade para convencer os demais de que estavam sendo tolos ao ficar na Hungria. József já conseguira um apartamento para eles e prometera que os ajudaria a conseguir trabalho. Tamás e Április estavam crescidos o bastante para atravessar a fronteira a pé; a véspera da noite de Natal proporcionaria uma boa oportunidade. Então eles resolveram pelo menos correr o risco. Em linguagem cuidadosamente cifrada, tinham escrito a notícia para József, Elisabet e Paul. E agora, no outro lado do oceano, Elisabet começava a preparar o apartamento, mobiliar os cômodos e instalar tudo aquilo de que precisariam. Andras resistira à tentação de pensar no apartamento propriamente dito; ficar imaginando em detalhes o futuro deles parecia algo que atraía o azar. Mas ele e Klara contaram para os filhos como era a escola que iriam frequentar, como eram os cinemas, com suas torres de luz neon cor-de-rosa, as lojas com grandes prateleiras cheias de frutas vindas do mundo inteiro. Fazia anos que Elisabet escrevia para eles sobre aquelas coisas; àquela altura, já tinham alcançado a condição de lenda.

O mais fantástico para Andras era a perspectiva de ele mesmo voltar a estudar, a perspectiva de terminar sua formação de arquiteto. Ele e Polaner selaram o pacto de fazer aquilo e Mátyás concordara em se unir aos dois. Durante os onze anos anteriores, esgotado por seu trabalho diário, Andras e Polaner lutavam para conservar o que tinham aprendido na École Spéciale. Propunham exercícios um para o outro, desafiavam-se mutuamente a solucionar problemas de desenho. Chegaram até a frequentar algumas aulas noturnas, mas ficaram tão desolados com o tédio da arquitetura soviética que se viram sem ânimo para prosseguir. Nova York apresentava uma perspectiva muito diferente. Não sabia nada sobre as faculdades de lá, mas József tinha escrito que a cidade estava cheia de faculdades. Ele e Polaner tinham jurado seu pacto sobre copos de vinho *tokaji* na noite em que Polaner deixou o país.

"Vamos ser velhos no meio de meninos", disse Andras. "Veja como estamos agora."

"Não estamos velhos", respondeu Polaner. "Não chegamos nem aos quarenta."

"Não lembra como era naquele tempo? Não sei se ainda tenho aquela energia."

"E o que vai acontecer?", perguntou Polaner. "Seu nariz vai sangrar?"

"Sem dúvida. E isso vai ser só o início."

"Um brinde ao início", disse Polaner, e, duas horas depois, ele tinha sumido no meio da noite incerta, levando apenas sua mochila e um tubo verde de metal, cheio de desenhos.

Agora, naquela clara manhã de dezembro, Klara estava de pé ao lado de Andras, junto à janela, acompanhando o olhar dele na direção do parque e do rio. Depois da guerra, ela deixara de dar aulas de balé e voltara sua atenção para a coreografia. Os soviéticos adoravam o fato de Klara ter estudado balé com um russo e saber falar a língua; não tinha importância que seu professor tivesse sido um russo branco que fugira de Petersburgo em 1917. O Balé Nacional Húngaro deu para ela um posto permanente e o jornal do Estado elogiava a força e a determinação de seu trabalho. *K. Lévi é uma coreógrafa no verdadeiro estilo soviético,* escreveu o crítico de balé oficial; e Klara, que durante anos planejava em segredo a fuga de sua família para os Estados Unidos, ficava sentada diante da mesa na cozinha com o jornal na mão e ria.

"Está na hora de ir", ela disse. "Mátyás já deve estar esperando."

Andras ajudou-a a vestir o casaco cinza e enrolou em seu pescoço um cachecol cor de canela. "Você está linda como sempre", ele disse, tocando sua manga. "Em Paris, você costumava usar um chapéu vermelho. Nos Estados Unidos, vai ter um de novo."

"Como sempre!", ela disse. "Então já cheguei a esse ponto? Já estou tão velha assim?"

"Você não envelhece", ele disse. "O tempo não passa para você."

Encontraram Mátyás na esquina da Pozsonyi Út com a Szent István Körút. Em homenagem àquela ocasião, tinha enfiado um cravo cor-de-rosa na lapela, um gesto que parecia recordar seus tempos de mocidade. Mátyás voltara da Sibéria como um homem fortalecido e determinado, uma luz agressiva e feroz irradiava de seus olhos. Ele nunca mais voltara a dançar, nunca mais voltaria a usar cartola, gravata branca e fraque. A parte de Mátyás inclinada à expressão física de alegria tinha sido podada na Sibéria. Mas agora, no dia em que mudaria de nome, usava um cravo cor-de-rosa.

Klara apertou o braço de Andras quando atravessaram a Perczel Mór Utca. "Eu trouxe a câmera", ela disse. "Espero que esteja se sentindo fotogênico."

"Como sempre", disse Andras, que detestava ser fotografado. Mas Mátyás ajeitou o cravo na lapela e fez uma pose contra a luz de um poste de rua.

"Ainda não", disse Klara. "Depois que conseguirmos os documentos."

Chegaram ao monólito cinzento que abrigava o Ministério do Interior — um prédio, Andras recordava, que fora construído sobre as pegadas de um palácio do século XVIII de um famoso cortesão. O palácio tinha sido destruído no cerco de 1944, mas um olmo isolado que aparecia nas gravuras que representavam o antigo prédio continuava de pé, atrás de sua cerca baixa de ferro. Andras tocou na casca da árvore como que para dar sorte, enquanto tentava imaginar como seria viver numa cidade onde não veria fantasmas de prédios e de pessoas em toda parte para onde olhasse, onde o que existia agora era tudo o que existia para ele. Em seguida, ele, Mátyás e Klara subiram a escada e entraram na caverna de vidro e concreto que era o prédio do ministério. Esperaram durante uma hora enquanto o encarregado da mudança dos nomes corria o dedo através de uma interminável pilha de documentos, cada um dos quais tinha de ser carimbado três vezes e assinado por funcionários esquivos antes de poderem ser entregues. Mas por fim seus nomes foram chamados — seus nomes antigos, pela última vez —, e eles tinham nas mãos os documentos: novas identidades, novas carteiras de trabalho e novos certificados de residência. Documentos, Andras esperava, que em breve não teriam mais nenhuma utilidade para todos eles. Mas parecia importante saber que o novo nome tinha sido cadastrado em livros de registro húngaros, parecia importante que aquilo se tornasse algo oficial.

Do lado de fora, o céu azul e alto se tornara cinzento e metálico e eles se viram debaixo de uma nuvem que despejava neve. Klara desceu correndo a escadinha da porta do prédio para preparar a câmera, enquanto Andras e Mátyás ficavam parados com os documentos nas mãos. Andras não contava que a visão dos documentos e das carteiras levasse lágrimas a seus olhos, mas ele se viu chorando. Por fim, aquilo se tornara realidade: aquele registro, aquele marco que eles levariam consigo por toda a vida e passariam a seus filhos e netos.

"Pare com isso", disse Mátyás, enquanto passava a manga do casaco nos próprios olhos. "Não vai mudar nada."

Ele tinha razão, claro. Nada mudaria o que havia ocorrido — nem a dor, nem o tempo, nem a memória, nem a retaliação. Mas eles podiam ir embora daquele lugar, eles o deixariam dentro de poucas semanas. Podiam atravessar um oceano e morar numa cidade onde Április cresceria sem a seriedade que marcara seu irmão, sem o sentimento de tragédia que parecia pairar no ar, como a poeira marrom do carvão betuminoso. E Andras voltaria a ser estudante — se não seria mais o jovem que tinha chegado a Paris com uma malinha e uma bolsa de estudos, pelo menos era um homem que conhecia um pouco mais sobre a beleza e a feiura do mundo. E Klara estaria a seu lado — Klara, que agora estava de pé diante deles, com seu cabelo castanho e brilhante, as mãos erguidas, a câmera escondendo seu rosto atrás do olho de vidro da lente. Andras pôs o braço sobre os ombros do irmão e falou: "Pronto". Ela contou até três em inglês, um ato atrevido à sombra do Ministério do Interior. E captou a imagem deles, os dois homens ao pé da escada: Andras e Mátyás Tibor.

Epílogo

Na primavera, nas tardes em que não jogava futebol, ela matava sua última aula — de orquestra — e tomava o ônibus seis para a parte alta da cidade, na direção do prédio de seu avô. Ela pensava assim, o prédio de seu avô, embora ele não morasse lá nem fosse o proprietário. Era um prédio de quatro andares, enviesado em relação à rua; a fachada era formada por centenas de pequenos retângulos de vidro emoldurados em aço, empinado para o céu num ímpeto violento e assimétrico, como uma cortina japonesa que tivesse explodido. Bétulas esguias cresciam no terreno em forma de trapézio, entre o prédio e a calçada. O lintel de mármore acima da porta dizia MUSEU AMOS DE ARTE CONTEMPORÂNEA; o nome de seu avô estava entalhado na pedra angular, acima da palavra ARQUITETO. O prédio abrigava uma pequena coleção de pinturas, esculturas e fotografias que ela já vira mil vezes. No pátio central do museu, havia um café onde ela sempre pedia seu café puro. Aos treze anos, ela se considerava no auge de sua condição de mulher. Gostava de ficar sentada a uma mesa escrevendo cartas para seu irmão, na universidade Brown, ou para suas amigas do acampamento de férias, em Berkshires. Ela ficava sentada ali durante horas, quase até a hora do jantar, e depois corria para pegar o expresso, na esperança de voltar ao apartamento antes que seus pais chegassem do trabalho.

Seus avós não moravam na cidade. Moravam no interior do estado, na mesma estrada em que morava seu tio-avô e a oito quilômetros do homem a quem ela chamava de tio, mas que era só um amigo do avô. Às vezes, ela ia visitá-los no fim de semana. Três horas de trem, que passavam depressa se ela conseguia um banco na janela. O avô tinha um celeiro que convertera numa oficina, com suas janelas altas por onde entrava a luz do norte. Todos eles ainda trabalhavam lá: o avô, o tio-avô e o tio que não era tio, embora fossem todos velhos o suficiente para se aposentar. Deixavam que ela ficasse sentada diante de suas pranchetas inclinadas e usasse seus instrumentos de desenho manchados de tinta. Ela gostava de desenhar entradas oblíquas, telhados seccionados, fachadas curvilíneas. Eles lhe davam livros sobre arquitetos que tinham conhecido, Le Corbusier e Pingusson. Ensinaram para ela os nomes latinos dos arcos e mostraram como usar a curva francesa e o compasso de ponta seca. Ensinaram a menina como traçar as letras do alfabeto latino sem tirar o lápis do papel, que usavam para etiquetar suas plantas.

Eles tinham sobrevivido à guerra. De vez em quando, o assunto aparecia nas conversas: *Durante a guerra*, e então vinha uma história sobre como tinham pouca comida, como haviam sobrevivido ao frio, quanto tempo tinham passado sem se ver. Ela tinha aprendido alguma coisa sobre aquela guerra na escola, é claro — quem tinha morrido, quem tinha matado quem, como e por quê —, embora os livros não tivessem grande coisa a dizer sobre a Hungria. Ela aprendeu outras coisas sobra a guerra observando sua avó, que guardava sacos plásticos e potes de vidro, mantinha sempre garrafas com água em casa, para o caso de algum desastre, fazia bolos com várias camadas usando metade da manteiga e do açúcar indicado nas receitas e que, às vezes, começava a chorar sem nenhum motivo. E ela aprendeu sobre a guerra ouvindo o pai, que era pouco mais do que um bebê na época, mas que se lembrava de ter andado ao lado da mãe no meio de ruínas.

Havia momentos em que as histórias ficavam mais sombrias. Ela não sabia como tinha ouvido aquilo; supunha que absorvera aquelas histórias através da pele, como acontece com um remédio ou com um veneno. Algo a respeito de campos de trabalho. Algo a respeito de ser obrigado a comer as folhas de um jornal. Algo a respeito de uma doença causada por piolhos. Mesmo quando a menina não estava pensando naquelas histórias fragmentadas, elas exerciam sua influência em sua mente. Poucas semanas antes, tivera um sonho e acordara gritando assustada. Ela e os pais estavam parados numa sala de paredes frias e pretas, de pijamas feitos de sacos de farinha. Num canto, a avó estava de joelhos sobre o chão de concreto, chorando. O avô estava de pé diante deles, magro demais, com a barba por fazer. Um guarda alemão saiu das sombras e o obrigou a subir numa esteira rolante, algo parecido com a esteira onde devolvem as malas para os passageiros no aeroporto. O guarda pôs algemas nos tornozelos e nos punhos do avô, em seguida caminhou até uma alavanca de madeira ao lado da esteira rolante e a empurrou para a frente. Um sacolejar de engrenagens, um rangido de dentes de ferro. A esteira começou a se mover. O avô deu a volta num canto da parede e sumiu num retângulo de luz, de onde veio um estalo ensurdecedor, que significava que ele estava morto.

Foi aí que ela gritou e acordou.

Seus pais foram correndo para dentro do quarto. *O que é? O que é?*

Vocês não querem saber.

Hoje ela se sentou no pátio com seu caderno e seu café sem açúcar. Era a primeira vez que ia lá depois de ter aquele sonho. Era uma tarde muito azul, o sol batia enviesado no pátio, de um jeito que lembrava as florestas do norte e o acampamento de férias. Mas ela não conseguia parar de pensar na esteira rolante e no impacto daquele barulho ensurdecedor. Não conseguia se concentrar para escrever para seu irmão. Não conseguia beber seu café, nem mesmo respirar fundo. Lembrava a si mesma que seu avô não estava morto. Sua avó não estava morta. E seu tio-avô, e o tio que não era tio — nenhum deles estava morto. Até seu pai tinha sobrevivido, e a irmã dele, tia Április, que tinha nascido no meio daquilo tudo.

Mas havia também o outro tio-avô, o que tinha morrido. Ele tinha uma esposa, e o filho dele teria a idade de seu pai, agora. Todos tinham morrido durante a guerra. Seus avós quase nunca falavam a respeito deles e, quando falavam, só o faziam em voz baixa. Tudo o que restara daquele tio era uma foto tirada quando tinha vinte anos de idade. Era bonito, com um queixo forte e cabelo escuro e espesso, e usava óculos de aro prateado. Não parecia uma pessoa que achava que ia morrer. Parecia achar que viveria até virar um velho de cabelo grisalho, como seus irmãos.

Em vez disso, só existia aquela fotografia. E o sobrenome deles, uma lembrança.

Ela queria conhecer a história completa: como era aquele irmão quando menino, em que matérias ele era bom na escola, o que pretendia fazer da vida, onde morou, quem amou, como morreu. Caso seu próprio irmão morresse, ela contaria à sua neta tudo a respeito dele. Se a neta perguntasse.

Talvez o problema fosse este: ela não perguntava. Ou talvez ainda agora eles não quisessem falar sobre o assunto. Mas ela ia perguntar, na próxima vez que fosse visitá-los. Parecia justo que contassem para ela, agora que já tinha treze anos de idade. Não era mais criança. Já estava crescida o bastante para saber.

Todo o caso

Podia ter acontecido.
Tinha que acontecer.
Aconteceu antes. Mais tarde. Mais perto. Mais longe.
Aconteceu mas não contigo.

Salvaste-te porque foste o primeiro.
Salvaste-te porque eras o último.
Porque só. Porque pessoas. Porque à esquerda. À direita.
Porque a chuva caía. Ou a sombra.
Porque fazia um tempo soalheiro.
Por sorte havia um bosque.
Por sorte não havia árvores.
Por sorte um gancho, carris, a viga, os freios,
um vão, a curva, um milímetro, segundos.
Por sorte a navalha flutuava no rio.
Efeito, e contudo, e porque, e apesar de.

Mas que seria se a mão, a perna,
por um passo, a um cabelo
da coincidência havida.

Sempre chegaste? Direto do momento mal transposto?
Tinha a rede uma abertura e tu passaste?
Não sei ficar pasmada nem calar-me a isso.
Escuta:
como o teu coração me bate rápido.

Wisława Szymborska

Agradecimentos

A mais profunda gratidão a todos que ajudaram a concluir este romance. Ao Fundo Nacional para as Artes, à Colônia MacDowell, à Corporação de Yaddo, à Fundação Rona Jaffe, ao Centro Dorothy e Lewis B. Cullman para Pesquisadores e Escritores da Biblioteca Pública de Nova York, que proporcionaram inestimáveis contribuições de tempo e liberdade. O Museu do Memorial do Holocausto dos Estados Unidos, o Memorial da Shoah em Paris, a Biblioteca da École Spéciale d'Architecture, o Centro do Memorial do Holocausto em Budapeste e o Museu Nacional Judeu de Budapeste me deram acesso a artefatos e documentos que tornaram a história tangível. Zsuzsa Toronyi, dos Arquivos Nacionais Judeus Húngaros em Budapeste, apresentou-me os jornais do Munkaszolgálat, e Gábor Nagy foi um tradutor hábil e sagaz. O professor emérito da Universidade da Cidade de Nova York Randolph Braham documentou o holocausto húngaro em sua longa carreira de estudos sobre o tema, sobretudo em *The politics of genocide*, que foi um guia infalível; num dia de neve em fevereiro, ele se encontrou comigo para responder perguntas sobre a geografia húngara e a hierarquia militar na Hungria. A Fundação e Instituto Shoah para a História Visual e a Educação me forneceu muitas horas de entrevistas gravadas em vídeo. Killian O'Sullivan me deu minuciosos conselhos no campo da arquitetura. O professor Brian Porter da Universidade de Michigan me forneceu agudas análises da política e da história da Europa Central do século XX. Kenneth Turan respondeu minhas perguntas sobre o iídiche. Alice Hudson da Biblioteca Pública de Nova York desencavou mapas de Budapeste e de Paris do tempo da guerra. O professor Edgar Rosenberg, da Cornell, me apresentou o trabalho de Gerald Schwab, *The day Holocaust began: The odyssey of Herschel Grynszpan*.

Jordan Pavlin, na Knopf, me ofereceu sua incansável paciência e seu incentivo, além do mais sensato e meticuloso trabalho de edição do texto. Kimberly Witherspoon apoiou este projeto desde o início. Sonny Mehta me concedeu o precioso dom de sua cofiança. Mary Mount editou o romance sob uma perspectiva europeia. Minha copidesque, Kate Norris, foi muito além do que era sua obrigação. Leslie Levine respondeu com uma serena delicadeza a todas as consultas.

Michael Chabon e Ayelet Waldman foram leitores muito generosos, além de revisores, editores e amigos. Brian Seibert me emprestou seu aguçado olho de editor, além de dar orientações no campo do balé e de me transmitir coragem quando a minha fraquejava. Daniel Orringer foi uma fonte incansável de informações sobre medicina e Amy Orringer foi uma excelente companheira de viagem, bem como uma leitora destemida e isenta dos primeiros rascunhos. Carl e Linda Orringer deram seu amor, apoio e confiança inabalável a este projeto. Tom Tibor enviou seus escritos meticulosamente pesquisados sobre a experiência de nossa família. Judy Brodt dividiu suas memórias e seu conhecimento sobre os preceitos religiosos judaicos. Tibor Schenk descreveu suas experiências do tempo da guerra em Bór e levou-me a sites sobre o Munkaszolgálat. Christa Parravani entrou em ruínas comigo para tirar fotos.

Acima de tudo, este livro deve sua existência a meus avós Andrew e Irene Tibor, e a meu tio-avô e minha tia-avó Alfred e Susan Tibor. A mais profunda gratidão por sua paciência, confiança e generosidade. Ao meu tio Alfred, obrigado por ter tempo para responder minhas perguntas, narrar as histórias de nossa família e ler o manuscrito com tanto cuidado. À minha avó, Anyu, a mais profunda gratidão: você leu e corrigiu com o senso artístico de uma poeta, a exatidão de uma costureira e a sensibilidade de uma mãe. A visão que me proporcionou não poderia vir de nenhuma outra parte.

Meu marido, Ryan Harty, leu este romance inúmeras vezes e ofereceu sua visão editorial incomparavelmente perspicaz, sua profunda compreensão dos personagens e seu ouvido infalível para a língua. A cada etapa do trabalho, ele me fez sentir que terminar o livro era possível e necessário. Nenhuma palavra de gratidão será suficiente.

ESTA OBRA FOI COMPOSTA POR OSMANE GARCIA FILHO EM ELECTRA
E IMPRESSA EM PROCESSO SOB DEMANDA PELA UM LIVRO SOBRE PAPEL
OFFWHITE PARA A EDITORA SCHWARCZ A PARTIR DE 2025

FSC
www.fsc.org
MISTO
Apoiando o manejo florestal responsável
FSC® C128038

A marca FSC® é a garantia de que a madeira utilizada na fabricação do papel deste livro provém de florestas que foram gerenciadas de maneira ambientalmente correta, socialmente justa e economicamente viável, além de outras fontes de origem controlada.